TRAÎTRISES

www.lemasque.com

Charles Cumming

TRAÎTRISES

*Traduit de l'anglais
par Johan-Frédérik Hel Guedj*

ÉDITIONS DU MASQUE
17, rue Jacob 75006 Paris

Titre original
Typhoon
publié par Michael Joseph,
un département de Penguin Books.

Ouvrage publié sous la direction de
Marie-Caroline Aubert

ISBN : 978-2-7024-3434-5

Pour Iris & Stanley
Et à la mémoire de Pierce Loughran (1969-2005)

L'homme supérieur sait ce qui est juste,
L'homme inférieur sait ce qui se vend.
Confucius

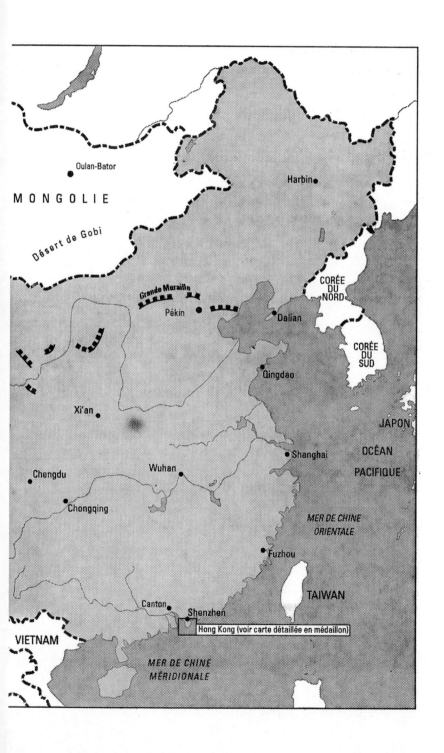

Prologue

« *Washington a perdu la tête.* »

Je suis debout au pied du lit de Joe, au Worldlink Hospital. Six jours se sont écoulés depuis les attaques du 11 juin. Des tuyaux de plastique relient des valves à ses poignets, et un moniteur cardiaque est rattaché à des électrodes fixées sur sa poitrine entre les hématomes et les coupures.

« *Que veux-tu dire ?*

— *À Langley, seule une poignée de gens savaient ce que Miles fabriquait. Personne d'autre n'avait la moindre idée du foutoir qu'il y avait ici.*

— *De qui tiens-tu ça ?*

— *Waterfield.* »

Joe tourne la tête vers la fenêtre, vers une nouvelle matinée de grisaille sur Shanghai. Il a une clavicule cassée, une fracture à la jambe gauche et une blessure au crâne protégée par des couches de bandage propre et blanc.

« *Et toi, que sais-tu de tout cela ? me demande-t-il en plongeant ses yeux dans les miens, et sa question remonte loin, jusqu'à nos tout premiers mois à Hong Kong.*

— *Tout ce que j'ai pu trouver. Et tout ce que tu as pu m'en dire.* »

Je m'appelle William Lasker. Je suis journaliste. Pendant quatorze ans, j'ai servi d'agent de soutien aux services secrets britanniques, le SIS. Pendant dix de ces quatorze années, Joe Lennox a été mon officier traitant et mon ami intime. Personne n'en sait davantage que moi sur RUN. Personne, excepté Joe Lennox lui-même.

Il s'éclaircit la gorge. Il a encore l'élocution lente et la voix râpeuse, résultat de la déflagration. Je lui tends un verre d'eau qu'il repousse d'un revers de main.

« *Si la CIA ignorait tout au sujet de Miles, ils vont éplucher chaque fichier, chaque e-mail, chaque conversation téléphonique qu'il a pu avoir. Ils voudront des réponses. Des têtes vont tomber. Ces fichiers, David Waterfield peut te les procurer. Il a une source à Langley et une à Pékin.*

— *Où veux-tu en venir ?* »

Une infirmière entre dans la chambre, fait un signe de tête à mon ami et vérifie le débit de sa perfusion. Nous cessons tous les deux de parler. Depuis six jours, le Worldlink grouille d'espions chinois. Le ministère de la Sécurité d'État consignera le nom de tous ceux qui entreront et sortiront de cette pièce. L'infirmière me regarde, elle semble photographier mon visage d'un clignement d'yeux, puis elle ressort. Je répète ma question :

« *Où veux-tu en venir ?*

— *Tous les journalistes ont envie d'écrire un livre, à ce qu'on dit.* » *Pour la première fois depuis des jours, Joe sourit.* « *Je suis incapable de comprendre si cette remarque est une affirmation ou une question.* » *Puis il devient beaucoup plus sérieux.* « *Il faut raconter cette histoire. Nous tenons à ce que tu la racontes.* »

PREMIÈRE PARTIE

HONG KONG, 1997

1.

Sur la grève

Le mardi 10 avril 1997, peu avant l'aube, le professeur Wang Kaixuan émerge des eaux paisibles de la mer de Chine méridionale. Épuisé par la longue traversée, il reste couché un certain temps sur la grève, les oreilles tendues vers le silence, scrutant le rivage. Il est 5 h 52 du matin. D'après ses calculs, dans moins d'un quart d'heure, le soleil poindra au-dessus de la baie de Dapeng. À partir de ce moment-là, il courra un plus grand risque d'être repéré au passage par une patrouille. En restant tapi contre les rochers noirs et luisants, il rampe vers le refuge de ces arbres et de ces buissons, à l'autre bout de la plage.

Il ne porte qu'un short et un mince T-shirt en coton. Un petit sac à dos noir attaché au radeau de fortune qu'il tire derrière lui au bout d'une ficelle nouée à sa jambe contient le reste de ses biens matériels. Wang s'avance vers la terre ferme, centimètre par centimètre, et les conteneurs en plastique qui ont maintenu le radeau à flot s'entrechoquent et rebondissent sur les rochers. Cela fait trop de bruit. Il aurait dû s'y préparer. À vingt mètres des arbres, il s'immobilise, se retourne. Il y a du sable collé à ses doigts raidis par le sel et il prend conscience de sa respiration haletante et laborieuse. Deux heures plus tôt, dans le demi-jour, à l'est de Shenzhen, il s'est fixé un couteau de cuisine à la cheville au moyen d'un bout d'adhésif résistant à l'eau. Là, il lui a fallu toute sa force pour dégager le couteau et sectionner la ficelle, afin que le radeau ne soit plus rattaché à son corps.

Kuai dian. Vite. Il tranche la corde du sac à dos et tâche de se le hisser sur les épaules. Il se sent comme si on l'avait drogué, ou battu, et quelques bribes de mémoire sensorielle, lugubres souvenirs de la prison d'Urumqi, le traversent comme un rayon du soleil levant. Le sac à dos est si lourd et ses bras si fatigués d'avoir nagé qu'il éprouve le besoin de se reposer.

Jia you.

Avance.

Il se relève en titubant et essaie de franchir les derniers mètres d'une traite jusqu'aux arbres, mais le sac bascule dans son dos et Wang chute presque aussitôt, craignant une blessure au genou ou à la cheville qui le handicaperait dans sa longue marche vers le sud à travers les collines. *Imagine un peu, après tout ce que j'ai traversé : un tendon qui me réexpédie en Chine.* Mais il constate qu'il peut continuer sans entrave jusqu'aux arbres les plus proches, où il s'affaisse au sol, envoyant une volée d'oiseaux effarouchés s'éparpiller dans le ciel avec fracas.

Il est 6 heures. Il jette un regard derrière lui, vers cet étroit bras de mer, et il en éprouve un tremblement d'allégresse qui, l'espace d'un instant, endort sa terreur quasi permanente de se faire capturer. Il tend la main, tâte l'écorce de l'arbre, le sable à ses pieds. *Cet endroit, c'est la liberté,* se dit-il. *Cette côte, c'est l'Angleterre.* Le bras de mer de Starling Inlet s'étend au moins sur deux kilomètres de large, mais dans l'obscurité la marée a dû l'entraîner vers l'ouest, du côté de Sha Tau Kok, ou même à l'est dans les eaux libres de Dapeng. Sinon, pourquoi cette traversée à la nage lui aurait-elle pris autant de temps ? Le professeur est en bonne forme pour un homme de son âge, et il a bien nagé ; par moments, il avait un tel désir de réussir qu'il s'est senti comme tiré dans l'eau par une corde. Il essuie l'eau de mer du sac à dos, en retire plusieurs bouts d'adhésif qui scellent l'ouverture et en sort un sac plastique étroitement noué. Quelques minutes plus tard, il s'est débarrassé de son short et de son T-shirt, et il a enfilé un jean humide, une chemise noire en coton et un pull de couleur sombre. Il a aux pieds des chaussettes grises et la paire de tennis de contrefaçon achetées sur le marché de Canton.

Maintenant j'ai l'air du Chinois de Hong Kong type. Maintenant, s'ils m'arrêtent, je peux dire que je suis venu par ici observer les oiseaux.

Il sort de son sac ses jumelles et le petit volume sur les aigrettes pauvrement relié, qu'on lui a envoyé de Pékin par la poste trois semaines plus tôt. L'arrière-gorge irritée par le sel et les polluants de la mer, il boit goulûment de l'eau d'une bouteille, avalant de longues gorgées pour effacer ça. Après quoi, il se passe la lanière des jumelles autour du cou, range la bouteille dans le sac et attend le soleil.

2.

Black Watch

Au troisième mois de la dernière période de service de son unité à Hong Kong, le caporal Angus Anderson, du 1er bataillon du régiment du Black Watch, marchait dans le chemin depuis Luk Keng. C'était une heure magique, avant la chaleur et les moustiques, avant que le chant des jeunes coqs, les ordres aboyés et la discipline ne viennent transpercer l'Asie de ses rêves. Sous les premiers rayons du soleil de l'aube qui réchauffaient les collines environnantes, humant l'air frais chargé de sel, il ralentit tranquillement le pas. Anderson était l'un des six soldats seulement du Black Watch affectés à la patrouille frontalière en soutien de la police de Hong Kong, et un inspecteur de l'immigration l'avait envoyé effectuer un rapide contrôle le long de Starling Inlet, et ensuite retour au quartier général pour le petit déjeuner.

« Ils essaient parfois de traverser à la nage », l'avait prévenu l'inspecteur. Il s'appelait Leung. Il avait des cicatrices violacées aux mains. « Il leur arrive d'échapper aux requins, au courant, et de rejoindre Tai Po à pied. »

Anderson prit une cigarette. La mer était calme et il écouta le battement de l'eau, le cri d'un cormoran sur le vent. Il ressentait l'envie impulsive, anarchique, de se dépouiller de son uniforme et de courir comme un streaker sur la pelouse du stade de Murrayfield jusque dans cette tiède liberté de l'océan. Six heures plus tôt, il avait aidé à dépêtrer un cadavre des rouleaux de feuillard déployés tout le long de la frontière terrestre entre Deep Bay et Sha Tau Kok. Son officier supérieur avait rebaptisé l'endroit « Château Cock », comme un bordeaux d'appellation inférieure, et tout le monde dans le bataillon était censé rire. Le corps était celui d'une paysanne chinoise, en short et en tongs, et il était incapable d'effacer de sa mémoire l'image de son cou très pâle tordu dans la clôture barbelée et du sang sur ses bras qui avait viré au brun sous l'éblouissante lumière jaune soufre des projecteurs. Ce genre d'incident prendrait-il fin après le 30 juin ? Ces immigrants illégaux, les II, comme on les appelait par ici, allaient-ils cesser de traverser de ce côté ? Rien qu'en 1996, leur avait raconté Leung, le Field Patrol Detachment avait arrêté plus de cinq mille de ces immigrants clandestins, pour la plupart des hommes jeunes venus chercher du travail à Hong Kong dans le bâtiment. Soit en moyenne à peu près quatorze qui traversaient chaque nuit. Et en ce moment le détachement était confronté à un afflux de dernière minute, précédant la rétrocession à la Chine continentale, de ressortissants chinois prêts à s'exposer au danger de la phalange de policiers armés massés de part et d'autre de la frontière avec le mince espoir de venir se fondre dans la population des communes de Yuen Long, de Kowloon et de Shatin.

Il alluma une cigarette. Il ne comprenait pas la logique de ces Chinois risquant leur vie pour deux mois dans ce qui subsistait du Hong Kong britannique. Aucune amnistie ne s'appliquerait aux II, il n'y aurait pas de passeports pour les masses. Margaret Thatcher y avait veillé. Enfin, quoi, même des vétérans du Hong Kong Regiment, des hommes qui vivaient dans des studios à Kowloon et qui avaient combattu pour cet enfoiré de Winston Churchill, ne pourraient pas franchir le guichet de l'immigration à l'aéroport de Heathrow. Les étrangers n'avaient pas l'air de se rendre compte que la colonie était déjà pour ainsi dire morte. D'après la rumeur, le gouverneur Patten passait ses journées assis à ne rien faire dans Government House, à égrener les heures avant son retour au bercail. La garnison était réduite à ses derniers deux mille hommes. Tout, depuis les Land Rover jusqu'aux ambulances, des rouleaux de fil de fer barbelé aux vieux agrès de salle de gym, avait été vendu aux enchères. Avant même l'arrivée d'Anderson, on avait vidé le High Island Training Camp de Sai Kung pour le remettre à l'Armée populaire de libération. Selon les termes du commandant du camp, il était exclu de rien abandonner de potentiellement « sensible » ou « dangereux » aux mains des nouveaux arrivants, les militaires chinois ou leurs maîtres communistes. En d'autres termes, les soldats du Black Watch avaient dû travailler seize heures par jour à établir l'inventaire et le descriptif de la moindre empreinte laissée par l'empire britannique, cent cinquante ans de canons de marine, d'hôpitaux et de fosses de tir, que les Chinois sachent exactement sur quoi ils mettaient la main. Anderson avait même entendu des histoires à propos d'un filet sous-marin entre Stonecutters Island et Causeway Bay barrant le passage aux submersibles chinois. Comment la marine anglaise allait-elle expliquer la chose à Pékin ?

Un bruit, en bas, sur la plage. Il jeta sa cigarette et attrapa ses jumelles. Et il l'entendit de nouveau. Des claquements de cailloux, quelque chose qui remuait près du bord de l'eau. Très certainement un animal, un cochon sauvage ou une civette, mais il y avait toujours la possibilité d'un clandestin. À l'œil nu, Anderson ne distinguait que les contours de la plage : grosses pierres rondes, cuvettes, crêtes de sable. Scruter l'endroit à la jumelle, c'était comme éteindre la lumière dans une cave. D'avoir essayé, il se sentit franchement idiot. Plutôt la torche, se dit-il, et il balaya devant lui avec son faisceau de lumière, aussi loin que le conduirait la côte. Il ne repéra que des touffes d'herbe, des galets et les eaux bleu-noir de la mer de Chine méridionale, mais pas d'animal, et pas de clandestin.

Le caporal continua le long du sentier. Il avait encore quarante-huit heures à tirer ici, et ensuite, cinq jours peinards à Central, à hisser l'Union Jack du cénotaphe de Statue Square à 7 heures tous les matins avant d'amener le drapeau à 18 heures. D'après ce qu'il en savait, on n'exigerait rien d'autre de lui. Le reste du temps, il pourrait écumer les bars de Wan Chai, peut-être monter au Peak avec une fille ou partir jouer à Macao. « Amuse-toi, lui avait dit son père. Là-bas, tu seras un jeune homme qui va vivre un petit moment historique à des milliers de kilomètres de chez lui. Le crépuscule de l'Empire britannique. Ne reste pas le derrière vissé à Stonecutters pour regretter après de ne jamais avoir quitté la base. »

La lumière du jour augmentait. Il entendit une moto pétarader au loin et chassa un moustique de son visage. Il était maintenant à un bon kilomètre et demi de Luk Keng, et discernait plus clairement les contours du chemin qui descendait vers la mer. Et puis, derrière lui, à peut-être cinq ou six mètres, un bruit dont la densité lui parut humaine, un son qui, à peine émis, lui sembla se dissimuler. Il y avait quelqu'un, ou quelque chose, sur cette plage. Il fit volte-face et braqua de nouveau ses jumelles, mais elles ne lui furent pas plus utiles. Portant la main à son fusil, il entendit un deuxième bruit, comme si, cette fois, quelqu'un venait de perdre l'équilibre. Il scruta le rivage et remarqua presque aussitôt ce qui ressemblait à un bidon d'essence vide couché sur la plage. Son pouls s'accéléra. À côté, il crut apercevoir un deuxième conteneur, peut-être un petit bidon en plastique – les avait-on peints en noir ? – près d'une palette en bois. La mer rejetait tant de débris sur ce littoral qu'Anderson ne pouvait être certain d'avoir sous les yeux les restes d'un radeau. Les hommes de ce bataillon avaient été plutôt formés à chercher des palmes, des vêtements, des chambres à air, mais ces débris-là lui paraissaient suspects. Il allait devoir descendre jusqu'à la plage pour les contrôler et, ce faisant, courir le risque de surprendre un II qui pourrait tenir davantage à sa liberté qu'à la vie d'un soldat britannique.

Il n'était plus qu'à six ou sept mètres des conteneurs quand un homme râblé, l'air agile, proche de la cinquantaine, pointa le nez hors des fourrés et marcha droit sur lui, la main tendue comme un directeur d'agence bancaire.

« Bonjour, monsieur le caporal ! »

Anderson braqua son fusil, mais l'abaissa aussitôt dans le même mouvement, dès que son cerveau eut intégré qu'il venait d'entendre des mots prononcés dans un anglais impeccable.

« D'après votre uniforme, je conclus que vous êtes membre du régiment du Black Watch de Sa Majesté. Le célèbre plumet rouge. Votre calot. Ah, mais pas de kilt, caporal ! Je suis déçu. Comment dit-on, déjà ? Le kilt, c'est le meilleur vêtement du monde pour le sexe et la diarrhée ! »

Le Chinois comblait l'espace qui les séparait de sa voix tonitruante, avec un immense sourire à la Jackie Chan. Anderson le vit traverser la plage, le sable craquant sous ses pas, et il eut l'impression que l'autre voulait lui serrer la main.

« Le Black Watch est un régiment qui a une grande et fameuse histoire, non ? Je me souviens de la tactique héroïque du colonel David Rose à la bataille pour le Crochet, en Corée. Je suis le professeur Wang Kaixuan, j'enseigne à l'université, ici, au département d'économie. Bienvenue dans notre île. C'est un réel plaisir de faire votre connaissance. »

Wang finit par arriver devant lui. D'instinct, Anderson recula. L'autre s'arrêta à un mètre, carré sur ses jambes comme un lutteur sumo. Et ils se serrèrent la main, en effet. Les cheveux coupés ras du Chinois étaient soit mouillés, soit gominés. Difficile à dire.

« Vous êtes venu ici seul ? » lui demanda Wang, en levant un regard indolent vers le ciel qui changeait de couleur, manière de lui signifier que sa question ne comportait aucune menace. Le sous-officier était incapable de décider si ce visage massif était d'origine han du nord ou cantonaise, mais l'homme parlait vraiment bien anglais.

« Je suis en patrouille ici, sur la plage. Et vous-même ?

— Moi ? Je suis resté dans le coin ce week-end. Profiter de l'occasion pour observer les aigrettes qui séjournent sur le bassin, à cette période de l'année. Vous en avez peut-être vu une, pendant votre patrouille ?

— Non. Je n'en ai pas vu. » Il n'aurait pas su reconnaître une aigrette. « Pourriez-vous me montrer une pièce d'identité, je vous prie ? »

Wang réussit à avoir l'air offensé.

« Oh, je ne me promène pas avec ça sur moi. » Comme pour illustrer sa réponse, il fit mine de se palper, se plaquant les mains sur la poitrine, de haut en bas, avant de les glisser à l'abri, dans ses poches. « C'est dommage que vous n'ayez pas vu d'aigrette. Un oiseau élégant. Mais le cadre vous plaît, chez nous, non ? On m'a dit… bien que je ne m'y sois jamais rendu moi-même… que les collines de ce côté-ci des Nouveaux Territoires sont d'une topographie très similaire à certaines régions écossaises des Highlands. Est-ce exact ?

— Oui, c'est sans doute vrai. » Anderson était de Stranraer, une petite ville aussi plate qu'une poêle à frire, à l'extrême sud-ouest de l'Écosse, mais on avait déjà fait cette comparaison maintes et maintes fois. « Je suis navré, monsieur. Je constate que vous avez des jumelles, et je vois bien que vous êtes probablement celui que vous dites, mais je vais devoir vous redemander un passeport ou un permis de conduire. Vous n'avez aucune pièce d'identité sur vous ? »

C'était la minute de vérité. Si Angus Anderson avait été une autre sorte d'homme – moins sûr de lui, peut-être plus confiant

en la nature humaine –, la décennie d'événements déclenchée par
la capture imminente de Wang aurait pu revêtir une tout autre
nature. Si le professeur avait été autorisé à continuer son chemin
sans encombre jusqu'à Government House, comme il le désirait
si fortement, on n'aurait peut-être jamais prononcé le nom de Joe
Lennox dans les couloirs secrets de Shanghai, d'Urumqi et de
Pékin. Mais ce fut la malchance de Wang, en cette paisible matinée d'avril, de tomber sur un Écossais à l'œil acéré qui avait
presque immédiatement flairé chez lui l'imposteur. Ce Chinois
n'était pas un ornithologue amateur, c'était un clandestin.

   « Je vous l'ai dit. En général, je n'ai aucune pièce d'identité
sur moi.

   — Même pas une carte de crédit ?

   — Je m'appelle Wang Kaixuan, je suis professeur d'économie à l'université, ici, à Hong Kong. Je vous en prie, si vous
avez un doute, appelez le standard du département. D'habitude, le mercredi matin, mes collègues sont à leur bureau dès
8 heures. J'habite au 71 Hoi Wang Road, à Yau Ma Tei, appartement numéro 19. Je peux comprendre qu'en ces mois difficiles, le régiment du Black Watch ait une mission importante à
remplir, mais je vis à Hong Kong depuis l'enfance. »

   Anderson décrocha sa radio de son ceinturon. Il ne lui faudrait que dix secondes pour transmettre son rapport sur ce qu'il
avait vu. Il n'avait apparemment pas le choix. Ce type était un
filou, qui avait recours à des questions et des fanfaronnades pour
l'égarer. L'unité de Leung pouvait arriver avec un bateau de
patrouille de la police avant 7 heures. À eux de tirer cela au clair.

   « Neuf, ici Un Zéro, à vous. »

   Maintenant, Wang était confronté à un choix : persister
dans le mensonge et laisser ce soldat le traîner devant l'Immigration, ce qui comportait le risque d'une expulsion immédiate
avec retour vers la Chine, ou tenter un geste vers cette radio et
affronter un Écossais moitié moins âgé que lui et presque deux
fois plus grand. Vu les circonstances, cela revenait à ne pas
avoir le choix.

   Avant que le soldat n'ait eu le temps de réagir, il lui fit sauter sa radio des mains. Elle roula dans le sable. Anderson lâcha
un juron et entendit Wang, qui s'éloignait, dire : « Je suis désolé,
je suis désolé. » Sur le moment, quelque chose dans ce geste
d'excuse et de capitulation le convainquit de ne pas riposter.
Les deux hommes se dévisagèrent un court instant, sans parler,

jusqu'à ce qu'une voix crachotante retentisse dans le sable : « Un Zéro, ici Neuf. Continuez, à vous. » Désormais, ce serait à qui cillerait le premier. Anderson se baissa, sans une seule seconde quitter Wang du regard, et récupéra son émetteur comme s'il ramassait un revolver tombé à terre. Wang, qui avait les yeux sur le canon du fusil d'Anderson, reprit la parole.

« Caporal, je vous en prie, ne répondez pas. Tout ce que je vous demande, c'est de m'écouter. Je suis désolé de ce que je viens de faire. Je vous en supplie, dites-leur que vous avez résolu le problème. Je ne suis pas celui que je prétends être, évidemment non. Je vois que vous êtes quelqu'un d'intelligent et que vous avez compris. Mais je vous demande de me traiter correctement. Je ne suis pas un de ces individus ordinaires qui traversent le bassin en pleine nuit. Je ne suis pas un immigrant à la recherche d'un emploi. Je ne veux pas d'un statut de citoyen ou de réfugié. Non, je veux l'attention du gouverneur britannique de Hong Kong, rien de plus, rien de moins. J'apporte des informations d'une importance vitale pour les gouvernements occidentaux. C'est tout ce que je peux vous révéler. Alors, s'il vous plaît, caporal, ne répondez pas à cette radio.

— Je dois répondre. » Anderson fut étonné de la nuance conciliatrice qu'il perçut dans sa propre voix. La rencontre avait pris un tour irréel. Combien de Chinois du continent discouraient à propos de David Rose et de la bataille pour le Crochet sur une plage à 6 heures du matin, en s'exprimant couramment dans un anglais presque dépourvu d'accent ? Et combien d'entre eux affirmaient détenir des renseignements politiques nécessitant un entretien avec le gouverneur Chris Patten ?

« Quel genre d'information ? » lui demanda-t-il, sidéré de ne pas avoir déjà bouclé une paire de PlastiMenottes autour des poignets de Wang avant de le pousser hors de cette plage. La voix répéta « Un Zéro, ici Neuf. Continuez, s'il vous plaît, à vous » et, ne sachant trop que décider, Anderson se tourna vers les pâles contours de la Chine, par-delà le bras de mer. Un bateau de pêche cabotait vers la sortie, en direction de la baie. Alors Wang tourna la tête et regarda Anderson droit dans les yeux. Il voulait lui communiquer tout le poids de la responsabilité qui lui incombait désormais.

« Je possède des renseignements sur un personnage très haut placé, à Pékin. Je dispose d'informations sur une défection possible au sein du gouvernement chinois, à un niveau très élevé. »

3.

Lennox

Joe Lennox quitta Jardine House à 19 heures ce soir-là et, sur un discret salut de la tête à un banquier d'affaires français qui engloutissait deux vodkas tonic au Captain's Bar du Mandarin Oriental, il héla un taxi dans Connaught Road, prit la direction de l'ouest en cette heure de circulation très dense, pénétra dans le quartier résidentiel de Mid-Levels et franchit la porte du Rico's à précisément 20 h 01. Il était toujours à l'heure. C'était un don.

Assis dans le fond du restaurant, je buvais une Tsingtao en lisant dans le *South China Morning Post* un article d'agence de presse évoquant la perspective d'une victoire travailliste lors des prochaines élections au Royaume-Uni. À la table voisine, une Canadienne rousse qui savourait une langouste me lançait des regards noirs. Elle toussa et s'éventa de la main une fois de trop, et j'écrasai ma cigarette. La climatisation était réglée au maximum, et tout le monde dans cette salle semblait frissonner.

Joe avait l'allure qui était la sienne à cette époque : en forme, égal à lui-même. Son visage toujours aussi impénétrable s'anima dès qu'il croisa mon regard à l'autre bout de la salle. À première vue, j'imagine, il n'était guère différent de n'importe quel mec propret de Jardine dans son costume Welsh & Jeffries, le style qui brasse des millions par jour pour Fleming's et Merrill Lynch. Et ça, à mon sens, c'était tout l'intérêt de Joe Lennox. C'était la raison pour laquelle ils l'avaient choisi.

« Frisquet par ici, fit-il, mais il retira sa veste en s'asseyant. Qu'est-ce que tu lis ? »

Je lui répondis, et il hasarda un avis vaguement critique sur le chroniqueur qui avait rédigé cet article – un ancien ministre conservateur. (Le lendemain, en parcourant quelques coupures de presse, je constatai que le même important personnage avait commis deux articles démolissant Patten dans la presse britannique, ce qui expliquait sans doute l'hostilité de Joe.) Il commanda une Tsingtao et regarda la Canadienne réunir son couteau et sa fourchette après avoir terminé sa langouste.

« Tu es là depuis longtemps ?
— À peu près dix minutes. »

Il portait une chemise bleu foncé et il avait les avant-bras bronzés d'être allé marcher dans les Nouveaux Territoires avec Isabelle le week-end précédent. Il sortit un paquet de cigarettes et se pencha vers la Canadienne pour lui demander si la fumée la dérangeait Elle eut l'air tellement décontenancée par cette démonstration d'élémentaire courtoisie que, sans hésiter une seconde, elle donna son accord d'un signe de tête et me fustigea du regard, comme si l'on venait de m'administrer une salutaire leçon de charme. Je souris et fermai mon journal.

« Cela me fait plaisir de te voir, dis-je.
— À moi aussi. »

À cette époque, nous étions amis depuis presque un an, même si cela paraissait plus ancien. Vivre à l'étranger peut avoir cet effet. Vous consacrez tellement de temps à fréquenter un cercle de gens relativement restreint que l'intimité peut atteindre un degré inhabituel et pas toujours très sain. Néanmoins, mieux apprendre à connaître Joe avait fini par devenir l'une des raisons d'être de mon bref séjour à Hong Kong, où je travaillais et vivais depuis l'automne 1994. Dans les premiers temps, je n'étais jamais sûr de savoir dans quelle mesure cette affection était réciproque. Il se révélait un ami d'une extrême loyauté, d'une compagnie amusante et intelligente, mais il était souvent réservé, imperturbable au plan émotionnel, avec une tendance – sans nul doute liée à la nature de sa profession – à tenir les gens à distance.

À moi d'expliquer notre rencontre. En 1992, j'effectuais un reportage sur le siège de Sarajevo, quand j'avais été approché lors d'une conférence de presse par une femme, officier de renseignement du SIS, qui travaillait sous couverture à l'ONU. La quasi-totalité des journalistes étrangers sont, à un moment ou un autre, sondés à titre de source potentielle par les services de renseignement. Certains débitent les excuses habituelles sur l'importance de préserver leur intégrité journalistique ; le reste d'entre nous est ravi de voir mille livres non imposables faire leur apparition tous les mois sur son compte en banque grâce aux petits comptables de Vauxhall Cross. Notre agente à Sarajevo m'a pris à part dans une pièce discrète de l'aérogare et, devant un verre ou deux d'un whiskey irlandais de contrefaçon, m'a enrôlé comme agent de soutien. Au cours des deux années suivantes, en Bosnie, à Kigali et au Sri Lanka, j'ai été contacté par le SIS et encouragé à transmettre sur la société locale toute information que je jugeais utile au pilotage sans heurts de notre si verte et si plaisante Angleterre. Je n'ai eu que très occasionnellement matière à regretter cette relation.

Joe Lennox a quitté son lycée – cher et privé – l'été du massacre de la place Tienanmen, en 1989. Il n'était pas un élève hors pair, du moins pas selon les critères de l'établissement, mais il en était sorti avec trois A (en français, en espagnol et en histoire), une place à Oxford et le vœu secret de ne jamais soumettre ses propres enfants aux excentricités particulières du système des lycées privés anglais. Ses pairs gardent le souvenir d'un adolescent calme, très apprécié, qui travaillait en se donnant raisonnablement du mal et sans faire de vagues surtout, je crois, parce que ses parents ne manquaient jamais une occasion de rappeler à leur fils les « sacrifices financiers énormes » qu'ils avaient consentis pour l'y envoyer.

À l'inverse de la majorité de ses contemporains partis ramasser des fruits en Australie ou fumer de l'herbe pendant six mois à Koh Samui, Joe ne s'était pas accordé d'année sabbatique, ayant directement intégré Oxford pour y étudier le mandarin dans le cadre d'une licence de lettres, à Wadham. Quatre ans plus tard, il obtenait son diplôme avec mention très bien et fin 1993, le MI6, le « Six », l'avait approché par l'intermédiaire d'un professeur de l'École des études orientales et africaines, où il était allé se renseigner sur la possibilité d'un doctorat. Il passa quelques entretiens à Carlton Gardens, franchit haut la main les examens d'entrée du Civil Service et, dès le Nouvel An 1994, sa candidature était acceptée. Des années plus tard, Joe et moi dînions à Londres quand il se mit à me parler sans détour de ses premiers mois d'officier de la Section du renseignement.

« Réfléchis. J'avais vingt-trois ans. Depuis l'âge de huit ans, je ne connaissais rien d'autre que le carcan d'institutions britanniques. École primaire privée, lycée privé, puis Wadham College à Oxford. Aucun emploi digne de ce nom, aucune relation amoureuse sérieuse, une année à Taiwan pour apprendre le mandarin, Taiwan où tout le monde mangeait des nouilles et traînait au bureau jusqu'à 23 heures. Quand le Bureau a validé l'enquête de sécurité prioritaire dont j'avais fait l'objet, je me suis senti franchement risible : pas de casier judiciaire, pas de dettes, pas d'opinions politiques tranchées... Après tout, c'étaient les années John Major. Un seul comprimé d'ecstasy avalé dans un night-club de Leeds en 1991. Cela s'arrêtait là. Je partais complètement de rien, un être vierge et sans histoire. Ils pouvaient plus ou moins faire de moi ce qu'ils voulaient. »

Son autorisation de sécurité l'avait conduit à Century House, lors des derniers mois précédant le déménagement à Vauxhall Cross. Joe avait été envoyé à l'IONEC, l'Intelligence Officers New Entry Course, le programme de formation légendaire des nouvelles recrues du « Six », en même temps que trois autres diplômés d'Oxford ou de Cambridge (tous des hommes, tous blancs, tous la trentaine), deux anciens soldats (tous deux des Scots Guards issus de l'école militaire de Sandhurst) et une biochimiste galloise de quarante ans, Joanne, qui démissionna au bout de six semaines pour accepter un poste au MIT, moyennant cent cinquante mille dollars annuels. Dès le premier jour, Joe avait entendu « C », le patron du SIS, expliquer à ce nouveau contingent que, malgré la fin de la guerre froide et l'éclatement de l'Union soviétique, le Service avait encore un rôle à jouer dans les affaires du monde. Joe se souvenait en particulier d'une remarque du chef soulignant d'entrée de jeu l'importance des « relations singulières avec nos cousins d'outre-Atlantique » et son éloge de la CIA et de ses « ressources techniques extraordinaires » sans lesquelles, laissait-il entendre, le SIS aurait été neutralisé. Joe avait écouté, opiné, s'était concentré sur ses affaires et, moins de deux mois plus tard, on l'avait transféré au centre d'entraînement des espions de Fort Monckton, où il avait appris à tirer avec une arme à feu et l'art et à convaincre un inconnu dans un pub de Portsmouth de lui communiquer son numéro de passeport. D'après les

sources auxquelles je me suis adressé, il apparaît assez clairement que, malgré son jeune âge, Joe était un peu considéré
comme une star. En règle générale, les espions, avérés ou non,
opèrent en sûreté à partir des ambassades britanniques à
l'étranger en se servant d'une couverture diplomatique pour
piloter des agents en territoire hostile. Très tôt, cependant, il
avait été suggéré que Joe serait plus efficace s'il agissait en Asie
sous couverture officieuse, dans un poste de longue durée et à
distance du SIS, qui pourrait ainsi le désavouer éventuellement.
Il avait certainement de quoi être fier. Tandis que ses camarades
officiers de l'IONEC restaient dans des bureaux londoniens à
analyser des renseignements et à préparer leurs premières affectations à l'étranger, la Division opérationnelle Extrême-Orient
lui trouvait un poste à Hong Kong. Officiellement employé
comme transitaire chez Heppner Logistics, un affréteur basé à
Jardine House, il était en réalité CNO, agent sous Couverture
non officielle, de loin le poste le plus sensible et le plus secret
du firmament du renseignement.

Le jour même où il s'était posé à Kai Tak, Joe avait vingt-
quatre ans. Ses parents l'avaient accompagné à Heathrow avec
la fausse impression que leur fils unique bien-aimé quittait
l'Angleterre pour aller chercher fortune en Orient. Qui sait ?
Peut-être rentrerait-il dans quelques années avec une ravissante
épouse cantonaise et un petit-fils ou une petite-fille à montrer
dans les comtés du Grand Londres. Il se sentait mal à l'aise de
ne pas avoir dit la vérité à sa famille et à ses amis sur ce qu'il
manigançait, mais le Six le lui avait déconseillé. Cela valait
mieux ainsi, lui avait-on assuré. Inutile d'inquiéter qui que ce
soit. Je crois pourtant que d'autres facteurs ont pu jouer.
Quelque chose dans son caractère était attiré par le secret, une
facette de sa personnalité que les espions de Vauxhall Cross
avaient su déceler instantanément, mais qu'il n'avait lui-même
pas encore pleinement cernée. Mentir à ses parents lui faisait
l'effet d'un acte de libération : pour la première fois de sa vie, il
s'affranchissait de la petitesse et des exigences de l'Angleterre.
En moins d'un an, Joe Lennox s'était coupé de tout ce qui
l'avait constitué et défini. En arrivant à Hong Kong, il renais-
sait.

Heppner Logistics était une minuscule entreprise gérée à
partir de deux petits bureaux au onzième étage de Jardine
House, un édifice qui en comptait cinquante-deux et dominait

Victoria Harbour. Ponctué de minuscules fenêtres circulaires, c'était une anomalie architecturale qui lui valait un surnom à usage local, la Maison des mille trous de balle. Ted Heppner était un ancien Royal Marine qui avait émigré à Hong Kong en 1972. Pendant dix-huit ans, il avait facilité l'expédition internationale de cargaisons « sensibles » pour le compte du SIS, mais c'était la première fois qu'il acceptait d'embaucher un officier de renseignement comme employé. Au début, Judy, l'épouse singapourienne de Ted, qui faisait aussi fonction de secrétaire, n'était pas très emballée par cette idée, mais quand Vauxhall Cross lui avait offert un sac Chanel et avait augmenté son salaire de vingt pour cent, elle avait accueilli Joe comme son fils depuis trop longtemps disparu. En théorie, il avait l'obligation de se montrer tous les jours et de répondre à toutes les télécopies et à tous les appels téléphoniques de clients cherchant à acheminer du fret un peu partout dans le monde. En réalité, Ted et Judy continuaient de traiter quatre-vingt-dix pour cent de l'activité de Heppner, laissant Joe libre de se consacrer à son travail pour la Reine et la Patrie. Si quelqu'un demandait pourquoi un diplômé d'Oxford avec mention très bien en mandarin gagnait moins de vingt mille livres par an en travaillant pour une société de logistique à Hong Kong, Joe répondait qu'il s'était embarqué en Angleterre dans un projet d'entreprise qui avait échoué, et qu'il n'avait eu qu'une envie, quitter Londres. À ceux qui insistaient, il laissait entendre qu'il considérait Heppner comme une solution de court terme lui permettant, dans les six ou huit mois, de présenter sa candidature auprès d'un des grands conglomérats de Taipan, comme Swire ou Jardine Matheson.

Que Ted et Judy comptent tous deux parmi la petite poignée de gens qui savaient que Joe était là sous couverture officieuse suffisait à illustrer le caractère extrêmement sensible de sa position. Petite poignée qui comprenait David Waterfield, chef de station du SIS à Hong Kong, le second de Waterfield, Kenneth Lenan, et Rick Zagoritis, une figure légendaire de la Division opérationnelle Extrême-Orient qui avait tenu lieu de mentor et d'intermédiaire à Joe dans les premiers mois de son affectation. J'ai eu connaissance de ses activités quand Zagoritis avait été obligé de regagner Londres par avion pour raisons médicales, à l'automne 1995. Jusque-là, Rick avait été mon officier traitant au SIS. À la suite d'un article que j'avais écrit pour le *Sunday Times Magazine* au sujet des trafiquants d'héroïne de la triade Chaozhou, Londres s'était intéressé aux contacts que j'avais noués au sein de la pègre, et j'avais fourni à Zagoritis quelques analyses détaillées concernant la structure et les intentions de certains groupements des triades du delta de la Rivière des Perles. Rick parti, il me fallait un nouvel officier traitant.

C'était là que Joe était entré en lice. Cela représentait un défi considérable pour un interlocuteur aussi novice, mais il s'était révélé un remplaçant plus que compétent. Moins d'un an après son arrivée dans la colonie, il s'était forgé la réputation d'un officier clandestin extrêmement efficace. Et sa vie privée n'inspirait aucune inquiétude. Dans deux rapports commandés par Kenneth Lenan à titre de contrôles de routine sur le comportement des nouvelles recrues, Joe s'était révélé d'une auto-discipline étonnante face à la multitude d'occasions qui sont partie intégrante de la vie de l'expatrié de sexe masculin en quête d'hédonisme en Asie. (« Il apprendra, avait grommelé Waterfield, l'air sombre. Il apprendra. ») Quant à la paranoïa et la duplicité de sa double vie, elles ne le troublaient pas davantage. L'un des mythes les plus puissants de l'univers du secret que propagent les auteurs de romans d'espionnage, les journalistes et certaines séries télé à haute tension voudraient que les membres de la communauté du renseignement se débattent constamment avec la moralité ambiguë de leur profession. Ce peut être vrai de quelques brebis galeuses auxquelles on montre le plus souvent la porte discrètement, mais si sa vie à Hong Kong n'était que faux-semblants, Joe n'en perdait guère le sommeil pour autant. Il s'était facilement adapté à l'existence secrète, comme s'il avait trouvé là sa vocation naturelle. Il aimait son travail, il aimait cet environnement, il aimait avoir la sensation de jouer un rôle crucial dans les opérations sous couverture de l'État. La seule chose ou presque qui manquait dans sa vie, c'était une femme.

4.

Isabelle

Isabelle Aubert arriva au restaurant vers 20 h 20. La première indication de son entrée dans la salle fut le mouvement simultané de deux dîneurs de sexe masculin assis près de l'entrée qui relevèrent brusquement le nez de leur bol de soupe, puis, dans une sorte de hochement de tête parabolique et médusé, la suivirent des yeux tandis qu'elle s'avançait entre les tables de son pas chaloupé. Elle portait une robe noire et un collier de corail blanc qui, sous la lumière des lampes, paraissait rayonner contre sa peau hâlée. Joe avait dû capter l'électricité qui s'était emparée de la salle, car il recula sa chaise, se leva et se tourna pour lui faire face. À ce moment-là, Isabelle nous sourit, d'abord à moi, puis à lui, tout en jetant un regard circulaire dans le restaurant pour vérifier la présence éventuelle d'une connaissance. Joe l'embrassa rapidement sur la joue, avant qu'elle ne s'installe dans la chaise voisine de la mienne. En public, ils adoptaient souvent une attitude formelle, celle d'un couple marié depuis cinq ou dix ans, et pas du tout celle de deux jeunes gens de vingt-six ans dans la deuxième année de leur liaison. Mais si vous passiez du temps à fréquenter Joe, vous ne tardiez pas à comprendre qu'il était très épris d'Isabelle. Elle désarmait sa réserve britannique innée. Elle était le seul élément de son existence qui échappait à sa maîtrise.

« Salut, fit-elle. Comment ça va, Will ? »

Notre petit baiser tourna mal : je visai la joue et dérapai derrière son oreille.

« Je vais bien. Et toi ?

— Trop chaud. Surmenée. Et en retard.

— Tu n'es pas en retard. » Joe lui prit la main. Leurs doigts s'entrecroisèrent brièvement sur la table, avant qu'elle ne déploie sa serviette d'un geste vif. « Je vais te chercher un verre. »

Ils s'étaient rencontrés en décembre 1995, lors de son premier retour de Hong Kong, à un mariage dans le Hampshire où il était garçon d'honneur. Isabelle était une amie de la mariée et s'était efforcée de garder son sérieux en lisant un passage du *Prophète* pendant le service. « Comme des gerbes de blé, il vous rassemble en lui, déclamait-elle devant la congrégation rassemblée. Il vous tamise pour vous libérer de votre écorce. Il vous broie jusqu'à la blancheur. » À un certain moment, il avait acquis la conviction que cette fille magnifique au pupitre, avec ce chapeau à large bord, posait le regard droit sur lui en prononçant ces mots : « Il vous pétrit jusqu'à vous rendre souple. Et alors il vous expose à son feu sacré, afin que vous puissiez devenir le pain sacré du festin sacré de Dieu », mais c'était sans doute une illusion due à la lumière. À cet instant, la plupart des messieurs présents dans l'église étaient victimes d'une illusion similaire. Après quoi, au cocktail précédant le dîner, Isabelle vint vers lui, avec une flûte de champagne à la main et ce chapeau qui avait perdu sa fleur.

« Que s'est-il passé ?

— Un chien », lui répondit-elle, comme si cela expliquait tout. Pendant les deux heures qui suivirent, ils ne se quittèrent pas. Au dîner, placé à des tables différentes, ils échangèrent des regards sans fard, chacun à une extrémité de la tente, un fermier se plaignant à Isabelle des iniquités de la Politique agricole commune alors que Joe expliquait à une tante qui bayait aux corneilles, assise à sa gauche, que l'acheminement du fret supposait de faire circuler « de très grosses cargaisons autour du monde à bord de gros navires porte-conteneurs », et que Hong Kong avait « le deuxième trafic des ports d'Asie après Singapour », même s'ils « risquaient l'un et l'autre d'être bientôt dépassés par Shanghai ». Aussitôt le pudding terminé, il emporta une tasse de café à la table d'Isabelle et s'assit à une chaise libre à côté de la sienne. Ils se parlèrent, il fit la connaissance de ses amis et, pour la première fois, il regretta d'avoir intégré le SIS. Non parce que la vie lui imposait de mentir à cette fille somptueuse et captivante, mais parce que, dans quatre jours, il serait de retour derrière son bureau, à l'autre bout du monde, à rédiger des rapports CX sur l'armée chinoise[1]. Il y avait de fortes chances pour qu'il ne revoie jamais Isabelle.

Vers 23 heures, une fois les discours terminés et les pères d'âge mûr en pantalon rouge ayant entamé des danses endiablées sur *Come on Eileen*, elle se pencha simplement vers lui et lui murmura dans le creux de l'oreille : « Allons-nous-en. » Joe avait une chambre dans un hôtel à cinq kilomètres de là, mais ils avaient refait toute la route par la M40, jusqu'à l'appartement d'Isabelle à Kentish Town, où ils étaient restés au lit deux jours. « Comme un gant », murmura-t-elle dès qu'elle sentit son corps nu contre le sien, et il se sentit emporté à la dérive dans un monde qu'il n'avait jamais connu, un monde où son assouvissement physique et émotionnel était si entier qu'il s'était demandé pourquoi il lui avait fallu autant de temps pour se lancer à sa recherche. Il avait eu des aventures, naturellement – deux petites amies à Oxford et une autre quelques jours à peine après son arrivée à Hong Kong –, mais il n'avait connu avec elles que la brève satisfaction d'un pur désir charnel ou quelques semaines d'intenses conversations autour de la Révolution culturelle suivies d'une séance de sexe à la limite de la perte de temps, dans son logement de Wadham. Dès leurs premiers instants ensemble, Isabelle l'intrigua, le fascina jusqu'à l'obsession. Il m'avait avoué qu'après avoir passé vingt-quatre heures dans son appartement il prévoyait déjà leur vie à deux. Joe Lennox avait toujours été un individu très décidé, et Joe Lennox avait décidé qu'il était amoureux.

Le lundi soir, il reprit sa voiture, regagna son hôtel dans le Hampshire, et régla la note avant de retourner à Londres prendre Isabelle pour l'emmener au Mon Plaisir, un restaurant français qu'il adorait, dans Covent Garden. Ils dînèrent d'une soupe à l'oignon, d'un steak tartare et d'un confit de canard, et burent deux bouteilles d'Hermitage Cave de Tain. Devant leurs ballons de cognac Delamain – il aimait sa façon de traiter

---

1. Les rapports du MI6 reçoivent l'appellation CX, datant des premiers temps du service, dirigé par Mansfield Smith-Cumming, qui signait d'un « C » à l'encre verte. Le service était si secret que les rapports, non diffusés à l'extérieur du MI6, portaient la mention « Cumming *EX*clusively », abréviée en « CX ». Depuis Cumming, tous les directeurs du SIS sont aussi appelés « C ». Source : *Spooks Newsletter* n° 35, avril 2001. *(Toutes les notes sont du traducteur.)*

l'alcool comme un banal jus de fruits –, elle le questionna sur Hong Kong.

« Que veux-tu savoir ?

— N'importe. Parle-moi des gens avec qui tu travailles. Raconte-moi ce que fait Joe Lennox quand il se lève le matin. »

Il comprit que ces questions constituaient un interrogatoire sérieux : Dois-je partager mon existence avec toi ? Mérites-tu ma vie à venir ? Au cours des deux journées qu'ils venaient de passer ensemble, ils n'avaient pas une seule fois abordé le sujet de la distance qui allait bientôt les séparer. Pourtant, Joe sentait qu'il avait une chance de la rallier à sa cause, de la persuader de quitter Londres et de le rejoindre à Hong Kong. C'était un fantasme, évidemment, guère plus qu'une chimère, mais une lueur dans les yeux d'Isabelle le convainquit de poursuivre. Il n'avait pas envie de voir ce qu'ils avaient partagé se perdre à cause des contraintes géographiques.

Il allait donc lui dresser un tableau animé et séduisant de la vie à Hong Kong. Il allait l'attirer vers l'Orient. Mais comment s'y prendre sans recourir à la vérité ? S'il lui révélait qu'il était un espion, il avait conscience que tout serait joué. Elle risquerait fort de le rejoindre par le premier vol pour Kowloon. Quelle fille pourrait résister ? Mais chez un officier camouflé, la franchise n'était pas de mise. Il lui fallait improviser, il fallait concocter un mensonge.

« Ce que je fais le matin ? Je bois un café noir et fort, je dis trois Je vous salue Marie et j'écoute le journal du World Service de la BBC.

— J'avais remarqué. Et ensuite ?

— Ensuite, je me rends à mon travail.

— Qui consiste en ? » Elle avait de longs cheveux noirs et bouclés qui lui effleuraient le visage. « Tu as ton bureau à toi ? Tu travailles sur les docks ? Y a-t-il là-bas des secrétaires qui te désirent, toi, l'Anglais silencieux et mystérieux ? »

Songeant à Judy Heppner, il lui sourit.

« Non, il n'y a que moi et Ted, et la femme de Ted, Judy. Nous sommes installés dans de petits locaux, à Central. Si je devais tout te raconter en détail, je crois que tu te désintégrerais d'ennui.

— Toi, ça t'ennuie ?

— Non, mais je considère vraiment cela comme un marchepied. Si je joue correctement mes cartes, d'ici un an ou même six mois, il y aura des postes auxquels je pourrai me porter candidat chez Swire ou Jardine Matheson, avec plus de responsabilités et un meilleur salaire. Après l'université, je n'avais qu'une envie, sortir de ce fichu Londres. Hong Kong me paraissait faire l'affaire.

— Alors tu te plais là-bas ?

— J'adore vivre là-bas. » C'était le moment d'emporter le morceau. « Je ne suis parti que depuis quelques mois, mais je me sens déjà chez moi. J'ai toujours été captivé par les foules, le bruit et les odeurs de l'Asie, le chaos juste au coin de la rue. C'est si différent du monde dans lequel j'ai grandi, si libérateur. J'aime l'idée qu'en sortant de mon immeuble j'entre dans un environnement totalement inconnu, comme un étranger dans un pays étrange. Hong Kong est une colonie britannique depuis plus de quatre-vingt-dix ans, mais bizarrement, tu sens que nous n'y avons pas notre place, aucun rôle à y jouer. » Si David Waterfield entendait cela, il en aurait une crise cardiaque. « Chaque visage, chaque panneau, le moindre chien, le moindre poulet ou un enfant qui détale dans les ruelles sont chinois. Qu'est-ce que les Britanniques ont fabriqué là-bas pendant tout ce temps ?

— Encore, lui chuchota-t-elle en le regardant par-dessus le bord de son verre, un regard où il faillit se noyer. Dis-m'en plus. »

Il lui vola une de ses cigarettes.

« Eh bien, le soir, sur un coup de tête, tu peux t'embarquer à bord d'un ferry à Shun Tak et, deux heures plus tard, tu joues au black-jack au casino Lisboa, à Macao. Le week-end, tu peux faire un saut à ton club à Lan Kwai Fong ou partir pour la Happy Valley déguster des *fish and chips* dans l'espace réservé aux membres et perdre ton salaire de la semaine sur un cheval dont tu n'avais jamais entendu parler. Et la cuisine est incroyable, absolument incroyable. Des restaurants de *dim sum*, de *char sui*, les sushis les plus frais qui se puissent trouver en dehors du Japon, des currys démentiels, des restaurants en extérieur sur l'île de Lamma où tu choisis un poisson dans un aquarium et, dix minutes plus tard, tu le retrouves devant toi grillé dans une assiette. »

Il savait qu'il était en train de la convaincre. À certains égards, c'était même trop simple. Isabelle travaillait toute la semaine dans une galerie d'art d'Albemarle Street – cette jeune femme intelligente et surqualifiée restait assise huit heures par jour à lire Tolstoï et Jilly Cooper, en attendant d'exercer ses charmes sur le milliardaire libanais qui entrerait là rien que pour claquer cinquante mille livres dans une toile abstraite. Ce n'était pas exactement la manière la plus excitante qui soit de passer le temps. Qu'avait-elle à perdre à traverser la moitié du globe pour aller vivre avec un homme qu'elle connaissait à peine ?

Elle sortit une cigarette de son paquet et, quand il la lui alluma, elle referma sa main sur celle de Joe.

« Ça m'a l'air incroyable », fit-elle, mais subitement son visage parut se crisper. Il vit l'ombre d'une mauvaise nouvelle lui assombrir les yeux et il eut le sentiment que tout allait lui échapper. « Il y a quelque chose que j'aurais dû te dire. »

Bien sûr. C'était trop beau pour s'achever autrement. Vous rencontrez une femme superbe à un mariage, vous découvrez qu'elle est atteinte d'une maladie à son stade terminal, qu'elle est mariée ou qu'elle part s'installer à Istanbul. Il sentit le vin et ce copieux repas remonter en lui et fut surpris d'éprouver un tel degré d'anxiété, un tel sentiment de trahison.

« Que vas-tu me dire ? Quel est ton secret ?

— J'ai un petit ami. »

Cela aurait dû être le coup fatal, la cassure, et aussitôt elle scruta le visage de Joe, en quête d'une réaction. Elle réussit à conjuguer une expression d'obstination et de honte mêlées. Mais il se sentit moins surpris qu'il n'aurait cru et découvrit en lui une réplique à l'aveu d'Isabelle qui lui semblait aussi intelligente et aussi efficace que tout ce qu'il aurait pu puiser dans sa vie parallèle d'espion.

« Plus maintenant. »

Et ce fut réglé. Un filet de fumée s'échappa des lèvres d'Isabelle, comme un dernier soupir, et elle sourit de plaisir à sa réponse. Qui était convaincante. Et stylée. Pour l'heure, c'était tout ce qu'elle recherchait.

« Ce n'est pas si simple. » Mais en fait, si. Il suffisait simplement de briser le cœur d'un autre homme. « Nous sommes ensemble depuis deux ans. Ce n'est pas une histoire dont je peux me débarrasser comme cela. Il a besoin de moi. Je suis désolée de ne pas t'en avoir parlé plus tôt.

— Ce n'est pas grave. » *Je t'ai menti, donc il est de bonne guerre que tu m'aies menti.* « Il s'appelle ?

— Anthony.

— Il est marié ? »

Il avait lancé cela à tout hasard, mais par une pure coïncidence, il était tombé sur la vérité. Isabelle était stupéfaite.

« Comment le sais-tu ?

— L'instinct.

— Oui, il est marié. Enfin, il l'était. » Involontairement, elle porta la main à son visage, se masquant la bouche comme si elle avait honte du rôle qu'elle avait joué. « Il est séparé maintenant. Avec deux enfants, des adolescents…

— … qui te détestent. »

Elle rit.

« Qui me détestent. »

Dans la foulée, il y eut entre eux un regard qui lui souffla tout ce qu'il avait besoin de savoir. Tant de choses de la vie se cristallisent dans l'intervalle entre les mots. Elle va quitter Londres, en conclut-il. Elle va me suivre en Asie. Ses doigts vinrent glisser le long des poignets d'Isabelle, et elle ferma les yeux.

Cette nuit-là, dans ce Noël froid de Kentish Town, ivres et leurs deux corps entrelacés, elle lui chuchota : « Je veux rester avec toi, Joe. Je veux venir à Hong Kong avec toi », et il ne trouva rien d'autre à lui répondre que ceci : « Alors reste avec moi, alors viens avec moi », avant que l'offrande de sa peau ne le réduise au silence. Et puis il avait pensé à Anthony et s'était imaginé ce qu'elle allait lui dire, comment les choses s'achèveraient entre eux, et il avait eu la surprise de ressentir de la pitié pour un garçon qu'il ne connaissait pas. Peut-être avait-il compris, dès cet instant, que perdre une femme comme Isabelle Aubert, être rejeté par elle, serait un coup dont un homme pourrait ne jamais se relever.

5.

La Maison des mille trous de balle

Voilà qui ne réjouissait guère Waterfield.

Refermant la porte de son bureau, huit étages au-dessus de celui de Joe à Jardine House, il se tourna vers Kenneth Lenan et se mit à vociférer :

« Qui est Isabelle Aubert, bordel, et qu'est-ce qu'elle fout à se taper douze mille kilomètres en avion pour aller jouer au papa et à la maman avec RUN ? »

RUN, c'était le cryptonyme par lequel le Foreign Office désignait Joe, une protection contre les oreilles et les yeux chinois. Toutes les deux semaines, la Maison des mille trous de balle était passée au crible, mais, dans une petite colonie surpeuplée de plus de six millions d'habitants, vous ne saviez jamais qui pouvait être à l'écoute.

« C'est un nom français, lui répondit Lenan, mais le passeport est britannique.

— Ah, vraiment ? Eh bien, ma mère a eu un chat, autrefois. Un siamois, mais il ressemblait à Clive James, vous savez, le poète, l'ami de la princesse Diana, celui que ses parents avaient baptisé Vivian, mais il a changé car c'était un prénom de fille. Je veux qu'on la contrôle. Je veux m'assurer que l'un de nos meilleurs hommes à Hong Kong ne soit pas sur le point de ficher toute sa carrière en l'air parce qu'une agente de la DGSE lui a montré sa culotte. »

Lenan, sur qui l'on pouvait toujours compter, avait anticipé pareille réaction. Jeune officier du SIS dans les années soixante, David Waterfield avait vu des carrières paralysées par l'affaire Blake et Philby. Son talon d'Achille, c'était la crainte d'une taupe au cœur du Service. Lenan le consola.

« Je m'en suis déjà occupé.

— Que voulez-vous dire, vous vous en êtes déjà occupé ? » Il se rembrunit. « Elle ne vient plus ? Ils ont rompu ?

— Si, elle vient, monsieur. Mais Londres valide. Pas au niveau d'une enquête de sécurité prioritaire, certes, mais cette fille a l'air sans problème. »

Lenan sortit un morceau de papier de la poche intérieure de sa veste, le déplia et broda à partir de ce qui était noté : « Isabelle Aubert. Née à Marseille en février 1973. Catholique. Père : Édouard Aubert, de nationalité française. A fait presque toute sa carrière professionnelle comme courtier en assurances à Kensington. Homme à femmes, fortune héritée, mort d'un cancer il y a dix ans, à soixante-huit ans. Mère anglaise, Antonia Chapman. "De bonne famille", je crois que c'est la formule. Avant d'épouser Aubert en 1971, a travaillé comme mannequin. Artiste à temps partiel, ne s'est jamais remariée, vit dans le Dorset, une grande maison, deux labradors, cuisinière en fonte Aga, etc. Isabelle a un frère, Gavin. Tous deux scolarisés dans des établissements privés, lui à Radley, elle à Downe House. Le frère vit à Seattle, il est gay et travaille dans l'informatique. Isabelle a passé une année entre le lycée et un stage de bénévolat universitaire dans un orphelinat roumain. Selon un de ses amis, cette expérience l'a "complètement transformée". À ce stade, nous ne savons pas au juste en quoi ou pourquoi. Elle n'a adopté aucun de ces enfants, si c'est à cela que l'ami voulait faire allusion. Ensuite, à l'automne 1992, elle s'inscrit à Trinity College, à Dublin, déteste, laisse tout tomber au bout de six semaines. D'après ce même ami, à cette période, elle est "un peu déboussolée", file à Ibiza, travaille à l'entrée d'une boîte de nuit pendant deux étés et, lors d'un dîner à Londres, rencontre Anthony Charles Ellroy, créatif dans la pub. Ellroy a quarante-deux ans, la crise de l'âge mûr, marié, deux enfants. Abandonne sa femme pour Isabelle qui, à cette époque, travaille pour une amie de sa mère dans une galerie d'art de Green Park. Voulez-vous que je continue ?

— Ibiza, marmonna Waterfield. Qu'est-ce que ça signifie ? Ecstasy ? La scène rave ? Avez-vous vérifié si elle n'a pas un casier judiciaire à la Guardia Civil ?

— Blanc comme neige. Quelques contraventions de stationnement. Un découvert à la banque. C'est tout.

— Rien de suspect ? » Waterfield regarda par la fenêtre, la carcasse à moitié achevée de l'IFC, l'immense gratte-ciel de l'International Finance Centre, presque deux fois la hauteur de la tour de la Bank of China, et qui dominerait bientôt la ligne des toits de Hong Kong. Il vouait à Joe une affection particulière et craignait qu'en dépit de ses qualités indubitables, il ne soit encore un jeune homme éventuellement enclin à commettre des erreurs de jeune homme. « Et pendant sa période en Roumanie, aucun contact avec l'officier de liaison, par exemple ? Aucune raison particulière à l'abandon de ses études ?

— Je pourrais certainement faire examiner ces aspects plus en détail.

— Parfait. Bien. » Waterfield agita une main dans le vide. « Et quand tout cela se sera calmé, je lui en toucherai un mot. Je m'arrangerai pour la rencontrer en personne. De quoi a-t-elle l'air ?

— Jolie, fit Lenan, avec son talent proverbial pour l'euphémisme. Brune, une allure très française, une touche de campagne anglaise. Un teint exquis. Un peu de mystère par-ci, une certaine grâce par-là. Jolie. »

6.

Cousin Miles

Ce n'était pas une mauvaise description, même si elle ne rendait pas compte du sourire d'Isabelle, souvent ironique et malicieux, comme si elle s'était résolue dès son plus jeune âge à jouir de la vie, de peur, sinon, d'avoir à contempler la source de la mélancolie qui refluait du fond de son âme comme une vague. Elle n'évoquait pas davantage l'enthousiasme avec lequel Isabelle avait abordé sa vie à Hong Kong les premières semaines, consciente de pouvoir captiver à la fois les hommes et les femmes, tant par sa personnalité que par sa remarquable beauté. Pour une si jeune femme, Isabelle était très sûre d'elle, peut-être à l'excès et, au fil des ans, j'ai entendu assez de vacheries pour deviner qu'une telle confiance en soi n'était pas du goût de tout le monde. Lenan, par exemple, avait fini par la juger « vaniteuse » et « terriblement contente d'elle », même si, comme la plupart des Britanniques très collet monté de la colonie, il l'aurait volontiers embarquée en Thaïlande pour un week-end torride à Phuket si l'ombre d'une occasion s'était présentée.

Au restaurant, ce soir-là, je lui trouvai l'air un peu fatigué, et c'est Joe et moi qui alimentions l'essentiel de la conversation jusqu'à l'arrivée de Miles Coolidge vers 20 h 30. En pantalon de toile et sandales, il tenait un parapluie à la main ; vue de loin, sa chemise en lin blanc paraissait imprégnée de sueur. Quand il nous eut serré la main et se fut assis à côté de Joe, je compris qu'il venait de prendre une douche et pariai qu'il arrivait tout droit de chez Lily, son salon de massage préféré sur Jaffe Road.

« Alors, comment ça va, ce soir ? »

La présence de ce Yankee bronzé au crâne rasé, avec sa voix grave, nous donna une sorte de coup de fouet. Nous n'étions plus trois Anglais qui prennent tranquillement une bière avant le dîner, mais des disciples à la cour de Miles Coolidge, agent de la CIA, attendant de voir vers quoi il nous mènerait.

« Tout le monde va bien, Miles, fit Joe. Tu es allé nager ?

— Tu sens ça ? » répondit-il en baissant les yeux sur sa chemise, et une bouffée de gel douche traversa la table. Isabelle se pencha et fit mine de le renifler, avec une grimace comique.

« J'arrive du club de sport. Fait chaud ce soir. »

Joe me lança un regard à la dérobée. Il connaissait aussi bien que moi le goût de Miles pour sa séance de paluchage bihebdomadaire, détail que nous cachions à Isabelle. Aucun de nous n'avait envie de s'étendre sur le comportement sexuel masculin dans les lieux de plaisir de Hong Kong. Même innocent, vous étiez coupable par amalgame.

Faut-il souligner que Miles considérait l'Asie comme son terrain de jeu personnel ? Je n'ai jamais connu d'homme aussi rigoureux dans la satisfaction de ses appétits, aussi à l'aise dans l'impudence et aussi dédaigneux du jugement moral d'autrui. Il était l'antithèse vivante de la tendance puritaine du tempérament américain. Trente-sept ans, célibataire, ne rendant de compte à presque personne, Coolidge était le fils unique de parents divorcés irlando-américains, un étudiant brillant qui cumulait deux boulots tout en poursuivant ses études à Georgetown School of Foreign Service. Diplômé avec mention très bien en 1982, il avait presque aussitôt sollicité un poste à la CIA. La plupart de ses amis proches, y compris à Hong Kong – Joe, Isabelle et moi-même –, savaient comment il gagnait sa vie, même si nous étions évidemment liés par le secret. Il avait travaillé très dur et très efficacement en Angola, à Berlin et à Singapour, avant d'être nommé à Hong Kong à peu près en même temps que Joe. Il parlait couramment le mandarin et correctement l'allemand, se débrouillait en cantonais et bredouillait un épouvantable espagnol américanisé. Il était grand, imposant et possédait cette assurance indéfinissable qui attire les belles femmes comme la flamme les papillons de nuit. Un défilé régulier de filles à tomber à la renverse – journalistes de l'Associated Press, juristes des droits de l'homme, secrétaires des débats de l'ONU – franchissaient la porte à tambour de son appartement de Mid-Levels et je mentirais si je disais que son succès ne me remplissait pas quelquefois d'envie. Miles Coolidge était le Yankee de vos rêves et de vos cauchemars : sa compagnie pouvait être électrisante et il pouvait se montrer odieux et arrogant. Il était capable de subtilité et de perspicacité, mais aussi de grossièreté et de stupidité. C'était à la fois un ami et un ennemi, un atout et un problème. Bref, un Américain.

« Vous savez ce qui me fout vraiment en rogne ? » La serveuse lui apporta une vodka tonic et leur tendit quatre menus et la carte des vins. Joe fut le seul à s'y plonger pendant que Miles se déchargeait de sa mauvaise humeur. « Votre type, Patten. J'ai parlé à des gens de son entourage aujourd'hui. Vous savez ce qui se passe à Government House ? Rien. Il vous reste trois mois avant que cet endroit ne passe aux mains des Chinois, et vous ne pensez qu'aux camions de déménagement, aux billets d'avion de retour et au moyen de lécher le cul du prince Charles lors de la passation de pouvoir, avant qu'il ne monte à bord du *Britannia*. »

C'était du Coolidge typique : un mélange de conjectures, de faits avérés et d'absurdités, le tout destiné à asticoter les Anglais. En aucun cas ce dîner ne serait un moment paisible. Miles vivait pour le conflit et sa résolution en sa faveur, et il puisait un plaisir particulier dans l'inaptitude de Joe à débattre pleinement d'affaires d'État en présence d'Isabelle. Elle ne savait absolument rien de son travail d'espion. Néanmoins, Waterfield avait tenu l'Américain informé de l'existence de RUN dès 1996, à la suite d'un retour de flamme sur une opération d'écoutes conjointes SIS/CIA visant les quatre candidats en lice pour le poste de directeur exécutif de la Région administrative spéciale de Hong Kong. L'affaire avait provoqué un vilain passage à vide dans nos relations à tous les quatre, et depuis lors Miles s'amusait constamment à éprouver la résistance de la couverture de Joe, sur un mode à la fois puéril et très dangereux.

Il n'est pas inutile de dire un mot de leur relation qui a occupé une place si centrale dans les événements des huit années suivantes. Malgré tout ce qu'il avait accompli, il ne fait aucun doute dans mon esprit que Miles était jaloux de Joe :

jaloux de sa jeunesse, de ses origines de fils privilégié de l'Angleterre, de l'aisance apparente avec laquelle il s'était acquis une réputation d'officier infiltré de premier ordre au bout de seulement deux années dans le métier. Tout ce qui séduisait chez Joe – son honnêteté, son intelligence, sa loyauté et son charme – était perçu comme un affront personnel par Coolidge : animé d'un esprit de compétition permanent, il se considérait comme un garçon de la classe ouvrière ayant bien tourné, mais dont la progression dans l'existence s'était vue entravée à chaque étape par une conspiration de WASP et de diplômés des universités prestigieuses à laquelle Lennox se joindrait un jour presque certainement. C'était ridicule, bien sûr – Miles était allé vite et loin, dans bien des cas plus loin et plus vite que les diplômés de Princeton, de Yale et de Harvard de l'Agence –, mais cela lui plaisait de nourrir cette rancune, et ce préjugé déséquilibrait sa relation avec lui à un degré qui se révéla finalement destructeur.

Évidemment, il y avait aussi Isabelle. Dans des villes regorgeant de filles du cru superbes et flatteuses pour l'ego, il est difficile de surestimer l'impact qu'une très belle Européenne peut avoir sur les cœurs et les âmes des messieurs occidentaux en Asie. Dans son cas, toutefois, cela dépassait la valeur due à la rareté ; nous étions tous, je crois, un peu amoureux d'Isabelle Aubert. Longtemps, Miles dissimula son obsession en se montrant agressif envers elle et en menant une vie dissolue, mais il n'a jamais cessé de la poursuivre, d'une manière ou d'une autre. Que Joe possède Isabelle fut perçu par Miles comme une insulte pendant tout le temps qu'il passa à Hong Kong. Qu'elle soit l'amante d'un Anglais qu'il admirait autant qu'il le méprisait ne faisait qu'aggraver la situation.

« Quand tu parles des "gens de Patten", lui demandai-je, à qui songes-tu, au juste ? »

Miles se massa la nuque et ignora ma question. En général, avec moi, il était sur ses gardes. Il me savait intelligent, doté d'une certaine indépendance d'esprit, mais il avait besoin des relations que j'entretenais comme correspondant de presse et, de fait, me réservait le traitement que les journaleux trouvent irrésistible : déjeuners coûteux, notes de bar prises en charge, bribes d'informations sensibles échangées avec la réciprocité d'usage. Dans le meilleur des cas, nous étions bons amis dans un contexte professionnel, mais je considérais – à tort, comme cela s'est avéré – qu'à la minute où je quitterais Hong Kong je n'entendrais probablement plus jamais parler de Miles Coolidge.

« Je veux dire, qu'est-ce que ce type a accompli, au juste, depuis cinq ans qu'il est gouverneur ?

— Là, tu parles de Patten ? répondit Joe d'un ton plat, à la limite de l'ennui, et le ton était dénué de toute inflexion.

— Ouais, je parle de Patten. Voici ma théorie. Il arrive ici en 1992 comme un politicien raté, même pas capable de conserver un siège de parlementaire. Il doit être en pleine crise d'ego. Il se dit : "Il faut que je fasse quelque chose, il faut que je laisse mon empreinte. La résidence, le yacht privé et la Rolls-Royce gouvernatoriale, ça ne me suffit pas. Il faut que je sois le patron." »

Cela fit rire Isabelle.

« Qu'est-ce qu'il y a de drôle ? » lui demanda Joe, mais il souriait, lui aussi.

« Gouverna-quoi ? fit-elle.

— "Gouvernatoriale". Autrement dit "du gouvernement". Un attribut de la fonction. Bon sang, jeunes gens, je croyais que vos parents vous avaient payé des études hors de prix ?

— Et donc, fit Joe, l'encourageant à poursuivre.

— Et donc, Chris est installé là-bas, dans cette Government House, à regarder la télévision, et il se dispute peut-être la télécommande avec Lavande, pendant que Whisky et Soda se lèchent les burnes... » Lavande était l'épouse de Patten, Whisky et Soda leurs chiens. Et Miles fut récompensé par des rires... « Alors Patten se dit : "Comment puis-je vraiment faire foirer cette histoire ? Comment vais-je, avec la rétrocession de Hong Kong par le gouvernement britannique à la République populaire de Chine, provoquer le plus grand merdier politique et diplomatique des temps modernes ? Je sais. Je vais introduire la démocratie. Après quatre-vingt-dix ans de domination coloniale pendant lesquels aucun de mes prédécesseurs n'en a rien eu à foutre des six millions d'individus qui vivaient ici, je vais veiller à ce que la Chine leur permette de voter." »

— Nous n'avons pas déjà entendu ça ? lui fis-je observer.

— Je n'ai pas terminé. » Nous eûmes tout juste le temps de commander des plats et du vin que Miles était de nouveau lancé : « Ce qui m'a toujours agacé chez ce gaillard, c'est son hypocrisie, vous voyez ? Il s'est présenté comme l'homme du peuple, un type debout, issu de la seule nation civilisée qui subsiste sur toute la planète, mais vous croyez vraiment qu'il voulait la démocratie pour des raisons humanitaires ?

— Oui, je le crois, déclara Joe avec une fermeté qui nous prit tous par surprise, j'étais persuadé qu'il n'écoutait pas. Et je le crois non parce que ça lui plaisait de faire des vagues, non parce qu'il aimait faire des pieds de nez à Pékin, mais parce qu'il accomplissait son travail. Personne ne prétend que Chris Patten serait un saint, Miles. Il a ses faiblesses, il a son ego, comme nous tous. Mais en l'occurrence, il a été courageux et fidèle à ses principes. En fait, cela me sidère que les gens mettent encore en cause ce qu'il a tenté de réaliser. S'assurer que le peuple de Hong Kong jouisse de la même qualité de vie avec le gouvernement chinois que celle qu'il aura connue sous l'autorité britannique pendant quatre-vingt-dix neuf ans, ce n'était pas une stratégie spécialement audacieuse. Cela relevait du simple bon sens. Ce n'était pas simplement la décision la plus juste au plan moral. C'était la seule à prendre d'un point de vue politique et économique. Imaginez l'autre hypothèse. »

Le visage épanoui, Isabelle eut un sourire rayonnant de fierté, presque comique, et s'empara de la main de Joe, en susurrant : « Retrouvez-nous après la pause, en compagnie de Joe Lennox qui va s'attaquer à la pauvreté dans le monde...

— Oh, allez ! » Miles vida sa vodka tonic comme si c'était un verre d'eau. « Je t'adore, mon pote, mais putain, ce que tu es naïf. Chris Patten est un politicien. Aucun politicien n'a jamais agi autrement que dans son intérêt personnel.

— Les Américains sont-ils tous aussi cyniques ? s'écria Isabelle. Aussi dérangés ?

— Uniquement les imbéciles », répondis-je, et Miles me lança un noyau d'olive tout mâchonné.

Là-dessus, Joe revint à la charge.

« Tu sais quoi, Miles ? » Il alluma une cigarette et la pointa sur lui comme une flèche. « Depuis tout le temps que je te connais, tu nous as toujours seriné ce même vieux monologue sur Patten et les Anglais et l'idée qu'on ne ferait tous ça que pour l'argent, ou l'intérêt personnel, ou je ne sais quel argument que tu t'es confectionné, histoire de te donner bonne conscience par rapport aux compromis que tu acceptes, tous les jours, à ton ambassade des États-Unis. Eh bien, traite-moi de naïf, mais je crois que les hommes honnêtes, cela existe, et Patten en est l'exemple le plus proche que tu pourras trouver dans la vie publique. »

L'arrivée de nos hors-d'œuvre ne détourna nullement Joe de la tâche qu'il s'était fixée. Miles fit mine d'être enchanté par ses crevettes grillées, mais nous savions tous qu'il allait essuyer un feu roulant de violentes critiques.

« Il est temps que je t'éclaire. Je ne souhaite pas donner l'impression de m'exprimer comme le porte-parole de Chris Patten, mais son administration a respecté la quasi-totalité des engagements qu'il avait pris auprès de la population de Hong Kong il y a cinq ans. Nous avons plus d'enseignants dans les écoles, plus de médecins et d'infirmières dans les hôpitaux, des milliers de nouveaux lits pour les personnes âgées. Quand Patten est arrivé ici, en 1992, soixante-cinq mille Cantonais vivaient dans des taudis. Ils ne sont plus maintenant qu'une quinzaine de milliers. Tu devrais lire les journaux, Miles, tout y figure. La criminalité recule, la pollution diminue, l'économie est en croissance. En fait, la seule chose qui n'a pas changé, ce sont les individus de ton espèce qui râlent contre Patten parce qu'il vous empêche de gagner un paquet d'argent. Je veux dire, ce n'est pas cela, votre argument ? La conciliation ? N'est-ce pas la ligne traditionnelle des sinologues sur la Chine ? Ne jamais contrarier les dirigeants de Pékin ? Ces vingt prochaines années, ils seront à la tête de la deuxième économie mondiale. Il nous les faut dans notre jeu pour pouvoir construire des usines General Motors dans le Guangdong, des banques d'affaires à Shenzhen, vendre du Coca-Cola et des cigarettes au plus grand marché que le monde ait jamais connu. Que représentent quelques voix à Hong Kong ou un type à qui l'Armée populaire de libération arrache les ongles, si nous trouvons le moyen de nous enrichir au passage ? N'est-ce pas ça, le problème ? Patten vous a créé une conscience. »

Joe cracha ce dernier mot avec assez de bave et de venin pour que nous en restions tous interloqués. Ce n'était pas la première fois que je le voyais s'en prendre franchement à Miles pour le manque de soutien de Washington envers Patten, mais il ne l'avait jamais exprimé de la sorte devant Isabelle et j'eus l'impression que certains tendaient l'oreille aux tables voisines. Pendant un petit moment, nous nous sommes bornés à picorer dans notre assiette, jusqu'à ce que la discussion reparte sur sa lancée.

« Voilà qui est parler en vrai patriote, lâcha l'Américain. Finalement, tu es peut-être trop bien pour te cantonner au réacheminement du fret, Joe. Jamais envisagé de poser ta candidature pour un poste au Foreign Office ? »

L'allusion glissa comme de l'eau sur les plumes d'un canard.

« Qu'essaies-tu de nous dire, Miles ? D'où te vient cette rancœur ? Il y a décidément quelque chose que tu n'as jamais digéré, tu t'en rends compte ou non ? »

C'était l'une des raisons pour lesquelles Miles aimait bien Joe : parce qu'il s'en prenait à lui, parce qu'il savait brutaliser la grosse brute. Il était suffisamment intelligent pour décortiquer ses arguments et ne pas se laisser intimider par l'Américain, qui l'emportait largement sur lui tant en âge qu'en expérience.

« Je vais te dire quoi. Je me rends compte que tu confonds beaucoup d'aspects différents. » L'atmosphère s'était un peu détendue. Pendant que Miles discourait, nous pouvions au moins dîner. « Patten a tapé sur le système de pas mal de gens dans le monde des affaires, ici et de part et d'autre de l'Atlantique. Ce n'est pas seulement un phénomène américain, Joe, et tu le sais. Tout le monde veut tirer profit du marché chinois... les Britanniques, les Français, les Allemands, même ces putains d'Esquimaux... parce que nous sommes tous des capitalistes, figure-toi, et c'est à cela que s'occupent les capitalistes. Le capitalisme t'a conduit ici en taxi ce soir. Le capitalisme paiera ton dîner. Enfin, quoi, Hong Kong est le dernier avant-poste de l'Empire britannique, un empire dont le seul objectif était de propager le capitalisme à la surface du globe. Et parachuter à la dernière minute à Hong Kong un gouverneur sans aucune expérience de l'Orient pour qu'il essaie de faire la leçon à 1,3 milliard d'individus sur la démocratie et les droits de l'homme... Un pays, ne l'oublie pas, qui, à n'importe quel moment au cours de ces cent dernières années, aurait pu décréter la fermeture de cette colonie en un week-end... Eh bien, ce n'est pas la manière idéale de faire des affaires. Si tu veux promouvoir la démocratie, le meilleur moyen, c'est en premier lieu d'ouvrir les marchés et de nouer des relations avec les pays politiquement opprimés, qu'ils aient l'occasion de voir comment fonctionnent les sociétés occidentales. Ce que tu dois éviter, c'est de verrouiller la porte de l'écurie derrière ton canasson s'il a détalé, surtout s'il en a trouvé une autre, décorée à neuf, où il s'est mis en ménage avec une putain de pouliche archichaude. » Joe secoua la tête, mais nous rigolions tous. « Et pour répondre à ton accusation selon laquelle mon gouvernement aurait été dépourvu de toute conscience avant l'arrivée de Chris Patten, tout ce que je peux te dire, c'est qu'aux dernières nouvelles ce n'est pas nous qui sommes disposés à livrer six millions de nos citoyens à un régime communiste répressif situé à trente kilomètres de là. »

La repartie n'était pas mauvaise, et Isabelle glissa un regard à Joe, comme si elle craignait qu'il ne la déçoive. J'essayai d'intervenir.

« Confucius a déjà abordé la question. "L'homme supérieur sait ce qui est juste ; l'homme inférieur sait ce qui se vend." »

Isabelle sourit.

« Il a dit aussi : "La vie est très simple. Ce sont les hommes qui insistent pour la rendre compliquée."

— Ouais, maugréa Miles. Sans doute en se faisant astiquer par un gamin de neuf ans. »

Isabelle eut une grimace.

« Si vous me demandez mon avis... ce qu'aucun de vous n'a fait, remarquez... les deux camps sont aussi nuls l'un que l'autre. » Joe tourna le visage vers elle. « Les Britanniques se comportent souvent comme s'ils avaient accordé une immense faveur à la planète, depuis trois cents ans, comme si c'était un privilège d'avoir été colonisé. Ce que tout le monde a l'air de toujours oublier, c'est que l'Empire était une entreprise à but lucratif. Personne n'est venu à Hong Kong pour sauver les autochtones des Chinois. Personne n'a colonisé l'Inde parce qu'on pensait que les Indiens avaient besoin de chemins de fer. Il n'était question que de gagner de l'argent. » Miles avait l'air de jubiler. Voyant cela, elle se tourna vers lui. « Vous, les Yankees, vous n'êtes pas mieux. La seule différence, sans doute, c'est que vous êtes plus francs du collier. Vous ne cherchez pas à faire semblant de vous soucier des droits de l'homme. Vous n'en faites qu'à votre tête, un point c'est tout. »

Nous essayâmes tous de sauter sur l'occasion, mais Miles nous coiffa sur le poteau.

« Écoute. Je me souviens de Tienanmen. J'ai lu les rapports sur la torture en Chine continentale. Je sais de quoi ces types sont capables et les compromis que nous acceptons, en Occident, dans le seul but de... »

Joe fut arraché à cette conversation par la vibration de son téléphone portable. Il le sortit de la poche de sa veste et marmonna, l'air agacé : « Désolé, juste une minute », puis il consulta ce qui s'affichait à l'écran : *Percy Craddock passe à la radio*, le message convenu pour qu'il contacte Waterfield et Lenan.

« Qui est-ce, mon cœur ? » lui demanda Isabelle.

Je remarquai qu'en lui répondant il évita de la regarder.

« Un problème chez Heppner. Il faut que j'appelle Ted. Accordez-moi deux minutes, voulez-vous ? »

Au lieu de parler dans un téléphone portable et d'être intercepté par l'une des stations d'écoute des Chinois à Shenzhen, il se dirigea vers le fond du restaurant, où un taxiphone était boulonné au mur. Il connaissait le numéro de la ligne sécurisée par cœur et, deux minutes plus tard, il avait Lenan au bout du fil.

« C'est du rapide. » L'éminence grise de Waterfield avait l'air d'humeur enjouée, ce qui ne lui ressemblait guère.

« Kenneth. Que se passe-t-il ?

— Vous êtes en train de dîner ?

— Pas de souci.

— Seul ?

— Non. Isabelle est ici avec Will Lasker. Miles aussi.

— Et comment va notre ami américain ce soir ?

— En sueur. Belliqueux. Que puis-je pour vous ?

— Une demande inhabituelle, en réalité. Il se peut que ce ne soit rien. Nous aurions besoin de vous pour causer un peu avec un II qui a débarqué ce matin. Pas le style flux anonyme. Il prétend être professeur d'économie. »

Le « flux anonyme », la formule désignait les immigrés clandestins venus du sud de la Chine dans l'espoir de trouver du travail.

« Tout le monde étant retenu pour un pince-fesses à Stonecutters, on vous a refilé le témoin. Je n'en dirai pas plus au téléphone, mais il pourrait y avoir quelques produits honorables à en tirer. Pourriez-vous être à l'appartement de TST pour 22 h 30 ? »

Lenan faisait allusion à une planque non loin du musée des Sciences de Hong Kong, dans le quartier de Tsim Sha Tsui Est, côté Kowloon. Joe y était déjà allé une fois. L'endroit était petit, mal aéré, et la sonnette avait reçu une brûlure de cigarette. En fonction de la circulation, un taxi l'y conduirait en à peu près trois quarts d'heure. Il répondit : « Bien sûr.

— Bon. Pour le moment, Lee se charge de lui, mais il refuse de parler à quiconque n'est pas en relation directe avec Patten. Quand vous arriverez là-bas, faites en sorte que Lee vous tienne au courant. Apparemment, il existerait déjà plus ou moins un fichier. »

De retour dans la salle du restaurant, Joe ne prit pas la peine de se rasseoir. Il resta debout derrière Isabelle – presque certainement à dessein, pour ne pas avoir à la regarder – et lui posa les mains sur les épaules, tout en expliquant que le connaissement relatif à une cargaison en partance pour l'Amérique centrale avait été perdu pendant le transport. Il allait falloir le ressaisir et l'expédier par messagerie à Panama, avant 2 heures du matin. Naturellement, ni Miles ni moi-même n'avons cru à cette histoire une minute, mais nous nous en sommes correctement tirés en lui disant : « Mon pauvre vieux, quel cauchemar » et « Tu vas avoir faim », alors qu'Isabelle l'embrassait et lui promettait d'être encore éveillée à son retour à la maison.

Une fois Joe parti, Miles éprouva la nécessité de parachever ce mensonge et se lança dans une diatribe en bonne et due forme contre les clients fantômes de Heppner Logistics.

« Je veux dire, qu'est-ce qui leur prend, à ces gens du fret ? Un ramassis d'amateurs à la con. Un quelconque trou du cul sur un cargo qui n'est pas capable de conserver un bout de papier ? C'est un peu fort, non ?

— Ils lui mènent vraiment la vie dure, ronchonna Isabelle. Ce mois-ci, c'est la troisième fois qu'on le rappelle au bureau. »

J'essayai de trouver un moyen de changer de sujet, quand Miles y alla encore de sa complainte.

« Tu as raison. Les types qui bossent ferme, qui essaient de grimper depuis le bas de l'échelle, c'est toujours ceux-là qu'on maltraite. » Cela lui plaisait d'avoir Isabelle plus ou moins à lui tout seul. « Mais cela ne peut pas durer. Joe est bien trop malin pour s'en contenter et ne pas viser plus haut. Il faut rester positive, Isa. *Mah jiu paau, mouh jiu tiuh.*

— Qu'est-ce que c'est que ce charabia ? »

C'était du cantonais. Miles faisait l'intéressant.

« Deng Xiaoping, mon chou : "Les chevaux continueront de galoper, la danse ne s'arrêtera pas." Une autre bouteille de vin, non ? Quelqu'un m'accompagne ? »

7.

Wang

Joe héla un taxi au coin de Man Yee Lane et, en montant à l'arrière, il apprécia la fraîcheur de l'air conditionné. Depuis le restaurant, trois minutes de marche dans cette humidité avaient suffi à l'envelopper d'une transpiration moite et fébrile, la calamité de la vie à Hong Kong : vous entriez dans une galerie marchande ou un restaurant aussi frais qu'un thé glacé et, une minute après, vous sortiez dans ces rues humides qui vous cueillaient avec toute la chaleur concentrée de l'Asie. Quand il se redressa contre le dossier et dit « Granville Road, je vous prie », sa chemise colla au skaï de la banquette et de la sueur lui perlait au front, dégoulinant à grosses gouttes dans la nuque. À un mètre cinquante du taxi, un groupe de Chinois assis sur des tabourets autour d'un minuscule téléviseur buvaient des canettes de Jinwei en regardant un film. Avant que le taxi ne démarre, Joe discerna les traits épatés et le cheveu en brosse de Jean-Claude Van Damme.

Circulation dense sur Des Vœux Road, dans les deux sens : bus, bicyclettes, camions, taxis, toute la cohue multidimensionnelle de Hong Kong. Le trajet dura quarante minutes, sous le hachurage des enseignes au néon de Central, en passant devant les *mamasans* qui s'attardaient dans les embrasures de Wan Chai ; ensuite, au milieu du port, ils s'engagèrent à North Point dans le tunnel encombré, pour refaire surface dix minutes plus tard dans le centre de Kowloon. Joe guida le chauffeur, se fit déposer à un peu moins de deux rues de la planque et parcourut les deux cents derniers mètres à pied. Il s'arrêta devant une gargote pour y prendre un bol de nouilles qu'il mangea assis à une petite table basse en formica, dans la chaleur de la nuit, la sueur désormais coagulée à ses vêtements. Sa chemise et son pantalon lui donnaient l'impression d'absorber toute la poussière, toute la graisse et toute la puanteur de friture poisseuse du quartier. Il termina son plat et s'acheta un paquet de cigarettes de contrebande auprès d'un vendeur ambulant, avant d'en offrir une à un vieillard coincé à la table à côté de lui ; son sourire de gratitude dévoila une rangée de dents noircies, clavier de piano démantibulé. Joe but du thé vert macéré, régla la note et se présenta à la porte de la planque, à l'extrémité sud de Yuk Choi Road.

La sonnette carbonisée avait été remplacée par un bouton en plastique bleu. Il appuya dessus, rapidement, deux fois, marqua une pause de trois secondes, puis sonna de nouveau quatre coups brefs, afin d'attester son identité. Lee vint répondre à l'interphone dans son drôle d'anglais hésitant : « Salut, quatrième étage, je vous prie », et fit entrer Joe dans un hall d'immeuble qui sentait l'oignon frit et la sauce de soja, l'odeur de tous les halls d'immeuble de cette colonie.

Lee était un homme de trente-deux ans, tout petit, aux cheveux taillés net, à la peau lisse et aux yeux qui quêtaient constamment votre approbation.

« Hello, monsieur Richards », fit-il, car c'était le nom sous lequel il connaissait Joe.

« Salut, Lee. Quoi de neuf ? »

Ça sentait le renfermé dans cet appartement privé de lumière, l'air n'était pas assez souvent renouvelé. En posant sa veste sur une chaise de l'entrée, il entendit la plainte à haute fréquence d'une télévision en sourdine, dans le salon. Pas de climatisation, pas un souffle d'air. Sa seule visite dans ce local avait eu lieu par une fraîche journée d'automne, six mois plus tôt, et c'était Miles qui avait quasiment mené toute la conversation, en faisant mine de réconforter un interprète à court d'argent d'une délégation commerciale française pendant que trois hommes de main de la CIA en profitaient pour aller fouiller son appartement en son absence, à la recherche de documents. Sur la droite de l'entrée, il y avait un cabinet de toilette exigu où Joe s'aspergea le visage avant de rejoindre Lee dans la cuisine.

« Où est-il ? »

D'un signe de tête, l'autre lui indiqua le fond de l'entrée, un rideau composé de plusieurs lanières de plastique rouge qui tenait lieu de porte au salon. Le son de la télévision était de retour. Joe entendit Peter O'Toole exiger : « Nous voulons deux limonades », et crut reconnaître à la fois le film et la scène.

« Il regarde *Lawrence d'Arabie*, lui confirma Lee. Avec Sadha. Suivez-moi derrière. »

Il avança vers la chambre dans la foulée des claquements et des frottements que produisaient les tongs de Lee. Une fois à l'intérieur, la porte refermée, les deux hommes se retrouvèrent face à face, comme deux inconnus dans un cocktail.

« Qui est-ce ? demanda Joe. M. Lodge n'a pas été en mesure de me dire grand-chose au téléphone. »

M. Lodge était le nom sous lequel Kenneth Lenan était connu de ces anciens employés des forces de police de Hong Kong dont Lee avait fait partie et qui, à l'occasion, secondaient le SIS dans ses opérations.

« Le nom de cet homme serait Wang Kaixuan. Il prétend être professeur d'économie à l'université du Xinjiang, à Urumqi.

— Il n'est donc pas ouïghour ? »

Les Ouïghours sont un peuple de langue turquique originaire du Xinjiang – on prononce Shin-jang –, une province jadis principalement musulmane située dans l'extrême nord-ouest de la Chine, qui a fait l'objet de combats et qui a été colonisée par ses nombreux voisins au cours des siècles. Riche de ressources naturelles, le Xinjiang est l'autre Tibet de la Chine, la province que le monde a oubliée.

« Non, c'est un Chinois, un Han de quarante-huit ans. Ce matin à l'aube, il a nagé du continent vers la partie est de Sha Tau Kok, où il a été mêlé à une bagarre avec un soldat du Black Watch. » Lee prit le dossier dont Lenan lui avait parlé et l'étudia un moment. Joe le regarda feuilleter nerveusement les pages. « Le soldat s'appelle Angus Anderson, caporal en patrouille sur une plage de la baie de Dapeng. M. Wang tente de se présenter comme un citoyen de Hong Kong, un ornithologue amateur, raconte qu'il est professeur à l'université, ici, dans Western District. Le caporal Anderson ne croit pas à son histoire et ils se battent.

— Un ornithologue amateur, répéta Joe à mi-voix. Quel style de bagarre ? »

Dehors, dans la rue, un jeune homme échangeait des insultes en cantonais avec une femme qui lui hurlait dessus alors qu'il démarrait en trombe à moto.

« Rien. Pas de blessures. Mais quelque chose dans cette histoire met Anderson mal à l'aise. À sa connaissance, la plupart des immigrés du flux anonyme ne parlent pas l'anglais couramment et ne savent pas grand-chose de l'histoire du régiment du Black Watch. Mais M. Wang semble bien informé de tout cela, rien à voir avec tout ce qu'Anderson pouvait être entraîné à déceler. Ensuite, il le supplie de ne pas le remettre entre les mains de l'immigration.

— N'est-ce pas ce que vous attendriez, de la part d'un individu dans sa situation ?

— Certainement. Sauf qu'ensuite il affirme être en possession d'informations sensibles relatives à la possible défection d'un haut responsable du gouvernement chinois.

— Et Anderson a avalé ça ?

— Il prend un risque. »

Lee paraissait sur la défensive. Pour la première fois, il commençait à douter de l'authenticité de l'homme qui avait passé ces trois dernières heures à l'embobiner avec des histoires sur le terrible passé de la Chine, son présent délicat et son avenir sans limites.

« Le soldat le conduit à pied jusqu'à la garnison du Black Watch et il explique au commandant de sa compagnie ce qui s'est passé.

— Barber était le commandant de la compagnie ? demanda Joe qui commençait à y voir plus clair.

— Oui, monsieur Richards. Le major Barber. »

Le major Malcolm Barber, officier du Black Watch, ambitieux, physiquement imposant, jouissant d'excellents contacts au sein de l'armée locale, était connu du SIS sous le nom de code DICTION. Depuis trois ans, il avait régulièrement alimenté Waterfield et Lenan en éléments d'informations, selon un accord tacite où il se verrait offrir un poste au sein du MI6 à la fin de son affectation, en 1998. À ma connaissance, il a été vu dernièrement sillonnant la Zone verte de Bagdad, tâchant de fomenter des complots contre les insurgés locaux.

« Et il a cru à cette histoire ? Il a téléphoné à M. Lodge et il l'a fait amener au sud pour l'interroger ?

— C'est exact. M. Lodge a envoyé une voiture à Sha Tau Kok. Voulait s'assurer que la police et l'immigration n'en sauraient rien. Tous les détails sont dans le rapport. »

Joe trouvait toute cette histoire ridicule. Il lui vint à l'esprit qu'on le menait en bateau. Un professeur d'économie ? Qui traverse la baie de Dapeng à la nage, à l'aube ? Une défection ? Cela sentait le bobard. Pourquoi Lenan ou Waterfield prendraient-ils ça au sérieux ? Et pourquoi songer à RUN pour une telle mission ? Assurément, en se présentant lui-même à un II non identifié, il mettait sa couverture en danger. Si la quasi-totalité de ses collègues étaient occupés et si Stilton était à une réception à Stonecutters, pourquoi ne pas garder Wang jusqu'à demain pour qu'ils se chargent de lui dans la matinée ? Où était l'urgence ?

Lee lui tendit le dossier, lâcha un soupir exténué et recula respectueusement d'un pas, comme pou la relève de la garde.

« Merci », dit Joe, et il s'assit sur le lit. Barber avait écrit une lettre d'accompagnement, sur un ton suggérant qu'il partageait grosso modo la conviction d'Anderson. Néanmoins, il avait eu la sagesse de se couvrir :

Je serais très surpris que le professeur Wang se révèle de bonne foi, mais il a l'étoffe naturelle d'un transfuge, extrêmement intelligent, beaucoup de charme, parle parfaitement l'anglais. Il connaît manifestement l'appareil politique chinois, prétend avoir été torturé dans la Prison n° 3 d'Urumqi entre 1995 et 1996. A les cicatrices qui le prouvent. À tout le moins, il pourrait disposer d'informations au plan local susceptibles d'intéresser le gouvernement de Sa Majesté. Suggère que vous le reteniez vingt-quatre heures, ensuite on pourra le renvoyer vers Shenzhen sans qu'on nous pose de questions gênantes. Ne peut pas nuire de voir ce qu'il peut avoir à dire, etc. Naturellement, toujours le danger qu'il soit un agent double, mais c'est votre domaine de compétence. En ce qui concerne sa principale demande concernant sa défection, je crains de ne pas être d'une grande aide. Là-dessus, Wang est une chambre forte. Insiste pour parler à Ch. P. en personne. Mais n'a pas fait de difficultés à ce sujet. Plutôt reconnaissant qu'on « le prenne au sérieux », etc. Bonne chance.

« Il vous a dit quelque chose ? »

Lee buvait un verre de thé à petites gorgées. La question de Joe le cueillit à froid.

« Sur quoi, monsieur Richards ?

— Tout. Que le SIS aurait organisé sa défection ? Qu'il aurait même nagé jusqu'au Cambodge ?

— Rien, monsieur. Nous parlons de la situation politique chinoise en général, mais très peu de choses liées avec ce rapport. Les conversations ont été enregistrées, suivant les instructions de M. Lodge.

— Et cette bande tourne toujours ?

— La bande tourne toujours. »

Joe se concentra. Il ne possédait aucune expérience de cette sorte d'interrogatoire, uniquement les dons de compassion humaine et d'intuition qu'on lui avait reconnus au SIS et qui avaient été ensuite entretenus avec tant de succès. Il avait laissé Isabelle seule dans un restaurant avec deux amis proches dont il ne pouvait garantir les bonnes intentions envers sa fiancée. Il avait très chaud et rêvait d'une douche et de vêtements propres. La nuit allait être longue. Il suivit Lee dans le salon.

« Professeur Wang, voici M. John Richards, de Government House. L'homme dont je vous ai parlé. Il est venu vous voir. »

Wang n'avait pas dormi depuis vingt-quatre heures, et cela commençait à se voir. Tout l'allant de sa démarche avait disparu. Au lieu de se lever d'un bond, avec une énergie qui n'aurait pas surpris Anderson, il s'arracha lentement à un fauteuil d'angle, s'avança de deux pas et serra fermement la main de Joe Lennox.

« Monsieur Richards, je suis très heureux de faire votre connaissance. Je vous remercie d'être venu me voir si tard. J'espère ne vous avoir causé aucun désagrément, à vous ou à votre organisation. »

Que peut-on dire d'un individu, à première vue ? À quoi se fier d'emblée ? Au fait que Wang avait le visage d'un homme honnête et courageux ? Qu'il avait l'air à la fois vif et rusé ? Joe étudia le visage large typiquement han, nota la puissance du corps râblé, étonnamment athlétique, et s'arrêta sur cette dernière formule : « Votre organisation. » Wang soupçonnait-il déjà son appartenance au renseignement britannique ?

« Pas de problème, fit-il. J'étais très impatient de vous rencontrer. »

Wang portait le jean et la chemise noire qu'il avait enfilés sur la plage. Ses tennis étaient par terre, à côté du fauteuil, les chaussettes grises roulées à l'intérieur. Visiblement, il s'était mis à l'aise. Sadha, le Sikh costaud chargé de le garder, salua Joe d'un signe de tête, s'excusa et suivit Lee dans la cuisine. Lennox entendit la porte de la chambre se refermer avec un claquement sourd. Il songea que la sueur et l'humidité de la chaleur de la nuit asiatique s'étaient liguées dans ce salon pour laisser une forte odeur de travail, d'hommes et d'attente.

« Que diriez-vous d'un peu d'air frais ?

Wang opina et se retourna pour ouvrir la fenêtre. Joe traversa la pièce pour écarter les rideaux. C'était comme s'ils s'étaient mutuellement compris. Dehors, l'air nocturne restait obstinément immobile : pas la moindre brise ne s'aventurait dans la pièce, juste la cacophonie ininterrompue du trafic et des klaxons. Pour préserver la qualité de réception des micros installés dans la pièce, Joe décida de refermer la fenêtre et de tout reprendre. Le retour de la chaleur et du silence parut suffire à briser la glace.

« Vous avez chaud, constata Wang.

— Effectivement. »

Wang avait le genre de visage qui vous inspire naturellement confiance : des yeux sans méchanceté, un sourire d'une bienveillance séduisante.

« Vous sentez-vous bien ? Avez-vous dîné ? Y a-t-il quelque chose que je puisse vous faire apporter avant que nous ne commencions ?

— Rien, monsieur Richards. » Wang avait prononcé ce nom sur un ton lourd de sous-entendus, comme s'il savait que ce n'était pas la véritable identité de son interlocuteur et souhaitait que l'on puisse se dispenser de cette mascarade. « Vos collègues ont très bien veillé sur moi, beaucoup mieux même que je ne m'y serais attendu. Je n'ai que des commentaires agréables à formuler sur l'hospitalité britannique.

— Eh bien, voilà qui est merveilleux. »

D'un geste, Joe l'invita à se rasseoir. Il y avait une bouteille d'eau de Watson posée sur une table basse entre eux, et il remplit deux gobelets en plastique. Wang se pencha en avant et accepta le sien en le remerciant d'un hochement de tête. Joe prit place dans le canapé en simili cuir, où il semblait faire encore plus chaud. Un ventilateur, serait-ce trop exiger de Waterfield ? Qui gérait cette planque ? Les Américains ou les Anglais ?

« Bien. Je dirais que vous êtes un homme très chanceux, monsieur Wang. »

Le professeur fronça les sourcils, l'air perplexe.

« Comment ça ?

— Vous survivez à une traversée à la nage très risquée. Vous vous faites surprendre sur la plage, non par l'immigration de Hong Kong, mais par un soldat britannique. Vous prétendez détenir des informations sur une possible défection. L'armée croit à votre histoire, contacte Government House, nous envoyons un joli véhicule climatisé vous chercher et, moins de vingt-quatre heures après avoir quitté la Chine, vous voici assis dans un appartement meublé de Tsim Sha Tsui, à regarder *Lawrence d'Arabie*. D'après moi, c'est ce qui s'appelle de la chance. »

Wang regarda le petit téléviseur en noir et blanc désormais éteint, à l'autre bout de la pièce, et un large sourire entendu lui étira le visage. Il but une gorgée d'eau, tout en observant Joe par-dessus le rebord de son gobelet.

« Vu sous cet angle, naturellement, je partage votre opinion, monsieur Richards. Puis-je vous demander quelle est votre fonction à Government House ?

— Je suis un adjoint du principal conseiller politique de M. Patten.

— Mais vous êtes encore très jeune, non ? Assez jeune pour être l'un de mes anciens étudiants, dirais-je.

— Peut-être. Et vous assez âgé pour avoir été l'un de mes professeurs. »

Ce qui plut au Chinois. Son expression ravie laissait entrevoir l'intense soulagement d'un homme cultivé qui, après une longue parenthèse, pouvait enfin envisager une conversation intelligente.

« Je vois, je vois, fit-il en riant. Et où avez-vous étudié, monsieur Richards ?

— Appelez-moi John. À Oxford, ajouta Joe, sentant que cela ne ferait pas de mal d'ajouter cette précision.

— Ah, Oxford ! » Une séquence en Super 8, des flèches de pierre fantasmagoriques et de jolies filles à bicyclette, parut défiler dans les yeux du professeur. « Dans quel collège, je vous prie ?

— J'ai étudié le mandarin à Watham.

— Avec le professeur Douglas ? »

Voilà qui l'impressionna. Il n'y avait aucune esquive possible. Pour une raison qui lui échappait, Wang connaissait l'identité de la principale autorité en matière d'histoire chinoise impériale.

« Non. Le professeur Vernon.

— Ah ! Je ne le connais pas. »

Ils observèrent un temps de silence. Joe changea de position dans le canapé et glissa la main dans un creux gros comme un ballon de plage, laissé par la masse non négligeable de Sadha. Wang ne cessait de l'observer, tâchant d'évaluer le poids hiérarchique de son interlocuteur et se demandant s'il allait révéler quelque chose de son terrible secret à cet homme, sans doute un agent du SIS britannique.

« Et vous, professeur Wang ? Quel est votre parcours ? Pourquoi un intellectuel chinois hautement diplômé, détenteur d'un poste dans une université prestigieuse, veut-il fuir son pays ? Pourquoi n'avez-vous pas emprunté les canaux ordinaires ? Pourquoi ne pas simplement déposer une demande de visa ? Vous avez certainement des amis à Hong Kong, de la famille à qui rendre visite ? Pourquoi risquer votre vie en traversant Starling Inlet à la nage ?

— Parce que je n'avais pas le choix.

— Pas le choix ?

— Pour un homme comme moi, cette option n'était plus envisageable. J'avais perdu mon emploi. Je n'étais plus autorisé à quitter la Chine.

— Vous avez perdu votre emploi ? Ce n'est pas ce que vous avez déclaré au major Barber. »

Wang inclina la tête sur le côté et le faible éclairage de la pièce prêta momentanément à son visage l'immobilité granitique d'une sculpture.

« Je craignais que l'armée britannique ne prenne pas ma situation au sérieux. J'avais déjà eu beaucoup de chance d'être capturé par un soldat du Black Watch. J'ai menti afin d'accroître mes chances de rester à Hong Kong. Je vous présente mes excuses.

— Eh bien, au moins, vous êtes honnête », releva Joe avec une franchise qui allait au-delà de ses intentions. Il éprouvait envers cet homme une sympathie singulière, presque filiale, et trouvait sa position de pouvoir à son égard étrangement déconcertante. « Dites-moi, pourquoi n'êtes-vous plus autorisé à quitter la Chine ?

— Parce que je suis considéré comme politiquement indésirable, une menace pour la mère patrie. Mes actes en tant qu'universitaire ont attiré sur moi l'attention des autorités du Xinjiang qui m'ont emprisonné, avec de nombreux étudiants.

— Quel genre d'actes ? » Il se souvint de la phrase dans la lettre de Barber – *A les cicatrices qui le prouvent* – et se demanda pourquoi un homme comme Wang renseignerait les Britanniques sur un transfuge de haut niveau. Dès le début, il avait douté de cet élément de l'histoire du professeur : dix contre un que ce n'était qu'une nouvelle ruse pour franchir le barrage Anderson. Hypothèse plus vraisemblable, le professeur était un simple intellectuel radicalisé qui avait attisé des sentiments hostiles à Pékin sur son campus. En Chine, c'était le genre de chose qui vous valait d'être jeté en prison. Cela n'avait rien d'exceptionnel. « Pourquoi étiez-vous dans la nécessité de fuir la Chine ?

— Comme je l'ai déjà expliqué, à vous et à vos collègues, je détiens des informations destinées au gouvernement britannique qui seront d'une importance vitale pour les relations entre nos deux pays. C'est la raison pour laquelle il faut que je voie le gouverneur Patten immédiatement. »

Joe sourit. Il savait qu'on lui mentait, de la même manière que l'on sent qu'une personne s'ennuie en votre compagnie.

« Et où voulez-vous le rencontrer ? Certainement pas à Government House ? Les Chinois n'éprouvent-ils pas le plus grand dédain pour notre conception du feng shui ? »

Cela se voulait une plaisanterie, mais Wang ne trouva pas ça drôle. Il s'exprima pour la première fois en mandarin.

« Ne vous moquez pas de moi, jeune homme.

— Alors dites-moi la vérité. » Lennox n'allait pas se laisser prendre de haut, et sa réplique fusa. Il fut frappé par la soudaine intensité du regard de l'autre, non que cela le désarçonnât, mais parce qu'il entrevit pour la première fois la force de la volonté du professeur.

« Je vous dis la vérité.

— Eh bien, je suis désolé d'avoir à vous informer qu'une rencontre de cet ordre est hautement improbable. Vos chances d'approcher le gouverneur Patten s'arrêtent dans cette pièce, avec moi, et n'iront pas au-delà. Et à moins que je ne reparte d'ici ce soir avec quelques réponses consistantes, le Black Watch a reçu pour instructions de vous restituer à la Chine sans délai. Votre présence ici enfreint les accords politiques entre nos deux pays. »

Wang inspira si profondément qu'il releva le menton vers le plafond. Ce soudain changement d'humeur de Lennox lui forçait la main. Il allait devoir se confier à ce M. John Richards, quelle que soit sa véritable position, et courir le risque de voir ses révélations ignorées par un espion britannique indifférent.

« Pourquoi ne... »

Les deux hommes avaient repris la parole en même temps.

« Allez-y, fit Joe.

— Je vous en prie, vous d'abord.

— Très bien. » Il avait envie d'allumer une cigarette, mais se ravisa. L'air, dans cette pièce minuscule, était déjà assez désagréable à respirer. « Quand vous avez été interrogé une première fois par le caporal Anderson, vous avez mentionné un appartement ici à Kowloon. » Repensant au rapport de Barber, il se remémora l'adresse. « Numéro 19, 71 Hoi Wang Road. En quoi était-ce important ?

— Cette adresse n'avait aucune importance. Je l'ai inventée.

— Juste comme ça ? »

Wang ne comprit pas l'expression et demanda une traduction en mandarin. La conversation continua brièvement en chinois.

« Alors Hoi Wang Road n'est pas l'adresse de quelqu'un que vous connaissez ici à Hong Kong ? Ce n'est pas un appartement où vous avez séjourné lors d'une précédente visite dans cette colonie ?

— Je n'étais encore jamais venu à Hong Kong. »

Avant de reprendre en anglais, Joe nota mentalement de faire contrôler cette adresse.

« Et pourquoi maintenant ? Pourquoi avez-vous besoin de voir le gouverneur Patten en personne ? »

Wang se leva. Il se dirigea vers la fenêtre, s'appuya aux rideaux, et Joe eut soudain la vision d'un professeur réputé à l'intérieur d'un amphithéâtre bondé d'Urumqi, mettant de l'ordre dans ses notes et s'apprêtant à prendre la parole devant des étudiants impatients.

« Parce que c'est le seul responsable d'un gouvernement occidental qui ait manifesté son intérêt pour la préservation de nos droits fondamentaux. Parce qu'il est le seul homme assez puissant pour tenter quelque chose à ce sujet.

— À quel sujet ? Nous parlons de droits de l'homme maintenant ? Je croyais que vous vouliez nous signaler une défection ? »

Wang fit volte-face et s'approcha de lui. Il avait l'air en colère à présent, comme exaspéré après une longue journée de tension et de mensonges.

« Monsieur Richards, vous êtes visiblement un homme intelligent. Vous savez aussi bien que moi que j'ignore tout des projets de défection de je ne sais trop quel membre de l'appareil d'État chinois. Vous comprenez aussi bien que moi que j'ai inventé cette histoire pour faciliter mon passage vers Hong Kong.

— Alors que savez-vous ? » Il n'était pas surpris de cet aveu soudain. Il le sentait venir depuis un petit moment. « Quelle est cette affaire urgente dont vous vouliez nous tenir informés ? Qu'est-ce qui vous permet de penser que le gouvernement britannique soit de près ou de loin en position d'accorder l'asile politique à un homme tel que vous ? Qu'est-ce qui rend le professeur Wang Kaixuan si particulier ? »

Et Wang le fixa d'un regard dur.

« Je vais vous le dire. »

8.

Xinjiang

« Mon père s'appelait Wang Jin Song. » Sur l'enregistrement de contrôle réalisé dans cette planque exiguë et mal ventilée, vous percevez un silence étrange, comme si subitement tout Hong Kong était à l'écoute. « Il est né à Shanghai. Il était instituteur dans le quartier de Luwan, non loin de la place du Peuple. Il a épousé ma mère, Liu Dong Mei, en 1948. Elle était la fille d'un soldat du Kouo-min-tang tué lors de l'invasion japonaise. Étant né en 1949, monsieur Richards, je partage au moins un anniversaire avec la République populaire de Chine. À défaut d'autre chose. J'avais cinq ans quand mes parents ont été obligés de s'installer dans la province du Xinjiang, dans le cadre de la politique d'immigration en masse du peuple han décidée par Mao. Peut-être en avez-vous entendu parler ? N'était-ce pas mentionné lors d'un de vos cours magistraux, à Oxford ? La *sinisation*, c'est ainsi qu'ils appellent cela, je crois. Si je ne prononce pas le terme correctement, je vous prie de m'en excuser. Fondée sur le modèle soviétique, c'était l'idée stalinienne de la dilution des populations autochtones dans l'ethnie impériale dominante, de sorte que cette population originelle soit progressivement anéantie. Mes parents ont donc été deux individus sur peut-être un demi-million de Hans à s'établir au Xinjiang à cette période. Mon père s'est vu attribuer un poste d'instituteur à Kashgar et nous avons vécu dans une maison ayant auparavant appartenu à un propriétaire terrien ouïghour qui, croyait-il, aurait été exécuté par les communistes.

Cela faisait partie de la purge progressive de l'élite musulmane décrétée par Mao, comportant l'exécution des imams et des nobles, la confiscation des biens des Ouïghours et la saisie de leurs terres. Ce sont là des faits historiquement établis.

— Que cent fleurs s'épanouissent, commenta Lennox en voulant paraître intelligent, mais le regard de reproche de Wang le remit à sa place.

— Ça, c'est venu plus tard, dit le professeur avec une nuance de désappointement, comme si l'un de ses étudiants préférés l'avait déçu. Bien sûr, après avoir vécu deux ou trois ans à Kashgar, ma famille était avertie de la politique désormais connue sous le nom des Cent Fleurs. Le désir apparemment admirable du Parti de se mettre à l'écoute des opinions de son peuple, des membres du Parti et, en l'occurrence, de la population ouïghoure. Mais Mao n'a pas apprécié ce qu'il a entendu. Cela ne lui a notamment pas plu que les musulmans de langue turquique prennent ombrage de la présence de millions de Hans sur leur terre. Il n'a pas aimé que les Ouïghours se plaignent de ne se voir octroyer que des postes de pouvoir purement symboliques, tandis que leurs adjoints hans, eux, jouissaient de la confiance et des récompenses de Pékin. En résumé, le peuple demandait l'indépendance vis-à-vis de la Chine communiste. Il réclamait la création d'un Turkestan oriental.

— Et que s'est-il passé ?

— Il s'est passé ce qui arrive toujours en Chine quand le peuple affronte le gouvernement. Il s'en est suivi une purge. » Wang se servit un verre d'eau. Joe avait le sentiment d'un récit qu'il avait déjà répété en maintes circonstances, et il valait peut-être mieux éviter toute nouvelle interruption. « Une conférence du Parti a été convoquée à Urumqi, mais, au lieu d'écouter les plaintes des Ouïghours, le gouvernement provincial a saisi cette occasion pour arrêter leurs responsables par centaines. Cinquante d'entre eux ont été exécutés. Sans procès, comme de juste. Les procès n'existent pas dans notre pays. Voilà ce qu'il est advenu des cent fleurs qui ont fleuri, voilà ce qui est advenu des promesses de Mao de créer une république ouïghoure indépendante. Au lieu de quoi, le Xinjiang est devenu une "région autonome", ce qu'il demeure à ce jour, à peu près comme le Tibet "autonome", et je n'ai certainement pas besoin de vous éclairer davantage à ce sujet.

— Nous avons conscience des points communs avec le Tibet », fit Joe, une déclaration plus creuse et plus dénuée de sens que toutes celles qu'il avait pu prononcer ce soir-là.

Qu'entendait-il par « nous » ? Depuis trois ans, en sa qualité d'officier du SIS, il avait entendu mentionner le Xinjiang – quoi ? –, deux ou trois fois à un niveau officiel, et encore, uniquement concernant des approvisionnements pétroliers ou des champs gazifères. Le Xinjiang était tout bonnement trop éloigné. Le Xinjiang, c'était l'affaire des autres. Le Xinjiang, c'était l'un de ces territoires, comme le Rwanda ou la Somalie, où il valait mieux ne pas se laisser entraîner.

« Permettez-moi de continuer ma petite leçon d'histoire, suggéra Wang, car c'est important au vu du contexte que je vais vous évoquer par la suite. En 1962, poussés par la faim et la perte de leur terre et de leurs biens, de nombreuses familles ouïghoures ont franchi la frontière vers l'Union soviétique, dans des régions que nous connaissons aujourd'hui sous les noms de Kazakhstan et de Kirghizstan. Pour Pékin, ce fut un moment de honte, une façon terrible de perdre la face aux yeux de l'ennemi juré, là-bas, à Moscou, et cela fut une source de problèmes pour toutes les familles ouïghoures du Xinjiang ayant des parents en Union soviétique. Au milieu de la folie de la Révolution culturelle, il arrivait par exemple que l'on emprisonne un homme au seul motif qu'il avait un frère vivant à Alma-Ata. À l'époque, j'étais adolescent, un élève studieux. C'est alors que j'ai commencé un peu à comprendre ces injustices historiques et voir en mon père l'homme qu'il était. Voyez-vous, en Chine, monsieur Richards, il est difficile d'être courageux. Il est difficile d'élever la voix, de défendre ce qu'en Occident vous appelez des "principes". Se lancer là-dedans, c'est risquer l'anéantissement. Mais mon père avait foi en des gestes modestes. Ce sont ces gestes-là qui lui permettaient de rester sain d'esprit. Quand il constatait des cas de manque de respect, par exemple de racisme, de ce mépris typique des Hans envers les Ouïghours ou les Kazakhs, il sermonnait le coupable, et en pleine rue si nécessaire. Un jour, je l'ai vu frapper un homme qui avait insulté une femme ouïghoure dans une file d'attente. Il offrait de la nourriture et des vêtements à des familles autochtones tombées dans le dénuement, il était à l'écoute de leurs maux. En ce temps-là, tous ces actes étaient dangereux. Mon père aurait pu être emprisonné et notre famille envoyée dans un camp de travail. Mais il m'a enseigné la leçon la plus précieuse de l'existence, monsieur Richards : le respect de ses semblables.

— C'est en effet une précieuse leçon », dit Joe, et cette remarque tomba de nouveau comme une platitude, même s'il faut souligner, à sa décharge, qu'il perdait de plus en plus patience. Dans le récit à la chinoise, il existe une tradition de prolixité dont Wang usait abondamment.

« Mais peu à peu, après la mort de Mao, la situation s'est améliorée. Quand j'étais étudiant à Urumqi, le Parti semblait avoir adopté une attitude plus compréhensive envers les populations locales. Au cours de la décennie précédente, on avait fermé des mosquées ou on les avait reconverties en casernes, et même en étables pour les cochons et le bétail. Des mollahs avaient été torturés, certains avaient été contraints à nettoyer les rues et les égouts. On exigeait de ces hommes de Dieu leur loyauté envers un système communiste. Mais cette période néfaste a pris fin. Pour une fois, je n'avais pas honte d'être un Han, et c'était pour moi une cause de profond regret que mes parents n'aient pas survécu pour connaître ce moment-là. Pour la première fois sous le communisme, la Chine reconnaissait officiellement les Ouïghours du Xinjiang comme un peuple de langue turquique. Des nomades qui avaient sillonné la région depuis des siècles étaient autorisés à conserver leur mode de vie traditionnel, car des idéologues marxistes avaient compris que ces hommes de la terre ne seraient jamais de loyaux serviteurs de l'État, ne pourraient jamais transformer leur mode de vie de manière à s'adapter au système politique. En même temps, on rétablissait l'usage de la langue arabe pour les Ouïghours, et leur histoire était de nouveau étudiée dans les écoles. La littérature coranique était diffusée sans crainte d'une arrestation ou de sanctions, et nombre de ceux qui possédaient de la terre ou des biens confisqués par l'État ont été dédommagés. C'était une période plus clémente, monsieur Richards. Une période plus clémente. »

Lennox était partagé. Pour ce sinophile, entendre l'histoire de cette région relatée de façon si personnelle par quelqu'un qui avait vécu tout cela constituait une expérience rare et précieuse : le chercheur en lui était captivé. En revanche, l'espion était sous le coup de sa propre frustration : RUN allait échouer dans la mission que lui avait confiée Lenan – soutirer la vérité à un homme qui avait risqué sa vie dans les eaux de la baie de Dapeng pour remettre un secret potentiellement inestimable entre les mains du renseignement britannique. Wang ne paraissait pas plus près de le lui révéler.

« Et quel était votre rôle à cette époque ? lui demanda-t-il, dans une tentative de relancer la conversation.

— J'avais la trentaine. J'enseignais et je donnais des conférences à l'université. J'avais terminé ma thèse de doctorat à l'université de Fudan et je ne songeais qu'à réussir ma carrière universitaire. En d'autres termes, j'étais moralement un lâche. Je n'ai rien fait pour le mouvement séparatiste, alors que les étudiants ouïghours protestaient contre la barbarie des essais nucléaires, alors qu'ils descendaient dans la rue pour exiger que le gouverneur ouïghour du Xinjiang soit rétabli dans ses fonctions, après avoir été injustement destitué de son pouvoir par la force.

— Et ensuite il y a eu la place Tienanmen. C'est cela qui a tout changé chez vous ? »

La question n'était guère plus qu'une perche tendue d'instinct pour obtenir une information, mais Wang réagit comme si Joe venait de déverrouiller un code.

« Oui, vous avez raison. » Il avait l'air presque stupéfait. Revenant mentalement sur les événements de 1989, il se remémorait toute l'horreur et le choc de cet été fatidique, et son visage se voila d'un masque de chagrin, sombre et pensif. « Oui, répéta-t-il. Le massacre de Tienanmen a tout changé. »

9.

Club 64

Miles, Isabelle et moi buvions un verre au Club 64 de Wing Wah Lane, une institution de Hong Kong baptisée d'après la date du massacre de Tienanmen, qui avait eu lieu le sixième mois de 1989, et le quatrième jour du mois. Peu après minuit, au milieu d'une conversation autour du nouveau poste d'Isabelle – elle travaillait pour une chaîne télévisée française aux préparatifs de la rétrocession de la colonie –, Miles s'éclipsa de notre table et descendit passer un coup de téléphone.

Sur l'enregistrement de cette conversation par le consulat, le fonctionnaire qui décroche a l'air interloqué et endormi.

« Je vous réveille ?

— Ah, monsieur Coolidge ! Que se passe-t-il ? »

Miles, qui se servait de la ligne du bar, inséra des pièces dans la fente.

« Juste une question. Vous avez une idée d'où Joe Lennox est allé ce soir, les gars ? Il a reçu un appel pendant le dîner, et il a décollé assez vite.

— Le Joe de chez Heppner ?

— Celui-là même.

— Laissez-moi vérifier. »

Il y eut un long silence. Je descendis pour me rendre aux toilettes juste au moment où Miles profitait de cette occasion pour vérifier son reflet dans un miroir tout proche. Il essuya son front luisant de sueur et vit mon regard posé sur lui. Nous échangeâmes un signe de tête lorsque je passai à sa hauteur.

« Monsieur Coolidge ?

— Je suis toujours là.

— L'ordinateur ne nous donne rien, mais, d'après Sarah, quelqu'un se sert de Yuk Choi Road.

— La planque ?

— À ce qu'il semblerait.

— Qui est là-bas ?

— Ne quittez pas. »

Une autre longue attente. Miles jeta encore un coup d'œil dans le miroir.

« Monsieur Coolidge ?

— Oui.

— D'après l'enregistrement, il semblerait que ce soit juste Joe et un autre type.

— Un Anglais ou un Chinois ?

— Chinois. Mais ils se parlent en anglais. Vous êtes au courant de quelque chose ?

— Non, fit Miles. Mais je connais quelqu'un qui le sera. »

10.

Ablimit Celil

L'Ouïghour Ablimit Celil franchit le portail de la caserne de l'Armée populaire de libération au volant du camion d'entretien vers 6 h 15 du matin. Un soldat, de guère plus de dix-neuf ou vingt ans, sortit de sa guérite et fit signe au véhicule de s'arrêter.

« Que venez-vous faire ?

— Nettoyer », répondit Celil. Il ne croisa pas le regard du soldat. Cet uniforme était l'incarnation de l'oppression et de la mainmise des Hans et, quand il y était confronté, il tâchait toujours de conserver sa dignité. « Indiquez-moi la direction des cuisines, je vous prie. »

Deux autres Ouïghours étaient endormis sur la banquette à ses côtés, deux visages bien connus dans la caserne. Le jeune soldat leur braqua sa lampe torche dans les yeux.

« Réveillez-vous ! »

C'était un ordre aboyé, strident, autoritaire. Les hommes remuèrent, se protégèrent le visage de la lumière. C'était un petit matin froid dans l'est du Xinjiang, et la fenêtre ouverte du camion eut vite fait d'ôter à la cabine son confort et sa chaleur. Le soldat parut reconnaître les deux passagers, avant de revenir sur Celil.

« Qui es-tu, toi ? » Et il lui planta le rayon de sa torche en pleine figure, avant de le diriger plus bas, sur ses genoux.

« C'est le nouvel agent de nettoyage », répondit l'un d'eux. Depuis des mois, Celil les avait harcelés pour qu'ils lui trouvent un emploi. « Tout a été réglé avec vos supérieurs !

— *Shen fen zheng !* »

Encore un ordre aboyé, une demande de papiers d'identité cette fois. À chaque rencontre entre les soldats de l'Armée populaire de libération et les membres de la population ouïghoure locale qui travaillaient dans la caserne, c'étaient la méfiance et la suspicion mutuelles. Celil plongea la main dans la poche arrière de son pantalon et en sortit une fausse carte d'identité qu'on lui avait confectionnée dans les misérables ruelles de Hami. Ensuite, ce fut le délai d'attente obligatoire de dix minutes pendant lesquelles le soldat regagna sa guérite pour consigner les informations du *shen fen zheng* dans un registre. Après quoi, il revint au camion, rendit les papiers à Celil et indiqua à son camarade qui actionnait la barrière de sécurité de les laisser passer. Une minute plus tard, Celil s'était garé sous la fenêtre du premier étage du bâtiment des réfectoires.

Durant le reste de la journée, les trois hommes s'attelèrent à la besogne. Ils nettoyèrent les toilettes, les urinoirs, les fours. Ils lavèrent les sols, les fenêtres, les cadres. Les soldats de l'Armée populaire de libération ne tinrent aucun compte de leur présence.

Celil, qui était un musulman plus pieux que les deux autres, n'avait pas la possibilité de prier pendant la journée. Dans cette caserne, il n'y avait évidemment pas de mosquée, et aucun endroit aménagé pour le *salah*. Au déjeuner, les trois hommes eurent l'autorisation de retourner une demi-heure à leur camion, où ils mangèrent du pain et du fromage de brebis en buvant le thé aimablement fourni par une femme han chargée de préparer la soupe.

Vers 13 h 30, quand ses collègues ouïghours furent repartis travailler dans le bâtiment des dortoirs, à l'ouest de la caserne, Celil ouvrit les portes arrière du camion, attrapa un grand carton et l'emporta dans les cuisines. Des flacons d'aérosols et de crèmes à récurer en dépassaient, calés par de vieux chiffons tachés et déchirés. Personne ne lui prêta attention quand il entra dans le hall qui séparait les cuisines du réfectoire principal et descendit l'escalier vers la cave. Les sols sentaient encore le détergent ; il les avait récurés à peine une heure plus tôt.

Il savait qu'il y avait un placard sur le palier entre le sous-sol et le rez-de-chaussée, où l'on rangeait des combinaisons, des balais et divers produits de nettoyage. Il ouvrit la porte fermée à clef, plaça le carton dans le fond et le dissimula derrière un écran de seaux et de serpillières. La minuterie avait été réglée pour 20 heures. Ensuite, il éteignit la lumière, verrouilla la porte derrière lui et remonta au deuxième étage, où il passa les trois heures suivantes à nettoyer des vitres.

La première et dernière journée d'Ablimit Celil à la caserne s'acheva au crépuscule. Il aurait préféré vérifier l'engin explosif au moins une fois pour s'assurer que la minuterie tournait, mais il ne pouvait risquer d'être vu par un soldat qui passerait par là. Au lieu de quoi, à 19 heures, il grimpa dans le camion avec ses collègues et roula en direction du portail.

Deux nouveaux soldats étaient en faction à la barrière. Tandis que Celil s'approchait, ses compagnons lui dirent qu'ils ne les avaient encore jamais vus, ni l'un ni l'autre.

« *Shen fen zheng !*

— On rentre chez nous, leur répondit Celil. Votre collègue a vérifié nos cartes d'identité ce matin.

— *Shen fen zheng !* »

Cela faisait partie du jeu. Avec lassitude, les trois hommes ressortirent leurs papiers et les tendirent par la fenêtre ouverte. Le soldat, plus expérimenté et plus intelligent que son précédent collègue, feuilleta leurs pièces d'identité avec une indolence impitoyable.

« Nom ? fit-il à Celil en le regardant droit dans les yeux.

— Tunyaz. » C'était le faux nom inscrit sur le *shen fen zheng*.

« Où es-tu né ?

— À Qorak. »

Très lentement, le regard du soldat glissa vers les deux hommes assis à côté de Celil et il leur posa les mêmes questions : « Nom ? Où es-tu né ? » Il exigea qu'on lui montre l'arrière du camion, en laissant clairement entendre que les hommes avaient pu voler des objets dans les baraquements. Celil descendit et alla ouvrir les portes. Le soldat monta. Le camion était plein de cartons, de couvertures, de bouteilles en plastique et de paquets de cigarettes vides. Il était bientôt 19 h 20. Aucun autre véhicule ne s'était arrêté derrière le leur, et le planton n'avait aucun besoin de se presser.

Juste après 19 h 30, on fit signe à une Oldsmobile aux vitres fumées conduite par un chauffeur en uniforme de franchir la barrière, juste devant eux. Celil comprit alors qu'il aurait dû régler la minuterie pour 20 h 30 ou 21 heures. En écoutant attentivement les conversations de ses camarades, il avait appris que le dîner était servi au réfectoire à 20 heures précises. Il avait voulu s'assurer d'un carnage maximum à l'intérieur du réfectoire, mais maintenant il redoutait que leur camion ne soit encore stationné devant le portail lorsque la bombe exploserait.

Finalement, alors qu'il ne restait qu'un quart d'heure, le garde ressortit de la guérite et ouvrit la barrière. Celil avait coupé le moteur, et il attendait de recevoir la consigne de redémarrer. On n'était jamais trop prudent. Leur jeu, c'était l'humiliation. Leur jeu, c'était la menace, qui pouvait receler un piège. Le soldat attendait tout bêtement de lui qu'il ait un mouvement de trop. Et puis, enfin, on leur fit signe de passer.

« Je vous souhaite une bonne soirée, lança Celil en démarrant vers la circulation du soir. À demain matin. »

La bombe déchiqueta les minces cloisons préfabriquées du débarras, la force de la détonation, canalisée vers le haut, provoquant l'effondrement d'une large portion du bâtiment de la cantine. Huit soldats hans et quatre membres du personnel de service – parmi lesquels une femme ouïghoure – furent tués instantanément par l'explosion. Des dizaines d'autres furent blessés et plusieurs bâtiments voisins dévastés.

Ablimit Celil déposa ses collègues ouïghours devant leurs domiciles à 20 h 05. Plus tard ce soir-là, on vint les arrêter. Celil roula jusqu'à un endroit convenu au préalable, à Toksun, où il abandonna le camion et embarqua à bord d'un autobus de nuit à destination de Hami.

11.

Tienanmen

« Puis-je vous poser une question, monsieur Richards ? »

Le temps d'un détour par les toilettes, Wang avait interrompu la conversation. De retour dans la pièce, il se frotta les yeux avant de s'installer sur sa chaise. Joe remarqua qu'il ne manifestait aucun signe de blessure ou de gêne physique.

« Bien sûr.

— À quel moment avez-vous été recruté comme espion par le renseignement britannique ? »

Joe avait été formé à détourner les accusations de ce type, mais il resta un court instant abasourdi. C'était la première fois de sa carrière que quelqu'un remettait directement sa couverture en cause. Wang parut déceler son trouble et s'en réjouir comme s'il retrouvait sa dignité aux dépens de son interlocuteur.

« Professeur, je peux vous assurer que je ne suis pas plus un espion que le caporal Anderson. Croyez-moi, quand vous me parlez, vous vous adressez directement à Government House. Que voulez-vous nous dire ? »

L'autre accueillit ce mensonge d'un regard fixe, indifférent.

« Parfait », fit-il. De la paume de la main gauche, il frictionna vigoureusement ses cheveux coupés ras, pas plus longs qu'une barbe naissante, et se pencha en avant. Joe remonta les manches de sa chemise et finit par céder à son envie de fumer.

« Vous parliez de Tienanmen, reprit Wang. Vous m'avez prié de vous expliquer ce qui s'est passé dans mon pays depuis le massacre de 1989, ce qui est arrivé pendant que le monde tournait le dos. Je vais vous le dire. Alors que l'Amérique, la France, l'Allemagne et l'Angleterre se laissaient obnubiler par le boom économique chinois et leurs rêves de yachts de luxe et de profits, dans les prisons chinoises, de jeunes hommes avaient les ongles arrachés, les testicules brûlées au chalumeau, le corps brisé par la torture. »

Joe posa sa cigarette dans un cendrier.

« Deux mois avant le massacre de Tienanmen, il y a eu une manifestation à Urumqi. Un sit-in d'étudiants en partie destiné à soutenir leurs camarades de Pékin, mais aussi une forme de protestation à caractère religieux contre un livre travestissant les habitudes sexuelles des musulmans, diffusé un peu partout dans le pays. Cette manifestation s'est transformée en émeute, monsieur Richards, une émeute au cours de laquelle le siège central du Parti communiste dans la capitale a essuyé une attaque, et plus de deux cents policiers ont été blessés. Nous considérons maintenant cette initiative comme une erreur, car cet épisode a conforté Pékin dans ses pires craintes vis-à-vis du mouvement séparatiste. » Joe nota l'emploi du « nous », laissant supposer que Wang avait été directement impliqué. « Avec l'éclatement de l'Union soviétique, après des années d'oppression sous le communisme, les nations islamiques frontalières ont recommencé d'affirmer leur autorité et concernant le Xinjiang, le gouvernement chinois a renoué avec sa ligne de fermeté. L'islam a été de nouveau considéré comme une menace contre la République. Les mosquées que l'on venait de reconstruire ont été détruites. Ceux qui participaient à des réunions d'information pour en apprendre davantage sur le Coran furent arrêtés et jetés en prison. La langue arabe fut de nouveau proscrite. La situation est devenue vraiment grave. L'un de mes étudiants, Yacine, m'a rapporté que son père, qui travaillait dans une administration de l'État à Karamay, avait été averti que, s'il prenait part aux prières quotidiennes, il perdrait son emploi. Pendant le ramadan, la police espionnait même certains membres de la communauté ouïghoure pour s'assurer qu'on les empêche de respecter le jeûne. Pouvez-vous imaginer pareille humiliation ? Que ressentiraient les bons citoyens de l'Iowa ou de Liverpool si on leur interdisait de pratiquer leur foi ? Dans certaines régions, des femmes qui portaient le voile ont été punies. De pieux musulmans qui s'interdisaient de consommer

de l'alcool par respect des prescriptions religieuses se voyaient
forcés de boire du *maotai* par les cadres du Parti communiste.
Telle a été la réalité de la Chine de la dernière décennie, monsieur Richards. La réalité du pays auquel vous allez bientôt
remettre votre précieuse colonie de Hong Kong.

— Et quel a été votre rôle durant cette période ? demanda
Lennox, qui s'efforçait encore de faire son travail, de lui soutirer son secret.

— Vous savez ce qu'est un *meshrep* ? » lui répliqua Wang,
en éludant la question posée, du moins en apparence. Joe avoua
que non. « Un *meshrep* est une forme de rassemblement traditionnel destiné aux jeunes gens du Xinjiang. Ces groupes de
jeunes avaient des motivations positives. Redonner vie aux traditions islamiques, permettre à de jeunes garçons de réciter des
poèmes, chanter de la musique et ainsi de suite. En Occident,
vous les considéreriez peut-être comme une forme d'intégra-
tion sociale ou communautaire. Les problèmes de consommation d'alcool ou de drogue y sont ouvertement abordés dans le
but d'améliorer les conditions d'existence et la situation des
jeunes musulmans de toute cette région. Le premier de ces *meshreps* s'est reconstitué dans la ville de Gulja, qui dépend de la
préfecture d'Ili, une ville que les Hans appellent Yining. En
quelques années, il s'en est créé des dizaines d'un bout à l'autre
du Xinjiang, peut-être quatre cents au total, tous constitués
avec l'accord formel du gouvernement provincial. Que pouvait-il y avoir de mal à cela ? De jeunes Ouïghours essayant de
résoudre leurs problèmes et, en même temps, de faire renaître
certaines traditions, toujours dans la limite du raisonnable.

— Mais les autorités ont sévi ?

— Absolument. » Le front de Wang, embué de transpiration, luisait sous la lumière tamisée de la pièce. « En 1995, il fut
décrété que les *meshreps* étaient des organisations de séparatistes radicaux visant à ébranler la mère patrie. Il fallait les fermer, et arrêter leurs dirigeants. Voilà qui trahissait l'état de
paranoïa du gouvernement de Pékin, incapable de dormir sur
ses deux oreilles par crainte d'un soulèvement, par crainte d'un
Turkestan oriental. En conséquence, cette année-là, quatre étudiants d'un *meshrep* de Kashgar ont été arrêtés – prétendument
pour avoir parlé de politique et de droits de l'homme lors d'un
pique-nique d'anniversaire. Un pique-nique ! Pékin dispose
d'informateurs à tous les niveaux de la société chinoise. Ces

étudiants avaient fait confiance à l'un de leurs amis qui les avait dénoncés. On les accusa d'être des contre-révolutionnaires et ils furent condamnés à quinze ans de prison. Quand l'un d'eux a interjeté appel auprès de la Cour suprême du peuple, le juge a alourdi la sentence en l'accusant d'avoir fait perdre son temps au tribunal. C'est une situation en laquelle Kafka se reconnaîtrait, non ? »

Joe garda le silence.

« Au cours de ces deux dernières années, tous ces problèmes ont atteint leur point critique. Le peuple ouïghour était las de ces mauvais traitements à caractère raciste, fatigué de cette discrimination de la part de l'État, las d'envoyer ses enfants dans des écoles où ils étaient obligés d'écrire assis par terre à cause du manque de pupitres et de chaises. Chez les Ouïghours du Xinjiang, le taux de chômage est si élevé que des fils et des filles de fiers musulmans ont été contraints de se tourner vers le crime, et même vers la prostitution, à seule fin de subvenir aux besoins de leurs familles. Naturellement, cela ne fait que dégrader leur image aux yeux des Hans qui usent de ces femmes pour le sexe avant de s'en débarrasser ensuite comme de carcasses usagées. » Lennox remarqua que Wang parlait de plus en plus fort à mesure que son discours devenait plus politique. « Maintenant, laissez-moi vous apprendre aussi qu'en février de cette année, quand des milliers d'Ouïghours se sont rassemblés à Yining pour protester pacifiquement, réclamer de meilleurs emplois et de meilleures conditions de travail, ils ont été abattus par des policiers armés. »

Subitement, Joe se pencha en avant.

« Abattus ? Qu'entendez-vous par là ?

— Ce que je viens de vous dire, fit Wang d'un ton sec, comme si son interlocuteur mettait sa parole en cause, j'entends par là que la police les a frappés à coups de matraque, qu'elle a lancé des grenades lacrymogènes, qu'elle les a attaqués avec des chiens. Ceux qui ont tenté de témoigner de ces violences en se servant de leur appareil photo ou de leur matériel d'enregistrement ont vu ces objets confisqués. Et les gens voyant tout ce qui se passait, l'émeute a éclaté.

— Et c'est à ce moment-là que la fusillade a commencé ? Cela s'est produit à Yining, il y a deux mois ? » Joe comprit qu'il tenait là un incident grave qui avait apparemment échappé à tous ses collègues plus chevronnés.

« C'est exact. D'après nos estimations, quatre cents personnes ont été tuées, des milliers d'autres arrêtées. Les prisons
ne suffisant plus, on a transféré les prisonniers dans un stade,
en périphérie de la ville, où ils ont été obligés de vivre pendant
des jours sans abri, dans la neige. Pour aggraver la situation, la
police les a arrosés avec des canons à eau. Du coup, certains ont
eu les membres et la peau gelés. Beaucoup ont perdu une main
ou plusieurs doigts à cause des engelures.

— Rien de tout ceci n'a été évoqué en Occident », admit
Lennox et il croyait pouvoir l'affirmer sans risque de se tromper.

Étaient-ils tous absorbés par la rétrocession de Hong
Kong et les réformes démocratiques de Patten au point d'ignorer un massacre en Chine ? Pour la première fois de sa carrière
ou presque, il était témoin des limites opérationnelles du renseignement occidental. Avec tout leur argent, leurs ressources
et leur savoir-faire, le SIS et la CIA étaient passés à côté. Du
coup, il serait utile de noter quelque chose, songea-t-il, que
Wang le voie en train d'écrire, afin de lui donner l'impression,
trompeuse, certes, que cette pièce n'était pas sur écoute. Mais
dans le feu de ses révélations, le professeur prêtait, semblait-il,
fort peu d'attention à l'attitude de son interlocuteur.

« Un couvre-feu leur a été imposé. Vous avez dû être tenu
au courant. Tous les aéroports, toutes les gares du Xinjiang ont
été fermés pendant des semaines. Tous les correspondants
étrangers ont été expulsés de la région. La zone tout entière a
été bouclée. C'est leur méthode, en Chine, face à un problème.
Personne n'entre, personne ne sort. À la suite de l'émeute de
Yining, des fouilles ont été menées maison par maison, et ils ont
procédé à cinq mille autres arrestations. Cinq mille. Au bout du
compte, trente-cinq prétendus meneurs ont été condamnés à
mort. Ils ont été conduits aux abords de la ville et tout simplement abattus d'une balle dans la nuque. » Wang joignit deux
doigts de sa main droite et se les planta à la base de son cou.
« Pan ! Naturellement, ces corps n'ont jamais été restitués à
leurs familles, tout comme les parents et les proches de milliers
d'hommes ouïghours illégalement emprisonnés ces dernières
années, sur la base de fausses accusations, n'ont aucune idée de
l'endroit où ces êtres qui leur sont chers restent détenus. Et,
après les exécutions, lors d'une cérémonie de condamnation
collective, comme pour narguer les prisonniers, les autorités
ont fait défiler d'autres prétendus meneurs dans les rues de

Yining, tellement drogués et physiquement diminués par leur brève expérience en prison que nombre d'entre eux, exhibés dans des camions débâchés, étaient incapables de se tenir debout ou même de communiquer avec la foule. J'ai vu cette scène de mes propres yeux, monsieur Richards, parce qu'il se trouve que j'étais à Yining pour une conférence. Je les ai vus, agenouillés sur les plateaux de ces camions, les mains et les pieds ligotés avec du fil électrique. Quantité de ces prisonniers portaient autour du cou des écriteaux proclamant leurs crimes et leurs péchés, un véritable supplice des temps médiévaux. Quand l'un d'eux a trouvé la force de hurler un slogan contre le Parti communiste, deux policiers l'ont brutalement plaqué à terre et frappé à la tête, sous les regards de la foule. Tout cela, je l'ai vu. » Wang eut un sanglot de rage. « Ensuite, on lui a fourré de force un bâillon dans la bouche pour l'empêcher de hurler davantage. Quand au milieu de la foule certains de ses partisans s'en sont plaints, ils ont été arrêtés à leur tour par des fonctionnaires de police en civil qui les entouraient.

— Et vous étiez parmi ces gens ?

— Non. J'ai été détenu une première fois après d'autres troubles, en 1995. J'ai été accusé de susciter la discussion sur une émeute au Xinjiang dans le cadre d'un cours. L'un de mes étudiants était un espion et il m'a dénoncé. Je sais qui c'était. Heureusement, j'en avais dit très peu. Par chance, ils n'ont jamais découvert la vraie nature de mes activités. En captivité, j'ai été maltraité, frappé, roué de coups de pied, mais ce n'était rien comparé à d'autres. Après tout, moi, je suis un Han. » Lennox éprouva un désir étrange, sadique de voir les cicatrices sur le corps de Wang, et, gêné, il proposa une cigarette au professeur, qui refusa. « J'ai des collègues influents qui ont été en mesure de payer ma caution pour me faire libérer et me blanchir complètement. Assez vite, j'ai pu reprendre mon travail. D'autres n'ont pas eu cette chance. Un médecin han a récemment été arrêté pour avoir soigné les blessures de prétendus séparatistes, après une émeute à Kashgar. Trois boutiquiers de Yining qui discutaient avec un journaliste étranger de la manifestation que je viens de vous décrire ont été condamnés à quinze années de camp. À cause d'une banale conversation. Au Xinjiang, à présent, le simple fait de penser au séparatisme revient à finir en prison.

— Vous avez mentionné une seconde émeute à Kashgar », observa Lennox, et il se rendit compte que Lee, ou Sadha, s'affairait dans la cuisine. Depuis combien de temps étaient-ils là ? Il entendit une casserole se remplir d'eau, puis la porte de la chambre se refermer, et ils furent de nouveau tranquilles.

« Monsieur Richards, il y a tout le temps des émeutes en Chine. Vous en avez certainement conscience ? Simplement, elles passent inaperçues. Je suis ici aujourd'hui pour vous faire part de l'intensité, de la fréquence de ces émeutes au Xinjiang. Le peuple est prêt à une révolution.

— Et c'est pour cela que vous êtes là ?

— C'est la raison de ma venue, oui. » Ses rides se creusèrent au coin de ses yeux. « Peut-être le cabinet du gouverneur Patten voudra-t-il s'intéresser aux implications politiques d'une révolution dans le nord-ouest de la Chine, n'est-ce pas ? »

Après que Joe avait nié toute implication dans des missions de renseignement, le ton de la question semblait ouvertement moqueur. Cette fois, Wang prit la cigarette qu'il lui avait offerte précédemment et l'alluma avec le briquet en plastique de Sadha, laissant s'instaurer un temps de silence.

« Mais évidemment c'est surtout en raison de ce qui s'est passé dans les prisons que je suis venu voir le gouverneur.

— Que s'est-il passé dans les prisons ? »

Wang inhala la fumée de sa cigarette, tout au fond de ses poumons. Il entrait à présent dans la phase finale de son long plaidoyer.

« Deux hommes ont été libérés. Ils sont venus me voir parce que je suis connu dans les milieux de la clandestinité comme une issue, un refuge. Dès que j'aurai vu le gouverneur Patten, je pourrai lui en expliquer davantage à ce sujet. »

Joe avait conscience de certaines contradictions qui affleuraient çà et là dans le récit de Wang. Précédemment, il avait indiqué être politiquement indésirable, avoir été emprisonné avec ses camarades étudiants pour incitation à la révolution, et plus tard déchu de sa chaire à l'université. Mais où étaient les preuves de tout cela ?

« Qui sont ces hommes ? s'enquit-il.

— Ils s'appellent Ansary Tursun et Abdul Bary. Ansary s'était fait arrêter pour "lecture d'un journal", Abdul pour avoir injurié son patron chinois.

— C'est tout ?

— C'est tout. Et, comme les autres, ils n'ont pas eu de procès, pas question d'habeas corpus, pas d'avocat. Au lieu de quoi, un juge qui présidait… comme appelleriez-vous cela ?… un tribunal irrégulier… les a expédiés dans la prison de Lucaogu, à Urumqi. Avant son évasion, on a enfermé Ansary dans une cellule avec huit autres hommes, Abdul avec sept. La cellule était trop petite et les prisonniers devaient dormir à tour de rôle. Ces détenus ont expliqué à Ansary que les gardiens les avaient battus et roués de coups de bottes, tout comme moi deux ans auparavant. À un certain moment, on a conduit Ansary dans ce qu'il croyait être le sous-sol de la maison d'arrêt. On l'a enfermé dans une cellule d'isolement, le bras et la jambe gauches menottés à un barreau. On l'a laissé pendu de la sorte pendant plus de vingt-quatre heures. Il n'avait rien à manger, rien à boire. Rappelez-vous que son seul crime était d'avoir lu un journal. Vous me regardez et vous vous dites peut-être que ce n'est pas si méchant, que ces sortes de violations sont acceptables. Votre propre gouvernement ne respecte peut-être pas les droits de l'homme, lui non plus, et il torture bien quelques prisonniers de temps en temps. Quand il rencontre des difficultés avec les Irlandais, par exemple. »

Joe se demandait ce qui poussait Wang à se montrer soudain plus agressif. N'avait-il pas su prendre la mine atterrée qui convenait, à l'écoute de ces atrocités ?

« Laissez-moi vous fournir l'assurance, lui dit-il, que le gouvernement britannique porte la plus grande attention possible… »

Le professeur leva la main pour couper court à ce démenti trop prévisible.

« Très bien, très bien, fit-il. Mais laissez-moi vous éclairer sur ce qu'il est advenu de mes amis. Ensuite vous pourrez décider si le traitement des prisonniers en Chine est compatible avec les valeurs occidentales. Parce qu'Abdul Bary a été lui aussi placé en cellule d'isolement, et il a eu l'ongle du gros orteil arraché par une paire de pinces fermement empoignées par un garde que cela faisait rire, un garde tellement ivre de pouvoir et de l'humiliation qu'il infligeait à sa victime qu'il trouvait cela drôle.

— Je suis vraiment désolé.

— D'autres prisonniers, nous l'avons appris plus tard, ont été livrés aux chiens, brûlés avec des matraques électriques, poursuivit Wang, dont la cigarette tremblait entre ses lèvres. Un autre a eu du crin de cheval, c'est-à-dire du poil d'animal, dur et cassant, inséré dans le pénis. Et pendant tout ce temps, savez-vous, monsieur Richards, ce qu'ils étaient obligés de porter sur la tête ? Des casques en métal. Des casques qui leur couvraient les yeux. Et pourquoi ? Pour provoquer la désorientation ? Pour leur alourdir la tête ? Non. Ansary a appris plus tard d'un autre prisonnier qu'en une occasion un détenu avait été si cruellement torturé, il avait tellement souffert qu'il s'était frappé la tête contre un radiateur, pour tenter de se supprimer. Ce qu'ils lui avaient infligé, c'était à ce point-là. Voilà toute l'étendue des violations des droits de l'homme dans la prétendue Chine réformiste et capitaliste. Après avoir fait le nécessaire pour protéger ces deux hommes, j'ai su que je devais me rendre à Hong Kong. Après avoir entendu tout cela, j'ai compris que notre salut dépendait de l'Angleterre. »

Joe laissa traîner un silence qui lui permit de mettre de l'ordre dans ses pensées. Il était presque 2 heures du matin. Dehors, maintenant, les rues étaient silencieuses, et il n'entendait plus que l'aboiement intermittent d'un chien du voisinage, le hululement lointain d'une sirène de police. Un tel volume d'informations s'était accumulé au cours de cet entretien qu'il avait du mal à s'y retrouver. Il savait que cela faisait partie de son travail de fournir un rapport sur ce soulèvement de Yining, et l'ampleur de la ferveur séparatiste dans tout le Xinjiang constituait certainement un renseignement de valeur. Mais il ne parvenait pas à évaluer le rôle de Wang dans cette lutte, et il sentait que des failles subsistaient dans son récit. Et puis qu'en était-il de la question des droits de l'homme ? À sa grande honte, il était surpris du peu d'impact que ces informations sur la torture exerçaient sur lui. En un sens, la souffrance de ces hommes emprisonnés demeurait une chose vague, un concept nébuleux sur lequel il était incapable de fonder la moindre compassion. C'était seulement lorsque Wang lui avait parlé de l'homme se cognant la tête contre le radiateur qu'il avait ressenti un infime tremblement de gêne. Que lui arrivait-il ? S'était-il déjà immunisé contre la souffrance humaine ? Trois années au sein du SIS l'avaient-elles transformé en machine ? Comment pouvait-on être assis dans une pièce avec un homme comme Wang Kaixuan et ne pas déplorer l'état de son pays ?

Deux coups de sonnette retentirent soudain à la porte. Il remarqua que le transfuge ne bronchait pas. Après un court silence, on sonna de nouveau, quatre fois. Le signal convenu. Lenan ou Waterfield attendait dehors. Lee sortit de la chambre, se frotta les yeux comme s'il avait dormi et décrocha l'interphone. Joe l'entendit prononcer ces mots : « Oui, monsieur Lodge », avec un air de servilité crispée et, une minute plus tard, on frappait à la porte. Il abandonna Wang au salon et passa dans l'entrée.

« Désolé d'avoir mis autant de temps. » Kenneth Lenan portait une chemise blanche rentrée dans un pantalon de costume noir, mais ni veste et ni nœud papillon. À part cela, cette réception à Stonecutters ne paraissait avoir laissé sur lui aucune autre trace visible. Il n'était ni ivre ni à jeun, ni particulièrement détendu, ni sur les nerfs. Il était tel que Kenneth Lenan se montrait toujours. Impassible. « Est-ce que tout va bien ?

— Tout va bien. Je ne m'attendais pas à vous voir.

— Vous avez l'air fatigué. Pourquoi ne pas vous ménager une pause ? Nous pourrions accorder à M. Wang quelques heures de sommeil, puis le questionner demain matin à la première heure. »

Le simple fait de se lever et de sortir dans l'entrée permit à Joe de constater à quel point il était épuisé, au mental et au physique. Sans réfléchir, il répondit à Lenan que, oui, il apprécierait volontiers quelques heures de sommeil. En le suivant dans la salle de bains, il ajouta qu'Isabelle risquait de se demander pourquoi il lui avait fallu plus de cinq heures chez Heppner pour résoudre un simple problème de documents de transitaires, et qu'il serait sage pour lui de regagner son domicile, afin de préserver sa couverture. Ce détail parut régler la question.

« Voulez-vous que je vous résume ce qui s'est dit ? proposa-t-il, attrapant sa veste en se dirigeant vers la sortie.

— Dans la matinée, lui répondit Lenan. Rentrez chez vous, glanez donc quelques heures de sommeil et soyez de retour vers 8 heures. Nous passerons tout en revue à ce moment-là. »

Il ne lui restait plus qu'à dire au revoir à Wang. Retournant au salon, il lui expliqua qu'un deuxième fonctionnaire de Government House, M. Lodge, resterait dans l'appartement pour la nuit, et qu'il allait pouvoir maintenant se reposer jusqu'au matin. L'entretien était clos. Ils se reverraient dans quelques heures.

« Je vous remercie de m'avoir écouté », dit le professeur en se levant, et il lui serra la main.

Les deux hommes ne se reverraient pas avant huit ans.

12.

Une belle promenade gâchée

Trois mois plus tôt, à un peu moins de treize mille kilomètres de Hong Kong, en Virginie, sur un parcours de golf baigné de soleil, l'ancien secrétaire à la Défense William « Bill » Marston, campé au-dessus de sa balle Titleist Pro V1, psalmodia son mantra préféré.

« La balle est mon amie, chuchota-t-il, la balle est mon amie », et, faisant saillir ses hanches empâtées et empoignant le manche de son fer cinq étincelant, Marston se représenta la parabole de la balle – tout comme le lui avait enseigné le professionnel de Turnberry, en Écosse, qui lui avait facturé plus de soixante-quinze dollars de l'heure pendant ses vacances d'été – et il croyait sincèrement, au fond de son âme réactionnaire, qu'il allait déposer la balle sur le green.

Il redressa la tête. Il arma son club. Il avait un coup d'avance avec un dernier trou à jouer. Le fer cinq siffla dans l'air chaud du printemps et entra en contact avec la Titleist, un impact qui semblait à la fois vrai et puissant, mais en la circonstance, comme en bien d'autres de sa longue existence frustrante de golfeur, la balle ne fut pas l'amie de Bill Marston. Elle ne s'éleva pas gracieusement vers le fanion rouge qui marquait l'arrivée du green du dix-septième trou. La balle fut son ennemie, décrivant un violent crochet vers les arbres en bordure du parcours de Raspberry Falls, et achevant ses jours à environ cent vingt mètres d'un camouflage de terre et d'herbe d'où elle ne reviendrait jamais.

« Et merde », cracha Marston, mais en présence de son assistante personnelle, Sally-Ann McNeil, originaire du Minnesota et qui, pour des raisons qu'elle n'avait jamais été capable d'élucider convenablement, avait été forcée de jouer les caddies pour son patron, il réussit à se contenir. Sally-Ann, qui avait vingt-huit ans et un diplôme universitaire, s'était quelque peu lassée de William « Bill » Marston. Néanmoins, quand il perdait son sang-froid de la sorte, elle savait exactement quoi dire.

« Oh c'est tellement injuste, monsieur ! » Le patron la priait déjà de lui sortir une autre balle et d'indiquer à son adversaire qu'il serait heureux de dropper.

« Vous êtes sûr de ça, Bill ? » Le directeur adjoint de la CIA, Richard Jenson, avait slicé son coup dans le rough très épais, le long de la bordure opposée du fairway. Il portait un pantalon de golf en moleskine et se préparait à attaquer le green. « Vous êtes certain de ne pas vouloir me concéder le coup et dire que ça fait égalité avant le départ du dix-huit ?

— J'en suis sûr. » La réponse de Marston fut tellement discrète que même Sally-Ann eut du mal à discerner ce qu'il venait de susurrer. Elle lui tendit une Titleist de remplacement – sa quatrième du parcours – et recula d'un pas, saisit le regard de Josh, le caddie de Jenson, qui avait la trentaine hâlée et ne cessait de la regarder et, lorsque l'homme de Langley frappa un fer six impeccable pour atterrir pile au milieu du green, elle en eut un frisson.

« Un coup superbe, Dick », s'exclama Marston en marmonnant « trou du cul » entre ses dents dès que l'autre eut le dos tourné. Sally-Ann fit de son mieux pour dissimuler un sourire. Il était un peu plus de 13 heures. Le déjeuner au club-house était réservé pour 14 heures. Dressé au-dessus de la balle, Marston lança un rapide regard à son assistante, comme si la vision d'une jolie femme pouvait le calmer dans l'adversité. Ensuite, il arma la tige de graphite pour la seconde fois et pria pour un miracle golfique.

Ce fut catastrophique. La Titleist décolla de dix centimètres au-dessus du sol, pas plus, avant de filer en ligne directe à travers ce fairway immaculé de Virginie sur environ quatre-vingts mètres, pour finalement cafouiller et s'arrêter au bord du green. Marston renifla.

« Je peux encore faire le trou en cinq. Dick peut s'y reprendre à trois fois avant de rentrer son putt », grommelat-il, offrant ainsi un rapide aperçu de son esprit de compétition féroce. Vous ne réussissiez pas à devenir l'un des protégés de Ronald Reagan, vous ne deveniez pas président-directeur général de Macklinson Corporation, vous ne siégiez pas au Conseil consultatif du ministère de la Défense en baissant les bras dès que l'affaire se corsait. Bill Marston était un gagneur. Bill Marston était un lutteur. Bill Marston laissa tomber son fer cinq sur le sol, pour que Sally-Ann puisse le ramasser.

Il avait joué presque tout le parcours de méchante humeur. Dans le coffre de sa Mercedes blindée, enfermé à clef et surveillé par un chauffeur de cent vingt kilos, un ancien des SEAL de la Navy, il gardait rangé un exemplaire du dossier ultra-confidentiel – et obtenu grâce à certaines fuites – du rapport de la commission d'enquête parlementaire sur les questions de sécurité nationale et militaro-commerciales des États-Unis concernant la République populaire de Chine. Ce qu'on appelait désormais le Rapport Cox était, voici encore cinq ans, un document classé top secret et, à strictement parler, Marston n'aurait pas dû pouvoir s'en approcher. Toutefois, un fonctionnaire mécontent de la Chambre des représentants avait suggéré à l'un des collaborateurs haut placés de Marston qu'il pourrait en obtenir un exemplaire en échange d'un poste de cadre au sein de Macklinson à Berlin, avec un salaire annuel à six chiffres après impôts. Marston avait accepté le marché et consacré l'essentiel de la soirée de la veille à lire ce document dans sa maison de Georgetown. Toute cette affaire l'avait mis en rage, au bord de l'insomnie.

Voici le florilège des points marquants du dossier, ingérés devant un bol de la soupe de palourdes notoirement insipide préparée par son épouse :

> La République populaire de Chine (ci-après la RPC) a dérobé des informations secret-défense touchant à la conception des armes thermonucléaires américaines les plus avancées. Ces vols de secrets nucléaires dans nos laboratoires d'armements nationaux ont permis à la RPC de concevoir, de développer et de tester avec succès des armes nucléaires stratégiques modernes, vols sans lesquels elle n'aurait pu y parvenir.

« Les enfoirés », marmonna Marston.

Ces informations dérobées comprennent des pièces secret-défense sur sept ogives thermonucléaires américaines, notamment tous les ogives thermonucléaires de l'arsenal des missiles balistiques des États-Unis. Ces vols de renseignements incluent aussi des informations secret-défense concernant le plan d'une arme à rayonnement renforcé (communément appelée « bombe à neutrons ») que ni les États-Unis ni aucune autre nation n'a encore déployée.

« Nom de Dieu ! »

La Commission d'enquête parlementaire estime que la RPC va exploiter une partie de ces informations dérobées pour mener à bien le développement de ses armes nucléaires de la prochaine génération. La RPC dispose actuellement de trois programmes de missiles mobiles ICBM en cours, tous capables de frapper les États-Unis.

Depuis les événements réjouissants de 1991, qui avaient mis un terme à la guerre froide, Bill Marston avait cherché partout un nouvel ennemi planétaire. Il en avait finalement trouvé un.

Jenson gagna le dix-sept avec un putt intrépide de près de deux mètres cinquante, mais Marston atteignit le green du dix-huit en deux coups, ce qui lui valut de remporter la partie quand son adversaire, au bout de sa troisième tentative, ne parvint pas à se dégager d'un bunker. Ensuite, pendant que Josh expliquait à Sally-Ann qu'il travaillait dans un bureau situé « à peine à plus d'une dizaine de mètres » de celui de John Deutch, le directeur de la CIA, et se demandait si par le plus grand des hasards elle ne serait pas libre pour dîner, les deux vieux amis se douchèrent et se retrouvèrent au bar pour un whisky soda avant le déjeuner. Après quelques échanges polis avec plusieurs membres du club, ils abordèrent la question.

« Qu'est-ce que vous fabriquez avec la Chine, les gars ? s'écria Marston.

— Vous voulez parler du Rapport Cox ? » A priori, le directeur adjoint rechignait à entrer dans le jeu du président de Macklinson. « Vous savez que je ne peux aborder le sujet, Bill. »

Pour Marston, ce n'était là que du bluff ordinaire. Encore un verre de Highland Park, une bouteille correcte de merlot californien pendant le déjeuner, et Jenson serait plus enclin à la confidence.

« Et si je vous disais que j'ai appris certaines choses par l'intermédiaire de mes services ?

— Quel genre de chose ?

— Que l'une de nos plus prestigieuses sociétés de télécommunications par satellite a fourni aux Chinois une assistance technique tout à fait indispensable en matière de propulsion des fusées, sans se procurer les permis adéquats auprès du gouvernement fédéral. Que cette prestigieuse société est maintenant menacée d'une amende de plusieurs millions de dollars pour avoir frayé avec l'ennemi. »

C'était le paragraphe du Rapport Cox qui avait plu à Marston. Pendant que des milliers d'espions chinois avaient passé le plus clair de leur temps, ces vingt dernières années, à arracher des secrets nucléaires aux Américains, Canyon Enterprises, l'un des rivaux les plus acharnés de Macklinson dans le secteur des satellites de communications, s'était associé avec la RPC sur des technologies sensibles. Si Macklinson jouait correctement ses cartes, le groupe était bien parti pour profiter de la disgrâce de Canyon et récolter l'équivalent de plusieurs milliards de dollars de contrats dans les domaines de la défense, de l'électronique et des systèmes d'assemblage.

« Cette histoire est déjà dans le domaine public, si je ne me trompe ? fit Jenson. Je comprends en quoi cela pourrait vous intéresser. »

Un serveur qui travaillait au club-house depuis presque dix-sept ans, et dont Marston n'avait jamais réussi à mémoriser le nom, s'approcha des deux hommes et les conduisit dans la salle à manger. Ils commandèrent des fruits de mer et deux entrecôtes grillées avant de reprendre leur conversation.

« Et si je vous disais aussi que j'ai entendu parler de l'étendue de l'infiltration chinoise au sein de notre confrérie du nucléaire ? reprit Jenson tout en parcourant la carte des vins. Et si je savais que grâce aux dollars du contribuable américain, à des percées scientifiques et au travail acharné des Américains, Pékin dispose maintenant de dizaines d'ICBM pleinement fonctionnels, en réalité de fabrication américaine, pointés sur New York, Washington et Los Angeles ?

— Eh bien, en ce cas, je vous répondrais que rien n'a changé. Je dirais que Bill Marston dispose toujours de solides sources d'information.

— Je suis en rogne, David. » Marston siffla ces mots à une composition florale au centre de la table. Souffrant d'antécédents cardiaques, quand il se mettait en colère il devait se surveiller. « Ces types ont infiltré nos milieux d'affaires, notre communauté scientifique et nos universités. Ils revendent de la technologie militaire américaine à des États voyous, à des régimes hostiles aux États-Unis. La Chine a vendu des composants de guidage et des équipements de télémétrie aux Iraniens, nom de Dieu. Ils les refilent aux Syriens, à la Corée du Nord, à cette enflure de Kadhafi. Vous maîtrisez ou pas, les gars ? Qu'est-ce qui vous prend, à Langley, ces temps-ci ? Depuis l'arrivée de Clinton, tout s'est foutrement ramolli.

— Nous maîtrisons », lui assura Jenson, mais il était loin de le penser. Il avait envie de taper sur les Chinois tout autant que Marston, mais il avait les mains liées. Il eut recours à une langue de bois qui sonnait creux. « Il est certain que nous avons été victimes d'une campagne d'espionnage industriel et politique de haute volée, mais permettez-moi de vous assurer que les États-Unis conservent toujours un avantage militaire et commercial écrasant sur la République populaire...

— Je n'en ai rien à foutre. Je sais qu'à la régulière nous avons toujours de quoi leur botter le cul. Seulement je n'aime pas leur manière d'agir en affaires. Je n'aime pas voir des cadres de Macklinson hautement qualifiés venir tous les jours se plaindre auprès de moi de l'impossibilité de gagner décemment sa vie à Pékin. En Chine, mes gens doivent faire la connaissance des familles de leurs clients, se rappeler leurs anniversaires, conduire leurs épouses dans des clubs de remise en forme. On joue à quoi, là ? Aux organisations caritatives ? De vous à moi, Dick, Macklinson paie les études de six gamins chinois à Stanford. Vous avez la moindre idée du coût ? Et tout ça pour qu'un brave conseil d'administration du Wuhan garantisse la légitimité d'un contrat de télécommunications. Et pendant ce temps ces types ont le culot de nous faucher notre technologie. Ils se prennent pour qui, à la fin ? Vous savez, il n'y a pas si longtemps, des soldats américains se battaient en Mandchourie pour empêcher que la région tout entière ne parle plus que le japonais. » Jenson eut l'air de trouver l'argument historique un peu forcé. « Parfaitement. Des boys qui ont mis leur vie en jeu pour l'avenir de la Chine. Et c'est comme ça qu'ils nous remercient.

— Alors que suggérez-vous ? »

Marston marqua une pause. Son verre, qu'il avait apporté du club-house, était un mélange jaune pâle de whisky et de glace fondue.

« Ce que je suggère, c'est une idée. » Il avait baissé la voix. Jenson fut obligé de s'avancer au bord sa chaise et sentit l'un de ses muscles se contracter dans le bas du dos. « Un projet non officiel, si nécessaire. Une opération clandestine recherchant les moyens de déstabiliser Pékin. Tout comme notre petit coup de pouce aux Polonais, comme ce qui a permis à l'Agence de financer Walesa et Havel. Bon, je sais que vous avez déjà quelques opérations en cours, les gars, mais cette fois-ci, ce serait conjointement avec Macklinson, en utilisant notre infrastructure et nos personnels sur le terrain, en Chine. Sortez-nous quelque chose et nous vous soutiendrons. » Jenson ponctua d'un sifflement feutré, énigmatique. « Le communisme est un art en voie de disparition, Dick, et la Chine communiste n'a que trop duré. Vous avez vu ce qui est arrivé dans le bloc soviétique. Tout ce que nous voulons, c'est donner un coup de main à ces types. Appelez cela une poussée pour obtenir un effet domino retard. Et quand Pékin tombera, je veux que l'Amérique ramasse les morceaux. »

13.

Double jeu

À son retour chez lui, Joe trouva Isabelle endormie, un drap de coton blanc repoussé sous ses pieds, le visage tourné vers le mur de la chambre, si bien que, malgré l'obscurité, il réussit à distinguer la ravissante courbe de violoncelle de son dos et de ses jambes. Il but un petit verre de single malt dans leur cuisine encombrée, se doucha sous le jet bredouillant de l'eau vaguement soufrée de Hong Kong et se glissa au lit à côté d'elle. Il avait envie de la réveiller avec des baisers jusqu'au bas de sa colonne vertébrale, d'encourager son corps à se tourner vers le sien, de poser sa main au creux de l'enveloppe divine formée par ses cuisses serrées. Mais il ne pouvait pas, de peur de la tirer de son sommeil, qu'elle ne voie l'heure et ne lui demande où il avait été, pourquoi résoudre un simple problème chez Heppner lui avait pris tant de temps et comment il se faisait qu'il soit presque 4 heures du matin alors qu'il avait quitté le restaurant avant 22 heures. Non, plutôt régler son réveil pour 6 heures et se faufiler dehors avant que les questions ne pleuvent. Mieux valait lui laisser un mot.

Malgré l'épuisement, il eut du mal à s'endormir. Incapable de déconnecter son cerveau, il resta couché sur le dos, immobile et, tandis que le réveil égrenait les minutes, il tourna et retourna dans sa tête les détails de cette longue conversation avec Wang en anticipant le déroulement possible de leur prochaine rencontre, imminente. Peu avant l'aube, il sombra dans un profond sommeil d'où le tirèrent des rêves de prisons, de pinces et d'Urumqi. À 6 heures, renonçant à dormir, il se laissa rouler hors du lit, embrassa doucement Isabelle sur l'épaule et passa dans la cuisine. Il prit dans le frigo une mangue, quelques bananes, un ananas et prépara une salade de fruits pour quand elle se lèverait. Il dressa ensuite un plateau de petit déjeuner, écrivit un petit mot, remonta le drap sur elle pour la tenir au chaud dans l'air frais du matin, s'habilla et se faufila dehors, en quête d'un taxi.

Vingt minutes plus tard, il embarquait à bord d'un ferry Star à moitié vide qui traversa Victoria Harbour en haletant comme un chien fidèle. Des jonques et des cargos se détachaient peu à peu dans la lumière croissante. Il se tenait au bastingage, à la poupe, tel un dignitaire sur le départ, le regard tourné vers les lumières en arc de la Hong Kong and Shanghai Bank, les contours au néon de Central et de Causeway Bay qui s'estompaient, escortés par la grosse masse ronde du Peak derrière eux. Le soleil brillait de plus en plus fort, et il apercevait déjà des ouvriers qui s'activaient dans les échafaudages en bambou du Palais des Congrès et des Expositions, travaillant jour et nuit pour achever l'édifice avant la rétrocession. À l'intérieur du ferry, des hommes d'affaires, des femmes de ménage et des commerçants vieillissants, qui pour la plupart avaient eu tous les matins de leur vie de travail la même vision devant les yeux, ronflaient dans des sièges en plastique inconfortables, nullement perturbés par les premiers avions de la journée qui vrombissaient au-dessus d'eux.

Joe sortit du terminal du côté Kowloon, au milieu d'une cohue d'employés en cette heure de pointe, s'engagea dans Salisbury Road et marcha en direction de l'est. Il restait encore une heure avant le rendez-vous convenu à la planque, et il céda à une envie soudaine et impérieuse de prendre un petit déjeuner au Peninsula Hotel. Un serveur chenu le guida dans la splendeur marmoréenne du vieux hall de réception et lui trouva une table tranquille avec vue sur les rues animées. Il commanda des œufs Bénédicte et un jus d'orange, et lut l'*International Herald Tribune* de la première page à la dernière, tout en pensant à Isabelle prenant son petit déjeuner seule dans leur appartement. Vers 8 heures, il régla la note de presque trois cents dollars de Hong Kong et héla un taxi qui le déposa à un bloc de Yuk Choi Road.

Devant la porte, en attendant que Lee réponde à ses quatre brefs coups de sonnette, il se souvint d'avoir éteint son téléphone la veille au soir. Quand l'appareil sortit de sa veille, l'écran affichait : « OUBLIEZ DEMAIN. CHANGEMENT DE PROGRAMME. ALLEZ TRAVAILLER NORMALEMENT. KL. » Il se sentit rattrapé par toute la fatigue d'une nuit sans sommeil. Il était trop tôt pour une telle douche froide.

La voix surprise et pâteuse de Lee crépita dans l'interphone.

« Qui est là, je vous prie ?

— C'est John. »

Un petit moment s'écoula avant que Lee ne déclenche l'ouverture de la porte. Quand il l'accueillit à l'entrée, il lui sembla particulièrement anxieux. Son front était creusé de rides soucieuses et il respirait vite, comme si c'était lui et non M. Richards qui venait de gravir quatre étages dans l'air humide.

« Vous avez oublié quelque chose ? » demanda-t-il. Ce n'était pas non plus l'accueil habituel du personnage. D'ordinaire, il était plus respectueux, souriant et désireux de faire bonne impression. Les fenêtres étant ouvertes d'un bout à l'autre de l'appartement, Joe comprit aussitôt que Wang, Sadha et Lenan étaient tous partis. Il caressa brièvement l'idée un peu folle qu'il avait surpris Lee avec une fille dans la chambre du fond. À le voir, il n'avait pas fermé l'œil.

« Non, je n'ai rien oublié. Est-ce que tout va bien, Lee ?

— Tout va bien. »

Joe passa devant lui, entra dans la cuisine et vit que la chambre était vide.

« Je viens juste de recevoir le message. J'ai fait le trajet en pure perte. M. Lodge m'avait signalé de ne pas venir. Où sont-ils tous, bon sang ?

— Ils sont rentrés chez eux, lui répondit Lee, mal à l'aise.

— Que voulez-vous dire, ils sont rentrés chez eux ?

— Partis à 5 heures. M. Wang parti avec eux.

— M. Wang n'a pas de chez-lui. »

Cette remarque parut laisser Lee perplexe, tel un acteur qui peine à se souvenir de son texte. Faute d'avoir quelque chose à dire, il grommela « Je ne sais vraiment pas », une dérobade qui irrita Joe. Il commençait à soupçonner qu'on lui mentait.

« Vous ne savez pas quoi ?

— Quoi, monsieur Richards ? Je pense qu'ils emmènent M. Wang quelque part ailleurs. Je pense qu'ils partent à 5 heures.

— Vous pensez ? »

Lee parut encore plus penaud. Il ne savait visiblement pas s'il devait raconter à Joe ce qui s'était passé ou obéir aux ordres et se taire.

« Et Sadha ? insista-t-il. Qu'est-il arrivé à Sadha ?

— Sadha il est parti avec eux.

— Avec qui ?

— Avec M. Lodge et M. Coleman. Ils conduisent le professeur au nord. »

Regagnant le salon, Joe avait déjà franchi le rideau de lanières en plastique rouge, mais cette information lui fit faire volte-face. Malcolm Coleman était l'un des noms de couverture de Miles.

« Les Américains étaient là ? »

Lee eut l'air gêné, comme s'il avait laissé échapper un secret. Il secoua très vite la tête, comme parcouru d'un frisson, mais ses yeux trahissaient la vérité. Joe éprouva pour lui de la pitié quand il lui dit :

« Vous ne saviez pas ça, monsieur Richards ?

— Non, Lee, je ne savais pas ça. Coleman est resté combien de temps ? »

Lee s'assit sur la chaise de l'entrée et lui révéla que Miles était arrivé peu après 3 heures du matin. Autrement dit, quelques instants seulement après que lui-même avait quitté l'immeuble. Attendait-il dehors ?

« Pourquoi Coleman n'est-il pas monté avec M. Lodge ? Pourquoi ne m'ont-ils rien dit ? »

Lee haussa les épaules. C'était un mystère, autant pour lui que pour Lennox.

« Nous étions dans la chambre, expliqua-t-il, comme si cela l'absolvait de toute responsabilité. J'étais dans la chambre avec Sadha. »

Joe avait déjà connu des moments pareils à celui-ci, des moments où lui, espion junior, avait été exclu de la partie par ses maîtres. On aurait dit que, malgré tout ce qu'il avait déjà accompli au cours de sa brève carrière, Waterfield et Lenan ne se fiaient pas encore assez à lui pour l'asseoir à la table des grands, avec les esprits plus mûrs et plus avisés. Pourquoi une telle circonspection de leur part ? Au SIS, tout se déroulait comme dans un club ; tout n'était qu'« accès ponctuel », « accès d'opportunité » ou « accès restreint ». Mais que lui dissimulaient-ils ? Pourquoi Lenan lui avait-il envoyé un message lui conseillant d'« oublier » Wang, pour ensuite conspirer avec la CIA afin d'organiser son déplacement vers un autre endroit ?

« Avez-vous un numéro où je puisse joindre Lodge ? »

Immédiatement, Lee se leva et sortit une carte de la poche de sa chemise. Il la lui tendit en souriant, relevé de son obligation de mentir au nom de Lenan. C'était un numéro de téléphone portable avec un préfixe taiwanais. Joe n'identifia pas le reste des chiffres, mais le composa néanmoins, à partir du poste fixe près de la porte.

Une messagerie automatique prit l'appel, et il eut conscience de la nécessité de s'exprimer prudemment sur ce qui pouvait être une ligne vulnérable.

« Salut. C'est moi. Je suis à l'appartement. Je n'ai reçu votre SMS que ce matin, et j'étais déjà ici. Je me demandais juste ce que c'était que cette histoire. Je me demandais ce qui se passait. Puis-je espérer que vous me rappeliez ? »

Quand il raccrocha, Lee l'observa attentivement, comme un parent s'attendant à de mauvaises nouvelles, à l'hôpital. Lenan le rappela dans la minute.

« Joe ?

— C'est moi.

— Vous dites que vous êtes à l'appartement ? »

Il était impossible de savoir d'où Lenan appelait. Au ton de sa voix, on le sentait à la fois contrarié et un rien déconcerté.

« Oui, je suis ici avec Lee. Je n'ai pas reçu votre SMS avant...

— Non, manifestement pas. » Lenan n'était pas connu pour ses sautes d'humeur ; il préférait plutôt laisser percevoir son mécontentement par un geste ou une phrase bien choisis. « Pourquoi avez-vous éteint votre portable ? lui lança-t-il, laissant clairement entendre qu'il n'avait pas agi en professionnel.

— Je suis navré. Sur le moment, je n'ai pas réfléchi. Je ne voulais pas réveiller Isabelle.

— Je vois. »

C'était une erreur. Il n'aurait pas dû mentionner Isabelle. Le Foreign Office n'appréciait toujours pas leur relation. Ils souhaitaient que les choses restent sur un plan plus formel.

« Quoi qu'il en soit, je suis ici maintenant et Lee m'annonce que vous avez décampé avec Wang à 5 heures. Il m'a aussi dit que Malcolm Coleman était là. »

Lee, qui écoutait, prit une profonde inspiration, retint son souffle.

« Lee a dit cela ?

— Oui, monsieur. »

Pourquoi s'était-il donné la peine de l'appeler « monsieur » ? Il n'appelait jamais personne « monsieur ». Dans ses relations avec Waterfield, qu'il considérait comme une sorte de figure paternelle, il y avait du respect et de la compréhension, mais aussi une certaine franchise qui lui permettait de se détendre et de livrer le fond de sa pensée. Avec Lenan, davantage sur ses gardes et plus vigilant, c'était une autre affaire : il suscitait chez lui une sorte de déférence, et il ne parvenait jamais en sa présence à éviter une vague sensation de nervosité, et même d'infériorité intellectuelle.

« Eh bien, comme vous le savez, les Cousins ont quelques oreilles dans notre planque. » Lennox sentit que cette information allait déjà au-delà de ce que Lenan était disposé à divulguer. Accès restreint. Accès d'opportunité. Accès ponctuel. « Quelqu'un au consulat était à l'écoute. Ils ont contacté Miles. Ils ont estimé qu'ils avaient déjà dû croiser Wang quelque part.

— Déjà croisé Wang quelque part ?

— C'est exact.

— Et c'était vrai ? »

Lenan réagit comme si Joe posait des questions creuses et évidentes auxquelles n'existaient que des réponses creuses et évidentes.

« Oui. »

Ensuite, le silence sur la ligne donna l'impression que la communication s'était interrompue.

« Allô ?

— Je suis toujours là.

— Je suis désolé, vous disiez que Wang était déjà venu à Hong Kong ? Vous affirmez que les Cousins avaient un dossier sur lui ?

— C'est bien ce que j'affirme, Joe, oui. »

Ne me prends pas de haut, espèce de connard. Pourquoi dois-je continuer de te soutirer ces informations ? Pourquoi l'un de mes collègues me ment-il de manière aussi éhontée ?

« Et ? »

Lenan lui lâcha la mauvaise nouvelle.

« Eh bien, la conclusion à laquelle nous sommes très vite arrivés, Miles et moi, était que le professeur Wang faisait partie du MSS, le ministère de la Sécurité d'État chinois. En conséquence dès ce matin nous l'avons réexpédié là-bas. »

Joe était abasourdi. Que l'homme qu'il avait interrogé moins de huit heures auparavant soit un agent double de Pékin, cela n'avait tout simplement aucun sens. Wang Kaixuan pouvait être quantité de choses – un beau parleur, un menteur, un sentimental –, mais ce n'était sûrement pas un *agent provocateur*[1].

« Eh bien, je dois avouer que je suis sidéré. Ce n'est certainement pas l'impression que j'ai eue quand je lui ai parlé.

— Non. Certainement pas. Il se pourrait que nous ayons à mettre cela sur le compte de l'expérience. »

La critique implicite était claire : Lennox s'était laissé prendre à une supercherie des Chinois. Tout ceci rejaillirait négativement sur sa réputation au sein du Foreign Office. C'était un coup dur.

« Il est donc déjà de retour en Chine ?

— Ils l'ont déposé au poste-frontière de Lo Wu ce matin. »

---

1. En français dans le texte.

14.

Samba's

Quand Miles Coolidge voulait éviter les conversations gênantes, il adoptait un certain nombre de tactiques : rendez-vous annulés à la dernière minute ; coups de téléphone ignorés plusieurs jours d'affilée ; lettres et e-mails laissés obstinément sans réponse. S'il n'était pas dans son intérêt immédiat d'aborder une question, il n'y apporterait pas de solution. Par conséquent, à 21 heures ce soir-là, quand Joe entra au Samba's et le repéra au bar noir de monde, entouré d'un groupe de sept collègues du consulat des États-Unis, il ne perçut pas cela comme un heureux hasard de la vie diplomatique à Hong Kong, mais plutôt comme une tactique dilatoire délibérée, afin d'esquiver toute discussion sérieuse au sujet de Wang. Ils étaient pourtant convenus de se rencontrer seuls. Miles se livrait à ses petits jeux.

« Joe ! »

L'une des filles du consulat – Sharon, de la section commerciale – l'avait vu franchir le seuil. Son exclamation se répercuta sur le reste du groupe, et ceux qui le connaissaient réagirent à son arrivée en interrompant leur conversation.

« Salut, mon vieux, sympa de te revoir.

— C'est Joe, n'est-ce pas ?

— Comment marchent les affaires, dans l'expédition ? »

Miles fut le dernier à se retourner. Resplendissant dans sa chemise hawaiienne couleur citron vert, il retira un bras bronzé et musclé de l'épaule d'une Chinoise accoudée au bar et s'avança de deux pas pour venir serrer la main du nouvel arrivant. Ses yeux impassibles ne trahissaient rien de l'accord bafoué, et on n'y lisait ni excuses, ni gêne, ni regret. À la limite, Joe perçut chez l'Américain un petit air triomphant, comme s'il était véritablement heureux de lui faire perdre son temps. Lennox savait qu'il était inutile de récriminer. Toute manifestation officielle de sa contrariété ferait le jeu de Miles, et rien d'autre. Le truc consistait à garder le cap, à agir comme si de rien n'était, puis à le coincer en fin de soirée, après le départ de tout le monde.

Suivant son idée, il commanda une tournée – huit bouteilles de bière, huit verres de tequila – et entreprit le petit groupe. Il avait le génie des noms et des visages. Il n'avait pas oublié que Sharon avait un frère dans l'US Navy, actuellement en poste à Singapour. Il se souvenait de Chris, un Afro-Américain gay, employé à la section culture, et qu'il lui devait encore cent dollars suite à un pari concernant Chelsea Clinton. Quand Barbara et Dave Boyle, du service des visas, les rejoignirent et se plaignirent de sa « mauvaise influence », avec sa manie de leur offrir des verres, il leur apporta deux autres tequilas et, l'air captivé, leur posa des questions sur leur récent mariage en Caroline du Nord. Pendant ce temps, Miles, qui tentait de séduire une routarde australienne à proximité du distributeur de cigarettes, jetait un coup d'œil de temps à autre en direction de Joe, comme surpris de le voir toujours là. Le moment décisif fut le départ de la routarde à 23 heures. Prétextant une migraine soudaine, elle grimpa dans un taxi avec Barbara et Dave, et décolla de Lockhart Road. L'estomac rempli d'alcool et l'ego meurtri, Miles restait sans partenaire de jeu. Lennox serait la cible évidente.

« Alors, comment va Isabelle ? » lui lança-t-il. Il avait mangé de l'ail au dîner, et cela se sentait malgré la fumée et les relents de sueur du bar.

« À toi de me le dire. »

L'Américain parut prendre cela comme un compliment.

« Et c'est censé signifier ?

— Tu as été la dernière personne à lui parler. Quand je suis rentré chez moi, à l'aube, elle dormait. Quand je suis parti ce matin, elle dormait.

— Et où est-elle maintenant ? »

Lennox consulta sa montre.

« Endormie. »

Les gens du consulat s'en allèrent l'un après l'autre, jusqu'à ce qu'il ne reste plus que Chris. Vers 23 h 30, il repéra une table libre devant la fenêtre donnant sur Lockhart Road et commanda une autre tournée. Joe tenait à avoir Miles pour lui tout seul, mais il voyait bien que Chris s'apprêtait à une longue nuit de nouba. Comprenant qu'il allait devoir recourir à un mensonge, il attendit que Miles s'éclipse vers les toilettes, puis s'effondra à la table avec une exagération volontaire, et misa sur ce qui, en de telles circonstances, représentait sa seule carte viable.

« Dieu merci !

— Que veux-tu dire ? fit Chris.

— J'ai essayé toute la soirée d'avoir une conversation sérieuse avec Miles. Impossible de le coincer, avec tout ce monde ici. »

Chris était une âme sensible et n'allait pas tarder à saisir l'allusion.

« Pour lui parler de quoi ? »

Joe ouvrit un paquet de cigarettes. Il froissa l'enveloppe de cellophane dans sa main d'un geste nerveux et ostentatoire, et laissa échapper un soupir théâtral.

« Je peux t'expliquer quelque chose, en confidence ?

— Bien sûr. » Le visage gentil et attentif de Chris était plein d'inquiétude. « Que se passe-t-il, mon vieux ?

— J'ai un problème chez Heppner. Un problème grave. J'ai appelé Miles à ce propos, plus tôt dans la journée, et il m'a dit qu'il serait en mesure de m'aider. Nous étions convenus de nous retrouver pour ce verre mais avec tout ce qui est arrivé, je n'ai pas pu lui parler.

— Merde, dit Chris, l'air sincèrement navré. Je peux t'aider en quoi que ce soit ?

— C'est vraiment sympa de ta part, mais je regrette, à ce stade, Miles est la seule personne capable de me tirer de là. Apparemment, il connaît quelqu'un dans la logistique, à San Diego, et ce type serait le seul en mesure de régler le problème. Mais il faut que j'attrape un vol pour Séoul à 8 heures demain matin et je dois résoudre ça avant. » Il leva les yeux vers une pendule murale, les baissa sur sa montre. « C'est encore la fin de l'après-midi, en Californie... »

Chris l'interrompit.

« Écoute, mon vieux, si tu as besoin d'un tête-à-tête pour discuter de cette histoire avec Miles...

— Non, non, ce n'était pas ce que je voulais dire. Désolé, je n'avais pas l'intention d'insinuer...

— Tu n'as rien insinué. » Chris avait pas loin de quarante ans, c'était un Américain serviable et bien élevé et, en présence de cet homme plus jeune que lui, il adopta une expression de sagesse et de compréhension infinies. « Tu as un métier difficile, Joe, et...

— Non, non, je t'en prie, ne t'inquiète pas. On pourra toujours s'en occuper plus tard.

— ... et j'aimerais t'aider à t'en sortir. » Chris posa une main ferme et compréhensive sur le bras de l'Anglais, qu'il serra, un geste lourd de sens. « Tu n'as aucune envie de m'écouter bavarder ici toute la nuit alors que tu as cette merde qui te tracasse. Et tu as raison. Miles est e-xac-te-ment le type à qui tu dois en parler. Ce gars-là est in-cro-ya-ble. » Là-dessus, il cala un peu, comme ne sachant pas trop si Joe était au courant de l'appartenance de Miles à la CIA. « Je vois à quel point tu es contrarié et je comprends totalement. De toute manière, me coucher tôt me fera du bien. Dès qu'il revient, je finis ma bière et je file. »

Joe, qui en pareille situation n'hésitait pas à mettre son charme à contribution, lui chuchota :

« C'est très aimable à toi, Chris, je te remercie, vraiment. »

Et il le gratifia de ce que l'on aurait pu interpréter comme un sourire enjôleur. Puis Miles s'approcha, et Joe calcula que Chris serait parti dans moins de quinze minutes.

Il en fallut dix. Il fuma une cigarette, vida sa Michelob, se leva de leur table et annonça qu'il rentrait chez lui.

« Tu es sûr, mon pote ? s'étonna Miles, pas plus inquiet ou préoccupé que ça.

— Certain. Je démarre tôt, demain matin. Soyez sages, les gars. Faites attention à vous. »

Lennox se leva à son tour.

« Merci », esquissa-t-il en remuant à peine les lèvres, tandis que Miles se baissait pour rattraper un sous-bock tombé par terre. Chris prit son air d'infinie sagesse et murmura « De rien ». Après avoir distribué des poignées de main, il laissa cent dollars de pourboire sur la table et disparut dans la foule de Wan Chai.

« Qu'est-ce qui lui a pris ? » Miles tripotait le billet de cent dollars comme s'il se tâtait pour le voler ou non. « Je vais aux toilettes, je reviens, et subitement il a envie de s'en aller.

— Je n'en ai pas la moindre idée.

— C'est toi qui t'es arrangé pour qu'il dégage, Joe ? Tu voulais m'avoir pour toi tout seul ? »

Joe lui sourit, et les haut-parleurs du Samba's crachèrent le refrain de *With or Without You* à plein volume. Ils étaient assis l'un en face de l'autre, et des filles, des Anglaises blondes et ivres, chantaient au bar.

« Si tu joues au malin, je suis bien obligé d'en faire autant. »

Miles détourna le regard.

« Bruyant par ici. »

Leur relation se réduisait souvent à un échange verbal où aucune des deux parties n'était disposée à céder du terrain ou à admettre sa faiblesse. Isabelle les avait un jour comparés à un duo de gorilles mâles alpha à la lutte quelque part dans l'est du Congo, ce qui était un peu sévère pour Joe, mais, concernant Coolidge, relevait du compliment. Leurs airs bravaches masquaient une profonde affection, mais en y repensant, cela m'attriste de constater que si loyauté il y avait entre eux, elle était strictement à sens unique.

« Alors comme ça tu voulais savoir pour Wang ? demanda enfin l'Américain.

— Oui. Je veux savoir pour Wang.

— Pourquoi tu n'as pas simplement posé la question à Kenneth ?

— Je la lui ai posée. Et maintenant je te la pose à toi. »

Le Samba's est le genre de repaire où les expatriés se retrouvent pour un verre avant d'aller dîner ou dans un night-club de Lan Kwai Fong. L'endroit est toujours bondé, toujours bruyant et, avec la musique à l'arrière-plan qui étouffe tout, il y avait peu de danger pour que l'on surprenne votre conversation. Pourtant, Miles reprit en baissant d'un ton.

« Je suis prêt à te dire tout ce que tu veux. » Sa chemise hawaiienne couleur citron vert, luisant sur le tissu rouge terne de sa chaise, sculptait ses épaules endurcies par la musculation comme deux blocs de force brute. Très peu d'hommes à Hong Kong auraient pu porter cette chemise sans avoir l'air ridicule. « Je te sens un peu en rogne, Joe. Tout va bien ? »

Joe n'avait pas l'intention de paraître en colère, mais trente-six heures sans véritablement dormir allant de pair avec une soirée bière et tequila lui avaient embrouillé les sens. Il s'efforça de paraître plus détendu.

« Quel est le problème entre Kenneth et toi ? Pourquoi as-tu attendu dehors, la nuit dernière, au lieu d'entrer ? »

Face à cette accusation, Miles bondit.

« Pourquoi j'ai fait quoi ? »

Il y avait du monde autour d'eux, debout au bar, entre les tables, des gens assis sur des chaises près de la fenêtre. D'un regard, Joe l'invita à la prudence et répéta sa question.

« J'ai dit : pourquoi as-tu...

— J'ai entendu ce que tu as dit. C'est ce que tu penses ? Tu penses que j'irais te faire ce genre de chose ?

— Ça y ressemblait. » Il commanda deux autres bières. Un instant, il se sentit coupable d'avoir mis en doute la version de l'Américain, puis il se souvint qu'il s'adressait à l'un des menteurs les plus accomplis de la colonie, un homme dont la réaction typique, quand il était acculé, consistait à chercher la confrontation et à devenir agressif. « Ce n'est pas ce qui est arrivé ?

— Non, pas du tout, répondit Miles avec une apparente incrédulité. Ce qui est arrivé, c'est que tu es parti parce qu'il était 3 heures du matin et que Kenneth t'a trouvé lessivé. J'étais en route et j'ai dû te louper de moins de cinq minutes.

— Pourquoi Kenneth ne m'a-t-il pas dit que tu venais ?

— Et comment le saurais-je, moi ? Ce n'est pas une question que tu devrais plutôt lui poser ? »

À la table voisine, une jeune Chinoise se retourna avec humeur, comme pour signifier que leur dispute l'empêchait de profiter de sa soirée. Miles la rembarra d'un œil incendiaire.

« À quelle heure as-tu quitté Isabelle ? demanda Joe, déterminé à vérifier la version de Miles sous tous les angles.

— Je n'en ai aucune idée. Vers minuit, j'ai reçu un appel me prévenant que Wang se trouvait dans l'un de nos locaux. J'ai dit à Isabelle que je devais y aller et je l'ai laissée au Club 64.

— Tu as laissé ma fiancée toute seule au Club 64 ? »

L'autre secoua la tête.

« Oh, allons, Joe ! C'est une grande fille. Pourquoi les Anglais se conduisent-ils toujours comme ça avec les femmes ?

— Se conduisent comment ?

— En chevaliers servants à la con dans leur armure toute blanche à la con. Ne la prends pas pour une mauviette. Elle sait se débrouiller toute seule.

— Autour de minuit ?

— Exact. Autour de minuit. »

Était-ce une infime hésitation, là, un trou dans la chronologie ?

« Et tu es en train de m'expliquer que tes gens avaient déjà entendu parler de Wang Kaixuan ? »

Miles avala une gorgée de Michelob et fit une grimace.

« "Mes gens" ? Tu n'es pas bien, Joe ? On n'est pas censés livrer la même guerre ? Œuvrer dans le même camp ?

— En apparence.

— Ce qui signifie, en clair ? »

Lennox se demanda s'il ne devrait pas faire machine arrière. Ils étaient soûls et fatigués, deux espions grincheux s'opposant sur un sujet dont il vaudrait mieux débattre à la lumière froide et sobre d'une nouvelle journée.

« Cela signifie que je suis perdu, admit-il. Cela signifie que l'on ne m'a pas dressé le tableau complet...

— Et du coup tu as consacré l'essentiel de ta journée à te morfondre et à t'apitoyer sur toi-même, à te demander si Kenneth et Miles, et sans doute David aussi, n'avaient pas monté une petite conspiration dont tu serais exclu ? »

Joe ne prit pas la peine de le nier.

« Cette pensée m'a traversé l'esprit.

— Oh, allons ! » L'Américain leva les mains, comme poussé à bout. À cet instant, il paraissait prêt à s'en aller.

« Cela t'étonne que je t'interroge là-dessus ? Tu ne trouves rien d'étrange à ce qui s'est produit au cours de ces dernières vingt-quatre heures ?

— Franchement, non. » Miles avait les yeux rivés sur le dos de la Chinoise et le pire de sa colère semblait passé. « Écoute. Wang est quelqu'un d'influent sur le continent. Il y a trois ans, il a été impliqué à Pékin dans une opération qui a exposé deux de nos agents. Il y a eu des expulsions. C'est pour cela que nous le connaissions déjà. »

Lennox se rembrunit.

« Quel style d'opération ?

— Le style dont je ne suis pas autorisé à discuter avec toi. »

Quand un autre espion vous dit ça, c'est qu'on a des ennuis.

« Il leur suffit d'entendre la voix de Wang dans le micro d'une planque et ils savent aussitôt que c'est lui ? »

C'était la faille évidente de la version des faits que donnait Miles, mais il sut se couvrir.

« Nous avons eu de la chance.

— Comment cela ?

— Tu connais Steve Mackay ? »

Joe connaissait Steve Mackay.

« Il était dans le coup à Pékin. Hier, il a reçu un appel de routine de Kenneth, lui demandant si vous pouviez utiliser Yuk Choi Road sans problème. Vous aviez un visiteur imprévu du Xinjiang arrivé en radeau de Shenzhen. Bill a réclamé une description, mis la main sur l'enregistrement, compris de quoi il retournait et m'a demandé de venir.

— D'où la présence de Kenneth ce matin.

— D'où sa présence. C'était votre client, Joe, c'était votre visiteur imprévu. Vous aviez l'obligation de nous en faire part. »

Joe se redressa contre le dossier de son siège et croisa le regard d'une fille au bar, qui lui sourit au milieu de la mêlée des corps. Pour une raison qui lui échappait, la sono diffusa une seconde fois *With or Without You*, et il eut l'impression d'être pris au piège dans une succession de dérobades en circuit fermé.

« Et ensuite, à ton arrivée là-bas ?

— Comme Kenneth te l'a dit. Nous savions déjà qui il était et nous l'avons reconduit à la frontière. »

Lennox sauta sur l'occasion.

« Tu as parlé de moi à Kenneth, aujourd'hui ?

— Bien sûr. » Coolidge tira une bouffée de sa cigarette, et ce fut comme un indice au poker. « Tu trouves ça curieux ?

— Je ne trouve pas cela normal. » L'Américain afficha un air stupéfait qui invita Joe à continuer. « Essaie de considérer cela de mon point de vue. J'arrive à l'appartement ce matin, Lee se comporte comme si j'étais un prêtre débarquant en pleine partouze. Comme s'il avait pour instruction de me tenir dans le flou.

— C'est la nature de l'activité que nous exerçons. » Il illustra son propos en abattant plusieurs fois le tranchant de la main, comme s'il formulait l'évidence devant un jeune agent qui en serait encore à apprendre les ficelles du métier. « Lee a été formé à opérer de la sorte. Quand un agent double chinois se fait raccompagner sur le continent, moins il y a de gens au courant, mieux ça vaut. Vu ?

— Et c'est une information que l'on ne peut pas me confier ? Je consacre trois heures à interroger ce type, à découvrir des renseignements sur des émeutes à Yining, sur la fièvre révolutionnaire qui se propage dans tout le nord-ouest de la Chine, et sur ce qui se présente comme de stupéfiantes violations des droits de l'homme dans les prisons du Xinjiang, mais pour moi, sa localisation doit rester un complet mystère. »

Coolidge était sur le point de lui répondre « Quel mystère ? » mais deux événements l'en empêchèrent. D'abord, la Chinoise se leva avec ses quatre compagnons et quitta le bar. Ensuite, une troupe de cinq hôtesses de l'air, vêtues de l'uniforme rouge vif de Virgin Airways, la croisèrent à sa sortie du Samba's. Pour Miles Coolidge, c'était Noël au printemps. Il oublia tout de l'affaire Wang et laissa échapper un bourdonnement sourd, l'appel du cachalot mâle.

« Sainte Marie mère de tous les bienfaits. Regarde un peu ce qui nous arrive là. »

Lennox pouvait suivre leur progression dans un miroir accroché au mur opposé, une tapisserie mouvante de chevelures et de maquillage qui s'acheminait en riant vers le bar. Il regarda la tête hâlée et rasée de l'Américain exécuter une rotation à cent quatre-vingts degrés.

« Tu te fais des illusions.

— Oh, ça va ! » L'Américain était déjà debout. « Isabelle est au lit, bien au chaud. Allons nous servir avant que ce lot ne refroidisse. »

Mais Joe avait de la chance. Alors que Miles se dirigeait vers le comptoir, emportant avec lui tout espoir de poursuivre leur conversation, les hôtesses furent enveloppées par un cercle de pilotes et de stewards douchés de frais, et on ne les reverrait plus. Miles tourna les talons.

« Les enfoirés, fit-il, en regagnant son siège. Les enfoirés. »

15.

Sous terre

Ils traînèrent encore dix minutes, puis Miles déclara qu'il voulait aller « ailleurs ». Joe aurait dû saisir ce que cela impliquait – après tout, il était une heure du matin –, mais il se laissa entraîner dans les rues étouffantes et humides jusqu'à un nightclub en sous-sol, sur Luard Road – videur devant la porte, escalier faiblement éclairé, entrée gratuite. À Wan Chai, cela signifiait généralement une chose : le club serait rempli de putes.

« Déjà venu ici ? » lui demanda Joe en poussant une double porte gauchie au pied de l'escalier, pour être cueilli par un mur de fumée de cigarette et de musique house.

— Deux ou trois fois », lui répondit l'autre, et il le suivit de près. Sur leur gauche, il y avait un coin banquettes, un espace d'un seul tenant plongé dans l'obscurité où des groupes d'hommes assis autour des tables, des expatriés qui pouvaient avoir de dix-huit à soixante-cinq ans, bavardaient avec des filles des Philippines, du Vietnam et de Thaïlande. Le bar était devant eux, un rectangle au comptoir surélevé entouré de clients et de filles perchées sur des tabourets. Sur leur droite, une houle parcourait la piste de danse saturée de transpiration. Miles le dépassa, trouva une table d'angle au fond de la salle et rapporta deux vodkas tonic.

« Pourquoi pas le Neptune's ? Pourquoi pas le Big Apple ? s'étonna Joe, avec une pointe de sarcasme. »

Le Big Apple et le Neptune's étaient les bordels préférés de l'Américain sur l'île, ports d'attache d'un certain style de *gweilo* en quête de sexe facile après une sortie nocturne dans Hong Kong. Les deux repaires regorgeaient de femmes du sud-est asiatique qui vous raccompagneraient à domicile pour moins cher qu'un dîner chez Rico's. Joe avait eu plusieurs fois l'occasion de se rendre au Neptune's, et tout dans cette aventure lui avait fait horreur, en particulier le mépris à peine déguisé dans lequel les filles victimes de ce trafic tenaient leur clientèle lestée d'argent liquide. Mais à Hong Kong, le sexe en vente libre faisait partie de la vie quotidienne et Joe n'était pas du genre à juger. Si Coolidge voulait payer une fille de dix-huit ans originaire de Haiphong et ne parlant pas un mot d'anglais pour qu'elle passe la nuit avec lui dans son appartement de Mid-Levels, c'était son problème.

« Je ne suis pas là pour baiser, mon pote, rectifia l'Américain, comme s'il lisait dans ses pensées. C'est juste que l'atmosphère me plaît. Ici, c'est plus petit que les autres boîtes, tu vois ? Plus intime. Tu préférerais une autre adresse ? »

Il savait qu'il l'avait probablement amené dans ce club afin de sonder les limites de sa fidélité à Isabelle, mais il n'allait pas offrir à un Yankee ivre, agressif et lubrique le spectacle de son indignation morale.

« Franchement, je m'en moque. J'ai juste envie de savoir ce qui est arrivé à Wang. »

Coolidge leva les yeux et, au passage, sourit à belles dents, babines retroussées, à une fille vêtue d'une courte jupe rose.

« Nom de Dieu. Tu ne peux pas lâcher avec ça, non ? Tu as merdé, Joe. Tu croyais que Wang allait lancer ta carrière et tu t'es emballé. Ce n'est la faute de personne d'autre que toi. Assume. »

Il en fallait beaucoup pour faire perdre son sang-froid à Lennox, mais personne, depuis fort longtemps, n'en avait été aussi proche. Il lança un regard vers la piste de danse, vers les filles laissées pour compte qui dansaient en duos solennels, vers un homme d'affaires à la panse rebondie qui enveloppait d'un bras langoureux les épaules d'une pute en micro-jupe, vers une fille, une Thaïlandaise, qui riait en écrasant son derrière dans l'entrejambe d'un homme au visage déformé par un rictus de consternation, et il se demanda pourquoi il passait tout ce temps en la compagnie de ce lâche de Yankee dont le comportement constituait un affront permanent à sa sensibilité. Était-ce juste leur sens des responsabilités professionnelles qui les maintenait en relation ? Isabelle semblait l'apprécier ; cela pouvait avoir un rapport. Ou était-ce simplement que Joe avait toujours préféré la compagnie des francs-tireurs et des non-conformistes, au moins parce qu'ils apportaient un antidote aux rejetons plus coincés de l'Angleterre moyenne parmi lesquels il avait grandi ?

« Je ne pense pas avoir merdé, répliqua-t-il en contenant sa colère. Je crois juste que tu me mens. »

L'Américain secoua la tête.

« Nom de Dieu. » Une fille s'approcha de leur table en vacillant sur ses hauts talons et il la congédia d'un geste comme si elle était à peine plus qu'une mouche sur son visage. Joe se sentit la gorge serrée de désespoir. « Abrégeons le supplice de cette discussion, d'accord ? » Miles prit l'une des cigarettes de son interlocuteur et écarta son verre de vodka, comme pour dégager l'espace nécessaire au développement de son argumentation. « J'ai écouté les bandes de la nuit dernière. J'ai écouté ce que t'a raconté Wang. Et pour nous, dans tout cela, il n'y a rien de neuf. Rien là-dedans qui présente le moindre intérêt à nos yeux. »

Lennox huma un relent d'haleine aillée et se redressa pour s'en éloigner, ses yeux retournant se poser sur la piste de danse. Il pensa à Isabelle au lit, endormie, et il avait envie d'être près d'elle, dans ses bras, loin de tout cela. Il lui traversa l'esprit qu'il n'avait aucune idée de la manière dont elle avait passé sa journée et cela le déprima.

« Absolument rien ? » fit-il.

— Absolument rien. Concernant l'affaire de Yining, l'Agence était au courant depuis le premier jour. Enfin, bon, quoi, nous avions même des informateurs qui ont pris part aux émeutes. Tout le monde sait ce qui se trame là-bas. Je suis surpris que Wang ait eu le culot de se pointer avec une histoire aussi éculée. »

Joe était resté tout l'après-midi dans la Maison des mille trous de balle à éplucher le système informatique du SIS à la recherche de rapports récents sur le Xinjiang. En bref, les Britanniques ne possédaient rien dans leurs dossiers sur un soulèvement survenu à Yining en février. Sa méfiance était telle qu'il soupçonnait Lenan d'avoir effacé les fichiers le matin même.

« Et la torture ? Et les atteintes aux droits de l'homme ?

— Oui, eh bien quoi ? Aux dernières nouvelles, je ne travaille pas pour Amnesty International. » Balayant les filles du regard, Miles semblait à peine l'écouter. À une table voisine, deux d'entre elles, des sœurs peut-être, se glissèrent à côté d'un Américain à la barbe épaisse et à l'accent texan prononcé. Sa voix grave et sonore portait loin, et Joe l'entendit leur demander si elles avaient envie de boire un verre. « Écoute, tu es au courant pour Baren ? »

Lennox secoua la tête.

« Baren est une commune située à Aktu, près de Kashgar. » Miles se retourna vers lui, l'air grave. Doté d'une mémoire quasi encyclopédique, il aimait débiter des blocs entiers de chronologie. « En avril 1990, la police chinoise a dispersé à Baren un rassemblement de prière publique devant des locaux du gouvernement. Accusé les fidèles d'inciter au djihad, de recevoir des fonds des moudjahidines afghans. Provoqué une émeute impliquant plus de deux mille musulmans de la région. Les flics et le Bureau de la sécurité publique, et probablement aussi le Bin Tuan, ont rameuté des hélicoptères, des brigades anti-émeute, ils en ont abattu une cinquantaine, y compris parmi ceux qui s'enfuyaient. Tu as sûrement été informé de ça ? » Lennox préféra ignorer cette condescendance facile. « Baren est le soulèvement ethnique séparatiste le plus important qui se soit produit au Xinjiang ces sept dernières années. À la suite de ces événements, sur une communauté de dix mille musulmans, tous les hommes âgés de treize à soixante ans ont été arrêtés. Les Chinois prennent la situation sur place à ce point au sérieux. Ensuite tu as des bombes qui explosent d'un bout à l'autre du Xinjiang. L'une d'elles, dans un bus à Urumqi, a tué une trentaine de personnes début 1992. Des trucs comme ça, il en arrive tout le temps.

— Et Yining ?

— Quoi, Yining ?

— Ce que m'a dit Wang est vrai ? »

L'autre vida sa vodka et se rembrunit.

« Oublie Wang. Wang Kaixuan est un mythe, une histoire à faire peur. Rien de ce que ce vieux con t'a dit n'a la moindre importance. »

N'étant pas accro aux films américains, Joe ne comprit pas que Coolidge citait tout simplement un dialogue de *Usual Suspects*. *Mythe. Histoire à faire peur.* L'espace de dix secondes, dans un night-club de Hong Kong, Wang Kaixuan était devenu Keyser Söze.

« Alors, il n'y a pas eu de soulèvement à Yining ? Pas d'émeutes ? Pas d'emprisonnements en masse ? Pas de tortures ?

— Bien sûr que si. » Miles haussa les épaules, l'air de s'intéresser à son verre désormais vide et au fait que ce soit le tour de Joe de payer une tournée. « Personne ne nie qu'il y ait eu ce merdier de Yining. Personne ne dit ça. Mais il faut que tu te poses un paquet de questions très sérieuses sur le genre de type à qui tu as cru avoir affaire la nuit dernière. Un professeur d'économie ? Un Chinois han qui se débrouille pour parler un anglais parfait ? Personne au nord du Guangdong ne parle l'anglais comme ça, sauf s'il est de la Sécurité d'État. Nom de Dieu, Joe, Wang a passé un an à Oxford dans les années soixante-dix, à prétendre d'étudier le droit. » Miles vit le regard de stupéfaction de son interlocuteur. « Quoi ? Il ne t'en a pas parlé ?

— Pas de manière explicite.

— Ensuite il prend subitement conscience des Ouïghours qui se font buter à Liu Daowan ? Tu me prends pour qui ? Qu'est-ce qu'on a, là ? Un tout nouveau concept ? Un Han qui pratique la haine de soi ? » Miles rit de sa formule, et poursuivit en plissant les paupières. « Comment se fait-il qu'il soit justement à Yining quand l'émeute éclate ? C'était un agent du gouvernement, putain. Tu crois qu'un universitaire chinois du nord du Xinjiang va risquer sa vie pour sauver quelques centaines de musulmans ? Tu ne comprends donc rien au tempérament national ? Tous ce qui préoccupe les Chinois, c'est eux-mêmes. C'est moi, moi-je et moi-même... et ensuite, s'il leur reste encore un peu de temps, c'est encore moi. Tu es d'une telle naïveté, je n'arrive pas à y croire. » Il leva son verre, l'agita en direction du barman, indiquant qu'il voulait deux autres vodkas tonic. « Au fait, celles-là, c'est toi qui les paies. »

Lennox était dans une impasse. L'expérience lui avait appris à mettre en doute la parole de ceux qui défendaient leur position avec un mélange d'hostilité et d'impatience ; en général, cela signifiait qu'ils cachaient quelque chose. Il croyait fort peu à ce que lui racontait l'Américain, mais il fallait qu'il avance avec précaution. Coolidge entretenait avec Lenan une relation de travail bien plus étroite qu'il ne l'avait perçu jusquelà. Dès lors, tout ce qu'il lui avait raconté de cette affaire Wang serait certainement répété à ses supérieurs du SIS, avec des effets potentiels sur sa carrière. Il valait mieux jouer les imbéciles, paraître accepter la version de Miles, et vérifier par la suite la véracité de son récit. Il avait l'intuition que Lenan avait remis Wang aux Américains. Si tel était le cas, il ne pouvait guère intervenir. Faire des vagues n'aboutirait à rien. Simplement, il supportait mal de se voir traité comme un idiot.

« Parfait, conclut-il. Je vais aller payer ces verres. »

Au bar, il tendit un billet de cinq dollars à une Chinoise entre deux âges qui donnait l'impression d'avoir vécu en sous-sol depuis dix ans. Ses yeux n'étaient plus que deux flaques noires de fatigue, sa peau sevrée de lumière luisait d'un jaune maladif sous les lumières cruelles des néons du bar. Il posa les verres sur la table, dit à Miles qu'il « allait acheter des cigarettes » et se dirigea vers les toilettes à l'entrée du club, où il s'aspergea le visage parmi les relents de sexe et de pisse. *Rentre chez toi*, se dit-il, alors qu'il se sentait remonté, en surchauffe et toujours furieux que Wang ait échappé à son emprise. Il songeait à Ansary Tursun et Abdoul Bary, deux Ouïghours dont il n'avait jamais vu les visages, l'un menotté au mur d'une cellule d'isolement en sous-sol, l'autre maintenu à terre par des gardes rigolards pendant qu'on lui arrachait les ongles des orteils avec des pinces. Quelle était la nature véritable de ce pays, là-haut dans le nord, de cette terre ancienne à laquelle il avait consacré une telle part de sa jeune existence ? Que deviendrait Hong Kong quand l'Armée populaire de libération aurait franchi la frontière au pas de l'oie, le 30 juin, à minuit ? Il se sentait ivre et mélancolique. Le cognement sourd de la musique du club se répercutait à travers les murs des toilettes et il sortit dans la rue s'acheter des cigarettes dans une supérette ouverte de la nuit.

Dix minutes plus tard, de retour à l'intérieur, il fut frappé par une vision si extraordinaire qu'il lui fallut plusieurs secondes pour comprendre ce qui se passait. Il traversa la piste de danse en se frayant un chemin à travers une cohue d'hommes et de putes blasées et, à la table, il vit Isabelle à califourchon sur Miles, ses jambes lui enserrant les cuisses, qui se balançait et se tortillait sur ses genoux. Ce n'était évidemment pas elle, et pourtant la silhouette de cette femme, avec ses longs cheveux noirs et son corps sinueux enchâssé dans une robe *qipao* bleu foncé, en était le double troublant. Il s'assit et, en proie à une brève transe alcoolique, fixa du regard le dos de cette femme.

« Joe, mon pote ! Tu es de retour. » La fille se retourna. Elle était chinoise, exquise, ravissante, mais ses traits épatés suggéraient une origine turquique. Joe crut être victime d'une hallucination. Était-ce une prostituée du Xinjiang occupée à se vendre à la CIA ? Il était à présent tellement soûl et épuisé que peu de choses avaient un sens. « Faut que tu fasses la connaissance de Kitty. Carrément superbe. Kitty, je te présente Joe. »

La jeune fille tendit un long bras gracile qui, à la faible lumière du club, paraissait bronzé. Sa chair était froide et il sentit qu'il n'y avait aucune vie derrière ces yeux peints, rien que ce triste numéro de séduction destiné aux étrangers et ces rires aux plaisanteries des *gweilo*. Il se demandait comment Miles ou n'importe lequel des hommes de ce club pouvaient ne pas percer l'artifice à jour. Et puis il comprit que cela leur était sans doute égal.

« Salut, beau gosse, fit Kitty.

— Salut. »

Elle tendit la main vers une flûte de champagne posée sur la table et but une gorgée sans cesser de soutenir son regard. Leur « sirop d'orgie », comme ils l'appelaient, un mélange de thé froid et de Coca-Cola éventé qui se vendait deux fois le prix d'une vodka tonic. À la fin de la soirée, la fille et le bar partageaient cinquante pour cent de la recette des consommations, le reste allant aux triades. L'objectif de Kitty était d'attirer une autre fille à la table, de veiller à ce que Joe lui paie aussi un verre, puis de renouveler les consommations autant de fois que possible avant leur départ du club, à l'aube.

Et comme de juste, à peine s'était-il assis qu'une deuxième fille, moins attirante, la peau plus claire et les traits légèrement plus fins caractéristiques du nord de la Chine, se laissait tomber sur ses genoux et entreprenait de le caresser dans le cou.

« Mon nom Mandy.

— Salut, Mandy. Attends que je te trouve une place où t'asseoir. »

Il la fit basculer en position debout, passa devant le Texan tout sourires et prit une chaise à une table vide. Il la rapporta non sans mal en traversant la foule, obligé de la lever au-dessus des têtes de plusieurs personnes autour du bar. Il entendit Miles chuchoter en aparté « Nom de Dieu », mais cela ne le gênait aucunement de tenir le rôle principal dans une brève illustration de l'incompétence britannique. Mieux encore, par chacun de ses actes, il avait envie de montrer qu'il n'était pas du tout fait pour cet environnement, que sa présence dans ce club était accidentelle et nullement voulue. Il s'assit à côté d'elle, consulta sa montre et essaya d'engager la conversation.

« D'où êtes-vous ? »

Il n'avait jamais recours au mandarin, sauf en cas de nécessité. Il y avait toujours un avantage à être considéré comme un étranger, même dans un endroit de ce genre.

« De Mongolie. Vous connaissez ?

— Je connais. »

Mandy devait avoir une vingtaine d'années et elle portait une tenue si décontractée qu'elle aurait aussi bien pu être chez elle à regarder la télévision dans un appartement de Shatin, en faisant son repassage ou la vaisselle. La plupart des filles du club étaient en jupe ou en robe, mais Mandy avait opté pour un jean délavé et un T-shirt blanc. Bizarrement, cela compliquait le dialogue. Cela la rendait réelle. Elle détonnait par rapport au charme étudié du club. À son expression, il comprit qu'elle ne le considérait pas comme un client potentiel, sans lui en tenir non plus particulièrement rigueur. Peut-être avait-elle perdu tout espoir en elle-même. Peut-être lui savait-elle simplement gré d'être en sa compagnie.

« Depuis combien de temps êtes-vous ici ?

— Un mois, dit-elle.

— Vous avez eu l'occasion de beaucoup visiter Hong Kong ?

— Pas vraiment. » Il vit poindre de la mélancolie dans les yeux exténués de Mandy et se demanda comment elle avait abouti dans un endroit pareil. L'avait-on piégée, ou avait-elle effectué le voyage de son plein gré ? La plupart des femmes venaient ici parce qu'elles n'avaient pas le choix. Pas le temps de visiter. Dormir toute la journée.

Il pensa à elle, coincée dans un minuscule dortoir de la triade, sans doute à peine quelques rues plus loin dans Wan Chai, à dormir d'un sommeil intermittent sur un matelas humide dévoré par les puces, entassée à côté d'autres filles comme elle, qui avaient laissé leur famille, le bonheur et toute notion de respect de soi à des milliers de kilomètres de là.

« Combien de temps allez-vous rester ici ? »

Ils se parlaient sur un morceau de danse dans lequel un homme ricanait comme un chacal. Mandy eut l'air incapable de lui fournir une réponse. Le travail de Lennox sur les gangs organisés autour de leurs « têtes de serpent » touchait aussi à la prévention de l'acheminement des jeunes filles chinoises vers les bordels du Royaume-Uni, mais il savait que les trafiquants se contenteraient de faire tourner une fille comme Mandy localement de club en club, à l'ouest vers Macao et au nord vers Shenzhen, jusqu'à ce que l'âge ou la maladie ait raison d'elle. Grâce à son allure, pour Kitty, ce serait peut-être un peu différent. Les plus chanceuses se dégottaient parfois un mari. C'était ainsi.

« Alors les jeunes, ça roule ? »

Miles venait d'émerger d'une nouvelle étreinte écœurante avec Kitty, dont le *qipao* remonta une seconde au-dessus de ses genoux.

« Super, lui fit-il.

— Tu n'as pas payé un verre à ta greluche ? »

Il s'en était délibérément abstenu, car il n'avait guère apprécié de céder plus de deux cents dollars de Hong Kong pour leurs vodkas tonic. Le SIS était censé combattre ces ordures, pas les entretenir. Mais un verre de sirop d'orgie pour Mandy rapporterait à la jeune fille au moins cinquante ou soixante billets. Trente pièces d'argent pour soulager sa conscience. Il eut un geste sincère d'excuses et il était sur le point de se rendre au bar quand Coolidge fit signe à l'un des barmans qu'il paierait la prochaine tournée.

« Faut pardonner mon copain, hurla-t-il à Mandy par-dessus la musique. Ces Anglais. Ils n'ont pas de manières. »

Il ignora l'insulte et alluma une cigarette. Subitement, il se sentait de nouveau fatigué et regretta d'avoir laissé l'Américain lui commander encore à boire. S'éterniser dans ce club n'apporterait rien de bon. Il allait rentrer chez lui.

« C'est mon dernier. Ensuite je file.

— Hé, relax !

— Sérieusement. Il est temps que je parte.

— Sérieusement », répéta l'autre en l'imitant alors que la musique house cédait la place à une lente ballade sentimentale que Joe reconnut du temps où il vivait à Oxford. *I Believe I Can Fly*. Miles se mit à articuler les paroles, enveloppant de sa main droite la soie tendue du *qipao* de Kitty à la taille et sa bouche revenant une fois encore fouiner dans son cou. Ils gloussèrent tous les deux. Comme si elle se sentait exclue,

Mandy approcha la main et la posa timidement sur la jambe de Joe.

« Ça va très bien », lui dit-il, mais elle ne pouvait comprendre. Sentant qu'il serait grossier de sa part de retirer cette main de sa jambe, il fit en sorte qu'elle retombe comme une poupée de chiffon en se redressant.

« Vous aimez R. Kelly ? » lui demanda-t-elle, sans tenir compte de ce geste. Il lui fallut un petit moment avant de comprendre qu'elle parlait de la chanson.

« Pas vraiment. » De son côté de la table, Miles releva la tête de son étreinte et hurla « Relax », comme s'il n'avait pas cessé d'observer et de tendre l'oreille.

« Je suis relax. Je suis juste fatigué. Il est 2 heures du matin.

— Et alors ? Tu as vingt-six ans. Amuse-toi, mon pote. Tu préférerais être ailleurs ? »

La question coïncida avec l'arrivée de leurs verres. L'Américain plongea la main dans sa poche arrière et en ressortit une pince à billets en argent dont il sépara une série de coupures de cent dollars, procédure que Kitty et Mandy observèrent dans un état proche de l'hypnose.

« Dis-moi, reprit-il après que la caissière se fut éloignée. Est-ce que tu sais seulement à quoi ça ressemble de baiser une Chinoise ? »

Sidéré par sa grossièreté, Lennox ne put qu'en rire. Il regarda les filles en se demandant si elles avaient compris la question, même si ni l'une ni l'autre ne semblait très attentive.

« Tout bien réfléchi, fit-il, je vais partir tout de suite.

— Pourquoi ?

— Parce que je... »

Mais l'Américain ne le laissa pas terminer.

« Dis-moi, tu n'as jamais baisé de Chinoise ? » insista-t-il. D'un regard, Joe tenta de mettre fin à l'échange. « Alors ?

— Tu es soûl.

— Qu'est-ce qu'il y a ? Tu n'aimes pas les chattes asiatiques ?

— Laisse tomber, Miles. »

Ce dernier but une gorgée et posa la main dans le creux des reins de Kitty. *I Believe I Can Fly*. Tel un prince en son domaine.

« Tu as envie que je t'en dise plus ? C'est ça ? Tu as vraiment de quoi les exciter, tu sais ?

— Miles...

— Et elles adorent ça, ne perds jamais cet aspect de vue. Les gonzesses chinoises adorent les Occidentaux. Quand je vais ramener Kitty à la maison cette nuit, elle va s'offrir un sacré moment. Je la paie, j'entretiens sa famille, où est le mal ? Les gens comme toi, il faut vraiment qu'ils se sortent leur morale chrétienne du trou du cul et qu'ils voient enfin les choses telles qu'elles sont.

— Si tu le dis.

— Quoi, si je le dis ? Ça te fait de la peine pour elles ?

— Ça ne me ravit pas pour elles.

— Ça te fait de la peine pour moi ? »

Cette dernière question contenait une flèche. Le ton de la conversation venait brusquement de changer. Apparemment, l'Américain attendait une réponse, une vraie.

« Tu es pété, lança Joe, mais cela ne suffisait pas.

— Réponds-moi.

— Je rentre.

— Non, tu ne rentres pas. » La main de Miles quitta le dos de sa compagne. Il se pencha en avant et cloua l'avant-bras de l'Anglais sur la table, d'une poigne forte et décidée, l'empêchant de se lever. « C'est ça, hein ?

— C'est ça quoi ?

— Ça te fait de la peine. » Il lui demanda de le lâcher, mais l'autre n'écoutait pas. Le martèlement de la house reprit, et l'Américain dut hurler pour se faire entendre. Joe vit dans ses yeux qu'il était ravagé par l'alcool. Il avait déjà été témoin de cela chez lui. « Tu crois que tu vaux mieux que moi, mieux que ces filles. » Il oscillait légèrement sur son siège. « Tu as reçu une éducation anglaise typique, bordel, dans la croyance que le sexe, c'est le mal, que le désir, c'est un péché, que le mieux que tu aies à faire dans une situation comme celle-ci, c'est de prendre tout le monde de haut et de te débiner par-derrière. Tu n'es qu'un sale froussard.

— Non, Miles. Simplement, je ne suis pas toi. »

À nouveau, il tenta d'échapper à sa poigne, mais l'autre serra plus fort. Et Joe finit par perdre son sang-froid.

« Lâche-moi.

— Pourquoi ? Qu'est-ce que tu vas faire ? »

Ce qu'il fit, ce fut très simple. D'un seul mouvement brusque, il écarta tout son corps de la table, entraînant Miles,

Kitty et quatre verres de sirop d'orgie et de vodka tonic avec lui. Kitty poussa un cri strident de chat ébouillanté, en chinois, tandis que Miles, comprenant qu'ils allaient tous les deux tomber, desserra aussitôt son étreinte. Ce tohu-bohu réduisit une petite partie du club au silence. Joe se détourna de la table renversée et marcha droit devant lui entre deux vagues de clients abasourdis, stupéfait d'avoir perdu son calme aussi vite. Derrière lui, il entendit Miles grommeler en mandarin « Laissez-le partir, c'est tout, laissez-le partir », et il sentit la nausée au fond de ses tripes. Comme si vingt-quatre heures d'exaspération et de ressentiment venaient de crever en lui comme un ulcère.

En se dirigeant vers la sortie, il s'attendait à ce que des videurs l'interceptent, mais personne ne lui barra le chemin. Il grimpa les marches et se retrouva dans la rue. Il s'arrêta au coin de Jaffe Road, décrivit lentement un cercle presque complet sur lui-même, à la recherche d'un taxi. Et là, l'air frais de Hong Kong, le diesel, la poussière et le sel de la mer de Chine méridionale le dégrisèrent jusqu'à ce qu'il se sente presque apaisé. Il examina son bras et, sous les poils du poignet, distingua les traces des mains de Miles, comme des coups de soleil. Un taxi s'arrêta au feu et il monta dedans, sans dire un mot au chauffeur jusqu'à chez lui. Quand son téléphone portable sonna au bout de cinq minutes, il n'en tint aucun compte, supposant que Miles l'appelait pour faire la paix. Tu lui parleras demain, décida-t-il. Tu régleras tout ça demain dans la matinée.

16.

Aube naissante

Isabelle rêvait de Miles Coolidge. Voici l'extrait de son journal :

Très bizarre. Nous étions dans une maison du bord de mer, peut-être en Nouvelle-Angleterre ? J'étais debout à côté de Miles, sur une marche d'escalier incurvé, pendant que Joe nageait dehors dans une piscine, avec quatre hommes d'affaires chinois qui portaient des chemises à col blanc. Il faisait chaud et tout le monde était soûl. Sous les yeux des autres invités, subitement, Miles se penche vers moi et m'embrasse.
Ensuite nous montons l'escalier jusqu'à une chambre où quelqu'un a disposé des pilules multicolores et des lignes de cocaïne bleue (?!) sur un immense drap blanc. Il y avait plein de gens dans cette pièce, mais il n'arrêtait pas de m'embrasser dans le cou et dans le dos. Ma stupéfaction devant ce geste, le plaisir et la surprise de ce qui se passait là, ou le bruit de Joe rentrant à la maison, m'ont réveillée.

Quand il entra dans la chambre, Isabelle était au lit, assise.
« Tu es réveillée.
— Je viens de faire un rêve des plus étranges.
— À propos de ?
— Impossible de m'en souvenir. »
Il était plus facile de mentir.
« Tu te sens bien ?
— Ça va. »

Il attrapa une bouteille d'eau minérale par terre et trébucha en la lui tendant.

« Tu es en rogne, remarqua-t-elle.

— Très. »

Elle se tourna vers le réveil.

« Où étais-tu ?

— Miles. J'en ai assez de lui. La dernière fois qu'on sort ensemble.

— Vous vous êtes disputés ? » Elle se leva, passa devant lui à pas feutrés, entra dans la salle de bains. Elle portait un haut de pyjama en soie bleue et une culotte en coton blanc. « Tu sens mauvais. »

Il vérifia, respirant à plein nez l'odeur de tabac froid qui imprégnait sa chemise et sa veste, les retira l'une et l'autre et se retrouva torse nu au milieu de la pièce.

« Ouais. On s'est disputés. J'ai perdu mon calme dans ce club.

— Quel club ? » Elle était assise sur la lunette des toilettes.

« À Wan Chai. »

Elle savait ce que cela signifiait.

« Quel genre d'endroit ?

— Le genre d'endroit qui plaît à Miles. Le genre où il peut peloter des filles d'Oulan-Bator. » Une réflexion en forme de coup bas. Jamais auparavant il n'avait trahi la confiance du Texan, mais il avait envie qu'Isabelle le place au-dessus de ce monde dont il ne faisait pas partie. Cette tactique ne fonctionna pas.

« Mon Dieu, l'entendit-il répondre en ouvrant le robinet du lavabo. Il est si solitaire. S'il en est réduit à des choses pareilles, c'est qu'il doit être très malheureux. »

Cette remarque était comme le signal prophétique du désir d'Isabelle de sauver Coolidge de lui-même, de le transformer. Il ne savait que répondre.

« Et toi ? lui demanda-t-elle.

— Quoi, moi ?

— Tu en as peloté, des filles d'Oulan-Bator ?

— Quoi ? » Elle se séchait les mains. Elle lui avait posé la question sur un ton plus malicieux que désapprobateur. « Bien sûr que non.

— Vraiment ? » De retour dans la chambre, elle le vit debout en boxer en train de suspendre son costume près de la fenêtre. Son pyjama déboutonné presque jusqu'à la taille, elle vint derrière lui, ses mains lui effleurèrent le ventre. « Tu avais envie de baiser une de ces filles ? Tu étais jaloux de Miles ? C'est pour ça que vous vous êtes disputés ? »

Il se retourna et baissa les yeux sur l'aréole de ses seins. Il les embrassa, sans rien répondre, tomba à genoux et la repoussa sur le lit. Le parfum de la peau d'Isabelle était un paradis qu'il huma et qu'il goûta, comme s'il allait l'affranchir de tout le stress et de toute la folie de Wang, de Lenan et Miles. Mais dans la pénombre de leur chambre, alors qu'il allait et venait en elle, Isabelle devint subitement Kitty, et Kitty devint Isabelle et il sentit sa tête envahie par le sentiment de la faute. Pour la première fois, tandis qu'ils faisaient l'amour, il perdit totalement sa trace et il sentit qu'elle le savait. À l'abandon dans la chaleur de la femme qu'il adorait, il exécuta machinalement tous les gestes d'une partie de baise alcoolisée, pris de vertige, avant de s'effondrer dans un cafard de gnôle et de culpabilité.

L'extrait du journal se poursuit en ces termes :

> Comme s'il n'était pas avec moi. Pour la première fois, ça paraissait ordinaire et ennuyeux et je n'avais qu'une envie, que ce soit fini. Ensuite j'ai repensé à ce qui s'était produit avec Miles. J'ai repensé au rêve.

17.

Contrepartie

Miles se réveilla le lendemain matin à 8 heures, éjecté d'un sommeil bien trop bref par le même radio-réveil Sanyo qui le servait fidèlement depuis treize ans. Acheté à Berlin-Ouest dans une galerie marchande à l'hiver 1984, il avait survécu à trois années d'affectation en Allemagne, à douze mois de Langley, à quatre étés de l'après-guerre froide à Luanda et à une période singapourienne durant laquelle il avait contracté la dengue et guéri grâce aux soins de Kim, une esthéticienne indonésienne. Ayant le sommeil lourd, il était obligé de monter le volume pour être sûr de se réveiller. Aujourd'hui, RTHK Radio 3 diffusait *Lucky Man*, un morceau de The Verve qu'il aimait bien, mais la soudaineté des mesures d'intro lui fit l'effet d'un choc électrique. Il roula hors du lit, se redressa en position assise et baissa le son, la tête entre les mains. À travers les rideaux ouverts, il vit le brouillard enveloppant le Peak. Kitty, se rappela-t-il, était partie à 5 heures. Sur la table de chevet, il y avait un verre vide de whisky à l'eau resté par terre à ses pieds, un préservatif, un cendrier plein de cigarettes à moitié fumées et une bouteille de vin blanc tiède pas ouverte. Quand il buvait trop, il veillait à absorber au moins un litre d'eau avant de se coucher, la seule mesure préventive efficace qu'il ait jamais connue contre la gueule de bois. Il s'avança lentement vers la douche, régla la pomme sur « Massage » et laissa la trépidation d'un jet d'eau bouillante lui fouetter le cuir chevelu. Ensuite, nu et dégoulinant d'eau dans l'escalier en colimaçon, il descendit lentement au rez-de-chaussée, traversa la cuisine américaine et, au salon, sortit trois comprimés de Panadol Extra d'un tiroir de son bureau, pressa quatre oranges et se prépara un mug de café instantané qu'il but en mangeant des œufs brouillés. Les Américains, lui avait-on maintes fois rabâché, buvaient un café infect, et curieusement il en était fier, rapportant régulièrement d'énormes boîtes d'instantané Folger's à Hong Kong de ses séjours aux États-Unis.

À midi, il avait vidé sa corbeille de courrier entrant au consulat, fait un footing dans Bowen Road avant d'aller se poser au hammam de sa salle de sport pour éliminer les poisons de la veille au soir : les tequilas du Samba's, les vodkas de Luard Road, les lignes de coke agressivement reniflées sur le ventre plat et doux de Kitty, à 3 heures du matin. Pourtant, sa querelle avec Joe le préoccupait. Il se rendait bien compte de la conduite désagréable qu'il avait eue au club. Il savait que Joe serait en colère. Leur amitié était une toile délicate dans laquelle l'Américain enfonçait fréquemment un gros doigt odieux, mais il s'intéressait assez à Isabelle pour faire amende honorable. Après tout, Joe était son trait d'union avec la femme qui le hantait maladivement.

Avec cette idée en tête, vers une heure, il l'appela sur son portable en adoptant un ton de contrition qui aurait presque pu venir du fond du cœur.

« Joe, mon vieux. Écoute, mon pote, je suis désolé de ce qui s'est passé hier soir. Je me suis comporté en vrai con. »

Lennox descendait les marches de la station de métro de Yau Ma Tei après avoir découvert qu'il n'y avait que onze appartements – pas dix-neuf – au 71 Hoi Wang Road, et que personne dans l'immeuble n'avait jamais entendu parler du professeur Wang Kaixuan. À une vieille dame qui lui avait précisé qu'elle vivait au rez-de-chaussée depuis 1950, il avait montré une photographie de Wang prise par l'un des hommes de Barber aux premières heures du 10 avril. La femme, qui était veuve et sentait fort l'huile analgésique White Flower, avait secoué la tête en affirmant n'avoir jamais vu cette personne, avant de l'inviter à entrer chez elle, de l'abreuver de thé vert et de le gaver de biscuits Khong Guan pendant une demi-heure tout évoquant de façon détaillée des histoires de l'occupation japonaise de Hong Kong.

Il remonta jusqu'à la rue, prit connaissance des excuses de l'Américain et plaça sa main sur le micro, pour bien faire entendre sa réponse malgré le bruit dans Nathan Road.

« Ne t'inquiète pas pour ça », fit-il. Le côté poli et conciliant de son caractère avait déjà repris le dessus. « C'est moi qui devrais m'excuser.

— Tu crois ?

— Le club a posé des questions ? Je n'avais pas l'intention de provoquer une scène.

— Nous étions tous les deux bourrés, mec. Là-dessus, ils ont été cool.

— Tu as ramené Kitty chez toi ? »

De sa part, c'était assez balourd de lui poser la question, mais la réponse l'intéressait quand même.

« Non. On en est restés là. » En proférant ce mensonge, Miles renifla, involontairement. « Je devais me lever tôt. » D'une série de pichenettes, il faisait rouler une boulette de papier d'un coin de son bureau à l'autre. « Écoute, je ne devrais pas t'encourager à fréquenter ces filles chinoises. Tu as une super relation avec Isabelle. Ce n'est manifestement pas de ça que tu as envie.

— Oh, moi, si, j'ai envie de sauter une Chinoise !

— Ah oui ? »

Joe se surprenait lui-même.

« Bien sûr. Seulement je n'irai en baiser aucune.

— Pourquoi ? » L'Américain était sincèrement déconcerté.

« Tu ne comprends pas ? » Un cycliste monta sur le trottoir à sa hauteur et le doubla à toute vitesse en actionnant sa sonnette. « Parce qu'alors je devrais le dire à Isabelle et cela signifierait que je ne pourrais plus la baiser, elle. Tu saisis ?

— Je saisis. » Il expédia la boulette de papier dans la corbeille et posa les pieds sur le bureau. « Alors, tu es où ?

— Je fais ajuster un costume. » Ce mensonge lui était venu instantanément. « À Kowloon. »

Il se demanda si l'autre allait de nouveau mentionner Wang. Si oui, cela supposerait que Lenan et lui se préoccupaient encore de son attitude. Mais le sujet ne fut pas abordé et, comme il se mettait à pleuvoir, il abrégea.

« Écoute, je rentre à l'intérieur. J'ai pas de parapluie.

— Bien sûr. On se voit bientôt, Lennox.

— D'accord. »

Quelques heures plus tard, longtemps après que la majorité des employés du consulat étaient rentrés chez eux pour la soirée, Coolidge franchit trois séries de portes de sécurité, au sous-sol du 26 Garden Road, et passa un autre coup de fil, cette fois sur une ligne sécurisée, pour contacter une maison de Washington où Bill Marston, son assistante, Sally-Ann McNeil, Richard Jenson, Josh Pinnegar, de la CIA, et monsieur Michael T. Lambert, directeur financier de Macklinson Corporation, s'étaient réunis pour une conférence d'une journée autour de Typhoon, l'ébauche du plan de déstabilisation de la République populaire de Chine élaboré par la CIA.

Cette maison comportant six chambres, située à une rue au nord de Pennsylvania Avenue et à deux pas du Capitole, servait à Macklinson pour ses opérations de lobbying auprès des membres du Congrès et l'organisation de dîners de collecte de fonds, mais aussi de pied-à-terre pour ses cadres en déplacement, ce qui évitait les frais d'hôtel. Si l'un ou deux d'entre eux avait une fille à recevoir pour la nuit, eh bien, cela faisait partie des à-côtés du métier.

« Joli endroit que vous avez là, Bill, avait remarqué Jenson en arrivant peu après 22 heures. Vous faites souvent la fête ? »

Mais Marston n'était pas d'humeur à plaisanter. Priant Sally-Ann de préparer du café pour six, il regarda deux anciens techniciens de la NSA, désormais employés du service sécurité de Macklinson, passer la maison au crible pour vérifier la présence de micros, brouiller les fréquences UHF et VHF dans un rayon de deux cents mètres et s'assurer que tous les téléphones portables, les alphapages et les ordinateurs personnels du bâtiment soient éteints. Le plus jeune de ces deux hommes entra ensuite dans la cuisine, où il installa un petit lecteur de CD portable sur le rebord de la fenêtre et lança en boucle un concerto de Beethoven. Vers 23 heures, ces techniciens furent rejoints par un troisième homme, un opérateur de la direction Science et Technologie de la CIA, qui établit une liaison cryptée avec le Consulat général américain à Hong Kong avant d'escorter les techniciens à l'extérieur du bâtiment, jusqu'à une camionnette camouflée en véhicule FedEx garée dans la 5e Rue.

« Monsieur Coolidge ? Vous êtes là ? »

Marston présidait la réunion depuis sa place au centre du grand salon. Toutes les portes étaient fermées, tous les rideaux tirés. Sally-Ann était assise dans un canapé, à sa droite, avec Josh juste en face d'elle. Ce dernier entamerait sous peu une présentation à ce petit groupe en se fondant sur des notes assemblées à la hâte au département Historique du renseignement de la bibliothèque de Langley. Cette perspective l'avait mis sur les nerfs et il était très désireux de faire bonne impression. Jenson, qui misait sur Josh pour défendre le dossier au nom de la CIA, avait pris place à la gauche de Marston, devant une petite table en bois tout près d'une porte ouverte sur la cuisine. De là, il entendait la discrète mélodie de fond du concerto pour piano, et se demanda si l'Agence n'aurait pas dû embaucher un ouvrier et lui faire tondre la pelouse dehors, rien que pour ajouter une couche de bruit supplémentaire. Probablement pas la peine. Michael Lambert était encore debout, et il arpentait la pièce comme un sénateur un soir d'élection.

« Je suis là, monsieur. »

La voix de Miles était clairement audible dans des haut-parleurs de conférence téléphonique positionnés sur une grande table de salle à manger, au centre de la pièce. Marston appréciait que l'autre l'ait appelé « monsieur ». Cela suffisait à donner le ton.

« Nous sommes tous prêts, par ici. Vous nous recevez clairement, à Hong Kong ?

— Clair comme de l'eau de roche. »

Josh attrapa ses notes. Ses yeux ne cessaient d'aller et venir entre Jenson et une reproduction du portrait du président Ulysses S. Grant par Thomas LeClear, le peintre de genre du milieu du XIXᵉ. Il prit la parole.

« Eh bien, merci à chacun de vous de votre présence ici aujourd'hui. Nous voudrions exprimer toute notre gratitude à Macklinson Corporation d'avoir bien voulu mettre cette maison à notre disposition pour y accueillir nos entretiens. Comme vous le savez, Richard Jenson a convoqué cette réunion pour tenir tout le monde au courant de certains développements concernant TYPHOON. Miles Coolidge, l'un de nos agents à Hong Kong, se joint à nous via une ligne téléphonique sécurisée, depuis le consulat des États-Unis. Au nom de M. Jenson, j'aimerais aussi accueillir Michael Lambert, directeur financier de Macklinson, dont la longue expérience et la compétence seront essentielles à la conduite de cette opération sur le territoire de la Chine continentale. »

Personne ne commenta. Lambert s'immobilisa devant la plus large des trois baies vitrées et, sans réagir au compliment, croisa les mains dans le dos. Éprouvant le besoin d'être debout, Josh se leva lui aussi, s'écarta du sofa en effleurant involontairement la jambe de Sally-Ann et gagna l'autre bout de la table de la salle à manger, pour faire face à son auditoire, un demi-cercle d'Américains tout-puissants et pleins d'attente. Il disposa ses notes sur le bois verni, porta la main à son col pour rajuster une cravate absente, et continua :

« Eh bien, euh, pour commencer, la position de l'Agence : nous pensons que le point faible fondamental pour toute tentative de déstabilisation de la Chine sera la région autonome du Xinjiang, dans l'extrême nord-ouest.

— Où ça ? intervint Marston.

— Le Xinjiang, monsieur. » Josh ne s'était pas attendu à être interrompu aussi vite. Il épela le nom et le prononça lentement. *Shin-jang.* « Si vous consultez la carte que nous vous avons fournie, vous trouverez cette région logée entre la Mongolie et la Russie au nord, le Kazakhstan, le Kirghizstan et le Tadjikistan à l'ouest, l'Inde et le Pakistan au sud. Grosso modo.

— Et ça fait partie de la Chine ? » Cela n'avait pas l'air de déranger Marston d'étaler publiquement son ignorance.

« Oui, monsieur, cela fait partie de la Chine. Comme vous le savez sans aucun doute, depuis dix ans, le gouvernement de Pékin a été constamment sous la menace des séparatistes musulmans de la région.

— Et que veulent ces types ? » Marston était d'humeur belliqueuse. Le café faisait son effet. Comme s'il comptait renverser le régime Pékin d'ici l'heure du déjeuner. « Vous dites que ce sont des musulmans ?

— C'est exact, monsieur. » Sally-Ann laissa tomber son stylo et le ramassa, un geste perturbant qui fit momentanément perdre à Josh sa concentration.

« Je disais donc, que veulent-ils ?

— Euh, un Turkestan oriental indépendant, monsieur. Ce sont des musulmans d'origine turquique.

— Qu'est-ce que c'est que ça ? Comme les musulmans de Turquie ? »

Sally-Ann en gémit intérieurement.

« Pas exactement, Bill. » Jenson s'était rapproché pour intervenir. Il tapota de son stylo sur la petite table devant lui, tandis que Josh jetait un coup d'œil à ses notes. Là où il était assis, Jenson tournait le dos à des rideaux fermés. Une lampe de bureau éclairait son visage, lui donnant un teint spectral. « Il y a des millions d'individus d'ethnie turquique en Turquie proprement dite, mais ils sont aussi disséminés dans toute l'Asie centrale, en Russie, dans le Caucase...

— Exactement, renchérit Josh. Ces régions d'ethnie turquique comprennent l'Azerbaïdjan, le Turkménistan, l'Iran, le Kazakhstan...

— D'accord, d'accord, je saisis. » Marston griffonna une note sur le bloc-notes posé sur ses genoux et marmonna quelque chose entre ses dents. Dans ce deuxième silence pesant de la matinée, Lambert choisit finalement de s'asseoir dans un fauteuil à côté du canapé, en lâchant un soupir arthritique d'ennui. Josh en eut un peu le tournis.

« Quoi qu'il en soit, il y a tout juste quelques semaines, nous avons reçu des rapports confirmant trois attentats à la bombe distincts perpétrés par des séparatistes ouïghours à Pékin. » Supposant qu'il était temps de poursuivre, mais encore refroidi par la réprimande de Marston, il avait repris son exposé en regardant plus ou moins dans la direction du ventre de Lambert.

« Des Ouïghours ? » s'écria Marston. Il avait répété le mot en insistant sur la liaison « Zouïghours ». Jenson toussota.

« Oui, monsieur. Il y a différentes façons de prononcer Ouïghour, généralement en aspirant la première syllabe, mais vous pouvez dire des Zouïghours si ça vous chante. Zouïghours, ça marche aussi. »

Sally-Ann réprima un sourire.

« Et c'est ça les types dont on va s'occuper aujourd'hui ? Une bande de musulmans ? Je ne pensais pas qu'il y avait des musulmans en Chine.

— Au dernier recensement, ils étaient environ vingt millions. » Depuis la chambre d'écho de sa ligne téléphonique longue distance à Hong Kong, Miles Coolidge épargna la modestie de Marston. « Si vous me permettez juste d'intervenir », continua-t-il. Sa voix surgissait des haut-parleurs sur la table, claire et fidèlement reproduite. « Josh a raison quand il affirme que des révolutionnaires ouïghours ont orchestré des attentats à la bombe de faible amplitude et toute une série d'assassinats en Chine continentale, mais c'est récemment que ce phénomène a pu se propager à Pékin. Anciennement, les séparatistes avaient tendance à opérer dans des centres urbains du Xinjiang, en ciblant des soldats et des responsables chinois. D'après nous, cette expansion de leur campagne de violences au cœur même des territoires hans est significative. »

Il est des moments, lors des briefings du renseignement, et d'ailleurs même au cours des réunions professionnelles de tout ordre, où il devient évident aux yeux des participants qu'un intervenant en sait beaucoup plus que tous les autres sur le sujet abordé. Ce fut l'un de ces moments-là. La voix désincarnée, l'expression déliée, le savoir retransmis depuis les confins de l'Asie orientale confirmèrent à Marston et Lambert leurs premières impressions très nettes sur la structuration de la CIA concernant Typhoon : Jenson avait délégué la conduite de l'opération à Josh Pinnegar afin de tester sa valeur, mais Pinnegar n'était qu'un gamin. Le pilote de cette stratégie, c'était Miles Coolidge.

Qui continua.

« Il est communément admis que des séparatistes cherchant à créer un Turkestan oriental ont puisé leur inspiration dans la défaite des forces d'occupation soviétique en Afghanistan et, plus récemment, dans l'indépendance post-soviétique des républiques musulmanes limitrophes. Toutefois, nous sommes loin de constater le même degré de compréhension ou de soutien au plan international pour la cause ouïghoure que, disons, pour le Tibet. » Sa prononciation experte du mot Ouïghour – l'attaque immédiate de la syllabe aspirée « ouï » précédant l'avalement de la syllabe « ghour » – tranchait fortement avec l'américanisation paresseuse du terme dans la bouche de Pinnegar. C'était un autre point contre lui. « En fait, il n'existe sans doute aux États-Unis qu'une poignée de gens comprenant ou se souciant réellement de ce qui se déroule là-bas. » Si c'était une pique en direction de Marston, elle n'eut aucun effet. Le protégé de Ronald Reagan opinait lentement tout en prenant des notes avec un bel enthousiasme. « Cela étant, tout indique désormais que le mouvement séparatiste gagne de plus en plus en cohérence et qu'il est bien organisé. Si Urumqi tombe, Pékin s'inquiète également d'un possible effet domino, avec le risque que le Tibet et Taiwan imitent cet exemple.

— Urumqi étant la capitale du Xinjiang, précisa Marston, qui avait pris le temps de regarder sa carte.

— C'est exact, monsieur. » Dans sa cabine téléphonique, Miles secoua silencieusement la tête, en se demandant avec qui Jenson et Pinnegar avaient bien pu s'acoquiner. « À ce stade, il convient peut-être de souligner la présence de réserves pétrolières non négligeables dans le bassin de Tarim. »

Ce seul mot, pétrole, fit à Michael Lambert l'effet d'une tasse d'espresso. Le pétrole, c'était le profit. C'était le pouvoir. Un cadre grisonnant d'âge plus que mûr se sentit soudain arraché à son fauteuil et à sa sieste par des visions de contrats de construction, d'accords sur des oléoducs, de raffineries et d'usines chimiques Macklinson.

« Le bassin de Tarim ? » s'écria-t-il, les yeux pareils à deux lames de couteau.

Coolidge voulut savoir qui parlait, et Lambert le lui dit.

« Appelez-moi Mike.

— Eh bien, Mike, le bassin de Tarim correspond pour l'essentiel à la partie occidentale de la province du Xinjiang. C'est surtout une étendue de sable. Le Taklamakan. Les locaux l'appellent le désert de la mort, le lieu d'où l'on ne revient pas. La traduction littérale serait : "Si tu entres ici, tu n'en sortiras pas." En tout état de cause, une destination de vacances idéale. »

C'était le premier bon mot de la réunion. Sally-Ann sourit, la tête baissée, Josh et Jenson se firent un devoir de réagir par un discret sourire satisfait, tandis que Lambert et Marston déploraient la cruelle indifférence de la géographie chinoise. Extraire du pétrole d'un désert, voilà qui compliquait infiniment l'existence.

« Toutefois, en dépit de ce qui se passe là-bas, si la croissance économique de la Chine augmente au cours des quinze prochaines années autant que le prévoient la plupart des analystes, Pékin devra importer vingt millions de tonnes de pétrole supplémentaires durant cette période, rien que pour maintenir les courbes de croissance actuelles. » Une alarme de voiture se déclencha dans la 5e Rue et Miles fut invité à répéter ce qu'il venait de dire. Josh reprit le témoin.

« Manifestement, le gouvernement communiste tient à conserver sa mainmise sur le Xinjiang », souligna-t-il. Sally-Ann lui glissa un sourire encourageant. « Au cas où il y aurait quelque chose là-bas, du pétrole ou du gaz.

— On n'en a pas la certitude ? » Lambert eut l'air désemparé. Il ne s'était pas attendu à ça. Le Xinjiang possédait-il des réserves pétrolières conséquentes ou non ? Marston fixa les haut-parleurs du regard. Il semblait se poser la même question.

« Pas de certitude. » Josh éplucha ses notes, jusqu'à ce qu'il arrive à un rapport du SIS canadien sur l'exploration pétrolière en Asie centrale. « La situation n'est pas différente de ce que l'on constate à l'heure actuelle dans la mer Caspienne. Personne ne sait quelle quantité de pétrole, quelle quantité de gaz ils ont là-bas. »

Miles souhaitait nuancer.

« Il se pourrait que je sois en désaccord avec cette analyse, Josh. » Avant la réunion, les trois hommes de la CIA avaient pris part à une conversation téléphonique au cours de laquelle Jenson avait souligné l'importance de présenter constamment un front uni face aux dirigeants de Macklinson. Contredire Josh ternirait la réputation de ce dernier, Miles en avait conscience, mais il jugeait aussi essentiel de relever cette erreur. Que la Chine n'ait pas de pétrole, c'est une idée fausse très répandue, souligna-t-il donc. Josh fit ce qu'il faisait toujours quand il était mal à l'aise : il se tapota les cheveux du plat de la main. « En fait, c'est tout le contraire, reprit Miles. Les autorités chinoises sont informées du potentiel énergétique du Xinjiang depuis des décennies. La China National Petroleum Corporation a démarré ses activités d'exploration et de production au début des années cinquante. En Occident, cela se sait peu parce que l'implication des étrangers est restée limitée. Cet aspect et la difficulté d'opérer dans une région extrêmement hostile et très reculée ont également fait obstacle aux investissements. »

Lambert avait l'air anéanti.

« Néanmoins, le Xinjiang va rester pour Pékin d'une importance stratégique énorme en tant que voie de passage de tout le pétrole acheminé par pipeline en provenance, disons, du Kazakhstan. C'est la remarque que M. Pinnegar était sur le point de formuler, je pense, quand il a fait référence au bassin de la Caspienne. » C'était là une habile manière de rétablir l'équilibre, et Josh veilla à croiser le regard de Marston. « Si Urumqi tombe, la question à laquelle tout le monde ici souhaite une réponse, c'est de savoir comment acheminer ce pétrole vers les marchés de Chine, de Corée et du Japon. Il n'existe aucune route de repli, à moins d'effectuer le détour par la Russie. »

Marston baissa les yeux sur sa carte. Avec son ongle, il traça à partir de Bakou un oléoduc imaginaire qui traversait l'Afghanistan contrôlé par les talibans, les zones tribales du nord du Pakistan, puis vers l'est via le Cachemire, lui-même territoire sujet à contestation, avant finalement d'entrer au Tibet. Un périple impossible. Il eut un curieux élan de sympathie pour ses homologues politiques à Pékin et comprit, avec un fourmillement satisfait, que le Xinjiang était la clef. TYPHOON avait trouvé sa cible.

« Pourrais-je aussi ajouter un mot sur les capacités nucléaires de la Chine ? » demanda Josh.

Personne ne parut particulièrement intéressé. Marston avait de nouveau le regard tourné vers les haut-parleurs. En fin de compte, comme personne ne répondait à sa question, Jenson lui donna le feu vert.

« Allez-y, Josh.

— Eh bien, la Chine maintient encore une très forte présence militaire, tant terrestre qu'aérienne, au Xinjiang, un vestige de l'époque de la guerre froide. La plupart de ses missiles balistiques sont aussi implantés là et nous avons pu détecter jusqu'à cinquante essais nucléaires dans le désert du Taklamakan depuis le milieu des années soixante. Ces essais ont largement alimenté la violence séparatiste dans la région. Les groupes musulmans demandent, non sans raison, pourquoi les peuples turquiques ont été exposés aux retombées radioactives, à la contamination des nappes phréatiques et à des malformations congénitales alors que la population han, à l'est, dort sur ses deux oreilles. »

Voilà qui interpella Marston.

« Vous êtes en train de nous affirmer que ces types sont mûrs pour une révolution ? »

Josh se risqua à une rebuffade, mais avec doigté.

« Eh bien, je ne voudrais pas que l'on s'emballe trop, mais si vous deviez prendre la population ouïghoure en considération, vous en concluriez certainement qu'il ne serait pas particulièrement difficile de leur vendre la notion d'une séparation de l'État central.

— Quelqu'un veut-il bien me formuler cela en langage normal ? »

Jenson défendit son auxiliaire contre cette nouvelle pique de Marston. Dans un contexte professionnel, l'ancien secrétaire à la Défense adjoint était incapable de ne pas s'en prendre au moins à l'un de ses interlocuteurs. D'ordinaire, c'était Sally-Ann, mais compte tenu de la tendance croissante au politiquement correct de cette fin de XXᵉ siècle, il n'avait pas envie de passer pour sexiste.

« Ce que Josh veut dire, Bill, c'est que les Ouïghours en ont assez d'être traités comme des citoyens de troisième classe. » Sally-Ann lança à Pinnegar un regard animé d'une petite lueur qu'il interpréta comme une marque de compréhension. « Il y a cinquante ans, le Xinjiang était leur pays. Quand Mao est arrivé au pouvoir en 1949, les Ouïghours constituaient... quoi ?... à peu près quatre-vingts pour cent de la population. Aujourd'hui, ce serait plutôt autour de cinquante. Il y a eu une politique délibérée d'immigration han visant une dilution de leur groupe ethnique.

— Staline appliquait les mêmes procédés, marmonna Lambert. Lettonie, Estonie, Lituanie. **Les** mêmes procédés. » Marston, son compère de la guerre froide, confirma dans un borborygme. Il aimait s'entendre rappeler le bon vieux temps.

« Staline n'arrivait pas à la cheville de ces types », répliqua Josh. S'il avait adopté un ton légèrement insolent, c'était parce qu'il se moquait de ce que Marston pensait de lui. Il voulait uniquement entrer dans le vif du sujet et avoir sa pause déjeuner. « Le Parti communiste distribue des récompenses financières aux Hans qui se marient avec des Ouïghours musulmans. Et, concernant leur progéniture, ils ont aussi aboli leur politique de l'enfant unique.

— Progéniture qui est déclarée comme chinoise, ajouta Jenson, continuant de soutenir son petit gars.

— Ce que vous évoquez là, c'est une agression systématique contre la religion ouïghoure, les ressources ouïghoures, la liberté d'expression ouïghoure. » Pinnegar marqua une brève pause, le temps de mettre de l'ordre dans ses pensées. « La plupart des hauts fonctionnaires et tous les commandants militaires du Xinjiang sont des laquais hans nommés par Pékin. Les Hans contrôlent presque tous les secteurs de l'économie locale, une économie exclusivement orientée vers les besoins de la Chine. Cela alimente un énorme ressentiment, qui n'est pas limité à la population d'origine turquique.

— Qu'entendez-vous par là ? fit Lambert.

— N'oubliez pas que nous parlons ici de musulmans soufis. Les exemples de fondamentalisme que nous observons partout dans le monde musulman ces dernières années, surtout en Algérie avec le Hezbollah et dans un Afghanistan sous la mainmise des talibans, ne se sont jusqu'à présent jamais manifestés au Xinjiang. Le peuple ouïghour n'est pas extrémiste par nature. Cela dit, certains d'entre eux ont combattu avec les moudjahidines, et Pékin s'inquiète depuis longtemps des échanges féconds entre les talibans et la minorité ouïghoure. Toute forme de commerce d'armements par la frontière sino-afghane, par exemple, serait pratiquement incontrôlable. Et, naturellement, ces mêmes talibans ont acquis un savoir-faire stratégique dans la lutte contre les Soviétiques, savoir-faire qu'ils seraient trop heureux de transmettre à leurs frères musulmans en Chine. Permettez-moi de terminer. »

Marston s'apprêtait à parler, mais Josh venait d'exprimer sa demande avec une force et un aplomb tels que cela lui imposa le silence. Le président d'un des groupes industriels les plus importants des États-Unis d'Amérique, un homme qui avait dîné avec Kissinger et Gorbatchev, en fut brièvement rappelé à un peu d'humilité.

« Et là, je voulais aussi ajouter un mot à propos de l'Arabie saoudite. » Josh s'éclaircit la gorge et vit que Sally-Ann le regardait. « Nous croyons que plus les Chinois répriment les musulmans du Xinjiang, plus les Saoudiens seront enclins à soutenir leur cause par une assistance financière. Là encore, il suffit de considérer leur soutien à la résistance afghane entre 1980 et 1989 pour preuve de ce qu'ils sont disposés à faire. Maintenant, du point de vue de la Chine, la question est vitale. L'Arabie saoudite représente pour elle une source d'approvisionnement en pétrole, et Pékin a besoin de pérenniser ce flux pétrolier pour faciliter sa croissance économique rapide. En bref, les Chinois ne peuvent se permettre de froisser la maison royale saoudienne.

— Un sentiment que je ne connais que trop », maugréa Marston.

Prononcée sur la fin sans la moindre note, la tirade avait de quoi impressionner. Sally-Ann put alors adresser à Josh un regard d'admiration encore plus explicite, et le jeune homme de la CIA se sentit regonflé. Puis la voix de Miles résonna fortement dans les haut-parleurs.

« En somme, tout cela se résume à quoi ? »

Josh et Jenson échangèrent un regard. La question était de pure forme, et ils savaient que l'autre avait bien l'intention d'y répondre lui-même. Il allait plaider pour la CIA, en faveur de TYPHOON.

« Cela se résume à une occasion pour le gouvernement américain de mener une opération clandestine en Chine continentale visant au rétablissement de la démocratie dans un Turkestan oriental indépendant. Et, si je comprends bien, messieurs, vous venez obligeamment de nous proposer l'entière coopération de votre organisation dans la poursuite de cet objectif. »

Ses propos modifièrent substantiellement la tonalité de la réunion. Désormais, tout était d'ordre politique. Lambert et Marston se penchèrent en avant et prirent des airs patriotes.

« Nous sommes ici pour vous aider, confirma Marston.

— Et c'est formidable. Mais pourquoi avons-nous besoin de votre aide, monsieur ? Pourquoi la réunion d'aujourd'hui est-elle nécessaire ? » À l'évidence, une fois encore, c'était là des questions de pure forme. « Bon, à un certain niveau, je suppose que cela va de soi. Si des organismes comme le National Endowment for Democracy ou Freedom House veulent tenir des élections libres, disons, quelque part en Afrique centrale, ou tenter le cas échéant d'instaurer la démocratie en Europe de l'Est, la Compagnie a toujours été en mesure de les y aider. » Il avait la bouche sèche et but encore un peu d'eau. La gueule de bois de la veille finissait peut-être par faire son effet. « Mais tenter de réussir un coup pareil en Chine est infiniment plus complexe. Pékin a toujours suspecté les organisations à but non lucratif opérant à l'intérieur de ses frontières. Le fait est qu'elles n'y pénètrent pas. Vous pourriez dénicher quelques missionnaires chrétiens actifs dans les grandes villes, certains émargent même chez nous, mais concernant la Chine au sens large, l'Agence a les mains liées. Les obstacles au lancement de campagnes efficaces sont tout simplement trop nombreux. Nous allons donc devoir recourir à d'autres méthodes. Il nous a fallu réfléchir en sortant des sentiers battus. »

Lambert et Marston se tournèrent vers Jenson comme s'ils s'attendaient à ce qu'il prenne la parole. Au lieu de quoi, percevant le silence qui se prolongeait côté Washington, Miles continua.

« Ce que nous voulons vous proposer aujourd'hui, messieurs, c'est une stratégie sur plusieurs fronts. Dick, Josh, pas d'objection à ce que je poursuive ?

— Aucune. »

Miles jeta un œil à la feuille de papier où il avait griffonné quelques remarques signalées par des flèches.

« Bien, j'ai cru comprendre que Macklinson possède des bureaux à l'extérieur de Pékin, à Shenzhen, Shanghai, Harbin, Golmud, Xining et Chengdu. Est-ce exact ?

— C'est exact, lui fit Lambert.

— Alors voici ce que nous voudrions vous suggérer. »

18.

Maryland

Sally-Ann McNeil est aujourd'hui la mère de trois enfants – deux garçons, une fille – et vit dans une paisible banlieue résidentielle du Maryland, mariée à un avocat fiscaliste au crâne dégarni, riche mais pas précisément doué de charisme, prénommé Gerry. Leur maison, avec son toit bas et blanc et sa pelouse ponctuée d'arroseurs automatiques, est à une heure de voiture de l'aéroport, pas plus, et ressemble à toutes les autres maisons de cette rue cossue et anonyme où ils ont choisi d'élire domicile. Sally-Ann travaille à mi-temps dans une agence immobilière locale, propose des cours particuliers à des écoliers dyslexiques et joue au golf avec son amie Mary jusqu'à trois fois par semaine.

« J'ai pris cette habitude avec Bill Marston. S'il était encore en vie, je lui en ferais voir. »

Remonter la piste de Sally-Ann m'a pris un certain temps. À la suite de son mariage, elle avait changé de nom et, dans le sillage de TYPHOON, elle n'avait aucune envie de se singulariser. Nous nous sommes entretenus par un après-midi de 2006, dans la chaleur d'un jardin d'hiver rempli de plantes, sur l'arrière de la maison, alors que Gerry était au travail et ses aînés à l'école. Si elle était tendue à l'idée de parler à l'un de ces fouineurs de journalistes, elle n'en laissait rien paraître, même si elle s'était visiblement préparée depuis un certain temps à rompre son long silence.

« Pour être franche, tout cela remonte à longtemps. Je croyais que personne ne me questionnerait jamais, m'avoua-t-elle en laissant le bébé de deux semaines lové dans ses bras sucer un doigt manucuré. Cela faisait partie de mon travail de rester anonyme, d'être l'assistante qui prend les notes, prépare le café. Personne n'avait même l'air de remarquer que j'étais là. » Elle tourna la tête vers la fenêtre et son regard sembla empreint de regret. « J'ai tout de suite su que je portais un secret assez encombrant. Je n'ai jamais rien dit à Gerry, vous savez ? Je me disais que le jour où je lui en parlerais serait le jour où ils viendraient me chercher. »

Ensuite Sally-Ann entama le récit de ce que Coolidge avait dit lors de cet appel téléphonique à longue distance, tandis que la réunion, à Washington, se prolongeait au-delà du déjeuner. Elle s'exprimait à voix basse, le ton était ferme, et j'étais impressionné à la fois par sa mémoire et par sa maîtrise des ramifications politiques de la discussion. À l'exemple de la majorité des Européens ces huit ou neuf dernières années, j'avais tendance à sous-estimer l'intelligence de l'électeur pro-Bush lambda, mais Sally-Ann possédait toute la lucidité et la perspicacité que j'aurais pu souhaiter.

« Ce dont il faut vous souvenir, c'est que Bill Marston était d'abord un politicien et ensuite un homme d'affaires. Mike Lambert, c'était l'inverse. » Je prenais des notes et mon stylo était presque à sec. Le temps que je le troque contre un Bic, elle ne s'interrompit pas. « Ils se percevaient l'un et l'autre comme des patriotes, alors qu'en fait ils n'étaient que deux crétins ignorants et ambitieux. Vous en avez vu beaucoup, j'imagine, ces dernières années. Des reliquats d'une époque où l'on comprenait peu, voire pas du tout, comment se comporte le monde à l'est de New York. Des hommes d'argent et de pouvoir dont le seul objectif est d'enrichir l'Amérique et de la rendre plus puissante qu'elle n'est déjà. Ainsi, quand cet espion venu de Hong Kong, sachant s'exprimer et apparemment bien informé, a suggéré d'utiliser le matériel et le savoir-faire de Macklinson pour se frayer un accès sur le territoire de la Chine continentale, j'ai tout de suite vu qu'ils étaient ravis. Ce plan était tellement fou, mais il était parfait. Ils allaient dissimuler des explosifs, des armes, des téléphones et des ordinateurs portables, des imprimantes, des photocopieurs et même des exemplaires du Coran dans des cargaisons de fret de Macklinson acheminées par air ou par mer depuis les États-Unis. Coolidge savait que nous avions des contrats en cours avec des dizaines de villes chinoises, dont quatre, je crois, au Xinjiang même, et d'autres juste derrière la frontière, à Gansu et Qinghai. Il a proposé de financer l'implantation d'écoles anglophones sur place, officiellement pour apprendre à des employés parlant le chinois comment communiquer avec leurs patrons américains, mais en réalité pour servir de couverture à des enseignants de la CIA au Xinjiang et dans les provinces limitrophes qui recruteraient des ouvriers protestataires afin de causer des troubles dans la société civile.

— Certains de ces enseignants se sont fait prendre, lui fis-je observer à voix basse.

— Bien sûr, acquiesça-t-elle, comme si cela n'avait pour elle rien de nouveau. Ensuite, ils ont expédié des caméscopes, par centaines littéralement, pour les distribuer aux paysans sous-prolétarisés, qu'ils puissent filmer les émeutes quand elles éclateraient, afin d'exercer une pression supplémentaire sur Pékin en misant sur le tollé qui s'ensuivrait au sein de la communauté internationale. Je crois que cette idée a pu fonctionner, en effet, car j'ai vu un reportage sur CNN. »

J'opinai, sans savoir avec certitude si CNN avait couvert le même épisode d'émeutes que celui monté en épingle à l'été 2003 par le *Washington Post*, quand des images vidéo d'une bataille rangée entre des paysans mécontents et des gangs employés par une compagnie chinoise d'électricité avaient été transmis par un fermier à la rédaction du *Post*. La vidéo montrait un petit groupe de paysans qui avaient refusé d'abandonner leurs terres, attaqués par un gang armé de tuyaux et de pelles.

« Et ensuite, naturellement, ils allaient truffer Macklinson de types de la CIA infiltrés qui, toujours à titre officiel, travailleraient sur des chantiers routiers ou ferroviaires, mais qui en réalité se chargeraient de piloter des agents dans toute la Chine du Nord-Ouest. L'ensemble était à une échelle invraisemblable. Coolidge nous a parlé d'encourager le financement saoudien en recourant à des canaux solidement établis, du besoin d'identifier et de subventionner un dirigeant ouïghour à la tête d'un gouvernement en exil du Turkestan oriental. À ce stade préliminaire, ils ont même parlé de recruter des pèlerins ouïghours lors de leur pèlerinage à La Mecque. C'était très imaginatif, très persuasif. Pourtant, en écoutant tout le monde entrer dans les détails, avec de nouvelles idées qui n'arrêtaient pas de surgir, je me souviens de m'être dit : Comment se fait-il que ce matin ni Bill Marston ni Mike Lambert n'étaient capables de repérer le Xinjiang sur une carte ? Et malgré cela, les voilà prêts à engager une entreprise cotée en bourse dans un projet ultraconfidentiel de la CIA qui a failli plonger toute sa division d'activités en Asie dans la faillite.

— Le pétrole. »

S'agissant de TYPHOON, le pétrole apportait la réponse à presque tout.

« Vous avez raison, j'imagine. » Le cadet de Sally-Ann, Karl, un blondinet qui regardait la télévision dans la pièce voisine, arriva subitement en se dandinant pour réclamer un jus de fruits. Elle alla le lui chercher, avant de revenir au jardin d'hiver avec un plateau de cookies apparemment faits maison. Comme si elle avait tourné et retourné cette idée dans sa tête, elle me dit : « Je pense que Mike a toujours été beaucoup plus malin que Bill, vous savez ? Les grands pontes, chez Macklinson, étaient généralement des personnalités éminentes, d'anciens hauts responsables gouvernementaux qui apportaient une certaine forme de solennité et de crédibilité dans la salle du conseil d'administration. Mais c'était des hommes comme Mike Lambert qui prenaient les décisions. Il avait intégré le groupe Macklinson à vingt-deux ans. Et il a fini par tailler sa route jusqu'au sommet. Mais je pense que vous avez foncièrement raison quand vous dites que c'est la perspective du pétrole et du gaz du Xinjiang qui l'ont convaincu de soutenir cette initiative. Pour sa part, c'était la raison d'être du marché conclu avec la CIA. Un petit service en valait un autre. On le sentait prêt à envisager un Xinjiang indépendant dirigé par un gouvernement fantoche à la solde des États-Unis. Voilà jusqu'où allaient leurs illusions. Macklinson raflant des contrats pour construire des pipelines, des raffineries, des réseaux routiers, des hôtels dans le désert... »

Sally-Ann eut l'air subitement très lasse et je me rendis compte qu'elle n'avait probablement pas fermé l'œil de la nuit, à cause du bébé. Elle coucha l'enfant dans un berceau posé à même le plancher et je me demandai s'il n'était pas temps que je m'en aille. Nous avions dialogué pendant plusieurs heures.

« Quand prévoyez-vous le retour de Gerry ? »

Elle consulta sa montre.

« D'ici une demi-heure.

— Pouvez-vous me dire autre chose ? N'importe quoi d'autre, qui vous reviendrait en mémoire ? »

Elle me dévisagea, comme si elle savait où je voulais en venir. Les meilleurs journalistes connaissent déjà les réponses à la moitié des questions qu'ils souhaitent poser. Un contact avait localisé Kenneth Lenan à Garden Road le soir de la téléconférence, et j'avais besoin que l'on me confirme cette information. Je pris un cookie et j'en croquai un morceau, une manière pour moi de ne pas trop trahir mon impatience.

« Eh bien, un dernier aspect, me fit-elle. Vers 16 heures, un deuxième homme a rejoint Coolidge dans la cabine téléphonique et il a pris part à la conversation.

— Un Anglais ? demandai-je, juste pour l'aider à poursuivre.

— Oui, un Anglais. Comment le savez-vous ?

— Continuez.

— Je suis incapable de me rappeler son nom. Si ce n'est qu'il avait cet accent britannique typique, vous voyez ? Un peu supérieur, genre grand bourgeois.

— Aurait-il pu s'appeler Kenneth Lenan ?

— Exactement ! » Son exclamation fut telle que le bébé soigneusement emmailloté gémit et remua. « Kenneth Lenan. Il s'exprimait comme un membre de la famille royale d'Angleterre. Un vrai snobinard.

— C'est tout à fait lui. » Je souris intérieurement. « Lenan était le contact de Coolidge au MI6, la partie britannique de TYPHOON. Que s'est-il passé ?

— Eh bien, il est juste intervenu, c'est tout. Miles parlait de certaines activités terroristes qui avaient visé le réseau des transports publics à Urumqi et soudain il annonce que quelqu'un d'autre allait se joindre à nous.

— Est-ce que Jenson en a été surpris ? Comment a réagi Josh ? »

Sally-Ann parut avoir un trou de mémoire, et j'en déduisis que l'intervention de Lenan avait été réglée d'avance.

« Non, je pense qu'ils ont accepté cela naturellement. Nous étions là depuis si longtemps qu'à ce stade l'arrivée d'un nouvel intervenant n'avait rien de surprenant. À mon avis, nous avions perdu de vue qu'il devait être 3 ou 4 heures du matin à

Hong Kong, et le fait qu'un responsable du MI6 participe à la discussion en compagnie de Miles n'avait rien d'exceptionnel.

— Miles a reconnu que Lenan appartenait au renseignement britannique ?

— Oui.

— Et qu'a dit Lenan ?

— Autant que je me souvienne, le ton de la conversation est devenu un peu... comment le qualifierais-je ?... triomphaliste. J'imagine que le but était de montrer à Macklinson combien l'Agence prenait TYPHOON au sérieux et à quel stade d'avancement ils en étaient côté planification. Coolidge a présenté Lenan et il a expliqué qu'ils étaient sur le point d'introduire un agent au Xinjiang, un professeur de je ne sais quoi qui venait d'arriver de Chine. Moi, ça m'a paru un peu tiré par les cheveux, mais Bill était vraiment impressionné. »

Voilà qui me stupéfia.

« Ils parlaient déjà de Wang à ce moment-là ?

— De qui ?

— De Wang Kaixuan. Un universitaire han originaire d'Urumqi. Il a été recruté par Lenan et renvoyé au Xinjiang pour y organiser un réseau de séparatistes radicaux.

— C'était lui ? » Sally-Ann se rembrunit. Tout commençait à devenir plus clair. Elle baissa les yeux sur le bébé. « Enfin, il semblerait que ce soit bien la même personne. Coolidge était vraiment enthousiaste. Il disait que ce type venait de leur tomber tout rôti dans le bec.

— Et Lenan ? Qu'a-t-il dit ? »

J'entendis le bruit d'une voiture s'immobilisant dans l'allée, devant la maison. Il aurait pu s'agir d'une des propriétés avoisinantes, ou de quelqu'un qui faisait demi-tour dans la rue, mais je craignais que Gerry ne soit rentré plus tôt et ne vienne interrompre ce dernier volet crucial de notre entretien. J'avais un vol pour Pékin le lendemain et ce serait ma dernière chance de parler à Sally-Ann avant des semaines.

« Il était plus pondéré, comme s'il était trop supérieur pour s'emballer de la sorte. Vous savez comment sont certains Anglais ? Un rien condescendants, comme s'ils étaient au-dessus de tout cela. » Je souris. « D'après mon souvenir, Lenan a repris la conversation là où Coolidge l'avait interrompue. Il a expliqué qu'il rentrait à peine de Taiwan où il avait débriefé l'agent et que "c'était en effet des nouvelles très encourageantes" ou une connerie dans ce goût-là. Il a souligné que Wang représentait la nouvelle Chine, que c'était un démocrate aux idées progressistes, un homme d'espoir. Le genre de truc qui faisait s'extasier Bill Marston. Ma mémoire me joue peut-être des tours, mais à l'entendre on aurait pu croire que le Britannique aurait préféré ne pas être là. Ça m'amène à me demander pourquoi Miles l'a fait venir.

— Moi aussi, lui avouai-je.

— À moins que...

— À moins que quoi ? »

J'entendis claquer le coffre de la voiture et je compris que d'une seconde à l'autre Gerry serait à la porte d'entrée. Sally-Ann ne semblait pas l'avoir remarqué.

« À moins que Miles n'ait pas été au courant pour Wang Bin.

— Qui est Wang Bin ?

— Le fils de Wang. »

Je cessai de prendre des notes. Sur l'instant, Sally-Ann ne parut pas s'apercevoir de ma surprise.

« Lenan avait pu se rendre à Taiwan et découvrir ce qui lui était arrivé. Quand il nous en a parlé, lors de cette conférence téléphonique, il a vraiment présenté ça comme une information toute fraîche.

— Quelle information ? Qu'est-il arrivé au fils de Wang ?

— Vous ne saviez pas ?

— Dites-moi, Sally.

— Wang Bin a été tué. Abattu par les Chinois de l'Armée populaire. Lors d'une émeute au Xinjiang. Je suppose que c'est ce qui a justifié sa manière d'agir. Je suppose que, chez Wang, c'était la justification de tout. »

19.

Les fiançailles

Les espions croient-ils en Dieu ?

Lors d'une de nos nombreuses conversations dans l'appartement que Joe louait à Brook Green en 2004, il aborda le sujet de la religion. Je ne m'étais certes pas attendu à discuter de cette question avec lui, et cela m'a surpris.

« J'ai toujours cru en Dieu, m'affirma-t-il. Je ne sais vraiment pas pourquoi. D'où peut venir ce genre de chose ? »

Certainement pas de son père. Peter Lennox était ce que l'on pourrait plus ou moins décrire comme un moraliste agnostique, un homme de science dont l'expérience de la religion en tant qu'institution se limitait à quelques apparitions à l'église, pour un mariage ou un enterrement. Les matins de Noël, par exemple, quand les siens partaient à la messe, il préférait rester à la maison, « pour surveiller la dinde ». En même temps, il soutenait qu'il menait sa vie « suivant les principes chrétiens », une affirmation nébuleuse que très peu de gens – Joe inclus – se donnaient la peine de contester. Sa mère, Catherine, était d'un genre plus identifiable, une anglicane vieux jeu qui ne pratiquait plus guère mais dont le visage n'était pas inconnu du curé de la paroisse. Sans être d'une spiritualité ostentatoire, elle se montrait parfois aux kermesses organisées par l'église, et mon ami conservait le souvenir vivace de lui-même, enfant, assis à côté d'elle au début d'un office du dimanche de Pâques, quand une échelle était apparue sur son collant lorsqu'elle s'était agenouillée pour prier.

À l'âge de huit ans, il avait été envoyé dans l'établissement secondaire privé haut de gamme du Wiltshire où son père, ses oncles et son grand-père paternel (ainsi qu'un héritier du trône du Népal) avaient tous été élèves à une époque ou à une autre. C'était une école chrétienne. Il y avait une petite chapelle privée sur place et, tous les soirs, peu avant d'expédier les garçons dans leurs dortoirs venteux, le maître d'études exigeait le silence dans le réfectoire caverneux et lisait le Livre de la Prière commune.

« Je revois encore la scène, me confia Joe. J'entends encore sa voix : *Éclaire notre obscurité, ô Seigneur, et par ta grande miséricorde, garantis-nous de tous les dangers et de tous les accidents de cette nuit.* Quels périls ? Quels dangers ? Nous étions cent soixante garçons vêtus de chemises Aertex, à des kilomètres de chez nous, vivant dans un ancien monastère au milieu de la campagne anglaise. Qui diable viendrait nous chercher là-bas ? »

À treize ans, il était entré dans un collège privé également réservé aux garçons, où les élèves étaient obligés d'assister à un service religieux d'un quart d'heure tous les jours de semaine, avec une version plus longue les dimanches. C'était grosso modo la même chose : de longs sermons dénués d'esprit, des cantiques de huit versets qui semblaient ne jamais devoir finir, des garçons plus âgés leur crachant des mollards et des regards durs depuis l'autre côté de la nef. Pour la plupart de ces adolescents, une telle expérience aurait suffi à les dégoûter de la religion à vie, mais lui, il avait su préserver sa foi.

« Mais tu ne vas pas à l'église, lui fis-je remarquer. Quand nous vivions à Causeway Bay, je ne t'ai pas précisément vu à la cathédrale St John tous les dimanches. »

Il me regarda comme si j'étais naïf. Il n'aurait pas plus gâché l'un de ses dimanches à Hong Kong dans une église qu'il n'aurait porté atteinte à sa couverture.

« Pourquoi ça ? insistai-je. Isabelle était athée ? »

C'était la première fois que je mentionnais son nom depuis des semaines. Il baissa les yeux sur son verre de vin et passa le pouce sur le bord.

« Non. Elle n'était pas athée. » Il se leva et s'éloigna de la table, prétendument pour aller me chercher une autre canette de Guinness, et sans doute pour m'empêcher de voir l'expression de son visage. « Elle était catholique, même si à mon avis nous avions à l'égard de la religion une position à peu près similaire. Ce n'était pas un sujet que l'on évoquait souvent. Nous détestions tous les deux ce fatras, cette forme d'ingérence qui va de pair avec la religion, du moins dans sa version anglaise. Ces prêtres aux yeux exorbités et ces bancs à moitié vides. Des hommes d'affaires ruinés lisant la leçon et tâchant de se présenter comme des piliers de la communauté. Aller à l'église, dans le meilleur des cas, est une occasion de vie sociale, non ? Un endroit où les gens peuvent se rendre et ne pas se sentir seuls ou privés d'espoir.

— Peut-être », admis-je en suspectant là un cynisme un peu forcé. Ensuite, il me surprit, une fois encore.

« S'agissant d'Isabelle, j'avais cette sensation extraordinaire qu'elle était un don de Dieu. C'est dire le sort qu'elle m'avait jeté. » J'allais l'interrompre, mais il me lança un regard d'une intensité farouche. Nous savions l'un et l'autre que ce qu'il allait ajouter n'était pas le genre de chose qu'un homme tel que lui dévoile facilement. « À mesure que notre relation s'est épanouie, je sentais que Dieu me soufflait : "Tiens, voici l'être avec lequel je veux que tu sois. C'est la chance que je t'offre de mener une vie heureuse et accomplie. Ne la gâche pas." C'était extraordinaire. Comme si je n'avais pas le choix.

— Et c'est pour cela que tu voulais qu'elle t'épouse ?

— Bien sûr. C'est pour cela que je voulais qu'elle m'épouse. »

Et Joe alla voir Waterfield, car Waterfield était son mentor à Hong Kong, son confesseur et une figure paternelle. À son arrivée sur le territoire de la colonie, leur relation faisait même partie de la couverture de Lennox. Le SIS avait affiné sa couverture, étayant la fiction selon laquelle Waterfield avait fait son service national avec l'un des professeurs de Joe à l'École des études orientales et africaines. Cela revenait à trafiquer quelques dossiers militaires, voire à retoucher une vieille photo en noir et blanc prise à l'école d'officiers de Sandhurst. C'est pourquoi, quelques jours après avoir atterri à Kai Tak, il était « passé le voir », à titre de contact utile, puis avait dîné dans l'appartement des Waterfield où, pour alimenter les éventuels ragots ou les micros chinois, ils s'étaient tous deux entretenus pendant quarante minutes de Brian Lara, le champion de cricket de l'équipe de Trinité-et-Tobago, et de la difficulté de trouver un vin rouge convenable en Asie. Il n'y avait donc rien de remarquable à ce que l'on voie les deux hommes ensemble sur le marché des oiseaux de Mongkok. Même si un espion chinois avait nourri des soupçons à propos de Lennox, en enquêtant il se serait heurté au mur impénétrable d'une solide couverture.

« Vous souhaitiez me poser une question ? » Waterfield avait amené sa femme avec lui, mais elle était allée acheter des orchidées dans Flower Market Road.

« Cela concerne Isabelle.

— Je vois. »

On ne peut imaginer à quel point la culture du SIS était masculine chez ceux de la génération de Waterfield. En règle générale, parler des épouses et des petites amies éveillait leurs soupçons et les ennuyait. Ils considéraient les femmes comme les parents, leurs enfants à l'époque victorienne : on veut bien les regarder mais on ne doit pas les entendre.

« Je crois que j'aimerais lui demander sa main.

— Vraiment. Eh bien, félicitations ! »

Ils marchaient côte à côte dans une ruelle bordée de cages à oiseaux, dont les plus élégantes étaient fabriquées en bambou verni. L'eau d'un récent orage dégouttait des toits en tôle ondulée, transformant la poussière et la paille en une fine couche de boue. Si quelqu'un avait essayé d'enregistrer leur conversation, la qualité de la réception aurait été gravement compromise par le piaillement perpétuel et discordant des mainates et des perruches.

« Cela soulève-t-il une difficulté quelconque du point de vue du Foreign Office ? »

Il s'était écoulé plus d'un mois depuis que John avait interrogé Wang, et il redoutait encore un faux pas. Waterfield jeta un regard sur une table recouverte de sacs transparents hermétiquement fermés, et se tut.

« Des criquets, fit-il en poussant doucement sur un de ces sacs, et les insectes enfermés à l'intérieur bondirent de leur camouflage de feuilles et d'herbes séchées. Ils les donnent à manger aux oiseaux. Avec des baguettes. » Il parut se souvenir que son agent venait de lui poser une question, et le regarda dans les yeux. « Cela ne soulève de difficulté, naturellement, que si vous voulez organiser tout cela au vu et au su de tout le monde.

— C'est en effet ce que je souhaite, répliqua Joe sans hésitation.

— Alors nous ferions mieux de nous asseoir et d'avoir une véritable conversation. »

Ils parcoururent encore trois cents mètres, jusqu'à ce que le vacarme entêtant des oiseaux se soit estompé et qu'ils se retrouvent seuls devant une petite échoppe où l'on vendait des nouilles, des plats cantonais ordinaires et du canard laqué pas cher. Une bouteille de sauce de soja à moitié vide était posée sur la table. Lennox la poussa et se retrouva avec une substance collante et poisseuse sur les mains.

« Je vais jouer les donneurs de leçons », le prévint Waterfield en commandant un thé vert pour deux. C'était l'un des aspects que Lennox appréciait chez le personnage : il avait assez confiance en lui pour faire preuve de modestie. « Vous êtes bien jeune pour songer à vous marier.

— J'en ai conscience.

— Ah oui ? L'une des choses les plus compliquées pour les hommes de votre âge est de concevoir l'énorme quantité de temps qu'il vous reste à vivre sur cette planète. Je peux vous sembler grandiloquent, mais vous avez tant d'années devant vous, voyez-vous ? Et là, je ne parle pas de carrière. Je l'entends sur un plan strictement personnel. Il est pratiquement inconcevable pour un être humain d'avoir la moindre notion des changements extraordinaires qu'il connaîtra dans ses vies futures, en particulier entre vingt-cinq ans et trente-cinq ans. Les points de vue changent, la personnalité change. »

Lennox ne savait que répondre. Il se demandait si, à sa manière détournée, Waterfield n'était pas en train de lui expliquer qu'il était immature.

« Laissez-moi vous confier quelque chose concernant le vieillissement. » Le thé arriva et le chef de station du SIS le versa promptement dans deux bols bancs. « La vie se contracte. Moins de marge de manœuvre, si vous me suivez. On acquiert des responsabilités qui sont peut-être inimaginables pour un individu de vingt-six ans. Des responsabilités envers ses enfants, bien entendu, mais aussi celles d'une charge de travail qui augmente, d'horaires plus lourds, de l'ascension effrénée au sommet d'un mât de cocagne glissant. Au sens le plus terre à terre du terme, on est contraint de renoncer aux enfantillages. » En voyant le regard de Joe, Waterfield dut se sentir obligé de se défendre. « Je vois ce que vous pensez : "Le vieux est plein de regrets, il ne s'est pas assez amusé dans sa jeunesse. Il insiste pour que la jeune génération fasse un peu les quatre cents coups."

— N'est-ce pas en partie ce que vous dites ?

— Eh bien, oui, je l'admets. » Waterfield rit de lui-même et attrapa un cure-dents dans un petit récipient en plastique sur la table. Au lieu de le porter à sa bouche, il en appuya la pointe sur la pulpe de son pouce. « Écoutez, je pense que vous êtes un jeune homme tout à fait remarquable, Joe, et je vous dis cela à la fois en tant que collègue et en tant qu'ami. » Lennox dut se rappeler qu'il parlait à un espion, mais il était difficile de ne pas tirer un frisson de satisfaction de ce compliment. « Ce que vous avez accompli ici en un laps de temps aussi bref est très impressionnant. Mais vous êtes encore jeune. Vous n'êtes qu'au tout début de ce qui devrait être une existence intéressante et fertile en événements. »

Joe était censé répondre, il le savait, mais il prit son temps. Deux femmes âgées passèrent devant la table, chargées de sacs en plastique bourrés de *bok choi* et de détergents. Il sortit une cigarette, l'alluma, et lâcha un premier nuage de fumée vers une bâche qui claquait et tenait lieu de toit à l'échoppe. Ce geste put paraître emprunté.

« Le fait est là, David, je ne peux m'occuper que de ce qui est devant moi. Je ne peux m'occuper que de la réalité qui est la mienne à ce stade de ma vie, à savoir que je suis amoureux d'Isabelle Aubert. »

Silence.

« Cela signifie que je veux passer le reste de ma vie avec elle. Cela signifie que je pense ne jamais rencontrer une autre femme comme elle, que j'aie vingt-six ans, trente-six ou que je sois un vieillard au seuil de la mort. »

Waterfield laissa échapper un sourire contrit, et Joe songea aux instructions que lui avait prodiguées Dieu. *Épouse cette femme. Elle est ce qui t'arrivera de mieux.* Il savait que de telles pensées étaient absurdes, et pourtant il se montrait incapable de s'en affranchir.

« Vous voyez, c'est justement cela, Joe, c'est justement cela. C'est ce que l'on ressent maintenant, mais éprouvera-t-on la même chose à l'avenir ? »

Irrité par la solennité rampante du discours de Waterfield, Lennox prit encore le temps de réfléchir. Il lui vint l'idée – ce n'était pas la première fois – qu'Isabelle n'était pas bien vue au sein du SIS. Pourquoi en était-il ainsi ? Qui avait-elle froissé ? Était-ce juste parce qu'elle était belle, charmante et délicieuse, et forcément convoitée par des dizaines d'espions qui avaient fait un mariage malheureux et auraient aimé pouvoir recommencer leur existence depuis le début, en sa compagnie de préférence ? Sinon, pourquoi ne l'avaient-ils pas acceptée ?

Et puis, soudain, cela lui apparut comme une évidence. Waterfield voulait empêcher ce mariage afin de protéger l'intégrité de RUN. Il voulait s'immiscer dans la vie privée de Lennox pour dégager le SIS d'au moins un souci dans la phase préparatoire à la rétrocession de la colonie. Son avis et ses belles recommandations étaient tout simplement politiques.

« Je crois être assez mûr pour mon âge, reprit Joe en s'efforçant de contourner le problème. » Le sourire de Waterfield l'encouragea à poursuivre. « J'ai toujours été quelqu'un de déterminé, j'ai toujours su ce que je voulais. Et je veux prendre soin d'Isabelle. Je veux que nous soyons mari et femme. Je suis peut-être naïf, peut-être trop jeune pour penser ainsi, je ne suis peut-être qu'un adolescent transi d'amour qui tombera de haut. Mais je veux arrêter de lui mentir. Je veux que ma compagne sache comment je gagne ma vie. Je suis désolé, je vois bien que cela va vous poser quelques problèmes. Je le vois bien, vous vous inquiétez pour ma couverture et vous craignez que cela n'affecte la qualité de mon travail. Mais j'ai pris ma décision et il me faut le soutien du ministère. J'aime cette femme.

— Alors vous devez l'épouser, et c'est tout. C'est aussi simple que cela. »

« Mais enfin, pourquoi voulais-tu l'épouser ? lui demandai-je. Qu'est-ce qui pressait tant, bon sang ? »

Nous sommes de nouveau en 2004, à la veille de son départ pour Shanghai. J'ouvrais une canette de Guinness et le rire de Joe étouffa le sifflement de la languette. Il m'adressa l'un de ces regards qui paraissaient douter de mon bon sens inné et secoua la tête.

« Ce n'est pas évident ? Cela ne va pas de soi ? »

C'était évident, dans une certaine mesure. Ils étaient faits l'un pour l'autre. Là où il se montrait souvent dissimulateur et sur la réserve au plan émotionnel, Isabelle était franche et sincère. Dans les rares occasions où elle était angoissée ou déprimée, il savait l'écouter et la soulager de ses inquiétudes. Elle pouvait être imprévisible, mais pas de façon menaçante ou désagréable, et je crois que Joe se nourrissait de son impulsivité et de sa vitalité. Ils se faisaient rire, ils avaient des centres d'intérêt similaires, ils étaient tous deux aventureux et d'un naturel curieux. Surtout, il régnait entre eux une complicité qui vous faisait regretter l'absence d'une pareille alchimie dans votre propre existence.

Néanmoins, en réponse à sa question, et dans un effort pour comprendre exactement ce qui lui avait traversé l'esprit en 1997, je lui ai dit :

« Non, ce n'est pas évident. Honnêtement, selon moi, ça ne coule pas de source. »

Il essaya de s'expliquer. Il avait bu la quasi-totalité d'une bouteille de vin, ce qui avait assoupli sa réticence foncière.

« L'autre jour, je prenais un verre avec un ami du temps de l'université, commença-t-il. Jason n'était marié que depuis à peu près six semaines et il présentait déjà les symptômes du cap des sept ans de mariage. Le cas le plus précoce jamais constaté. Il m'a confié : "Joe, dans un monde idéal, aucun homme n'aurait jamais conçu l'institution du mariage. Pourquoi vouloir limiter nos options de la sorte ? Le mariage est une conspiration féministe conçue pour exercer une mainmise sur les hommes."

— Ton ami n'avait pas tort.

— Mon ami est un idiot. Qu'aurais-tu fait à ma place ? Isabelle et moi étions ensemble depuis plus de deux ans. En aucune autre circonstance le Foreign Office ne m'aurait autorisé à lui parler de RUN. Waterfield m'aurait tendu un formulaire fiscal P45 pour solde de tout compte et ordonné de rentrer à Londres à la nage.

— C'était donc ça, la raison ? Tu ne l'as fait que pour soulager ta conscience ? Tu te sentais tellement coupable de mentir à Isabelle que ton seul moyen de t'en sortir, c'était de la demander en mariage ? »

J'ai déjà écrit à propos du caractère de Lennox, du fait qu'il fallait le pousser très loin avant que le verrou ne saute et, le temps d'une fraction de seconde, je crus qu'il allait se précipiter sur moi. Mes mots étaient mal choisis et son visage se crispa de colère. Toute la décontraction et la bonhomie de notre conversation alimentée par le vin s'étaient évaporées à l'instant.

« Ce n'est pas une raison suffisante ? As-tu la moindre idée de ce que c'est que de vivre ces années dans le mensonge, sauf vis-à-vis de quatre ou cinq personnes au monde ?

— Joe, je... »

Sa fureur se calma tout aussi vite, et son visage retrouva sa tranquillité, comme s'il s'était adressé une remontrance intérieure.

« Oublie ça, insista-t-il en secouant la main. Ce n'est pas ce que je voulais dire. » C'était seulement la deuxième fois qu'il se plaignait en ma présence de travailler en sous-marin. Les deux fois, il s'était immédiatement rétracté. Après tout, personne ne l'avait forcé à bosser pour le MI6 ; ce n'était la faute de personne d'autre s'il jugeait quelquefois les exigences de la vie secrète trop écrasantes. La dernière chose que Joe Lennox ait jamais souhaitée, c'était que les gens s'apitoient sur son sort. « Tout chez elle me montait à la tête, continua-t-il, tâchant de revenir à son sujet premier. Chaque jour elle disait ou faisait quelque chose qui me coupait le souffle. Nous étions en osmose. » Il se tut un instant, comme s'il s'efforçait de se remémorer quelque chose. « Il y a ces vers de T.S. Eliot : "Nous pensons les mêmes pensées sans qu'il soit besoin de paroles. Et nous proférons les mêmes paroles sans qu'il soit besoin de sens." Est-ce assez clair ? Quand j'y repense, il y avait une sorte de décontraction parfaite entre nous, une symbiose sans effort. C'est très difficile à expliquer. Et je savais que je ne rencontrerais jamais personne d'autre qui susciterait en moi cette sensation. » Il eut un geste vers les murs de la cuisine, dans cet appartement londonien de Brook Green, comme s'ils contenaient la véritable preuve matérielle de sa théorie. « Et, jusqu'à présent, cela s'est vérifié.

— Je crois que c'est le moment où ça s'est produit qui m'intéresse, fis-je. Tu as eu ce rendez-vous avec Waterfield à peu près un mois avant la rétrocession de l'île aux Chinois, exact ? Isabelle ne prévoyait pas de quitter Hong Kong. Elle avait ce travail avec une chaîne de télévision française, mais elle ne risquait pas de devoir partir à Paris ou ailleurs. Vous viviez ensemble, vous vous entendiez bien. Pourquoi cette urgence ? »

Joe m'attaqua sur le contenu sous-jacent de ma question.

« Quel rapport avec son travail ? Où veux-tu en venir ? »

J'hésitai parce qu'une fois encore je m'aventurais dans des eaux dangereuses. Nous avons tous deux tendu la main vers un paquet de cigarettes qu'il avait placé sur la table, devant lui. Il m'en offrit une, me l'alluma et répéta sa question.

« Que veux-tu dire ? »

Je versai la Guinness dans un verre à bière et j'attendis que la mousse retombe.

« Ma théorie sur le mariage est celle-ci », répondis-je.

Il se laissa aller contre le dossier de son siège, croisa les bras et me sourit.

« Je meurs d'impatience d'entendre ça. »

Je poursuivis tant bien que mal.

« Je pense qu'une partie de la raison pour laquelle les hommes décident finalement de baisser les bras et de se caser, mis à part l'amour, les conventions et la pression sociale, tient à leur volonté de posséder.

— De posséder en quel sens ?

— Au sens où tu veux sortir ta petite amie du marché. Tu veux t'assurer une fois pour routes qu'aucun autre ne puisse la baiser. »

Ce qui suscita chez lui un rire dédaigneux.

« Tu es sérieux ? L'instinct de propriété ? Ce n'est pas un peu dépassé, Will ? » Et là-dessus il vit mon expression et comprit où je voulais en venir.

« Je crois que je suis sérieux. » Je posai le regard sur l'anneau blanc et net au sommet de mon verre de Guinness, et je me risquai : « J'ai toujours pensé que tu te méfiais de Miles, fût-ce de manière intuitive. Au fond de ton cœur, tu devais savoir que ton histoire avec Isabelle était vouée à l'échec. »

20.

Murmures chinois

C'est ainsi que les rumeurs circulent, sur une petite île, parmi les espions.

Cinq jours après avoir parlé avec Joe sur le marché aux oiseaux de Mongkok, David Waterfield rencontra Kenneth Lenan dans son bureau de la Maison des mille trous de balles. Lenan était parti pour la Thaïlande pour une longue semaine de vacances et arborait l'un de ses bronzages parfaits dont il avait le secret. Waterfield couvait une légère fièvre tropicale et avait la mine du type qui ferait mieux de s'aliter trois jours.

« Alors non seulement nous avons huit mille journalistes qui se pointent le 30 juin, le prince Charles, le Premier ministre britannique, tout nouveau, tout sourires, le secrétaire d'État américain, le très vertueux et très honorable Robin Cook, le cabinet conservateur sortant quasiment au grand complet, la moitié du Politburo chinois et probablement sir Cliff Richard en prime. Et maintenant nous avons en plus le problème de RUN qui veut demander sa bon Dieu de Française en mariage.

— Lors de la cérémonie de passation des pouvoirs ? s'enquit Lenan.

— Comment suis-je censé le savoir, bordel ?

— Est-ce une bonne idée ?

— Je renvoie l'honorable gentleman à ma réponse précédente. »

Lenan ne souriait jamais beaucoup, mais celle-ci le fit sourire.

« Il veut lui faire savoir qu'il est agent CNO ?

— Absolument. »

Lenan se renfrogna.

« Il veut lui faire savoir que ces deux dernières années, il lui a menti matin, midi et soir ?

— Il semblerait en effet que ce soit le scénario, oui. » Dans le couloir du bureau de Waterfield, une secrétaire éternua. « Nous avons bavardé, Joe et moi, à Mongkok. En fait, il m'a dit souhaiter que le Foreign Office l'aide à réaliser la chose.

— Que nous l'aidions ?

— Mmmh. » Waterfield toussa et cracha quelque chose dans son mouchoir. « Je ne sais pas trop ce qu'il entendait par là, ajouta-t-il en suivant du regard, à l'autre extrémité de Victoria Harbour, la progression d'une jonque au loin. Veut-il que nous racontions à Isabelle que nous l'avons contraint ? Qu'il était parfaitement heureux dans le métier du fret avant que le SIS ne s'en mêle ? » Sa plaisanterie tombant à plat, il redevint plus sérieux. « C'est une existence rude que nous avons choisie, Kenneth. Rude pour le mariage. Encore plus rude quand vous introduisez des enfants dans le tableau. C'est vous qui avez eu raison. Vous êtes resté sans attaches. J'espère seulement, et du fond du cœur, que Joe sait ce qu'il fabrique. »

Quarante-huit heures plus tard, Lenan dînait avec Miles Coolidge dans un coin tranquille de son restaurant indien préféré à Hong Kong, situé quelques rues au sud de Kowloon Park, au troisième étage de l'Ashley Centre. Les deux hommes avaient commandé un poulet dhansak et plusieurs plats de légumes superflus. Au-dessus de leurs têtes, un climatiseur hors d'âge ronronnait et menaçait de laisser goutter de l'eau sur la moquette. Vers 22 heures, quand presque tous les autres dîneurs se furent éclipsés pour le reste de la soirée, Miles commanda une coupe de glace et orienta la conversation vers Typhoon.

« Des nouvelles de votre copain ?

— Rentré à Urumqi, répliqua froidement Lenan. Les cours reprennent lundi matin.

— Et il n'y a pas eu de problème ? Personne n'a voulu savoir où il était ? »

Le SIS avait implanté un agent à Urumqi, un commercial détenteur d'un passeport britannique qui travaillait pour un grand constructeur automobile allemand. Sous le nom de code Trabant, il était initialement le premier point de contact entre Wang et Lenan et, en temps et en heure, pourrait être remplacé par ce dernier.

« Non. Personne n'a posé de question. Il leur a raconté qu'il était parti en vacances dans le Guangdong, un point c'est tout. »

Miles avait bu un demi-verre de Sprite glacé. C'était l'une des particularités de sa relation avec Lenan : il buvait rarement de l'alcool en sa présence.

« Toute cette histoire s'est déroulée assez vite », remarqua-t-il.

Lenan réagit au doute que sous-entendait le commentaire de Miles en retirant sa serviette de ses genoux pour la poser en boule sur la table.

« Ce qui signifie ?

— Ce qui signifie que certains de mes gars, chez nous, ne saisissent toujours pas, même après tout ce qui a pu se produire, pourquoi il a pris le risque de cette traversée à la nage.

— Est-ce au moins clair pour vous ? »

L'Américain fit tourner la bouteille de Sprite sur la nappe et porta un morceau de poppadum à sa bouche. S'il avait menti à Joe avec une telle assurance, au Samba's et dans ce night-club de Wan Chai, c'était notamment parce qu'il avait toujours nourri des doutes sur la crédibilité de Wang.

« Bien sûr. Pour moi, c'est d'une clarté totale. Mais j'ai eu Josh au téléphone pendant une heure et demie cette semaine. Il voulait revenir encore une fois sur chaque détail de l'interrogatoire initial, le transfert à Taiwan, les moyens par lesquels vous avez été en mesure de le réintroduire au Xinjiang. Il m'a fait part du sentiment dominant chez nous, à savoir que toute cette histoire aurait très bien pu être manigancée par le ministère de la Sécurité d'État.

— Un sentiment ? demanda Lenan, qui commençait à perdre patience. Qu'est-ce que cela veut dire ? Qui éprouve ces "sentiments" ? N'est-il pas un peu tard pour ce genre d'états d'âme ? Êtes-vous sur le point de laisser tomber, Miles ?

— Merde, non. C'est juste le contexte. Ce professeur a cinquante ans, bon sang. Il aurait pu se noyer. Vous comprenez pourquoi les gens pourraient poser des questions. »

Kenneth Lenan survola la salle de ses yeux étroits et impénétrables, et les posa sur un serveur à l'écart. Comme toujours, il avait l'air de s'ennuyer à l'extrême, et d'être contrarié à l'extrême par les limites intellectuelles d'hommes subalternes.

« Eh bien, la prochaine fois que quelqu'un aborde le sujet, c'est fort simple. Vous lui conseillez d'examiner cela du point de vue de Pékin. Si les Chinois voulaient jouer à introduire un de leurs agents d'élite à Hong Kong et le lâcher tout cuit dans le bec du renseignement britannique pour que nous sablions tous le champagne, ils n'iraient pas tenter le sort en le collant sur un radeau de fortune à 3 heures du matin avec le mince espoir qu'il vienne s'échouer sur une plage de la baie de Dapeng. Autre hypothèse bien plus vraisemblable, ils lui fourniraient des papiers pour arriver par Shenzhen et lui permettre de se présenter en simple visiteur. »

L'humeur de Miles en présence de Lenan n'était pas très éloignée de celle de Joe. En sa compagnie, il se sentait en général inférieur et médiocre – conséquence de l'assurance de cet aîné impassible.

« Vous avez raison, Kenneth, fit-il en croquant un autre poppadum. Vous avez raison, bien sûr. »

Et, à cette minute, il décida d'aller s'offrir une branlette chez Lily's après le dîner. Dès qu'on le mettait sous pression, il avait toujours envie de sexe ; c'était une façon de réaffirmer son autorité.

« Et côté Macklinson, qu'en est-il ? » s'enquit Lenan. Le pudding de l'Américain arriva, une cerise de cocktail rouge vif perchée au sommet de quatre énormes boules vanille. « Ont-ils le moindre doute, eux aussi ?

— Aucun, affirma Miles, alors qu'il n'avait parlé ni avec Michael Lambert, ni avec Bill Marston depuis plusieurs jours. Personne n'a le moindre doute, Ken. Du côté de Macklinson, tout est en ordre. Des acheminements de cargaisons ont été organisés, les effectifs sont prêts. Votre seule responsabilité, c'est le professeur Wang. »

Lenan frémit, à la fois devant cette mention explicite du nom de Wang et face à cette brusque démission de ses responsabilités de la part de Miles. Son implication dans TYPHOON était un secret étroitement gardé, naturellement. Personne, du côté britannique, ne savait que, de fait, la CIA louait les services de l'un de ses meilleurs hommes dans le cadre d'une sous-traitance. Pourquoi Lenan acceptait-il cela ? Pourquoi risquait-il le tout pour le tout pour se lancer dans du hors-piste avec

Miles Coolidge ? On le payait, certainement, et il a pu croire retirer des bénéfices à long terme de son intimité avec les Cousins. Mais je pense que son désir de jouer un rôle central dans Typhoon était surtout né de sa frustration.

« Laissez-moi vous expliquer une chose quant à l'état d'esprit des Britanniques, avait-il dit à Miles quand ce dernier lui avait d'abord suggéré d'utiliser le savoir-faire et l'infrastructure des services de Sa Majesté pour escamoter Wang hors de Hong Kong et le réintroduire comme agent à Urumqi. Si je vais voir David Waterfield avec ce que vous proposez, la réponse sera "non". Le Foreign Office le voudra de retour à Sha Tau Kok pour le coucher du soleil. Pourquoi ? Parce qu'en tant que nation, nous sommes petits et peu enclins au risque. Nous manquons d'imagination pour tenter quoi que ce soit qui puisse réellement changer la donne. S'il existe une raison de ne rien faire, vous avez la garantie que les Britanniques la trouveront. Et s'y ajoute le léger problème de la rétrocession de l'île. À la minute présente, personne n'a envie de froisser des susceptibilités chinoises. »

Miles avait effectué un rapide calcul. Avec l'accélération de Typhoon ces prochaines années, ses propres responsabilités allaient s'emballer et se démultiplier, elles aussi. Lenan serait un allié utile, à la fois un équipier expérimenté et une fenêtre ouverte sur les pensées secrètes des Britanniques. Ils étaient tous les deux là, debout, dans la chambre de la planque où Joe, quelques heures auparavant, avait procédé à l'interrogatoire approfondi de Wang. Et là, sur-le-champ, avec un esprit de décision qui était le fruit de l'instinct et de la tension, il avait accepté, à la demande de Lenan, de « tenir le SIS en dehors de tout ceci » et de le faire rémunérer par la CIA comme une source. Au cours des quatre années qui suivirent, cinquante mille dollars mensuels prirent le chemin d'un compte en banque au Luxembourg que Vauxhall Cross n'aurait jamais pu relier à l'un des leurs, même en consacrant cinquante années à le chercher. Lenan avait donc des comptes à rendre à Coolidge, en théorie – et pourtant, à observer les manières et la gestuelle des deux hommes, un autre dîneur, dans ce restaurant indien, en aurait déduit que Coolidge avait tout de l'associé subalterne.

« J'ai autre chose à vous dire, Ken.

— Ah oui ? Et quoi donc ?

— Nos gens ont besoin de quelqu'un sur le continent pour coordonner les opérations. Un point de convergence. Un chef. Au bout du compte, la force d'intervention que nous mettons sur pied s'élargira peut-être à vingt ou trente agents, à l'heure actuelle en majorité stationnés un peu partout en Extrême-Orient. Quand les livraisons de Bill vont commencer à débarquer, il faudra quelqu'un pour agencer tous ces éléments disparates. »

Lenan réagit comme si l'autre empruntait trop de détours superflus.

« Vous êtes en train de me dire que vous avez été promu. Vous allez bientôt quitter Hong Kong pour passer à l'échelon supérieur. »

C'était typique de Lenan, s'efforcer ainsi de dégonfler chez Coolidge tout sentiment d'orgueil qu'aurait pu lui inspirer sa réussite. À ce stade de sa carrière, être à la tête d'une opération de l'envergure de TYPHOON était en effet un motif de fierté non négligeable.

« Vous avez saisi », répliqua-t-il froidement. Il mourait d'envie de balancer en travers de la table une belle boule de glace en plein sur le visage bronzé et pétri de suffisance de Lenan. Et pourtant, il avait absolument besoin du respect de l'Anglais. Miles a consacré les sept années suivantes de son existence à tenter de réconcilier ces deux positions contradictoires. « Langley veut que je boucle mes bagages et que je m'installe là-bas pour Noël au plus tard. Autrement dit, je vais quitter Hong Kong à l'automne. »

Cette déclaration comportait tant de conséquences que la réaction initiale de Lenan aurait pu passer pour de la désinvolture.

« Vous allez louper le mariage, alors », lui fit-il.

Coolidge releva la tête brusquement.

« Quel mariage ?

— Oh, vous n'êtes pas au courant ?

— Au courant de quoi ?

— Joe et Isabelle se fiancent. »

En tant qu'espion, Miles Coolidge possédait quantité de qualités – ténacité, confiance en soi, imagination pleine d'audace, si ce n'est parfois débridée –, mais savoir conserver un visage de pierre n'était pas l'un de ses atouts maîtres. Toute sa vivacité d'expression et sa bonne mine s'effondrèrent comme un immeuble qui s'écroule. Cette vision emplit Kenneth Lenan d'une satisfaction profonde, quoiqu'un rien infantile, car il soupçonnait depuis longtemps l'Américain de nourrir de secrets désirs envers Isabelle. Il but une gorgée d'eau et regarda l'autre s'efforcer tant bien que mal de lui répondre.

« Ils sont quoi ? Fiancés ? Depuis quand ? Qui vous l'a dit ?

— C'est de notoriété publique. »

Ça ne l'était évidemment pas, mais c'était le genre de propos que tenait Lenan quand il voulait piquer les gens au vif.

Miles baissa les yeux sur la table et tenta de retrouver un peu de dignité.

« Nom de Dieu ! Et alors, comment s'y est-il pris pour la convaincre de passer devant monsieur le maire ?

— Oh, il ne l'a convaincue de passer devant personne. » Lenan avait l'air d'apprécier ce langage badin.

« Je ne comprends pas.

— Le bruit court qu'il va lui proposer la chose le jour de la rétrocession.

— Le 30 juin ?

— C'est la date qui a été retenue pour le transfert de la souveraineté de Hong Kong et sa rétrocession à la République populaire de Chine, oui. »

Miles répéta « Nom de Dieu ».

« Vous m'avez l'air sous le choc, Miles.

— Je suis assez surpris, c'est certain. » Il réfléchissait, il calculait, il ressassait, avec le même bourdonnement sourd que celui du climatiseur au-dessus de leurs têtes. « David le sait-il ?

— C'est David qui a découvert la chose.

— Quoi ? Joe lui a demandé la permission ?

— Apparemment. »

Un petit rire grimaçant des deux hommes. Les collègues, de part et d'autre de l'Atlantique, aimaient bien se consoler avec l'idée que Joe était encore jeune et sans expérience du monde. Cela les soulageait de leurs propres défauts.

« Il veut qu'elle sache tout sur RUN ? Il est disposé à exposer sa couverture ? »

Lenan opina.

Ce qui donna une idée à Coolidge.

21.

Chen

Vingt minutes plus tard – pas le temps pour un café ni pour des digestifs –, après avoir mis Lenan dans un taxi, Miles passait un coup de téléphone au coin de Haiphong Road et de Kowloon Park Drive.

« Billy ? J'ai un problème. Qu'est-ce que tu fais, pour *wui gwai*[1] ? »

Billy Chen était une source américaine au sein des triades, et Joe s'en méfiait, le considérant comme un opportuniste déloyal, un truand trafiquant de drogue dont la convoitise pour les signes extérieurs de richesse et de pouvoir n'avait d'égale que sa vanité et sa suffisance colossales. En 1997, Chen devait avoir vingt ou vingt et un ans, et il acceptait les dollars de Miles depuis trois ans déjà, en échange d'informations sur les activités criminelles dans la province de Guangdong, à Macao et à Hong Kong. Joe avait eu l'occasion de le recruter en qualité d'agent du SIS peu après son arrivée, en 1995, mais il s'y était opposé de façon catégorique, au motif que Chen était manifestement peu fiable. Les Yankees, il n'avait pas tardé à le découvrir, faisaient preuve de moins de discernement ; ils avaient tendance à jeter de l'argent à quiconque voulait bien leur raconter ce qu'ils avaient envie d'entendre.

« *Wui gwai* ? » s'écria Chen, avec un accent d'une justesse que n'aurait jamais Miles. Peut-être je suis à Hong Kong,

1. La cession.

peut-être pas. Comment ça se fait que tu m'appelles plus depuis si longtemps ?

— Écoute, Billy. J'ai besoin que tu me rendes un service.

— Quel genre de service ? »

Chen était assis à l'avant de sa BMW préférée, une main sur son téléphone portable et l'autre remontant en douceur le long de la jambe d'une adolescente qu'il avait levée dans un bar de Shenzhen.

« Rien de grave, rien de particulier, lui répondit Miles. Ça concerne juste deux amis à moi, pendant les préparatifs du 30 juin.

— Les préparatifs ? » C'était comme si le Chinois n'avait pas compris le terme.

« C'est cela, les préparatifs. » Coolidge n'avait aucune envie de s'étendre. Il était paniqué à cause d'Isabelle et il avait pris une décision éclair visant à miner la demande en mariage de Joe au moyen d'une stratégie un peu maladroite de son invention. Pour l'heure, il avait reporté à plus tard tout projet de se rendre au Lily's.

« Tout le monde prend cinq jours de congé », fit Chen. Il se référait à l'idée communément admise selon laquelle à Hong Kong, au cours de cette semaine du *wui gwai*, tout s'arrêterait, les bureaux fermeraient et les habitants de la colonie diraient un dernier adieu à la tutelle britannique.

« Ouais, tout le monde s'accorde cinq jours de congé. Mais c'est un de ces jours-là que tu vas m'aider, Billy. Tu seras au bout du fil et tu vas me rendre un service. Comme je t'ai dit, ce n'est rien de très spécial. Fais juste en sorte d'être à Hong Kong. »

Après deux heures de Kenneth Lenan, cela faisait du bien de jouer l'intimidation. Coolidge avait assez d'emprise sur Billy Chen pour lui formuler ses exigences, car malgré tous ses costumes, ses voitures et ses filles aux regards vides, le gangster n'était jamais qu'une créature de plus de la puissance américaine, un petit poisson dans une mer immense et, d'un simple coup de fil, il pouvait être démis de sa position éminente au sein du Chaozhou.

« OK, Miles. Alors dis un peu ce que tu attends de moi. Dis-moi pourquoi tu as besoin de Chen dans les parages.

— Tu te souviens de mon ami Joe ?

— Qui ?

— L'Anglais. Le grand type. Tu l'as croisé il y a deux ans au Lisboa. »

Le vague souvenir d'une rencontre avec Joe dans une chambre d'hôtel du plus grand casino de Macao revint à Chen.

« Ah oui, bien sûr, fit-il, hésitant.

— Eh bien, c'est de lui que tu vas t'occuper. C'est le type après qui j'en ai. »

22.

Dîner en tête à tête

Au cours des dernières semaines du mandat britannique – cette période étrange et chaotique, mélange d'excitation, de regret et d'incertitude quant à l'avenir de la colonie –, beaucoup de gens y allèrent de leur commentaire à propos du changement survenu chez Miles Coolidge. Ainsi, plusieurs de ses collègues au consulat de Garden Road remarquèrent qu'il était moins bravache et sûr de lui au bureau, et Joe fut frappé par la soudaine courtoisie de son comportement, confinant à l'humilité. Ignorant ce qui se tramait dans la coulisse, nous supposions tous qu'il souhaitait remettre un peu d'ordre dans son existence avant d'aller à Chengdu, et ne souhaitait pas que ses derniers mois à Hong Kong soient obscurcis par un brouillard de conflits et de plaisirs douteux. En juin, il y avait des fêtes presque tous les soirs, et pourtant il ne succombait pas et travaillait ferme, continuant de préparer TYPHOON et ne se montrant en société qu'à l'occasion, pour une bière au Club 911 ou une assiette de pâtes chez Grappa.

Les fiançailles imminentes d'Isabelle constituaient sans nul doute la motivation première de ce comportement peu habituel. Il voulait se présenter comme une alternative solide à Joe et devait imaginer que, s'il apparaissait comme le genre d'homme capable de remettre sa vie sur ses rails rien qu'en appuyant sur un bouton, il possédait une chance de les séparer. Comme stratégie, c'était ambitieux, à la limite de l'insensé, et pourtant cela eut pour effet de semer la confusion au sein de son cercle d'amis. Qu'est-ce qui lui prenait ? Pourquoi ce fameux don

Juan s'achetait-il une conduite ? Et, naturellement, cette confusion finit par rejaillir sur Isabelle.

À la même époque, elle avait commencé de confier à ses amis proches que sa relation avec Joe était en perte de vitesse. Ils se voyaient moins. Ils travaillaient constamment. Certaines de ses habitudes naguère charmantes et singulières lui paraissaient maintenant quelconques, et même ennuyeuses.

« Il n'est jamais là quand j'ai besoin de lui, me confia-t-elle. Il y a toujours un prétexte ou une excuse. Nous ne pouvons même rien prévoir parce qu'il est toujours à l'entière disposition de ses employeurs. Et il a aussi cette façon figée de voir le monde qui d'une certaine manière nous interdit toute spontanéité. »

Leur vie sexuelle, étourdissante dans son intensité initiale, était désormais entrée dans une deuxième phase plus prévisible. Cela avait été pareil avec Anthony, son amant marié qui avait quitté sa femme pour elle après leurs étés à Ibiza ; deux années de bonheur absolu, et ensuite la panne d'électricité de l'excès de l'intimité. Et cependant, au fond d'elle-même, elle était déterminée à faire durer sa dernière liaison en date, à franchir le mur de son indifférence momentanée, afin de bâtir avec Joe quelque chose de constructif et de durable. Elle savait qu'il l'adorait. Elle savait que, si elle le quittait, elle lui briserait le cœur. S'il la demandait en mariage, elle aurait eu le plus grand mal à le lui refuser, tout en sachant qu'elle n'était pas tout à fait prête, à vingt-six ans, à plonger dans la vie conjugale.

Tout serpent a besoin d'un peu de chance et, dans ce contexte, Coolidge en eut bel et bien. La chaîne de télévision française qui employait Isabelle avait décidé de rester à Hong Kong après la rétrocession et d'y tourner deux films de plus : un documentaire sur les premiers mois de la tutelle chinoise et un reportage sur l'histoire des triades. J'étais à Hong Kong la première fois que l'on avait approché Isabelle pour un poste de documentaliste sur le second film, et il était révélateur assez qu'elle se soit tournée vers Miles Coolidge pour en faire sa principale source d'information. Il y avait une autre ironie, bien sûr. Isabelle vivait avec un homme qui en savait à peu près autant sur le crime organisé chinois que n'importe quel agent de la CIA dans l'île. Mais Joe n'était qu'un transitaire chez Heppner Logistics. Joe ne savait rien.

Miles joua cette partie très habilement. En raison des recoupements entre leurs deux services, il était informé des faits et gestes de Joe, et il avait suggéré à Isabelle de venir discuter du documentaire dans son appartement un soir où, il le savait, Lennox serait coincé jusqu'aux petites heures du jour par une discussion avec David Waterfield sur des questions de sécurité relatives à la passation de pouvoir. Il était nécessaire de se retrouver chez lui, lui avait-il expliqué, parce qu'il attendait la livraison d'un tableau pour après 18 heures.

Il avait quitté le consulat à 17 heures, afin d'être chez lui à temps pour préparer le dîner, se doucher et enfiler des vêtements propres. Il avait consacré énormément de temps et de réflexion à chaque élément de la soirée. Devait-il se raser ou garder une barbe naissante ? Devait-il cuisiner un dîner de trois plats, ou cela paraîtrait-il exagéré ? Valait-il mieux que l'appartement ait l'air habité et fouillis, ou raisonnablement propre et rangé ? Il s'était rendu dans le meilleur supermarché de la ville – Oliver's, dans le Prince's Building – pour y choisir les ingrédients d'un repas convenable : un carré d'agneau, un peu de fromage français hors de prix, une tourte aux pommes maison et un pot de glace à la vanille Ben and Jerry's. Là-dessus, il claqua cent cinquante dollars de Hong Kong dans une bouteille de sancerre chez Berry Bros & Rudd et deux cent trente de plus dans un pinot noir de Robert Mondavi. Vers 19 heures, il prit soin d'étaler des boîtiers de CD par terre devant la chaîne hi-fi et disposa une pile de vieux *New Yorker* et de livres de poche fatigués sur la table basse du salon. Si, à un moment quelconque de la soirée, Isabelle s'asseyait dans le canapé, elle verrait qu'il lisait *Le Rocher de Brighton* de Graham Greene, Jacques Gernet, *La Vie quotidienne en Chine à la veille de l'invasion mongole*, Lermontov, *Un héros de notre temps*, et deux romans d'Anne Tyler, *Le Voyageur malgré lui* et *Une autre femme*. Rien de mal, après tout, à être perçu comme un lecteur de romans écrits par des femmes. En réalité, le livre qu'il était en train de lire – et qui le captivait –, c'était *La Firme*, momentanément relégué dans un placard de la chambre d'amis, à côté du *Harcèlement* de Michael Crichton et d'un exemplaire pas très propre de *Playboy*.

Isabelle arriva à 20 heures. Elle portait une robe Agnès b. bleu nuit et des espadrilles à semelles compensées. C'était une soirée lourde et humide dans Mid-Levels, et elle avait eu envie de porter une tenue superbe mais pas trop provocante. Il lui ouvrit par l'interphone et se rendit à la porte de son appartement vêtu d'un jean et d'une chemise en lin blanc. Il s'était douché une heure plus tôt et, à l'odeur fraîche et chaude de sa peau, Isabelle ressentit un tiraillement au ventre qui la surprit. Elle repensa à son rêve et se sentit curieusement gênée. *The Score*, un morceau des Fugees, passait au salon, et une bouffée d'ail et de romarin flottait depuis la cuisine.

« Waouh ! Il y a quelque chose qui sent drôlement bon, là.

— Tu aimes la viande, non ? »

Il savait fort bien qu'elle mangeait volontiers de la viande. Il voulait juste avoir l'air de rien.

« Bien sûr.

— Génial, parce que j'ai acheté de l'agneau. Est-ce que ça ira ? » Il n'avait ni chaussettes ni chaussures et la vision de ses pieds bronzés arpentant le couloir devant elle renforça cette impression totalement artificielle de simplicité et de décontraction qu'il avait espéré créer.

« De l'agneau, c'est merveilleux. C'est déjà adorable d'avoir cuisiné. J'aurais dû t'emmener dehors. » Elle marqua un temps d'arrêt au seuil du salon.

« Super appart, Miles.

— Tu n'étais jamais venue ? » Encore une question dont il connaissait déjà la réponse. « Le contribuable américain peut se montrer très généreux. Tu devrais venir admirer la vue. »

Ils se dirigèrent alors dans deux directions différentes : Miles vers la cuisine américaine, où il déboucha le sancerre ; Isabelle vers la vaste baie vitrée du côté nord. La ville s'étalait au-dessous d'elle, un plan panoramique, éclatant des lumières et des couleurs de Hong Kong, chaque bâtiment, de Sheung Wan à Causeway Bay, illuminant le ciel d'une lueur phosphorescente qui encadrait la masse confuse et lointaine de Kowloon, comme le halo d'un néon. Elle songea à toutes les filles que l'Américain avait dû attirer ici, aux bons mots et aux manœuvres de séduction, et observa le reflet de son propre sourire dans la vitre.

« Joli, hein ?

— C'est époustouflant. Au fait, ton tableau est arrivé ?

— Bien sûr. Je l'ai déjà accroché au premier. »

Le sancerre était bouchonné, ce qui suffit à briser la glace. Miles lâcha un juron et une blague aux dépens des Français qu'elle trouva drôle, malgré elle. Elle se sentait flattée qu'il semble ainsi légèrement hésitant et nerveux dans ces premiers instants, une facette de sa personnalité qu'elle n'avait encore jamais perçue. Était-ce juste par loyauté envers Joe, ou l'incertitude d'un coureur de jupons en série ne sachant pas comment se comporter en la présence d'une femme plus jeune qui n'était pas dans son appartement uniquement pour le sexe ? Il versa le vin dans l'évier – il n'avait pas envie de paraître mesquin en le rebouchant pour aller réclamer un remboursement – et, à la place, elle lui demanda une vodka tonic. Cela l'intriguait de le voir évoluer au milieu de son intérieur en mâle domestiqué allant chercher de la glace dans le frigo, changeant de CD, remplissant des casseroles d'eau pour y mettre à cuire des légumes. D'une certaine manière, cela le rendait plus humain, plus singulier.

« J'ai apporté un bloc-notes, lui dit-elle, car il y avait un danger que l'atmosphère entre eux vire rapidement au flirt. As-tu besoin de me poser des questions ou puis-je me contenter de t'écouter ?

— Tu veux m'écouter parler, Isa ? » Il saisit cette occasion pour placer une autre plaisanterie. « Moi, ça me va. Il n'y a rien que j'aime autant que le son de ma voix. »

Il s'assit à côté d'elle sur le canapé, de tout son poids, et ils évoquèrent le film en termes généraux. Qu'avait-elle besoin de savoir ? Quel était l'objectif de ce documentaire ? Les yeux d'Isabelle s'égarèrent sur *Une autre femme* et *Le Voyageur malgré lui*, et elle comprit qu'il les avait placés là pour l'impressionner. Elle lui signala qu'elle avait étudié *Le Rocher de Brighton* au lycée. Mais quand il se mit à lui parler du livre, elle eut du mal à se concentrer sur ce qu'il lui disait. Subitement, elle avait l'esprit brouillé par une appréhension, dont elle était incapable de situer la source. Était-ce qu'elle le suspectait, et de longue date, de nourrir à son égard certains sentiments qu'il avait été contraint de réprimer en raison de ses relations avec Joe ? Ou se pouvait-il que Miles n'éprouve rien pour elle, que son âme ait été si corrompue par une vie de mensonges et de sexe facile qu'il ne soit plus capable d'aimer une femme ? Cette dernière possibilité l'emplit d'une intense tristesse, mais aussi elle l'intriguait. En s'habillant, chez elle, elle avait pris un verre de vin et se demandait si elle n'était pas déjà un peu éméchée.

« Enfin, cette relation triangulaire est très intéressante.

— Quoi ? »

Elle n'avait pas écouté.

« Pinkie, Rose et Ida. Le triangle. J'ai trouvé cela d'une puissance incroyable. C'est vraiment ce qui m'a frappé dans ce bouquin. Cette fièvre, entre eux.

Isabelle but une gorgée de vodka, qui était déjà à moitié terminée. C'était le danger de la vie sous un climat humide ; vous buviez de l'alcool comme de l'eau. Elle regarda de nouveau par la fenêtre, car il lui fallait quelque chose sur quoi poser les yeux. Un avion qui survolait Victoria Harbour à basse altitude transperça le faisceau vertical d'un projecteur pointé vers le ciel comme une colonne de feu depuis le sommet de la tour de la Bank of China.

« Il faudrait que je le relise », fit-elle, désirant à tout prix s'écarter de cette conversation sur la culpabilité des catholiques et les triangles amoureux. Elle espérait plus ou moins que les réflexions de Coolidge sur *Le Rocher de Brighton* puissent les conduire sans anicroche d'une discussion sur le crime organisé le long de la côte sud de l'Angleterre vers les triades de Hong Kong. Au lieu de quoi, partant d'une liste de sujets qu'il avait préparée à l'avance, il lui posa des questions interminables sur sa vie à Hong Kong, ses relations passées, ses emplois, une discussion qui les conduisit à une deuxième vodka, au dîner et aux trois quarts d'une bouteille de pinot noir, avant d'en arriver au dessert.

« Alors, parle-moi de ta vie dans les écoles privées anglaises, fit-il.

— Que veux-tu savoir ?

— Est-ce que les filles partagent le même dortoir ? »

C'était la question flirt typique. Il la posa en souriant à belles dents et elle, désormais ivre et détendue, se plaisait à jouer le rôle de garde-barrière des fantasmes de cet homme.

« Oh, bien sûr, lui répondit-elle. Et quand il faisait chaud, nous dormions toutes nues et nous faisions des batailles de polochons tous les week-ends.

— Et les jardiniers ? lui répliqua-t-il du tac au tac.

— Les jardiniers ? » Elle laissa échapper un rire. « Que veux-tu dire ?

— Ce n'est pas le passe-temps des jeunes Anglaises de la haute bourgeoisie ? Se taper les jardiniers ? Je t'en prie, Isa, ne me raconte pas que c'est de la médisance. J'ai toujours eu cette image de toi en train de... comment dites-vous ça ?... "tringler dans les sous-bois". »

D'autres aspects de la conversation furent plus conventionnels – il veillait à maintenir un **équilibre**. Par exemple, comment-ce de travailler pour une société française ? Est-ce qu'ils la respectaient ? Donnaient-ils l'impression de savoir ce qu'ils faisaient ?

La télévision, lui demanda-t-il en lui versant un autre verre de vin, avait-elle toujours été un domaine où elle avait eu envie de se lancer, ou était-ce juste un hasard de sa vie à Hong Kong ? Pour chaque plaisanterie ou chaque anecdote, il y avait une observation subtile, intuitive touchant à la vie d'Isabelle. Cela n'avait pas dû être facile, remarqua-t-il, d'être séparée de sa mère qui vivait dans le Dorset et ne s'était jamais remariée, si ses souvenirs étaient exacts. N'avait-elle pas aussi un frère qui vivait aux États-Unis ? Elle était flattée qu'il se rappelle tant de choses de son entourage. Le seul sujet qu'il n'abordait pas, c'était Joe, alors qu'il planait sur la soirée comme un chaperon invisible déterminé à gâcher leur plaisir. Elle en conclut que Miles s'était abstenu de mentionner son nom par une forme de malice délibérée et pourtant, à mesure que la soirée s'avançait et que le vin commençait d'exercer ses effets, elle mourait d'envie de parler des frustrations de leur relation et même de s'ouvrir à la possibilité du désir. Malgré son côté bravache et salace, Miles restait un homme attentionné, perspicace, et l'énergie qui émanait de leur flirt l'émoustillait. C'était inoffensif, se dit-elle, mais cela devait arriver. Étrangement, ils se tournaient autour depuis des années, même à l'époque où elle vivait le bonheur parfait avec Joe.

« Écoute, nous devrions parler de mon documentaire, lui suggéra-t-elle, subitement consciente qu'elle risquait en laissant leur intimité se développer ainsi.

— Bien sûr. Dis-moi juste ce que tu veux savoir. »

Il versait de l'eau bouillante dans une cafetière qu'il n'avait utilisée qu'une seule fois auparavant.

« N'importe quoi, lui répondit-elle, en sortant son carnet et un stylo. Il n'y a que six personnes à Hong Kong qui en sachent moins que moi sur les triades, et quatre d'entre elles sont encore à la maternelle. Si tu m'expliquais que leur employé lambda mesure un mètre soixante-cinq, écoute des disques de Barbra Streisand et passe ses week-ends à Wolverhampton, je te croirais. J'ai de telles lacunes que j'en ai honte. »

Miles était trop concentré sur l'exposé qu'il avait préparé pour rire de sa plaisanterie.

« Eh bien, le terme "triade" a été forgé par les autorités britanniques ici, à Hong Kong, pour désigner un groupe disparate de sociétés secrètes qui, à l'origine, ont surgi sous la dynastie Qing pour renverser l'empereur. » Isabelle posa son verre et commença à noter. « La seule réussite ou à peu près dont on peut créditer le président Mao est l'éradication de la consommation de l'opium après 1949. Trente millions de paysans ont pu mourir de la famine sous la domination communiste, mais au moins ils n'étaient pas défoncés. Le commerce de l'opium était contrôlé par ces triades, qui ont été forcées de déplacer leurs activités à Hong Kong. On peut affirmer, je crois, que nous vivons ici dans le berceau spirituel de la mafia chinoise. »

Il servit le café dans deux tasses vert foncé, s'assit à table en face d'elle et alluma une cigarette. Ils se sourirent, comme pour alléger l'atmosphère qui était soudain devenue très studieuse, mais, pendant les vingt minutes suivantes, il la submergea d'informations sur les diverses sociétés secrètes qui contrôlaient la vie à Hong Kong durant les années de l'après-guerre.

« Chacun d'elles, lui apprit-il, était responsable d'une zone géographique ou d'un secteur particulier de l'économie. »

Cela correspondait exactement à ce qu'il lui fallait dans ses recherches, mais elle gardait la nostalgie de la première partie de la soirée et essaya plus d'une fois de croiser le regard de Coolidge, pour le faire revenir à son humeur badine d'avant. En même temps, elle prenait plaisir à observer le déploiement de la pensée de cet homme, sa compétence, la confiance qu'il possédait visiblement dans ses capacités intellectuelles.

« C'est de la super matière, lui dit-elle en noircissant une troisième page, comme une journaliste sur la piste d'un bon article. Ils opèrent de la même manière que la mafia sicilienne ? Il est question de protections et de racket, de trafic de drogue, de prostitution ?

— Ils opèrent comme les Siciliens, en effet. Et comme les Turcs, les Russes et les Albanais. Au fond, tous les truands sont pareils. Mais l'activité criminelle chinoise a ses caractéristiques propres.

— C'est-à-dire ?

— Les différentes sociétés emploient différents signaux manuels permettant à leurs membres de communiquer secrètement. Mais un cameraman français éprouvera quelque difficulté à saisir ces gestes-là. Il faudrait qu'il soit comme les opérateurs de David Attenborough tournant un documentaire sur la nature, à poireauter autour d'une hutte sur l'île de Lantau pendant huit mois en attendant que M. Chan leur donne le feu vert, le pouce pointé en l'air. » Elle éclata de rire et effleura ses cheveux dans sa nuque. « Ces types sont des maîtres de la dissimulation. Leur façon d'offrir une cigarette, de signer un reçu de carte de crédit ou même de prendre en main une paire de baguettes, tous ces gestes transmettent des signaux aux autres triades. Je connais un type de la 14K qui a une manière d'accepter un bol de thé, le pouce et deux autres doigts tendus, pour former une sorte de trépied. »

Pour illustrer sa description, il saisit sa tasse de café de la façon qu'il venait d'évoquer. Isabelle avait envie de prendre une photo pour la montrer à son patron, mais elle se garda bien de le lui proposer.

« L'un des préjugés que vous devriez peut-être envisager d'écarter, c'est l'idée que toutes les activités de la triade seraient violentes et antisociales par nature. Clarifier ce point pour votre public rendrait sans doute l'émission beaucoup plus intéressante. Certes, il y a du trafic de drogue, du trafic d'êtres humains, de la violence. Mais les sociétés de la triade prennent aussi en charge la scolarité de leur communauté, trouvent des emplois aux chômeurs, aident les familles qui traversent des épreuves. Tout n'est pas lié au racket. Tout ne se résume pas à des guerres de territoires et des assassinats.

— Ils contrôlent le secteur de la construction, ici.

— C'est exact. » Il évita de manifester de la condescendance en paraissant surpris qu'elle soit au courant. « Ce qui a été la source de tant d'embêtements pour Patten, dans le dossier de l'aéroport de Chek Lap Kok, ce n'était pas tant les menaces du gouvernement chinois, mais les millions de dollars de pots-de-vin que les entrepreneurs ont dû verser aux triades. Vous voulez de la terre récupérée sur la mer ? Appelez les Chaozhou. Vous voulez que votre piste soit construite en un temps record ? Discutez-en avec les Sun Yee On. Si vous ne payez pas ces types, vos échafaudages ne monteront pas, vos coolies clandestins ne franchiront pas la frontière, votre béton sera mélangé à du sel. C'est la même histoire en Chine continentale, en Indonésie, à Singapour, en Thaïlande. Les sociétés des triades contrôlent presque tout, en Asie du Sud-Est. »

Il décida alors de se lever et alla s'asseoir sur le canapé. Il posa ses pieds nus sur la table basse et se laissa aller contre le dossier avec un soupir. Il était convaincu de l'avoir gagnée à sa cause. Quand les Occidentales succombaient enfin à son charme, elles se départaient d'une forme d'arrogance. Leur fierté laissait place à une sorte d'énergie nerveuse et désespérée et, d'ici à ce qu'il puisse la posséder, ce ne serait plus qu'une question de temps, il le savait. De son siège, il voyait les jambes d'Isabelle, assise de l'autre côté de la pièce, occupée à boire son café et à griffonner des notes. Comme si elle l'avait senti, elle leva les yeux vers lui, eut un petit haussement de sourcils entendu, au-dessus du rebord de la tasse d'espresso, et elle se leva de la table. Il la regarda attraper leurs verres, y verser le vin qu'il avait trouvé pour remplacer le pinot noir, avant de venir le rejoindre.

« Et les enlèvements ? fit-elle.

— Les enlèvements ? »

Elle retira ses souliers et s'installa à l'autre bout du canapé, le corps tourné vers lui, de sorte que le bas de sa robe remonta au-dessus de ses genoux. Mais il avait beaucoup bu toute la soirée, et son numéro perdait maintenant un peu de sa finesse. Négligemment, il lança quelques coups d'œil à la dérobée sur les mollets et les cuisses de la jeune femme et laissa ses yeux flâner sur les courbes de son corps. Quand elle réagit en recouvrant ses jambes et en calant ses pieds sous ses cuisses, cela le contraria.

« Alors, c'est courant, ce genre de choses ? » lui demanda-t-elle. Le ton de la voix avait repris un peu de sa morgue. Cela le mit en colère. « Vous y êtes confronté, au consulat ?

— Oh, bien sûr », répondit-il avec nonchalance. Il se leva pour lui faire sentir que sa proximité physique le laissait indifférent, et traversa la pièce vers la chaîne hi-fi, allant fouiller dans les CD éparpillés jusqu'à ce qu'il trouve une copie pirate du *Nippon Soul* de Cannonball Adderley.

« Continue », fit-elle. La grossièreté était toujours un recours très sûr, et il mit dans sa réponse une certaine dose de condescendance délibérée.

« Eh bien, si tu veux de vraies histoires pour ton film, et pas seulement des faits concernant l'histoire des triades, tu pourrais raconter à tes types ce qui est arrivé à Leung Tin-wai.

— Leung Tin-wai ?

— C'était en juin, l'année dernière. » Miles s'assit à la table où ils avaient dîné, comme insensible aux tensions qui couraient entre eux. Il n'était plus qu'un professeur avec une élève un peu ennuyeuse, un homme du monde consacrant un peu de son temps à une jeune fille. « Cette histoire a circulé sur toutes les chaînes. Leung possède un magazine populaire à gros tirage qui a publié un article sur les triades. Ça n'a pas traîné, deux types ont débarqué dans son bureau et lui ont tranché le bras avec un hachoir. Il a fallu dix-sept heures au bloc pour le lui recoudre.

— Mon Dieu !

— Ouais. » Miles affecta un air compatissant. « Un groupe de journalistes de Hong Kong a promis une récompense de quatre millions de dollars pour toute information menant à l'arrestation des gars qui ont fait ça.

— Et personne ne s'est présenté.

— Je ne pense pas. »

Isabelle consulta sa montre. Voyant qu'il était presque minuit, elle referma son carnet.

« Je vais devoir y aller. »

Il s'y attendait. S'attarder au-delà de minuit éveillerait les soupçons de Joe, et s'il y avait une chose qu'Isabelle voulait éviter, c'était de créer un malentendu. Il la regarda se lever d'un bond, l'air décidé.

« Je peux commander un taxi ?

— Bien sûr. » Il était important de ne pas se départir de sa nonchalance. « En général, ils mettent une vingtaine de minutes. »

En fin de compte, cela leur laissa encore une demi-heure, un laps de temps uniquement consacré à discuter davantage des triades. C'était comme si le documentaire avait rompu le charme. Isabelle continuait à prendre des notes, et Miles continuait à l'impressionner par la profondeur de ses connaissances. Mais l'intimité partagée, l'excitation qu'ils avaient tous deux ressentie au dîner en démêlant l'écheveau de leurs existences respectives, étaient passées. La longue journée, le repas, l'alcool, l'avaient épuisée. Quant à lui, qui en temps normal, à ce stade, aurait tenté sa chance côté sexe, il reconnut que son meilleur espoir résidait maintenant dans l'intervention de Billy Chen.

Néanmoins, quand ils descendirent au rez-de-chaussée pour rejoindre le taxi, il essaya de raviver en partie l'attirance qu'ils avaient éprouvée l'un pour l'autre en lui faisant un compliment :

« Fais en sorte que Joe te voie dans cette robe. Tu es sensationnelle. »

Il n'était pas trop tard. Elle sentit de nouveau l'effet grisant de la flatterie. Toute sa vie, elle avait été sujette à des avances – à la fois charmantes et insidieuses – de la part d'hommes plus âgés qu'elle. En temps normal, elle feignait de n'avoir rien entendu. Pourtant, elle savait que les mots choisis par Miles recelaient une signification sous-jacente, un code qu'il fallait percer. Devant l'entrée de l'immeuble, elle se tourna vers lui et se risqua :

« Quelle drôle de façon de me dire que tu me trouves jolie. »

Des cigales stridulaient dans la nuit humide. Elle le regarda droit dans les yeux. Si l'enjeu avait été moindre, s'il avait pu être tout à fait certain de sa réaction, il l'aurait prise par la taille et aurait attiré son corps contre le sien.

« Ah, et sinon, comment aimes-tu t'entendre dire que tu es belle ? »

C'était trop. Elle sentit la force du désir de Miles, elle en fut submergée, mais elle n'avait pas d'autre choix que de l'empêcher de dépasser les bornes, elle le savait. Leur moment viendrait.

« J'ai été ravie de te voir, Miles, fit-elle et, en un clin d'œil, elle redevint posée, élégante, et britannique. Merci infiniment de ton aide. » Chacun de ces mots le tenait à distance. Il y eut un rapide baiser sur la joue, en équilibre instable, un léger faux pas. « J'ai des notes géniales. Les gens de la production vont m'adorer. »

Le chauffeur du taxi ouvrit la porte arrière en actionnant un levier automatique à côté de son siège. La portière pivota d'un coup et faillit renverser Isabelle.

« Hé, mon vieux !

— Ça va. » Elle calma la situation en se penchant vers l'intérieur du taxi pour montrer au chauffeur qu'il n'y avait pas de mal. Puis elle monta à bord et baissa la vitre. « Tu as prévu quoi, pour la rétrocession ?

— Ce sera la fête dans toute la ville.

— Tu veux qu'on se retrouve ? » Elle n'avait pas envie de lui laisser l'impression de l'avoir rejeté, mais l'invitation visait à lui faire comprendre qu'elle serait avec Joe. Avait-elle le choix ?

« Volontiers. Ce serait super de vous retrouver, jeunes gens. » Miles le savait bien : quel que soit l'endroit où Joe et Isabelle iraient à l'occasion de *wui gwai*, Billy Chen aurait à les suivre. Il était utile de connaître leurs projets. « Je vais devoir assister à un dîner à la Chambre de commerce des États-Unis le 28. À part ça, je suis à peu près libre.

— Alors, il y a une grande soirée à Lan Kwai Fong, le soir du 29. Allons-y.

— D'accord. »

Le taxi amorçait la pente quand elle se pencha à la fenêtre en souriant, les yeux levés vers le ciel nocturne et bas.

« Il pleuvra sûrement, ajouta-t-elle, en laissant à Miles le souvenir de ses cheveux noirs et bouclés, et le piège de ces yeux qui l'attiraient. Il pleuvra sûrement. »

23.

Wui Gwai

Et comme l'on sait, il plut, naturellement.

Ce ne fut pas n'importe quelle averse. Une mousson qui, durant le défilé protocolaire, fit virer la teinture rouge du plumet du Black Watch du caporal Angus Anderson au rose d'une aquarelle enfantine. Une pluie qui détrempa la tunique blanche impeccable de l'unique clairon exécutant l'air du *Last Post* lorsqu'on amena une dernière fois l'étendard au-dessus de Government House. Une pluie qui avait tenté d'étouffer les propos opiniâtres et solennels du prince Charles, lors du discours prononcé à bord du HMS *Tamar*, et l'allusion aux « consternantes figurines de cire » – les dirigeants communistes chinois. Une pluie qui maculait les épaules du costume bleu déjà fripé du gouverneur Christopher Francis Patten, lorsqu'il délivra un ultime coup de semonce à la Chine.

« Alors que l'administration britannique de cette île touche à sa fin, nous sommes autorisés à dire, je crois, que la contribution de notre nation, ici, a été de fournir au peuple de Hong Kong l'armature qui lui a permis d'entamer son ascension », déclara-t-il. Blottis sous des parapluies gracieusement offerts et au-dessous d'un ciel granitique et sans lumière, neuf mille spectateurs, Chinois et expatriés, avaient les yeux tournés vers lui. « Cette ville est une ville chinoise, très chinoise, avec des caractéristiques britanniques. Aucun territoire dépendant de la Couronne n'a été rendu plus prospère, avec une société civile à la trame et à la texture aussi riche. C'est désormais le peuple de Hong Kong qui va devoir diriger Hong Kong. C'est à la fois une promesse et une destinée inéluctable. »

Miles Coolidge, qui suivait la retransmission télévisée en direct depuis des salons privés du consulat des États-Unis, se tourna vers David Boyle, du service des visas, et lui dit :
« En d'autres termes, Pékin peut aller se faire foutre.
— Un pays, deux systèmes, lui répondit l'autre.
— Exactement. »
Il regarda Patten regagner l'estrade à contrecœur pour y recevoir un tonnerre d'applaudissements de ses plus loyaux sujets.
« Tu sais que ça ne doit pas être facile, remarqua-t-il.
— Quoi donc ?
— D'applaudir. Presque tous ces gens, là-bas, ont un parapluie en main. Si tu veux applaudir en tenant un parapluie, il faut vraiment le vouloir. »
À l'instar des trois quarts de la communauté internationale de l'île, Boyle n'avait quasiment pas dessoûlé depuis cinq jours. Pourtant, le caractère même de l'attitude de Patten en ces instants suscita quelque chose dans son âme mélancolique. Lorsque le gouverneur retourna vers son siège et inclina brièvement la tête, comme s'il retenait des larmes et cherchait à puiser en lui-même un regain de force pour affronter l'ampleur de l'événement, le fonctionnaire du bureau des visas eut la gorge serrée.
« Quand un grand homme s'en va, le ciel s'ouvre, dit-il, devant cette pluie sans merci qui fendait l'esplanade du défilé.
— Qu'est-ce que c'est que ça ?
— Un proverbe chinois. »
En d'autres circonstances, Coolidge aurait traité cela par le mépris. *Tu veux en entendre un autre, de proverbe chinois ? Il en faut, des jours de pluie, pour laver cent cinquante années de honte.* Mais il s'en abstint. Les types du service des visas n'en valaient pas la peine. Au lieu de quoi, il fit :
« Alors, comme ça, tu es un fan de Gosier Friand, hein ? »
« Gosier Friand » était le surnom affectueux que la population de Hong Kong avait donné à Patten, ayant remarqué durant cette période de cinq années sa prédilection pour la cuisine cantonaise en général, et ses flans en particulier.
« Il a fait de son mieux », lui soutint Boyle.

À moins d'un kilomètre de là, David Waterfield portait un toast silencieux au coucher de soleil détrempé de l'Empire britannique et serrait la main de sa femme. Ils s'étaient retrouvés au Hong Kong Club de Chater Road pour accompagner le pouvoir colonial dans ses heures ultimes, une réception très habillée à laquelle participaient plus de sept cents membres de l'élite des affaires et de la diplomatie insulaires. Après le discours du HMS *Tamar*, quand le feu d'artifice éclata au-dessus de Victoria Harbour vers 20 h 30, il y eut un bref moment de panique : les parois vitrées du club s'embuèrent tant que l'on avait dû envoyer un serveur grimper en haut d'un escabeau pour les essuyer. Après quoi, devant l'éruption d'ombrelles de lumière et de feu dans le ciel nocturne, les invités purent jouir d'une vue dégagée sur la cérémonie.

« Magnifique, marmonna Waterfield. Magnifique. Mon Dieu, pour ce genre de chose nous sommes vraiment très bien. » Et puis il s'aperçut que quelqu'un manquait. « Tu n'as pas du tout vu Joe Lennox ce soir ? demanda-t-il à son épouse.

— Non, chéri. Et toi ?

Les Waterfield avaient décliné l'invitation la plus convoitée et la plus prestigieuse de ce 30 juin, le dîner officiel de la rétrocession, au Palais des Congrès et des Expositions de Hong Kong à peine achevé. À l'inverse, Kenneth Lenan, lui, avait pesamment et longuement joué de son influence pour avoir sa place à table. Le numéro deux de Waterfield estimait de son droit de rompre le pain avec le gratin, d'échanger des regards entendus avec Douglas Hurd et Sir Geoffrey Howe, de pouvoir découvrir le tout nouveau, tout souriant Tony Blair d'un peu plus près et d'être témoin de la pathétique retraite perpétuelle de la baronne Thatcher. Pour une raison qui lui échappait, le menu avait été l'un des secrets les mieux gardés de la colonie, mais en mâchant son saumon fumé insipide et en découpant un blanc de poulet farci, il songea que le dîner eût été meilleur à l'aéroport. À la suite des festivités du HMS *Tamar*, son costume était trempé, et la conversation du promoteur immobilier assis à sa gauche était d'un ennui profond. Personne n'était capable de parler d'autre chose que de la météo. N'était-ce pas « symbolique » ? N'était-ce pas tout bonnement un « désastre » ? Le seul désastre, selon lui, c'était d'avoir été forcé de poireauter une heure debout dans le hall climatisé parcouru de courants d'air froids pendant qu'une brochette de VIP internationaux morts d'épuisement et d'ennui s'acheminaient progressivement vers la salle à manger. Le champagne était trop frappé et le toit tout neuf avait plus d'une fois laissé goutter de l'eau sur sa tête.

Officiellement, le transfert de souveraineté fut effectif à minuit, lors d'une cérémonie au Palais des Congrès, dans une atmosphère stérile et décevante. On baissa l'Union Jack, on hissa le drapeau de la Chine, et ensuite la brochette internationale de VIP morts d'ennui et d'épuisement regagna les suites de l'hôtel Mandarin Oriental à dix mille dollars la nuit. À près de deux milles kilomètres de là, sur la place Tienanmen, une cohorte tout spécialement invitée de fidèles du parti expédiaient aux poubelles de l'histoire cent cinquante années de honte et d'humiliation infligées par les Britanniques, célébrant le retour en lieu sûr de leur bien-aimée Hong Kong avec un spectacle de feu d'artifice qui secoua les fondations de la Cité interdite. Et pendant ce temps, à Central, le yacht de Sa Majesté, le *Britannia*, chargé d'une forte cargaison de membres de la famille royale et des filles éplorées du gouverneur Patten, larguait les amarres et appareillait pour le voyage du retour définitif au bercail en faisant route vers l'est par la trouée du fort côtier de Lei Yue Mun. Depuis le bastingage bâbord, le gouverneur en personne adressa un salut triomphant à la Richard Nixon avant de disparaître dans les entrailles du navire.

Pour un journaliste aux prises avec des délais de bouclage et la pluie, ce fut une nuit chaotique. Chaque fois que j'avais un moment à moi, j'essayais de joindre Lennox sur son portable – sans succès –, car ni Isabelle ni lui ne prenaient d'appels. Tandis que Tung Chee-hwa prêtait serment en qualité de premier chef de l'exécutif élu de la Région administrative spéciale de Hong Kong, je me rendis sur Central Square, à la manifestation pour la démocratie qui avait débuté à 22 h 30 et encadrait les cérémonies nocturnes de la rétrocession. La plupart de ceux qui y prirent part goûtèrent l'ironie du fait que, lors de la dispersion des manifestants vers 1 h 30 du matin, Pékin venait de leur supprimer de facto le droit de protester en public. Dorénavant, on pourrait les arrêter et les enfermer pour avoir, au hasard, défendu un Turkestan oriental indépendant ou critiqué certains aspects de la politique du gouvernement chinois. À minuit, vingt et un véhicules de transport blindés et quatre mille hommes de troupe de l'Armée populaire de libération franchirent la frontière pour entrer dans les Nouveaux Territoires, salués par l'accueil orchestré des villageois agitant des fanions, lançant des fleurs et affichant un sourire décoratif malgré le vent et la pluie incessants. Les officiers de police de Hong Kong avaient déjà retiré leurs insignes coloniaux, remplacés par l'étoile d'or de la Chine. On avait démonté les blasons ornant les bâtiments gouvernementaux et discrètement détaché l'emblème royal de la Rolls-Royce du gouverneur. Devant le bâtiment du Conseil législatif, Martin Lee, le président fondateur du Parti démocratique de Hong Kong, terminait un discours au cours duquel il avait appelé le président chinois Jiang Zemin à respecter les droits des gens à Hong Kong. Un confrère plaisantin et pince-sans-rire du *Daily Telegraph*, qui se tenait juste derrière moi, marmonna : « Lui, on n'est pas près de le revoir. Rendez-vous au *laogai*, Marty », et une bande de journaleux éclatèrent de rire à l'unisson, comme il se doit. Il y avait de quoi déprimer. Nous étions tous mouillés et fatigués, nous avions chaud, et on avait le sentiment qu'une page de sincérité et d'espérance venait de se tourner.

Ennemi juré du Parti communiste, Ansary Tursun s'intéressait peu aux festivités de la rétrocession. Vers 21 heures, par une chaude soirée d'été typique d'Urumqi, il quitta l'appartement de ses parents à Tuan Jie Lu et se dirigea vers le bazar de Shanxi Hangzi. Empruntant les étroites allées du marché, il passa devant des étals où l'on vendait des légumes, des pulls, des noix et des fruits secs en s'arrêtant ici ou là pour explorer une table chargée de cassettes audio ou pour une brève conversation avec des amis ouïghours du quartier. Le marché était bruyant et noir de monde : des chants ouïghours rivalisaient avec de la musique populaire indienne contemporaine, le tout se mêlant aux cris et aux disputes des commerçants pour créer un brouhaha discordant, mais somme toute assez inoffensif. Une véritable cohue s'était agglutinée devant des écrans de télévision diffusant les temps forts du feu d'artifice au-dessus de Victoria Harbour.

À l'extrémité ouest du marché, Ansary capta une odeur qu'il adorait – des morceaux d'agneau grillés sur un *kavabtan*. Comme toujours, le fumet du cumin, de la viande et du charbon se consumant lentement éveilla son appétit et il demanda

un *kavab* et un *nan* à un jeune homme prenant ses responsabilités de chef tellement au sérieux qu'il prononça à peine un mot
au cours de leur échange. Ansary s'acheta aussi une bouteille de
musdek piva qu'il ouvrit d'un coup de dents, et il se désaltéra
avec une première lampée de bière blonde en attendant que son
agneau ait fini de cuire.

Pour prendre son repas, il fut obligé de s'asseoir à l'une
des tables en bois à côté du *kavabtan*, car son bras gauche
n'était pas encore suffisamment rétabli après son séjour en cellule d'isolement dans la prison de Lucaogu. On l'avait suspendu pendant plus de vingt-quatre heures à un mur par le bras
et la jambe gauches ; en conséquence, il ne pouvait pas rester
debout en tenant dans ses mains le *kavab* et la bouteille de
bière. Il s'était vite adapté aux contraintes de cette blessure
temporaire et s'attardait rarement sur l'injustice de son état
physique ; ses cicatrices étaient purement psychologiques. Il
commença son plat, le posa sur la table pour boire sa bière gla-
cée et engagea la conversation avec la mère du jeune homme
qui l'avait servi, une femme d'âge mûr coiffée d'un foulard,
vêtue d'une jupe noire, d'une veste rouge vif et d'une paire
d'épaisses chaussettes en laine montant jusqu'aux genoux dans
lesquelles elle conservait l'argent de la recette. Quand elle
n'enfilait pas des morceaux de mouton mariné sur des bro-
chettes avec une efficacité consommée, elle farfouillait dans les
chaussettes pour tâcher d'en extraire la monnaie du client.

C'est seulement quand il se retourna pour observer une
dispute entre deux marchands de vêtements à un stand voisin
qu'Ansary s'aperçut de la chose : là, à deux pas de lui, se tenait
Abdul Bary. Abdul était l'un des camarades de détention
d'Ansary à Lucaogu. Ancien étudiant du professeur Wang Kaixuan à l'université du Xinjiang, il avait évoqué avec passion,
pendant leur séjour en prison, son désir de renverser le gouvernement provincial du Xinjiang. Les deux hommes avaient été
libérés le même jour et étaient allés se remettre de leur épreuve
dans l'appartement de Wang, sous prétexte de lui présenter
leurs condoléances après le décès de Wang Bin.

Sachant qu'Abdul risquait d'être sous surveillance, Ansary
ne tenta rien pour communiquer avec lui, mais il se rendait compte
que son apparition était plus qu'une coïncidence. Il essaya de le
regarder en restant aussi prudent que possible. Il s'achetait des
fruits à un étal voisin. Cherchait-il à lui dire quelque chose, rien

que par ses gestes ? Voulait-il qu'Ansary le suive quelque part, ou qu'il fasse semblant de tomber sur lui par hasard ? Ce n'était pas clair. Pourtant, il serait extrêmement dangereux pour eux d'être observés ensemble – ou pire, photographiés – par les officiers de surveillance chinois ou leurs informateurs au sein de la communauté ouïghoure. Il suffisait aux autorités de la plus infime provocation, sur la base de maigres preuves, pour engager contre ces hommes ouïghours des poursuites motivées par des actes de trahison.

Ansary finit son *kavab* et s'essuya les doigts avec un petit bout de tissu qu'il gardait dans la **poche** revolver de son pantalon. Il but le reste de sa bière et regarda Abdul payer un melon et un sac de pommes. À aucun moment son ex-camarade de détention ne tenta de croiser son regard. Peut-être son apparition sur ce marché relevait-elle de la coïncidence, après tout. Il finit par s'éloigner de l'étalage. Ansary remarqua qu'il ne boitait pas. Sa blessure à la jambe, infligée par un gardien rigolard qui lui avait arraché l'ongle du gros orteil du pied droit, avait dû guérir. À quelques mètres de là, il remarqua un Han occupé à essayer un *doppa*, l'un de ces chapeaux multicolores que portaient les hommes ouïghours toute l'année. C'était une vision incongrue : ils se trouvaient dans le quartier de la minorité, un endroit où les Hans se montraient rarement. Quand Abdul passa devant lui puis disparut dans l'une des ruelles étroites du bazar, l'homme reposa le *doppa* sur sa table et le suivit. Il était évident aux yeux d'Ansary, comme cela l'aurait été pour Abdul, qu'il s'agissait d'un officier de surveillance en civil de l'APL. Ansary se tourna vers la *kavabtan* et lui indiqua qu'il avait envie de boire un thé.

Le mot était caché entre la base de la théière sale en métal dans laquelle la femme entre deux âges avait fait infuser le thé et le plateau sur lequel elle l'apporta à la table d'Ansary.

« Votre ami a laissé ceci pour vous, lui dit-elle. Ne revenez plus ici. »

Il entrevit le bout de papier froissé plié en deux et regarda autour de lui pour vérifier si on le surveillait. Quand il eut la certitude qu'aucun regard n'était posé sur lui, il souleva la théière, versa le thé et ouvrit le message. Il avait le cœur battant, mais il était intrigué par la dextérité d'Abdul. Comment s'y était-il pris pour remettre le papier à cette femme sans se faire voir ?

Ces mots avaient été écrits en vitesse, à l'encre noire :

> Notre professeur a un nouvel ami qui va subvenir à nos besoins. L'ami est riche et nos intérêts lui tiennent à cœur. Nous ne devons pas nous rencontrer ou communiquer tant que le professeur ne nous aura pas chargés de le faire. Tu as un cours avec lui à l'aube le premier matin du mois d'août à l'endroit que nous connaissons tous les deux. Préviens autant de nos frères que tu pourras. L'ami du professeur a un grand plan formidable. Je suis content de te voir. Brûle ça.

Le professeur Wang Kaixuan prétendit avoir regardé les festivités de Hong Kong sur un petit téléviseur en noir et blanc dans son appartement d'Urumqi, mais j'ai découvert plus tard que c'était un mensonge, comme beaucoup d'autres de ses déclarations. En effet, Trabant avait calculé – calculs qui se sont révélés exacts – que les yeux du renseignement chinois seraient momentanément tournés ailleurs du fait des cérémonies de la rétrocession, et que cela offrait une bonne occasion de tenir une réunion dans une chambre du Holiday Inn pour discuter de l'évolution de Typhoon. Par conséquent, Wang avait dû suivre les résumés de l'émission à son retour chez lui, vers 2 heures du matin. Son épouse étant souffrante et alitée dans la pièce voisine, il avait eu toute latitude de réagir à mi-voix par des invectives chaque fois que le triomphalisme chinois menaçait de dépasser la mesure. Buvant une bière sur le canapé où son fils assassiné avait dormi presque toutes les nuits de ses vingt-cinq années d'existence, il s'était extasié devant le stoïcisme de ces magnifiques soldats britanniques qui défilaient sous la pluie et il avait levé son verre de bière à Patten lorsque des larmes avaient coulé des yeux du gouverneur. En cette nuit de triomphe pour la mère patrie, combien d'autres Chinois hans, s'était-il demandé, porteraient un toast à la santé de celui que Pékin avait surnommé le « Triple Contrevenant » escorté de ses « chiens de meute capitalistes » de Londres ?

Un aspect en particulier avait provoqué le courroux de Wang. Dans son discours prononcé au Palais des congrès quelques minutes après minuit, Jiang Zemin avait accusé les Britanniques d'avoir soumis Hong Kong à plus d'un siècle de « vicissitudes ». Je me souviens du terme mandarin qu'il avait employé – *cangsang* –, car à l'époque il avait provoqué une interminable controverse au sein de la presse, notamment parce que personne n'était entièrement sûr de sa signification précise. Jiang avait-il voulu parler de « difficultés » ou de « problèmes » ? Est-ce que « vicissitudes » était la traduction qui convenait ? Avait-il réellement l'intention d'insulter les Britanniques en un moment aussi délicat et aussi sensible de leur histoire ? Mais le professeur Wang Kaixuan, lui, n'avait eu aucun doute, et le caractère infantile de cette insulte l'avait atterré. Après tout, de quels problèmes Hong Kong avait-elle souffert, sous l'autorité coloniale ? Quelques émeutes dans les années cinquante et soixante, toutes manigancées par des agents du président Mao. Par comparaison, au cours de la même période, la domination communiste avait décimé la Chine : des millions de morts à cause de la famine ; des familles déchirées par la folie de la Révolution culturelle ; des minorités ethniques torturées et jetées en prison. Tout cela était d'une hypocrisie stupéfiante.

À l'approche de l'aube, il avait éteint la télévision et s'était couché dans le lit de son fils sans fermer l'œil, rêvant de la baie de Dapeng tandis que l'air de *Land of Hope and Glory* défilait en boucle dans sa tête. Il réfléchissait à tous les mensonges qu'il avait proférés, à toutes les vérités qu'il avait prononcées lors de son extraordinaire périple en vue de rencontrer Patten, qui appartenait désormais au passé. Qu'est-ce qui lui avait pris, au cours de ces longues semaines de folie ? Pourquoi avait-il cru posséder la moindre chance de satisfaire cette quête ? Il aurait pu se noyer. Il aurait pu se faire abattre ou finir en prison. Et pourtant il avait réussi au-delà de ce qu'il aurait pu imaginer. Le renseignement occidental lui avait fourni l'opportunité de conférer un sens à son deuil et à sa colère. Lenan et Coolidge avaient accordé à Wang Kaixuan une chance de venger le meurtre de son fils.

Une question continuait toutefois de le déconcerter. Qu'était-il advenu du premier d'entre eux, l'espion de Government House ? Wang s'était pris de sympathie pour le jeune diplômé du Wadham College d'Oxford qui avait su voir clair dans ses mensonges mais qui avait réagi avec une horreur sincère aux brutalités de Yining et de Baren. Pourquoi ne l'avait-il plus revu ? Qu'avait bien pu devenir M. John Richards ?

24.

Passation de pouvoirs

Des jeunes couples rompent fréquemment. C'est de l'histoire ancienne. Et c'est de l'histoire récente. Celle-ci était un peu différente.

Dès l'instant où je vis Billy Chen se frayer de force un chemin dans la foule trempée de sueur et de pluie sur Lan Kwai Fong, je sentis que les ennuis couvaient. Il était à peu près 23 heures, le 29. Imaginez un Mardi Gras ou un Nouvel An sous un climat tropical poisseux, avec des milliers d'Occidentaux surexcités, épuisés, à bout d'émotions, en état d'ébriété, vomissant et s'embrassant en riant et en dansant, et vous aurez une certaine idée de ce que cela représentait de sortir dans Hong Kong cette nuit-là. Joe, Isabelle, Miles et moi – ainsi qu'une demi-douzaine de collègues et autres fêtards – buvions au F-Stop, un bar établi depuis longtemps, à mi-hauteur de Lan Kwai Fong. Joe s'était éclipsé pour aller s'acheter des cigarettes dans une supérette de quartier et il était parti depuis environ cinq minutes. Ce bar était apprécié des yuppies chinois, mais Chen n'avait pas du tout l'air à sa place quand il se faufila dans le bouchon de clients obstruant l'entrée, vêtu d'un jean bon marché et d'un T-shirt blanc sale, et chaussé de baskets. Il transpirait abondamment et ses yeux avaient une espèce de regard fixe et de lueur folle dont je conserve encore à ce jour un souvenir très vivace.

Tout d'abord, je fus incapable de situer le personnage, mais quand il fut à moins de trois mètres de moi, il me revint nettement d'avoir rencontré Billy soit à Macao soit à Shenzhen, à peu près dix-huit mois plus tôt, en effectuant des recherches en vue d'un article pour le *Sunday Times*. Que pouvait bien fabriquer un membre de la triade Chaozhou au F-Stop la nuit précédant la rétrocession ? J'avais pris une ligne de coke et, je dois l'avouer, ma première réaction un brin hystérique fut de croire que Chen allait sortir un couteau ou un pistolet et, dans un acte de violence symbolique à la veille du *wui gwai*, se mettre à massacrer des expatriés au petit bonheur la chance. Il avait l'air assurément capable de provoquer des troubles graves. Et puis je vis qu'il cherchait quelqu'un du regard autour de lui, et je supposai qu'il avait rendez-vous avec une fille ou qu'il voulait dire un mot au patron. Cela n'expliquait pas cependant l'expression d'urgence sur son visage et la quasi-panique qui caractérisait chacun de ses gestes. Miles discutait debout à côté de moi avec deux banquières du Crédit suisse. Je l'arrachai à sa conversation pour l'informer de ce qui se passait.

« Qu'est-ce qu'il y a ? » me fit-il.

Il était difficile d'entendre, avec le vacarme du bar, et je dus me répéter en hurlant.

« Billy Chen vient juste d'entrer.

— Qui c'est, Billy Chen, bordel ? »

Quand j'y repense, c'était le premier indice. Il était impensable que Miles ait oublié le nom de l'une de ses sources de choix. J'allais lui répondre quand Chen regarda droit vers lui à travers la mêlée de cette houle de corps, avec un rictus d'une malveillance telle que je n'en avais encore jamais vue. Comme s'ils se livraient tous deux une sanglante vendetta. J'entendis Miles grommeler « Oh, bon Dieu ! » les dents serrées, avant d'engager une prétendue conversation avec moi. Nous étions comme deux figurants au second plan d'une scène de foule, s'efforçant de prendre un air normal. « Sois naturel, mon pote, sois naturel, me disait-il. Parle-moi, continue à me parler. » À l'évidence, tout cela tenait de la pure mise en scène – à ceci près que Miles et Billy étaient les seuls acteurs à connaître leurs répliques. Me saisissant par l'épaule, Miles me fit pivoter vers le bar, pour que nous soyons tous deux dos à la salle.

« Qu'est-ce qui se passe ? » lui demandai-je et, instinctivement, je regardai sur ma droite pour voir où en était Isabelle.

Elle se trouvait à six ou sept mètres de nous, coincée contre un mur par le mouvement en tenailles de trois expatriés ivres qui profitaient apparemment de l'absence de Joe pour lui faire du plat. À ma stupéfaction, Chen surgit au milieu de ce trio pour l'attraper par le bras. Cela lui fit visiblement un choc, ce qui était compréhensible, mais les trois hommes avaient dû remarquer la carrure de Chen et déceler le danger, la violence de ses yeux pénétrants et fiévreux, car ils ne tentèrent pas une seconde d'intervenir ou de protéger Isabelle. Voyant cela, je plantai Miles et tentai de me frayer un chemin dans la foule pour lui venir en aide. Par une soirée normale, cela se serait fait en un rien de temps, mais avec tous ces gens qui dansaient et qui bavardaient sans songer à rien d'autre que jouir de la fête, il me fallut un petit moment pour l'atteindre.

« Qu'est-ce qui vous prend ? » dis-je à Chen une fois de l'autre côté, et il relâcha immédiatement son emprise. Isabelle n'avait plus l'air si effrayée, et elle était visiblement soulagée qu'un de ses amis soit venu à la rescousse.

« Il me dit qu'il connaît Joe, me répondit-elle en s'efforçant de sourire et d'avoir l'air détendu, mais à l'évidence l'incident la perturbait encore. Il prétend que Joe doit l'aider pour un truc. »

Je compris aussitôt le risque de voir la couverture de Joe voler en éclats. Je supposai aussi – comme Miles l'espérait sûrement – qu'il s'était produit quelque chose entre la CIA et les triades et que Billy s'adressait aux Britanniques pour les tirer d'affaire.

« Ce type ne connaît pas Joe, lui affirmai-je, décidé à sauver la situation. Crois-moi, ce type ne connaît pas Joe. »

Il y avait dans tout cela une dimension de délire liée à l'alcool, comme si cette conversation se déroulait dans une dimension parallèle.

« Ne te mêle pas de ça », riposta Chen, le doigt pointé sur moi. Manifestement, il avait reconnu mon visage. Ou bien Miles l'avait prévenu de ma présence dans ce bar. « Je cherche son mec, insista-t-il, désignant Isabelle. Son mec, faut qu'il m'aide. Sinon tous on a des ennuis.

— Mais en quoi puis-je vous aider ? » lui demanda-t-elle. J'étais soulagé de la voir enfin se comporter comme s'il y avait erreur sur la personne.

« Il m'aide parce qu'il travaille pour le gouvernement britannique », rétorqua l'autre.

Je feignis un rire qui sonna faux, au cas improbable où cela suffirait à rendre cette allégation ridicule, et la chose parut amuser Isabelle.

« Joe ne travaille pas pour le gouvernement britannique. Vous l'avez confondu avec quelqu'un d'autre.

— Pas d'embrouille avec moi, rétorqua Chen, une réponse futée, parce qu'elle entretenait le dialogue. Il faut que lui parle urgent. Lui c'est le seul homme que je peux faire confiance. Je vous ai vue avec lui plein de fois. Faut me dire où je le trouve. »

Nous étions juste à côté d'un haut-parleur qui beuglait de la musique à vous rendre sourd. Je n'arrivais tout simplement pas à croire que ces révélations interviennent ce soir, surtout ce soir-là, avec tout ce mélange de distractions et de chaos autour de nous. J'étais trop ivre et trop défoncé, pas assez affûté pour prendre les décisions qui s'imposaient. J'aurais dû considérer Chen comme un cinglé, mais j'étais obsédé par l'idée de protéger la couverture de Joe, et la solution la plus simple ne s'est pas présentée à mon esprit. Et puis je finis aussi par me demander ce qu'avait bien pu devenir Coolidge.

« Sortons, Billy, dis-je en calculant qu'il valait mieux l'éloigner du bar et d'Isabelle. Allons parler dans un endroit où il y aura moins de monde, histoire de vraiment entendre ce qu'on se dit.

— Tu connais ce type ? » fit Isabelle.

J'avais le sentiment de ne pas avoir d'autre choix que de lui répondre sincèrement :

« On s'est déjà croisés. »

Mais évidemment c'était une erreur, car cela vint ajouter une strate de confusion à la crise qui se dénouait sous mes yeux. Isabelle eut l'air de nouveau décontenancé. Je la vis s'assombrir et secouer lentement la tête, comme si elle avait compris qu'on lui mentait.

« Vous vous êtes croisés quand ? » Le bruit de la musique l'agaçait et elle se baissa sous le haut-parleur, qu'il lui soit plus facile d'entendre. « Est-ce que Joe le connaît, lui aussi ?

— Sortons dans la rue, hurlai-je, et ce fut là que Chen cracha le morceau.

— Bien sûr Joe me connaît. Pourquoi vous faites semblant qu'il travaille chez Heppner quand tout le monde sait qu'il est un espion anglais ? » Il avait débité ces mots à toute allure, puis ajouta quelque chose sur le fait qu'il aurait été « trahi par la CIA ». Je n'ai jamais découvert quelle histoire à dormir debout Coolidge avait concoctée pour justifier l'intrusion de Chen, mais son numéro était d'une qualité irréprochable. Sous l'assaut assourdissant des haut-parleurs, Isabelle semblait se replier sur elle-même, comme si un cancer vidait son être de toute son élégance, de son maintien, de l'exquise confiance en soi de son expression. Était-ce mon imagination, ou Chen venait-il de lui confirmer un noir soupçon qu'elle nourrissait de longue date sur la véritable identité de Joe Lennox ? Pile à cet instant, Miles fit son apparition derrière elle – il avait suivi le déroulement de tout ce manège – et, tel un videur, empoignant Billy par le bras, le conduisit de force vers la sortie. C'était une vision physiquement impressionnante, celle de son sauveur, et plusieurs fêtards dans la foule du F-Stop ainsi que deux serveurs s'écartèrent pour mieux profiter du spectacle, comme si toute cette scène s'inscrivait dans les réjouissances de la rétrocession. Dieu sait ce que fit Miles par la suite. Il dut lui flanquer une bonne tape dans le dos et lui glisser mille dollars pour sa peine. Je m'inquiétais davantage pour Isabelle, qui me regardait comme si c'était moi qui l'avais trahie.

« Que se passe-t-il ? fit-elle.

— Je n'en ai aucune idée. Vraiment pas la moindre idée. » De lassitude, j'essayai d'en reporter la responsabilité sur le dos de la CIA. « C'est un type d'une triade qui a dû confondre Joe et Miles. Crois-moi, ton jules ne bosse pas pour le MI6. »

Mais tout cela était déjà allé trop loin et elle était trop fine et trop secouée pour se laisser abuser. Elle avait beau être éméchée, ce qui venait de se produire l'avait assez dégrisée pour lui rendre toute sa clarté d'esprit. Je ne puis comparer l'expression de son visage qu'à l'impact qu'une perte soudaine peut avoir sur un ami ou un parent. Et là, désireuse de sortir prendre l'air ou de suivre Miles et Chen dehors en quête de plus amples réponses, elle passa devant moi et se dirigea vers la porte du bar et la rue. Il régnait une humidité extraordinaire sur Lan Kwai Fong, et le contraste avec la salle climatisée était débilitant. On avait la sensation de se noyer dans une chaleur moite et suffocante. Les trottoirs et la chaussée grouillaient d'Occidentaux, et

Billy Chen était invisible. Avançant avec cette force de la certitude et la détermination qui obligent les gens à s'écarter de votre chemin, Isabelle descendit vers le bas de la rue, peut-être parce qu'elle avait vu Miles partir dans cette direction, ou parce qu'elle était simplement troublée et voulait aller quelque part où elle pourrait réfléchir et se mouvoir plus librement. Vite avalé par la foule, je me retrouvai à marcher plusieurs mètres derrière elle quand je remarquai Joe qui remontait la rue. Il fumait une cigarette et avait dû lire la confusion sur le visage d'Isabelle, car un filet de fumée qu'il n'avait pas inhalée s'échappa de sa bouche, et il se mit à courir vers elle.

« Qu'y a-t-il ? s'écria-t-il dès qu'il fut assez près d'elle pour se faire entendre. Qu'est-il arrivé ? Pourquoi pleures-tu ? »

Je n'avais pas les idées claires et je m'immisçai en essayant d'avertir Joe d'un regard, tout en posant une main sur l'épaule d'Isabelle. Me sentant derrière elle, elle fit volte-face et hurla : « Va te faire foutre, Will ! » et j'eus les joues et les yeux criblés de postillons. Joe demeura interdit. Mais elle avait raison. Je n'avais pas à m'en mêler. Soit Joe allait la convaincre que Billy Chen était un fou, soit tout était fini entre eux. Je ne voyais pas comment il allait rétablir la situation, mais je n'avais plus qu'à le laisser s'en dépêtrer. Il n'y avait toujours aucun signe de Miles et, lorsque je reculai, des gens dans la foule se mirent à me dévisager.

« Que se passe-t-il ? » répéta mon ami. Je remarquai qu'il avait laissé tomber sa cigarette par terre.

« J'ai besoin de rentrer à la maison, lui lâcha-t-elle. Je veux que tu me ramènes. »

Immédiatement, il la prit par la taille et redescendit la rue avec elle. Ils avaient l'air de deux survivants s'éloignant en titubant de l'épave d'un crash. Quelques secondes plus tôt, Joe Lennox était un jeune homme dans la fleur de l'âge, à moins de vingt-quatre heures de demander en mariage une femme qu'il aimait comme jamais plus il n'aimerait. Et maintenant, il se trouvait sur le point de livrer bataille pour préserver cette relation, à cause d'un incident manigancé par un ami et collègue jaloux. C'était ahurissant. Je les suivis fixement du regard dans la descente et je compris, au fond de mon cœur, que Joe était condamné. Je compris aussi qu'entre nous quatre rien ne serait plus jamais comme avant.

Deuxième partie

Londres, 2004

25.

Pas franchement diplomate[1]

Après la passation de pouvoir, Joe resta six mois à Hong Kong, mais Isabelle le quitta presque aussitôt pour Miles. Certaines femmes, j'imagine, auraient pu être électrisées de découvrir que leur chevalier servant n'était pas un banal expéditionnaire, mais un espion chargé d'un travail d'une importance inimaginable pour le compte de « l'État occulte » – l'autre nom des « services[2] ». Mais pas Isabelle. Elle se sentit totalement trahie. C'était comme s'il avait délibérément joué avec ses émotions ; elle refusa d'écouter ses protestations d'innocence ou ses regrets. À ma connaissance, il ne lui a jamais mentionné le fait qu'il était sur le point de demander sa main. Au cours des journées qui suivirent, toujours opportuniste, Miles prit parti pour elle, et je suis convaincu qu'elle se tourna aussi rapidement vers lui parce que cela lui fournissait le moyen d'infliger à Joe une blessure pour la douleur immense que sa tromperie avait causée en elle.

« Au moins Miles est honnête sur sa façon de gagner sa vie, m'expliqua-t-elle. Au moins, il ne me manipule pas et ne se cache pas derrière un mur de mensonges. Ce n'est pas l'espionnage qui m'ennuie. C'est la trahison. Tous les jours, pendant

---

1. Allusion au titre des Mémoires de lord Patten, ancien gouverneur de Hong Kong et ancien commissaire européen aux Affaires étrangères, *Not Quite the Diplomat : Home Truths About World Affairs* (« Pas franchement diplomate : quelques vérités intérieures sur les affaires du monde »).
2. L'ensemble SS (*Security Service*, ou MI5) et le SIS (*Secret Intelligence Service*, ou MI6) du renseignement militaire intérieur et extérieur a été surnommé le *Secret State*, l'État occulte.

trois ans, Joe m'a trompée. *Je vais à la banque. Je rentrerai tard du bureau. Je ne serai pas là pour le dîner.* Comment pourrais-je me fier une seule seconde à ce qu'il me raconte, à l'avenir ? »

En septembre de cette année-là, Coolidge quitta Hong Kong pour Chengdu et emmena Isabelle avec lui. Nous étions tous stupéfaits qu'elle soit disposée à courir un tel risque, mais depuis le peu de temps qu'ils se fréquentaient, il ne faisait aucun doute que ces deux-là avaient forgé un lien extraordinaire. Cela ne m'a guère surpris, par exemple, de tomber sur Isabelle deux ans plus tard lors d'un mariage à Paris, et de découvrir que Miles et elle étaient fiancés.

« Il est très romantique, tu sais, m'assura-t-elle, presque comme si elle s'excusait d'être tombée amoureuse de lui. Il me surprend tout le temps, il m'emmène pour des petites escapades, des week-ends. »

J'ai bien tenté de me représenter Miles lui offrant des ballotins de chocolats, des bougies parfumées ou des fleurs, mais ces images ne collaient pas. Après le dîner, nous avons longuement reparlé de ces années à Hong Kong et elle s'est montrée nettement moins sèche au sujet de Joe. Il y avait derrière sa décision de mettre fin à leur relation des raisons profondes qu'elle semblait avoir acceptées. Entre autres, elle admettait avoir perçu Miles Coolidge comme un défi. Il avait une réputation d'homme à femmes ; il refusait avec une sorte de sauvagerie de se conformer à l'attitude que les gens pouvaient attendre d'un homme dans sa position. Lorsqu'il le voulait, il savait donner à une femme l'impression qu'elle était la seule personne présente dans une pièce. La vie avec un tel homme ne serait jamais monotone. Peut-être Isabelle était-elle disposée à fermer les yeux sur ses innombrables défauts pour cette seule raison. Elle s'est sans doute lancée avec la croyance naïve qu'elle parviendrait à le changer.

En revanche, pour Joe, savoir que son ex-fiancée se créait une nouvelle vie dans une ville chinoise anonyme avec un homme qu'il méprisait entama quelque chose d'essentiel dans son âme. Longtemps après 1997, il est resté totalement renfermé et uniquement concentré sur son travail, recrutant et dirigeant jusqu'à une dizaine de nouvelles cibles chinoises, politiques et militaires, à la grande joie de Londres, mais avec une indifférence presque totale de sa part. Juste après le krach du marché asiatique d'octobre 1997, il a sérieusement envisagé de quitter le SIS, mais s'est laissé retenir par David Waterfield, qui lui a proposé un poste en or à Kuala Lumpur.

« Prenez le large. Repartez de zéro. Tâchez déjà de comprendre pourquoi vous êtes entré dans ce métier. »

À Noël de cette année-là, Joe a bouclé ses valises.

Ses affectations en Malaisie, et dernièrement à Singapour, sont sans rapport avec l'histoire que j'ai à raconter ici. Les gens avec qui je me suis entretenu et qui le connaissaient à l'époque évoquent un personnage « discret » et « fiable », s'animant uniquement quand il était ivre, mais respecté de tous ceux avec qui il entrait en contact. Pendant quatre ans, il est resté en Asie du Sud-Est sans voir Miles ou Isabelle, sans leur parler. À l'été 2001, je me suis envolé pour Singapour à l'occasion de son trentième anniversaire, et j'ai découvert que depuis environ trois mois il fréquentait Carla, un médecin italien. Cela semblait être un pas positif, mais ils n'avaient pas tardé à poursuivre chacun leur chemin. « Je sentais que ça n'allait pas, m'avait-il confié dans un e-mail. Cela ne débouchait sur rien. » Il s'agissait là de formules qu'il emploierait souvent lorsqu'il aborderait ses liaisons avec des femmes. En dernière analyse, aucune d'elles n'arrivait à la hauteur du modèle Isabelle. C'était comme s'il errait avec le fantôme de la femme parfaite sans connaître de repos tant qu'elle ne serait pas revenue à la raison. Naturellement, chacune de ces nouvelles liaisons s'envenimait d'une complication supplémentaire : la répétition par Joe de l'erreur commise avec Isabelle, à savoir qu'il était lié par le devoir et ne pouvait rien révéler de son travail pour le SIS. En ce qui le concernait, il entrait chaque fois dans un cycle inutile de tromperies et de blessures. Pourquoi se donner cette peine ? Pourquoi soumettre une autre femme au même supplice ?

La honte d'avoir été manipulé et humilié par Miles venait encore ajouter une certaine complexité à la situation. Le ressentiment qu'il nourrissait à l'égard de son ancien ami et collègue était presque aussi fort que l'amour qu'il continuait de vouer à Isabelle. Même sept ans plus tard, alors que nous marchions tous les deux dans l'ouest de Londres par une soirée humide, en l'été de turbulences 2004, je sentis que ses souvenirs étaient encore aussi détaillés et vivaces que si sa rupture avec elle avait eu lieu seulement quelques jours plus tôt.

« Alors tu crois qu'ils ont su faire fonctionner le tout ? lui demandai-je.

— Faire fonctionner quoi ?

— Leur mariage. La Chine. Penses-tu qu'elle ait pris la bonne décision ? »

Nous nous dirigions vers Al-Abbas, le fameux supermarché arabe d'Uxbridge Road. Il se retourna pour traverser la rue devant un magasin de la chaîne Blockbuster Video et me lança un regard impatient et interrogateur.

« Qui sait ? me répliqua-t-il sèchement.

— Mais tu ne lâches pas prise, n'est-ce pas ? Tu crois encore qu'il subsiste une chance que vous vous retrouviez, tous les deux ?

— Will, quand on prend une décision, quelle qu'elle soit, on le fait avec la conviction d'agir comme il convient. Maintenant, cette décision peut se révéler autodestructrice, ou la pire que l'on ait jamais prise. Mais à l'époque cela ne donnait pas cette impression. À l'époque, ils n'avaient apparemment pas le choix. »

Il traversa en dehors des clous. Il tombait une fine bruine et je le regardai zigzaguer entre un bus qui arrivait et une Fiat Punto cabossée. Il y avait quelque chose chez Joe vivant à Londres qui défiait toute logique. Il n'avait pas l'air à sa place en Angleterre ; il ne paraissait ni stable ni heureux. C'était surtout dû aux circonstances dans lesquelles il travaillait pour le SIS. Concernant le MI6, 2004 avait été une année noire. Le Rapport Butler, publié en juillet, fustigeait la qualité des renseignements que le « Six » avait transmis aux ministres et à plusieurs hauts fonctionnaires du gouvernement Blair lors de la phase préparatoire à la guerre en Irak. Des officiers du SIS avaient essuyé des critiques pour la manière dont ils avaient réuni certains éléments sur les armes de destruction massive et, en particulier, pour leur empressement à croire des sources irakiennes dissidentes qui avaient ensuite démontré leur manque de fiabilité. En sa qualité d'officier chargé de la gestion des besoins au sein de la Direction Extrême-Orient, Joe n'était directement impliqué dans rien de tout ceci. Il n'en avait pas moins ressenti le délitement moral du Foreign Office et remis plusieurs fois en question le bien-fondé de continuer à travailler au sein d'une entité constamment sapée par le gouvernement et soumise à la critique inlassable des médias. À l'âge encore tendre de vingt-trois ans, Joe Lennox avait souscrit à une vie dans le monde du secret en partie sur la foi que les valeurs britanniques valaient la peine qu'on les défende et qu'il était admirable de dédier son existence à la sécurité et à la prospérité du peuple britannique. Cette sorte de patriotisme est l'un des principes fondateurs de tout service de renseignement, mais à l'ère des Blair et des Bush, de Guantanamo et d'Abou Ghraib, être patriote devenait une mission aux proportions herculéennes. Depuis le « dossier adultéré » d'Alastair Campbell sur les armes de destruction massive irakiennes jusqu'à la mort par suicide du conseiller à la Défense David Kelly, tout avait fini par éroder la confiance de Joe dans le système. Pourquoi combattait-il ? Quel serait le prix de sa complicité professionnelle dans l'invasion de l'Irak ? À cette période, travailler pour le renseignement britannique, c'était œuvrer pour le compte du gouvernement américain ; il n'y avait pas d'autre façon de tourner la chose. Pourtant, chez lui, dans son appartement, il préférait éteindre la télévision plutôt que de supporter le sourire adolescent et grimaçant du président George W. Bush. Il abhorrait Cheney et Rumsfeld, qu'il considérait comme deux quasi-inadaptés sociaux, et plaisantait même sur son intention de réclamer à Sky TV de supprimer la chaîne de la droite républicaine Fox News de son bouquet satellite. Un jour sur un ton tout aussi facétieux, je lui demandai si son anti-américanisme de fraîche date n'était pas lié à ce qui s'était produit avec Miles. À ma grande surprise, il se mit en colère.

« Je ne suis pas anti-américain. Seulement, je méprise l'administration américaine actuelle. Cela me désespère que Bush ait poussé des gens ordinaires, d'honnêtes gens, dans le monde entier, à la circonspection envers un grand pays, et qui pourrait le redevenir, alors que les événements du 11-Septembre auraient dû pousser ces gens ordinaires, ces honnêtes gens du monde entier à soutenir l'Amérique comme jamais auparavant. Je n'apprécie pas que des néoconservateurs malmènent leurs soidisant alliés tout en jouant sur les pires instincts racistes de leur propre électorat déboussolé. Je n'apprécie pas de vivre à une époque où être contre la guerre serait être anti-américain, où être pro-Palestine serait être antisémite, où être critique envers Tony Blair reviendrait en un sens à soutenir Poutine ou Chirac. Dans cette prétendue ère de terreur, tout ce que les gens demandent, c'est un peu d'autorité. Et pourtant, où que tu te tournes, dans la vie publique, il n'y a pour ainsi dire ni vérité, ni courage, ni dignité. »

De tels sentiments retinrent inévitablement l'attention du service du personnel du SIS, une faune sournoise et cynique qui me semble souvent plus soucieuse de miner la confiance de ses employés que de s'assurer que les équipes soient dans l'état d'esprit qui convient pour s'acquitter convenablement de leur tâche. De sourdes rumeurs voulaient que Joe se soit « ramolli » : on l'avait vu dans une rame de métro de la District Line lisant *No Logo*, le pamphlet antimondialisation, et il avait même recommandé à un traducteur de l'arabe, dans le réfectoire de Vauxhall Cross, des articles de Robert Fisk, le correspondant de *The Independent* au Moyen-Orient, lui-même très hostile à la guerre irakienne, et du journaliste John Pilger, également très critique envers Blair. Heureusement, l'avis de certaines têtes plus froides finit par prévaloir. Lennox n'était pas un protogauchiste ; son dossier professionnel démontrait qu'il était prêt à prendre des décisions difficiles et à admettre certaines pratiques opérationnelles assez peu ragoûtantes à seule fin d'en retirer des avantages à long terme pour le Service. Les doutes éventuels que lui inspirait la direction suivie par la politique de Londres en Irak reflétaient purement et simplement ceux de l'opinion publique au sens large et, en l'occurrence, d'environ les trois quarts des personnels du SIS.

L'une des caractéristiques supplémentaires des trois années d'affectation de Lennox à Londres, c'était qu'il s'ennuyait. Effectuer tous les matins le trajet en métro jusqu'à la station Vauxhall Cross n'était pas vraiment comparable au spectacle saisissant de la traversée de Victoria Harbour à bord d'un Star Ferry. Et la concertation avec Whitehall sur les besoins en matière de renseignements ne pouvait soutenir la comparaison avec l'excitation et le défi propres à l'obtention de ces mêmes renseignements. Il était un oiseau de nuit par nature, les bars et les restaurants de Kuala Lumpur, la cohue et la sueur des rues d'Asie lui manquaient. À Singapour, sortir se résumait à décrocher le téléphone, s'arranger pour retrouver un ami deux heures plus tard, et vadrouiller jusqu'à 5 ou 6 heures du matin. À Londres, sortir impliquait de s'organiser deux semaines à l'avance, d'arrêter la liste des invités, de faire la queue une demi-heure pour entrer dans un night-club hors de prix et bondé avant de rentrer chez soi en évitant des flaques de vomissures. Quoi qu'il en soit, en 2004, tous les amis passés de Joe s'étaient installés. Il se sentait de plus en plus déconnecté de leur univers matrimonial jonché de couches-culottes. Il aimait citer cette maxime de Goethe – « Un homme peut tout supporter sauf une succession de jours ordinaires » – et mourait d'envie d'être réaffecté en Asie. « C'est là que je me sens le plus chez moi. C'est là que je suis le plus heureux. »

Le tournant est survenu à l'automne 2004. Lors d'un dîner à Tufnell Park, il tomba sur un ancien ami de l'université, un dénommé Guy Coates, qui cherchait à recruter un cadre parlant couramment le mandarin afin de créer un bureau de représentation à Pékin pour Quayler, un laboratoire pharmaceutique positionné sur un marché de niche qui visait à se développer en Chine. Ce style de succursale ne nécessite rien de plus qu'un bureau et un télécopieur, mais cela permet aux sociétés occidentales de promouvoir et de commercialiser leurs produits sur une échelle restreinte, avant même leur immatriculation comme entreprise à part entière par le gouvernement chinois. Trois jours plus tard, lors d'un déjeuner à la City, Coates lui proposait un contrat de cinq ans pour une rémunération d'environ quatre-vingt-dix mille livres sterling annuelles, avec un appartement à Sanlitun et un petit portefeuille de titres en prime. Il était tenté, notamment à cause du salaire, le double de ce qu'il gagnait au SIS. J'y ai aussi joué un rôle, en tâchant de l'attirer à nouveau vers l'Orient. Coïncidence, le SIS venait d'exercer son influence pour m'obtenir un poste à Pékin auprès d'un organe de presse américain et j'en avais déduit que sa présence sur les lieux améliorerait grandement ma vie sociale. « Ce sera exactement comme avant, lui avais-je soutenu au téléphone. Et puis, il faut que tu te sortes de ce foutu Londres. »

Il était confronté à un dilemme. Rester au SIS et courir le risque d'une affectation de trois ans dans un trou perdu asiatique, ou déserter le navire pour aller travailler dans la capitale chinoise, à une période qui coïnciderait avec les préparatifs des Jeux olympiques de 2008 ? Il n'avait jamais été motivé par l'argent, et la Direction Extrême-Orient aurait peut-être d'autres options plus intéressantes, disons, que la Corée du Nord, mais il se sentait obligé d'aborder le sujet avec son supérieur hiérarchique à Vauxhall Cross. Découragé de le voir prêt à couper le cordon dans une période difficile pour le Service et soucieux de ne pas perdre l'un de leurs meilleurs officiers, et l'un des plus expérimentés, le SIS envoya David Waterfield pour tenter in extremis de le faire revenir sur sa décision. Après tout, par le passé, les interventions de son mentor avaient été couronnées de succès. Il n'y avait aucune raison de supposer qu'il en aille autrement, cette fois encore.

26.

Chinatown

Personne ne sait réellement ce qui est arrivé à Josh Pinnegar. Personne ne sait si ce fut accidentel ou délibéré. L'affaire alimente encore les conversations dans les bars et les restaurants de San Francisco même si, dans Chinatown proprement dit, les questions se heurtent à un mur de silence. Plus d'un an après le meurtre, pas un témoin de cette communauté ne s'est fait connaître pour décrire ses assaillants ou pour confirmer les détails précis de l'agression. Les efforts du FBI visant à prouver que le gang des triades responsable avait été embauché par le ministère chinois de la Sécurité d'État, le MSS, avaient fini par s'enliser, comme c'était à prévoir. Des journaux prochinois de la région de San Francisco – le *Singtao Daily*, le *China Press*, le *Ming Pao* – attribuent l'agression à un banal cas de confusion d'identité. D'autres soutiennent que les tentacules du Parti communiste chinois franchissaient l'océan Pacifique pour pénétrer tous les aspects de la communauté chinoise aux États-Unis d'Amérique. Le gouvernement de Pékin, affirmaient-ils, se sert des triades pour intimider les membres de la minorité ethnique chinoise ouvertement critiques du régime de leur pays d'origine. Dès lors, il s'ensuit qu'ils n'auraient aucune difficulté à commanditer un assassinat de cet ordre.

Voici les faits :

Au début de l'hiver 2004, Josh Pinnegar reçut à Langley un message codé d'une source dormante au sein de l'armée chinoise qui avait brièvement fourni des informations à la CIA durant l'opération TYPHOON. La source s'était organisée pour lui fixer un rendez-vous dans un bar bien connu de Grant Avenue, au cœur de Chinatown à San Francisco. Des investigations ultérieures ont révélé que la source devait atterrir à l'aéroport international de Los Angeles le 10 novembre, afin d'assister à un mariage à Sacramento le 13. Mais cet homme n'a jamais embarqué à bord de l'avion prévu.

Le soir en question, Pinnegar s'était rendu dans ce bar, il avait attendu à une table près de la baie vitrée pendant deux heures. L'établissement, fréquenté par des étudiants et des touristes, était très animé en ce vendredi soir. Un employé se rappelle que Pinnegar, un « homme, la trentaine, lisant un roman et buvant du soda », ne paraissait pas vraiment à sa place, entouré de jeunes Américains « qui vidaient des bières et jouaient au billard ».

Vers 22 heures, Josh avait conclu que son contact ne se montrerait pas. Il avait demandé la note et laissé un pourboire de dix dollars. Il était allé aux toilettes, il avait récupéré son manteau et quitté le bar par la porte principale donnant sur Grant Avenue.

Les deux membres du gang de la triade s'étaient approchés à pied, depuis le trottoir d'en face, en brandissant des hachoirs trempés dans des excréments afin de provoquer une septicémie immédiate. Le premier coup avait tranché le bras droit de Pinnegar à l'épaule. Un deuxième s'était heurté à un téléphone portable à l'intérieur de la poche de son pantalon, lui occasionnant une coupure superficielle en haut de la cuisse. Il y avait au moins sept témoins oculaires, dont six Chinois. Une étudiante en droit de Yale qui passait par là avait parlé à la police sous condition du plus strict anonymat, elle avait entendu une femme crier et quelqu'un d'autre hurler « Appelez la police ! » pendant que l'agression continuait. Autant qu'elle se souvienne, sous cette grêle de coups, Pinnegar n'avait pas proféré le moindre son.

En quelques secondes, il avait perdu au moins un litre de sang. Les blessures à la tête et au torse sont trop épouvantables pour être décrites ici. Josh Pinnegar fut déclaré mort dès son arrivée à l'hôpital général de San Francisco. Ses agresseurs avaient pris la fuite sur des motos retrouvées plus tard, abandonnées et calcinées, dans Redwood Park.

27.

De l'eau sous les ponts

Beau parleur, patricien, peu enclin à tolérer les imbéciles, David Waterfield était un espion britannique de l'ancienne école. Quand il travaillait à Londres, il portait invariablement un costume coupé par Hawkes, tailleurs à Savile Row, des richelieus John Lobb, une chemise sur mesure de chez Turnbull & Asser et des chaussettes New & Lingwood. Il déjeunait fréquemment à son club, sur Pall Mall, partait un week-end sur trois pour un cottage du Dorset et, à l'occasion, prenait part aux réunions de la Countryside Alliance. L'été, sa femme et lui s'accordaient trois semaines de vacances dans une luxueuse ferme restaurée de l'Alentejo, au Portugal, gracieusement invités par un ancien collègue du SIS qui avait connu une réussite insolente chez Cazenove, la banque d'affaires londonienne. La retraite, quand elle arriverait, comprendrait probablement un bref détour par le National Trust et une conférence de temps à autre dans le cadre de l'IONEC, le nouveau stage de formation des officiers du renseignement. En fait, David Waterfield s'était si volontiers conformé à un certain stéréotype du Foreign Office que, lorsqu'il sortit du quai numéro 16 à Waterloo Station pour traverser le hall bondé, Joe qui l'attendait se dit que c'était exactement le style de gentleman espion aristocratique qui avait valu si mauvaise réputation au MI6. Ces messieurs-là prêtaient trop aisément le flanc à la dérision – un régal pour les satiristes. Pourtant, Joe savait aussi que cette image était complètement trompeuse : sous la bonhomie très *public school* de Waterfield se cachait un intellect tranchant et persuasif sans égal au sein du Service. Et Joe avait hâte de découvrir comment il allait s'y prendre pour tenter de le convaincre de changer d'avis.

De Waterloo, ils se dirigèrent vers le nord et la Tamise en discutant de l'impact général du Rapport Butler et en repensant au bon vieux temps de l'Asie du Sud-Est. Waterfield était demeuré jusqu'en 2000 dans la Région administrative spéciale de Hong Kong tout récemment constituée, avant trois années à Pékin. Leurs chemins ne s'étaient croisés que deux fois, quand Joe était basé en Malaisie et à Singapour, mais en travaillant ensemble à Vauxhall Cross les deux hommes avaient renouvelé leur amitié professionnelle.

« Dites-moi, commença Waterfield alors qu'ils descendaient côte à côte un escalier en colimaçon rattaché à la façade du Festival Hall. Quel souvenir gardez-vous de Kenneth Lenan ? »

De toutes les questions auxquelles il s'était attendu, celle-ci ne faisait pas partie du lot. D'après ce qu'il savait, Lenan avait quitté le Foreign Office début 1998 pour une entreprise de construction américaine en Chine. Quel rapport son histoire aurait-elle avec son propre avenir incertain au SIS ?

« Il a démissionné peu de temps après mon départ pour Kuala Lumpur, non ? fit-il. Il a reçu une offre importante de Halliburton ou de Bechtel pour travailler dans la province de Gansu. »

Peut-être y avait-il une version plus édifiante de la conduite ultérieure de Lenan.

« Ce poste, c'était auprès de Macklinson Corporation, rectifia son mentor. » Ils avaient débouché sur la large voie piétonne qui relie la grande roue du London Eye à la Tate Modern Gallery et continué vers l'est et Blackfriars Bridge. « Il a passé six semaines à Lanzhou avant d'aller s'installer à Urumqi de manière plus ou moins définitive. »

Un adolescent juché sur un skate-board les dépassa dans un fracas et baissa la tête sous la saillie de béton du Queen Elizabeth Hall. En entendant ce nom, « Urumqi », Joe évoquait déjà un vague lien entre Lenan et le professeur Wang Kaixuan quand Waterfield ajouta :

« Et quel souvenir gardez-vous de la relation de Kenneth avec Miles Coolidge ? »

Des mouettes plongeaient au ras des eaux d'un gris d'ardoise de la Tamise. Joe Lennox sentit le passé se ruer dans son dos comme un raz-de-marée.

« Je me souviens que je ne me fiais pas à lui. Je me souviens de certains accrocs au sujet du professeur Wang.

— Ah, et comment cela ?

— C'est une longue histoire. » Joe sentit que Waterfield en connaissait d'ores et déjà l'essentiel.

« Nous avons tout notre temps. »

Lennox se dirigea vers le garde-fou du pont en surplomb du fleuve. C'était une matinée vivifiante de septembre, sous un ciel sans un nuage. Comme si cela pouvait stimuler sa mémoire, il alluma une cigarette et entreprit de relater du mieux qu'il put les événements de cette semaine contrariante, sept ans plus tôt : les mensonges maladroits de Lee, les dénégations empruntées de Miles face à toute conspiration de la CIA, proférées dans les tréfonds d'un night-club de Wan Chai. Tout en l'écoutant, Waterfield suivait du regard les bateaux sur le fleuve, les trains sur Hungerford Bridge.

« Et c'est la dernière fois que vous avez entendu parler de lui ? s'enquit-il après que Joe eut terminé. Ni Miles ni Kenneth ne vous ont plus jamais mentionné Wang ?

— Jamais. »

Ils firent demi-tour et reprirent leur marche vers l'est. Un autre skateur les frôla dans un grondement et Waterfield lâcha un juron à voix basse.

« Allons à l'intérieur, proposa-t-il. Boire quelque chose. »

Le café du National Film Theatre est spacieux, avec une grande baie vitrée en façade. Waterfield et Joe auraient pu être un père et un fils commandant des cappuccinos et des gâteaux au comptoir. Joe trouva une table devant la paroi de verre offrant une vue sur les bouquinistes installés sous Waterloo Bridge. Pendant que de nombreux badauds tournaient autour des étals de cartes anciennes et de vieux livres de poche, Waterfield retira son épais pardessus hivernal et passa aux choses sérieuses.

« Êtes-vous, à quelque stade que ce soit de votre carrière, tombé sur le terme Typhoon ? »

Joe lui affirma que non.

« TYPHOON était le cryptonyme désignant une opération de la CIA destinée à déstabiliser la Région autonome du Xinjiang, et qui a été abandonnée après le 11-Septembre. Miles Coolidge la dirigeait, assisté de Kenneth Lenan, parmi d'autres. » Joe dégustait la couronne de crème et de chocolat en poudre à la surface de son cappuccino. Cette révélation le stupéfia, mais il put dissimuler sa réaction grâce à la force de l'habitude. « Dès les premières étapes de votre entretien avec le professeur Wang, Miles a téléphoné à Garden Road et découvert que vous utilisiez une planque commune. Lors de la conversation téléphonique qui s'en est suivie, Kenneth Lenan a confirmé que vous étiez chargé de l'interrogatoire d'un ressortissant han originaire d'Urumqi, hostile à Pékin. Miles s'est mis à l'écoute en direct, depuis le consulat, et là-dessus il a immédiatement agi. Kenneth et lui s'étaient déjà livrés à plusieurs petites manigances, dont certaines m'étaient connues et d'autres pas. Vous pourriez appeler cela une relation réciproquement bénéfique, en particulier concernant Kenneth, qui, en amassant suffisamment de cet argent américain, a réuni de quoi se payer dix retraites. Pour résumer l'affaire, Miles avait cherché à droite et à gauche les moyens de monter des opérations au Xinjiang. Wang semblait être juste le bon client. Coolidge a convaincu Kenneth de le remettre aux Cousins et d'utiliser les canaux du SIS pour escamoter le professeur hors de Hong Kong et le renvoyer en Chine continentale. Après quoi, ils l'ont recruté et entraîné en tant qu'agent de la CIA, avec pour instructions de mettre sur pied un réseau de jeunes Ouïghours radicalisés qui enflammerait la rue avec des attentats à la bombe, des émeutes et des manifestations anticommunistes.

— Mon Dieu, fit Joe. Et vous dites que vous n'en saviez rien ? J'ai vécu six semaines dans l'angoisse de n'avoir pas su identifier Wang comme un agent de la Sécurité d'État chinoise.

— C'est ce que Miles vous avait raconté ?

— C'est ce qu'ils m'avaient raconté tous les deux. En insistant pour le présenter comme un officier de renseignement chinois connu des Cousins, impliqué dans une opération qui aurait conduit à des expulsions d'agents de la CIA.

— Et vous y avez cru ?

— Pas exactement. Mais j'étais jeune. Inexpérimenté. J'étais un bien trop petit poisson pour causer du remue-ménage. »

La gestuelle de Waterfield laissait entendre qu'il admettait cette logique, grosso modo. Il croqua un morceau de gâteau et consacra les dix minutes suivantes à exposer les grandes lignes du rôle de Macklinson dans TYPHOON. Lennox était encore ébranlé par la révélation que Wang Kaixuan, l'intellectuel affable et idéaliste qu'il avait interrogé à Tsim Sha Tsui, s'était en un sens transformé presque du jour au lendemain en un patriarche de la terreur. Pendant sept années, Joe Lennox avait été informé de rapports du renseignement sortis de Chine concernant des incidents terroristes au Xinjiang et au-delà. Il était difficile de croire que Wang ait eu la responsabilité d'en avoir orchestré certains avec l'aide américaine.

« De quelle ampleur était TYPHOON ? Nous parlons de quelle échelle ?

— Initialement, sans limite. Naturellement, Langley a réduit les éléments de première ligne au minimum. Des armes et des explosifs de tous types ont pu être acheminés vers de petits groupes d'extrémistes... certains d'entre eux sous contrôle de Wang, d'autre non... qui ont continué à faire sauter des bus et des supermarchés dans des endroits comme Lanzhou et Kashgar. Mais les outils de propagande plus modérée... caméras vidéo, documents en faveur de la démocratie, valises d'argent liquide... ont touché un cercle beaucoup plus vaste d'étudiants intellectuels en herbe et de novices de la démocratie. TYPHOON a débuté comme une opération visant à obtenir l'indépendance du Turkestan oriental, mais s'est très rapidement propagé comme un mouvement généralisé en faveur de la démocratie financé par les Américains dans toute la Chine han.

— Comment les Yankees ont-ils cru qu'ils allaient s'en tirer à si bon compte ?

— Dieu seul le sait. Et la réponse, en bref, c'est qu'ils ne s'en sont pas tirés à bon compte. » Waterfield se gratta dans le cou, laissant une marque rouge au-dessus de son col de chemise. « La chose que les Cousins n'ont que trop vite comprise, c'était la peur de Pékin face à une rébellion organisée en masse dans ses provinces. C'est cela qu'ils ont tenté de catalyser. *Da Luan*. Le "Grand Chaos". Mais en même temps, ils avaient très peu de compréhension de la situation sur le terrain. On n'entre pas comme cela dans un pays comme la Chine pour y fomenter une rébellion paysanne. Financer et superviser un petit réseau de pseudo-islamistes radicaux, pourquoi pas, mais évitez de nourrir des idées de grandeur. Des informateurs opèrent à tous les échelons de la société chinoise. Vous vous ferez forcément prendre. Vous êtes voués à vous faire repérer.

— Et c'est ce qui est arrivé ?

— Bien sûr. » Si Waterfield s'exprimait avec agacement, c'était juste parce qu'il était encore sidéré de la naïveté inhérente à la conception de TYPHOON. « Au printemps 2000, les douanes chinoises ont intercepté l'une des cargaisons de Macklinson à Dalian. Peu après, leurs douaniers ont découvert une grange bourrée de photocopieurs et de littérature anticommuniste, à environ soixante-quinze kilomètres de Shihezi. Entre 1999 et 2001, trois cellules au moins portant les caractéristiques de TYPHOON ont été infiltrées par le MSS, en conséquence de quoi ce sont jusqu'à dix-neuf séparatistes ouïghours qui ont été torturés et exécutés pour activités séparatistes. Quatre soi-disant employés de Macklinson, en réalité tous des membres de la CIA, ont été expulsés de Chine pour leur "travail de sape contre la sécurité de la mère patrie socialiste à travers des actes de subversion et de sabotage". Au total, un sacré désastre.

— Comment se fait-il que nous n'en ayons pas entendu parler ?

— Bonne question. Essentiellement parce que les Chinois et les Yankees sont parvenus à un arrangement.

— Quelle sorte d'arrangement ?

— La sorte qui tue du monde. »

L'espace d'un étrange moment d'euphorie dont il aurait honte plus tard, Joe Lennox se demanda si Waterfield n'allait pas lui annoncer que Miles Coolidge avait été exécuté par l'Armée populaire de libération. Une serveuse s'approcha et débarrassa leurs assiettes et leurs tasses.

« Voici la situation, reprit son supérieur en chassant d'une pichenette un grain de poussière de la manche de son costume. Il y a trois semaines, on a repêché le corps de Kenneth Lenan dans le fleuve Huangpu. On lui avait coupé la langue et tranché tous les tendons du corps. Les autorités chinoises prétendent ne pas avoir la moindre idée de qui lui a fait cela. Tel n'est pas exactement notre avis. »

28.

Seconde mouture

Dans le monde du secret, les meurtres sont des événements rares. Le SIS s'enorgueillit de ce que pas un de ses officiers n'ait été tué en service actif depuis la Deuxième Guerre mondiale. Kenneth Lenan avait pu trahir le Service, devenir un renégat dans le secteur privé, mais il fallut quand même un petit temps à Joe pour intégrer ce que Waterfield venait de lui apprendre. Ils quittèrent le café et marchèrent devant l'entrée du National Theatre.

« Les caractéristiques de sa mort, remarqua-t-il. C'est la signature du Gang vert. Quelqu'un s'en est rendu compte ?

— Quelqu'un s'en est rendu compte. »

Le Gang vert constituait la confrérie criminelle notoire qui opérait à Shanghai avant la prise du pouvoir par les communistes en 1949. Lenan avait été victime d'une forme spécifique de vengeance meurtrière, où l'on sectionnait tous les tendons du corps des traîtres avec un couteau à fruits avant de les laisser saigner à mort dans la rue. Incapables de bouger à cause de leurs blessures, ils étaient souvent enfermés dans un sac lesté de pierres que l'on jetait dans le Huangpu.

« Alors il a trahi qui ? »

Waterfield leva les yeux vers le ciel et sourit. Il en avait déjà fait son deuil.

« Qui a-t-il trahi », le reprit-il.

Joe n'était pas d'humeur pour ces jeux-là.

« Très bien, d'accord. Qui a-t-il trahi ?

— Il aurait pu s'agir de n'importe qui.

— Quelqu'un de chez nous ? »

D'un plissement des paupières, Waterfield laissa entendre qu'il trouvait cette idée à la fois dégoûtante et grotesque.

« Quoi, alors ? Vous pensez que ce meurtre est lié à TYPHOON ?

— Je dirais que c'est une quasi-certitude. »

Ils continuèrent à marcher en silence sur une centaine de mètres. Waterfield paraissait s'attendre à une série de questions que son jeune agent n'avait pas encore formulées. Le soleil était chaud sur le visage de Joe. Devant eux, un jeune jongleur à dreadlocks déballait une valise dans l'allée.

« Vous disiez qu'il a été mis un terme à TYPHOON après le 11-Septembre.

— Oui. » Waterfield se gratta de nouveau dans le cou. Joe en déduisit qu'il avait dû être piqué par une espèce d'insecte, juste derrière l'oreille gauche. « Après le 11-Septembre, la messe était dite. Langley avait reçu la consigne de retirer son soutien à tout groupe musulman dans un rayon de huit mille kilomètres autour de Kaboul.

— Mais l'opération s'est prolongée ?

— Pas réellement. Dès l'été 2001, elle était si gravement compromise que tout était pour ainsi dire fichu.

— Ils ont arrêté Wang ? » Pour une raison qu'il ne pouvait précisément s'expliquer, Joe espérait que le professeur soit encore en vie.

« Non. Il a fait partie des chanceux. Aux dernières nouvelles, Wang vivait à Tianjin. »

Ils tournèrent au coin, et l'idée que le professeur était la source d'information de Waterfield traversa l'esprit de Joe. Sinon, comment en aurait-il su autant à propos de TYPHOON ?

« Avons-nous retourné Wang ? L'avez-vous recruté quand vous étiez en poste à Pékin ? Comment se fait-il que vous sachiez où il se trouve ? »

L'idée parut amuser son supérieur.

« Tout ce que je vous ai confié ce matin émane de deux sources distinctes, le professeur Wang Kaixuan n'étant aucune des deux. » Il se moucha agressivement le nez dans un mouchoir lavé de frais. « La Direction Extrême-Orient disposait d'un nouveau responsable haut placé au sein du MSS, recruté par l'antenne de Pékin au cours des douze derniers mois. Nous avons aussi un contact bien établi, plus ancien, côté américain, avec lequel j'ai noué une relation à Hong Kong, il y a de cela longtemps.

— Vous aviez un Cousin dans vos registres en 1997 ? »

Waterfield ne put résister, il se sentait flatté.

« J'avais toutes sortes d'affaires en cours dont RUN n'était pas au courant. Comme vous le disiez, Joe, vous étiez un trop petit poisson. »

Cela ressemblait à une insulte, mais il avait agrémenté cette pique d'un grand sourire entendu. L'atmosphère de légère tension qui avait prévalu entre eux depuis le café s'était désormais dissipée.

« Et que vous ont signalé vos sources à propos de la mort de Lenan ?

— Cela demeure encore largement un mystère, fit-il en lançant un coup d'œil fataliste vers le ciel. Je pourrais risquer une hypothèse raisonnable. »

Lennox s'écarta pour laisser un joggeur sous-alimenté les dépasser en claudiquant.

« Macklinson est impliqué. Selon mon Cousin, du fait de ses relations avec la CIA, Kenneth avait noué d'étroites relations personnelles avec le directeur financier du groupe, un individu répondant au nom de Michael Lambert. Ils jouaient au golf ensemble, ce genre de chose. Lambert est aujourd'hui le président-directeur général de Macklinson, car l'excellent Bill Marston est tombé raide mort d'une crise cardiaque, il y a deux ans. Quand TYPHOON battait son plein, à la fin des années quatre-vingt-dix, Lambert était très emballé par le potentiel pétrolier et gazier du Xinjiang et, pour des raisons stratégiques, il a poussé sa société à investir dans Petrosina.

— Le producteur de pétrole chinois nationalisé ? Mais ils n'autorisent pas d'investissements de capitaux étrangers, quelle qu'en soit la portée.

— Ce n'est pas strictement exact. Macklinson a racheté une participation majoritaire d'une société de services pétroliers, Devon Chataway, dont le gouvernement chinois avait cédé 2,4 % des titres à Petrosina. Dans l'esprit de Lambert, si TYPHOON échouait, Macklinson conserverait encore une concession d'importance non négligeable sur les combustibles fossiles du Xinjiang. Si l'opération réussissait, le groupe serait bien placé pour devenir un acteur de premier plan dans un

Turkestan oriental indépendant. Il a expliqué tout ceci à Kenneth, qui a contracté une seconde hypothèque sur sa maison de Richmond, signé à son banquier d'affaires un chèque de neuf cent cinquante mille livres et lui a ordonné de le placer dans le pétrole chinois. »

Joe secoua la tête.

« La seule chose qu'aucun des deux hommes n'avait anticipée, c'était un joyeux chambard du calibre de TYPHOON. Lorsque l'opération est partie en vrille, le MSS a exercé d'intenses pressions sur Macklinson, et en particulier sur Lambert. Ditesnous ce que vous savez de vos opérations en Chine et vous serez autorisé à continuer vos affaires ici. Livrez-nous les noms des agents de la CIA auquel vous êtes associés, et nous permettrons à Devon Chataway de continuer à profiter de ses investissements dans Petrosina. Refusez de coopérer, et Pékin transformera TYPHOON en scandale international qui humiliera le gouvernement américain. »

Joe lâcha un juron et regarda vers le fleuve. On était là dans le cynisme sans limite de la cupidité et du pouvoir, la plaie de l'époque. Chacun pour son compte en banque et rien à fiche des conséquences. C'était une matinée tranquille et irréprochable sur la Tamise, et il se sentit gagné par une colère désespérée, proche de la frustration et de l'impuissance que lui inspirait le spectacle de l'horreur quotidienne en Irak.

« Alors Lenan a cédé ? fit-il, car c'était en effet la seule issue possible. Ils ont vendu la CIA pour protéger leurs investissements, Lambert et lui ? »

Waterfield hocha la tête.

« Ce n'est que mon opinion personnelle. Juste une théorie signée David Waterfield. »

Les deux hommes se connaissaient depuis presque dix ans et, pourtant, au cours de ce laps de temps, les caractéristiques de leur relation n'avaient pas beaucoup changé. Joe avait beau être au milieu de la trentaine, il conservait toujours la même perception de son aîné qu'au temps de Hong Kong : celle d'un père de substitution et d'un mentor, d'un vieux briscard possédant une bien plus grande expérience que la sienne, dont la sagesse et l'intuition étaient presque sacrées. Il n'éprouvait cette sorte de sensation avec aucun autre de ses supérieurs du SIS. Comme s'il avait été programmé pour ne jamais remettre en cause le jugement de Waterfield.

« Et qu'en est-il de Miles ? Que lui est-il arrivé ? »

Cette question était lourde de sens, et ni l'un ni l'autre ne l'ignorait. Miles signifiait Isabelle, et Isabelle constituait le passé de Lennox. Où que soient ces deux-là, il irait sûrement les y rejoindre. C'était l'objectif de cette entrevue avec Waterfield, ce que ce dernier allait lui demander. Le tout, maintenant, c'était de savoir de quelle manière il allait formuler sa proposition.

« Il semblerait que Coolidge n'ait jamais été détecté par les Chinois. Quelles qu'aient été les informations fournies par Macklinson et Lenan au MSS, nous ne pensons pas qu'elles concernaient ses réseaux.

— À moins que les Chinois ne lui laissent volontairement assez de champ pour qu'il se noue lui-même la corde au cou. »

Waterfield concéda cette possibilité, avant de l'écarter d'une pichenette, comme le grain de poussière sur la manche impeccable de sa veste.

« Étant donné que Wang circule lui aussi en homme libre, nous pourrions partir du principe qu'il existe une sorte de lien entre eux deux.

— Mais vous disiez précédemment que Lenan vivait à Urumqi. Cela n'impliquerait-il pas que c'était lui et non Miles qui pilotait Wang, et que Wang serait alors la première personne qu'il aurait vendue ? »

Son supérieur parut brièvement pris en défaut. Il se laissait parfois aller à oublier l'acuité d'esprit de Lennox, la vitesse à laquelle il effectuait ses calculs.

« Ce n'est pas ainsi que ça fonctionnait. À notre connaissance, les Cousins ont essayé de ménager autant de distance que possible entre eux et ces cellules. Par exemple, Miles téléphonait à Wang de Chengdu. Ils ne se rencontraient que deux fois par an, dans des lieux qu'à ce jour nous n'avons pas encore été en mesure d'identifier. Les gens de Lenan étaient à Gansu et Qinghai, et c'est là qu'ont eu lieu la plupart des arrestations relatives à TYPHOON. Deux des trois agents de la CIA qui travaillaient sous couverture chez Macklinson étaient basés à Shenzhen, mais on a pu observer leurs rencontres avec des contacts dans des endroits aussi reculés que Taiyuan, Harbin et Jilin. Le troisième opérait depuis un bureau de Macklinson à Golmud, mais il entretenait des liens assez ténus avec les groupes ouïghours de Yining et de Kashgar. TYPHOON maillait toute la Chine. Quoi qu'il en soit, le passé est le passé. Cela n'a rien à voir avec ce que je vous propose.

— Et que me proposez-vous, David ?

— D'aller faire un saut à la Tate. »

Quatre cents mètres en silence plus tard, David Waterfield et Joe Lennox attendaient leur tour pour un sandwich dans la Members Room quasi déserte de la Tate Modern. Waterfield paya, pendant que Joe repérait deux sièges en vis-à-vis avec vue sur l'autre rive et la cathédrale Saint-Paul. Tant de questions lui traversaient l'esprit qu'il n'avait pas été mécontent de ce court instant de solitude pour remettre de l'ordre dans ses pensées. Isabelle avait-elle été présentée à Lenan ? Miles l'avait-il tenue informée de TYPHOON ? Il songea à toutes ces semaines et tous ces mois qu'elle avait dû passer à Chengdu pendant qu'il sillonnait le pays pour piloter son réseau d'éléments subversifs. Quelle vie. Qu'elle ait été prête à échanger leur avenir ensemble contre une existence ingrate dans la province du Sichuan lui était toujours apparu comme l'ironie ultime, débilitante, de leur séparation. Troquer un espion, une panoplie de mensonges, contre un autre. Amour gâché.

« Vous semblez profondément plongé dans vos pensées, lui fit remarquer Waterfield, les mains chargées d'un plateau sur lequel il avait placé en équilibre deux bouteilles d'eau minérales et une paire de sandwichs préemballés. Est-ce que tout va bien ? »

Il s'assit en face de lui, avec un regard vers le Millenium Bridge en contrebas.

« Où était Isabelle, pendant tout ça ? » demanda Joe.

L'autre fut surpris de cette franchise. Isabelle Aubert était le nom à ne pas mentionner à proximité de RUN.

« Ils sont encore ensemble. » Il répondait à la question que Lennox, il le sentait, avait voulu lui poser. « Ces deux dernières années, elle a vécu avec lui à Shanghai. »

Le cœur de Joe eut sa réaction habituelle : le cognement sourd de la perte, puis la bile de la jalousie et du regret. En sept ans, rien n'avait changé.

« Ils étaient amis avec Lenan ?

— Kenneth était en visite à Shanghai quand il a été assassiné. Nous ne savons pas s'il a eu des rendez-vous avec Coolidge durant cette période. S'il avait vendu la CIA, et si Miles l'avait découvert, vous pouvez imaginer qu'il en ait conçu un certain chagrin.

— C'est en rapport avec Isabelle, n'est-ce pas ? » Joe n'avait pas réfléchi avant de poser sa question, trahissant ainsi la teneur véritable de ses sentiments. Waterfield noya sa réaction dans une gorgée d'eau.

« Voulez-vous que cela ait un rapport avec elle ? »

Joe venait de commettre une erreur. Un officier tenu dans le secret des informations que son supérieur venait de lui révéler n'aurait pas dû s'attarder sur tel ou tel aspect de sa vie privée. Il aurait dû penser retour de flamme et meurtre, songer aux implications de TYPHOON sur les relations privilégiées du couple Angleterre-États-Unis.

« Je suis désolé. Cela m'a fait l'effet d'un... »

Waterfield le sortit de ce mauvais pas.

« Écoutez, d'après ce que j'ai cru comprendre, entre eux deux, cela n'a pas été de tout repos. Restons-en là. Elle a dégotté un emploi pour s'occuper d'enfants défavorisés à Chengdu, et sans cela elle aurait fort bien pu tout plaquer. »

Joe sentit son énergie revenir.

« Où obtenez-vous vos informations ?

— Le téléphone arabe. » Le regard de Waterfield alla se fixer derrière l'épaule de Joe. « Isabelle n'était-elle pas catholique ?

— Si.

— Voilà qui pourrait expliquer certaines choses. Les vœux du mariage. Aux yeux de Dieu, plus aucune délivrance possible d'une vie d'engagement. Nous sommes sur les terres de Graham Greene. Ne jamais sous-estimer l'obstination de l'épouse catholique. Sinon, comment expliquer qu'une femme comme elle consacre le reste de son existence à un Miles Coolidge ? »

Joe commençait à se sentir curieusement largué, et ce n'était pas très agréable. Pourquoi Waterfield lui racontait-il tout cela ? Pour raviver ses espérances ? Ou n'était-ce qu'un tissu de mensonges ? Deux femmes âgées s'installèrent à la table voisine et aussitôt son interlocuteur aborda un thème beaucoup plus général.

« Dites-moi, c'est sérieux, toutes ces histoires antiguerre ? »

Joe, content de changer de sujet, déchira l'emballage plastique de son sandwich.

« Qu'entendez-vous par là ?

— Ce que j'entends par là ? Dans quelle mesure le fiasco irakien a-t-il contribué à votre décision de travailler pour Guy Coates ? »

Lennox eut deux réactions. La première fut de remarquer le terme de « fiasco » employé par Waterfield à propos de l'Irak. C'était la première fois qu'il l'entendait formuler une telle critique directe de la guerre. La seconde fut de s'étonner que David soit au courant pour Quayler. Il n'avait révélé le nom de son futur employeur à personne au sein du SIS.

« Comment l'avez-vous appris ? »

L'autre tourna de nouveau le regard vers le fleuve. Il existe chez les espions une règle non écrite en vertu de laquelle vous ne questionnez pas un collègue sur la nature de ses sources, sauf en cas d'absolue nécessité. Joe venait d'enfreindre cette règle au moins deux fois en une matinée.

« Le téléphone arabe, lui répondit Waterfield. Écoutez. » Et il se pencha vers lui. Il voulait le rassurer, au moins sur un certain plan. « Je sais que vous avez des doutes sur les transferts illégaux de prisonniers. Je sais que vous êtes préoccupé par le recours à des éléments d'informations éventuellement récoltés dans les salles de torture du Caire et de Damas. Nous sommes tous dans ce cas. » Les deux dames âgées agitèrent leur sachet de sucre pour le verser dans leur tasse de thé, et il baissa la voix. « Mais quelle serait la solution de rechange ? Nous démission-nons tous en protestation et nous laissons le Foreign Office aux mains d'une bande de carriéristes blairistes ? Nous partons écrire nos Mémoires ? Il ne manquerait plus que ça. En tout état de cause, d'ici quelques années, cette clique – il hocha la tête en direction de Whitehall, sur l'autre rive de la Tamise – sera au chômage. La politique, c'est cyclique, Joe. Il suffit de s'accorder un peu de temps et les bons interlocuteurs seront de retour. Ensuite, les choses pourront redevenir telles qu'elles étaient. » Joe regardait par terre. « Ce que je voudrais vous dire, c'est ceci, ajouta Waterfield, qui chuchotait presque, mainte-nant. Vous avez assez d'étoffe pour aller très loin dans ce métier. Les gens ont l'œil sur vous, Joe. » Il essaya de plaisan-ter, comme pour faire passer le compliment. « Vous ne pouvez pas nous laisser à la merci des enfants naturels de Deng Xiao-ping et notre ancien ambassadeur à Pékin, Percy Craddock. Nous avons déjà trop de sinologues qui émargent chez nous et suent sang et eau pour le Royaume-Uni. Vous avez toujours été plus coriace que ça. Vous voyez le Politburo tel qu'il est. Les dix ou quinze prochaines années seront vitales pour les relations anglo-chinoises, et nous ne pouvons pas nous permettre de nous replier et de hisser le drapeau blanc. À ce titre, vous pourriez jouer un rôle absolument essentiel. »

Ce laïus n'était pas mal tourné, et pas inexact, à certains égards. Dès l'époque de Patten et de Wang, Joe Lennox était profondément soupçonneux et méfiant envers la Chine communiste, une attitude que ne partageaient pas toujours ses collègues du Foreign Office qui, dans leur majorité, avaient les deux yeux rivés sur le vaste marché potentiel de ce pays pour les entreprises britanniques. Mais Waterfield sentait bien qu'il ne saisissait toujours pas. Il posa sa bouteille d'eau sur la table et tenta un autre angle d'approche.

« J'ai la nette impression que vous vous ennuyez, et que vous préféreriez être sur le terrain, pour peser sur le cours des choses. Personne n'a envie de se tourner les pouces derrière un bureau à Londres.

— Mais qu'avez-vous à m'offrir ? » Il ne disait pas cela pour marchander, mais plutôt pour affirmer sa conviction qu'en Chine les meilleurs postes étaient pris. À présent, il n'y avait plus que l'Iran et l'Afghanistan. La Direction Extrême-Orient avait été copieusement désossée. « S'il s'agit d'un choix entre se tailler une carrière convenable dans le secteur privé ou être en poste dans un trou de merde comme Manille ou Oulan-Bator, je sais où me conduit mon instinct.

— Votre instinct, certes. Mais votre loyauté ? »

Waterfield le connaissait assez pour jouer la carte de la culpabilité. Malgré toutes ses perplexités sur les orientations de la politique britannique depuis le 11-Septembre, au fond, Joe Lennox était un patriote. Grattez sous la surface de l'humaniste progressiste qui fulminait contre Bush et Blair, et vous aviez un serviteur de l'État à l'ancienne qui croyait encore au mirage de la Reine et de la Patrie, et à la primauté des valeurs occidentales. Une conviction similaire à la foi qu'il avait dans l'idée d'un Dieu chrétien, étrange conséquence de son éducation privilégiée. Et pourtant, il eut cette réaction :

« Oh, allons. Et les choses se résumeraient à cela ? Puisque nous partageons les mêmes manières de table, je vais préserver les traditions britanniques ?

— Le Pentagone pourrait essayer de réactiver Typhoon, lui répliqua Waterfield, sabotant cette argumentation avec le choix net et sans bavure d'une révélation qui tombait à pic.

— Et vous tenez ça de… ?

— Je tiens ça d'une source inattaquable, à Washington. » Avant que Joe n'ait pu l'interrompre, Waterfield poursuivit son laïus. « Nous ne disposons que de détails sommaires. Naturellement, la position officielle de Bush est de considérer le Mouvement islamiste du Turkestan oriental, l'ETIM, comme une organisation terroriste liée à Al-Qaida. Au mieux, je dirais qu'avant le 11-Septembre Miles finançait certains des gaillards de l'ETIM et qu'il est maintenant sorti des cadres. D'après nous, il doit organiser une opération clandestine en prenant sur le temps qu'il doit à la CIA, et à l'insu de ses maîtres à Langley. Quelqu'un, au Pentagone, sans doute un personnage de l'entourage de Rumsfeld, lui a certainement donné carte blanche pour s'en payer une tranche en Chine.

— Même après tout ce qui s'est passé ?

— Même après tout ce qui s'est passé. »

Joe était abasourdi. C'était en contradiction directe avec la position de l'administration Bush sur le Xinjiang.

« Il y a sûrement quelqu'un à Langley qui est au courant ? Pourquoi est-ce qu'ils ne le rapatrient pas ?

— Je n'en ai pas la moindre idée. » Au sein de la confrérie du renseignement, il était de notoriété publique que le 11-Septembre avait mis la CIA sens dessus dessous. « Par les temps qui courent, si vous vous attirez la vindicte de ce cher Dick Cheney ou de cher Donald Rumsfeld, vous pouvez aussi bien débarrasser votre bureau. Mieux vaut la boucler, n'est-ce pas ? Mieux vaut rester assis et empêcher la barque de faire des remous. » Il but une gorgée d'eau. « Écoutez. Il nous faut quelqu'un qui connaisse déjà Miles et qui se rende sur place pour comprendre au juste ce qui se trame. Et pour y mettre un terme, si nécessaire. Le Foreign Office est-il exposé ? Coolidge était-il responsable de ce qui est arrivé à Kenneth et la piste remontera-t-elle jusqu'à Londres ? Nous ne pouvons pas nous permettre de laisser traîner des empreintes britanniques sur un nouveau Typhoon. Si les Chinois apprennent que Lenan était jadis l'un des nôtres, nous devons intervenir. »

Joe évalua le pour et le contre de ce marché alors que la Members Room bruissait de tintements de porcelaine et de menus propos. Quand Waterfield comprit qu'il n'allait pas lui apporter de réponse, il enfonça le clou.

« Allons, Joe. Vous allez me raconter que vous avez vraiment envie de vivre ces cinq prochaines années dans un appartement sans âme à Pékin et d'arpenter la Chine pour essayer d'obtenir des licences pour un minuscule laboratoire pharmaceutique qui, d'ici cinq ans, ne vaudront même pas le prix du papier sur lesquels elles sont imprimées ? »

Mais Joe n'avait pas besoin qu'on le convainque davantage. L'offre était trop tentante pour qu'il y résiste. C'était Miles, c'était la Chine, et c'était Isabelle. Adoptant un ton plus enjoué, il répondit :

« Qu'est-ce que vous avez contre Pékin, David ? »

Et, à cet instant, l'autre sut qu'il avait fini par accrocher son homme. Joe était tout souriant, et il lui répliqua avec un sourire à sa façon, se redressa sur la banquette et étira les bras devant lui.

« Oh, tout ! fit-il. Glaciale la moitié de l'année, bouillante l'autre moitié. Quiconque ayant un peu de goût préférera Shanghai. »

29.

Pot de départ

Le problème était d'acheminer Joe jusqu'à Shanghai.

D'abord, Waterfield dut se présenter chez Guy Coates avec une offre. Voulait-il aider le gouvernement de Sa Majesté à mener cette juste lutte contre la tyrannie et l'oppression chinoises ? Il voulait bien ? Ah, parfait. En ce cas, Quayler serait-il prêt à ouvrir un second bureau de représentation, à Shanghai celui-ci, tenu par Joe et deux Chinois, des locaux, qui tous émargeraient au Secret Intelligence Service ? Le gouvernement britannique paierait, naturellement, mais les gens de Quayler devraient dénicher quelqu'un d'autre pour gérer leur structure à Pékin. Joe ayant déjà participé à ce genre de montage, il n'y avait rien à craindre. Non, il ne travaille pas pour le ministère de la Défense, à Londres. C'était seulement sa couverture. Je comprends que vous soyez un peu surpris. Vous allez devoir soumettre l'idée au Conseil d'administration ? Parfait. Mais Guy Coates doit être le seul membre de votre équipe informé de ce qui se prépare. Vous voulez soixante mille de plus ? Pas de problème. Le moins que nous puissions vous accorder, au vu des circonstances. Signez ici, là où nous avons imprimé votre nom, tout en bas.

Ensuite, Joe n'eut plus qu'à présenter sa démission, en arguant des « problèmes éthiques concernant cette prétendue guerre contre le terrorisme », et à effectuer ses trois mois de préavis à Vauxhall Cross. À quiconque voulait bien l'écouter, il se plaignait de l'« iniquité » de la nomination de Sir John

Scarlett au poste de « C », et suggérait que l'ancien chef de la Commission conjointe du renseignement avait conclu un accord avec le 10, Downing Street selon lequel il se verrait confier le poste le plus en vue du SIS en échange de quelques manipulations dans le dossier des armes de destruction massives irakiennes. Après quoi, la plupart de ses collègues furent convaincus que Joe avait perdu la boule. Ce qui était précisément son intention.

« Nous allons devoir organiser un pot de départ, le prévint Waterfield.

— Vraiment ? N'est-ce pas pousser le bouchon un peu loin ?

— Pas du tout. Veillez surtout à inviter quelques Yankees de Grosvenor Square. De la sorte, la rumeur fera son chemin jusqu'à Langley. Plus il y aura de gens informés de la crise de conscience de Joe Lennox, mieux cela vaudra. »

TROISIÈME PARTIE

SHANGHAI, 2005

30.

Le Paris de l'Asie

La Chine avait dominé la vie de Lennox. Quand il était petit garçon, ses parents lui lisaient des histoires sur ce pays vaste et très peuplé situé à l'est de l'Himalaya, terre fantastique d'intrépides seigneurs de la guerre et de pagodes somptueuses qui, pour son imagination enfantine, paraissait aussi reculée et aussi mystérieuse que les galaxies de la science-fiction ou les pics menaçants du Mordor de Tolkien. Dès dix ans, il lisait les gros pavés romanesques de John Clavell, *Taï-Pan* et *La Noble Maison*, ces sagas torrides de la rapacité collective plantées dans le décor du Hong Kong de l'ère coloniale. Avec l'adolescence, ce fut le tour d'*Empire du Soleil*, tant le livre — dévoré en un week-end pendant les vacances de Pâques 1986 –, que le film de Spielberg, sorti un an plus tard. Remarquant ce goût pour l'Orient, son parrain lui avait offert pour son dix-huitième anniversaire la première édition d'*Étoile rouge sur la Chine*, d'Edgar Snow, et il avait alors sérieusement songé à prendre une année sabbatique à Pékin, avant que le massacre de Tienanmen ne l'oblige à entrer directement à Oxford. Durant les trois années suivantes, il s'était imprégné de littérature et d'histoire chinoises, lisant les romans de Lao She, Luo Guanzhong et Mo Yan, en mandarin, et potassant des articles universitaires sur la dynastie Qing. Sa maîtrise progressive de la langue – affûtée par une année de licence passée à Taiwan – lui avait ouvert de nouveaux horizons sur l'histoire et la culture chinoises, et il aurait volontiers souscrit pour trois ans supplémentaires en doctorat à l'École des hautes études orientales et africaines, sans l'intervention à point nommé du SIS.

Néanmoins, durant toute cette période, notamment plus d'une décennie de travail au sein de la Direction Extrême-Orient, il ne s'était jamais rendu à Shanghai. Par conséquent, la plus célèbre ville de Chine demeurait un lieu de son imagination, le Paris de l'Asie, un port de commerce fourmillant d'activité où les histoires de violence et d'excès, de vengeance et de péché, de fortunes gagnées et de fortunes perdues, formaient dans son esprit un récit luxuriant. Shanghai, c'était Du les Grandes-Oreilles, le redoutable parrain du Gang vert, qui avait gouverné la cité en tandem avec Chiang Kai-shek précédant la domination communiste. Shanghai, c'était le Bund, la grande artère la plus fameuse de toute l'Asie, une courbe somptueuse longue de plus de quatre cents mètres, toute d'architecture coloniale, sur la rive occidentale du Huangpu. Shanghai, c'était le Cathay, le grand hôtel Art déco du Bund bâti par Sir Victor Sassoon où, selon la légende, on pouvait commander de l'opium au service d'étage et où Noël Coward écrivit *Vies privées* après avoir contracté la grippe. L'histoire de la ville était vivante, captivante, certainement sans égale. À l'ère de l'impérialisme, dans quel autre endroit les citoyens britanniques, français, américains et japonais avaient-ils vécu côte à côte avec une population autochtone dans des concessions étrangères régies par leurs propres lois et contrôlées par leurs forces armées respectives ? Avant Mao, Shanghai était moins une métropole chinoise qu'un bureau international de tri pour les minorités sinistrées du monde. C'était à Shanghai que les Juifs d'Europe avaient fui les pogroms. À Shanghai également que vingt mille émigrés russes blancs avaient trouvé refuge lors de la révolution de 1917. En survolant la mer de Chine orientale, par un après-midi humide de janvier 2005, Joe avait l'impression d'un voyage dans une histoire rêvée.

Savait-il à quoi il s'engageait ? L'objectif de son opération à Shanghai était de se rapprocher le plus possible de Miles Coolidge. Mais se rapprocher de l'Américain signifiait aussi se rapprocher d'Isabelle.

« Si tu vas en Chine, d'ici à ce que tu la voies, ce ne sera qu'une question de temps, l'avais-je prévenu. Si tu t'installes à Shanghai, tu vas tomber sur elle et tu vas exhumer tout le passé. »

Joe s'était préparé à cet argument.

« C'est le but, justement, m'avait-il dit. Tu ne saisis pas ? C'est justement ça, l'idée. »

Le passé de Joe avec Miles constituait la clef de l'opération. La nouvelle de l'installation en ville de son ancien adversaire n'allait pas tarder à parvenir à l'Américain. Et Miles ne résisterait pas longtemps au défi de renouer avec lui.

« Considérez cela sous cet angle, avait conseillé Waterfield à ses collègues lors d'une de leurs nombreuses séances préparatoires de brainstorming, à Vauxhall Cross. Si Miles se figure que Joe revient à Shanghai pour essayer de reconquérir Isabelle, il percevra cela comme un défi. Et s'il se figure qu'il travaille chez Quayler sous couverture, il voudra en être.

— Exactement, avait ajouté Lennox, enthousiasmé par ce point de vue. Et s'il croit vraiment que j'ai traversé une crise de conscience à cause de l'Irak, il se fera un plaisir d'essayer de réduire mes arguments en miettes. S'il y a une chose que Miles déteste, ce sont les Anglais outrecuidants. »

Et ils ne se trompaient pas, bien sûr. Leur lecture de la psychologie de l'Américain tapait en plein dans le mille. Aucun autre espion britannique n'était en position de rapprocher de Coolidge aussi vite et aussi efficacement que Lennox. Je m'inquiétais cependant qu'il nie à la fois les éventuelles conséquences de ses actes et la nature de ses sentiments. Il avait beau se donner beaucoup de mal pour laisser croire qu'il partait pour Shanghai par pure loyauté envers la maison-mère, il n'en demeurait pas moins qu'une pulsion bien plus profonde et plus personnelle était manifestement en jeu.

31.

Tourisme

La clef de sa méthode, c'était l'absence délibérée de subterfuge. Dès l'instant où il franchit la douane de l'aéroport international de Shanghai-Pudong, voyageant sous un passeport à son nom et muni d'un visa touristique de trente jours, il ne fut qu'un homme d'affaires comme un autre venu tâter le terrain de la plus dynamique des villes chinoises. Sa couverture impliquait d'adopter le comportement d'un Européen aux yeux grands ouverts, un rôle qui réclamait peu ou pas d'effort de sa part, car il n'était que trop impatient de visiter les moindres recoins de Shanghai. Au terminal de l'aéroport, par exemple, il fit ce que la plupart des Britanniques curieux auraient fait, il s'était acheté un ticket pour le Maglev, le train électromagnétique de conception allemande qui relie l'aéroport au centre du quartier des affaires de Pudong à plus de 400 km/h. Dans ce paysage humide et plat de marécages filant à toute vitesse, son premier aperçu de Shanghai fut une lointaine forêt de gratte-ciel assombris par le brouillard. Il avait quitté Londres moins de quinze heures plus tôt, et il ressentait déjà le frisson du voyageur anonyme lâché en Asie.

En d'autres circonstances, un officier du SIS sous couverture aurait réservé dans l'un des plus petits hôtels de Shanghai, afin de conserver un profil bas. Mais il était parti du raisonnement qu'un homme d'affaires d'une trentaine d'années, voyageant sur notes de frais, récemment affranchi d'une décennie de service public, aurait plutôt envie de claquer de l'argent et de s'offrir la grande vie. En conséquence, il avait demandé à Quayler de réserver au Portman Ritz-Carlton de la rue Nanjing, un gratte-ciel cinq étoiles avec un centre de remise en forme à peu près de la taille de Kowloon, une chambre qui forcerait les petits comptables de Vauxhall Cross à casquer plus de trois cents dollars la nuit. L'autre hôtel de luxe qui avait retenu son attention, le Grand Hyatt, occupait les quarante étages supérieurs de la Jin Mao Tower de Pudong, mais il tenait de source sûre que c'était une erreur de se baser sur la rive est du Huangpu : à Shanghai, tout se passait sur la rive occidentale, dans le quartier de Puxi. Il y avait aussi un avantage opérationnel à descendre dans l'un des meilleurs hôtels de la ville. Toutes les nuits, une liste des ressortissants étrangers était fournie à l'Armée populaire de libération. Si Joe était « Rouge Pékin » – en d'autres termes, si jamais le renseignement chinois avait découvert son identité d'officier du MI6 –, sa présence parmi la clientèle du Ritz-Carlton serait signalée. Dès lors, il serait soumis à une surveillance constante qui ne se relâcherait pas de toute la durée de son séjour en Chine. En ce cas, il serait contraint de quitter le pays et d'abandonner l'opération contre Coolidge.

Ses premières journées à Shanghai furent magiques, une libération de ce qu'il appelait « la camisole de Londres ». Seulement armé d'un sac à dos contenant son portefeuille, d'un appareil photo et d'un guide touristique, il entreprit de se familiariser avec la topographie de la cité et de visiter la dizaine d'endroits qu'il mourait d'envie de découvrir après une vie entière de films et de lectures. Après s'être enregistré à la réception et avoir pris une douche, il se dirigea d'abord vers le Bund, parce que cela lui semblait être le centre spirituel de Shanghai, le lieu où les expériences chinoise et européenne sont entrées en collision avec toute la force de l'Histoire. Flânant sur la large voie piétonne qui a vue sur les gratte-ciel du centre de Pudong, il regarda des jeunes couples chinois aux sourires figés poser devant un arrière-plan de navires inertes et de néons. La curieuse fusée bulbeuse de l'Oriental Pearl TV dominait le littoral côté est et, derrière, la Jin Mao Tower se dressait dans le ciel de cette fin d'après-midi comme un étincelant poignard à la lame ébréchée. Ces bâtiments surprenants étaient les symboles visibles du miracle économique chinois et il paraissait très cohérent qu'ils s'alignent ainsi en vis-à-vis des grands édifices néoclassiques du Bund sur l'autre rive du Huangpu, eux-mêmes porteurs du legs architectural d'une période antérieure de prospérité et de croissance galopante.

Le lendemain, réveillé à 5 heures à cause du décalage horaire, il effectua une descente matinale en bateau jusqu'au delta du Yangzi et, de plus en plus déçu, se rendit compte que le Huangpu n'était pas le fleuve romantique de son imagination – la Seine ou le Danube de l'Orient –, mais plutôt une voie d'eau bouillonnante aussi grise et polluée que le cadavre boursouflé de Kenneth Lenan. Cet après-midi-là, pour justifier sa couverture, il tint la première d'une série de réunions avec un consultant qui conseillait les entreprises étrangères sur les aspects logistiques du montage d'une activité en Chine. Organisée en amont par Quayler depuis leur siège de Londres, la réunion dura deux heures et se déroula dans le hall du Ritz-Carlton, afin d'être bien en vue. Il continua à passer des coups de fil professionnels de sa chambre, et on le vit régulièrement utiliser l'accès e-mail et les télécopieurs du centre d'affaires. Reprenant sa casquette de touriste, il déjeuna de boulettes à la vapeur au Nanxiang Mantou Dian, alla boire le thé de rigueur au jardin Yu et poussa même l'excursion jusqu'à la basilique construite au XXᵉ siècle par des missionnaires catholiques à She Shan. Pour quiconque le surveillerait, Joe Lennox était simplement ce qu'il paraissait être : un homme célibataire et indépendant qui prenait peu à peu ses marques à Shanghai.

À ce stade préliminaire, mon nouvel officier traitant au SIS avait prévu que je lui tiendrais utilement lieu d'agent de soutien depuis ma base de Pékin. Ma première mission consistait à le mettre en relation avec l'un des expatriés les plus appréciés et les mieux introduits de Shanghai, un vieil ami à moi, un dénommé Tom Harper. Je n'avais pas pensé un instant que ces deux-là s'entendraient à ce point, même si l'attirance de Joe pour les personnages non-conformistes aurait dû me mettre la puce à l'oreille.

Élevé en Angleterre, Tom avait hérité à vingt-deux ans une petite fortune après la mort de ses deux parents à moins de six mois d'intervalle. Il avait consacré les quinze années suivantes à filer d'un bout à l'autre de la planète, décrochant une licence à Berkeley, un MBA à l'INSEAD, se mariant – brièvement – avec une actrice de télévision française et déroutant une longue cohorte de psychanalystes ruineux. C'était un homme doué d'une bonne humeur et d'une générosité presque sans limites et dont on entendait rarement dire le moindre mal. Il savait presque tout ce qu'il fallait savoir pour passer un bon moment à Shanghai. Depuis trois ans qu'il habitait cette ville, Tom avait été mannequin, imprésario de night-club, courtier en yachts de plaisance et restaurateur. Il était de tous les dîners, de toutes les premières de film et de tous les lancements de bars et de boîtes dignes d'être mentionnés. Il ne dormait apparemment pas plus de quatre ou cinq heures par nuit et survivait grâce à un régime à base de caféine, d'alcool et de drogues illicites. Il ne connaissait pas Miles Coolidge personnellement, mais cela importait peu ; telles que les choses fonctionnaient à Shanghai, il ne devait y avoir entre eux que deux ou trois cercles de relations. D'ici à ce que Tom mène Joe à sa proie, ce ne serait qu'une question de temps.

Le brunch du dimanche au Westin semblait le cadre idéal pour leur rencontre. Propriété d'un Indonésien, cet hôtel est le bâtiment qui gâche en partie la vue sur le Bund, au carrefour des rues Henan et Guangdong : regardez derrière le vieil immeuble de la banque HSBC, c'est le gros gratte-ciel situé deux rues en retrait, le toit coiffé d'une couronne lumineuse, métallique et pointue. Les dimanches matin, l'hôtel propose un buffet opulent auquel se pressent des familles occidentales fortunées et de riches jeunes gens désireux d'impressionner leur dernière petite amie en date. Pour environ quatre cents renminbi – l'équivalent de ving-cinq livres sterling au cours de 2005 ou du salaire hebdomadaire moyen d'un Chinois de Shanghai –, les convives ont un accès illimité aux sushis, au jambon de Parme et au Serrano, au caviar de Russie, à la côte de bœuf rôtie, aux tortellini frais et à autant de champagne Veuve Cliquot qu'ils seront capables d'en ingurgiter. Le brunch du Westin est devenu une institution, car c'est notamment l'endroit où les gens peuvent se tenir au courant des derniers ragots, une denrée à la fois mondaine et commerciale dont les communautés expatriées se repaissent.

J'avais communiqué à Joe le numéro de Tom et ils étaient convenus de se retrouver à la réception, à midi, le dimanche 30 janvier. Au lieu de décrire ce brunch en détail, je citerai deux lettres que Tom m'a envoyées, qui toutes deux contribuent à dépeindre les premières semaines de Lennox à Shanghai.

Will,

L'un des aspects que j'aime en Chine, et à Shanghai en particulier, c'est que tout relève de la méritocratie. Cela peut paraître un constat étrange à propos d'une ville où se côtoient une richesse obscène et une obscène pauvreté, mais il m'a toujours semblé, au moins du point de vue de l'étranger, qu'en Chine tu n'arrives à rien sur la seule et unique base de la réputation. Ancien étudiant de Yale, ancien élève de la Sorbonne, double mention très bien à Cambridge – ici, rien de tout cela ne compte. Cet endroit est blindé contre les notions de classe ou de famille. Si tu es incapable de tenir tes promesses, cela se saura. Ce n'est pas, disons, comme Hong Kong ou Singapour, où beaucoup de gens ordinaires ont gagné un tas d'argent facile pendant des années. Si tu viens en Chine en attendant des locaux qu'ils te déroulent le tapis rouge et te déclarent toute leur gratitude, tu dois te préparer à un grand choc. Ici, seuls les meilleurs réussissent. C'est totalement impitoyable.

Donc chaque fois que je croise le dernier petit génie de chez Jardine à peine débarqué de l'avion qui veut « tenter sa chance à Shanghai », je suis toujours un peu soupçonneux. S'imaginent-ils que la Chine leur doit une rente de situation ? Ont-ils la moindre idée du truc dans lequel ils s'embarquent ?

Tout cela est ma façon détournée de te remercier pour m'avoir mis en contact avec Joe, que j'ai beaucoup vu ces dernières semaines. D'abord, il est arrivé en Chine sans se faire aucune illusion, ce qui peut toujours aider. Il a aussi l'air d'en savoir beaucoup plus sur ce pays que la majorité des gens qui vivent déjà ici depuis cinq ou dix ans. Où m'as-tu dit que tu avais fait sa connaissance ?

Suivant tes recommandations, nous nous sommes donné rendez-vous au Westin. Il y avait là toute la faune habituelle : des banquiers d'affaires pétris de culpabilité qui dégagent un créneau de trois heures entre deux réunions et deux putes pour consacrer un « petit moment en famille » à leur femme et à leurs gosses ; des gymnastes chinois encore mineurs qui se déchaînent dans le hall pendant qu'un groupe enchaîne des reprises des meilleurs titres de Carly Simon ; un type en tenue de Spiderman, suspendu au pla-

*fond par un harnais, nettoyant les vitres trente mètres au-
dessus de nos têtes. J'étais sorti en boîte toute la nuit et ne
m'étais pas couché. Vers 10 heures du matin, j'étais toujours
au Dragon avec deux filles de Barcelone, dont une qui était
encore en descente après un méchant comprimé de je ne sais
quoi, quand j'ai consulté ma montre et vu l'heure. J'ai
sérieusement envisagé d'annuler tout le machin, mais
comme Joe est un de tes amis – et parce que je suis un individu d'une extrême correction et d'une grande droiture –,
j'ai attrapé ma veste, pris une douche, puis un taxi direction
le Westin. Je suis arrivé au moins vingt minutes en retard,
crevé, etc., mais Joe n'aurait pas pu se montrer plus com-
préhensif. Il était à la réception à faire la conversation (dans
un mandarin très vieille école qu'il parle couramment) avec
une femme de ménage octogénaire qui avait les mêmes
poches sous les yeux que Huan Huan le Panda. À la voir,
personne n'avait dû prendre la peine de lui adresser la
parole depuis la Révolution culturelle, et elle était occupée
à lui raconter des histoires sur tous les vieux bâtiments de
son quartier démolis par les promoteurs immobiliers. D'un
seul regard, il a dû comprendre dans quel état j'étais car
pendant les vingt premières minutes il a fait les frais de la
conversation. À notre entrée dans la salle du restaurant, il
a aussi réglé la note pour nous deux et peu après nous avions
sifflé les trois quarts d'une bouteille de champagne, j'avais
complètement oublié ma gueule de bois et c'était comme si
on se connaissait depuis des années.*

Cette lettre était la seconde. Tom Harper est l'un des derniers grands épistoliers de ce monde, mais la première moitié de
l'e-mail suivant contenait essentiellement cinq pages de compte
rendu d'un voyage en Thaïlande. La partie concernant Joe
débutait à la deuxième moitié de la missive.

*Ce qui est marrant à Shanghai c'est la rapidité avec
laquelle court le bruit qu'un nouveau sujet intéressant est
arrivé. L'autre jour, j'ai emmené Joe au Babyface (c'est un
night-club, Will, juste au cas où tu serais déjà trop vieux)
et je lui ai présenté quelques personnes de ma connaissance
là-bas, je leur ai dit qu'il travaillait avant pour le Foreign
Office, etc. Je ne sais pas trop pourquoi, cette info-là s'est*

propagée comme la chtouille. Quand je dis qu'à la suite de ça au moins une dizaine de gens pris au hasard m'ont demandé des nouvelles de lui en l'espace de quelques semaines, je n'exagère pas. « Comment l'as- tu connu ? » « Il est célibataire ? » « Il a vraiment quitté le Foreign Office pour protester contre la guerre ? » L'une des rumeurs (prévisibles) qui circulent c'est qu'il aurait été un espion, mais ça je n'en suis pas trop sûr. Je n'arrive pas à me l'imaginer dans des coups tordus. Et puis, il consacre la plus grande partie de son temps à roupiller pour récupérer de ses gueules de bois au Ritz-Carlton. Les types du Foreign Office ne sont-ils pas censés se conduire convenablement ? Au téléphone l'autre jour tu me posais des questions au sujet de Quayler, et ça m'a l'air de tourner rond. Dès son arrivée j'ai mis Joe en contact avec une relation datant de l'époque du restaurant qui travaille pour une agence de location. Il avait un bureau libre dans un bâtiment qui donne sur le quartier de Xintiandi. Joe s'est trouvé deux employés chinois et je crois qu'ils ont emménagé là-bas la semaine dernière. Je lui ai aussi présenté une Australienne qui a un appartement à louer dans la Concession française. Si les choses marchent, il devrait s'y installer à la fin de mars, et il devrait pouvoir le sous-louer pendant un an ou même dix-huit mois car la fille rentre chez elle pour veiller sur sa mère qui a un cancer ou je ne sais quoi. Alors tu ne diras pas que je ne m'occupe pas de mes amis, hein ? Ma prestation a été carrément héroïque, ni plus ni moins. Un petit reproche : il a la manie de parler tout le temps boulot, parce qu'il est nouveau ici, je suppose, et on en a tous fait autant à notre arrivée, aussi je ne peux pas vraiment lui en vouloir. Et il a franchement l'air de savoir de quoi il parle. Tu m'avais prévenu qu'il pouvait être un peu intello et réservé, mais moi il ne m'a pas du tout fait cet effet. Ce type-là, il est capable de picoler comme la Sue Ellen de Dallas. Je ne sais pas ce qu'il en est au plan des femmes, mais je l'ai trouvé super ouvert et marrant, et c'est cool de traîner avec lui. Manifestement il y a un gros cerveau qui carbure là-dedans et j'aimerais bien en savoir plus sur son histoire. Il dit qu'il a vécu à Hong Kong, à Singapour, en Malaisie, mais chaque fois que tu essaies de creuser plus avant dans son passé, il se dépêche de changer

de sujet. (La vache, et si c'était VRAIMENT un ancien espion...)
En tout cas, passe-moi un coup de fil et mets-moi au parfum. Ou alors mieux encore, dis à ton canard que tu dois venir ici faire un article. On veut tous savoir la vérité sur Joe Lennox...
Amitiés,
Tom

Tom ne me remerciera sans doute pas de reproduire ici sa correspondance privée, mais je reste fasciné par ses lettres, pour ce qu'elles révèlent du métier de Joe. « Tout le temps parler » de Quayler, par exemple, cela devait être une tactique délibérée pour empêcher les gens de creuser sa couverture. Son objectif implicite était simple : susciter chez quiconque l'écouterait un ennui confinant au coma profond. Croyez-moi, une fois que vous aviez entendu dix minutes du monologue de Joe sur l'avenir des produits pharmaceutiques de niche – « ... la Chine compte vingt pour cent de la population mondiale mais seulement un pour cent du marché mondial des produits pharmaceutiques... Le secteur croît au rythme de seize pour cent par an, essentiellement du fait de la hausse de la consommation de médicaments chez les classes moyennes chinoises... » –, cela vous coupait à jamais l'envie de le questionner sur son métier.

D'autres détails de la lettre du Westin présentent un intérêt à mes yeux : proposer de régler la note ; prendre le temps de bavarder avec une vieille femme dans le hall de la réception ; faire étalage de sa maîtrise du mandarin. Toutes ces petites touches devaient constituer une tactique préméditée conçue pour instiller chez Tom l'idée que Joe Lennox était un homme généreux et intelligent possédant l'expérience des réalités chinoises, mais sans afféteries, et dont l'amitié méritait d'être cultivée. Il n'est pas moins intéressant de le savoir déjà « aux trois quarts d'une bouteille **de** champagne » peu après s'être assis à la table d'un brunch. Il buvait rarement de l'alcool dans la journée, mais il avait dû intuitivement comprendre que Tom était le style de personne pour qui l'alcool était plus ou moins une religion, et il avait agi en conséquence. Boire de l'eau minérale n'aurait pas créé la bonne image. Vous pouvez aussi avoir la garantie que lorsqu'il était supposé « roupiller pour récupérer de ses gueules de bois au Ritz-Carlton », il s'occupait en réalité d'éplucher les rapports de police et les articles de presse à propos du meurtre de Kenneth Lenan et s'employait à bétonner encore davantage sa couverture. Sa décision de révéler son départ du Foreign Office pour des raisons morales était aussi intentionnelle, sans nul doute. Si une information était destinée à déclencher une avalanche de rumeurs et de demi-vérités, c'était bien celle-là. J'avais expliqué à Lennox qu'à Shanghai Tom Harper était l'un des épicentres du ragot, mais je n'avais pas idée qu'il allait lui fournir tant de matière à travailler.

Et puis, évidemment, il y a cette phrase mystérieuse de la deuxième lettre : « Je ne sais pas ce qu'il en est au plan des femmes. » Pour une raison qui m'échappe, Joe ne parlait à personne de son histoire avec Isabelle. Cela relevait peut-être d'une tactique – et il n'a jamais mentionné le nom de Miles à aucun des amis de Tom non plus –, mais il ne répondait pas davantage à la multitude d'opportunités sexuelles qui font partie intégrante de la vie à Shanghai. L'infime possibilité d'une réconciliation avec Isabelle était l'un des principaux catalyseurs qui alimentaient le travail de Lennox en Chine. Plus tard, cet été-là, il me l'a avoué, il avait redouté une « scène à la docteur Jivago », apercevant Isabelle au passage depuis un bus ou un taxi dans une rue grouillante de monde ou, pire, se retrouvant nez à nez avec elle lors d'une soirée pour ne lire dans ses yeux que le reflet d'un vague souvenir. En dépit de tout cela, l'emprise qu'elle exerçait sur lui demeurait malsaine. Je m'en suis ouvert à mon ami, naturellement, mais il refusait de m'écouter. Dès qu'il était question d'Isabelle Aubert, il devenait distant et fermé, cherchant apparemment à tout prix une collision entre eux deux qui, j'en étais convaincu, s'achèverait en tragédie.

32.

L'espion dormant

Tout ce qui subsistait de TYPHOON, c'était quatre Ouïghours vivant à plus de trois mille cinq cents kilomètres de distance, aux deux extrémités de la Chine. Une cellule terroriste. Et une bombe à retardement.

Ansary Tursun et Abdul Bary vivaient et travaillaient à Shanghai, mais on ne les voyait jamais ensemble en public. Abdul était marié, il avait un fils et travaillait quatorze heures par jour à emballer des pièces de jouets d'enfants dans une fabrique du quartier de Putuo.

Ansary n'avait pas de femme dans sa vie, et pour ainsi dire aucune famille directe. Il avait un boulot de serveur à mi-temps dans un restaurant de cuisine ouïghoure de la rue Yishan. Entre octobre 1997 et la fin 2001, sous la direction et la tutelle du professeur Wang Kaixuan, les deux hommes avaient été responsables de plusieurs attentats terroristes de faible portée contre des cibles hans. Avec la désagrégation de TYPHOON, en 2002, et sur le conseil de Wang, ils avaient réduit leurs activités. Deux ans plus tard, Miles Coolidge les avait recrutés.

Le troisième membre de la cellule était un Kazakh de vingt-neuf ans nommé Memet Almas qui, en 2000, avait fait sauter plusieurs semaines d'affilée quatre taxis en utilisant des explosifs expédiés en Chine par Macklinson Corporation. En janvier 2001, au grand dam de la CIA, on avait arrêté Almas sur une accusation de menu larcin totalement sans rapport, avant de l'envoyer dans la Prison n° 2 de Pékin pour deux ans.

Au vu des circonstances, c'était encore ce qui pouvait lui arriver de mieux. Pendant qu'il croupissait dans une geôle, les Chinois avaient arrêté et exécuté neuf extrémistes ouïghours, auxquels il aurait certainement été associé. À sa libération de prison en 2004, Memet avait rencontré Miles Coolidge lors d'un match de foot au stade des Travailleurs à Pékin, et reçu l'ordre de partir s'installer au Xinjiang et d'y attendre de plus amples instructions. La cellule, lui avait signifié l'Américain, ne commettrait en Chine qu'un ou deux attentats terroristes de grande envergure au cours des cinq prochaines années. Ces attentats, avait-il précisé, attireraient une attention sans précédent sur la cause des Ouïghours. Memet avait attendu son heure en travaillant sur un stand de vêtements au marché de Kashgar. Il était considéré comme un homme paisible et dur à la besogne, s'intéressant peu à la religion ou à la politique. Son épouse, Niyasam, une institutrice, ignorait tout de son passé révolutionnaire. Ils n'avaient pas d'enfants. Ansary, Abdul et Memet étaient tous des musulmans pratiquants, mais Coolidge leur avait interdit de fréquenter la mosquée, par crainte d'attirer l'attention des autorités. Ils avaient aussi reçu ordre de se raser la barbe.

Le chef de la cellule, et son membre le plus ancien, s'appelait Ablimit Celil. Adolescent, dans les années quatre-vingt, Ablimit avait été arrêté et emprisonné pour avoir volé une kalachnikov au quartier général de la police dans sa ville de Hotan. En prison, il avait subi l'influence d'un imam ouïghour qui avait su développer en lui sa foi islamique et sa haine de la domination han. Plus tard, il avait rejoint un groupe clandestin qui avait fait sauter des voies ferrées, des immeubles de bureaux et autres cibles « molles » du Xinjiang. En avril 1990, il avait pris part aux émeutes de Baren et, devant l'arrivée en masse des troupes chinoises, s'était enfui dans les montagnes de Kunlun aux côtés de centaines d'autres militants. Nombre d'entre eux, ainsi que des villageois sympathisants de la cause séparatiste, avaient été emprisonnés à la suite de rafles. Toutefois, Ablimit avait évité la capture et, deux ans plus tard, il cachait une bombe à bord d'un bus bondé de fêtards, des Hans célébrant le Nouvel An chinois à Urumqi. L'explosion de cet engin improvisé avait tué six personnes. En 1997, il avait été responsable de la mort de huit soldats et de quatre employés du personnel d'entretien dans une caserne de l'armée, à Turpan, après l'explosion pendant le repas du soir d'une bombe qu'il avait dissimulée dans un cagibi.

Peu après le 11-Septembre, Ablimit Celil avait effectué le premier de ses deux séjours dans un camp d'entraînement d'Al-Qaida, au cœur des montagnes du Pamir, au Tadjikistan. Musulman plus observant que les autres membres de sa cellule, il avait pu obtenir la permission d'entreprendre le pèlerinage du Hadj, et c'était à La Mecque que Josh Pinnegar, s'étant fait passer pour un journaliste d'un quotidien américain, l'avait recruté en qualité d'agent de la CIA.

La cellule sortait de l'ordinaire, dans la mesure où ses quatre membres étaient délibérément séparés les uns des autres. Ablimit, qui était veuf, vivait à Urumqi où il travaillait comme portier dans un hôtel cinq étoiles accueillant une clientèle d'étrangers et de riches hommes d'affaires chinois. Chaque fois qu'il se rendait en ville, Coolidge descendait toujours dans cet hôtel, ce qui lui donnait l'occasion de communiquer avec Ablimit en lui transmettant des messages sous forme de pourboires. En règle générale, il les inscrivait sur des billets de banque chinois ou américains en recourant à des encres visibles uniquement sous une lampe à rayons ultraviolets. Peu après les attentats à la bombe de Madrid, le 11 mars 2004, Celil avait informé Miles de son vif désir d'aller s'installer avec Memet à Shanghai, et de faire équipe avec Abdul Bary et Ansary Tursun. À Urumqi, soulignait-il, le climat régnant entre Hans et Ouïghours s'était gravement détérioré. Le 11-Septembre avait donné carte blanche aux autorités pour bâillonner la population de la minorité musulmane et la traiter avec un mépris auparavant inimaginable. Des informateurs opéraient désormais à tous les échelons de la société. La police antiterroriste, vêtue de noir, rôdait dans les rues. Là où les Hans et les Ouïghours s'étaient satisfaits de leur coexistence, ces deux groupes ethniques étaient maintenant divisés par la peur et la suspicion mutuelle. Les passeports de milliers de citoyens musulmans avaient été confisqués par les autorités. Tout voyage devrait dorénavant être approuvé par le gouvernement chinois, qui nourrissait la crainte paranoïaque de voir ses minorités opprimées rejoindre des groupes d'activistes en Tchétchénie et au Pakistan avant de revenir dans la mère patrie avec l'intention d'y provoquer des ravages. Il suffirait d'un incident dans le style des attentats de Madrid, estimait

Celil, soit à Shanghai, soit à Pékin, pour faire avancer radicalement la cause d'un Turkestan oriental indépendant.

La théorie d'Ablimit avait trouvé un écho chez Miles : il en avait conclu que des attentats de petite envergure sur le continent, passant presque tous inaperçus en Occident, ne présentaient aucune valeur stratégique pour les États-Unis. Il avait retenu cette leçon de la précédente mouture de TYPHOON. Le but ultime du groupe d'individus qui, depuis Washington, exerçait son contrôle tactique sur l'organisation de Coolidge, était une tragédie financée par cette entité lors des Jeux olympiques de Pékin. Pourtant, à l'époque, cet événement était encore si lointain que Miles n'avait révélé leur objectif à aucun membre de la cellule. En revanche, il avait confié à Ablimit qu'il allait commencer à envisager des cibles à Shanghai, pour une éventuelle opération dès l'été 2005. Memet avait expliqué à sa femme qu'il allait à Shanghai pour chercher du travail dans le bâtiment. Ablimit avait pu obtenir un poste aux cuisines d'un hôtel appartenant à la chaîne qui l'employait à Urumqi.

Il y avait eu une complication. Leur quatuor avait brièvement compté un cinquième membre. Enver Semed avait combattu aux côtés des talibans à Tora Bora, où des soldats américains l'avaient capturé en décembre 2001. Transféré à Guantanamo, il avait été incarcéré avec vingt-deux autres combattants ouïghours prétendument liés à Al-Qaida. Début 2004, Semed avait vu sa détention examinée par le tribunal américain de Révision du statut de combattant, qui avait pu déterminer qu'il n'était plus un « ennemi » des États-Unis. Il y avait à cela une raison simple : la CIA l'avait recruté comme agent. Rapatrié en Chine sous une fausse identité, Semed s'était présenté à Josh Pinnegar, qui l'avait placé sous l'autorité de Kenneth Lenan. Face aux pressions du MSS, et en raison de ses liens avec Macklinson, ce dernier l'avait presque immédiatement laissé choir. Deux mois plus tard, accusé d'appartenir l'ETIM, Semed fut appréhendé, puis exécuté dans un camp du *laogai* à Qinghai. C'était la nouvelle du décès de Semed que Lenan apportait à Coolidge lors de son ultime visite à Shanghai.

33.

Starbucks

Au bout de presque sept semaines en Chine, Joe était prêt à accélérer les opérations. Chacun de ses exercices de contre-surveillance – conduits avec une régularité métronomique, qu'il soit au travail à son bureau, dans un taxi se dirigeant vers un restaurant, qu'il marche dans la Concession française ou profite de la salle de sport du Ritz-Carlton – l'avait convaincu qu'il n'était ni écouté ni suivi. Dans un e-mail crypté à Vauxhall Cross expédié depuis un cybercafé choisi au hasard sur la rue Shanxi, il signala à Waterfield qu'à son avis RUN était « clean ». Ni les Américains ni les officiers de liaison chinois ne possédaient la moindre idée de ce que manigançait Joe Lennox.

Le lendemain, Londres lui adressa par texto la réponse qu'il attendait : « Tony voudrait te retrouver pour un verre lundi à 18 heures. Apporte ton livre sur l'Espagne. » C'était un code simple, convenu d'avance. « Tony » était le nom opérationnel de Zhao Jian, une source chinoise han du SIS qui vivait et travaillait à Shanghai. Jian et ses frères cadets étaient secrètement rémunérés par l'ambassade britannique et, depuis Noël, ils avaient suivi Miles en notant tous ses mouvements, afin de préparer l'arrivée de Lennox. Se « retrouver pour un verre » signifiait qu'il devait entrer en contact avec Jian au Starbucks situé au nord du parc Renmin. « Lundi à 18 heures » signifiait simplement 17 heures, dimanche prochain. Le « livre sur l'Espagne » était un exemplaire relié du roman d'Arturo Pérez-Reverte, *La Reine du Sud*, qu'il devait placer bien en vue sur une table à l'extérieur, signal indiquant que la rencontre pouvait avoir lieu. Il avait ainsi conservé en mémoire une demi-douzaine d'autres phrases tout aussi anodines. « Téléphone à ta sœur », par exemple, voulait dire que nous devions nous contacter aussitôt après en nous servant de téléphones portables sûrs. « Papa a retrouvé ta voiture volée » était une consigne urgente d'abandon de l'opération pour un retour à Londres sous faux passeport.

Le dimanche de son premier rendez-vous avec Zhao Jian, en fin d'après-midi, Joe traversa le hall de réception du Ritz-Carlton, échangea une plaisanterie avec le portier – ayant séjourné presque deux mois à l'hôtel, il était en termes amicaux avec quasiment tout le personnel – et monta dans un taxi. Le chauffeur, qui souffrait de surpoids et de surmenage, ne prit pas la peine de réagir à la présence de Joe jusqu'à ce que celui-ci, dans un mandarin impeccable, le prie de se rendre au Park Hotel. Le taxi lui demanda alors d'où il était, et s'embarqua dans une discussion animée sur les circonstances du décès de lady Diana, princesse de Galles. Assis à l'arrière, Lennox se plaqua contre la cloison en plexiglas qui les séparait et lui assura qu'à sa connaissance la princesse du Peuple n'avait pas été assassinée par le MI6.

La climatisation du taxi était en panne et il baissa la vitre pour respirer un air chaud et pollué au goût de soufre. Il avait choisi une chemise en lin blanc, un pantalon de coton et une paire de Campers fatiguées, car la journée était humide et il savait que Jian voudrait marcher un peu avant leur rendez-vous, afin de s'assurer que ni l'un ni l'autre n'avaient été suivis.

À l'approche du parc, le taxi mit son clignotant avant de se ranger et Joe se retourna sur la banquette arrière brûlante pour vérifier d'éventuels mouvements insolites dans les véhicules derrière eux. Ayant réglé la course, il tendit au chauffeur sa carte de Quayler – « Jetez un œil à nos produits ! » – et entra dans le hall de l'hôtel pour y attirer quiconque aurait pu le surveiller depuis la rue. Une minute plus tard, il ressortait par une porte de service qu'il avait repérée trois jours plus tôt. Il observa cette sortie d'une cabine téléphonique de la rue Fenyang pendant à peu près une minute et demie. N'ayant vu dans ce laps de temps qu'un commis de cuisine vider une poubelle, il fut convaincu qu'on ne l'avait pas suivi.

Le Starbucks situé dans la rue Nanjing, en face du parc, est l'un des cafés de la chaîne qui ont ouvert par dizaines d'un bout à l'autre de la Chine ces dernières années. On y vend des caffé latte, des muffins et du thé à la cannelle identiques à ceux proposés à Sydney, Paris et Washington. Joe écrivit plus tard dans son rapport qu'il y entra par la porte de la rue Nanjing vers 16 h 40 environ. Un mug de cappuccino à la main, il se dirigea vers le fond et trouva une table à l'extérieur donnant au sud, sur le parc Renmin. Les autres clients étaient surtout des touristes occidentaux et quelques Chinois aisés. Il fuma une cigarette sous un soleil voilé de pollution qui lui réchauffait le visage. L'occupant précédent de sa table avait laissé sur la chaise voisine un numéro de *That's Shanghai*, l'hebdomadaire de petites annonces en langue anglaise. Il l'ouvrit, tourna rapidement les pages, les parcourut en partant de la dernière, et lut un article sur un nouveau bar qui avait ouvert à Pudong. Peu avant 17 heures, il sortit *La Reine du Sud* de son sac à dos et le plaça sur la table. Il n'était ni nerveux ni particulièrement inquiet. Il avait effectué son travail de préparation et cette sorte de besogne était pour lui une seconde nature.

Vers 17 h 05, il s'aperçut de la présence d'un homme, debout non loin de sa table, à environ deux mètres, qui parlait en mandarin dans un téléphone portable. C'était un Han d'âge moyen, qui portait des chaussures en cuir de piètre qualité, sans lacets, un pantalon noir taille haute et une chemise blanche à manches courtes. Son attitude correspondait grosso modo à la description de corpulence bon enfant que Waterfield lui avait faite de Jian à Londres. Pour en être certain, il lança un rapide coup d'œil à la main droite de l'homme et vit une épaisse cicatrice courant du début du poignet à la phalange du majeur – « un accident de pêche », lui avait expliqué son chef. Cette main tenait un mince attaché-case noir. Joe finit son café, rangea le livre dans le sac à dos et écarta sa chaise de la table. Respectant le signal convenu, il se pencha pour resserrer les lacets de ses souliers et, lorsqu'il se releva, Jian s'était déjà éloigné de vingt mètres en direction du parc.

La tâche de Lennox était simple : suivre son contact et s'assurer de ne pas être filé. Il avait été décidé qu'au moment adéquat, Jian s'arrêterait dans une clairière près d'un petit étang recouvert de lotus où des hommes et des femmes du quartier venaient jouer aux cartes et au *majiang*[1]. À ce stade, leurs rôles

----

1. Mah-jong.

seraient inversés : Joe continuerait à avancer, tandis que Jian le suivrait discrètement à distance en s'assurant lui aussi qu'il était « clean ». Les chances que la couverture de l'un ou l'autre ait été compromise étaient minimes, mais c'était en partie parce qu'ils avaient observé une telle prudence dans le passé qu'ils avaient survécu aussi longtemps dans leurs carrières respectives sans se faire repérer.

Jian marchait vers l'ouest et le nouveau Grand Théâtre et, très vite, le brouhaha de Shanghai se réduisit à un murmure lointain. Afin de reconnaître les lieux, Joe était déjà venu visiter le parc Renmin à quatre reprises, et il avait toujours apprécié cette tranquillité soudaine et miraculeuse. C'était en un sens comme si les sentiers étroits et les branches des arbres autour de lui se refermaient pour absorber le vacarme perpétuel de la ville. Même l'air pollué, d'ordinaire étouffant, semblait pour une fois d'une merveilleuse propreté. Au bout de trois minutes environ, Jian s'arrêta au centre de l'allée et passa un coup de fil sur son portable. Cela permit à Joe d'observer les hommes et les femmes qui, autour de lui, auraient eu un comportement similaire. S'ils s'arrêtaient subitement eux aussi ou s'ils tentaient de se dissimuler, il laisserait tout tomber et ressortirait directement du parc. Jian serait alors obligé d'entrer en contact d'urgence avec son officier traitant à l'ambassade et l'opération contre TYPHOON serait presque certainement suspendue. Or il n'y eut rien d'insolite à signaler. Durant la conversation, deux jeunes amoureux qui marchaient timidement main dans la main s'écartèrent de l'allée et étendirent une couverture sur l'herbe. Une vieille dame chinoise apercevant une amie assise sur un banc tout proche lui fit signe de la main et traversa pour la rejoindre. Ayant refermé son téléphone, Jian continua son chemin. Au bout de quatre minutes, il s'immobilisa non loin de l'étang aux lotus et se joignit à un petit groupe de spectateurs qui s'étaient rassemblés là pour suivre une partie de *chudadi*. Joe entrevit du mouvement dans les arbres derrière ce groupe, mais c'était juste un vieil homme qui pratiquait son tai-chi à l'ombre d'un ginkgo. Il dépassa ce groupe et fut obligé de contourner une vieille charrette en bois dans laquelle un jardinier jetait des détritus et des mauvaises herbes. L'atmosphère était paisible et il n'entendait que le murmure des conversations, le claquement des cartes à jouer sur le béton des tables, le cliquetis des jetons en plastique. Ensuite, il continua son tour dans le sens inverse des aiguilles d'une montre, en direction du Musée de Shanghai, tout en buvant de petites gorgées d'une bouteille d'Évian et en écoutant le chant des oiseaux. Il savait que Jian le suivait et que ses yeux expérimentés de Chinois n'avaient détecté aucun problème, car à deux reprises il s'était servi de la surface réfléchissante des poubelles du parc pour localiser la position de son contact, derrière lui. Il avait la démarche décontractée, les hanches relâchées des hommes chinois d'une certaine carrure et il avançait d'un pas régulier. Quand Joe eut atteint le coin sud-est du parc, il attendit devant les bancs disposés en cercle, à l'écart, où le rendez-vous était prévu.

Il constata que deux des quatre bancs étaient occupés, mais ne s'en soucia guère. Le principal avantage de cet emplacement, c'était la présence d'un certain nombre de haut-parleurs qui claironnaient de la musique classique dans tout le périmètre. Les conversations étaient donc complètement étouffées, ce qui écartait toute crainte de surveillance audio. Levant les yeux depuis l'allée, Jian croisa pour la première fois le regard de l'Anglais et se dirigea vers le plus éloigné des quatre bancs, son visage enjoué fendu d'un grand sourire.

« Monsieur Joe, s'écria-t-il. C'est très bien de vous revoir. »

Les bancs étaient placés dans une petite clairière grande comme la moitié d'un court de tennis et entourée sur trois côtés d'un épais rideau d'acacias et de massifs de pivoines. On pouvait certes observer Joe et Jian depuis l'allée principale qui longe la bordure sud du parc Renmin, mais dans cette partie de la ville, la vision d'un Han des classes moyennes conversant avec un Occidental n'avait rien d'incongru. Tout dans leur attitude suggérait qu'ils se connaissaient relativement bien et qu'ils avaient sans doute opté pour un rendez-vous d'affaires informel à l'extérieur, profitant du temps chaud de ce week-end. Jian serra la main de Joe, désigna quelques gratte-ciel à moitié inachevés et évoqua le passé du parc Renmin, jadis un hippodrome. Puis il sortit un ordinateur portable de son attaché-case et s'installa pour aborder leurs affaires.

« Qu'est-ce que vous m'avez apporté aujourd'hui ? » lui demanda Joe.

Un étudiant chinois assis sur le plus proche des trois autres bancs écoutait du rock à fort volume avec un lecteur MP3. Un vacarme synthétique et métallique de batteries et de guitares s'échappait des écouteurs de plastique blanc. Le deuxième banc occupé était à plus de trois mètres et situé juste au-dessous d'un des haut-parleurs. L'*Adagio pour cordes* de Samuel Barber venait de remplacer l'aria des *Variations Goldberg* et Joe essaya de se rappeler le titre du film dans lequel ce morceau était repris.

« Votre ami américain quitte souvent la ville, commença Jian en anglais, selon une décision préalable. Nous avons suivi sa voiture sept fois, jusqu'à l'aéroport.

— Destinations ? » Le fait de discuter des mouvements de Miles Coolidge dans la ville où l'Américain avait élu domicile eut sur lui un effet libérateur. Après des semaines de planification soignée, l'opération était enfin engagée.

« Tout au long de mes années d'association avec votre compagnie, j'ai jugé qu'il valait mieux reconnaître sincèrement mes limites », répondit Jian. Il souriait, mais le regard de ses yeux ronds était grave et sans équivoque. « Je dois admettre qu'en deux occasions nous n'avons eu aucune certitude sur sa destination. Nos ressources sont modestes, voyez-vous. »

Joe appréciait son honnêteté et savait que travailler avec Jian lui plairait. C'étaient ceux qui avaient réponse à tout dont il fallait se méfier.

« Bien sûr, fit-il.

— En ces deux occasions, votre ami s'est envolé pour Urumqi. »

Joe dissimula sa surprise en lui offrant une cigarette. L'autre, qui était son aîné, la refusa et, après s'en être allumé une, il rangea le paquet dans la poche de son pantalon.

« Et les cinq autres fois ? C'étaient tous des vols intérieurs au départ de Hongqiao ?

— Non. » Jian secoua la tête. Il devait avoir cinquante-cinq ans, des joues lisses et renflées qui lui évoquaient un écureuil emmagasinant des noisettes pour l'hiver. « Deux fois, une voiture est venue le chercher à son appartement très tôt le matin et l'a conduit à l'aéroport de Pudong. Si je devais avancer une hypothèse sur la nature de ces voyages, je dirais qu'il se rendait aux États-Unis.

— Qu'est-ce qui vous fait croire cela ?

— Parce qu'en ces deux circonstances, il n'est pas rentré avant plus d'une semaine, parce que plusieurs vols à destination de Washington coïncidaient avec son horaire ces matins-là, et parce qu'il n'a pas emmené sa femme. »

Isabelle. Le crescendo des violons de l'*Adagio* de Barber apporta une note mélodramatique à la seule pensée de son nom. Joe aurait voulu demander à Jian comment elle allait, ce qu'il pensait d'elle, si elle paraissait heureuse ou triste. Il se surprit à songer – et ce n'était pas la première fois depuis le début de son court séjour à Shanghai – qu'il respirait le même air que la femme qu'il aimait. Telle était la folie silencieuse où logeait son cœur.

« En revanche, les trois autres étaient des vols intérieurs chinois ?

— Oui. Et l'un de ces vols pouvait être à destination d'Urumqi, car les horaires concordaient aussi. Mais ce n'est que pure conjecture de ma part. Quant aux autres, nous sommes presque certains qu'il s'agissait de destinations distinctes.

— Dans le cadre de son travail ? »

Jian opina. La couverture de Miles lui imposait de se faire passer pour un employé de Microsoft chargé d'enquêter sur des violations de droits de la propriété intellectuelle en Chine. La ruse était habile, car elle procurait à un haut responsable de la CIA tout latitude de circuler dans le pays sans éveiller de soupçons.

« Que pouvez-vous m'indiquer d'autre à propos de ses déplacements ? »

Jian poussa un gros soupir, les joues gonflées, en inclinant la tête sur le côté, les sourcils en accent circonflexe, dans une expression comique de perplexité exténuée. Pour Joe, il fut alors évident que Miles n'avait pas changé. Aucun autre homme n'aurait pu générer une réaction de cet ordre chez une source possédant l'expérience de Jian.

« C'est un sacré numéro, votre Américain. » Il alluma le portable, cliqua sur quelques icônes et le lui passa. C'était un petit Lenovo, léger, à la pointe de la technologie. Il y avait une photographie à l'écran, à peu près de la taille d'un cliché de vacances.

« Si l'on venait nous déranger, lui glissa tranquillement Jian en regardant la pelouse droit devant lui, si quelqu'un devait s'approcher de nous et exiger de voir les informations figurant dans cet ordinateur, vous n'avez qu'à appuyer sur la touche F8 qui a été programmée pour détruire tous les fichiers concernés. » Un personnage plus théâtral aurait pu marquer un temps de silence, afin de dramatiser son effet, mais pas Jian : il passa promptement à la suite. « La première photo vous montre une personne qui vous intéressera sans doute énormément. » C'était un gros plan d'une femme, une Chinoise, très belle, prise dans une rue animée sous un soleil éclatant. « Nous pensons que votre ami entretient une relation sexuelle avec cette femme. Son nom anglais est Linda, et son patronyme chinois, Ling Shu. À l'heure actuelle, il n'est pas à Shanghai et nous pensons qu'ils sont ensemble à Hainan. J'ai rédigé un compte rendu plus détaillé de leurs rendez-vous dans le principal fichier de recherche que contient cet ordinateur. » Joe sentit monter en lui une sensation étrange et contradictoire, une bouffée de soulagement et de colère : soulagement parce que Miles minait son mariage par son infidélité ; colère car il faisait souffrir Isabelle. Jian tendit la main et appuya sur la flèche droite du clavier. La photographie de Linda fut remplacée par celle d'une femme différente. « Cette deuxième image vous montre aussi une fille, comme vous pouvez le voir, une Chinoise qui doit avoir approximativement le même âge que la précédente. »

Puis il retira sa main et s'adossa contre le banc. Y avait-il là un fond discret de dégoût moral ? Joe ne savait rien de la vie privée de sa source, mais ce ton cassant pour décrire la seconde créature l'amenait à penser qu'il était lui-même le père d'une fille.

« Miles fréquente ces deux femmes en même temps ? »

Jian émit un curieux bruit du fond de la gorge, qui aurait pu être un rire de camaraderie masculine, mais aussi bien le grognement désapprobateur d'un homme plus mûr.

« Oui. Là encore, c'est ce que nous pensons. » Un oiseau vint se poser sur l'herbe devant eux, avant de rapidement s'envoler. « Cette dame-ci vit dans un appartement pas très loin d'où nous sommes et elle a un certain nombre de fréquentations masculines.

— Vous voulez dire que c'est une prostituée ? »

Le Chinois haussa les épaules. Les Occidentaux prenaient les jeunes Chinoises pour proies ; les jeunes Chinoises prenaient les Occidentaux pour proies. Parfois, de l'argent changeait de main. C'était dans l'ordre des choses. La musique qui se déversait des haut-parleurs avait changé elle aussi, c'était la valse de *La Belle au Bois Dormant*. Le soleil avait disparu derrière un banc de nuages jaunis, mais la température dans la clairière restait chaude. Ce fut alors que Joe se souvint : l'*Adagio*, c'était dans *Platoon*, et il s'aperçut que cet air lui était resté en tête.

« Il y a beaucoup d'autres photographies », lui précisa Jian. L'image suivante surprit Lennox : c'était Miles en personne, devant ce qui ressemblait au bar d'un hôtel chic. Cela faisait si longtemps qu'il n'avait pas vu un cliché récent de son visage qu'il ne put se retenir de loucher dessus, presque d'incrédulité. Il avait beaucoup grossi, devait atteindre quatre-vingt-dix ou quatre-vingt-quinze kilos et, peut-être pour compenser la bouffissure du visage, proportionnée à celle de la silhouette, il s'était laissé pousser une barbe noire et broussailleuse qui, en un sens, amplifiait encore son charisme naturel. Au bar, il était entouré de trois personnes – un homme et deux femmes –, tous les trois blancs, tous les trois plus jeunes que lui, et qui riaient aux éclats à ce qu'il venait de leur raconter. C'était une vision à la fois rassurante et démoralisante. Joe écrasa sa cigarette.

« Cliquez sur celles-ci », lui suggéra Jian en pointant le doigt sur le clavier. Joe fit défiler un diaporama accompagné d'un commentaire détaillé enregistré par son correspondant. « Ce sont les collègues de travail de votre ami. Il s'agit d'un avocat américain qu'il rencontre au moins deux fois par semaine. Là, c'est sa salle de sport. Là, sa voiture. Et là, le cinéma qu'il fréquente. » Telle la balle dans le barillet à la roulette russe, Joe guettait un premier aperçu d'Isabelle, mais cette balle-là ne vint jamais.

Au bout de trente ou quarante photos, il posa la question.

« Et sa femme ?

— Sa femme ?

— Eh bien, où est-elle ? »

Ce fut le seul moment de malaise entre les deux hommes. Sa source réagit comme si le SIS remettait en cause la qualité de son travail. Joe se sentit obligé de le rassurer.

« Ne vous méprenez pas. C'est simplement qu'ils n'ont pas l'air de passer beaucoup de temps ensemble.

— Ils n'en passent pas du tout, lui répliqua Jian tout net. Elle n'est presque jamais avec lui. »

Ce qui était une bonne nouvelle, en conclut Joe, sans que cela le ravisse pour autant. Il avait toujours su que le mariage d'Isabelle avec Miles serait une imposture, que l'Américain la tromperait, qu'elle serait malheureuse. Voir la réalité confirmer ses prédictions était sinistre et désolant.

« Presque jamais ? Ils ne sortent pas ensemble ?

— Quasiment jamais. »

Il y avait quantité de photographies de Miles la nuit. Sur une série d'images à contre-jour prises à l'intérieur de ce que Jian décrivait non sans mystère comme un « night-club mexicain », on le voyait en conversation animée avec un jeune homme âgé de vingt-six ou vingt-sept ans, qui devait être pakistanais ou indien du Nord. À Shanghai, il était assez rare de voir des Asiatiques du sous-continent, et Lennox s'interrogea sur un lien éventuel avec TYPHOON.

« Qui est ce type ? fit-il en appuyant sur l'écran, et sous le bout de son doigt le visage de l'homme devint flou.

— Nous n'en savons rien, lui répondit l'autre aussitôt. Ces photographies ont été très difficiles à prendre, à cause du faible éclairage. Mon frère ne pouvait se servir que de son téléphone portable.

— Ce n'est pas un diplomate ? Il réside ici ? » Joe songeait aux montagnes du Pamir séparant le Xinjiang de l'Inde et du Pakistan. La source de Waterfield à Pékin lui avait expliqué que des explosifs utilisés ultérieurement par les cellules de TYPHOON dans le cadre d'incidents terroristes avaient été introduits clandestinement par le col de Khunjerab à l'été 1999.

« Nous n'en savons rien. Je suis désolé. La photo que vous avez sous les yeux a été prise il y a seulement deux semaines, une dizaine de jours tout au plus. Mais j'ai vu plusieurs fois cet individu avec votre ami, et toujours à cet endroit. Nous l'appelons "Sammy" parce qu'il nous rappelle un membre de notre famille.

— Sammy ?

— Oui. Il fait partie de ce groupe de votre ami qui sort la nuit dans des bars et des clubs. Il est plus jeune que presque tous les autres. C'est tout ce que je peux vous dire. »

Coïncidence, la suivante était un plan américain d'un homme, un Ouïghour, moustachu, légèrement flou et pris avec un appareil tenu à hauteur de la taille, sans doute sous une table, dans un restaurant. Il portait une chemise jaune traditionnelle brodée et un *doppa*.

« Qui est-ce ? demanda Joe immédiatement. Y a-t-il un lien entre eux ?

— Non, cet homme est juste un serveur. » Jian avait senti l'intérêt de Joe s'aiguiser.

« Si c'est un simple serveur, pourquoi avez-vous pris cette photo ?

— Votre ami va à Urumqi, lui répondit tranquillement Jian. Il prend aussi ses repas au restaurant Kala Kuer, où il discute beaucoup avec cet homme. Je les ai vus ensemble. Et je suis dans ce métier depuis suffisamment longtemps pour savoir que lorsque des étrangers s'intéressent au Xinjiang, ce n'est pas toujours à cause de la cuisine. »

Joe sourit. La bouche de son interlocuteur s'orna d'une jolie moue ironique. Peut-être connaissait-il le motif de la présence de Lennox à Shanghai, après tout. Un homme détenant ses contacts – son *guanxi* – avait probablement flairé TYPHOON depuis belle lurette.

« Alors vous connaissez le nom de ce serveur ?

— Bien sûr. » Jian semblait enfin content de détenir une réponse correcte. Le diaporama était terminé et il tendit la main pour récupérer son ordinateur. « Ce serveur s'appelle Ansary Tursun. »

34.

Noctambules

Sur le chemin du retour à l'hôtel, dans l'ascenseur en remontant vers sa chambre, en bas au spa et tout au long de ses vingt longueurs dans la piscine extérieure du Ritz-Carlton, Joe Lennox tenta de se rappeler quand il avait entendu le nom d'Ansary Tursun. Allumant la télévision à 20 heures, il regarda un bulletin d'informations de CNN sur un attentat à la voiture piégée en Irak et envisagea d'envoyer un message à Vauxhall Cross pour leur demander d'éplucher dans leurs fichiers toute mention du nom de Tursun. Mais étant un homme obstiné, cela devenait pour lui une question de fierté opérationnelle de se remémorer où il l'avait entendu, avant que Londres ne se réveille dans la matinée. S'il ne parvenait pas à trouver de réponse, il capitulerait et contacterait Waterfield. Pourtant, il avait pu exhumer *Platoon* de sa mémoire, et les violons de l'*Adagio* de Barber enchaînaient encore leurs crescendos dans son esprit. Où était la différence ? Tout au plus s'agissait-il de localiser la mélodie d'Ansary Tursun.

Le téléphone sonna sur la table de chevet. Il coupa le son de la télévision et décrocha.

« Joe ? C'est Tom. Qu'est-ce que tu fais pour dîner ? »

Il avait vu Harper à trois reprises au cours de la semaine. Dans un autre contexte on aurait pu juger cela excessif, mais à Shanghai, où les groupes d'expatriés se réunissaient parfois jusqu'à trois ou quatre soirées par semaine, c'était on ne peut plus normal. L'autre solution était lugubre : rester chez soi à regarder de médiocres DVD piratés des derniers gros succès hollywoodiens avec pour toute compagnie un plat à emporter de chez Sherpa. La plupart des stations de radio étrangères intéressantes étaient proscrites par la censure de l'Internet chinois, et la télévision d'État proposait essentiellement des émissions de jeux, des parades militaires et des feuilletons historiques. Quand il vivait à Hong Kong, en Malaisie et à Singapour, il avait aussi vu les expatriés s'agglutiner en bandes et mener une vie d'excès qui aurait été impensable dans leur pays d'origine. C'était l'un des aspects qu'il avait jugés le plus frustrant lors de son retour à Londres : d'une certaine manière, par comparaison, sa vie sociale lui avait paru fade et routinière.

« Je n'avais rien de prévu. »

Tom lui expliqua que cinq ou six de ses amis allaient au Paradise Gardens, un restaurant thaï de la rue Fumin. Joe était ravi d'être invité, et pas seulement à cause de l'avantage opérationnel qu'il y avait à se montrer dans Shanghai. Il finissait aussi par se ressentir des restrictions de la vie à l'hôtel. Il n'avait aucun désir d'une femme, mais il n'avait pas non plus envie de passer toutes ses journées à penser à Miles et Isabelle. S'il était dans la nature de sa profession d'exister dans ce que l'on pourrait définir comme un état artificiel perpétuel, il n'était pas différent de la majorité des gens : il éprouvait le besoin de sortir de temps à autre pour décompresser.

Ils convinrent d'un rendez-vous au restaurant à 21 heures. Il descendit au bar du premier étage, où il siffla une vodka tonic et fit un signe de tête approbateur au trio de jazz Nouvelle-Orléans qui jouait à l'hôtel depuis une quinzaine de jours et le connaissait déjà de vue. Il offrit un Coca au pianiste (« Je suis aux Alcooliques anonymes », lui avait dévoilé le musicien lors de leur seule et unique conversation) et deux pur malt au chanteur et au batteur, avant d'aller signer la note. Il y avait une longue file d'attente pour les taxis devant le rez-de-chaussée, et il marcha vers l'est, dans la rue Nanjing, où il en héla un au passage.

À son arrivée au restaurant, les amis de Tom – trois hommes, deux femmes – étaient déjà installés. Il les connaissait tous, sauf une, une femme superbe, d'environ vingt-cinq ans, pleine de vitalité et peut-être d'origine malaise. Les autres étaient des visages familiers – Ricky, un garçon de Liverpool qui gérait une fabrique de sous-vêtements féminins à la périphérie de Shanghai ; Mike, un professeur de physique à l'École américaine de Pudong ; Jeff, un ancien avocat canadien qui démarchait les Chinois pour ses produits de blanchiment des dents et Sandrine, une Française, cadre supérieur chez Estée Lauder. Ils avaient à peu près tous le même âge et vivaient à Shanghai depuis plusieurs années.

« Faites gaffe, voilà l'espion, s'écria Ricky à l'entrée de Lennox. Tu as très belle allure, ce soir, mon pote.

— C'est parce que j'ai enfilé un de tes soutiens-gorge, Ricky », lui rétorqua-t-il, et tout le monde éclata de rire. Il les pria d'excuser son retard et s'assit sur la chaise vacante, entre Tom et la Malaise qui se présenta : elle s'appelait Megan. Elle avait une voix assurée et cosmopolite, et il en conclut qu'à une période ou une autre elle avait fait ses études en Amérique. Il observa son annulaire et constata qu'elle n'était pas mariée.

« Alors, le Ritz-Carlton, c'est comment ? » lui demanda Jeff. Le Canadien le questionnait toujours sur le Ritz-Carlton.

« Cher. J'ai eu le chef comptable de ma société ce matin au téléphone, il voulait savoir pourquoi je lui avais envoyé une facture de quinze mille dollars.

— Quinze mille dollars ? Pourquoi autant ?

— Parce que les espions regardent un tas de pornos », lâcha Ricky.

On tendit le menu à Joe et il commanda une bière et un poulet au curry vert. Cela ne le dérangeait pas que Ricky sorte ce style de plaisanteries : sous un certain angle, elles complétaient la réputation de Lennox, et cela alimenterait utilement les rumeurs qui remonteraient jusqu'à Miles ; d'un autre plan, l'insolence de l'ancien avocat suggérait qu'il ne devait pas prendre très au sérieux l'idée que Joe ait pu être un espion. Si tel avait été le cas, il se serait presque certainement tu. Déployant une serviette sur ses genoux, il eut ce court instant d'appréhension qui vous vient d'être assis à côté d'une femme séduisante et il fut heureux que Tom engage directement la conversation avec lui. Ils évoquèrent un immeuble en cours de démolition devant laisser place à une galerie marchande dans le quartier de Harper, mais Lennox avait encore Ansary Tursun en tête et il chercha à se rafraîchir la mémoire.

« Tu as déjà dîné dans un restaurant qui s'appelle le Kala Kuer ?

— De la cuisine du Xinjiang ? »

Joe acquiesça.

« Bien sûr. C'est dans la rue Yishan. Sûrement les meilleures nouilles *la mian* de la ville. Pourquoi ? Tu en as marre du chinois ?

— Vraiment, répondit Joe. On devrait y faire un saut un de ces jours. »

Sa bière arriva et il décida d'insister. Tom était un annuaire ambulant des bars et des restaurants de Shanghai et lui sonder la cervelle ferait gagner du temps.

« À propos, et les night-clubs mexicains ?

— Quoi ? » Megan s'était penchée en avant pour les interrompre, apportant avec elle une brume invisible de parfum et de shampooing. Elle regarda Joe et lui sourit, un sourire signifiant qu'elle était là en quelque sorte pour le tester. *Tu es célibataire, je suis célibataire. Ces types nous montent un coup.*

« L'un des musiciens du bar de mon hôtel m'a raconté qu'il avait passé un super moment dans un night-club mexicain. » Il prit la bière que lui tendait le serveur et remercia, en mandarin. « Il m'a conseillé d'y aller mais je suis incapable de me souvenir du nom de l'endroit. »

Megan et Tom échangèrent un regard qu'il ne réussit pas à interpréter tout à fait.

« C'est l'endroit que nous avions prévu pour la suite de la soirée, lui dit-elle après un temps de silence.

— Sérieusement ?

— Il devait parler du Zapata, expliqua Tom. C'est le seul bar mexicain entre ici et Tijuana.

— C'est un bar, pas un night-club ?

— C'est tout à la fois, chuchota Megan. Vous verrez.

Occupant un immeuble de deux étages à l'angle des rues Hengshan et Dong Ping, le Zapata est un haut lieu de la nuit à Shanghai, déchaîné et chaotique, qui, pour l'atmosphère, mise sur un cocktail d'alcools bon marché, d'heures d'ouverture élastiques et de chaleur asiatique. Joe s'y rendit directement en sortant du restaurant avec Tom, Megan et Ricky qui le conduisirent à l'autre bout d'une terrasse extérieure bondée où des expatriés bronzés et douchés de frais sirotaient leurs Heineken et discutaient boutique par une température qui dépassait vingt degrés à minuit. N'oubliant pas la révélation de Zhao Jian selon laquelle Sammy, le contact pakistanais de Miles, était un client régulier de l'endroit, il balaya la foule du regard à la recherche de son visage, mais il y avait trop de monde pour que ce soit efficace.

Tout au fond de la terrasse, un escalier en bois conduisait au premier étage à une *cantina* noire de monde où l'on proposait une offre spéciale de margaritas, et les consommateurs faisaient la queue au bar à trois de front. Mike, qui était arrivé en avance dans un autre taxi avec Jeff et Sandrine, avait déjà payé une tournée et distribuait les verres posés sur un petit plateau en métal. Avec Aerosmith et Run DMC en bruit de fond assourdissant, Joe le remercia et but une lampée de glace pilée et de tequila au rabais à vous anesthésier la bouche.

« Qu'en pensez-vous ? » lui demanda Megan, en levant sur lui ses grands yeux noirs. Après une longue campagne de séduction pendant le dîner, elle en était encore à flirter et apparemment toujours à jauger son potentiel.

« Étouffant » fut tout ce qu'il réussit à lui répondre avant que Ricky ne la prenne par le bras et ne l'entraîne dans la foule.

« Tu danses », lui lança-t-il.

Joe se retourna. Il y avait une seconde entrée intérieure vers laquelle Ricky conduisait une Megan désormais rieuse. Il les suivit et se retrouva sur un balcon de bois ouvert sur trois côtés, en surplomb d'un bar et d'une piste de danse surpeuplés. Une fille, une Occidentale vêtue d'un haut de bikini et d'un jean moulant, avait bondi sur le bar incurvé où elle tournoyait sur elle-même en se trémoussant sur le refrain du *Walk This Way* d'Aerosmith. Une autre fille se joignit à elle, retira son T-shirt, le jeta dans la foule. Sur la piste de danse, des hommes et des femmes frappaient dans leurs mains en poussant des cris. Tom fit son apparition au côté de Joe et dut mal interpréter l'expression de son visage car il lui dit : « Voilà ce que j'appelle une révolution culturelle. Mao doit s'en retourner dans sa tombe. »

La plus jolie des deux filles hissa sur le comptoir l'un des barmans qui lui tendait la main, un Chinois vigoureux à la chevelure gominée de mannequin. Joe vit qu'il tenait une bouteille de tequila. Les clients en contrebas, juste à ses pieds, avaient l'air de savoir ce que cela signifiait, car ils se retournèrent, renversèrent la tête en arrière et le barman versa l'alcool pile dans leurs bouches ouvertes. Ils toussèrent, crachèrent et avalèrent la tequila sous une nouvelle vague de cris et d'acclamations.

L'inévitable *Billie Jean* de Michael Jackson remplaça *Walk This Way* et Joe sortit une cigarette.

« Endroit intéressant », remarqua-t-il.

Ce fut à cet instant qu'il le repéra. Sur la gauche du balcon, à sept ou huit mètres, contemplant ce désordre : Sammy. La ressemblance était à s'y méprendre, même s'il lui parut être persan ou arabe, et non pakistanais comme l'avait initialement suggéré la photo de Jian – l'éclairage avait faussé la structure et le teint du visage. Il n'était pas loin de la trentaine, beau garçon, bien bâti et bien découplé, une chaîne en or autour du cou, une chemise élégante, un jean et une montre de prix. Il semblait aussi être seul.

« Un autre verre ? hurla Tom.

— Bien sûr. Je peux avoir une bière ? »

Il était temps de se mettre au travail. Pendant que Tom se frayait de nouveau un chemin vers le bar de la *cantina*, Joe ne quitta pas Sammy de l'œil, tâchant d'évaluer rapidement le personnage et sa situation. La posture – tendue, sur la réserve – laissait percevoir qu'il n'était ici avec aucun ami et ne faisait partie d'aucun groupe. La bouteille d'Heineken qu'il tenait à la main étant presque pleine, il paraissait peu vraisemblable que quelqu'un aille lui chercher un verre. Il ne donnait l'impression de communiquer avec personne en bas sur la piste de danse, car il gardait les yeux fixés sur ce qui se passait au bar, avec un rapide coup d'œil de temps à autre vers le balcon, comme s'il cherchait à repérer des filles. Ce qui devait être l'explication la plus plausible de sa présence au Zapata : il avait autour de lui de jeunes Chinoises, presque toutes entre la fin de l'adolescence et le cap de la vingtaine. Joe savait que certaines d'entre elles étaient à la recherche d'un riche Occidental, tandis que d'autres seraient prêtes à rentrer avec un étranger en échange d'un peu d'argent. Ce n'étaient pas des prostituées à plein temps, mais des étudiantes ou des travailleuses en quête de maigres revenus supplémentaires. C'était la même histoire dans presque tous les repaires nocturnes de Chine.

Cinq minutes s'écoulèrent, sans aucun changement apparent. Sammy ne vérifia pas son téléphone portable, ne donna aucun signe évident qu'il attendait de la compagnie. Au contraire, il buvait lentement sa bière, fumait une Marlboro Light et se recoiffa plusieurs fois d'une manière que Joe jugea nerveuse et empruntée. Sur sa gauche, deux jeunes Chinoises se tenaient tout près du mur du fond, et l'une des deux avait l'air de chercher à puiser en elle le courage de lui adresser la parole. Il faisait sombre sur ce balcon plein à craquer, mais il s'aperçut que ces filles n'étaient pas spécialement attirantes et que l'idée de les approcher n'effleurait guère Sammy.

« Vous êtes tout seul, monsieur ? »

Megan venait de surgir à sa hauteur. Elle lui glissa la main dans le dos et il sentit l'effleurement fugace de ses doigts sur sa peau. Ce contact soudain le surprit, mais il lui rendit ce geste en posant sa main au creux de ses reins. Il prit conscience que c'était le premier contact physique un peu soutenu qu'il avait avec un autre être depuis qu'il avait embrassé sa mère le jour de Noël.

« C'est dingue ici, non ? fit-elle.

— Dingue. »

Sammy était presque à la moitié de sa bière et toujours occupé à scruter les filles de la salle. Dans cet environnement du Zapata, il paraissait complètement à son aise et Joe était à peu près certain maintenant d'avoir affaire à un Européen ou un Américain naturalisé. La main de Megan alla se faufiler un peu plus loin, ses doigts vinrent s'aventurer à la lisière de son abdomen et une idée lui vint, mêlant une certaine grossièreté aux avantages d'une longue expérience du monde du secret. Il allait se servir d'elle comme d'un appât. Elle était de loin la femme la plus attirante de tout l'étage supérieur, et s'il réussissait à manœuvrer pour la rapprocher de Sammy, son allure et son genre naturellement porté au flirt risquaient de l'inciter à engager la conversation. Ensuite, à un stade ultérieur, il pourrait se présenter sans éveiller les soupçons.

« Allons par là-bas », fit-il avec un signe de tête sur sa gauche, où c'est un peu moins la foule.

Tenant Megan par la main, il attendit que Sammy regarde en bas vers le bar avant de la conduire à moins d'un mètre de lui. Il y avait une fille entre eux, une Chinoise, mais il savait qu'elle attendait là depuis au moins dix minutes sans qu'on l'ait approchée.

« Qu'est devenu Tom ? » demanda-t-il en lâchant la main de Megan et en modifiant sa posture, de manière à ce qu'ils n'aient pas l'allure d'un couple.

« Aucune idée.

« — Il m'a dit qu'il allait me rapporter un verre. Attendez-moi ici, vous voulez bien ? Je vais voir s'il a besoin d'un coup de main. »

Elle ne soupçonna rien. Il s'éloigna, reprit la direction du bar et elle continua de regarder la piste de danse en accompagnant les paroles de *The House That Jack Built* du bout des lèvres. Pendant les cinq minutes qui suivirent, sous prétexte de fouiller le Zapata à la recherche de Tom, Lennox lui laissa la latitude de faire opérer son charme – en réalité, il tua le temps aux toilettes du rez-de-chaussée. En remontant à l'étage, il repéra Tom et Ricky au bar de la *cantina*, attrapa sa bouteille de bière et les guida vers la porte intérieure. Lorsqu'ils sortirent sur le balcon, il eut devant lui ce qu'il avait eu envie de voir : Sammy, merci mon Dieu, se lissant les cheveux et, l'air assez emprunté, bavardant avec Megan.

« Elle est là-bas, dit-il en les pointant du doigt. C'est là que je l'avais laissée. »

Après quoi, ce fut facile.

« Oh, vous voilà ! fit-elle comme si elle avait renoncé à tout espoir de le revoir. Je me demandais ce qui vous était arrivé. Je vous présente Shahpour. Shahpour, voici mes amis, Tom, Ricky et Joe.

— Ravi de vous rencontrer, les amis. »

Il avait l'accent d'un Américain de souche, mais le nom était probablement iranien. On le sentait momentanément contrarié de voir Megan entourée d'autres admirateurs de sexe masculin, mais son irritation reflua vite derrière un sourire confiant et conciliant où Joe reconnut la marque de son charme naturel.

« Vous vivez ici, à Shanghai ? s'enquit Tom.

— Ouais. Je suis là depuis à peu près un an maintenant.

— Shahpour travaillait dans le bâtiment, fit Megan avec une lueur mutine dans les yeux. Maintenant il vend des logiciels à des petites entreprises ici, en Chine. »

Au ton de sa voix, il était évident pour Joe que leur conversation l'avait ennuyée. Toutefois, elle venait de lui fournir par inadvertance deux informations importantes. « Bâtiment », cela pouvait désigner Macklinson. « Vend des logiciels » pouvait impliquer que l'autre avait recours à la même couverture que Miles.

« Et vous, les gars ? » demanda Shahpour.

Tom et Ricky expliquèrent qu'ils habitaient à Shanghai depuis un certain temps. Joe, qui se tenait délibérément en retrait derrière eux, ajouta qu'il était arrivé pour le Nouvel An. L'autre faisait mine d'écouter, mais à l'évidence il ne s'intéressait qu'au lien entre eux et Megan. L'un de ces types était-il son petit ami ? Sinon, pouvait-il la leur subtiliser ?

« Et vous, Tom, vous faites quoi ? dit-il.

— Je suis courtier en yachts de plaisance.

— Et vous, Joe ?

— Produits pharmaceutiques. » Il y avait un danger que la conversation ne soit assez vite écourtée. Ricky lâcha une blague alcoolisée sur « les culottes qu'il fabriquait pour gagner sa vie », mais aux yeux de Shahpour, Ricky, Tom et Joe n'étaient que trois Anglais qui venaient le gêner dans ses projets avec Megan. Si Joe voulait découvrir ce qu'il avait besoin de savoir, il lui fallait agir promptement. « Je travaille pour une petite société britannique ici. Quayler. Nous essayons de nous développer en Chine.

— Des produits pharmaceutiques, hein ?

— C'est exact. »

Dancing Queen boucla l'affaire. Dès que Megan et Ricky entendirent les premières mesures du morceau d'ABBA, ils poussèrent tous deux un cri de ravissement et annoncèrent qu'ils redescendaient sur la piste de danse.

« Ravie de vous avoir rencontré, Shahpour », lança-t-elle avant de s'éloigner et de disparaître.

« Oui, moi aussi. »

Son départ avait quelque chose d'un peu impitoyable, et Joe en eut un pincement de sympathie. Scrutant le visage de Shahpour, il lut dans ses yeux un mélange fugitif de trouble, de solitude et d'irritation. On l'avait blessé dans sa fierté masculine. Pourtant, sa frustration laissa aussitôt place à une expression d'indifférence étudiée.

« Qu'est-ce qui lui a pris ? s'étonna-t-il.

— Oh, elle est un peu cinglée ! répliqua Tom. Oubliez-la. »

Un silence gêné se prolongea. Joe sentait bien que Tom et Shahpour avaient envie de mettre un terme à cette conversation, et cela le tracassait. Selon toute apparence, ils avaient peu de choses en commun, et la raison de leur rencontre venait de s'effacer au rez-de-chaussée. Joe était confronté à un dilemme. Les pousser à bavarder, une stratégie qui risquerait d'éveiller les soupçons de Shahpour, ou abandonner le contact. Il pourrait toujours soutirer quelques réponses à Megan plus tard.

« Alors vous êtes américain ? fit-il, se décidant à poser une dernière question.

— Aujourd'hui, j'essaie de garder ça secret », rétorqua l'autre. Une fois encore, il balaya le balcon du regard et Lennox comprit que la cause était entendue. Un homme comme celui-là n'avait aucune envie de perdre son temps à discuter avec un type qui gagnait sa vie en vendant des antibiotiques.

« Quelle région ? insista-t-il.

— La côte nord-ouest du Pacifique. »

Encore une réponse d'une totale indifférence. Il était temps de conclure.

« Tenez, voici ma carte. » Cette tactique n'était pas aussi balourde qu'elle en avait l'air ; en Chine, quel que soit le contexte, l'échange des cartes de visite est une pratique courante. « En tout cas c'était sympa de faire votre connaissance. »

Shahpour n'ignorait rien de cette tradition et accepta la carte de l'Anglais en imitant la manière de faire des Chinois : en la tenant entre les doigts des deux mains, il examina attentivement le lettrage et pencha même la tête, pour un effet des plus comiques. Ensuite, il lui retourna le compliment en leur tendant deux des siennes, comme il l'avait espéré.

« Goodarzi ? » lut-il en prononçant son nom de famille. Avec un tressaillement étonné, il avait tout de suite remarqué le logo de Microsoft.

« Goodarzi, oui. Et vous ? Lennox ? »

Il opina. Venait-il de marquer une légère insistance sur son nom, comme s'il l'avait déjà entendu auparavant ? Ou en vérifiait-il simplement la prononciation ? Joe n'en était pas sûr.

« C'est écossais », souligna-t-il.

Shahpour leva les yeux vers le plafond du club, comme s'il venait de se rappeler quelque chose, comme transporté dans une vie parallèle. Était-ce l'imagination de Joe ? Il eut l'impression de s'observer lui-même en train de se débattre avec le souvenir d'Ansary Tursun. Où avait-il déjà entendu son nom ? Leurs regards se croisèrent, mais Lennox fut déçu de voir que Shahpour avait maintenant l'air aussi pétri d'indifférence et d'ennui qu'un instant plus tôt. Il leur serra la main, et prenait déjà la tangente vers la *cantina*.

« C'était super de faire votre connaissance, les gars, dit-il alors que *Dancing Queen* touchait à sa fin. On se recroisera peut-être à un moment ou un autre.

— J'espère bien », fit Tom, sans émotion aucune et, avant que Joe n'ait pu ajouter un au revoir de son cru, un balcon rempli de filles engloutissait Shahpour Goodarzi.

Une heure plus tard, du haut de la terrasse, il le vit repartir du club en compagnie d'une jeune Chinoise vêtue d'un jean déchiré et d'un caraco rose moulant. Il se tourna vers Megan dont le T-shirt était trempé de transpiration après une longue séance sur la piste.

« Eh bien, votre ami iranien est arrivé à ses fins, lui dit-il.

— Mon ami iranien ?

— Shahpour. Le type qui travaillait dans le bâtiment. Vous vous souvenez ? Celui avec qui vous bavardiez sur le balcon.

— Oh, lui ! » Elle avait complètement oublié leur rencontre. « Vous étiez jaloux, Joe ? »

Il appréciait sa façon d'aller droit au but. Avec elle, la partie n'avait jamais de fin.

« Inconsolable, fit-il, parce qu'il était maintenant détendu, éméché et étrangement tenté par l'idée de coucher avec elle. Il vous a fait quel effet ?

— Vous n'êtes pas restés discuter avec lui, Tom et vous, après ? » Une file d'étudiants allemands se faufila devant eux, repoussant Megan plus près de Joe. Elle se retint à son bras pour conserver son équilibre et il respira la douceur toxique de son haleine.

« Rien que cinq minutes. Il disait avoir travaillé dans le bâtiment.

— C'est juste. Une grosse société américaine », se souvint-elle.

Le Zapata se vidait. Il ne pouvait se permettre de lui poser trop de questions, au risque de paraître d'une curiosité insolite. Il lui offrit une cigarette et regarda autour de lui sur la terrasse.

« Où sont les autres ?

— Jeff et Sandrine sont rentrés il y a environ une heure. J'imagine que Ricky et Tom sont encore en train de danser. » Megan n'avait pas changé de position, tout contre Joe. C'était étrange, pensa-t-il, comme l'alcool et une poussée d'adrénaline se combinaient pour provisoirement reléguer le manque et le désir d'Isabelle. Depuis des semaines, il n'avait pas réfléchi à grand-chose d'autre qu'à l'éventualité de leur première entrevue, et pourtant il avait toujours cette femme attirante et flatteuse dans la peau. Il avait décelé en Megan ce côté direct qui l'avait jadis captivé chez Isabelle. Effleurant son ventre plat et frais de la main, il se mit à douter de la nature de ses propres sentiments. Quelle part de son désir pour Isabelle était-elle de l'amour, et quelle était celle d'un désir de revanche ? Voulait-il la posséder à nouveau, à seule fin de pouvoir s'en aller ? Sept ans, c'est long pour nourrir en soi la rancune d'un cœur brisé.

« Alors vous croyez qu'il est iranien ? » lui demanda-t-elle, la paume de sa main lui caressant doucement les poils du bras. Il avait là encore une chance de discuter du personnage, mais il ne réussissait plus à se concentrer que sur la délicatesse de son toucher.

« Un Iranien de Californie. Ils sont nombreux à vivre là-bas. Des familles qui ont fui le Shah. »

Elle hocha la tête. Ils communiquaient autant à travers le silence que par les mots. Les premières heures du matin humide de Shanghai étaient un réceptacle possible où déverser leur désir. Il l'attira vers elle, de sorte que ses bras lui encerclaient entièrement la taille. Elle s'adossa contre sa poitrine. Il enfouit le visage dans sa chevelure et ferma les yeux pour respirer son odeur. Ce fut en cet instant divin que subitement le nom d'Ansary Tursun lui revint, et il fut de nouveau seul dans les rues de Tsim Sha Tsui. Le processus par lequel son cerveau avait trouvé la solution se révélait aussi déconcertant que la perte momentanée de tout désir pour Isabelle. Il leva les yeux vers le ciel nocturne et sourit.

« Alors, à quoi ressemblent les chambres du Ritz-Carlton ? chuchota-t-elle.

— Comment ? Quoi ? »

Il l'avait entendue, mais il lui fallait un peu de temps. Sa mémoire se ruait dans l'appartement, vers Sadha et Lee, vers des histoires de torture et de trahison.

« Je disais, à quoi ressemblent les chambres du Ritz-Carlton ?

— Une vraie pagaille, fit-il, parce qu'il savait maintenant qu'il devait partir d'ici, contacter Londres, parler à Waterfield avant que l'Angleterre n'aille se coucher.

— Ils ne rangent jamais derrière toi ?

— Pas si je leur interdis. »

Elle attendait une invitation. Bien sûr. Une femme ne se contente pas d'un code. Il songea à la longue nuit qui les attendait, à la fin soudaine de sa solitude permanente, au défi et à l'excitation que ce serait d'emmener cette beauté dans un lit, puis l'extase de dormir ensuite à côté d'elle. Les deux fibres jumelles et concurrentes de la personnalité de Joe Lennox, son immense tendresse et son zèle professionnel éternel tracèrent en cet instant une hélice qui l'étourdit. Il se demanda s'il était possible de faire les deux : aimer et travailler ; mentir et faire plaisir. Il était ivre et à court de réponses. Une faiblesse en lui, à moins que ce ne soit une force, prononça ces mots :

« Rentrez avec moi cette nuit. »

Elle lui serra le bras, si fort qu'il faillit en rire. Il la vit se dégager de lui, se retourner et lever ses yeux vers les siens d'une manière qui était tout à coup au-delà de la convoitise et du jeu. Cette fille le comprenait-elle réellement ? Quelques heures plus tôt, il était assis pour dîner à côté d'elle, s'efforçant de se montrer finaud à propos de la Chine. Et elle lui inspirait maintenant un désir irrésistible. Il avait envie de l'embrasser, mais aussi de réserver ce baiser pour le moment où ils seraient seuls, où il y aurait intimité et maîtrise. Il ne voulait pas qu'on les voie. Il ne voulait pas de ce style de rumeurs.

« Il y a des taxis dehors, souffla-t-elle.

— Allons-y. »

35.

Le lendemain matin

Neuf heures plus tard, Megan était assise dans le large lit double de la chambre, le corps enveloppé d'un drap, picorant une salade de fruits servie par le garçon d'étage. Les rideaux étaient tirés et ils regardaient BBC News 24, sans le son.

« Alors c'est vrai ? » lui lança-t-elle.

Il était sorti de la douche et avait enfilé un peignoir. Il conservait encore la saveur de la douceur de son corps, les senteurs de la nuit sur sa peau. Flottant entre la veille et le sommeil à côté de cette femme sensuelle et captivante avait été un rêve éveillé de plaisir, tour à tour sauvage puis d'un calme irréel. Ils étaient à l'aise l'un avec l'autre, et la matinée avait été heureusement exempte de gêne ou d'indifférence.

« Qu'est-ce qui est vrai ? lui lança-t-il à son tour.

— Que tu étais un espion. »

Il scruta son reflet dans le miroir de la salle de bains, mais s'aperçut que son visage était masqué par une pellicule de buée sur le verre. *C'est toujours là que ça commence. C'est là que je dois me mettre à mentir.*

« Comment ça ? La théorie de Ricky ?

— Tout le monde plaisante là-dessus. » Une tasse de café noir était posée sur sa table de chevet et elle l'attrapa. Quand il sortit de la salle de bains en frictionnant ses cheveux mouillés avec une serviette, elle serra la tasse contre sa poitrine et éternua.

« À tes souhaits. Qui est-ce, tout le monde ?

— Tu le sais bien… » Ils étaient tous les deux fatigués et il se contenta de sourire et de hocher la tête. Il s'assit au bord du lit.

« Pour être honnête avec toi, cela m'a toujours irrité qu'on ne me l'ait jamais proposé. À Oxford, c'était une sorte de blague récurrente, quiconque étudiait le mandarin tout en étant capable de lacer ses souliers comme un grand était repéré par le MI6. Mais cette offre n'est jamais venue. Même quand je travaillais pour le Foreign Office, on ne m'a jamais fait signe. »

Elle but une gorgée de café.

« Pourquoi ça ?

— Aucune idée. Je sais mentir aux gens. Je suis capable de boire des dry martinis. J'ai déjà tiré au pistolet. »

Elle tendit le pied, le plaqua contre sa cuisse et il sentit ses orteils gigoter à travers le tissu éponge.

« À mon avis, tu aurais été excellent.

— Tu crois ?

— Absolument. » Elle abaissa sa tasse et lui glissa un regard taquin. « Tu es discret. Tu es sensible. Tu es assez bon au lit.

— Oh, je te remercie !

— Je t'en prie. »

Il se leva et ouvrit les rideaux. Sa chambre était au quarante-troisième étage de la triple tour du Ritz-Carlton, mais les bruits de la rue tout en bas, les bouchons de la circulation en cette fin de matinée étaient encore audibles à travers le double vitrage. Six rues plus à l'est, des ouvriers du bâtiment voilés par une brume de beau temps pilotaient une poutrelle couleur de rouille dans les entrailles obscures d'un gratte-ciel inachevé. Il suivit le mouvement circulaire lent et progressif de la poutrelle qui progressait vers sa destination. Megan s'étira derrière lui et il se retourna.

« Je vais prendre une douche. »

Le bol de salade de fruits était resté sur le lit à côté d'un exemplaire de *Gatsby le Magnifique* qu'il lisait la veille. Elle souleva le livre et la simple vision de son bras mince et pâle suffit à le captiver. Il connaissait toutes les parties de son corps à présent. Chacun était le secret de l'autre.

« Qu'est-ce que tu regardes ?

— Ton bras. J'aime sa courbe.

— L'autre est jaloux. »

Il lui prit le livre et elle releva le drap autour de son corps, avant de passer dans la salle de bains. Il piqua un croissant sur le chariot du petit déjeuner, le croqua en regardant les infos et s'aperçut que ce bruissement de la douche en arrière-plan lui plaisait. C'était bon d'avoir de la compagnie. C'était bon de ne pas se réveiller seul. En écoutant Megan fredonner sous l'eau qui lui courait sur la peau, le souffle coupé par le jet brûlant, il ne ressentait aucun trouble après ce qu'il y avait eu entre eux, ni confusion ni regret. Juste une sensation âpre et étrange au bas de la colonne vertébrale, comme s'il avait fait ce qu'il avait fait pour se protéger d'Isabelle. Pourquoi cela ? Tout relevait-il d'un calcul ? À chaque étape, avec chaque Ansary et chaque Shahpour, il se rapprochait de Miles Coolidge. Et à cet instant, Megan l'en éloignait de plus en plus.

Fini l'introspection. Il était temps de s'habiller. Temps de travailler. Juste après midi, ils descendirent à la réception et il mit Megan dans un taxi. Elle travaillait à mi-temps dans une banque d'affaires de Pudong, et elle avait déjà trois heures de retard. Alors qu'il lui tenait la portière, elle noua ses mains sur sa nuque et l'embrassa.

« J'ai vécu un merveilleux moment, fit-elle. On pourra recommencer ?

— Dès que possible. » Il retint sa main. « Que fais-tu pour le dîner ? »

Elle rit et plongea la tête dans la voiture. Le chauffeur démarra, elle se retourna sur la banquette arrière et il lui fit un signe, conscient d'être observé par le portier. Mais dès que le véhicule eut tourné dans la rue Nanjing, il s'aperçut qu'il n'avait pas son numéro.

Joe rentra dans le hall et le portier lui sourit, un grand sourire entre hommes. C'était bien de sa part de courir ce risque, Joe admirait son toupet.

« Ma cousine de Malaisie, dit-il.

— Oui, monsieur. Bien sûr, monsieur. Votre cousine de Malaisie. »

36.

La valise diplomatique

Cet après-midi-là, Joe appela Waterfield en se servant d'une carte SIM cryptée introduite clandestinement en Chine, insérée dans le dos de son exemplaire de *La Reine du Sud*. Depuis son départ de Heathrow, c'était seulement la deuxième fois que les deux hommes conversaient. Waterfield avait l'air distant et vaseux, comme si on venait de le réveiller d'un profond sommeil.

« Comment vont les choses ? »

À Londres, il était 9 heures du matin.

« Les choses vont bien, mais j'aurais besoin que vous me rendiez deux services.

— Allez-y.

— Au bord de la Tamise, l'autre jour, vous me disiez que vous disposiez d'une source à Garden Road, en 1997. Quelles chances auriez-vous de récupérer les transcriptions de mon entretien avec Wang ?

— La transcription de la planque ?

— Oui. »

Un soupir, très audible. Le document original du SIS avait été détruit presque sur-le-champ par Kenneth Lenan.

« Cela dépend des démarches entreprises par Coolidge pour effacer ses traces. S'il a été aussi minutieux que Ken, je ne donne pas cher de nos chances. Enfin, cela ne coûte rien de poser la question.

— Cela m'aiderait à reconstituer quelque chose.

— Je m'en charge. »

Joe était assis sur un banc dans le parc Renmin, les yeux levés vers son immeuble préféré à Shanghai, la J.W. Marriott Tower de Tomorrow Square. C'était un après-midi humide sous un soleil éblouissant, et l'Angleterre était vraiment à l'autre bout du monde. Il tenta de se représenter son supérieur dans son minuscule pied-à-terre de Drayton Gardens, occupé tant bien que mal à se préparer une théière de Twining's English Breakfast pendant que John Humphrys apostrophait son invité du matin dans son émission *Today*. Le Londres de Joe, dans le souvenir qu'il en conservait, c'étaient plutôt les bus rouges à impériale, Capital Radio et les cafés de Shepherd's Bush Road.

« Vous parliez de deux services. »

Waterfield se réveillait. Un ado chinois, les cheveux teints, le jean déchiré, doubla Joe sur son skate-board en décrivant une courbe.

« Pouvez-vous aussi lancer une recherche sur un certain Shahpour Goodarzi, possible Cousin, éventuel ancien employé chez Macklinson ? » Il lui épela le nom en essuyant le voile de sueur de son front. « Il est américain, sans doute un immigrant iranien de la deuxième génération, famille résidant en Californie. Travaille pour Microsoft, pourrait employer la même couverture que Miles. » Il avait la carte de visite de Shahpour en main et lut à voix haute l'adresse e-mail et le numéro de portable imprimés dans le coin inférieur droit. « Il faut aussi que vous me contactiez Amnesty International au sujet d'un activiste ouïghour emprisonné au milieu des années quatre-vingt-dix. Voir s'ils ont quoi que ce soit sur un certain Ansary Tursun. » De nouveau, il épela le nom. « Pouvez-vous aussi essayer du côté de Human Rights Watch ? S'ils possèdent un dossier à son sujet ? Quoi que ce soit qui sorte de l'ordinaire et dont nous devrions être tenus informés ?

— C'est comme si c'était fait. »

Il rangea la carte de Shahpour dans sa poche.

« Alors quoi de neuf dans ce cher et vieux pays ?

— Que du vieux, que du vieux. Vous avez entendu parler de Rebiya Kadeer ? »

Kadeer était une femme d'affaires ouïghoure, qui avait été arrêtée en 1999 alors qu'elle était partie rencontrer une délégation du Congrès américain venue enquêter dans le Xinjiang sur des atteintes aux droits de l'homme. Elle avait envoyé des coupures de presse à son mari, un exilé ouïghour résidant aux États-Unis, à la suite de quoi la République populaire de Chine l'avait accusée de « transfert de secrets d'État ». Les Chinois avaient aussi prétendu que Kadeer était en possession d'une liste de dix dissidents ouïghours entretenant des « liens avec des activités de séparatistes nationaux ».

« Elle a été libérée, n'est-ce pas ? » L'*International Herald Tribune*, à la disposition des clients étrangers dans le salon d'affaires du Ritz-Carlton, venait de publier un article sur l'affaire Rebiya Kadeer.

« Libérée la semaine dernière, histoire d'amadouer Condoleezza Rice, officiellement pour raisons médicales. En réalité, Pékin a conclu un accord pour s'assurer que les Yankees laisseraient tomber une résolution de l'ONU condamnant les atteintes chinoises aux droits de l'homme.

— Quel charmant épisode.

— Réconfortant, n'est-ce pas ? Et il y a eu un attentat à la bombe à bord d'un bus dans la province de Jiangxi.

— Oui. Pour celui-là, nous l'avons su. »

Le 17 mars, à Shangrao, l'explosion de ce bus à impériale avait tué la totalité des trente personnes à bord.

« Qui les Chinois accusent-ils ? voulut savoir Waterfield.

— La ligne du Parti serait de considérer qu'il s'agirait de mauvaises manipulations d'explosifs. Un ouvrier qui voyageait avec de la dynamite dans sa valise, sans trop savoir ce qu'il faisait.

— Et n'aurait-on pas repéré un vol de poules montrant les dents en formation serrée au dessus du bus ? »

Joe éclata de rire.

« Si, plusieurs. »

L'humour était la manière la plus simple d'admettre l'hypothèse que ce genre d'explosion était lié à des activités séparatistes. Waterfield éternua, se moucha et se souvint d'autre chose.

« Encore une chose.

— Oui ?

— Coolidge s'est rendu à un enterrement lors d'un séjour aux États-Unis, il y a six mois. Un jeune officier de leur Direction des opérations, un certain Josh Pinnegar. C'est lui qui a prononcé le discours lors du service religieux, il a évoqué leur "étroite relation personnelle et professionnelle", ce style de propos. Pinnegar a été assassiné par un gang de la triade à San Francisco. Notre source indique qu'il était aussi lié à TYPHOON. Il se pourrait qu'il y ait là une connexion.

— Je vais examiner ça. » Comme il devait aller faire acte de présence au bureau de Quayler avant la fin de la journée, il mit un terme à la conversation. « J'aurais intérêt à filer.

— Je comprends. Encore juste une petite requête. » La voix de Waterfield prit brièvement le ton sévère de la remontrance paternelle. « Pourriez-vous déménager de ce foutu Ritz-Carlton ? Quinze mille rien que pour le gîte et le couvert, vous n'êtes pas loin de vous foutre de la gueule du monde. Les comptables ne trouvent pas ça drôle du tout. Fin de la leçon. »

L'information que Joe avait réclamée arriva par la valise diplomatique soixante-douze heures plus tard. Acheminée à Pékin, elle m'avait été remise en main propre au Fish Nation, un minuscule *fish and chips* à l'anglaise, par la chef de la section médias et affaires publiques de l'ambassade de Grande-Bretagne. D'après ce que j'ai cru comprendre, elle s'imaginait me donner des documents relatifs à la récente décision du Royaume-Uni de lever l'embargo sur les ventes d'armes à la Chine. Le paquet se composait d'une enveloppe A4 matelassée dans laquelle Waterfield avait inséré deux feuillets dactylographiés et un CD. Ce soir-là, je m'envolai pour Shanghai, je glissai les documents dans un numéro du *China Daily*, je cachai le disque à l'intérieur d'une copie pirate de *Blood on the Tracks* et, au dîner, je remis les deux objets à Joe. Vers minuit, il me déposa au Park 87 avec Tom et Ricky, et il regagna son hôtel.

Il ne tarda pas à découvrir que Londres avait été incapable de remonter la piste de Shahpour Goodarzi, tant à Langley qu'auprès de Macklinson Corporation. On avait enquêté sur tous les noms d'emprunt connus des Cousins irano-américains de moins de trente-cinq ans. On avait aussi essayé de trouver dans la base de données une correspondance à la photographie de « Sammy » fournie par Zhao Jiang, sans résultat. Il en fut de même avec Ansary Tursun. Rien côté Amnesty, rien chez Human Rights Watch. Londres s'excusait des « éventuelles contrariétés que cela pourrait occasionner ».

Le CD paraissait plus prometteur. Joe s'installa sur le lit, fit démarrer son Mac portable, y brancha des écouteurs, ouvrit iTunes et fut promptement renvoyé à ce printemps anodin de 1997.

Professeur Wang, voici M. John Richards, de Government House. L'homme dont je vous ai parlé. Il est venu vous voir.

C'était l'enregistrement de l'interrogatoire. Il plaqua les écouteurs contre ses oreilles et sentit un picotement lui parcourir la peau à l'écoute de la voix de Lee. La prise de son était de qualité médiocre ; à l'écoute, la salle sonnait plat et sans vie. Il entendit le grincement des ressorts et se souvint de Wang se levant lentement. Il revoyait ce visage affable, intelligent, ce visage qui avait éveillé sa sympathie, et qui, par la suite, avait encouragé de jeunes Ouïghours à tuer.

Monsieur Richards, je suis très heureux de faire votre connaissance. Je vous remercie d'être venu me voir si tard. J'espère ne vous avoir causé aucun désagrément, à vous ou à votre organisation.

Shanghai se resserrant de plus en plus autour de lui, il augmenta le volume. Il était désormais seul dans cette planque, il avait de nouveau vingt-six ans, et le ton confiant et plein d'aplomb de sa propre voix le gêna. Cet autre lui-même, plus jeune, était si innocent, si ambitieux, si libre de toutes les pesanteurs de l'âge.

Bien. Je dirais que vous êtes un homme très chanceux, monsieur Wang. [...] Vous survivez à une traversée à la nage très risquée. Vous vous faites surprendre sur la plage, non par l'immigration de Hong Kong, mais par un soldat britannique. Vous prétendez détenir des informations sur une possible défection. L'armée croit à votre histoire, contacte Government House, nous envoyons un joli véhicule climatisé vous chercher et, moins de vingt-quatre heures après avoir quitté la Chine, vous voici assis dans un appartement meublé de Tsim Sha Tsui, à regarder Lawrence d'Arabie. D'après moi, c'est ce qui s'appelle de la chance.

Il était si sûr de lui ! Était-ce l'homme dont Isabelle conserverait le souvenir ? Avait-il changé au point de ne plus présenter aucun intérêt pour elle ? Il s'allongea sur le lit les yeux fermés, le côté du visage contre un oreiller blanc et frais. Toute trace de Megan avait disparu, effacée par les femmes de chambre et la climatisation.

> *À un certain moment, on a conduit Ansary dans ce qu'il croyait être le sous-sol de la maison d'arrêt. On l'a enfermé dans une cellule d'isolement, le bras et la jambe gauches menottés à un barreau. On l'a laissé pendu de la sorte pendant plus de vingt-quatre heures. Il n'avait rien à manger, rien à boire. Rappelez-vous que son seul crime était d'avoir lu un journal.*

Et ça continuait. À l'écoute de cet enregistrement, un flot d'images se déversa de cette grotte exhumée de sa mémoire ; il était arrivé à ce nom d'Abdul Bary avant même de l'avoir entendu. Wang lui avait répondu qu'on avait incarcéré Bary, qu'un garde rigolard lui avait arraché l'ongle d'un orteil. C'était comme d'écouter le récit d'une exécution.

> *D'autres prisonniers, nous l'avons appris plus tard, ont été livrés aux chiens, brûlés avec des matraques électriques. Un autre a eu du crin de cheval, c'est-à-dire du poil d'animal, dur et cassant, inséré dans le pénis. Et pendant tout ce temps, savez-vous, monsieur Richards, ce qu'ils étaient obligés de porter sur la tête ? Des casques en métal. Des casques qui leur couvraient les yeux. Et pourquoi ? Pour provoquer la désorientation ? Pour leur alourdir la tête ? Non. Ansary a appris plus tard d'un autre prisonnier qu'en une occasion un détenu avait été si cruellement torturé, qu'il avait tellement souffert, qu'il s'était frappé la tête contre un radiateur, pour tenter de se supprimer.*

Le téléphone sonna sur la table de nuit. Cela le tira d'un coup de son état à moitié hypnotique et il arracha les écouteurs, comme si quelqu'un venait de faire irruption dans la chambre.

« Joe ? »

C'était Megan. Il consulta sa montre.

« Ça va ?

— Je t'ai réveillé ? »

Il arrêta la lecture du disque.

« Non. Il est presque 2 heures. Que se passe-t-il ? Est-ce que ça va ?

— Je n'arrive pas à dormir », lui avoua-t-elle.

Il était encore sous le choc de cet enregistrement, et pourtant la perspective de la revoir lui sembla tout de suite alléchante. Il avait soif et il se leva du lit.

« Je suis complètement réveillé. Tu veux venir ? »

— Je peux ?

Ils avaient passé deux des trois dernières nuits ensemble, toujours à l'hôtel, toujours en dormant jusque tard dans la matinée. Il vivait de plus en plus à l'heure de Londres. C'était aussi l'effet de Shanghai.

« Demain il faut que je rende la chambre. Je dois m'installer dans mon nouvel appartement. Mais j'adorerais te voir. »

Je me suis souvent demandé si Joe avait fait contrôler et valider Megan. Il n'a jamais accepté de me le dire. Quand un espion rencontre une fille étrange dans un restaurant étrange, et que cette fille se révèle aussi disponible qu'elle, l'espion a le droit d'être soupçonneux. Pourquoi l'appelait-elle à 2 heures du matin ? Pourquoi tenait-elle tant à ce qu'ils passent la nuit ensemble ? Il était certain qu'elle était « clean », mais dès qu'il eut raccroché, il éjecta le CD de l'ordinateur et le rangea dans le petit coffre noir situé sous la penderie de sa chambre. Ensuite, il ouvrit les robinets d'eau chaude de la baignoire et de la douche, embruma toute la pièce de vapeur pour tromper les détecteurs anti-incendie de l'hôtel et brûla les pages du rapport de Waterfield dans le lavabo.

On n'est jamais trop prudent. On ne sait jamais à qui on a affaire.

37.

Un vieil ami

Le matin suivant, il rendit sa chambre.

Son nouvel appartement, un trois-pièces, faisait partie d'un complexe colonial Art déco situé en retrait d'une avenue poussiéreuse bordée d'arbres, au cœur de l'ancienne Concession française. Le contraste avec l'agitation et le bruit de la rue Nanjing était frappant : dans ce quartier, la circulation était moins dense et il n'y avait pratiquement pas de gratte-ciel en vue. On y vivait aussi au ralenti : à deux immeubles de chez lui, un menuisier vendait des luths et des violons fabriqués à la main. Tout le long de sa rue, des messieurs d'âge mûr jouaient au *majiang* et somnolaient de longs après-midi à l'arrière de charrettes en bois. Par la fenêtre de sa cuisine, il pouvait entendre des chants d'oiseaux et des conversations de voisinage. Il était à deux pas de plusieurs petits cafés à l'européenne, de la bibliothèque de Shanghai, des jardins Ding Xiang et – c'était plus le fruit du hasard que d'un propos délibéré – du bâtiment principal du Consulat général des États-Unis d'Amérique. L'appartement était meublé et équipé, avec des rayonnages de livres de poche, une connexion Internet haut débit, des gravures Ikea aux murs et des épices dans les placards. Joe n'avait pas besoin de s'acheter des draps ou des oreillers, des ampoules électriques ou du savon : tout était déjà sur place. Cela devait donner l'impression d'entrer dans la vie d'un autre.

Deux jours après avoir quitté l'hôtel, il alla faire ses courses au marché de Xiangyang. Il pleuvait à verse et il portait un parapluie ainsi qu'une serviette remplie de documents relatifs à Quayler. Le marché, qui a été rasé depuis et remplacé par un centre commercial, consistait en une multitude d'étalages protégés par des bâches trop légères d'où l'eau dégoulinait sur le sol. Des bouchers coiffés d'une toque blanche tranchaient des morceaux de porc et de poulet au hachoir et croisaient à peine les yeux de Joe quand il les payait. À un étal de légumes, il s'acheta des radis et des épis de maïs blancs dans leur enveloppe, des betteraves pour préparer un bortsch maison, ainsi que des mangues, des bananes et des pommes pour le petit déjeuner. L'un des plaisirs de la location de cet appartement était la possibilité de préparer sa nourriture lui-même ; sur le pourtour du marché, il puisa des champignons séchés et des haricots noirs, des noix et du riz, dans de grands sacs en toile de jute, car il prévoyait d'organiser un dîner de pendaison de crémaillère en invitant Tom, Megan et leurs amis. Lesté de sacs plastique, il ressortit sur la rue Huaihai vers 18 heures, avec l'intention de héler un taxi, sans trop d'espoir. Tous les autres clients du marché avaient eu la même idée. C'était comme si tout Shanghai était venu s'abriter de la pluie sous les avant-toits et bâches de la rue. Devant la circulation dense qui défilait devant lui dans un chuintement mouillé, il jura entre ses dents et comprit qu'il ne verrait pas un taxi libre avant des heures.

À soixante mètres de là, Miles Coolidge sortait d'une épicerie de quartier de la chaîne Lawson chargé d'un sac à dos dans lequel il avait rangé une cartouche de Camel, une barre de chocolat, de l'aspirine et une pochette de préservatifs Style. Deux sources lui avaient transmis la rumeur de la présence de Joe Lennox à Shanghai : un ami à l'ambassade des États-Unis à Londres, qui s'était rendu à son pot d'adieu à Vauxhall Cross, et une jeune avocate d'affaires chinoise qui par hasard avait évoqué un « type vraiment intéressant qui s'appelle Joe » croisé à une réunion bihebdomadaire de la Chambre de commerce britannique. L'avocate, qui travaillait à temps partiel pour Microsoft – et à plein temps pour repousser les avances de Coolidge – était incapable de se rappeler quoi que ce soit de la profession de ce Joe, sauf qu'il « était pharmacien ou je ne sais quoi ». Miles avait finalement découvert que Joe résidait au Ritz-Carlton, pour être informé vingt-quatre heures plus tard que M. Lennox venait de rendre sa chambre en partant sans laisser d'adresse. Qu'il se soit ensuite peu préoccupé à localiser son ancien ami en disait assez long sur l'ampleur de son activité, jusqu'à ce qu'il entrevoie cette grande silhouette mince lestée de sacs plastique, abritée sous un parapluie, sur le trottoir d'en face de la rue Huaihai.

Une minute plus tard, le bas de pantalon détrempé par la pluie et maculé de boue, Joe s'apprêtait à rentrer chez lui en pataugeant quand il sentit une présence derrière lui, une main dans son dos, puis une tête surgissant sous un parapluie comme un diable de sa boîte.

« On ne sait vraiment jamais sur qui on va tomber, dans cette ville. »

Miles était exactement tel que Zhao Jian le lui avait décrit, tel qu'il apparaissait sur les photos : râblé, le crâne rasé, portant une épaisse barbe noire que vieillissaient quelques touches de blanc autour du cou et des oreilles. Et voici le moment que Londres avait tant attendu. Joe avait préparé ce qu'il dirait lors de leur première rencontre inopinée, mais il était tellement interloqué qu'il lui fallut trois ou quatre secondes avant que ça lui revienne.

« Mais nom de Dieu, Miles ! Je ne t'avais pas reconnu avec cette barbe. Qu'est-ce que tu fous ici, bordel ? »

Le parapluie s'était couché sur le côté et la pluie tiède lui trempait le visage. L'eau ruisselait dans l'écheveau de la barbe de Miles et faisait miroiter son sourire, toutes dents dehors.

« J'allais te poser la même question.

— Je vis ici.

— Eh bien, moi aussi. »

Ils quittèrent la chaussée pour s'abriter et se retrouvèrent dans un restaurant de boulettes vapeur qui sentait la pluie et le vinaigre. Une grappe de piétons s'était agglutinée à l'entrée, mais Miles les bouscula comme un banlieusard qui cavale pour attraper son train. Comprenant qu'il n'avait pas d'autre choix que de se joindre à lui, Joe le suivit à une table dans le fond de l'établissement.

« Tu as le temps de bavarder un peu, non ?

— Bien sûr. »

La table était en plastique orange moulé. Une serveuse en tablier bleu marine s'approcha et Miles lui dit « Juste un thé », sans la regarder. Joe posa ses sacs sur le sol et tâcha de déchiffrer la situation. Miles l'avait-il suivi ? Était-ce juste une coïncidence ? Impossible à dire.

« J'essaie de me rappeler ce que tu m'inspires, lâcha-t-il, et c'était la première réplique qu'il avait répétée.

— C'est mignon, ça », ironisa Miles en retirant sa veste qu'il laissa retomber sur le dossier de sa chaise. Joe fixa du regard son ventre aussi gras que s'il avait enfilé un simulateur de grossesse, plein d'alcool et de déjeuners, et ressentit une haine immédiate et viscérale pour cet homme qui l'avait trahi. Comme il le soupçonnait de longue date, ces réactions premières, instinctives étaient purement personnelles ; elles n'avaient rien à voir avec l'opération en cours. Il s'efforça de se composer une façade, d'éviter que son visage ne reflète sa colère, et il s'attaqua à une entaille sur la table. Il lui fallait reconnaître que la barbe prêtait à Miles une sorte de noblesse farouche, mais les yeux s'étaient en quelque sorte effacés. L'âge y avait martelé la vérité : ce n'était plus que deux orbites de rapacité et de mensonges.

« Alors, comme ça, tu vis ici ? »

L'un ou l'autre aurait pu poser la question, mais Lennox fut le premier. Coolidge hocha la tête en essuyant son crâne ras avec une serviette en papier. Il dévisageait Joe, comme soulagé de la fin d'une longue attente.

« C'est exact. Je suis dans les logiciels, maintenant. Un vrai défenseur du marché. Et toi ?

— Les produits pharmaceutiques.

— Oh, allez ! » Il rit en secouant la tête, comme si Joe venait de rater son mensonge.

« Sérieusement. Je suis parti il y a six mois.

— Les produits pharmaceutiques ? C'est une couverture, ça, Joe, voyons. À moi, tu peux me raconter.

— Il n'y a rien à raconter. Je parle sérieusement ». Il eut un regard vers les tables voisines, l'expression de ses yeux laissant entendre que l'Américain se conduisait de manière infantile. Il se demanda si Shahpour lui avait montré sa carte, ou si ces bruits avaient filtré depuis Grosvenor Square, l'ambassade américaine à Londres. Peut-être tout cela n'était-il en réalité qu'une coïncidence et chacun de ses plans soigneusement peaufinés à Shanghai se révélaient donc superflus. « J'en ai eu marre de travailler pour un organisme à la botte d'une bande de Yankees corrompus, et j'ai donné ma démission. Si ça t'embête, je m'en excuse. Cela n'a rien de personnel. »

Miles se redressa sur sa chaise.

« Qu'est-ce que j'en ai à branler ?

— Rien, et tant mieux. »

Il y eut un silence pendant lequel Miles parut considérer les implications philosophiques de ce que Joe venait de lui révéler. Finalement, secouant la tête, il demanda :

« Sérieusement ? Tu as démissionné par répugnance morale ? »

Comme si chez les hommes de leur profession tout comportement éthique relevait de l'anathème.

« Il y a tous les jours des gens qui font même preuve d'encore plus de courage. »

Miles dut le croire, car une lueur de culpabilité s'alluma fugacement dans ses prunelles. Joe avait toujours été le garçon à principes. La jalousie rageuse de Hong Kong serait bientôt de retour, car même épouser Isabelle ne lui avait pas suffi.

« Et toi ? lui lança Joe.

— Quoi, moi ?

— Pourquoi as-tu tout plaqué ? »

La serveuse posa une théière de Lipton sur la table, jeta un rapide regard à Joe et s'éloigna. L'Américain renifla.

« À ton avis ?

— L'argent ?

— Tu as pigé. »

Ils sortirent leurs cigarettes tous les deux en même temps : Joe un paquet de Zhong Nan Hai, Miles un paquet souple de Camel. Le pouls de Joe s'était calmé à présent. Il réussit à se détendre et à se concentrer sur la stratégie qu'il avait élaborée avec Waterfield.

« Alors, "logiciels", ça veut dire quoi ?

— À mon avis, la même chose que "produits pharmaceutiques". »

Ce qu'il n'avait pas prévu, c'était le ton acerbe de la conversation. Soit Miles appliquait un scénario arrêté au préalable en espérant le prendre à contrepied, soit les années l'avaient rendu encore plus brutal et plus agressif qu'auparavant.

« Donc, tu n'es pas dans l'informatique ? Tu travailles toujours pour ton gouvernement ? »

Miles se lissa la barbe, se comportant comme si Joe était lent à saisir.

« Je viens de te le dire, mon vieux. Je suis réglo. Je travaille quatre-vingt-dix heures par semaine contre le piratage. L'an dernier, j'ai parcouru cent soixante mille kilomètres pour m'assurer que Windows Vista ne soit pas confronté à un clone aux yeux bridés quand nous finirons par le lancer en Asie. »

Lennox ne put s'empêcher de rire. Les mensonges. Et la plaisanterie raciste au passage. Il se servit du thé et posa sa cigarette dans un cendrier constellé de brûlures.

« Et ça ne te manque pas ? »

Coolidge se pencha en avant.

« Mais si, mon vieux, comme la chatte, chuchota-t-il. Comme la chatte. »

Lennox masqua un autre hoquet de consternation par un discret mouvement de la tête et un sourire. Au fond de lui-même, il avait toujours admiré le culot incroyable de l'Américain – qui mentait effrontément sur son travail, sur Linda sa maîtresse et sur son mariage –, et pourtant, cette réponse recelait une insulte implicite et il entendait lui rendre la pareille.

« À propos de chatte, comment va Isabelle ? »

L'autre renifla de nouveau, pris au piège de son indiscrétion, tel un insecte épinglé. Cela faisait longtemps que personne n'avait remis en cause son autorité naturelle.

« Oh, elle va super bien ! Pourquoi ? Tu veux la voir ? »

Lennox se souvint de la dernière fois qu'il les avait vus ensemble, assis dans un canapé lors d'une soirée à Causeway Bay. Il était entré dans la pièce et Isabelle s'était immédiatement détournée, faisant mine d'être en conversation avec une femme à sa gauche. À cette époque, ils étaient séparés depuis deux mois et il avait regardé sa main se faufiler sous le bras de Coolidge, jouer avec le bracelet de sa montre. Plus tard dans la soirée, à l'extérieur, sur un balcon, il avait délibérément provoqué une dispute qui s'était conclue par le départ de Miles et Isabelle. Ces moments-là furent les pires, et l'humiliation de cette période courait encore en lui comme un acide dans son estomac.

« Pourquoi pas. Ce serait super de la revoir.

— À dîner ? » suggéra aussitôt l'Américain.

Joe soupçonnait que la proposition était préméditée. Miles voudrait conserver le maximum de maîtrise sur lui, le balader dans la ville jusqu'à ce qu'il sache exactement à quoi il s'occupait. Quant à lui, il avait prévu de refuser toute invitation prématurée de sa part en prétextant un déplacement loin de Shanghai relatif à ses affaires avec Quayler, mais il avait conscience qu'avec plusieurs sacs de provisions posés à ses pieds, pareille tactique serait désormais impraticable.

« Un dîner, ça me paraît génial.

— Pourquoi pas demain ? Je sais qu'Isa est libre. Je peux avoir une table au M on the Bund. Te revoir, elle va adorer. »

Adorer ? Il avait oublié les affronts et la condescendance de son ancien ami, qui se comportait comme si Joe avait été un simple post-scriptum dans le long récit de la vie d'Isabelle. La pluie commençait à se calmer sur Huaihai et il écouta les bruits de la circulation au ralenti, les klaxons, le crissement des freins.

« Parfait. Ça me va. » Le M on the Bund était un restaurant situé sur le toit de l'ancien Nissin Shipping Building, avec une vue sur le Huangpu et des prix en conséquence. Il avait beau s'être imaginé les circonstances de leurs retrouvailles après sept années interminables, il n'avait en cet instant aucune idée de la façon dont il réagirait en la revoyant après si longtemps. Que dirait-il ? Comment se conduirait-elle ? Pourquoi acceptait-il de les retrouver tous les deux ensemble ?

« Tu as un portable ?

— Bien sûr. »

Miles buvait son thé à petites gorgées. Il savait mieux que quiconque combien cette séparation lui avait coûté, combien elle avait entamé son bonheur et son estime de soi, mais il avait l'air de s'amuser de son malaise. Comprenant l'occasion qui venait de s'offrir à lui, il souleva son attaché-case, le posa sur la table, dégagea les serrures, et le fit pivoter vers Miles, qu'il puisse en voir le contenu. Miles en prit connaissance avec une curiosité empressée.

« Qu'est-ce que tu trimballes là-dedans ? Des vaccins ? Du Viagra ?

— Le boulot, c'est tout, rien que le boulot, lui répondit Joe en refermant le couvercle et en lui tendant sa carte. Tu en as une aussi ?

— Évidemment. »

C'était la deuxième partie de son plan. Miles sortit une carte de sa veste, la lui remit, et Joe joua la comédie à la perfection.

« Microsoft ? »

L'Américain opina.

« Ouais.

— Je crois que j'ai croisé un collègue à toi, l'autre jour. J'ai la sienne quelque part là-dedans. » Rouvrant la mallette, il fouilla quelques secondes avant de trouver la carte. « Shahpour Goodarzi ? dit-il en faisant mine de buter sur le nom. Cela t'évoque quelque chose ? »

Le piège était simple et sans bavure, et Miles tomba dedans comme un poisson ferré.

« Shahpour ? s'écria-t-il en la lui arrachant de la main. Où l'as-tu rencontré, bon sang ? »

Joe fournit un gros effort pour exhumer ce souvenir.

« Au Zapata ? finit-il par dire. Il y a peut-être trois soirs de ça. En réalité, je crois qu'il essayait de faire du plat à ma nana.

— Tu as déjà une nana ? »

Dans le feu de l'action, cette information lui avait échappé. C'était sa seule erreur. Il n'y avait aucun avantage opérationnel à ce que Coolidge sache pour Megan et il écrasa sa cigarette, mécontent de lui-même.

« C'est encore tout frais », nuança-t-il, sachant qu'Isabelle allait être au courant, maintenant. Comment réagirait-elle à cette nouvelle ? La seule chose qu'il redoutait, c'était l'indifférence.

« Pourquoi tu ne l'amènes pas avec toi ? suggéra l'autre.

— Demain ?

— Ben oui. »

Joe accepta, bien décidé à ne pas transmettre l'invitation. Le dîner serait déjà assez compliqué sans qu'il ajoute Megan à l'équation.

« Pas une mauvaise idée. Je vais voir si elle est dans les parages.

— Peut-être que Shahpour pourrait venir, lui aussi, renchérit Coolidge. Plus on est de fous plus on rit, pas vrai ?

— C'est vrai. Plus on est de fous plus on rit. »

Moins d'une minute après le départ de Joe, l'Américain prit son téléphone portable, sortit dans la rue Huaihai et appela Shahpour sur un numéro protégé.

« Putain, pourquoi tu m'as pas dit que t'étais tombé sur Joe Lennox ?

— Qui c'est, Joe Lennox ?

— Un Anglais. Ex-MI6. Travaille dans le secteur pharmaceutique. Ça ne te dit rien ?

— Miles, je ne sais absolument pas de quoi tu veux parler. »

Il savait parfaitement, au contraire. Dès l'instant où Shahpour avait serré la main de Joe au Zapata, vu sa carte et retenu son nom, il avait pesé les conséquences de leur rencontre. Le regard que Joe avait lu dans ses yeux était celui d'un homme qui a trouvé son salut. Shahpour Goodarzi était le bras droit de Coolidge dans TYPHOON seconde mouture, mais il était aussi le plus puissant obstacle à sa concrétisation.

« Minute, fit-il. Les produits pharmaceutiques ?

— C'est exact. » De l'eau dégoulinait sur le cuir chevelu de l'Américain. Il leva les yeux vers le balcon responsable, s'essuya avec la main et marcha en direction de la station de métro de Shaanxinanlu. « Un mètre quatre-vingts et des poussières, cheveux noirs…

— Ouais. Ah, mais oui ! Bien sûr, je me souviens. » Shahpour fumait un joint qu'il posa sur la table de la cuisine, dans son appartement de la rue Fuxing. « Il m'a laissé sa carte. Je l'ai ici quelque part. Alors, c'est qui ?

— Juste le type qui a été le premier à interroger Wang Kaixuan. Juste un type qui est censé avoir quitté le MI6 il y a trois mois et qui se trouve habiter à Shanghai. Juste l'ex de ma femme. Je t'ai parlé de lui, bordel de Dieu. Je t'ai dit il y a deux semaines que le bruit courait qu'on l'avait envoyé à Shanghai.

— Du calme. C'est sûrement une coïncidence.

— Une coïncidence ? » Il marchait en beuglant dans le téléphone. « On est où, là ? Dans une séance de spiritisme ? Tu n'as pas à me dire de me calmer, espèce de connard. Comment il t'a dégotté ? »

Shahpour écarta le téléphone de son oreille et articula silencieusement les mots « Va te faire foutre » vers le micro, puis il reprit son joint.

« Il m'a pas dégotté, se défendit-il en tirant sur le pétard. Je causais avec sa nana et ses copains me sont tombés dessus comme une escouade du SWAT.

— C'est qui, la nana ?

— Comment je le saurais ? Mary ou Megan, ou quelque chose comme…

— Bon, elle vient dîner demain soir. Et Joe aussi. Et toi aussi.

— Miles, c'est le week-end. J'ai des projets…

— Les seuls projets que tu as, c'est de te pointer à 20 heures au M on the Bund. Fais ton boulot, Shahpour. Tu me foires ça et t'es bon pour un retour à Sacramento en vol cargo. »

38.

Le M on the Bund

Joe consacra les vingt-quatre heures suivantes à faire de son mieux pour se convaincre qu'il était prêt à revoir Isabelle.

Il reçut Megan à dîner dans son appartement, l'emmena boire un verre au Cotton Club, resta allongé les yeux grands ouverts à son côté jusqu'à presque 4 heures du matin, puis se réveilla à 9 heures pour la découvrir debout au pied de son lit, tenant un plateau de mangues fraîchement découpées et de café noir.

« J'ai préparé le petit déjeuner. »

Pour la première fois leurs ébats amoureux lui avaient paru vains et forcés, comme si un souvenir d'Isabelle s'était glissé entre eux dans le lit. Ils regardèrent un DVD, une copie pirate de *Troie*, puis à midi Megan quitta l'appartement et il déambula de pièce en pièce, l'après-midi s'écoulant avec une lenteur géologique. Il répara un robinet qui fuyait dans la salle de bains ; il sortit courir dans le parc Xujiahui ; il lut et relut le même paragraphe du même article du *Pharmaceutical Journal* à huit reprises. Comment Isabelle réagirait-elle en le voyant ? Avec indifférence ? Avec une froideur étudiée ? Il ne pouvait supporter la perspective d'un dîner poli et bourgeois où elle lui poserait des questions insignifiantes sur « l'Irak et la guerre » et où Miles plaisanterait sur « la grande époque de Hong Kong ». Il voulait Isabelle pour lui seul. Il voulait renouer avec elle.

Finalement, avec la descente du soleil derrière les platanes très londoniens de l'ancienne Concession française, il prit une douche et se changea. Il était 18 h 30. Dans moins de deux heures, il serait assis à une table et parlerait à une femme qui avait colonisé ses pensées pendant la quasi-totalité d'une décennie. Il se servit un verre, s'installa dans un fauteuil profond, prit son *Gatsby* et le termina avant 19 h 30.

« Et nous luttons ainsi, barques à contre-courant, refoulés sans fin vers notre passé.[1] »

La circulation vers l'est, dans la rue Yan'an, avait la lenteur du flot des heures de pointe en milieu de semaine, et il arriva au M on the Bund avec vingt minutes de retard. Un Italien chauve le précéda dans la salle à manger étincelante puis sur la terrasse extérieure bondée jusqu'à une table qui semblait avoir été dressée pour seulement quatre personnes. Shahpour était déjà là, le dos tourné à la berge du Bund, l'air propre et sorti du pressing, mais avec une certaine dose de gravité et de nervosité dans les yeux. Une brise fraîche soufflait du sud, parallèle au fleuve. Miles, assis en face de lui, se leva péniblement quand Joe s'approcha.

« Joe. Mon vieux. Super de te voir. » Il portait un polo noir et sa voix de stentor emplit toute la terrasse. « Je crois que vous vous êtes déjà rencontrés, vous deux. »

À son tour, Shahpour se leva pour lui serrer la main. Il avait l'air plus anxieux et en un sens plus juvénile que dans son souvenir.

« Ouais, on s'est croisés au Zapata. Sympa de se revoir. »

D'un coup d'œil, il avisa les deux places vacantes. Où était Isabelle ? Les deux serviettes étaient pliées sur leurs assiettes en céramique blanche et les chaises poussées contre la table. Il en conclut qu'elle ne viendrait pas. Cette journée avait été une douche froide prolongée. Percevant sa confusion, Miles dit simplement : « Isa n'a pas pu venir », et Joe se sentit rongé par la déception. « Et toi, qu'est-il arrivé à ton amie ?

— Idem. Une crise de dernière minute. »

Il se demanda ce qui s'était produit dans la coulisse. Il n'avait eu aucune intention d'inviter Megan et supposait que Miles aussi lui avait menti sur ses projets. Et d'ailleurs, Isabelle savait-elle qu'il vivait à Shanghai ? En soi, cette pensée suffit à le rendre fou de frustration. Pourtant, l'autre hypothèse était

---

1. « Gatsby le magnifique », de Francis Scott Fitzgerald, trad. Jacques Tournier, éditions Grasset, 2007.

pire encore : qu'Isabelle ait appris sa présence en ville, mais qu'elle ait dit à Miles n'avoir aucun désir de revoir un ex qui lui avait menti à chaque minute de leur relation. Il s'installa et commanda une vodka tonic.

« Je suppose que nous serons juste tous les trois », fit-il.

Au moins, la soirée sur le Huangpu était magnifique. Miles avait pu réserver l'une des plus belles vues de tout Shanghai. De sa chaise, dans l'axe, Lennox avait le spectacle de l'autre rive et la scénographie lumineuse des immeubles de grande hauteur de Pudong tandis que juste devant lui la grande courbe fluorescente du Bund décrivait un arc au nord en direction de la rivière Suzhou. Il avait compris depuis longtemps déjà que les villes d'Asie étaient à leur summum la nuit : l'alchimie de la chaleur et du néon était euphorisante. Il alluma une cigarette tandis que deux jeunes serveuses chinoises débarrassaient d'un air triste l'espace vide où il avait ardemment désiré trouver Isabelle.

« Alors, parle-nous d'elle.

— De qui ?

— De Megan. »

Joe regarda Shahpour qui, depuis son arrivée, avait bu sans faiblir. À voir l'expression troublée de son visage, saisie par la lumière des bougies, Joe en déduisit qu'il était totalement dépassé ou aux prises avec une anxiété qu'il avait du mal à refouler. Sans s'appesantir, il décrivit sa rencontre avec Megan et Joe au Zapata, une histoire que Coolidge semblait avoir déjà entendue. Il y eut les blagues de rigueur sur « la chasse aux poulettes » et il fut content de voir sa vodka arriver et d'en engloutir aussitôt presque la moitié pour étancher sa soif. Il avait réfléchi aux raisons de la présence de Goodarzi à ce dîner. Il était possible que ce soit un authentique employé de Microsoft, et de ce fait un allié utile prouvant la légitimité de la couverture de l'Américain. Il lui semblait toutefois plus probable que Shahpour appartenait à la CIA et que Coolidge l'avait amené avec lui comme une deuxième paire d'yeux. Néanmoins, il se demandait pourquoi un officier de renseignement confirmé se présenterait à un rendez-vous d'une telle importance avec l'air aussi à cran. Au Zapata, Shahpour l'avait impressionné par son assurance, malgré une petite tendance à la vanité et au sérieux, et son intelligence, son charme l'avaient frappé. Ici, soit son humeur du moment n'était qu'une pose dont la raison d'être se révélerait plus tard, soit Miles lui avait tenu un discours qui avait momentanément sapé sa confiance en lui. Si tel était le cas, ce ne serait certes pas la première fois que l'Américain aurait dénigré un subalterne.

« Eh bien, que fais-tu à Shanghai ? » lui demanda Miles. Il aurait pu s'adresser à un touriste tout juste débarqué d'un vol long-courrier à Heathrow. À quelques pas de lui, le drapeau rouge de la Chine flottait dans une brise rare et il songea à l'ironie de la clientèle à dominante occidentale des lieux qui buvait des dry martinis et du chardonnay New World sous un emblème de la répression communiste.

« C'est un peu une ville frontière, non ? répondit-il en allumant une autre cigarette. Presque toutes les personnes que j'ai rencontrées m'ont laissé une forte impression. Les gens sont ambitieux ici, parfois imprudents, mais l'individu moyen que tu peux croiser est d'une intelligence et d'une énergie sidérantes.

— Chez les Hans ou chez les *laowai* ?

— Les deux. L'heure de Shanghai est venue, non ? La sensation de ces dizaines de milliers de Chinois et d'étrangers convergeant vers une seule et unique cité en quête de gloire et de fortune.

— Compte plutôt par millions », rectifia Coolidge, comme s'il ne se souciait que de corriger ses erreurs. Shahpour, les yeux fixés quelque part derrière sa tête, sortit de son silence.

« D'après moi, c'est une ville de contradictions, fit-il en tripotant son collier en or. Vous avez des riches et des pauvres, des locaux et des *laowai*, des gens cultivés et des hédonistes. Tout ce monde coexiste. C'est en ce sens-là que c'est sidérant. »

Était-il défoncé ? Joe observa ses yeux, noirs et noyés, et puis, un peu plus bas, la mâchoire contractée, comme sculptée. Sa relation avec Miles trahissait un embarras évident, et pourtant, le déséquilibre entre ces deux-là était si prononcé qu'il finit par suspecter une part de mise en scène.

« Alors Miles est ton patron ? lui demanda-t-il, désireux d'en savoir plus sur le contexte.

— C'est exact. En fait, c'est lui qui m'a trouvé mon boulot actuel. À Shanghai, je travaillais dans le bâtiment, et il m'a engagé. Et toi, parle-moi de Quayler. »

En soi, ce changement de sujet abrupt était éloquent : les questions le mettaient mal à l'aise, comme s'il savait que cet Anglais était capable d'exposer sa couverture. Joe se fit un devoir de lui débiter son laïus appris par cœur sur les produits pharmaceutiques, un numéro qui suscita visiblement chez ses compagnons de table un ennui prévisible.

« Une progression de seize pour cent par an, hein ? »

Il venait de terminer en évoquant la croissance du secteur.

« C'est juste. Seize pour cent. »

Shahpour les tira de là.

« Alors, comment vous vous êtes connus, vous deux ?

— On s'est rencontrés il y a un bout de temps, à Hong Kong. »

Voilà au moins un sujet dont Miles pourrait discuter des heures.

« Nous étions bons amis.

— Mais on l'est encore, clama Miles en lui posant une main dans le dos.

— Miles a toujours été emballé à l'idée de faire des affaires avec la Chine. » L'étreinte de cette main moite pesait sur ses épaules comme un poids mort. « Je ne suis pas surpris qu'il soit resté autant de temps ici. »

Coolidge se rembrunit devant cette observation exacte, à défaut d'innocente, et retira son bras aussitôt. Une serveuse australienne leur apporta trois menus et leur annonça les spécialités du jour. Joe commanda un thon poêlé en entrée, suivi d'un filet de bœuf, et se rendit aux toilettes pour se laver les mains. Il se demandait si Miles avait des guetteurs dans le restaurant, pour le tenir à l'œil. Il régla son téléphone sur vibreur, vérifia son reflet dans le miroir, tandis que ses pensées revenaient sans cesse sur Isabelle. Il s'était cru à quelques instants de la revoir ; son absence de ce dîner résonnait comme une promesse rompue. Son travail à Shanghai, il s'en apercevait, était dangereusement lié à leurs possibles retrouvailles ; par moments, il avait la sensation de ne pas avoir de répit, de ne pouvoir progresser sans savoir, d'une manière ou d'une autre, s'ils avaient un avenir ensemble. Était-il insensé d'entretenir de telles pensées ? Comment se faisait-il qu'un être aussi calme et aussi objectif dans tous les autres domaines de son existence soit retenu captif par ce désir non partagé ? Il voulait des réponses. Il voulait de l'espoir, ou s'affranchir d'elle et avancer.

De retour à leur table en terrasse, il trouva trois verres de chablis et Miles qui dépeignait avec lyrisme le manque de moralité des hommes d'affaires chinois. Shahpour paraissait un peu plus éveillé.

« Tu tombes à pic, soupira Coolidge avec une lassitude feinte.

— À pic pour quoi ?

— À pic pour m'entendre expliquer au jeune Shahpour ici présent que la Chine ne réussira jamais sur la scène internationale tant que ses hommes d'affaires n'apprendront pas un peu les bonnes manières.

— Les bonnes manières ? s'étonna Joe en étalant sa serviette sur ses genoux.

— Parfaitement. Les gens d'ici ne nous respectent pas, ne s'intéressent pas à notre histoire, ne comprennent pas notre culture.

— Et quelle culture, en l'occurrence ?

— La mienne. » Il but une gorgée de vin et s'essuya la barbe. « Laisse-moi te dire un truc sur les Chinois, Shahpour. Joe, soutiens-moi, là. Chaque homme, chaque femme, chaque enfant de ce pays ne pense qu'à gagner de l'argent. Rien d'autre ne compte.

— Tu as changé de refrain.

— Que veux-tu dire ?

— Il y a dix ans, c'est toi qui étais complètement là-dedans. En Chine, gagnons autant de blé que possible, et rien à fiche des conséquences.

— Parce qu'il y a dix ans je n'avais pas eu l'expérience en direct des pratiques commerciales chinoises. » L'air pas trop ravi d'avoir trébuché sur des souvenirs oubliés de la période Hong Kong, il adressa sa remarque suivante à Shahpour. « Le fait est que la Révolution culturelle les a dépouillés de toute notion d'individualité telle que nous la concevrions, toi ou moi. Alors qu'est-ce qu'il nous reste ? Une main-d'œuvre dévouée et organisée qui gravit l'échelle sociale et ne reculera devant rien pour obtenir ce qu'elle veut.

— Le rêve américain », fit Shahpour entre ses dents. Joe commençait à l'apprécier, ce garçon.

« Ne joue pas au plus malin. » D'un geste, Coolidge désigna la façade chatoyante et mordorée de la tour Aurora, sur la rive de Pudong. Regarde cet endroit. Regarde Pudong. C'est construit sur quoi ?

— Sur des marécages ? » suggéra Lennox. La vodka exerçait déjà un peu son effet et il avait décidé d'essayer au moins de s'amuser.

« Je vais te le dire, moi, sur quoi c'est construit. La corruption et les mensonges. » Shahpour croisa le regard de Joe et il y eut entre eux une fraction de seconde de connivence. L'un et l'autre avaient déjà assisté à maintes reprises aux monologues de l'Américain. « Un promoteur chinois débarque, il verse un pot-de-vin à un fonctionnaire de la ville, et la police expulse tous les habitants du quartier pour son compte. Aux premiers qui refusent, le promoteur envoie ses nervis qui leur brisent les mains. Et cela se répète un peu partout dans le pays. Des fermiers qui reçoivent l'ordre d'abandonner leur terre, sans compensation. Des ouvriers agricoles qui toute leur vie ont cultivé le même demi-hectare de terre sont subitement priés de déménager cinquante kilomètres plus loin, là où il n'y a pas d'agriculture, pas de village, pas d'emploi. S'ils se plaignent, ils écopent d'une amende ou de la prison. Là-dessus, un complexe de tours s'édifie sur une terre où ils travaillaient depuis des générations. Et qui encaisse la plus-value ? Le promoteur. »

Joe était stupéfait. À Hong Kong, l'Américain aurait décrit une telle injustice comme la conséquence naturelle d'une croissance économique accélérée. Était-ce l'influence de TYPHOON ? S'était-il forgé une conscience ?

« C'est ta ligne officielle du moment ?

— Comment ça ?

— Dans le temps, tu avais toujours une théorie sur tous les sujets. Tu étais comme un politicien en campagne, à débiter ton discours favori à quiconque voulait t'écouter. »

Miles n'eut pas l'air offensé.

« Tu as envie de parler politique ? Tu as envie de parler du capitalisme à la chinoise ? » La quasi-totalité des questions de Miles Coolidge étaient de pure rhétorique, et il ne s'attendait assurément pas à recevoir de réponse à celle-ci. Il désigna les gratte-ciel infinis de Pudong. « Voilà à quoi ça ressemble. Des appartements qui se vendent plus de mille dollars le mètre carré, et merde pour les hommes qui sont morts en les construisant. La Chine moderne est une entité composée de mégapoles bâties sur la sueur de travailleurs immigrés payés moins de dix dollars par jour et obligés de dormir dans une chambre de la taille de ma baignoire. C'est ça qu'ils appellent le progrès, ici.

— Où veux-tu en venir ?

— Où je veux en venir, Joe, c'est que le principe judéo-chrétien de l'amour du prochain est une notion étrangère aux Chinois.

— Moi, ça devrait me convenir, alors, glissa Shahpour.

— Pourquoi ça ?

— Je suis musulman. »

Ce qui coupa court à la conversation. Joe but une gorgée de vin, avec un sourire vers le Bund. L'Américain ajouta une réflexion embarrassante – « et nous, on s'efforce tous de l'oublier » – et continua péniblement : « Quelqu'un veut bien écouter ce que je raconte, s'il vous plaît ? » Il vida son chablis d'un trait. Leurs entrées arrivèrent et Joe entama les tranches de thon roulées dans des graines de sésame qui croquaient sous la dent. « Les Chinois n'éprouvent aucune sympathie naturelle pour leurs semblables. Une fois que tu l'as compris, tout devient possible.

— Si tu le dis, Miles. Si tu le dis. »

Au vu de son expérience, chaque fois qu'en Chine des Occidentaux, des hommes, se réunissaient pour dîner, ils se lançaient par défaut dans deux conversations. La première, qui occupait généralement le début de la soirée, étant une discussion complexe quoique largement théorique sur l'avenir du pays. La Chine se transformerait-elle en superpuissance économique, ce que l'Occident redoutait depuis longtemps, ou la surchauffe de son économie la conduirait-elle sur la même voie que les autres tigres asiatiques ? Pékin avait-il été bien avisé de racheter la dette américaine à hauteur de trois cents milliards de dollars, et l'Amérique aurait-elle les moyens de rembourser ? Après s'être lassée de la corruption endémique et de la répression d'un système étatique à parti unique, la classe moyenne du pays, de plus en plus instruite et occidentalisée, renverserait-elle le gouvernement communiste, ou la grande masse des Chinois serait-elle trop obéissante et peut-être trop futée pour ébranler ce statu quo politique ? Au fur et à mesure du dîner, l'Américain et l'Anglais remplirent presque toutes les cases de cette conversation-là, et Joe finit par comprendre que peu de choses avaient changé : à propos de la Chine, l'homme qui lui avait ravi Isabelle était aussi obstiné, aussi confus et cynique qu'il l'avait toujours été. Le voilà qui traçait une croix sur un peuple entier au motif qu'il n'appréciait guère les Américains et, la minute suivante, il prenait fait et cause pour les travailleurs chinois sous prétexte que leur situation lamentable lui fournissait un prétexte commode pour pester contre Pékin. En fermant les yeux, Joe aurait pu se retrouver au Rico's, tâchant de défendre le gouverneur Patten contre le dernier assaut en date de Coolidge ou écoutant un autre discours de son répertoire sur la « putain d'absurdité du communisme ». Et cependant, existait-il tant de différence entre leurs deux positions respectives ? Joe était également las du gouvernement de la République populaire. Cela le désespérait de voir un pays aussi dédaigneux de ses citoyens. Mais lui, au moins, il aimait la Chine ; il comprenait qu'imposer les valeurs occidentales à un pays aussi complexe et historiquement aussi endommagé que l'Empire du Milieu révélerait une politique tout aussi démentielle que l'invasion de l'Irak. En revanche, l'Américain n'éprouvait que mépris envers cette terre : par exemple, son enthousiasme pour TYPHOON n'était pas né du désir d'affranchir les Ouïghours du Xinjiang ou les travailleurs immigrés du Gansu des chaînes de la répression totalitaire ; il était né d'un désir de miner la Chine, de profiter du chaos qui s'ensuivrait et de noyer la rue dans un bain de sang.

De son côté, Shahpour restait en lisière de la conversation en s'alcoolisant et en n'apportant qu'une contribution sporadique à la prise de bec intellectuelle qui se déroulait devant lui. Au début, Joe avait attribué cela à une réticence naturelle du jeune homme en présence de deux rivaux de longue date. Néanmoins, à mesure que l'on s'avançait dans la soirée, il finit par comprendre qu'il partageait peu les convictions de son maître ; d'ailleurs, il évoquait affectueusement ses « nombreux amis chinois » et parlait avec admiration de la manière dont le pays s'était « hissé à la force du poignet », ces quinze dernières années. Imaginer Shahpour livrant aux côtés de Miles le combat illusoire de TYPHOON n'avait tout simplement aucun sens. En outre, s'agissant d'un de leurs rares officiers parlant le farsi, ses chefs, à Langley, auraient sûrement préféré l'envoyer opérer en Iran. Il se pouvait qu'il appartienne bien à Microsoft, après tout.

Le second sujet de conversation qui s'impose généralement vers la fin du dîner concerne le sexe. Sans surprise, quoique de manière un peu involontaire, c'était Miles qui en avait été l'instigateur quand son téléphone portable posé sur la table sonna aux premières mesures du *Battle Hymn of the Republic*, le chant patriotique des Nordistes pendant la guerre de Sécession. Joe venait de terminer son plat principal et dès que l'Américain décrocha, il put discerner une voix de femme. Il était convaincu que c'était Isabelle, jusqu'à ce que l'autre lui réponde en mandarin en glissant un coup d'œil de conspirateur à Goodarzi.

« Faut que je prenne. Le boulot. »

Il se leva de table et sortit de la terrasse. Shahpour se pencha en avant.

« Tu sais qui c'est, non ?

— Qui ?

— Son *ernai*. »

Ernai, le terme mandarin pour la maîtresse ou la concubine. Surpris de tant de franchise, Joe ne se départit cependant pas d'une expression de vague indifférence.

« Vraiment ? Comment le sais-tu ?

— Son nom est Linda. Elle a sa sonnerie spéciale rien qu'à elle. Quand elle appelle, vous entendez le *Battle Hymn of the Republic*. Quand c'est le boulot, c'est plutôt la tonalité du téléphone de la Cellule antiterroriste de Jack Bauer dans *24 Heures Chrono*. Si jamais son épouse téléphone, c'est l'air des séances d'entraînement de *Rocky*. »

Joe se surprit à rire, en notant aussi que Zhao Jian ne s'était pas trompé sur l'identité de Linda.

« Ca dure depuis combien de temps ?

— Comment le saurais-je ? Ce type est une espèce d'accro du sexe. Je n'ai jamais rien vu de pareil, même du point de vue asiatique. Sans vouloir manquer de respect à sa femme, hein, il faut avouer que Miles course les gonzesses dans toute la ville. »

Il était 22 heures largement passées. La terrasse était encore remplie de dîneurs qui pour la plupart avaient enfilé une veste ou un pull à cause de la fraîcheur de cette fin de soirée. Des cargos poussaient leur plainte sur le Huangpu. Les lumières de Pudong, tellement époustouflantes et romantiques, valaient tous les sites de ce pays, et Shahpour Goodarzi était en train de vendre son patron au Secret Intelligence Service.

« Il n'essaie pas de garder le voile sur tout ça ? »

La question parut le déconcerter.

« Pourquoi ? Il n'est pas britannique, lui. Rien que sur cette terrasse de restaurant, un type sur deux a sans doute une nana au chaud dans un appartement de Gubei. Tu sais comment ça marche par ici. N'empêche, je dois reconnaître que

Miles opère à un tout autre niveau. Il a essayé de baiser toutes les Chinoises d'ici à Pékin. L'un de mes potes appelle ça un MBA.

— Ce qui veut dire ?

— Marié-baiseur-accessible. »

Joe accepta d'en rire, car il savait qu'il était vital de ne pas ciller face aux propos de l'autre. Plus il serait cool, plus il glanerait d'informations.

« Alors Isabelle est au courant ? »

Shahpour haussa les épaules. Il avait conscience que la femme de Coolidge et cet Anglais avaient eu une liaison, jadis, mais il partait manifestement du principe que Joe ne nourrissait plus aucun sentiment à son égard.

« Je n'ai aucune idée de ce qu'elle sait. Je ne l'ai jamais rencontrée. Je ne suis même pas sûr qu'ils vivent encore ensemble. »

À cette révélation, Joe sentit un fourmillement satisfait lui parcourir le corps. Cela expliquerait pourquoi Jian n'avait aucune photo d'elle. Il offrit une cigarette à l'Irano-Américain qui l'alluma à la flamme de la bougie posée au bord de la table et, d'un œil, cueillit Miles qui revenait de la salle à manger. Joe se retourna pour lui découvrir une expression forcée de regret.

« Les gars. J'ai un problème. »

Il était derrière la chaise de Joe. Et, de nouveau, le poids chaud, lourd et mort de sa main.

« À savoir ? » Apparemment, Goodarzi avait anticipé ce qui allait suivre.

« Une foutue conférence téléphonique avec le siège, à Redmond, qui commence dans une demi-heure. Faut que j'aille au bureau. »

Joe posa sa serviette en boule sur la table et il eut un sourire que seul Shahpour sut voir. Une serveuse était occupée à débarrasser leurs assiettes.

« Tu dois filer ?

— Je regrette. Mais écoute, cela ne devrait pas être trop long. Je pourrais éventuellement vous rejoindre plus tard, non ? Histoire de rattraper tout le temps perdu. Shahpour, tu veux te charger de la note ? Colle ça sur le compte de Bill Gates.

— Oui, monsieur. »

Et là-dessus, il serra la main de Joe et s'esquiva dans la nuit. Il semblait inouï qu'il préfère quelques heures auprès de

Linda à l'occasion de sonder sa couverture plus en profondeur. Soit son départ était arrangé à l'avance, dans le cadre d'un piège à l'américaine assez transparent, soit Miles était toujours aussi égoïste et aussi poltron. Zhao Jian avait installé une caméra devant l'immeuble de Linda, ce qui permettrait au moins à Joe de savoir qu'il avait dit la vérité.

« Café ? suggéra-t-il, car après cette nuit sans sommeil il était fatigué, et il avait besoin d'un coup de fouet pour reprendre ses esprits.

— Ah oui ! Ce serait parfait. »

Il fit signe à une serveuse d'approcher, commanda deux espressos et alluma une nouvelle cigarette. Shahpour s'était redressé contre le dossier de sa chaise, netttement plus détendu en l'absence de son patron. Deux cerfs-volants rouges surgirent au-dessus de lui dans le ciel nocturne, les cordons qui les rattachaient à la terre étant invisibles à l'œil nu.

« Eh bien, ça lui arrive souvent, ce genre de truc ?

— Quoi ? De décoller de cette façon ? Sûr. J'ai assisté à des réunions où il s'excuse pour une heure, va se payer un massage et revient parfumé au 5 de Chanel. Il appelle ça la "baise sportive".

— Et Isabelle, elle appelle ça comment ? »

Saisissant l'allusion, Shahpour inclina la tête.

« Alors, et toi ?

— Quoi, moi ?

— Où en est ton histoire avec Megan ? C'est sérieux ? Tu aimerais que ça évolue bien ? »

Deux heures plus tôt, Shahpour n'aurait jamais osé lui poser une question pareille, mais qu'il y soit maintenant prêt indiquait à la fois la quantité d'alcool absorbée et la confiance croissante que lui inspirait la compagnie de l'Anglais.

« C'est encore un peu tôt. J'espère qu'elle a été gentille avec toi, au Zapata. »

L'autre libéra la fumée avec un large sourire plein d'assurance.

« C'était marrant ce soir-là. Je suis navré de t'avoir blessé.

— Pas du tout. Pour être parfaitement honnête avec toi, à ce stade, nous ne sortions pas encore ensemble, Megan et moi. En fait, je venais à peine de la rencontrer.

— Et pourtant elle finit par bavarder avec le seul type de la salle qui connaissait Miles Coolidge.

— Je sais. Une coïncidence stupéfiante.

— Vraiment ? »

La conversation resta en suspens. Shahpour baissa sa cigarette et fixa Joe avec un regard d'une telle intensité qu'il le força à poser les yeux sur la table.

« Vraiment quoi ? »

L'atmosphère entre eux était sobre et figée.

« Ce n'était qu'une coïncidence ? »

Un espion est entraîné à traiter l'inattendu de bien des façons, mais il doit surtout miser sur son propre jugement et sur son bon sens. Cette question de son interlocuteur l'avait pris à contrepied, certes, mais il n'allait pas plier sous la pression. Son regard erra plus bas, vers les flottilles de navires sur le fleuve Huangpu, des bateaux tellement alourdis par leur cargaison qu'ils avaient l'allure de sous-marins progressant lentement vers la mer de Chine méridionale.

« Tu crois que je cherchais à atteindre Miles ? »

Shahpour se pencha de nouveau vers lui. Son collier en or se balançait à la base du cou et Joe put discerner la sincérité, la gravité qui formaient le noyau de son caractère. Le plus frappant, ce n'était pas tant l'intensité de son état d'esprit, mais l'attente qui se dégageait de lui, comme s'il comptait négocier un accord. C'était l'attitude d'un homme qui souhaitait confesser quelque chose, et non prendre Joe en défaut.

« C'est ce que pense Miles. »

Lennox écarta cette théorie en affichant une mine stupéfaite qui était très au point.

« Il se figure toujours que je travaille pour le gouvernement britannique ?

— Est-ce que tu travailles toujours pour le gouvernement britannique ?

— Non. »

Shahpour regarda autour de lui. La terrasse commençait à se vider. Joe eut le sentiment qu'il pesait les risques de sa remarque suivante. À l'évidence, ce qu'il était sur le point de lui dire comportait certaines conséquences, et il n'avait pas envie que d'autres entendent ça.

« Ce que je vais te révéler pourrait me valoir d'être viré.

— Alors ne serait-il pas préférable de ne rien me dire ? »

Il se rapprocha.

« Je suis ce que tu as longtemps été, Joe. Sous couverture. Je suis CNO. Je ne travaille pas pour Microsoft. » C'était l'alcool qui parlait. L'alcool et les circonstances venaient de donner à un espion sur les nerfs, inexpérimenté, la chance de se confier à quelqu'un qui lui inspirait confiance. « Même chose pour notre soi-disant copain. Miles Coolidge en sait autant sur les logiciels que mon oncle Ahmed. Nous sommes tous les deux de la Compagnie. Nous sommes tous les deux des infiltrés. Il m'a tout raconté de ton passé.

— Shahpour, tu ne devrais pas me parler de ça. Je ne suis pas celui que tu t'imagines. Je n'appartiens plus au Foreign Office...

— Eh bien, tu vois, ça, je n'y crois pas. » Le démenti de Lennox avait été sincère, mais Goodarzi ne s'écartait pas de sa ligne. « Je pense que tu es ici à cause de ce qui est arrivé à Ken. Je pense que tu es ici car tu sais ce que nous lui avons fait.

— Tu parles de Kenneth Lenan ? »

Cette confession de la culpabilité de la CIA dans ce meurtre le fascinait, mais il eut à peine un battement de paupières de surprise.

« Bien sûr que c'est de lui que je parle. Tu veux savoir pourquoi on l'a tué ? »

Joe ne répondit rien.

Shahpour s'essuya la bouche avec une serviette.

« Kenneth Lenan travaillait pour nous, d'accord ? Et il est passé de l'autre côté. Il y a six mois, il a livré une source de la CIA, un Ouïghour, au MSS, parce qu'il était tiraillé entre sa loyauté et son compte en banque. Lenan a identifié l'officier de l'Agence qui avait recruté cette source à Guantanamo et il a indiqué au MSS où il vivait, à San Francisco. Cet officier a eu le corps démembré par un gang de la triade, dans Chinatown.

— Shahpour, là, tu n'es pas professionnel... »

L'autre secoua la tête.

« Le nom de cet officier est Josh Pinnegar. Tu vas me raconter que tu n'as jamais entendu parler de lui ?

— C'est exactement ce que je te réponds. » Il essayait de conserver son humeur légère et son détachement, mais ce flux de révélations confirmant dans leurs moindres détails les informations de Waterfield sur Typhoon, c'était à vous couper le souffle. « Je travaille pour un petit laboratoire pharmaceutique parce que je me suis lassé de cette sorte de...

— Ne me mens pas, mon pote. » Il y avait un risque que Shahpour se taise. Il fallait l'inciter à poursuivre. « Je joue ma carrière, là. Ma vie. Seulement, tu es venu me trouver, Joe. Je sais pourquoi tu es à Shanghai. Je sais de quoi tu as besoin et je veux t'aider. »

Ce qui laissait Joe perplexe, dans cette supplique, c'était son exceptionnelle sincérité. Il comprenait, avec la conviction très nette d'un homme irréprochable proclamant son innocence, que l'Irano-Américain lui disait la vérité. En un sens, il était impossible qu'il en soit autrement. Cependant, il ne pouvait s'exposer à l'évidente possibilité que l'on force RUN à sortir de sa cachette dans le cadre d'un complot mal ficelé de seconde zone. Il était obligé de croire que Shahpour lui jouait une comédie très élaborée.

« Je peux t'aider », concéda-t-il. Quelle était la meilleure manière de procéder ? Il ne voulait pas laisser filer la corde qui les reliait désormais l'un à l'autre. « Je connais des responsables britanniques en Chine qui te parleront de tout cela. Rien ne m'empêche de te mettre en relation avec...

— Je veux que ce soit toi.

— Je suis hors jeu. » Pour la première fois, il éleva la voix, comme offensé par une accusation répétée. Il fallait qu'il s'en tienne à son rôle. Qu'il reste dans son personnage. « J'ai donné ma démission. Je n'ai plus les clefs de la boutique. Je suis dans le secteur privé. Pourquoi penses-tu que je puisse t'être d'une quelconque utilité ?

— Alors oublie. »

Leur serveuse, qui avait attendu une pause dans leur conversation, s'approcha de la table tandis que Shahpour, lui, se tournait, fixant le regard sur les lumières de Pudong. Elle leur servit les espressos, et Joe, en versant une cuillerée de sucre dans sa tasse, arrêta une tactique possible. Par un moyen ou un autre, il devait attirer Shahpour sans compromettre sa propre position.

« Écoute, qu'attends-tu que je te dise ? Si j'étais venu ici sous couverture opérationnelle, je n'irais pas exposer cette couverture sur la base de ce que tu viens de me révéler. Pourquoi fais-tu cela ? Qu'est-ce qui te met si mal à l'aise ? »

Une bouffée de pollution à l'odeur soufrée vint flotter au-dessus de la terrasse, sans distraire Shahpour de son état d'esprit. Il continuait d'observer le fleuve et le lointain, tel un ado que l'on a réprimandé. C'était comme si, ayant abattu sa dernière carte, il ne lui restait personne à qui se confier. Et soudain, il se lança :

« Je vais te dire pourquoi. » Il parlait sous une brise du sud qui emportait ses paroles discrètes là-bas en direction de l'eau. « J'ai intégré l'Agence pour la nouvelle année, en 2002. Je l'ai fait parce que je croyais en l'Amérique. Je l'ai fait parce que je croyais être un atout pour mon pays, que je pourrais contribuer à empêcher un deuxième 11-Septembre. » Puis il se tourna vers Joe, qui vit la désillusion dans ses yeux juvéniles, le conflit intérieur d'un homme sincère. « Mon père est arrivé aux États-Unis en 1974. Il avait un poste à l'université de Detroit, dans le Michigan, pour étudier l'ingénierie. Tu sais ce qui l'a incité à choisir Detroit ? » Joe secoua la tête. « Il était originaire de Sari, une ville sur la côte sud de la Caspienne. Il a regardé une carte de l'Amérique, il a vu un grand lac bleu avec une ville juste au bord, et il a pensé que cela ressemblerait à sa région. »

Shahpour se détourna, rapprocha sa chaise de la table et but son espresso d'un geste sec et maîtrisé.

« À son arrivée là-bas, il a découvert que l'été y était agréable et qu'il avait fait le bon choix. Puis l'hiver s'est installé. Il n'avait encore jamais vu de neige, jamais vu de routes verglacées. Il avait un oncle, à Sacramento, qui l'a invité en Californie. Et là, que découvre mon père ? Que dehors il fait 21 degrés en plein hiver. En conséquence il passe son diplôme, il déménage à Sacramento, il a un emploi de plongeur dans la pizzeria de mon grand-oncle. Mais mon père était plus intelligent que les autres, tu sais ? Il a travaillé dur et il a ouvert son établissement à lui, son restaurant. Aujourd'hui, il est millionnaire. Il a six enfants, un petit-fils, cinq propriétés dans trois États américains. En Californie, il possède vingt-cinq points de vente de pizzas minute.

— Le rêve américain », commenta Joe. Levant la main, Shahpour lui intima de se taire.

« Je ne suis pas en train d'essayer de te vendre l'Amérique. Je n'essaie pas de te vendre un idéal. Je sais que notre pays a ses défauts. Mais j'étais capable de passer outre, tu comprends ? Et je le suis toujours. Je me suis engagé parce que je voulais affirmer ma différence, montrer qu'un Iranien avait la capacité de générer autre chose que de la haine.

— Je peux le comprendre. »

Le jeune homme parut soulagé.

« Je pense que tu en es capable, oui. » À ce moment, le cri d'un oiseau s'éleva au-dessus du Huangpu. « Tout le monde a su ce que tu as fait, Joe. Tout le monde a appris que tu étais parti. J'ai décidé de te parler parce que tu conserves en toi certains idéaux, et tu sauras percevoir la folie de ce qui se passe ici. Parce que tu es ma meilleure chance de m'en sortir. »

C'était donc cela. Le plan de Waterfield avait fonctionné. L'illusion, la sortie de RUN, son départ de Vauxhall Cross avaient convaincu un espion américain compromis que Joe Lennox serait la réponse à ses prières.

« Te sortir de quoi ? » Consterné, il vit la serveuse revenir et, en cet instant crucial, faire éclater la bulle de leur conversation. Shahpour lança de nouveau un regard vers l'entrée du restaurant, comme pour s'assurer que Miles n'était nulle part dans les parages. « Te sortir de quoi ? » répéta Lennox.

Il était frappé de constater – et ce n'était pas la première fois –, du haut de ses trente-quatre ans et se sentant encore jeune, que des hommes qui, eux, l'étaient, le considéraient maintenant comme un vieux sage.

« Sortir de ce qui se passe ici.

— C'est-à-dire ? Qu'est-ce qui se passe ? »

Shahpour lui fit face. Il baissa la tête. Comme si l'air ambiant ne pouvait supporter le fardeau d'un secret aussi lourd. Puis il s'inclina vers lui et leva les yeux vers les siens.

« Miles prépare quelque chose, chuchota-t-il. Avec l'approbation du Pentagone et l'appui clandestin de la CIA. Financé par des canaux saoudiens. Une opération, ici, en Chine continentale. Nous avons une cellule ouïghoure dormante à Shanghai susceptible de frapper des cibles multiples cet été.

— Alors il faut que tu ailles trouver la police, répliqua Joe aussitôt, car le rôle d'un citoyen responsable était encore le plus simple à jouer. Il faut aller consulter tes supérieurs. Tu dois empêcher cela d'arriver.

— Comment ? Que puis-je faire ? Je ne peux pas trahir mon pays. »

N'est-ce pas ce que tu fais à cette minute ? songea Joe. Brusquement, tous les néons sur les deux rives du fleuve, toutes les marques et tous les logos, de Puxi à Pudong, s'éteignirent. La terrasse fut plongée dans une quasi-obscurité.

« Vingt-trois heures, fit Goodarzi, sans regarder sa montre. C'est pareil tous les soirs.

— Réponds à ma question.

— Quelle question ?

— Pourquoi ne pas trouver un moyen d'alerter les autorités ? »

Shahpour sourit.

« Tu ne saisis pas ? Mon moyen d'alerter les autorités, c'est toi. J'ai réfléchi à tout le reste, à tous les canaux éventuels qui ne remonteraient pas jusqu'à moi et ne me présenteraient pas comme un traître. J'ai même essayé avec Wang, nom de Dieu. La dernière fois que j'étais à Pékin, j'ai consacré cinq heures à essayer de le persuader d'aller au MSS leur révéler ce qui se trame.

— Wang Kaixuan ? »

L'autre se figea.

« Bien sûr, fit-il, comme s'il avait oublié une pièce essentielle du puzzle. Tu as été la première personne à le rencontrer, n'est-ce pas ? Ça laisse une sacrée empreinte sur ton curriculum, Joe.

— Le professeur Wang Kaixuan ? répéta Joe, car il avait besoin de temps pour réfléchir. Quel rapport a-t-il avec tout cela ? »

Ayant fait signe qu'on leur apporte l'addition, Shahpour passa dix minutes à lui définir les grandes lignes du rôle de Wang dans TYPHOON, un récit de l'opération d'une tonalité tellement similaire aux descriptions de Waterfield qu'il commença même à suspecter l'Irano-Américain d'être la source de Londres à Langley.

« Et maintenant, il est à Pékin ? » C'était la seule question qu'il se soit permis de poser concernant la posture délicate où se trouvait Wang. « Tu l'as vu là-bas ?

— Bien sûr. » Shahpour parut juger ce détail sans intérêt. « Il enseigne le chinois à des cadres dans une école de langues à Haidian. Il ne veut rien avoir à faire avec moi. Il ne veut rien avoir à faire avec Miles. Il a changé son nom en Liu Gongyi, pour motifs professionnels. Il affirme avoir perdu toute foi dans l'idée de la lutte armée. Mais les seules personnes qu'il hait encore plus que les Américains, ce sont les Chinois, alors il ne leur révélera rien au sujet de cette cellule. »

Une école de langues ? Joe se souvint que Macklinson avait créé des écoles de langues gratuites sur des chantiers de construction, comme un moyen de recruter des ouvriers désenchantés. Les deux choses étaient-elles liées, ou était-ce encore un appât encore plus grossier ?

« Et qui fait partie de cette cellule ? lui demanda-t-il, son désir d'être informé le poussant brièvement à oublier qu'il était censé jouer le rôle d'un observateur désintéressé.

— Qu'est-ce que ça peut te faire ? » Shahpour s'était versé le fond de la bouteille de vin, qu'il termina en trois longues gorgées. « Des Ouïghours. Des Kazakhs. Des types qui n'ont rien à perdre. » Il avala de travers, toussa. « Ce que je sais, c'est qu'à Noël 2002 je m'apprêtais à partir pour Téhéran quand on m'a prié de boucler mes bagages, direction la Chine. Demande au SIS de vérifier, si tu as le moindre doute. Mon vrai nom, c'est Shahpour Moazed. Mon père s'appelle Hamid Moazed. J'ai aussi un prénom américain... Mark... parce que c'est ce que décident tous les bons garçons irano-américains qui veulent aller de l'avant, en Californie. Demande à tes gens de Londres de vérifier le registre du personnel chez Macklinson Corporation. Ils te confirmeront qu'un certain Mark Moazed travaillait à Xi'an entre 2002 et 2004. Ce qu'ils ne seront pas en mesure de t'apprendre, c'est que pendant trois ans, via Macklinson, la CIA a acheminé des armes et des explosifs vers les séparatistes ouïghours qui ont fait sauter des femmes et des enfants innocents un peu partout en Chine. Ce qu'ils ne réussiront pas à te dire, c'est que j'ai passé deux années à tenter de réparer les dégâts. Souffle-leur de téléphoner à Microsoft, tant qu'ils y sont. Ils te répondront que Mark Moazed y est entré l'an dernier. Ils risquent même d'être surpris d'apprendre que deux de leurs employés sont de mèche avec des éléments clandestins à l'intérieur du Pentagone et qu'ils ont recruté une cellule d'islamistes radicaux prêts à tuer des centaines d'innocents à Shanghai. Et pourquoi ? Pourquoi avons-nous décidé de faire ça ? Pourquoi en suis-je à dédier ma vie à une opération sans valeur, sans objectif ni principe ? Sincèrement, je n'en ai aucune idée. »

39.

Persuasion

Dès qu'il eut quitté le restaurant, Joe prit un taxi, réintégra son appartement, téléphona à Waterfield sur une ligne sécurisée et lui détailla par le menu la teneur de la périlleuse entreprise de Shahpour.

« C'est un piège », trancha son supérieur quand il eut terminé, et Joe comprit qu'il serait désormais seul. Quoi qu'il leur dise, jamais Londres ne croirait que Shahpour Moazed était tombé droit du ciel pour transformer Joe Lennox en héros. « Réfléchissez. Je sais que vous voulez de la matière, Joe. Je sais que vous cherchez des réponses. Mais ici, c'est trop simple. C'est un pion empoisonné. »

N'étant pas joueur d'échecs, il ne releva pas la métaphore.

« Vous ne pensez donc pas que Miles ait fait supprimer Lenan ?

— Je n'ai pas dit cela.

— Vous ne pensez pas qu'il existe une cellule planifiant un gros coup à Shanghai ?

— Je n'ai pas dit cela non plus.

— Alors qu'est-ce que vous dites ? À moi, il me semblait parfaitement évident que Miles se taperait totalement de savoir ce que je fous ici. Il a des préoccupations plus importantes en tête. J'ai envoyé un texto à Zhao Jian en rentrant. Vous savez quoi ? Miles nous a vraiment plantés là au milieu du dîner pour aller se faire sucer la queue à Gubei. Voilà tout ce que ma présence à Shanghai lui inspire. Il n'en a rien à battre de ce que nous pourrions découvrir concernant ce qui est arrivé à Ken. Qu'allons-nous décider ? L'arrêter ? Courir pleurer à Washington ? Le Foreign Office n'a rien à voir avec cette histoire, ce n'est qu'un deuxième violon. Même si la moitié de ce que vient de me raconter Shahpour est exacte, cette affaire court sur sa lancée et elle va se concrétiser, avec ou sans ingérence britannique. »

Il y eut un long silence. Joe croyait avoir trouvé une faille dans les objections de son interlocuteur, mais il se trompait.

« Supposons que ce soit vrai. Comment savez-vous si la cellule n'a pas été infiltrée ? Toutes les autres opérations de Coolidge en Chine ont fini en quenouille. Qu'y a-t-il de si différent avec celle-ci ? Cet homme-là, c'est le contraire du roi Midas. En plus, les Cousins ne vont pas sortir du bois et mettre leur âme à nu. C'est précisément la sorte de réaction que vos amis américains essaient de provoquer. À partir de maintenant, ils vont vous observer. Ils voudront savoir si vous réagissez à ce qu'on vous a appris. C'est élémentaire. Première page du manuel.

— Alors essayons au moins de retrouver Wang.

— Non. Vous n'écoutez pas ce que je vous dis ? Ils ne vont plus le quitter de l'œil. Si vous essayez de débusquer Wang, vous allez embringuer le MSS, la CIA et Dieu sait combien d'autres services dans un merdier aux proportions inimaginables. Le mieux est l'ennemi du bien. Votre mission consiste à vous rapprocher de Coolidge. Votre opération vise à découvrir ce que d'éventuels contacts locaux ont pu apprendre des activités de Lenan et si leur piste remonte jusqu'à Londres. Maintenant je dois me rendre en réunion.

— David, avec le plus grand respect, ces questions-là sont secondaires maintenant...

— Je viens de vous dire que j'avais une réunion. Vous êtes manifestement très fatigué, Joe. Il est tard chez vous. Dormez un peu. »

Il l'entendit raccrocher, un déclic qui sonnait creux, et il secoua la tête d'agacement. Il était assis à sa table, dans la deuxième chambre de son appartement qu'il avait réaménagée en bureau de fortune. Les murs étaient nus, hormis une grande carte National Geographic de la Chine et un panneau sur lequel il avait punaisé des documents relatifs à Quayler. Cette conversation avec Waterfield n'avait servi qu'à lui rappeler la mesquinerie et la bureaucratie tracassière qui caractérisaient le Foreign

Office ces dernières années. Qu'était-il advenu, chez Water-field, de l'acceptation du risque ? Quel était l'intérêt de sa propre présence à Shanghai si ce n'était de découvrir ce que mijotait l'Amérique ? Retirant une punaise du panneau, il l'enfonça dans le bois tendre du plateau de son bureau, plu-sieurs fois, cédant à l'extrême frustration de son métier soli-taire. Il n'allait jamais progresser. Il ne verrait jamais Isabelle. Il était convaincu que Shahpour disait la vérité, qu'il essayait de trouver un moyen de déstabiliser la cellule sans déshonorer le gouvernement américain ni lui-même. Mais comment en convaincre Waterfield, à des milliers de kilomètres de là ?

Juste avant 2 h 30 du matin, un verre de whisky à portée de main, il m'envoya un texto à Pékin. Il avait pris la décision d'ignorer Waterfield et de suivre son instinct. S'il avait tort, tant pis ; Londres aurait toujours la latitude de décliner toute responsabilité. S'il avait raison, Waterfield s'approprierait le mérite d'avoir su anticiper en envoyant RUN à Shanghai.

J'étais assis au bar du Kerry Centre Hotel, avec un respon-sable gouvernemental qui m'apportait son aide pour un article que j'écrivais sur les Jeux olympiques. Un groupe d'hommes d'affaires japonais installés dans un canapé voisin du mien dégustaient des cépages merlot californiens en suivant un tour-noi de golf diffusé par la chaîne ESPN. Jumbo Osaki rentra un putt monstrueux au dix-sept, une clameur s'éleva et mon télé-phone émit un bip.

« Appelle ta sœur », indiquait le message, et je sentis mon-ter en moi l'une de ces vagues étranges, comparables à ces expé-riences psychiques de sortie de corps, qui font partie des à-côtés appréciables de la vie d'un agent de soutien. Après avoir présenté mes excuses au fonctionnaire, je sautai dans un taxi, direction mon appartement où je sortis une carte SIM protégée, puis j'appelai Lennox à Shanghai.

Ses instructions étaient simples : trouver le professeur Wang Kaixuan. Il enseignait l'anglais dans l'une des écoles du district de Haidian. Comment s'appelait cet établissement ? Où était-il situé ?

Ce n'était pas une mission particulièrement ardue, surtout pour un journaliste ayant roulé si longtemps sa bosse dans le journalisme d'investigation. Une rapide recherche sur Internet me fournit une liste exhaustive des écoles de langues de la métropole pékinoise, et je consacrai la matinée du lendemain à démarcher toutes celles du district de Haidian au téléphone. Joe m'avait fabriqué un prétexte tout bête : me présenter comme un ancien étudiant de la classe de M. Liu Gongyi qui souhaitait lui envoyer un livre par la poste. Réponse prévisible, les dix-huit premières réceptionnistes m'affirmèrent n'avoir personne de ce nom-là enseignant à l'école, j'avais composé un mauvais numéro. En revanche, la dix-neuvième école fut trop heureuse de me communiquer une adresse postale complète, avec la certitude que « M. Liu » serait enchanté de recevoir un cadeau.

J'appelai Joe avec la bonne nouvelle.

« Pas mal pour un plumitif vieillissant avec un penchant pour la bouteille. Je viens à Pékin. »

40.

Pékin

Quatorze heures plus tard, le vieux train à couchettes de Shanghai entrait dans la gare de Pékin. J'attendais au bout du quai avec une tasse de café et je vis Joe émerger de sa voiture, en conversation avec une hôtesse aux cheveux relevés en chignon. Il croisa mon regard et lui serra la main avant de tirer sa valise dans ma direction, comme l'anonyme représentant en produits pharmaceutiques qu'il était censé être.

« Belle journée, pour la saison.

— Bienvenue à Pékin, monsieur Lennox. »

Nous échappâmes à la foule qui se pressait sous la grande voûte de la vieille gare pour déboucher dans une galerie commerciale adjacente quasi déserte, où je lui fis part de ce que je savais : m'étant rendu à l'école de langues la veille au soir, j'avais découvert que Wang y donnait des cours tous les après-midi, de 14 à 17 heures, du lundi au vendredi. Joe était nettement plus sérieux que lors de ma récente visite à Shanghai, donnant l'impression de sans cesse calculer toutes les initiatives possibles et leurs implications. À ce stade préliminaire, il me confia fort peu de choses du dîner avec Miles et Shahpour, et rien concernant la cellule. À ses yeux, je n'étais jamais qu'un agent de soutien du Secret Intelligence Service accomplissant la besogne pour laquelle il était payé. Cela ne me regardait pas, ce n'était pas mon affaire, et je n'avais pas à en savoir plus que nécessaire. En de pareils moments, il avait cette manière de tenir l'amitié en lisière, et je me gardai bien de le sonder sur les détails opérationnels. Après tout, l'enjeu était de taille. D'abord et avant tout, si l'on surprenait Joe à s'entretenir avec Wang, RUN serait certainement percé à jour ; et si Waterfield l'apprenait, il serait convoqué au bercail. En repensant aux deux journées mouvementées qui suivirent, il me vient à l'idée qu'il ne savait toujours pas à quel degré le professeur était impliqué dans des menées séparatistes. Malgré tout ce que lui avait révélé Shahpour, il subsistait un risque plus que plausible qu'il soit un agent américain. Si tel était le cas, Lennox était perdu.

« Il y a des éléments connus, connus », me fit-il, allégeant l'atmosphère avec une plaisanterie, alors que nous marchions dans Jianguomen Road en direction de son hôtel. C'était une journée de printemps typique de la capitale, chaude et sèche, où les véhicules et les cyclistes ferraillaient dans des artères larges et monotones. « Il y a des choses dont nous savons que nous les savons. Et d'autres dont nous savons que nous ne les savons pas. Mais il y a aussi des inconnues, inconnues. »

Deux jours s'étaient écoulés depuis le dîner du M on the Bund, un laps de temps qu'il avait mis à profit pour poser les jalons de son voyage à Pékin. Par exemple, à Shanghai, en se rendant à la gare, il s'était livré à un exercice de contre-surveillance de deux heures, visant à débusquer tous les guetteurs américains potentiels avant son départ pour la capitale. À bord du train, depuis la voiture restaurant, il avait téléphoné à Guy Coates afin d'organiser une réunion au futur bureau de représentation de Quayler à Pékin, juste au cas où Miles l'aurait fait surveiller. Ensuite, il resta presque toute la nuit sur la couchette supérieure de son compartiment à réécouter l'enregistrement de son entretien avec Wang dans la planque. Tout cela afin de se préparer à leur inévitable deuxième rencontre. La conversation recelait peut-être des indices ; ou même des pistes, pourquoi pas.

Je suis considéré comme politiquement indésirable, une menace pour la mère patrie. Mes actes en tant qu'universitaire ont attiré sur moi l'attention des autorités du Xinjiang qui m'ont emprisonné, avec de nombreux étudiants.

Pour l'atteindre, son plan était simple : guetter l'entrée de l'école de langues Agosto de la rue Yuanda et le suivre jusqu'à un endroit où il pourrait établir un contact en toute sécurité.

Sachant que la station du SIS à Pékin et tout le reste de la confrérie du renseignement avaient été informés de ce que Joe Lennox avait quitté le Service, nous ne pouvions pas recourir au soutien complémentaire de l'ambassade de Grande-Bretagne. Et Zhao Jian n'était pas disponible non plus : Joe l'avait laissé à Shanghai avec ses frères, les chargeant de collecter d'autres informations sur Shahpour Moazed et Ansary Tursun. En outre, il ne pouvait pas risquer que Vauxhall Cross apprenne que trois de leurs artistes de la filature avaient été subitement appelés à Pékin. Ils resteraient donc entre eux, un duo de visages blancs dans une marée humaine de Chinois s'efforçant de suivre un universitaire rebelle possédant des années d'expérience de la contre-surveillance dans l'une des mégapoles les plus peuplées et les plus grouillantes d'activité de la planète. Il y avait de cela bien longtemps, j'avais reçu une formation de base en matière de surveillance à pied dans le cadre d'une session à Bristol, mais Joe savait que je manquais de pratique ; à dire vrai, je crois qu'il ne misait pas très gros sur nos chances. Le mardi soir, après avoir participé à une réunion dans les bureaux de Quayler qu'il qualifia de « bourrage de crâne », il me retrouva pour le dîner au Li Qun, un restaurant connu pour son canard laqué dans la rue Qianen, et fut incapable de parler d'autre chose que de la mission qui nous attendait.

« Nous devons nous tenir prêts à toute éventualité. Wang roule-t-il à vélo ? A-t-il une voiture ? Habite-t-il à deux pas de l'école ou, hypothèse plus vraisemblable, devra-t-il prendre un bus et traverser la ville ? Voici comment on va s'organiser. Il sait à quoi je ressemble, donc je ne peux pas m'approcher de lui. Toi, à l'inverse, rien ne t'interdit de te poster devant l'entrée de l'école avec un vélo, en conversation téléphonique avec moi quand il sort. Je l'identifie pour toi et, à partir de là, on peut travailler. Il faut espérer qu'il ait un chapeau ou un détail vestimentaire caractéristique, parce qu'au bout de quelques secondes dans la rue il va se perdre en pleine cohue des heures de pointe. S'il est à moto ou en voiture, tu devras t'efforcer de rester dans son sillage. Ne cherche pas à trop le coller... La normalité, c'est de rouler en peloton, tu te fonds ainsi dans les véhicules qui l'entourent. S'il brûle un feu rouge, tu le suis. Si tu le sens sur le point de s'arrêter, essaie de te placer directement derrière lui, qu'il n'ait pas conscience d'avoir un Européen pendu à ses basques.

— Et s'il est à pied ?

— Tu prends la bicyclette, mais tu le suis en marchant. Là encore, tâche de prévoir quand il va s'arrêter. Dans la mesure du possible, emprunte le trottoir d'en face. S'il fait demi-tour plus d'une fois, il y a des chances qu'il ait conscience de ta présence et il va tenter de te semer à un point d'étranglement. Mais s'il est à pied, c'est sans doute parce qu'il se dirige vers un arrêt de bus. Dans ce cas, reste très en arrière et, une fois qu'il est monté dedans, tu suis le bus aussi longtemps que possible. Moi, j'attendrai avec un taxi, au coin de l'école. Dès que tu te seras fait une idée claire du mode de transport qu'il utilise et de la direction qu'il emprunte, je le suivrai avec ce taxi. Je vais certainement essayer de me rapprocher de l'endroit où tu seras, et nous pourrons le travailler en parallèle.

— Comment peux-tu être sûr que le taxi restera sur place ? » Les exigences auxquelles il me soumettait commençaient à m'inquiéter. « Wang pourrait ne pas sortir de l'école avant une heure. Le chauffeur risque d'en avoir marre d'attendre.

— Parce que je vais le payer pour qu'il patiente », me dit-il, comme si mon élémentaire compréhension de la pathologie des chauffeurs de taxi avait besoin d'être quelque peu affinée. Un petit Chinois en guenilles, âgé de cinq ou six ans, entra dans le restaurant et tendit quelques pièces de monnaie à un serveur en échange d'une carcasse de canard fourrée dans un sac. Sa famille s'en servirait pour préparer une soupe. « Autre chose, reprit-il. Charge tes téléphones toute la nuit, qu'ils ne soient pas à court de jus.

— Mes téléphones ? Au pluriel ?

— On risque d'avoir à se parler pendant trois heures. Si l'un des deux tombe en rade, je dois être certain de te joindre rapidement. Pour te fondre dans la masse, tu porteras un T-shirt blanc uni et des lunettes de soleil. Si Wang se retourne, tu n'as surtout pas intérêt à ce qu'il voie tes yeux. »

La séance continua encore une demi-heure. Tous les aspects furent abordés, toutes les nuances possibles du comportement de Wang furent envisagées et décortiquées. Ensuite, il régla l'addition et regagna son hôtel pour se coucher tôt. Le lendemain matin, à 9 heures, il se présenta à mon appartement, et nous effectuâmes le trajet vers le nord pour aller repérer les abords immédiats de l'école. Me sentant un peu ridicule, je m'exerçai à rouler à vélo tout en parlant avec Joe au téléphone, en me servant d'une oreillette et d'un micro agrafé à ma chemise. À midi, je connaissais chaque arrêt de bus, chaque restaurant et chaque feu dans un rayon de deux pâtés de maisons. Cela dit, Haidian est le quartier universitaire de Pékin, et je n'avais pas le sentiment de connaître particulièrement bien le reste du quartier. Habitant la ville depuis quelques mois à peine, j'étais encore fréquemment dérouté par ce quadrillage de rues en apparence identiques ; Pékin compte peu de points de repère, pas de collines, rien qui vous permette de vous orienter. Ma crainte, c'était que Wang disparaisse dans une partie de la ville que je ne connaîtrais ou ne reconnaîtrais tout simplement pas. Par moments, tous les coins de la capitale se ressemblaient. Dès lors, comment réussirais-je à renseigner Joe sur la localisation du professeur, alors que mon équipier roulerait en taxi, à cinq ou six rues de là ?

En fin de compte, la chance fut avec nous. À 16 h 45, mercredi, j'appuyai ma bicyclette contre le mur extérieur de l'école Agosto et je composai le numéro du portable de Joe. Nous utilisions tous deux des appareils neufs, achetés la veille. Il était à cinquante mètres de moi, de l'autre côté de la rue, assis contre une rambarde métallique, un plan des rues de Pékin ouvert sur ses genoux.

« Tu ressembles à un touriste, lui dis-je.

— Et toi tu as l'allure d'un quinquagénaire triste qui n'a pas les moyens de se payer un vélo convenable. »

C'était une journée grise, noyée dans un brouillard de pollution, et la circulation entre nous était dense. Lorsque Wang sortirait, il était peu probable qu'il repère Joe à travers cet écran permanent de poussière et de voitures en perpétuel mouvement. Le chauffeur du taxi attendait au coin suivant. Il était persuadé que c'était son jour de chance, car Joe l'avait choisi parmi les cinq chauffeurs auxquels il s'était adressé dans la file devant son hôtel et lui avait tendu l'équivalent de cent cinquante dollars pour être son chauffeur, à sa disposition toute la journée. Vers 17 h 05, une superbe Chinoise vêtue d'un *qipao* descendant jusqu'aux genoux me dépassa et Joe envisagea en plaisantant de me donner ma journée pour la suivre. Je lui étais reconnaissant de cet humour et de cette décontraction qui tranchaient avec la tension de cette longue attente. J'avais honte de me sentir aussi à cran ; à ce stade précoce des opérations, pour éviter d'attirer l'attention sur moi, j'avais mon téléphone à la main, et le boîtier en plastique dur était collant et moite contre mon oreille.

« Ce ne sera plus long, maintenant, me prévint-il. Arrange-toi pour avoir l'air d'attendre ta petite amie. Beaucoup d'Européens pervers en bout de course arrivent à leurs fins dans les écoles de langues étrangères. »

Je regardai vers le trottoir d'en face et je le vis me sourire, l'air extraordinairement détendu ; il avait fait ce genre de chose des dizaines de fois auparavant. Juste à cet instant, les premiers étudiants commencèrent à apparaître au compte-gouttes à l'entrée et il me fit « C'est parti », ce qui eut aussitôt pour effet de faire battre mon pouls plus vite. Cinq d'entre eux traînèrent sur le trottoir devant moi, tous des Européens, pas loin de la trentaine, bientôt rejoints par le flot des autres. Ce manège continua dix minutes, jusqu'à ce que je me retrouve immergé au milieu d'une nuée d'étrangers.

« Je ne te vois pas, me dit Joe. C'est bien. Fonds-toi dans la masse. Essaie de conserver ton camouflage. Et ne regarde pas vers la porte. Dès qu'il sort, je te préviens. »

Je dois l'avouer, avec mon imagination, j'avais tellement fini par mythifier le professeur Wang Kaixuan que je m'attendais plus ou moins à ce qu'il ait un air de Pat Morita, le gourou ratatiné des arts martiaux qui propose son savoir à Ralph Macchio dans *Karaté Kid*. J'en avais fait part à Joe, lors du dîner, et il avait essayé de me décrire les caractéristiques physiques élémentaires de notre cible.

« Il est râblé et en bonne forme. Du moins c'était le cas. Le visage large, une peau lisse et mate. Aucun signe distinctif, excepté des yeux intelligents et contemplatifs, du style à encourager les jeunes gens à commettre des actes qu'ils ne devraient pas commettre. Je n'ai sans doute pas été le dernier à y succomber.

— Et tu dis qu'il a environ la soixantaine, aujourd'hui ?

— À peu près. Il pourrait faire plus jeune. »

À 17 h 15, Wang finit par sortir. Lennox le reconnut instantanément et j'entendis sa voix s'animer sous le coup de l'excitation.

« Bon, le voilà. Chemise blanche à manches courtes. Pantalon de flanelle noire. Il descend les marches, un sac en toile bleue à l'épaule. Reste où tu es, Will. Une étudiante s'approche de lui. Une grande Noire, T-shirt rouge. Un sourire, il la connaît. On dirait qu'elle le remercie pour son cours. Notre homme a l'air très apprécié de ses étudiants. Lauriers unanimes pour le professeur Wang. Le voilà qui se tourne dans notre direction. Il a la tête complètement rasée.

— Je le vois. »

Joe continua son commentaire tandis que Kaixuan s'attardait encore sur le trottoir, devant moi. Il n'était pas à plus de trois mètres. Le regard orienté vers l'entrée de l'école, comme si j'attendais que quelqu'un sorte, je le maintenais à la périphérie de mon champ de vision. Mon équipier était de plus en plus convaincu que le professeur attendait qu'on le conduise en voiture.

« Ce ne sera sans doute pas un taxi. Pas avec un salaire de prof. »

Et comme de juste, au bout de trois ou quatre minutes, une Hafei Saima bleu marine immatriculée à Pékin, conduite par une femme blonde qui ne devait pas avoir plus de vingt-deux ou vingt-trois ans, vint se porter à sa hauteur.

« Cette fille est sortie il y a dix minutes, dit aussitôt Joe, et je fus sidéré de sa capacité de mémorisation. Probablement l'une de ses étudiantes. Parions là-dessus. Elle va sans doute le déposer quelque part. »

Quand la voiture finit par s'immobiliser, Wang discutait avec un Allemand aux bras tatoués, d'une laideur exceptionnelle. Il lui serra la main, lui dit en mandarin « Maintenant rentrez chez vous étudier » et se baissa pour s'installer à droite de la conductrice. Je lançai un coup d'œil vers le trottoir d'en face. Joe marchait déjà en direction de l'est, vers son taxi qui l'attendait. Nous récitions tous les deux le Notre Père à mi-voix dans nos téléphones respectifs, pour donner l'impression de nous parler.

Notre Père qui es aux cieux, que Ton nom soit sanctifié.

Écartant mon vélo du mur, je branchai le jack de l'oreillette dans le téléphone, j'agrafai le micro à mon T-shirt et je me plaçai dans le sillage de la voiture.

« Ils roulent ? » me demanda Joe. À l'entendre, il était déjà dans le taxi.

« Ils démarrent seulement maintenant. »

Pendant la quinzaine de minutes qui suivit, je réussis à me maintenir derrière la Hafei. La conductrice prit vers le sud, au milieu d'une circulation chargée sur la rue Landianchang, en longeant la rive ouest du canal Jingmi. Je recevais constamment Joe dans mon oreillette qui, ayant vérifié que son chauffeur ne parlait pas un mot d'anglais, me questionnait ouvertement sur la position de Wang. Il régnait une chaleur extraordinaire et la pollution me faisait l'effet d'un produit chimique qui allait se liquéfier à l'intérieur de mes poumons. Dieu sait de quoi je devais avoir l'air aux yeux des passants : un *laowai* haletant et en nage juché sur un vélo branlant, entouré de pelotons de cyclistes pékinois très zen qui se laissaient porter par le flot. Je craignais que la Hafei ne tourne dans la rue Fushi, vers le deuxième ou le troisième des boulevards périphériques qui entourent le centre de Pékin. Dès qu'elle s'y serait engagée, Wang roulerait sur une véritable autoroute à trois voies et je ne serais plus en mesure de le suivre à bicyclette. Cependant, leur voiture continua dans la rue Fuxing.

« Tu t'es bien débrouillé », me fit Joe en me dépassant pour la quatrième fois, et son taxi accéléra pour rester à distance de contact de Kaixuan. Nous avions débouché sur une large avenue balisée de panneaux publicitaires vantant des marques occidentales de vêtements et de cigarettes. Par moments, il était difficile d'entendre précisément ce qu'il me disait, à cause des bruits ambiants. « Il me semble qu'il suit les panneaux indicateurs de la place Tienanmen. Ne t'inquiète pas si tu nous perds. Tu ne peux rien faire de plus. Dès que je suis fixé sur sa position, je te rappelle. »

Deux minutes plus tard, la Hafei poursuivit en direction de l'est, toujours dans la rue Fuxing à trente-cinq à l'heure de moyenne. Dans mon oreillette, la communication s'interrompit et j'avais perdu de vue le taxi de Joe. Je scrutai devant moi une masse indistincte de véhicules aux abords de la station de métro de la rue Wanshou et j'essayai de le joindre sur un autre numéro. Il n'y eut pas de réponse et par conséquent rien que je puisse tenter de plus. Si Joe le tenait, il le tenait. Si Wang avait disparu, il me rappellerait certainement, et nous devrions rééditer toute cette procédure épuisante et laborieuse et à la même heure le lendemain matin.

41.

Hutong

Le professeur descendit de la Hafei en bordure de l'extrémité sud du parc Jingshan, après avoir emprunté un itinéraire quelque peu tortueux pour arriver jusque-là. Jingshan se situe juste au nord de la Cité interdite, au cœur même de la vieille ville de Pékin, et la jeune conductrice, ignorant peut-être les rudiments de la topographie pékinoise, aurait aisément pu couper vers l'est beaucoup plus tôt sur leur trajet. Portant son sac de toile bleue à l'épaule, Wang se dirigea vers une aire d'exercice où il se changea, enfilant un short et un T-shirt. Joe maintint entre eux une distance de soixante-dix à quatre-vingts mètres et s'installa sur un banc avec un roman dans les mains pendant que sa cible enchaînait étirements et mouvements de musculation. Il était encore en excellente condition physique, soulevant des haltères qui auraient rebuté un homme deux fois plus jeune.

Il resta là une vingtaine de minutes. Joe profita de ce délai pour retirer sa chemise verte à manches longues, révélant le T-shirt qu'il portait dessous. Il sortit aussi une casquette de base-ball rouge de la banane qui lui ceignait la taille et se la vissa sur la tête, ce qui modifia nettement son apparence. Pendant que le professeur enchaînait avec une série de pompes, il s'éloigna de deux cents mètres vers une clairière gazonnée où il entama la conversation avec un petit groupe de touristes afin de ne pas attirer l'attention sur le fait qu'il était seul.

Juste après 18 heures, Wang Kaixuan gagna l'angle nord du terrain de gymnastique et alla se désaltérer à la fontaine publique.

Ayant remis ses vêtements de travail et drapé d'une serviette autour de son cou, il marchait lentement vers la pointe nord-est du parc. Joe le suivit dans une oasis de lumière pommelée et de chants d'oiseaux vespéraux en se mêlant sans difficulté aux nombreux groupes de touristes qui traversaient le parc en sortant de la Cité interdite. Pendant tout ce temps, j'attendais que Joe m'appelle et me demande de le relayer, mais il avait décidé de ne pas courir le risque, même minime, que Wang puisse me voir et reconnaître mon visage s'il l'avait aperçu devant l'école. Il avait aussi la certitude que le professeur habitait non loin de là ; avec un peu de chance, il n'aurait pas à le filer sur plus de quelques rues.

Sa cible quitta le parc par une porte donnant sur la rue Jingshan Est, continua trois minutes par une rue de traverse encombrée de monde, acheta le *Beijing Evening News*, puis pénétra dans un *hutong* à quelques centaines de mètres du Times Holiday Hotel. Les *hutong* sont de vieux quartiers chinois délabrés et paisibles, typiques du Pékin ancestral, dont la plupart ont été ces dernières années progressivement et systématiquement abattus par le gouvernement communiste, afin de laisser le champ libre à d'autres gratte-ciel de béton et de verre érigés en dépit du bon sens ; à Shanghai, on les appelle plus communément des *shikumen*. Dès que Wang eut disparu, Joe piqua un sprint pour le rattraper. S'engouffrant dans le *hutong*, il le vit devant lui au bout d'une étroite ruelle zébrée de cordes à linge entrecroisées. Ne voyant personne d'autre à proximité, il décida de tenter sa chance.

« Excusez-moi ! »

Wang s'arrêta et se retourna. Ce fut comme si sa vue le trahissait, car il plissa les paupières et s'avança de plusieurs pas. Joe s'était exprimé en mandarin et le professeur n'était pas certain qu'il se soit adressé à lui. Des oiseaux en cage chantaient au-dessus de leurs têtes, au balcon d'un immeuble. Les deux hommes se rapprochèrent l'un de l'autre.

« C'est à moi que vous parlez ? »

Lennox était maintenant à moins d'une quinzaine de mètres et malgré cela, il ne semblait pas l'avoir reconnu.

« Professeur ?

— Oui ?

— Nous nous sommes rencontrés à Hong Kong, il y a plusieurs années. Je me demandais si nous ne pourrions pas avoir une conversation dans un endroit tranquille. »

Wang tenait les deux extrémités de sa serviette autour de son cou. Il inclina la tête sur le côté et dévisagea cet homme comme s'il était un oiseau rare et étrange.

« Vous a-t-on suivi jusqu'ici ?

— Franchement, je n'en sais rien. » Joe fut surpris d'une telle franchise. « Ce qui rend d'autant plus indispensable de rentrer à l'intérieur le plus vite possible. »

Le professeur lança un rapide regard sur sa gauche et, l'espace d'un instant, Lennox craignit qu'il ne tente de s'enfuir, de se perdre dans le labyrinthe des *hutong*. Au lieu de quoi il s'avança encore d'un pas, le sourcil froncé, s'efforçant de replonger sa mémoire dans un passé oublié.

« Laissez-moi vous éclairer », fit Joe. Un insecte lui frôla le visage et il le chassa d'un revers de main. « Vous me connaissiez sous le nom de John Richards, représentant du cabinet du gouverneur Patten, à Hong Kong. Je vous ai interrogé dans une planque...

— Comme c'est extraordinaire ! » Cette exclamation était dénuée d'artifice, et son visage, la surprise personnifiée, n'en recelait pas davantage. Il ôta la serviette de son cou, scruta les yeux de son vis-à-vis. « Pourquoi êtes-vous ici ? dit-il comme s'il s'adressait à une apparition. Je croyais que c'était fini.

— Eh bien, vous voyez, c'est exactement ce dont nous devons nous entretenir. »

Le professeur secoua la tête, se détourna. Ses mouvements étaient empreints d'un certain fatalisme. Une femme chargée de paniers pleins de cerises et de litchis frais en équilibre sur ses épaules les croisa et salua Wang d'un bonjour chantant. C'était manifestement son quartier, un endroit où il était connu des riverains. Il suivit Joe jusqu'au fond d'une deuxième ruelle très étroite, perpendiculaire à la première, où il s'arrêta et sortit une clef. Sa maison n'était apparemment rien de plus qu'une bicoque de plain-pied. La porte était en bois vermoulu, agrippée à un gond rouillé. Une chemise bleue au col râpé pendait dehors à un cintre accroché à un bout de câble électrique. En se baissant pour entrer dans le salon, Joe buta du pied dans un vieux pot de peinture. À l'intérieur, l'obscurité était complète, jusqu'à ce que Wang allume une ampoule nue et referme derrière eux. La hauteur de plafond n'atteignait pas un mètre quatre-vingt et, pour éviter de se cogner la tête, Joe se baissa et s'appuya sur une banquette en bois.

« Vous vivez là ? »

Leurs retrouvailles ne présentaient pour lui rien de senti-mental, et il ne se souciait guère de savoir si sa question serait jugé offensante. La pièce était à peine plus grande que sa salle de bains à Shanghai.

« On doit bientôt me reloger », lui répondit Wang, puis il ajouta quelque chose à propos du *hutong* entier qui serait rasé à la fin de l'été. L'endroit comportait également une chambre minuscule, où l'on pouvait voir un matelas nu, un short et des livres posés à même le sol. On percevait une légère odeur de vermine, peut-être impossible à éradiquer. Le professeur passa dans une cuisine exiguë où il alluma un réchaud à gaz et remplit une casserole d'eau. Il proposa du thé et Joe accepta, en réglant chacun de ses deux téléphones sur vibreur. Pendant que l'eau bouillait, le professeur s'éclipsa dans la chambre et revêtit un fin cardigan marron et un pantalon. Ses pieds, remarqua Joe, étaient noirs, pas lavés, et il se demanda ce qui avait conduit son hôte à vivre de manière aussi précaire.

« Eh bien, que voulez-vous ? » Il n'y eut ni plaisanteries ni aimables petits coups de sonde pour jauger le tempérament et les références de son visiteur. Wang Kaixuan avait consacré huit années à traiter avec des espions : pour lui, ils étaient tous les mêmes désormais. « J'ai dit aux vôtres que je n'avais rien de plus à ajouter. J'ai abandonné la lutte. Je souhaite vivre ma vie en paix. »

Joe avait estimé qu'il pouvait parler sous le toit de Wang en toute sécurité, au simple motif que cet homme avait survécu ici sans être détecté par le MSS depuis plus d'une décennie.

« Et qui sont les miens ? » s'enquit-il, médusé de voir le militant plein de charme et de confiance en soi de son souvenir devenu guère mieux qu'un individu solitaire et paranoïaque se cachant dans les profondeurs du vieux Pékin.

« Le MI6. La CIA. Cela fait-il une quelconque différence ? Pourquoi vous ont-ils envoyé, cette fois-ci ? Pourquoi ne vous ai-je jamais revu après notre conversation, en 1997 ?

— Je me suis posé la même question. »

Wang croisa son regard, et il y eut dans le sien une lueur de confusion. L'eau bouillait sur le réchaud, et il retourna dans la cuisine pour en revenir avec le thé.

« Je ne peux pas vous aider », lui lâcha-t-il en s'asseyant sur une chaise bancale en bois. Il avait l'allure d'un vieil homme attendant le médecin dans une file d'attente. « Vous avez mis ma vie en danger en venant ici. Aucune de vos offres ne m'intéresse plus. Vous m'avez menti et vous me mentirez encore.

– Quand vous ai-je menti ? »

Wang Kaixuan paraissait sur le point de cracher par terre.

« En réalité, vous avez été le premier, monsieur Richards, fit-il en riant. Vous méritez cette unique distinction. Vous vous êtes présenté à moi en tant que représentant de Government House, n'est-ce pas ? Vous auriez continué à me mentir, si seulement les autres vous en avaient donné l'occasion.

— Ce soir-là, nous avons menti tous les deux.

— Ah, moi aussi ? Vous ai-je trompé ? » Ses yeux contemplatifs semblèrent concéder qu'il avait joué un jeu compliqué, mais on n'y percevait pas la moindre nuance de regret ou d'excuse. Il voulut boire une gorgée de thé, mais il était trop chaud. « Quel est votre vrai nom ?

— Mon vrai nom ne peut vous intéresser en rien. » Une moto déchira l'air dans une ruelle derrière la maison. « Vous m'avez déclaré que vous n'aviez pas le droit de quitter la Chine. Vous m'avez soutenu que vous aviez perdu votre poste à l'université, que vous étiez un individu politiquement indésirable considéré comme une menace par la mère patrie. Vous m'avez récité tout un poème à propos des atteintes aux droits de l'homme au Xinjiang, alors que tout ce qui vous préoccupait, c'était d'encourager de jeunes Ouïghours à commettre des actes de terrorisme. »

Il était allé trop loin, mais il l'avait fait sciemment, convaincu que sous les strates complexes de la personnalité de Wang, dissimulé sous la vanité, les mensonges et l'aveuglement, se cachait un honnête homme. Il souhaitait que cet homme refasse surface et s'ouvre à lui, qu'il voie en Joe Lennox quelqu'un à qui il pouvait accorder sa confiance.

« Vous avez le droit de raconter ce qui vous plaît à mon sujet, lui répondit Wang posément. Vous avez le droit d'affirmer que j'ai été responsable de la mort d'innocents. C'est probablement vrai. Vous avez le droit de souligner que j'ai utilisé les talents que j'ai reçus pour piéger mon propre peuple et semer en lui le trouble. Mais ne répétez jamais que je me moquais bien de ce que j'ai fait. Ne dites jamais cela. Ce sont les autres qui s'en moquaient, et les autres qui m'ont trahi. Cette nuit-là, êtes-vous reparti résolu à intervenir au Xinjiang ? Avez-vous utilisé vos pouvoirs pour enquêter sur les exactions qui se perpétraient tous les jours dans les villes du Turkestan oriental ? Avez-vous tenté quoi que ce soit, monsieur Richards ? Ou étiez-vous comme tous les autres Occidentaux ? Vous avez appris l'existence d'une situation terrible, dans un pays lointain, et vous n'avez rien fait. »

Ce discours venu du fond du cœur avait été formulé avec force, et Joe dut se rappeler qu'il était confronté à un acteur consommé. Il perçut le battement sourd de sa conscience, de ses propres carences morales, mais ce sentiment n'était pas nouveau. Ses yeux se posèrent sur le mur le plus proche de la cuisine où Wang avait scotché une photographie d'un jeune homme, un Chinois.

« Qui est-ce ? »

Le professeur se tourna lentement vers le portrait, et le considéra. Ses yeux s'étrécirent, ses paupières se froncèrent de confusion et il secoua la tête.

« Je vous demande pardon ?

— Qui est cet homme, sur cette photographie ? »

L'autre lâcha un rire qui sonnait faux.

« Que se passe-t-il ? fit-il, s'exprimant cette fois en mandarin. Pourquoi êtes-vous ici ? Je croyais que vous étiez l'un des leurs. Ils ne vous ont rien expliqué ? » Il s'adressait à lui comme à un enfant que l'on aurait protégé de la vérité.

« Expliqué quoi ? Comment ça, l'un des leurs ?

— L'un des Américains. Ne vous ont-ils rien expliqué au sujet de mon fils ? Vous n'êtes pas au courant ?

— Personne ne m'a envoyé ici. Je ne suis pas avec les Américains. Je suis venu ici de mon propre chef. Personne ne m'a rien dit. »

Wang ne s'était pas attendu à cela. Il boutonna son cardigan jusqu'au cou et se dirigea vers la porte de sa maison. Il l'ouvrit, jeta un coup d'œil dehors et revint vers lui comme un voisin s'apprêtant à partager un ragot. Il s'assit sur sa chaise sans cesser de dévisager Joe, presque comme s'il l'avait mal jugé.

« Ce jeune homme a été la raison de tout ceci. Vous n'aviez pas compris ? Ce garçon était mon fils.

— Je ne saisis pas. » Jusqu'à cet instant, Joe considérait avoir tout maîtrisé. À présent, un nouveau facteur entrait en jeu. Il baissa les yeux sur le béton froid du sol, mourant d'envie d'une cigarette.

« Mon fils, Wang Bin, a été abattu d'une balle lors d'une émeute au Xinjiang. Il commençait à devenir actif dans le mouvement pour l'indépendance. Quand vous m'avez rencontré, j'étais un père en deuil. J'étais fou de colère et du désir de vengeance. Je voulais introduire un changement dans mon pays. Je voulais ramener Wang Bin. Dans ma folie, j'ai cru que mon salut résidait en Angleterre. »

C'est un numéro, ne cessait de se répéter Lennox. Ce sont des mensonges. La dignité du professeur et sa colère sont deux facettes identiques qu'il est capable d'offrir, au choix, afin de parvenir à ses fins.

« Votre fils ?

— Oui, mon fils. » Sa main vint toucher le visage carré, heureux du portrait. Ce garçon ne devait pas avoir plus de dix-neuf ou vingt ans. « Vous étiez trop jeune pour comprendre, monsieur Richards. Il est possible que ce soit la raison pour laquelle je ne vous ai rien dit. Un homme qui n'a pas d'enfants est incapable de comprendre l'impact d'une telle perte. » Lennox fixait les pieds crasseux du professeur. « Vos collègues, en revanche, se sont montrés plus malins que vous. Ou plus cyniques, devrais-je dire. Ils se sont rendu compte que mon chagrin me pousserait à agir. Et en effet, c'est ce que j'ai fait. »

Joe supposa qu'il voulait parler de Lenan et Coolidge et, dans son trouble, il se sentit vaguement soulagé que cette histoire rejoigne les versions qu'il en avait entendues tant à Londres que dans la bouche de Shahpour.

« Ces hommes n'étaient pas mes collègues. Celui que vous connaissiez sous le nom de Lodge était un officier du renseignement britannique qui travaillait pour les Américains à notre insu. Typhoon était une opération américaine. »

Le Chinois leva les mains.

« Je n'ai aucune envie de savoir », fit-il, et pourtant, Joe le sentait fasciné. Wang avait consacré une vie entière à s'imprégner de secrets ; l'information était le terreau où il prospérait.

« Comme je vous l'ai dit, mon travail avec votre organisation est terminé.

— Je ne crois pas que ce soit si simple.

— Ah, comment cela ?

— Parce que je crois que vous savez encore des choses susceptibles de revêtir une importance pour nous.

— Nous ? »

La répétition de ce « nous » était une forme de sarcasme. À ce jeu, personne n'aidait personne. Personne n'aimait son prochain.

« Oui. Pour moi et pour vous. Pour les Britanniques, en mettant fin à la violence, et pour vous, en sauvant des centaines, voire des milliers d'innocents. »

Wang eut l'air troublé, comme si Lennox tentait de le piéger avec des mots. Ils parlaient de nouveau en anglais, basculant d'une langue à l'autre comme dans une lutte de pouvoir. Le professeur termina sa tasse de thé, se rendit à la cuisine et ralluma le feu du réchaud. En l'attendant, Joe ouvrit sa ceinture-portefeuille et en sortit un cliché de caméra de surveillance, Shahpour Moazed et Miles Coolidge se disputant devant le Zapata. Elle était pliée, une vague ligne blanche visible entre les deux visages.

« Je vais vous montrer une photo. Je veux que vous me disiez ce que vous pensez de ces individus. »

Wang se détourna et renifla, en homme possédant une longue, une lourde expérience et qui était au-dessus de ces enfantillages. Mais Joe l'avait correctement jugé. Dès qu'il lui tendit la photo, Wang la lui arracha et l'examina de près.

« Ces individus ? Ce que je pense d'eux ? s'exclama-t-il avec un rire dénué d'émotion. Je pense que vous savez ce que m'inspire Miles Coolidge. Et à mon avis son ami a un gros problème.

— Et qu'est-ce qui vous fait dire cela ?

— Il a découvert que le monde n'est pas aussi simple qu'il le voudrait. C'est un ami à vous, monsieur Richards ? Parce qu'il vous ressemble énormément. Il se laisse dominer par des hommes sans scrupule.

— Je ne suis plus comme ça », lui affirma Joe, et il le regretta aussitôt, car cela lui parut une piètre réponse. La photo était un test, naturellement. Sa décision de venir à Pékin débusquer le professeur reposait sur une prémisse élémentaire : que Shahpour lui ait dit la vérité. Tout en découlait. Si à présent le Chinois confirmait son récit, il saurait que son instinct ne l'avait pas trompé. « Quel genre de problème a-t-il ?

— Son problème, c'est que ses employeurs sont encore déterminés à poursuivre en Chine leur politique du chaos. Même après tout ce qu'ils ont appris. Même après tout ce qu'ils ont pu voir de leurs propres yeux, ils conservent ces fantasmes d'influence. Ils croient qu'en singeant les activités des mêmes fanatiques islamistes qui ont tant perturbé leur pays ces dernières années, ils inciteront à la rébellion sur cette terre. J'en conclus que c'est la raison pour laquelle les Britanniques vous ont envoyé parlementer avec moi. » Ayant la certitude désormais de la renaissance de TYPHOON, Lennox sentit monter en lui une bouffée d'excitation. Il avait envie de l'inviter à développer, mais son hôte n'avait nul besoin d'incitation.

« Les politiciens et les espions de Washington auxquels vous vous êtes allié, les hommes à qui votre ami iranien rend des comptes, l'ont chargé de recruter des agents sur le site des Jeux olympiques, ici, à Pékin. Vous le saviez ? Des ouvriers du bâtiment, des vigiles, des officiels du Village olympique. Ce sont leurs nouvelles cibles.

— C'est Shahpour qui les recrute ? » Il se sentit brièvement assailli par la peur, car l'Irano-Américain ne lui avait rien dit de cela, au M on the Bund.

« Shahpour ? Je ne le connais que sous le nom de Mark. Vous avez tellement d'identités, tous autant que vous êtes. » Joe changea de position sur la banquette dure et inconfortable. « Il a reçu la consigne de les recruter, c'est une certitude. Savoir si sa conscience divisée le lui permettra, c'est une autre affaire. Quand je travaillais pour Coolidge, il m'avait convaincu que cela apporterait le changement au Xinjiang. Naturellement, aujourd'hui, je m'aperçois qu'il mentait. Il s'intéressait au changement parce qu'il s'intéressait au pétrole et au gaz. »

Subitement, il se leva et disparut dans la chambre. Il s'absenta un laps de temps considérable et Lennox craignit que le flux d'information ne se tarisse. Il se rappelait combien il avait été difficile de soutirer ses secrets au professeur, durant cette nuit lointaine, à Hong Kong. Il entendit un froissement de papiers, le raclement d'une boîte, puis un bruissement sec ressemblant à des pages de journal que l'on tourne. Wang réapparut avec une coupure de presse du *China Daily*, qu'il lui fourra dans la main.

« Lisez ceci. »

Macklinson et Petrosina signent un accord de partenariat industriel

Chine : Un consortium international, dont le pétrolier chinois Petrosina et le groupe américain Macklinson Corporation détiennent respectivement 74 % et 26 % des parts s'apprête à exploiter le champ gazier de Yakera-Dalaoba, dans la province du Xinjiang. Les travaux d'ingénierie préliminaires et le contrat du bureau d'études ont déjà été attribués pour la création d'une infrastructure industrielle en amont, dans le bassin de Tarim, pour un montant de 600 millions de dollars, dont l'achèvement est prévu au premier trimestre 2008.

« C'est un article récent ? » s'enquit Joe.

Wang étira son bras, dont un muscle s'était contracté.

« Très récent. Avez-vous lu ce qui est écrit ? Un accord de partenariat de six cents millions de dollars, négocié par votre bon ami M. Lambert. Sa société a désormais obtenu tout ce qu'elle exigeait du peuple ouïghour. Ils ont leur terre, ils ont leur pétrole et ils ont leur gaz. La CIA a sans doute échoué dans ses efforts pour déstabiliser le Xinjiang, mais elle a certainement réussi à garnir les comptes en banque des hommes les plus riches d'Amérique.

— Mais, et Pékin là-dedans ? Pourquoi voudraient-ils tout relancer depuis le début ? Si vous avez cette conviction concernant la CIA, cette nouvelle opération n'a pas de sens.

— Oh, elle a un sens, monsieur Richards ! » Joe aurait voulu révéler sa véritable identité, ne fût-ce que pour mettre un terme à cette répétition incessante, sarcastique de son nom de couverture. « Leur objectif est que la Chine perde la face. C'est à cela que Miles Coolidge s'est abaissé. L'Amérique a compris que les Jeux de 2008 constituaient pour la République populaire une occasion de présenter au monde un visage civilisé. Songez à un bal des débutantes, si la formule est encore en vigueur en Europe. D'ici trois ans, la Chine souhaite s'annoncer comme une superpuissance rivalisant avec les États-Unis. C'est le rêve des apparatchiks de la place Tienanmen, et ils sont déterminés à le réaliser. Ils ont déjà déplacé des dizaines de milliers de personnes hors de leurs foyers, et ils vont en transférer des dizaines de milliers d'autres, y compris mes voisins et moi-même, pour faire de la place à leurs routes et à leurs stades. Ils vont chasser les vagabonds et les mendiants vers les campagnes. Ils vont ensemencer les nuages pour contrôler la pluie, remplir les rues de bénévoles souriants. Et la presse mondiale viendra ici, elle photographiera ces bâtiments miroitants et les athlètes victorieux du miracle économique chinois, et les journalistes raconteront au monde que c'est cela, l'image de l'avenir.

— Et les Américains veulent empêcher cela ?

— Bien sûr qu'ils veulent empêcher cela. Il ne saurait y avoir qu'une seule superpuissance. À la table d'honneur, il n'y a pas de place pour la Chine. Ces quelques hommes qui veulent y parvenir sont aussi peu représentatifs du peuple américain que vous, un Anglais, ou que moi, un Chinois. Et pourtant, ils détiennent le pouvoir absolu. Ils feront n'importe quoi pour humilier Pékin.

— Et vous allez leur barrer la route ? »

À cette question, Wang tressaillit, comme fatigué de toutes ces tentations occidentales. Il se leva et retourna dans la cuisine pour se préparer une deuxième tasse de thé.

« Je ne crois plus que la terreur soit la réponse, déclara-t-il, en marquant un temps de silence, comme s'il donnait là un de ses cours magistraux. J'ai dressé le bilan, j'ai additionné le coût de chaque bombe ouïghoure dans chacun de ces bus et chacun de ces restaurants, en Chine. Quel a été le résultat ? La population du Xinjiang est maintenant plus mal en point que lors de notre première rencontre, monsieur Richards. J'ai étudié les conséquences, à New York, à Bali, à Madrid, et j'ai constaté que personne n'a rien gagné à cette terreur, ni les victimes ni les auteurs de ces crimes. Et mon attitude sur ce qui se trame vis-à-vis de Pékin est donc pessimiste. Si ces attaques sont couronnées de succès, le gouvernement chinois perdra la face, certes. Les Jeux olympiques laisseront le souvenir d'une tragédie, d'un fiasco, et puis la presse mondiale tournera la page. Mais la Chine ne tardera pas à s'en remettre. Les nations sont plus grandes que les bombes. Entre-temps, toutes ces atrocités seront imputées à des forces extérieures, presque à coup sûr à des séparatistes ouïghours entretenant certains liens ténus avec Al-Qaida. Résultat, d'un bout à l'autre du Xinjiang, des musulmans innocents continueront à souffrir.

— Si vous croyez tout cela, pourquoi n'avez-vous pas accepté de leur venir en aide ?

— De venir en aide à qui ? À Mark ? Qu'il s'aide tout seul. J'en ai fini avec la politique. Mon épouse m'a abandonné à cause de la politique. Elle était convaincue que l'on nous arrêterait et que l'on nous expédierait dans un camp. Mon fils est mort à cause de la politique. Ma seule préoccupation, à l'heure actuelle, c'est de me réveiller le matin et d'aller travailler.

— Je crains de ne pouvoir vous accorder le luxe d'une décision pareille, le prévint Joe, en arrivant à la partie la plus répugnante de ce métier qu'il avait choisi. Si vous ne me livrez pas l'information qu'il me faut, le gouvernement britannique trouvera un moyen d'éclairer son homologue chinois sur l'étendue de vos activités durant ces huit années. »

En entendant ces mots, Wang alla s'asseoir et, mesurant le poids de la menace, il garda le silence. Il passa la paume de la main sur son cuir chevelu lisse et rasé et inspira lentement.

« À cela, j'ai deux réactions », dit-il enfin. Dans le *hutong*, des oiseaux chantaient. « La première, c'est que je ne détiens pas l'information que vous exigez. La seconde, c'est que je ne crois pas que vous soyez le genre d'homme à mettre une menace de cette nature à exécution. Le chantage vous va mal, monsieur Richards.

— Vous voulez parier ? »

L'autre sourit. Il était comme un père déçu par un fils insouciant. Il avait relativement foi en l'honnêteté de l'Anglais, mais cet effort lui coûtait, il soumettait sa patience à rude épreuve.

« Non loin d'ici, sur le côté est de la place Tienanmen, une pendule affiche le compte à rebours des jours qui nous séparent de l'inauguration des Jeux. Vous l'aurez vue, je n'en doute pas, en visitant Pékin. Je reconnais assez de bon sens et d'intelligence au ministère de la Sécurité d'État pour stopper je ne sais trop quelles opérations projetées par les Américains entre aujourd'hui et 2008. Il a déjà enregistré un grand succès en démantelant TYPHOON. Je ne vois rien qui lui interdise de réussir à nouveau.

— Et Shanghai ?

— Oui, eh bien quoi, Shanghai ? »

Le professeur eut subitement l'air de s'ennuyer ferme.

« Il existe une cellule ouïghoure dormante, à Shanghai.

— Vous m'annoncez ce que je sais déjà. Vous vous bornez à répétez ce que Mark a déjà dit.

— Vous a-t-il aussi dit qu'Ansary Tursun pourrait en faire partie ? »

Wang était sur le point de prendre une pomme dans une coupe. Sa main se figea, remit le fruit en place, et il se tourna face à son interlocuteur.

« Ansary est vivant ? »

C'était comme si Joe venait de lui parler de son propre fils. En cet instant, tous les doutes subsistant encore chez Joe quant à la sagesse de sa présence à Pékin se dissipèrent.

« Vivant, et bien vivant. Il travaille dans un restaurant musulman de Shanghai. Étant donné qu'il a souffert comme personne entre les mains des Chinois, il me semble logique qu'il puisse être impliqué dans un complot destiné à leur nuire.

— Qu'entendez-vous par là ? »

La question sonnait faux. Il cherchait peut-être à sonder l'étendue des connaissances de Lennox.

« Il y a huit ans, vous me disiez qu'Ansary avait été torturé dans une prison chinoise. Quand les Américains ont eu recours à vos services, il a été l'un des premiers que vous ayez sollicité, j'imagine. Vous mentionniez aussi un deuxième homme, l'un de vos étudiants, Abdul Bary. Je suppose qu'il a pris une part essentielle à ce combat pour un Turkestan oriental indépendant. Ai-je raison ? »

Wang hocha la tête, admiratif.

« Vous n'avez pas tort », lui répondit-il. Il y eut un bruit derrière la porte. Lennox n'aurait pas été surpris de voir des officiers en tenue de l'Armée populaire de libération faire soudainement irruption dans la pièce. En rejoignant le domicile du professeur, il avait appliqué un niveau de précaution minimal et agi avec une impulsivité insensée en venant le débusquer ici. Mais ce n'était que les griffes d'un animal qui passait dans la ruelle poussiéreuse. « J'ignore si Ansary est encore en vie. Nous étions très proches, dans le temps. C'est vrai. Mais nous ne nous sommes plus parlé depuis de nombreuses années. Nous sommes brouillés, en quelque sorte.

— Comment cela, brouillés ?

— Avec Abdul, c'était la même chose, dit-il en se grattant nerveusement le bras. Après le 11-Septembre, ils se sont tous radicalisés et ils ont cédé à l'influence d'un combattant ouïghour, un certain Ablimit Celil. Ils ne sont plus les hommes qu'ils étaient jadis. C'est l'une des conséquences malheureuses de votre guerre contre le terrorisme, elle oblige des hommes de bien à nouer des alliances qu'ils auraient autrefois considérées comme stupides. Il leur importe finalement plus de faire la guerre en soi que de livrer un combat qui revêt un sens. Comprenez-vous ? » Joe opina. Wang balaya un insecte de son épaule. « Je ne me suis jamais fié à Celil. Il ne m'a jamais plu. Il était du style à se laisser enhardir par les actions d'Al-Qaida et à permettre l'infiltration du mouvement pour l'indépendance par des éléments extérieurs. Nous avons eu une querelle, une longue série de disputes. J'estimais qu'ils avaient perdu de vue la cause pour laquelle nous combattions tous. Vous dites que cette cellule a reçu le soutien américain ? »

Wang se rembrunit. L'insinuation perceptible derrière cette question déconcerta Joe.

« Possible.

— J'en doute. »

Une profonde anxiété s'était emparée du visage de Kaixuan. Il donnait l'impression d'un homme organisé, plein de ressources, qui aurait laissé un moment de sottise obscurcir sa réflexion.

« Que voulez-vous dire ?

— Ansary et Abdul n'iraient pas s'acoquiner avec les Américains. Le jour du 11-Septembre, j'étais avec eux dans une chambre d'hôtel de Kashgar. Lorsque le second avion a frappé la tour, le visage d'Ansary ruisselait de larmes. Je l'ai observé et j'ai vu dans ses yeux que c'étaient des larmes de bonheur. » Joe essuya une gouttelette de sueur sur son front. « Ablimit a passé une année dans un camp d'entraînement des montagnes du Pamir. Il est devenu un agent de l'Inter-Services Intelligence pakistanais. Les Américains sont sûrement au courant ? »

Lennox était perplexe.

« Non, sauf si vous les avez alertés. Avez-vous dit quelque chose à Mark ?

— Je n'ai jamais songé à l'en aviser. Ce n'était pas mon affaire. Il a évoqué une cellule, à Shanghai, mais sans mentionner de noms.

— Celil ? fit Joe, qui essayait de rester méthodique et logique. Comment l'écririez-vous ? »

Wang lui épela le nom.

« La dernière fois que j'ai eu de ses nouvelles, il travaillait à Urumqi, il était portier dans un hôtel. » Avec un crayon qu'il avait ramassé par terre, Wang lui nota une adresse sur un petit bout de papier. « Si vous le trouvez, tenez-moi au courant. Parce que si vous retrouvez Ablimit Celil, vous retrouverez Ansary Tursun. Et j'aimerais beaucoup le revoir. »

42.

Paradise City

Miles Coolidge allait au cinéma.

Dans une ville fondée sur le commerce, Xujiahui – qui se prononce *Chou-dja-houi* – est une Mecque moderne du shopping à Shanghai. Sept galeries marchandes et grands magasins se déploient au carrefour des rues Hengshan, Hongqiao et Zhaojiabang, à environ mille cinq cents mètres au sud-ouest de l'appartement de Lennox dans l'ancienne Concession française. À toute heure de la journée, mais en particulier entre le début et la fin de soirée, Xujiahui ne désemplit pas : des dizaines de milliers de Chinois y vendent et y achètent de tout, depuis des ordinateurs et du matériel électrique jusqu'aux jouets et aux vêtements à la dernière mode de l'Orient et de l'Occident. On ne saurait décrire le quartier comme un endroit d'une remarquable beauté naturelle. La circulation congestionne les rues bondées. Les sorties de métro conduisent à un entrelacs de passages souterrains où il fait si chaud, l'été, qu'on y suffoque dans un air stagnant et putride. L'atmosphère est transpercée par les klaxons et les marteaux-piqueurs. Une jolie église surmontée de sa flèche et une vieille bibliothèque en retrait de la rue Caoxi toute proche sont tout ce qui subsiste de l'époque coloniale. Le progrès a emporté le reste.

Miles fit arrêter son taxi devant Paradise City, l'imposant édifice de sept étages abritant une galerie marchande où, à peine quelques semaines plus tard, TYPHOON devait atteindre l'apogée de son atrocité. Il glissa un billet de vingt yuans par la fente de la cloison de séparation en plexiglas et attendit sa monnaie pendant que le compteur crachait lentement son reçu. Une photographie gigantesque de David Beckham, haute de dix-sept mètres, posait le regard sur lui depuis un panneau publicitaire suspendu par des câbles à la façade de la galerie Metro City, de l'autre côté du carrefour. Une fois descendu du taxi, il retint la portière pour deux jeunes Chinoises vêtues des pieds à la tête de marques occidentales. Une mobylette le frôla, avec un coup de klaxon nasillard. Il essaya de faire de l'œil à l'une des deux filles, mais elle l'ignora et claqua la portière.

Le sanctuaire climatisé de Paradise City le libéra de la pollution extérieure, bloquée par les nuages. Les images des caméras de surveillance le montrent évitant un démarcheur qui lui tend des prospectus de produits de soins pour la peau et prenant un escalator qui le conduit au premier étage. Il s'acheta un caffé latte et un muffin au chocolat dans une échoppe de la chaîne Costa Coffee. Des tables étaient disposées sur le pourtour d'un balcon qui offrait une vue panoramique vers l'atrium d'un blanc éclatant. Il avait devant lui les sept étages de la galerie, les boutiques French Connection et Nike Golf, les ascenseurs-bulles et l'entrecroisement des escalators en mouvement, et de jeunes demoiselles riant sottement en papotant dans leur téléphone portable.

Le rendez-vous était fixé pour 19 h 30. À 18 h 30, il fit le tour de l'atrium pour aller à l'autre bout emprunter un ascenseur qui le déposa au septième étage. Il se dirigea vers l'angle nord-ouest de la galerie marchande, entra dans le Silver Reel, un cinéma multiplexe, et acheta un billet pour le film de la salle 4, la séance de 18 h 50. Il y avait de longues files d'attente devant le marchand de pop-corn, mais il patienta sous l'œil d'Elmo et de Bugs Bunny, et s'acheta un cornet de pop-corn salé avec un Coca Light géant. C'était sa procédure habituelle. Quand il tendit son billet, il n'y avait pas de contrôle de sécurité, juste une jeune Chinoise debout devant la porte qui lui dit « Bonjour, monsieur » en anglais et lui indiqua l'entrée de la salle 4 derrière elle. Il s'enfonça dans le couloir à l'éclairage tamisé, pénétra dans la salle et s'assit à sa place habituelle, à l'extrémité de la rangée Q. Les publicités avaient déjà commencé et il se renversa dans son fauteuil, en attendant Ablimit Celil.

43.

La Concession française

Londres gardait le silence. Dès son retour à Shanghai, Joe Lennox avait transmis une demande d'information sur Ablimit Celil. Cinq jours s'étaient écoulés et il n'avait rien reçu en retour.

C'était en partie sa faute. En des circonstances normales, il aurait consigné un rapport CX sur sa rencontre avec Wang Kaixuan, détaillant ses allégations lourdes de sens selon lesquelles Celil entretenait des liens avec l'ISI pakistanais. Mais Waterfield lui avait formellement défendu de suivre la piste Wang dans ses investigations ; tant que Joe n'aurait pas récolté de renseignements solides prouvant que le professeur disait la vérité, il ne pouvait guère admettre avoir désobéi aux instructions de Londres. C'était l'ennui, dans le monde du secret ; il était extrêmement rare que la totalité des rumeurs et des pistes finissent par converger pour composer un tableau parfait. La vérité, cela n'existait pas. Il n'y avait que du résultat.

Il avait aussi été en contact avec Zhao Jian, qui n'avait jamais entendu parler d'Ablimit Celil et l'avait encore moins vu en compagnie de Miles Coolidge. Quant à Shahpour Moazed, les frères de Zhao Jian l'avaient averti en plaisantant qu'à force de l'attendre à la sortie de son immeuble de la rue Fuxing, ils en avaient contracté des durillons aux pieds. Le bras droit de Coolidge se terrait. Depuis une semaine ou presque, il s'était volatilisé. Jian avait téléphoné au bureau de Microsoft à Pudong, mais une secrétaire l'avait informé que Shahpour était malade. Il serait de retour lundi.

Shahpour était en effet malade, mais il ne souffrait ni de crampes d'estomac provoquées par un tofu douteux, ni d'une mauvaise grippe. Il était la proie d'une crise soutenue de regrets et de paranoïa. Depuis cinq longues journées, il était claquemuré dans son appartement, survivant grâce à un cocktail de DVD piratés, de marijuana thaï, de putes chinoises et de plats à emporter. À ses doutes déjà anciens sur la rectitude morale de TYPHOON s'ajoutait maintenant un second regret, celui, mortifiant, d'avoir vidé son sac devant Joe Lennox. Avant de partir pour le M on the Bund, et en guise d'apéritif, il avait fumé un joint, puis englouti deux bouteilles de vin blanc, un cognac et une vodka Martini au dîner, pour ensuite calmement informer un ancien officier du Secret Intelligence Service britannique que la CIA finançait le terrorisme en Chine. En un sens, il s'était persuadé que Joe Lennox était son sauveur. En réalité, naturellement, ce dernier était redevenu un simple citoyen qui serait sûrement allé tout droit à la station du SIS de Shanghai informer ses anciens collègues de ce complot. Shahpour était stupéfait de ne pas avoir été déjà rappelé au bercail. Il était sidéré de ne pas avoir à tout le moins reçu la visite d'un Miles Coolidge furibond. Il avait déjà rédigé sa lettre de démission et se préparait à boucler ses valises.

« Alors, personne ne l'a revu depuis une semaine ? demanda Joe à Zhao Jian.

— C'est exact, monsieur. Depuis votre dîner au Bund, personne ne l'a revu.

— Et vous êtes convaincu qu'il est encore dans son appartement ? Vous êtes sûr que l'oiseau ne s'est pas échappé de son nid ?

— Convaincu, monsieur. Convaincu. »

Il n'y avait qu'une solution. Par un vendredi après-midi humide, Joe effectua le court trajet à pied de son appartement dans la Concession française jusqu'à la rue Fuxing. Il s'arrêta devant un salon de coiffure où un cadre épuisé se faisait masser le crâne, et appela Shahpour sur son portable.

« Allô ? » La voix était râpeuse, à moitié éveillée.

« Shahpour ? C'est Joe. Joe Lennox. Comment ça va ? »

L'autre songea à raccrocher, mais il était intrigué. Il n'avait plus eu de nouvelles de l'Anglais depuis leur conversation lors de ce dîner, juste une rumeur selon laquelle il aurait quitté la ville quelques jours pour une affaire concernant Quayler. Il regarda la pendule au mur de sa cuisine. Une tache de sauce tomate masquait l'un des chiffres, mais il s'aperçut qu'il était plus de 20 heures.

« Salut, Joe. Pas trop mal, je crois. C'est sympa de t'entendre. Quoi de neuf ?

— Eh bien, je passais devant chez toi et je me demandais si tu aurais envie de prendre un verre ? Nous sommes vendredi, Megan est partie et j'espérais que tu serais un peu désœuvré.

— Comment sais-tu où j'habite ? »

C'était le premier indicateur de son état de paranoïa.

« C'est toi qui me l'as dit. Au dîner. Rue Fuxing, non ? »

Dix minutes plus tard, il était dans un ascenseur qui montait au quatrième étage d'un immeuble construit dans le style néogrec hideux considéré comme luxueux par certains architectes chinois. Shahpour vivait seul au bout d'un long couloir encombré de vieux cartons et de sacs plastique. Joe sonna et attendit une minute qu'il vienne lui ouvrir.

Une hôtesse de l'air m'avait un jour décrit l'odeur qui se dégage de la cabine d'un avion à l'ouverture des portes après un vol long-courrier. Joe subit un traumatisme comparable en posant le pied dans l'appartement, où il fut accueilli par un mélange nocif d'odeur de renfermé, de pets et de chaussettes dont la virulence lui provoqua presque un haut-le-cœur. Shahpour s'était laissé pousser une barbe assez fournie et n'était vêtu que d'un jean déchiré et d'un T-shirt Puma. Il avait la mine d'un étudiant en doctorat, brillant et insomniaque, qui aurait trimé des jours au labo. La climatisation était éteinte et il ne filtrait pour ainsi dire aucune lumière naturelle. Des boîtiers de DVD et des emballages de pizzas jonchaient le kilim qui recouvrait le sol, des vêtements sales étaient disséminés sur un canapé en cuir blanc en forme de L. Sur la table la plus proche de la porte étaient posés un ordinateur portable et un Tupperware contenant assez de marijuana pour lui valoir une peine de sept années d'emprisonnement. Un iPod luisait dans un coin.

« J'arrive au mauvais moment ?

— Ça mériterait un peu de ménage, ici », marmonna Shahpour, en entrant dans la cuisine. Joe constata qu'il avait entamé une vaisselle de cinq jours. Un sac-poubelle, dans le coin, avait été noué à la hâte et le sol sous ses semelles était poisseux. « Je ne suis pas beaucoup sorti.

— Allons-y maintenant, lui suggéra Joe, autant pour se soulager de son propre inconfort que pour permettre à Shahpour de s'extraire de sa torpeur. Pourquoi ne prends-tu pas une douche et je t'emmènerai dîner dehors ?

— OK, dit Shahpour du ton d'un ivrogne s'apprêtant au sevrage. Pourrait être une bonne idée. Accorde-moi cinq minutes. »

Il en fallut quinze. Joe patienta dans le salon-décharge en buvant une Tsingtao tiède et en feuilletant un numéro de *City Weekend*. Il avait envie de tirer les rideaux, d'ouvrir une fenêtre, de virer quelques-uns de ces détritus sur le sol, mais ce n'était pas son rôle. Puis Shahpour refit son apparition, la barbe un peu taillée, vêtu d'un T-shirt propre, d'un jean usé et d'une paire de baskets. La transformation était remarquable.

« J'avais besoin de ça, avoua-t-il.

— On est partis. »

Ils marchèrent d'abord en silence vers l'ouest, plus ou moins en direction de l'appartement de Joe. Il avait l'impression d'être un visiteur qui se promène dans le parc d'un sanatorium avec un patient à qui l'on a accordé une permission de sortie pour la journée. Des cyclistes et des passants lançaient d'étranges regards à ce grand Persan barbu accompagné de Joe, et ce dernier craignait qu'ils ne s'attirent assez vite l'attention indésirable de Chinois indésirables. Il suggéra d'aller au Face, un bar à l'intérieur de l'hôtel Rui Jin, à quelques rues de là, où les expatriés pouvaient s'immerger dans un gin tonic à la faveur d'une relative obscurité, mais apparemment Shahpour appréciait l'air frais.

« Cela t'ennuie si on marche un peu ? Je ne suis pas sorti depuis un bout de temps.

— Qu'y a-t-il ? Que s'est-il passé ? »

La réponse fut longue à venir et sa teneur ne le surprit pas.

« Je crois que je te dois des excuses, lui avoua-t-il enfin. L'autre soir, j'étais à côté de mes pompes.

— Comment ça ? J'ai passé un super moment. »

Shahpour le dévisagea de ses yeux humides et il comprit qu'ils n'avaient plus ni l'un ni l'autre assez d'énergie pour échanger des politesses typiquement britanniques.

« J'ai été soumis à pas mal de pression, ces derniers temps. J'avais entendu sur toi des choses que j'avais mal interprétées.

— Quel genre de choses ?

— Que tu étais le seul homme de part et d'autre de l'Atlantique ayant encore quelques principes. Qu'à ton pot d'adieu toutes les secrétaires de Vauxhall Cross pleuraient dans les toilettes. Que Joe Lennox était un type à qui je pouvais parler, qu'il travaille ou non pour Quayler Pharmaceuticals.

— Et si je ne travaillais pas pour Quayler Pharmaceuticals ? »

Ils étaient debout à côté d'un étalage de fruits, au coin de la rue Shanxi. Une Mongole édentée taillait des quartiers de pastèque sur une planche à découper. Shahpour s'arrêta derrière elle et se tourna vers lui.

« Continue à marcher, lui fit tranquillement Joe. Continue à marcher.

Ils continuèrent, vers le nord.

« Qu'entendais-tu par là ? » Moazed se passa la main dans les cheveux et jeta un œil derrière lui comme s'il craignait qu'on ne les suive. Depuis leur sortie de son immeuble, ils n'avaient pas croisé un seul étranger.

« Parle-moi plutôt de Pékin, fit Joe.

— Quoi, Pékin ?

— Parle-moi des Jeux olympiques. »

Shahpour l'observa.

« Tu as vu Wang, c'est ça ? »

Comme obéissant à un signal, un peloton de gardes en uniforme de l'Armée populaire de libération tourna au coin juste devant eux et s'avancèrent, à deux de front, sur le trottoir d'en face. Shahpour lâcha un juron entre ses dents.

« Je vais prendre un risque », lui répondit Joe. Il avait soigneusement préparé ce qu'il allait dire. Un badaud témoin de leur conversation aurait pensé que cet Anglais ne parlait de rien de plus pressant que le temps qu'il faisait. « Si mon instinct ne me trompe pas, le cas échéant, nous pourrions sauver un grand nombre de vies innocentes, toi et moi. Et si mon instinct m'égare, je vais passer pour le plus gros crétin sur cette rive du Yangzi. » Un homme vint se poster devant eux, ouvrit une mallette remplie de montres de contrefaçon et les suivit quelques pas, jusqu'à ce que Joe l'écarte d'un signe de la main. « Tu avais raison, au sujet du Zapata. Notre rencontre ne devait rien au hasard. Je me suis servi de Megan pour t'attirer.

— Je le savais ! » Il était comme un enfant surexcité. S'il ne s'était pas aussitôt calmé, Joe l'en aurait prié lui-même. Ce n'était pas un jeu. Il avait besoin que l'autre se concentre.

« Mais tu as négligé de mentionner Pékin. Je veux savoir ce qui est prévu pour les Jeux olympiques. »

Il y a un plaisir indéniable à manipuler un agent brillant, une sensation de maîtrise absolue sur la destinée d'un autre être humain. Joe éprouvait un plaisir similaire en observant le changement progressif de la gestuelle de Shahpour, le radoucissement de son comportement. À l'évidence, il lui faisait totalement confiance. Il avait trouvé le seul homme qui lui procurait un certain soulagement face à la misère de sa situation.

« La seule raison qui m'a empêché de t'en parler, c'est que cela me semblait superflu. J'ai mordu à ton histoire, mon pote. J'ai vraiment cru que tu étais hors jeu. Je n'arrive pas à y croire. »

Ils aboutirent à un carrefour. Shahpour était un individu honnête, au tempérament fantasque et parfois immature, mais il l'appréciait. Il pensait que la CIA l'avait sélectionné à la hâte après le 11-Septembre et, sans doute en raison de son profil ethnique, l'avait soumis à un entraînement éclair à Camp Peary, la Ferme, comme on l'appelait dans le métier. Il aurait été plus adapté à une carrière dans la vente ou, justement, dans l'informatique. Comme pour confirmer cette impression première, Shahpour alluma une cigarette et s'engagea sans transition sur la chaussée, car la voie paraissait libre, oubliant apparemment qu'en Chine il vaut mieux regarder à droite et à gauche, en haut et en bas, devant et derrière avant de s'engager au milieu de la circulation. Il fut vite assailli par le klaxon d'un taxi arrivant en sens inverse, qui obliquait dans sa direction, du mauvais côté de la chaussée. Joe l'empoigna par la chemise et le tira en arrière.

« Hé là !

— Essayons de rester en vie. »

Une fois en sécurité sur le trottoir d'en face, Shahpour commença par extrapoler en partant de la description de Wang des plans de la CIA à Pékin. Miles viserait plusieurs incidents, et au moins un « de la taille de l'attentat des Jeux olympiques d'Atlanta », concentrant ainsi l'attention des médias sur les victimes et sur l'agitation sociale, au lieu du miracle économique éclatant de la Chine moderne. Utilisant sa couverture chez

Microsoft, Moazed avait été chargé de recruter des travailleurs chinois sous-payés, surexploités à l'intérieur des installations du stade, ainsi que des employés d'équipes de télévision et des publicitaires dans la capitale. Il devait s'y installer à la fin de l'été. Dans l'intervalle, Coolidge concoctait un plan pour introduire une cellule ouïghoure à Pékin, ayant pour objectif de faire sauter le Village olympique.

« La même cellule que celle de Shanghai ?

— Je n'en ai aucune idée. Il ne me dit que le strict nécessaire. Mais tout est compartimenté. Il pourrait y avoir des centaines d'officiers opérant là-dessus, mais ça peut aussi bien se limiter à lui et moi. »

Lennox secoua la tête et alluma une cigarette. Que l'opération se présente sous des dehors aussi chaotiques était plus une indication de son absolue confidentialité qu'une illustration de l'incompétence de la CIA ou du Pentagone. Shahpour poursuivit.

« Miles croit qu'il sera facile de falsifier des papiers d'identité et de s'introduire dans le village. Je l'ai prévenu que les Chinois n'en autoriseront jamais l'accès, sauf aux personnes prouvant qu'elles ont un motif valable. Bordel, comment serions-nous censés faire entrer une bande de musulmans turquiques avachis dans le périmètre d'entraînement d'élite des meilleurs athlètes mondiaux ? Je te le dis, moi, tout ce plan est un vrai bazar.

— Il ne doit pas s'agir de la cellule qui est ici, à Shanghai. S'ils lancent une attaque cet été, ils se feront arrêter. Miles ne peut espérer que la cellule ait survécu plus de trois ans sans s'être fait repérer. »

Moazed expédia sa cigarette vers la chaussée.

« Tu as raison, j'imagine.

— Que sais-tu de cette cellule ? » Au milieu de la rue Xinle, ils furent contraints de contourner une flaque d'eau qui inondait la chaussée depuis une cantine. Des masses de Chinois se tenaient voûtés au-dessus de leur table, engloutissant du riz et des morceaux de porc en faisant totalement abstraction du tohu-bohu autour d'eux. « Quand les a-t-il recrutés ?

— À mon avis, ceux-là, c'est la lie. Moi, je ne m'occupe que d'un seul d'entre eux. Memet Almas. C'est un Kazakh, le genre religieux. Que je sois musulman comme lui, ça lui plaît, tu vois ? Il a une femme à Kashgar. Miles ne me fournit jamais aucun autre nom. Moins il y a de gens qui en savent, mieux c'est, d'accord ? » Joe lui demanda d'épeler le nom et le prénom de Memet Almas. « Mais j'ai l'impression qu'il se sert de fanatiques. Dans les premiers temps, TYPHOON était ce que l'on pourrait appeler une opération laïque. Il y avait des soufis non pratiquants, défenseurs d'une cause politique. D'après ce que j'ai pu saisir, un type comme Memet ne veut qu'une chose, faire tout sauter. Tout cette affaire s'est radicalisée.

— Et Ansary Tursun ? Abdul Bary ? Ces noms-là t'évoquent quelque chose ? »

Shahpour secoua la tête. Il faisait sombre et deux vélomoteurs privés de phares venaient dans leur direction, de l'autre côté de la rue.

« Ablimit Celil ? »

Même signe de tête. Joe était déconcerté du peu que Shahpour semblait savoir de l'opération.

« Qu'est-ce qui te fait penser à une radicalisation ?

— Il suffit d'écouter Miles. Il a peut-être fini par gober en bloc la propagande de l'État chinois, pour qui tous les Ouïghours seraient des terroristes. Qu'est-ce que j'en sais ? Ce bazar a totalement foiré.

— Wang pense que Celil dirige la cellule. Il croit aussi qu'il pourrait être de l'ISI.

— Il pense quoi ? »

Moazed s'était arrêté net. Joe l'invita à continuer à marcher en lui plaçant une main dans le dos. Il avait un corps puissamment bâti et le bas de sa chemise était moite de transpiration.

« Il m'a expliqué que Celil avait effectué un passage par un camp d'entraînement d'Al-Qaida, il y a de cela quelques années. Et il pense que la cellule serait contrôlée par Islamabad.

— Alors là, Wang déconne à plein tube. » Un vieil homme assis dans un rocking-chair les observait depuis l'entrée de son *shikumen* à moitié dans la pénombre.

« Pourquoi dis-tu ça ?

— Parce qu'il a déjà raconté des conneries sur certaines histoires du passé, il en racontera au moins autant sur certaines histoires futures. » Joe fut aussitôt renvoyé à son souvenir de ce sous-sol d'un night-club, à Wan Cha. Que lui avait dit Miles, déjà ? « Wang Kaixuan est un mythe, une histoire à faire peur. Rien de ce que ce vieux con t'a dit n'a la moindre signification. »

« C'est toi qui parles, ou c'est Miles ? »

Moazed parut s'offenser du reproche implicite de cette question. Il s'écarta devant un cycliste et traversa la chaussée, s'éloignant de Joe. Ils se trouvaient dans une rue étroite et faiblement éclairée, au cœur de la Concession française, sous de noirs platanes courbés qui formaient une voûte au-dessus de leurs têtes. Sans se presser, Joe le rattrapa et reprit simplement là où ils s'étaient interrompus.

« Comment as-tu rencontré Almas ? »

Moazed répondit sans hésiter. Il avait envie de se délester de secrets opérationnels qui lui pesaient depuis trop longtemps.

« On est allés dans un bar, rue Nanyang, le Larry's. »

Joe connaissait. Larry's était situé dans une rue derrière le Ritz-Carlton, un pub américain à deux niveaux avec des tables de billard et des écrans plasma diffusant des chaînes de sport. Il y avait déjeuné en suivant une retransmission d'un match de cricket entre l'Angleterre et l'Afrique du Sud. L'endroit était très fréquenté par les *laowai* âgés de vingt ans et par quelques amateurs de hamburgers et de frites.

« Tu l'as rencontré dans un lieu public ? Un restaurant ? »

Il ne voulait pas risquer de provoquer la colère de Shahpour en lui posant d'autres questions sur son manque de rigueur dans l'exercice de son métier.

« Mais oui. Il se fond dans le décor. On s'assied dans un coin, on prend un cheeseburger, on regarde un match de baseball et on se comporte comme n'importe quel tandem d'Américains loin de chez eux. Les Chinois ne voient pas la différence. Pour eux, on se ressemble tous.

— Tu as recommencé combien de fois ?

— Deux, peut-être trois fois depuis son arrivée à Shanghai. » À son ton de voix un rien têtu, Joe perçut qu'il était sur la défensive. Mieux valait ne pas trop le bousculer.

« Comment tu contactes Almas ? »

Shahpour se gratta, une démangeaison au lobe de l'oreille gauche.

« Par texto. » Il attendit d'avoir dépassé une vieille femme qui lavait la vaisselle dans une bassine en plastique en bordure de la chaussée. « Je lui ai donné un téléphone portable. Si je désire le voir, j'utilise un langage particulier. Memet parle anglais et nous choisissons juste la date et l'heure en termes codés. »

Joe opina et lui demanda comment cela fonctionnait du côté de Memet.

« Même chose, plus ou moins. Il m'envoie un texto depuis un téléphone portable raccordé à un réseau américain pour me prier de contacter mes grands-parents à Sacramento.

— Parce que tes grands-parents à Sacramento ne sont plus de ce monde ? » Cela le captivait toujours de glaner quelques détails croustillants relatifs aux méthodes des Cousins.

« Si, ils sont toujours de ce monde. Mais ils vivent à Téhéran. »

Lennox sourit.

« Et Miles alors ?

— Quoi, Miles ?

— Comment s'y prend-il ? Comment contacte-t-il la cellule ?

— Je n'en ai aucune idée », lui avoua le jeune agent en secouant la tête. À la minute, il n'avait apparemment plus rien à ajouter sur le sujet. « Tout ce que je sais, c'est qu'il se sert parfois de sa femme. »

Joe en tressaillait de surprise, une surprise qui se mua vite en indignation.

« Isabelle ?

— Mais oui. En guise de couverture. Pour ça, les gars, vous savez vous y prendre, hein ? Emmener une nana avec vous comme si vous partiez faire les courses, et ensuite retrouver votre contact sur la route. Grâce à Isabelle, Miles a l'air normal. Mais si tu me demandes où il l'emmène, je te dirai que je n'en sais rien. »

44.

Salle 4

« Où est votre femme ? »

La voix chuchotée d'Ablimit Celil restait audible au-dessus des cris et des coups de feu d'un film catastrophe américain. Entré peu après le début du film, il avait choisi le fauteuil vacant à côté de Coolidge, au bout de la rangée Q.

« Elle n'a pas pu venir. Soucis féminins. »

Cela lui plaisait de se moquer des croyances religieuses d'Ablimit, d'insister sur la sexualité des femmes en sa présence et de se référer à l'occasion à son propre agnosticisme. Il n'allait pas s'en laisser imposer par un fanatique. Il avait besoin de Celil, certes, mais Celil avait aussi besoin de lui. Sans l'argent américain, sans les explosifs américains, il n'était qu'un minable saboteur de plus.

« Vous vouliez me parler. »

Miles n'avait pas encore eu un regard pour son agent. Trois rangées devant eux, un homme coiffé d'une casquette de base-ball et fort occupé avec un cornet de glace riait d'une réplique. S'il s'était retourné, il aurait eu sous les yeux le spectacle incongru de deux hommes mûrs accusant plusieurs kilos de trop, l'un avec une barbe épaisse, l'autre rasé de près, penchés l'un vers l'autre comme deux amants du dernier rang. Une séquence rapide de lumières vives et vacillantes se reflétait dans les yeux noircis par l'obscurité de Miles Coolidge et d'Ablimit Celil, qui se parlaient avec révérence et discrétion comme deux parents endeuillés à un enterrement.

« Comment ça va ?

— On va bien, lui répliqua Celil. Mais il nous faut plus d'argent.

— Ah oui, et à part ça ? Patience, nom de Dieu !

— Ansary a été malade. Il ne travaille pas. Il remet en cause la direction qu'on a prise.

— Je l'ai vu la semaine dernière. On a eu un bon dîner au Kala Kuer. Moi, il m'a semblé en pleine forme. »

Il goba un pop-corn et le laissa fondre sur sa langue.

« Je veux dire, il est impatient d'agir. On l'est tous. On se demande pourquoi on attend. »

Celil parlait vite, en mandarin, et le chuchotement de sa voix fut presque avalé par les hurlements et les fracas d'une séquence d'action. Ce film l'atterrait, cette violence et ces blasphèmes. Il essayait de ne pas regarder l'écran.

« J'ai réfléchi à quelques cibles éventuelles », lui fit l'Américain en lui passant un paquet par-dessus l'accoudoir. Celil le posa sur ses genoux, tendit l'oreille. « Des usines. Des banques publiques. Un restaurant sichuanais, à Pudong. Je ne veux pas d'attaques contre des Américains, je n'en veux pas contre des Européens. Nous avons assez souffert. » Celil n'eut guère de réaction, juste le regard perdu quelque part devant lui. « Je veux que tu envisages de permuter les postes. Tu laisses Abdul dans son usine, mais Ansary peut prendre un emploi de plongeur dans un restaurant. Je peux te procurer des laissez-passer de sécurité pour les banques, un accès à la totalité des locaux. On a tout notre temps. »

Ablimit renifla violemment. L'ignorance des affaires chinoises, chez cet Américain, le sidérait encore.

« Pour les Ouïghours, ce n'est pas facile. On ne peut pas entrer dans ces endroits-là et obtenir un emploi comme ça.

— Tout est dans le dossier. »

En réalité, son ignorance apparente était de pure façade. Il était ressorti d'une récente réunion avec son contact au Pentagone convaincu que tout attentat réussi à Shanghai n'aurait d'autre effet que de renforcer la détermination des Chinois à protéger les Jeux de 2008. Pour couronner le tout, il y avait aussi le risque évident de perdre entièrement la cellule. Après une attaque terroriste coordonnée, tous les Ouïghours dans un rayon de cent kilomètres autour de Puxi seraient arrêtés et interrogés. C'était pourquoi Washington n'avait aucune intention de donner le feu vert à une opération pour l'été prochain. Les informations que Miles venait de transmettre à Celil dans cette enveloppe étaient sommaires, au mieux ; si les membres de la cellule réussissaient à accéder aux postes qu'il avait évoqués, il se contenterait de les en retirer à la dernière minute en invoquant des renseignements selon lesquels l'opération était éventée. Il avait aussi glissé quinze mille dollars dans le pli, ce qui suffirait plus qu'amplement à rétribuer les contrariétés de Celil encore plusieurs mois. Pékin était désormais la seule cible. Les deux parties finiraient par obtenir ce qu'elles voulaient : la cause ouïghoure accéderait à la scène mondiale ; et un carnage éclipserait ces Jeux olympiques si précieux pour la Chine.

« Comment vont les autres ? Comment vont Abdul et Memet ? »

Subitement, les spectateurs éclatèrent de rire. Miles leva les yeux vers l'écran. Un personnage tombé accidentellement tentait de se relever. Les Chinois adoraient les chutes sur le derrière.

« Memet, je ne le vois jamais. Abdul non plus. On préfère que ce soit comme ça, on a toujours opéré ainsi. Je suis juste au courant pour Ansary parce que je vais dans son restaurant et ils me disent qu'il est malade. C'est trop dangereux d'être vu avec eux. On veut de l'action. On veut frapper les Chinois. On est fatigués d'attendre.

— Et vous allez en avoir, de l'action. » Coolidge était irrité par ces appels répétés à ce que les choses avancent. Cette soif de sang de la cellule, c'était entièrement l'invention de Celil. Il avait introduit dans leur travail un fanatisme inédit. Même au plus fort du TYPHOON première mouture, il n'y avait jamais eu pareil courant sous-jacent de ferveur religieuse. Les hommes se considéraient comme des officiers luttant pour une cause juste. À présent, des individus inconditionnels comme Tursun et Bary ne valaient pas mieux que les cinglés de Bagdad ou de Madrid. « Tu dois seulement me faire confiance. Tu dois m'écouter.

— Je vais vous écouter. »

Un sifflement s'éleva quelque part dans la salle. Leur conversation avait duré trop longtemps.

« Tu ferais mieux d'y aller, lui chuchota Miles. Et lis donc ce dossier. »

Celil rangea le paquet dans un sac en plastique et sortit du cinéma. Le hall était désert et il fut vite dans l'atrium de la galerie marchande, puis il descendit par l'ascenseur au rez-de-chaussée. Chacune de ses visites à Paradise City était désormais d'une importance vitale pour la cellule. Pourquoi ? Parce qu'ils avaient en effet reçu de nouvelles instructions, conformément aux révélations de Wang. Son obéissance de façade, en présence de Miles Coolidge, n'était qu'un simulacre ; les Américains étaient des hommes du passé. En ralliant la cause des Ouïghours à l'ISI pakistanais, Celil s'était assuré la garantie d'actions fréquentes et efficaces, sur le terrain.

« Je ne veux pas d'attaques contre des Américains, je n'en veux pas contre des Européens. Nous avons assez souffert. » N'était-ce pas exemplaire de l'hypocrisie de l'Occident ? Ils sèment la dévastation en terre étrangère et ensuite leurs seuls efforts visent à les protéger eux, et eux seuls. Ablimit s'était depuis trop longtemps laissé aveugler par des promesses américaines qui n'avaient jamais porté leurs fruits. La CIA avait soutenu la cause du séparatisme ouïghour non parce qu'elle croyait au droit des frères musulmans de vivre sur leur propre terre, affranchis de l'oppression des Hans, mais parce qu'elle convoitait encore davantage de pétrole, davantage de gaz pour alimenter une économie américaine en faillite.

Il regarda autour de lui. La galerie marchande. Ce qu'Ablimit Celil avait devant lui, c'était la preuve d'une autre culture obsolète, d'une Chine imitatrice de tout ce que l'Occident avait de pire. Il pensait déjà à cette glorieuse libération, le 11 juin, et n'avait jamais été plus convaincu d'avoir pris la bonne décision.

45.

Retrouvailles

Soyons clair : Joe n'avait aucun besoin d'aller voir Isabelle. Il aurait pu demander à Zhao Jian de la suivre à la trace. Il aurait pu attendre patiemment que Londres le contacte avec l'information qu'il avait réclamée concernant Ablimit Celil. La révélation de Shahpour selon laquelle Miles utilisait sa femme comme couverture pour ses rendez-vous avec les membres de la cellule était certes un élément de grande valeur, mais qui ne nécessitait pas une visite à son domicile de Jinqiao. Qu'espérait-il ? Une confession ? Un rapport complet sur les agissements clandestins de son mari en Chine ? Isabelle n'allait sans doute pas trahir l'homme qu'elle avait épousé, en particulier pour un ancien petit ami qui l'avait jadis trahie. Pourtant, la tentation se révéla trop forte pour qu'il y résiste. C'était l'occasion idéale. Après tout, Waterfield lui avait conseillé de se rapprocher de Miles Coolidge. Eh bien, se rapprocher de Miles Coolidge, cela signifiait se rapprocher d'Isabelle. Et qui connaît mieux un homme que sa propre femme ? D'un certain point de vue, il ne faisait là que son travail.

Jian lui fournit les renseignements. Tous les matins des jours de semaine, réglée comme une horloge, elle se rendait à bicyclette au Century Park où elle se joignait à des séances publiques de tai-chi, entre 8 h 15 et 9 heures. Miles était déjà parti pour son bureau. Elle était toujours seule. Il suffirait de la trouver et de partir de là.

Prenant la direction de l'est avec la ligne 2 du métro qui dessert Pudong, il se rendit compte qu'il brouillait dangereusement une certaine frontière entre le professionnel et le personnel, ce qui ne pourrait mener qu'à une déception. Il avait à peine dormi. Depuis des jours, il avait délibérément évité Megan. Il n'avait pas préparé ce qu'il allait dire, pas plus qu'il n'avait réfléchi aux conséquences de ses actes.

La rame était bondée. Il était debout dans un compartiment immaculé qui tanguait, lui, un jeune espion *laowai* de trente-quatre ans fonçant vers son destin à des milliers de kilomètres de chez lui. Il était 7 h 45 du matin. Et si Isabelle tournait simplement les talons, ignorant ses supplices ? Et si elle téléphonait à Coolidge et lui annonçait que Joe était venu la voir ? Comment expliquerait-il la chose ? Il était censé être l'employé d'un laboratoire pharmaceutique sur un marché de niche, pas un espion britannique posant des questions sensibles sur les activités de la CIA. Si elle lui demandait ce qu'il fabriquait à Shanghai, il le lui dirait. Il avait pris sa décision. Il ne pouvait pas mentir. Somme toute, c'étaient des mensonges qui avaient causé leur perte, sept ans plus tôt. Mais le lui dire compromettrait tout : l'opération, sa couverture, la quête de cette cellule. S'il avait possédé ne serait-ce qu'une once de jugement, en cette matinée humide de la mi-mai, il aurait sûrement fait demi-tour à Dongfanglu et serait rentré directement à Puxi.

Il trouva l'endroit facilement. Il n'eut aucun besoin du plan qu'il avait emporté. La séance de tai-chi se déroulait en bordure sud d'un lac artificiel, à deux pas de la station Century Park. Il put apercevoir au loin un groupe important de Chinois occupés à leurs exercices, surtout des hommes et des femmes à l'âge de la retraite qui s'étiraient et tournaient sur eux-mêmes au ralenti, communiant avec d'invisibles divinités. Il s'avança vers eux. Il vit un Occidental barbu, la cinquantaine bien entamée, et une femme, une *laowai* elle aussi, d'âge identique, dans un pantalon de survêtement et un T-shirt qui semblait avoir été teint en rose. Ils détonnaient au milieu de ce groupe de trente ou quarante Hans, mais aucun signe d'Isabelle parmi eux. Joe s'assit sur un banc à l'ombre d'un arbre à suif. Il se demandait s'il observait le bon groupe. Zhao Jian l'aurait-il envoyé dans la mauvaise partie du parc ? Pour explorer tout le périmètre, il lui faudrait au moins quarante minutes, largement le temps pour Isabelle de rentrer chez elle.

Un avion survola l'endroit très bas dans sa descente vers l'aéroport. Le sifflement des réacteurs en décélération étouffa la plainte d'une musique populaire chinoise diffusée par un lecteur de CD portable, au bord du lac. Il se leva. Vers le nord, il discerna le contour estompé de la tour Jin Mao, voilée par le brouillard. Il baissa les yeux et se concentra de nouveau sur le groupe, s'écartant de deux pas sur sa gauche pour que son champ de vision ne soit plus bloqué par quatre hommes maniant des épées de bois.

Et ce fut alors qu'il la vit, la révélation obsédante d'Isabelle Aubert, son visage, son corps aussi familiers que la brise du matin. Vêtue d'un pantalon de yoga en coton noir, les cheveux retenus par un bandeau, ses bras fins et nus tendus devant elle, elle faisait tourner ses pieds déchaussés sur l'herbe constellée de rosée. La première réaction de Joe fut de sourire, car pendant qu'elle enchaînait les mouvements complexes du tai-chi, son visage trahissait une concentration intense, quasi enfantine. En ce premier instant, il se rendit compte que toute sa douleur, tout ce chagrin et ce manque n'avaient pas été vains. Elle était aussi vivante et belle à ses yeux qu'elle l'avait toujours été, et il avait eu raison de revenir vers elle. Il regagna le banc. Le cœur battant, il se perdit dans un flot de souvenirs, se remémorant la toute première fois qu'ils s'étaient vus, à ce mariage, leurs premières nuits hypnotiques à Kentish Town, les disputes qui avaient fait rage entre eux au cours de cette semaine désespérante du *wui gwai*. Il continua de la regarder, songeant à Miles et Linda et aux mensonges de leurs existences, et il lui était presque inconcevable d'imaginer qu'Isabelle vivait si près d'un terrible secret. Comment allait-il le lui révéler ? Qu'allait-il pouvoir lui dire, nom de Dieu ?

La musique s'interrompit. Il y eut des rires et les gens se rassemblèrent. Isabelle semblait connaître les vieilles dames chinoises sur sa gauche, car, dès la fin de l'exercice, elle engagea aussitôt la conversation avec elles. Une mouette vola devant elles et vint se poser au bord de l'eau. Il se releva et traversa les groupes de promeneurs. Il était à quarante mètres. Trente. Isabelle enfila des souliers souples et secoua ses longues boucles noires, gestes quasiment mélancoliques dans leur experte simplicité. Ce fut à cet instant qu'elle parut sentir son approche et il eut la surprise de la voir sourire, alors qu'il marchait vers elle, comme s'ils étaient convenus de se retrouver, comme si elle l'attendait.

« Oh, mon Dieu ! » Ils s'étreignirent, et son parfum était un opium de souvenirs. Elle s'était dressée sur la pointe des pieds et le serrait contre elle en murmurant dans son corps des choses qu'il parvenait à peine à entendre. « Que fais-tu à Shanghai ? Je n'arrive pas à y croire. »

Ils se détachèrent l'un de l'autre et se regardèrent. Le visage d'Isabelle était encore empourpré par l'exercice, mais il était aussi animé par le plaisir et la surprise de le voir. Les mois ultimes, épouvantables de Hong Kong semblaient oubliés. Le temps avait effacé tout ressentiment entre eux.

« Que fais-tu à Shanghai ? lui répéta-t-elle. C'est tellement incroyable.

— C'est une longue histoire. »

Il lui fallut plusieurs secondes avant de comprendre ce qu'elle venait de lui révéler : Miles ne lui avait rien dit. Avait-il volontairement caché le fait qu'il vivait dans cette ville ? Ou ce que Shahpour et Zhao Jian lui avaient appris était-il exact ? Que M. et Mme Coolidge ne vivaient plus ensemble, qu'ils ne partageaient plus le même lit ?

« Je n'avais pas l'intention de te surprendre. Miles ne t'a rien dit ? Il ne t'a pas expliqué que je vivais ici ? »

Elle secoua la tête, ses lèvres esquissant un sourire contrit qui lui apporta la réponse à sa question. *Miles ne me dit rien. Mon mari est une cave pleine de secrets.*

Il abaissa le regard. Il vit à son doigt son alliance en or bosselée.

« Eh bien, je ne m'attendais pas à ça », avoua-t-il. Elle eut un petit rire de gorge. « J'ai dîné avec lui en avril. On s'est croisés à Huaihai. Il ne t'a jamais rien dit ?

— Rien », insista-t-elle.

Évidemment, il était possible qu'elle mente ; en fin de compte, il serait plus commode d'en vouloir à Miles, au lieu d'admettre qu'elle avait délibérément évité la confrontation que Joe venait de provoquer. Pourtant, ce n'était pas le style d'Isabelle. Cela ne l'avait jamais été. Elle n'était pas lâche. Elle n'était pas fausse. Elle exprimait le fond de sa pensée et elle disait les choses telles qu'elle les percevait. En outre, pourquoi nier une réalité aussi simple ? Elle attrapa dans l'herbe un chapeau de soleil à large bord et se dirigea vers le lac en lui disant, avec une note de fatalisme dans la voix :

« Miles a été très occupé. Il voyage beaucoup. »

Cela sonnait creux, comme l'excuse d'une épouse. Réglant son pas sur le sien, il sentait qu'elle conservait à peine l'énergie de le défendre. D'instinct, elle comprenait que Miles avait essayé de les tenir à distance l'un de l'autre. Ils étaient deux à le comprendre. C'était la conclusion évidente, gênante, qui s'imposait à eux. Pour lui épargner davantage d'embarras, Joe lui fit un compliment, en lui affirmant qu'elle avait exactement la même allure que la dernière fois qu'il l'avait vue, sept ans plus tôt.

« Mon Dieu. Cela fait si longtemps ? » La cascade ravissante de ses cheveux, sa voix si vive, tout cela lui revenait comme des photographies oubliées. « Seigneur, on vieillit. Alors, c'est un hasard ? Tu es à Pudong pour affaires ? »

Il s'était fixé une règle, une seule, pour leurs retrouvailles : que plus jamais il ne mentirait à Isabelle Aubert. Et déjà cette règle était mise à l'épreuve. Il était trop tôt dans leur conversation pour révéler la nature véritable de sa recherche.

« Comme je te le disais, c'est une longue histoire. Tu as le temps de prendre un café ? »

Subitement, le visage d'Isabelle se crispa d'inquiétude et elle posa la main sur le bras de Joe. Ce contact était comme la garantie physique de son affection envers lui. La sentant bouleversée, il la rassura : « Ne t'inquiète pas, ce n'est rien de grave », et s'il avait été plus certain de ses sentiments à son égard, s'il n'y avait pas eu tant d'histoire entre eux, tant de portes à rouvrir, il aurait retiré cette main de son bras et l'aurait prise dans la sienne, afin de la rassurer. Il subsistait encore entre eux un lien physique et émotionnel extraordinaire, et il le ressentait avec autant de vivacité que le soleil du matin perçant le ciel de ses feux. Et elle aussi, il en était convaincu. Il y a quelque chose de magique dans une première passion amoureuse ; elle ne vous quitte jamais.

« Il y a un café par là », fit-il en pointant le doigt vers la structure noire en verre du musée des Sciences et de la Technologie. Il y était déjà allé, lors d'un de ses premiers week-ends à Shanghai, un jour d'ennui. « On pourrait prendre un petit déjeuner et parler.

— Allons-y, dit-elle. Et c'est moi qui paie. »

Ils trouvèrent une table à l'extérieur, dans une cour futuriste dominée par les courbes noires et lisses du musée. L'humidité du milieu de la matinée était tenue à distance par une douce brise qui courait librement sur les terres de marécages inexploités du sud de Pudong. Des autocars rutilants et ventrus déversaient des nuées d'enfants. Ils jouaient dans les gouttelettes d'une fontaine, pouffaient de rire en patientant dans la file d'attente.

« Alors tu es marié ? lui lança-t-elle. Tu as des enfants ? Tu travailles toujours pour ta foutue confrérie ? »

Huit années de mariage avec un espion américain semblaient avoir normalisé son attitude envers le métier d'élection de Joe. Elle avait posé cette série de questions avec un grand sourire, et il lui répondit sans hésiter.

« Je ne suis pas marié. Pas divorcé, non plus, ajouta-t-il aussitôt, car il vit sur son visage ce qu'il interpréta comme une expression de confusion. Je n'ai pas d'enfants. Du moins pas que je sache.

— Et le Foreign Office ? »

Il avait remarqué un petit cillement et un léger serrement de gorge, le temps pour elle d'assimiler la nouvelle qu'il restait célibataire.

« Nous revoilà au même point ? » fit-il. Il pouvait se permettre de risquer cette plaisanterie, car il n'y avait plus de douleur entre eux. Il fixa le visage d'Isabelle du regard, ces yeux qu'il avait embrassés, ce cou qu'il avait touché, et s'émerveilla que leur conversation soit si naturelle. « En fait, je me suis intimement juré il y a huit ans que si nous nous rencontrions de nouveau, je ne te mentirais pas sur la façon dont je gagnais ma vie.

— Et pourtant, c'est exactement ce que tu es sur le point de faire. » D'un revers de main, elle effaça son indiscrétion. « Je suis désolée. Je n'aurais pas dû te poser la question. » Leurs yeux se croisèrent, dans une minute d'entente silencieuse. Il vit qu'elle n'avait maintenant que trop conscience des frustrations uniques et très privées de la vie d'un agent secret.

« Puis-je dire quelque chose à ce sujet ? fit-elle soudain.

— Au sujet de quoi ?

— De la manière dont je me suis conduite à Hong Kong. » Il n'était pas encore 10 heures, mais elle avait manifestement pris la décision de soulager sa conscience, et aussi vite que possible. « J'ai été très dure avec toi. » Elle recoiffa une mèche de ses cheveux, dégageant ses yeux. « Tu ne le méritais pas. Il m'a fallu longtemps pour le comprendre et à ce moment j'étais à Chengdu, avec Miles. Je suis tellement désolée. » Il tenta d'esquiver cet aveu, car il était frappé à la fois par sa franchise et par l'impact de ces mots sur son cœur. Ces mots arrivaient trop tard, et pourtant, ils étaient tout ce qu'il avait tant désiré entendre. « La vérité, c'est que je n'étais pas réellement prête à vivre ce que nous vivions. J'étais trop jeune. Je me suis servie de ce que j'ai découvert à ton sujet comme d'un prétexte pour mettre fin à ce qui existait entre nous.

— Isa...

— Non, s'il te plaît. Laisse-moi terminer. Je ne serais pas étonnée qu'il s'écoule huit autres années avant que je ne te revoie, et je voulais te dire cela depuis une éternité. » Elle posa la tasse de café devant elle sur la table. Subitement, il entrevit dans ses yeux une extraordinaire solitude, comme s'il n'y avait à Shanghai personne à qui elle puisse parler avec autant de franchise et de passion qu'en cet instant. « Je n'étais pas aussi gentille que tu l'as cru. Tu méritais mieux. J'avais cette manie de repousser les hommes qui me faisaient du bien. Je l'ai fait avec Anthony et je l'ai fait avec toi. J'étais sans cœur.

— Je t'ai menti, insista-t-il, essayant de la protéger. J'aurais dû me montrer plus honnête envers toi, depuis le début.

— Non. Comment t'y serais-tu pris ? » Elle avait mûrement réfléchi à tout ceci. Elle s'efforçait de lui prouver son désir de refermer leur blessure commune, comme s'il leur était interdit de parler de rien d'autre tant que le passé n'aurait pas été enterré. « C'était dans la nature de ton métier. Si tu étais allé raconter la vérité à tout le monde, tu n'aurais pas pu l'exercer.

— C'est possible », admit-il. Il lui vint à l'esprit qu'Isabelle aurait pu ensuite ajouter d'autres remarques plus dommageables, et non moins vraies. Qu'il était juste un peu trop sensible, un peu trop guindé, un peu trop conservateur et réservé pour une fille de son milieu et de son caractère. Au fond de lui-même, il avait toujours su qu'Isabelle avait découvert son secret le plus obscur et ce, juste au moment où elle avait commencé à se lasser de lui. Le timing était impeccable. S'il lui avait demandé de l'épouser, elle aurait aussi bien pu refuser. C'étaient là des vérités moins consolatrices et Isabelle avait eu la bonté de ne pas les lui formuler.

« Et maintenant, qu'en est-il ? » Il essayait de sourire, tâchant de l'amener à se détendre et à prendre plaisir à cette matinée. « Tu es heureuse ? Est-ce que tout a marché comme tu le voulais ? »

Elle fixa l'autre extrémité de la cour éblouissante, avec ce soleil qui brûlait le béton, scintillant à la surface de l'eau. Comment une femme ouvre-t-elle à un homme les secrets de son cœur ? Jusqu'où une femme peut-elle révéler les échecs de son mariage ?

« N'est-ce pas pour cela que tu es venu ? »

Il alluma une cigarette.

« Je ne saisis pas.

— Pour parler de Miles. »

Il inhala une première bouffée, tout au fond de ses poumons, et la recracha vers le ciel noyé de nuages.

« C'est en partie pour cela que je suis venu, concéda-t-il, sans parvenir à s'imaginer ce qu'elle savait.

— Pour parler de Linda ? »

Cela le stupéfia.

« Tu es au courant ? » s'écria-t-il impulsivement, sans même se demander s'il était prudent de trahir Miles.

Il y eut un silence.

« Isa ? » Il éprouva la sensation extraordinaire qu'elle avait attendu huit ans pour rompre son silence. Subitement, il eut le sentiment qu'elle le considérait comme l'ami le plus proche qu'elle ait au monde, et lui avait ignoré cette amitié, par pur dépit.

« Peu importe », fit-elle. Elle prit l'une de ses cigarettes. Elle n'allait pas craquer ou pleurer. Ce n'était pas son style. « C'est le lot de la femme d'expatrié, la *tai tai*. On fait son lit comme on se couche.

— Je ne comprends pas. »

Elle alluma sa cigarette, parce qu'il avait oublié de le faire pour elle.

« Je veux dire que nous arrivons ici avec nos contrats et nos salaires à six chiffres, nous prenons l'avion en classe affaires, nous avons nos leçons de tennis et nos maisons à Jinqiao. Et c'est quoi, le marché ? Des maris qui sont partis deux cents jours par an avec une fille dans chaque port et une gueule de bois permanente le week-end. » Ses yeux croisèrent les siens. « Ne me dis pas que tu ne vois pas de quoi je parle, Joe. Depuis combien de temps vis-tu en Asie ?

— Depuis toujours.

— Exactement. Et c'était la même histoire à Hong Kong, la même à Kuala Lumpur, la même à Singapour, non ? » Il n'était pas entièrement d'accord avec elle, mais il se garda bien de l'interrompre. « L'Empire se perpétue. Dans les années trente, les épouses des cadres fréquentaient le Del Monte et le Cathay. De nos jours, nous allons au Bar Rouge et au M on the Bund. Il n'y a pas de différence. Nous sommes toujours aussi frustrées, nous nous ennuyons autant. Nous avons toujours plus d'argent que les autochtones, nous avons des domestiques. Nous continuons à nous habiller avec élégance et à jouer au jeu de l'Empire. Pendant ce temps-là, nos maris bien-aimés baisent toutes les filles chinoises sur lesquelles ils peuvent mettre la main et se convainquent de faire partie d'une race supérieure. »

À la vérité, ce n'était pas la première fois qu'ils avaient une conversation de cet ordre. Le père d'Isabelle, Édouard, le courtier en assurances français, avait été un homme à femmes collectionnant les conquêtes, et sa manière de courir après elles était pour sa fille une fréquente source d'angoisse, même dix ans après sa mort. Quand elle avait quitté Joe pour Miles, il avait en partie rationalisé ce retournement sur la base prétendument freudienne que toutes les femmes finissent par épouser leur père. Néanmoins, tout en l'écoutant par cette matinée d'été, il éprouva plus ou moins la même incertitude que celle qu'il avait ressentie aux premiers stades de ses conversations avec Shahpour et Wang. *Est-ce que tout le monde me ment, ou tout le monde dit-il la vérité ?*

« D'où cela vient-il ? lui demanda-t-il. Je ne sais pas comment t'aider. Je ne sais pas ce que tu veux que je fasse. »

Elle rit.

« Oh, Joe ! Tu es si gentil. Tu as toujours été si vieux jeu. Je n'attends pas de toi que tu fasses quoi que ce soit. Simplement, c'est charmant de te revoir. C'est charmant de se parler, voilà tout. J'ignorais complètement à quel point tu me manquais. Cet endroit est si… » Elle eut un geste, vers le nord. « Si épuisant. »

Joe aurait aimé lui prendre la main, mais il manquait de confiance. Isabelle l'en avait dépouillé. Au cours de ces huit années sans elle, il s'était enveloppé de couches de protection, une carapace de dureté émotionnelle pour s'empêcher de devenir la proie d'une autre femme. Cela avait marché, dans l'ensemble. Megan s'était frayé un accès pendant un moment, mais là, en buvant son café à petites gorgées, il réfléchit et constata que son cœur était encore accroché à Isabelle, et il résolut de mettre fin à cette liaison aussi vite que possible. Cela ne sonnait pas juste. Cela ne menait nulle part.

« Pourquoi restes-tu avec lui ? » lui lança-t-il.

C'était une question courageuse. Isabelle écrasa sa cigarette.

« Parce que j'ai fait un vœu. À l'église. Devant Dieu. »

Il ne savait pas vraiment si c'était une déclaration ou une question. Sa propre foi étant devenue une chose nébuleuse, il admirait toute expression de dévotion.

« Rien d'autre ? Les choses vont si mal, entre vous ?

— C'est comme dans tous les mariages. » Elle coiffa son chapeau de soleil. « Quand elles vont bien, elles vont bien. Quand elles vont mal, elles vont mal. L'ennui, c'est que les bons moments sont de moins en moins fréquents. Alors il me reste quelques consolations. Il reste Jesse.

— Qui est Jesse ? » À l'instant où il formula cette question, la réponse lui apparut, épouvantable, inévitable. Jesse était leur enfant. Miles et Isabelle avaient un fils.

« Miles n'a vraiment pas été très généreux de ses informations, n'est-ce pas ? » plaisanta-t-elle. Joe sentit un vide s'ouvrir en lui, comme une nausée. « Jesse est notre fils. Mon petit garçon.

— Où est-il ? » Il enfouit le choc sous la seule question qui lui était venue à l'esprit. Il se sentait trahi et humilié. Pourquoi Coolidge n'avait-il pas saisi l'occasion de le blesser avec cette nouvelle lors de leur rencontre à Huaihai, ou sur la terrasse du M on the Bund ?

« Il est à la maison, avec Mary. » Il en déduisit que Mary était une *ayi*, une nounou chinoise à domicile. « Tu veux encore un café ? Ça t'ennuie si je vais chercher quelque chose à grignoter ? »

Il savait qu'elle avait dit cela pour alléger sa tristesse. Il secoua la tête et sourit.

« Non, vas-y. »

Et elle se leva, se dirigeant vers l'intérieur du café. Pourquoi était-il si anéanti par l'existence d'un enfant ? Les gens se mariaient. Les gens avaient des enfants. Miles avait dix ans de plus qu'elle ; une grossesse était inévitable. L'enfant était sans doute l'unique bonheur permanent de l'existence de sa mère. Pourquoi s'en indigner ?

Son portable vibra dans sa poche. Il l'en sortit et vit que c'était Waterfield, un appel de Londres. Ce téléphone n'étant pas sécurisé, toute conversation se devait d'être brève et anodine.

« Joe ? »

Il fut reconnaissant de cette diversion immédiate que lui apportait le travail.

« David. Comment allez-vous ?

— Désolé de ne pas vous avoir contacté.

— Il n'y a pas de quoi. »

Un petit garçon passa devant lui en mangeant une pomme d'amour. Waterfield aborda directement leurs affaires.

« Pas de nouvelles de votre concierge, je regrette. Sally n'a jamais entendu parler de lui. Idem du côté du chef cuisinier. »

Le concierge, c'était Ablimit Celil. Le chef cuisinier, Memet Almas. « Sally » était la formule consacrée pour la base de données de Vauxhall Cross. Joe s'accouda à la table et tenta sa chance.

« Avez-vous essayé de demander au Pakistan ? » Il voulait vérifier la théorie de Wang au sujet de l'ISI. « Selon une rumeur que j'ai entendu circuler, ils travaillaient à Islamabad. Ça vaudrait peut-être la peine de vérifier.

— Vous êtes sûr de ça ?

— Pas complètement. »

Waterfield toussa.

« Je croyais que les propriétaires étaient américains ? »

Cela amusait Joe de l'entendre improviser en langage codé. Waterfield appartenait à la génération du télégramme. Parler d'une opération sur une ligne ouverte était contraire à tout son instinct du secret.

« Je le croyais aussi. Ce pourrait être encore le cas. Il serait intéressant de savoir si le concierge a été employé là-bas à un moment ou un autre. »

Isabelle ressortait du musée. Quand elle le vit au téléphone, elle s'immobilisa, par discrétion. Voyant cela, il secoua la tête et lui fit signe d'approcher, tout en signifiant à Waterfield qu'il devait y aller.

« Je prends un café avec Isabelle, lui dit-il, pensant que cela ferait remonter sa cote à Londres.

— Ah oui ? Eh bien, tant mieux pour vous. Veillez surtout à ne pas lui faire mes amitiés.

— Le boulot ? » lui demanda Isabelle après qu'il eut raccroché. Elle avait acheté deux bouteilles d'eau et une paire de croissants desséchés.

« Le boulot », répondit-il.

46.

Le dernier dîner

À sept kilomètres du centre de Puxi, au cinquième étage d'un immeuble d'habitation de la rue Minxing, en bordure d'une autoroute anonyme et embouteillée, Ablimit Celil dressait ses plans pour les attaques coordonnées du samedi 11 juin, connues sous le nom de code ZIKAWEI.

Il était 21 heures, ce dimanche 5. L'appartement, un deux-pièces, était loué au nom de Chan Chi-yung, acolyte bien connu de Mohammed Hasib Qadir, un officier de l'ISI pakistanais. Celil était assis au bout d'une table basse rectangulaire, dans le salon. À sa gauche, il avait Memet Almas, pas rasé et qui buvait de l'eau au goulot d'une bouteille. À sa droite, Ansary Tursun fumait une cigarette, vêtu d'une chemise en coton à manches courtes et d'un jean. Abdul Bary avait pris place juste en face de Celil, son visage pâle en partie masqué par une casquette de base-ball baissée sur les yeux. Une heure plus tôt, les quatre membres de la cellule avaient dîné d'un *kurdak*, une recette ouïghoure de ragoût aigre-doux d'agneau, de carottes et de pommes de terre. Ils avaient débarrassé les assiettes et les couverts de la table et les avaient remplacés par trois engins explosifs improvisés, consistant chacun en onze kilos de plastic Goma-2 ECO, de trois détonateurs et de trois téléphones portables. Celil avait consacré quarante minutes à expliquer comment armer et mettre à feu ces bombes artisanales en se servant de la fonction réveil du téléphone. Il rappela aux hommes l'incident de cette bombe, le 11 mars 2004, à la gare d'El Pozo, à Madrid, qui n'avait pas explosé à cause d'une alarme réglée accidentelle-ment douze heures trop tard.

Se levant de table, il entra dans les détails spécifiques de leur plan.

« Rappelez-vous ceci, commença-t-il. Notre frère Ansary s'est fait arrêter par les autorités chinoises pour possession d'un journal. » Il regarda Tursun et lui agrippa brièvement la main. « À cause de ce délit bénin, il a été torturé et brutalisé. » Celil regarda à l'autre bout de la pièce et croisa les yeux de Bary, dans la pénombre de sa visière. « Notre frère Abdul a été emprisonné pour avoir insulté un Han. » Celil parut tressaillir, comme si ce souvenir l'habitait. « Il a été torturé et battu pour avoir exercé son droit de parole. » S'avançant derrière Almas, il appuya sur les muscles des épaules du Kazakh, et il dévisagea Tursun. « Notre frère Memet est venu vers nous pour libérer ses frères turquiques du joug de l'oppression chinoise. » Almas inclina la tête. « Et nous gardons le souvenir de ceux qui sont morts pour notre cause, ils nous observent du paradis. Nous nous souvenons en particulier de notre frère Enver Semed, un fier combattant ouïghour détenu dans le camp de Guantanamo et ensuite trahi par l'Américain incroyant. Nous nous souve-nons de nos frères et de nos sœurs musulmans qui tous les jours sont torturés à Abou Ghraib. Nous luttons au nom de tous les musulmans qui voient leurs terres occupées par des puissances impériales. »

Celil prit le bloc-notes. Cinq étages plus bas, dans une cour chinoise poussiéreuse, des enfants riaient.

« Voici notre plan. Les Américains nous ont payés, avec des dollars et avec du sang. Ils croient nous contrôler. Mais leur gouvernement s'est rangé aux côtés des porcs de Pékin qui occupent notre terre. Nous sommes plus forts que les infidèles. Nous les vaincrons. »

Abdul Bary était le plus intelligent et le plus réfléchi des quatre hommes réunis à Shanghai ce soir-là. Il retira sa cas-quette de base-ball et la posa sur la table. Le bord toucha un détonateur et il écarta la casquette, comme par superstition. Bary trouvait le langage du djihad, sa grammaire et son vocabu-laire, mal venus dans la bouche d'Ablimit Celil qui n'était pas plus un homme de Dieu que les chats et les chiens qui rôdaient dans les couloirs crapoteux de l'immeuble anonyme où ils s'étaient réunis. Jusque dans ses moindres molécules, le visage

malsain et corrompu de Celil évoquait la violence et une ferveur sanguinaire. Croyait-il vraiment en la possibilité d'un
Turkestan oriental, ou avait-il dépassé la politique pour entrer
sur le terrain facile et mortel de la violence comme une fin en
soi ? Pourtant, de quel choix disposait Bary, hormis celui de
suivre de tels hommes ? Comment pourrait-il introduire un
changement dans son pays, si ce n'est par les bombes et la terreur ? Peu lui importait qui finançait les planques, qui fabriquait les bombes ou dressait les plans, cela n'avait jamais
compté. Tout ce qu'il voulait, c'était des résultats. Il voulait que
les Chinois cessent de tirer sur des garçons et des filles musulmans sans défense. Il voulait empêcher que des Ouïghours
innocents soient pendus aux plafonds des geôles chinoises et
battus sans relâche par leurs gardiens. Il voulait mettre un
terme aux électrochocs, à la torture, à ces incarcérations sans
procès. Il voulait que les Ouïghours soient libres de s'exprimer
sans crainte d'être exécutés pour « crime politique ». Il voulait
la justice. C'est ce que les Américains lui avaient promis ; c'est
ce que leurs nouveaux maîtres, à Islamabad, semblaient maintenant disposés à leur garantir. Si un État islamiste, un Turkestan
oriental régi par la charia devait se révéler à court terme le prix
de l'indépendance, qu'il en soit ainsi. La terre des Ouïghours
serait au moins indépendante, elle. Le Xinjiang chinois aurait
cessé d'exister.

« Abdul ?

— Oui ? »

Il n'avait pas écouté. Celil le fixa du regard avec impatience.

« Tu dois te concentrer. Tu dois écouter. C'est notre bien-
faiteur qui nous suggère de tuer les infidèles traîtres à notre
cause. »

Abdul remit sa casquette. Il ne comprit pas tout de suite la
signification des paroles de Celil.

« Les attaques auront lieu dans six jours, samedi 11 juin au
soir. Ensuite, nous ne nous reverrons plus avant de nombreux
mois. Ce seront des attaques simultanées inspirées par la bra-
voure et le courage de nos frères de New York, nos frères
d'Égypte et de Madrid. C'est notre destinée de non seulement
apporter la destruction à ces Chinois impies, mais aussi aux
Américains qui ont élu domicile parmi eux. Nos attaques
coûteront aussi la vie à Miles Coolidge et à Shahpour

Goodarzi, des espions qui paieront pour leur trahison et leur fourberie.

— Comment suggères-tu de procéder ? » demanda Abdul. Par expérience et par instinct, il réagissait immédiatement à toute complication inutile.

Celil marqua un temps de silence. Percevait-il les réserves d'Abdul ? Supprimer Miles et Shahpour, c'était l'initiative de Hasib Qadir, et la seule et unique condition à la coopération de l'ISI, que Celil avait promptement acceptée. À part cela, la simplicité de leur plan n'avait d'égale que sa barbarie. Il provoquerait la ruine de Hollywood et sèmerait la terreur dans les rues de Shanghai. Le soir du 11 juin, Ansary Tursun devait se rendre au Paradise City et acheter un billet payé en espèces pour la séance indiquée à 20 h 15, salle 8 du cinéma Silver Reel. Ce serait un samedi soir, le multiplexe serait bondé. Une fois la projection commencée, personne ne remarquerait le moment où il sortirait de la salle, au bout de trente minutes, en laissant un sac à dos sous son fauteuil.

Au même moment, Ablimit conviendrait d'une réunion d'urgence avec Miles Coolidge pour 20 h 45. Il arriverait salle 4 pour la séance de 20 h 25, dissimulerait son engin explosif sous son siège, au dernier rang, et repartirait par la sortie de secours côté gauche, avant le début du film.

Vendredi matin 10 juin, Memet Almas devait envoyer un texto à Shahpour Goodarzi le priant d'appeler ses grands-parents à Sacramento. Memet organiserait ensuite une réunion d'urgence avec Shahpour au Larry's, le bar de la rue Nanyang. Il demanderait à l'Américain d'arriver à 20 heures. Une heure plus tôt, Memet serait au bar, laisserait son sac à dos au vestiaire, prendrait un verre et un snack, puis repartirait avant 19 h 30.

Le dernier membre de la cellule, Abdul Bary, devait emmener sa femme et sa fille au sixième étage de la galerie marchande de Paradise City et commander un repas au Teppenyaki Shinju, l'un des quatre restaurants situés immédiatement sous le foyer du multiplexe Silver Reel. Un samedi soir, chacun de ces restaurants serait rempli de clients, mais il serait assez inhabituel de voir parmi eux une famille ouïghoure désargentée. Aussi, pour ne pas attirer l'attention des agents de sécurité effectuant leur ronde, Abdul devait s'habiller aussi élégamment que possible, afin de ressembler à un cadre commercial étranger en visite. À 20 h 15, il commencerait à se plaindre de crampes d'estomac et se rendrait aux toilettes. Il emporterait son sac à dos avec lui, précisant à sa femme qu'il contenait les médicaments nécessaires. Ensuite, il en retirerait l'engin explosif, le placerait dans la poubelle en métal des toilettes pour handicapés et rejoindrait sa famille. À 20 h 30, se plaignant toujours de nausées, il réclamerait l'addition et quitterait l'établissement.

Celil regarda tour à tour chacun des quatre hommes. Il était arrivé à la partie la plus importante de la réunion.

« Ce week-end, vous irez reconnaître les lieux afin de vous préparer. La minuterie de chacun des quatre engins sera réglée pour une mise à feu à 21 heures précises. C'est votre responsabilité. Dieu nous a procuré les outils pour mener à bien cette mission sacrée, et vous allez devoir accomplir cette tâche. Je vais maintenant vous laisser ces bombes, dit-il en désignant les trois dispositifs, sur la table. Souvenez-vous, c'est seulement la première étape de la bataille, une première phase de notre travail. Il en est d'autres à venir. Alors, que Dieu soit dans nos cœurs. Puisse-t-il nous réunir tous bientôt à Pékin. »

47.

Résultat

La conversation avec Waterfield avait incité Joe à agir. S'il devait recourir à la coopération d'Isabelle pour trouver Ablimit Celil, c'était le moment. Il n'avait pas l'impression de la manipuler en profitant ainsi de son goût pour la franchise. Au contraire : elle détenait des informations vitales qu'il était de son devoir de lui soutirer.

« Puis-je te poser une question ?

— Bien sûr.

— Que sais-tu de ce que Miles fait en Chine depuis 1997 ? »

Elle avait retiré son chapeau, car un banc de nuages jaunes avait masqué le soleil. Elle lui répondit sans le regarder.

« Très peu de choses.

— Cela t'intéresse de le savoir ? »

Elle s'effleura le visage de la main.

« Pas vraiment.

— Pourquoi ?

— Parce que nous ne sommes pas en affaires ensemble, non ? Nous sommes mari et femme. Je crois qu'il vaut mieux que je ne sache pas ce genre de choses.

— Il ne te parle pas de son travail ? Il ne se plaint pas, ne fête rien, ne vient pas pleurer sur ton épaule ?

— Jamais. » Elle passa la main sur l'étoffe de son chemisier. « Depuis quand Miles Coolidge a-t-il besoin d'une épaule pour pleurer ? »

Il hocha la tête en signe d'assentiment, puis essaya une autre tactique, plus combative.

« Et si je te disais qu'il est l'objet d'une enquête ? Que le MI6 m'a envoyé à Shanghai pour découvrir ce qu'il fabrique ? »

C'était un pari extraordinaire, notamment parce qu'il supposait que la loyauté d'Isabelle était davantage acquise à la Reine et à l'Angleterre qu'à son mari et père de son enfant. Il fut témoin de son impact, un instant de choc et de crispation qui sembla raidir le corps d'Isabelle tout entier. Elle le regarda comme elle ne l'avait plus regardé depuis la veille du *wui gwai*. Avec incrédulité. Avec dégoût.

« Es-tu encore un autre que celui que tu parais être, Joe ? » lui demanda-t-elle posément, et il comprit qu'il allait devoir faire très attention à sa réponse. Un faux pas, une remarque désinvolte, un appel à la compréhension qui serait trop sur la défensive, et elle quitterait ce café. Son seul espoir résidait dans une totale sincérité. Son seul moyen de convaincre Isabelle de l'aider serait maintenant de lui révéler la vérité.

« Je vais te dire qui je suis, répondit-il d'une voix très ferme, très maîtrisée. Je n'ai plus rien à te cacher. » Il se pencha en avant, pour qu'elle lise au fond de ses yeux. « À la fin de l'année dernière, j'étais sur le point de quitter le Service. On m'avait proposé un poste dans le privé, à Pékin, et j'allais l'accepter. J'étais écœuré de la tournure des événements en Irak, de l'état d'esprit défaitiste qui régnait à Londres. Puis David Waterfield est venu me voir et m'a annoncé que Miles, depuis quatre ans, était à la tête d'une initiative américaine visant à déstabiliser le Xinjiang.

— Cela ne me surprend pas, lui répondit-elle vivement, mais cette réplique était moins faite pour apaiser Joe que, d'une certaine manière, pour restaurer une confiance en elle qui s'évanouissait rapidement.

— L'opération s'appelait TYPHOON. Après le 11-Septembre, quand Washington, dans son infinie sagesse, a plus ou moins décrété que tous les Ouïghours étaient des terroristes, elle a été démantelée. Mais ces deux dernières années, une unité clandestine constituée au sein de la CIA avec l'accord du Pentagone a tenté de réactiver TYPHOON en Chine continentale. Miles a été au premier rang de ces efforts parce qu'il entretient des liens avec des séparatistes ouïghours impliqués dans des actes de sabotage antérieurs au 11-Septembre. » Il vit

qu'Isabelle refoulait ses larmes. « Des éléments au sein du gouvernement américain, à notre connaissance sans l'approbation
du président, projettent des atrocités terroristes lors des Jeux
olympiques de Pékin. En ce moment, Miles essaie de recruter
les hommes qui mèneront cette attaque. Il existe aussi une cellule d'Al-Qaida quelque part à Shanghai qui prévoit de frapper
cet été. Cette cellule possède le soutien des Américains. Je suis
là pour tenter d'arrêter cela. Tu me demandes qui je suis. Je
viens de te le dire. »

Elle renversa la tête en arrière et leva les yeux vers un
point dans le ciel, en respirant très lentement. Elle tendit le bras
pour récupérer son chapeau et s'en recoiffa comme pour s'abriter de ce qu'il venait de lui révéler. Il avait envie d'ajouter « Je
suis désolé », il avait envie de l'aider, mais il ne pouvait rien
faire. Son mari soutenait et encourageait le terrorisme.

« Pourquoi ? » fit-elle, en secouant la tête. Elle le dévisagea
comme si toute cette histoire était sa faute à lui, encore une
conséquence atterrante **et** imprévue de son identité secrète.

« Réellement, je n'en sais rien, avoua-t-il, et il continua à
parler, conscient qu'ainsi il la garderait au moins avec lui, dans
ce café. Les Américains veulent que les Chinois perdent massi-
vement la face, lors des Jeux. C'est la réponse simple. Ils veulent montrer au monde que la Chine n'est pas aussi moderne,
aussi sophistiquée et aussi pacifique qu'elle le prétend.

— Comment y parvenir en tuant des gens ? »

Il fut brièvement réduit au silence, à la fois par le question,
avec sa logique indiscutable, et par un garde de la sécurité, venu
l'observer aussi attentivement que s'il était l'une des pièces
exposées au musée.

« Les bombes porteront la signature des Ouïghours, lui
expliqua-t-il enfin. Elles attireront l'attention du monde sur la
situation désespérée du peuple du Xinjiang, sur des atteintes
aux droits de l'homme qui ont décuplé depuis le 11-Septembre.
Les Américains exerceront encore des pressions en faveur d'un
Turkestan oriental indépendant. Si cela se produit, ils finiront
par contrôler les approvisionnements pétroliers vers la Chine,
le Japon et la Corée.

— Tu es fou ? Tu crois à ces histoires ? Tu te rends
compte de ce que tu viens de dire ?

— Isa, je ne suis pas le type qui a échafaudé tout cela. » Il
venait brièvement de perdre son calme, mais l'effet de ses pro-

pos fut saisissant. Elle eut un geste d'excuse, en murmurant « Très bien, désolée, d'accord », et se redressa contre le dossier de sa chaise. Il comprit qu'il pourrait rapidement devenir son refuge. Après tout, vers qui d'autre pouvait-elle se tourner ? « C'est une nouvelle version du Grand Jeu, fit-il. Qui sait ce que veut Washington, en fin de compte ? Briser la Chine ? La rendre plus autoritaire ? Susciter la sympathie envers le peuple ouïghour ou le mettre dans le même sac qu'Al-Qaida ? » Il dévissa le bouchon d'une bouteille d'eau et remplit un gobelet en plastique. « C'est comme l'Irak. Ils ont abouti à l'exact opposé de ce à quoi ils espéraient ouvertement aboutir, mais peut-être voulaient-ils le chaos et l'instabilité d'entrée de jeu. »

Une annonce fut diffusée par les haut-parleurs, un éloge de la mère patrie, du Parti, de la Grande Avancée de la technologie chinoise. Il vit qu'Isabelle comprenait ce qui venait d'être dit et s'aperçut, presque avec la fierté d'un frère pour une sœur, qu'elle avait appris à parler le mandarin. Il attendit que l'annonce soit terminée avant de continuer.

« As-tu entendu parler d'un dénommé Shahpour Moazed ?

— Bien sûr. Je connais Shahpour.

— Sais-tu comment il gagne sa vie ? » Il espérait qu'elle soit déjà au courant de l'arrangement de la CIA avec Microsoft, sans quoi les choses allaient se compliquer encore davantage.

« Je sais comment il gagne sa vie, lui répondit-elle tranquillement.

— Et que penses-tu de lui ?

— Ce que je pense de lui ? » Visiblement, la question lui paraissait totalement hors de propos. Néanmoins, sa réponse contribua dans une certaine mesure à dissiper l'atmosphère lugubre qui s'était abattue sur leur conversation. « Je pense qu'il est le genre de personne que Miles aimerait être.

— Qu'entends-tu par là ?

— Pas Shahpour en particulier. J'entends par là le style de vie du mâle iranien. Les épouses iraniennes font la cuisine, tiennent impeccablement la maison et se chargent des enfants. Elles sont complètement asservies à leur mari. C'est la conception du paradis selon Miles. » Un chien se mit à aboyer au loin. « Alors c'est lui que tu suis ? C'est Shahpour, le traître ? Je t'en prie, ne me dis pas ça ou je crois que je vais avoir la nausée. »

Il tira une cigarette de son paquet. Il lui en offrit une, qu'elle refusa en secouant vivement la tête. Elle serrait les dents, les os de sa mâchoire saillant comme des perles. Avait-il eu tort de tout lui révéler ? Une pulsion de pouvoir et de cruauté, la colère née des ravages de son inconscient, l'avaient-ils poussé à fracasser le peu de bonheur qu'elle possédait encore ? Il sentit subitement monter en lui une bouffée brûlante de culpabilité, comme s'il avait perpétré sa vengeance sur une femme de propos délibéré, uniquement parce qu'elle n'avait pas su l'aimer.

« Shahpour est l'un des types bien de cette affaire », lui assura-t-il, une déclaration qui parut n'avoir aucun impact sur elle. Elle s'efforçait d'être courageuse, de conserver sa dignité face à ses révélations, mais son visage était blême et ses traits tirés par l'inquiétude. Il mourait d'envie de la serrer contre lui. « Il y a deux raisons pour lesquelles je suis venu ici aujourd'hui. D'abord, je voulais te voir parce que j'avais besoin de savoir que tu allais bien. J'étais au courant pour Miles et Linda. J'avais dans la tête l'idée étrange que je pourrais t'aider. » Elle demeurait absolument immobile, sans réaction. Joe était incapable de dire si elle voulait qu'il reste et continue à parler, ou s'il devait partir et ne plus jamais la revoir. Il songea qu'elle n'avait aucune idée de la profondeur de son amour pour elle, de l'intensité avec laquelle elle avait hanté ses rêves pendant huit longues années. « Ensuite je crois que tu peux m'aider à stopper ce qui se prépare. Shahpour m'a expliqué que Miles t'emmenait parfois avec lui quand il retrouvait le chef de la cellule. »

Dans un battement de cils d'animal effarouché, elle leva vers lui ses yeux ravissants. Il vit la douleur qu'il lui avait causée et qu'il désirait profondément effacer.

« Que veux-tu dire par là ?

— Je veux dire que Miles se sert de toi comme d'une couverture quand il contacte un certain Ablimit Celil. Tu n'as peut-être pas conscience de la chose. Parfois, les épouses sont informées, parfois elles ne…

— J'en ai conscience. »

Cela le stupéfia. Il l'avait crue totalement ignorante des trucs et des miroirs déformants du métier.

« Alors tu connais Celil ? »

Elle secoua la tête.

« Mais quand Miles le rencontre, tu es au courant ?

— Je devine ce qui se trame. »

Une file d'écoliers sortit du café à la queue-leu-leu et colonisa une table voisine. Ils portaient tous un uniforme identique, une besace bleu marine dans le dos. L'un deux, un garçon de neuf ou dix ans, flanqua une tape sur la tête d'un de ses camarades et fut réprimandé par son professeur. Isabelle regarda l'enfant et ferma les yeux. Elle avait replié les jambes, les pieds sur le bord de la chaise, les genoux calés sous le menton.

« Tu serais prête à m'en parler ? »

Elle eut l'ombre d'un sourire teinté d'ironie. Ainsi c'était pour cela que Joe était venu. Il n'était pas là en ami. Il n'était pas là en allié. Il n'était qu'un espion qui lui soutirait des informations. Il le perçut et tenta de se défendre.

« Tu dois savoir que je ne te le demanderais pas si ce n'était pas absolument indispensable et important. » Il baissa les yeux sur sa cigarette, il avait l'impression de fumer dans une église. « Personne ne se sert de toi, Isa. » Il laissa tomber le mégot sur le sol. « La dernière personne au monde que je veuille blesser, c'est…

— Nous allons au cinéma. » Cette voix, c'était celle d'un aveu, morne et feutré, un chuchotement de secrets et de culpabilité. C'était comme Wang rompant le silence dans la planque à Hong Kong. Il sentit vibrer en lui les moteurs jumeaux de l'exultation et du dégoût de soi.

« C'est-à-dire ?

— Miles doit retrouver cet homme au cinéma.

— Qu'est-ce qui te fait penser cela ? »

Elle regarda par terre.

« Nous allons toujours au même endroit, la même salle, la même galerie marchande. Le Silver Reel, à Paradise City. » Elle déplia les jambes et les laissa retomber ses pieds sur le sol. Il émanait d'elle une étrange sorte de défiance à présent, comme si elle était prête à jouer le tout pour le tout. « Au milieu du film, il se lève et va dans le fond. Je ne lui demande jamais ce qu'il fait, il ne me le dit jamais. Après, quand le film est fini, nous nous retrouvons en bas pour dîner. Il y a un restaurant vietnamien, là-bas. Un bon restaurant. Au sixième étage.

— Tu es sûre ?

— Je suis sûre. »

48.

L'étau

Tout va très vite, maintenant. La cellule entre en action.

Le samedi 11 juin en fin d'après-midi, Ansary Tursun flânait sur l'ample promenade du Bund en fumant une cigarette, repassant mentalement les ultimes détails du plan. Il portait un petit sac en nylon solidement attaché à son dos, qui tirait sur ses épaules comme le poids mort d'une pierre, et dans lequel il avait placé un détonateur, un téléphone et une bombe.

À environ mille cinq cents mètres au sud, au milieu de la foule et des étals du vieux marché de Yunyuan, Abdul Bary s'achetait une noix de coco. Il fit glisser son sac à dos de ses épaules et sortit de la poche latérale un petit porte-monnaie en cuir. Il remit un billet froissé de vingt yuans au commerçant et récupéra une poignée de pièces. Il tendit la noix, l'écorce percée d'une paille rose, à sa fillette tout sourires qui en aspira le lait rafraîchissant avec avidité. Sa femme, qui était à la veille de fêter son vingt-septième anniversaire, sourit elle aussi à l'enfant et attrapa sa petite main tendue.

Le troisième membre de la cellule, le Kazakh Memet Almas, se trouvait dans le district de Nanshi où il attendait un bus, au milieu d'une longue file accablée d'ennui. Vingt-quatre heures plus tôt, il avait envoyé à Shahpour Goodarzi un texto le priant de contacter ses grands-parents à Sacramento à la première occasion. Almas vit le bus arriver dans sa direction, tourner au coin de la rue et s'avancer lentement à travers une brume immobile de pollution jaunâtre, jusqu'à l'arrêt. Vers le fond du véhicule bourré à craquer, il repéra un siège et s'en empara.

Les caméras des systèmes de télévision en circuit fermé avaient filmé les trois hommes, mais il s'écoulerait de nombreuses semaines avant que l'équipe enquêtant sur les événements du 11 juin ne soit en mesure de reconstituer un tableau exact des mouvements de la cellule en ce tout début de soirée. Par exemple, Ablimit Celil avait été vu pour la première fois quand il descendait d'un taxi près de la mosquée Xiaotaoyuan, non loin de l'appartement de Shahpour Moazed sur la rue Fuxing. Suspecté d'être de mèche avec les conspirateurs, le chauffeur, qui se trouvait être un musulman hui, fut interrogé quatre journées d'affilée. Il expliqua à une enquêtrice, officier de la Police armée du peuple, que Celil ayant reconnu en lui un coreligionnaire, durant leur bref trajet par ailleurs anodin, ils avaient discuté d'un passage du Coran. Une caméra de surveillance positionnée sur le toit de la mosquée avait photographié Celil en prière, mais avisant la tenue du terroriste, l'officier en civil du MSS prosterné à moins de trois mètres de lui l'avait pris pour un cadre d'origine turquique ou pour un touriste étranger venu visiter Shanghai. De ce fait, il n'avait pas pris l'initiative de le suivre.

Pour ce qui est de son contact avec Miles Coolidge, Celil avait eu de la chance. Plus tôt ce même jour, il lui avait envoyé un texto lui réclamant un rendez-vous d'urgence au Silver Reel. L'Américain se trouvait dans la chambre principale de sa villa de Jinqiao, d'apprêtant à partir en voyage d'affaires pour cinq jours à Pékin. Si Celil lui avait adressé ce message trois heures plus tard, Miles aurait déjà été lancé sur la piste d'envol de Hongqiao, ce qui aurait interdit sa mort planifiée au milieu du carnage de la galerie marchande de Paradise City.

Jesse se trouvait dans les bras de son père lorsque le bip du téléphone retentit dans la poche de celui-ci. Isabelle se lavait les mains dans la salle de bains. Deux des vieilles valises en cuir de Miles étaient prêtes, fermées, dans le hall d'entrée. Le contenu du message lui parut tout simple ; pour quiconque l'aurait lu – un espion chinois ou une épouse fouineuse et paranoïaque –, c'était au mieux un numéro d'immatriculation, au pire une ligne confuse de sabir cybernétique.

SR4J 825M

« SR4 », c'était la salle 4 du multiplexe Silver Reel, leur lieu de rendez-vous habituel. « J », c'était la première lettre de *Jīnwǎn*, le mot mandarin pour « ce soir ». « 825 » indiquait l'heure de la séance, à quoi Miles ajoutait systématiquement vingt minutes afin de laisser le temps à son contact de trouver un fauteuil. « M », c'était un code convenu laissant entendre que le rendez-vous était urgent.

« Merde », fit-il en posant le petit garçon par terre.

Détournant le visage, Isabelle lui lança un regard agacé avant de se concentrer sur leur fils ensommeillé. Jesse avait trois ans. Si l'on usait de cette sorte de langage en sa présence, il répéterait ce mot jusqu'à Noël.

Miles appuya sur « Répondre ».

« Dans les bras, papa », implora Jesse pendant que son père tapait ce simple mot : OK.

« En fin de compte, je ne vais pas à Pékin. » Il releva la tête. « Tu as envie d'aller au cinéma, ce soir, chérie ? »

Pour Shahpour Moazed et Joe Lennox, la soirée du samedi 11 juin avait également revêtu une importance vitale.

Dès réception du texto mentionnant ses grands-parents, Shahpour avait contacté Lennox et était convenu d'un rendez-vous avec lui vendredi soir tard, pour un verre au Bar Rouge. Le Bar Rouge, un établissement élégant où de belles Chinoises sirotent des cocktails en jaugeant le portefeuille des hommes d'affaires occidentaux, comportait une vaste terrasse extérieure qui donnait sur le fleuve Huangpu, et sa clientèle était une des plus chics qui se puisse rencontrer à Shanghai.

« Memet veut qu'on se voie, lui annonça-t-il. Au Larry's. Sa proposition. »

Le regard tourné vers la rivière d'une chaude couleur jaune fluo, Lennox but une gorgée de vodka tonic.

« Quand ?

— Demain soir, 20 heures. J'ai reçu un appel à mon bureau cet après-midi. »

Le plan qu'il avait conçu était simple. Shahpour se rendrait au bar à 20 heures. Il retrouverait Almas et écouterait ce qu'il avait à lui dire. Il lui paierait un verre ou deux, commanderait de quoi dîner, lui ferait un cours sur les us et coutumes du football américain. Pendant ce temps, Lennox occuperait une table proche, puis il suivrait Almas à son départ du bar. Au moment propice, il l'aborderait, essaierait de l'entraîner dans l'un de ces établissements plus tranquilles que l'on trouve à proximité de la rue Nanyang et se présenterait comme officier du SIS britannique. Sous des dehors extravagants, cette stratégie obéissait à une logique et une cohérence absolues. Tandis qu'Almas essaierait de comprendre ce qui lui arrivait, Joe lui révélerait que le MI6 savait que la cellule projetait un attentat à Shanghai. Il mentionnerait les noms d'Ablimit Celil et d'Ansary Tursun, deux de ses complices. Il lui soumettrait ensuite un choix : devenir un agent du renseignement britannique et l'informer sur les activités de la cellule, ou risquer d'être incarcéré, et probablement exécuté, par les autorités chinoises. Il était en position d'offrir à l'épouse d'Almas qui, savait-il, vivait actuellement à Kashgar, un permis de séjour au Royaume-Uni. En temps utile, s'il le souhaitait, Almas serait en mesure de la rejoindre. Tout ce qu'il exigeait de lui en échange d'une vie confortable en Occident, c'était trois années de coopération : des informations sur l'opération de Shanghai et tous les détails concernant la totalité des autres activités menées dans le cadre des préparatifs des Jeux olympiques de 2008.

C'était le genre de recrutement minute dont il s'était forgé une spécialité et, en des circonstances différentes, cela aurait fort bien pu marcher. Seulement, cela survenait beaucoup trop tard. Cette fois, Joe Lennox était à la traîne.

Quatre jours plus tôt, le professeur Wang Kaixuan se préparait à quitter l'École de langues Agosto de la rue Yuanda lorsqu'on l'avait prié de se rendre au bureau de la secrétaire pour y prendre un appel téléphonique. Il avait supposé qu'il s'agissait d'un étudiant qui souhaitait discuter d'un devoir récent ou convenir d'un cours particulier. Il se trompait.

« Professeur Kaixuan à l'appareil. »

La voix sourde et caverneuse d'Abdul Bary le laissa le souffle coupé.

« Abdul ?

— Ne dites rien d'autre, chuchota Bary. J'ai un avertissement pour vous. »

Wang, le dos tourné à un groupe d'élèves américains occupés à payer leurs frais de scolarité, masqua le combiné de la main et se rapprocha du mur.

« Une opération est en cours. Une opération pour samedi. C'est le plan qui va entamer une ère nouvelle et anéantir nos anciens amis. Je vous appelle uniquement pour vous avertir. Si vous vous dirigez vers Zikawei, faites demi-tour. Ne venez pas à Shanghai ce week-end. Si quelqu'un, n'importe lequel de ceux qui appartiennent au passé, vous a invité là-bas, c'est un traître. Ne leur faites pas confiance. Je vous dis cela uniquement pour vous protéger. Je vous le dis en remerciement pour tout ce que vous avez fait.

— Zikawei ? lui répondit Wang. Zikawei ? » Personne ne l'avait convié à Shanghai. Il n'avait plus jamais reparlé de TYPHOON depuis la visite de John Richards, en mai. « Vous êtes là ? »

La communication s'était interrompue. Derrière lui, un Américain hurlait : « Pas question, mon pote ! »

Bary n'était plus là.

Ablimit Celil quitta la mosquée Xiaotaoyuan à 18 h 30. Il avait décidé de parcourir à pied la distance relativement courte qui le séparait de la rotonde des galeries marchandes de Xujia-hui. C'était une soirée humide et lourde, une transpiration poisseuse s'accumulait sous les courroies de son sac à dos en nylon bon marché, et pourtant, grâce à une heure de prière, il avait pu alléger le poids de la bombe et la pression liée à l'opération. En plus de deux ans, c'était sa première visite à la mosquée ; rompre avec cet exil qu'il s'était s'imposé l'avait régénéré.

À Jinqiao, dans la cuisine de leur villa, Miles et Isabelle étaient au bord d'une dispute.

« Alors, quel film allons-nous voir ? » lui demanda-t-elle.

Il remplaçait la prise cassée d'un four à micro-ondes et lui jeta un regard impatient. Son voyage à Pékin avait été annulé à cause d'une urgence à Shanghai, et Isabelle le savait aussi bien que lui. Il devait se rendre au Silver Reel pour 20 h 30. Si elle l'accompagnait, cela ferait meilleur effet.

« C'est un film chinois, lui dit-il. Tu vas aimer.

— Ça parle de quoi ? »

Elle devait être victime d'une de ses sautes d'humeur ; d'habitude, elle ne posait pas tant de questions. Ces derniers temps, elle s'était comportée étrangement. Il se demandait si elle n'était pas au courant, pour Linda. Ayant consulté les programmes du Silver Reel sur Internet, il lui raconta le film dans les grandes lignes.

« Et ils donnent quoi d'autre ? » insista-t-elle quand il eut fini.

Il lâcha son tournevis.

« Chérie, si c'était une sortie entre nous, nous irions à Xintiandi, d'accord ? » Il faisait allusion au complexe multisalles du centre commercial de Xintiandi, plus proche de Pudong et plus apprécié des expatriés. « Alors, tu as envie de venir ou pas ? Je dois partir dans vingt minutes.

— Tu as besoin que je vienne ? » lui fit-elle. Elle se demandait comment elle allait alerter Joe.

« Bien sûr que j'ai besoin que tu viennes. Alors ? Tu te décides ? Il va y avoir de la circulation. »

Le professeur Wang Kaixuan restait hanté par sa conversation avec Abdul Bary. Il essayait de se remémorer du mieux qu'il pouvait chacun des mots de leur échange bref et perturbant. *C'est le plan qui va entamer une ère nouvelle et anéantir nos anciens amis.*

Qu'entendait-il par là, au juste ? De quelle nature était cette nouvelle ère ? En parlant d'« amis », Bary désignait-il les Américains, ou ce mot recouvrait-il désormais une autre signification ? En plein cours, ou pendant ses séances de culture physique au parc Jingshan, il se surprenait à repenser à cette conversation. Était-ce un piège ? Bary l'avait-il trahi ? Il était incapable de déterminer ce qu'il était censé faire.

La réponse lui vint alors qu'il marchait dans les rues proches de chez lui. Il avait le devoir d'avertir les autorités de ce qui allait se produire à Shanghai. Il ne pouvait plus prétendre se cantonner dans cet agnosticisme politique, pas plus qu'il ne pouvait retourner au Xinjiang de sa jeunesse et modifier le trajet qu'il avait emprunté : universitaire et activiste radical. Mais comment informer les Chinois de ce qui se passait sans remettre en cause sa propre quiétude ? Il ne serait sans doute tenu aucun compte d'un coup de téléphone anonyme. En outre, pourquoi donner au gouvernement la satisfaction d'empêcher une atrocité qui saperait encore plus la cause ouïghoure ?

Wang s'inquiétait aussi pour ses anciens étudiants. Bary et Tursun avaient certes lié leur sort à un code de conduite religieux qu'il jugeait à la fois contre-productif et en complète déconfiture idéologique, mais s'ils avaient embrassé la cause de l'islam radical, c'est qu'aucun autre choix ne s'était présenté à eux. Les

Chinois, les Américains et maintenant le gouvernement d'Islamabad avaient efficacement transformé deux jeunes idéalistes en terroristes. Tous ce que ses étudiants avaient désiré, c'était la restitution de leur terre ; maintenant, ils étaient sur le point de faire reculer d'une génération la cause de sa libération.

Il décida d'adresser son avertissement sous la forme d'un e-mail. Ce faisant, il prenait un risque personnel considérable. Que les Chinois retracent l'origine du message, et ils le mettraient sous les verrous à perpétuité. Qu'il l'envoie au hasard dans le cyberespace, et il n'aurait aucune idée de sa destination finale.

Il choisit un petit cybercafé loin de son domicile. Pendant une demi-heure, il surveilla l'entrée depuis un restaurant sur le trottoir d'en face, et considéra qu'un assez grand nombre de clients en avaient franchi le seuil pour que l'on ignore, ou même que l'on oublie, son apparition. Il s'assura qu'il n'y avait pas de caméras de surveillance en activité dans les parages, tout en étant certain qu'il y en aurait en tout cas une à l'intérieur du café. En ressortant du restaurant, il chaussa une paire de lunettes à double foyer, sans recourir à d'autre modification de son apparence extérieure. L'astuce n'était pas d'éviter d'attirer l'attention sur soi, mais de se montrer aussi terne et anonyme que les millions d'autres Chinois qui vivaient et travaillaient à Pékin.

Il y avait un seul petit obstacle. En Chine, pour utiliser un ordinateur public, il est nécessaire de présenter une pièce d'identité – un *shen fen zheng* – au gérant du café. Wang n'avait conservé qu'une fausse pièce d'identité de l'époque de TYPHOON, une carte plastifiée, confectionnée par la division Traitement graphique et Authentification de la CIA, au nom de Zhang Guobao. En entrant dans l'établissement, il présenta la carte au jeune homme derrière le comptoir et fut soulagé quand il se mit à noter les coordonnées dans le registre du café, comme l'exigeait la loi chinoise, sans prendre la peine de comparer le visage de Wang avec la photographie noir et blanc périmée du *shen fen zheng*. Ensuite, il s'acheta une carte de vingt renminbi qui lui allouait trente minutes d'accès à l'écran. Il s'assit à un terminal, tournant le dos à la petite caméra de surveillance boulonnée à la cloison du fond. Il accéda ensuite à un compte d'e-mail dormant qu'il avait utilisé plusieurs années auparavant pour communiquer avec Kenneth Lenan.

Il était sur le point de rédiger son message quand il releva les yeux et vit qu'un agent en uniforme de la police pékinoise était entré dans le café. Le policier se déplaçait lentement, en observant la salle d'un œil vague. Subitement, Wang s'aperçut qu'il avait au moins vingt ans de plus que presque tous les autres clients de l'endroit ; des adolescents aux yeux vitreux d'ennui étaient avachis devant leurs écrans et d'autres s'étaient agglutinés par groupes de trois ou quatre pour jouer chacun leur tour à des jeux en ligne. Il détonnait parmi eux ; il n'appartenait pas à la cyber-génération.

À ce stade, un individu moins expérimenté aurait pu paniquer, mais le professeur ignora le frisson glacé qui le parcourut et se contenta de fermer la session de son compte e-mail et de se connecter au site d'un quotidien local. Le policier tuait maintenant le temps en bavardant avec l'employé derrière son comptoir. Ils allumèrent chacun une cigarette et reluquèrent une fille. Le flic se mit ensuite à feuilleter distraitement les pages d'un magazine ; il ne paraissait pas particulièrement tenté d'utiliser l'un des terminaux lui-même.

Wang regarda sur sa gauche. À trois mètres de sa chaise, il y avait une sortie. Il pourrait foncer, mais si la police était venue le chercher, il y avait de fortes chances pour que d'autres agents aient déjà bouclé l'arrière du bâtiment. Pourtant, il était à peu près impossible qu'ils sachent ce qu'il était en train de faire : les informations personnelles sur Zhang Guobao – son lieu de naissance, son numéro national d'identification, la ville où il était domicilié – n'avaient été consignées que depuis quelques instants. Il était bien trop tôt pour que les autorités aient réagi. Peut-être le mot de passe de son compte les avait-il alertés. Wang savait que Lenan avait été assassiné dans des circonstances suspectes, et que la plupart des réseaux avec lesquels l'Anglais était impliqué avaient été démantelés par le MSS. Se servir de ce compte était stupide, utiliser l'identité de Zhang Guobao aussi. Mais quel autre choix avait-il ?

Quelques minutes s'écoulèrent encore. Le professeur resta assis sur sa chaise, observant le flic, observant les portes. Il avait envie de retirer ses lunettes, car elles finissaient par lui faire mal aux yeux, mais il importait de ne pas modifier son apparence ou de ne **pas** attirer l'attention, fût-ce même par le moindre mouvement. Là-dessus, horrifié, il vit le policier prendre le registre et commencer à étudier la liste des dernières entrées. Il garda la tête baissée mais il sentait bien que l'agent relevait les yeux et contrôlait l'activité aux différents postes. Cherchait-il Zhang Guobao ? Juste au bon moment, une femme d'une trentaine d'années, assise devant un ordinateur en face de lui, quitta son siège et sortit du café. Le policier ne prenant pas la peine de se retourner et de la suivre du regard, Wang estima être en sécurité – ce flic était visiblement venu tuer le temps. D'après l'horloge située dans l'angle inférieur gauche de son écran, il lui restait seize minutes. Pour peu que le fonctionnaire de police vide les lieux avant ce délai, tout irait bien.

Il attendit. Il cliqua dans une succession de pages au hasard – infos, annonces, lettres – et se répéta en détail les éléments de la couverture de Zhang Guobao, dans l'éventualité d'un bref interrogatoire. Il était ingénieur, né à Chongqing, domicilié à Pékin. Aucune de ces informations personnelles ne serait nécessaire, n'est-ce pas ? L'agent ne s'apprêtait à interroger aucun des vingt ou vingt-cinq clients du café. Il était un ami du propriétaire et s'était arrêté pour bavarder, voilà tout. Au pire, il pourrait faire son tour, histoire d'affirmer son pouvoir, en jetant un coup d'œil par-dessus les épaules et jouer à personnifier le pouvoir d'État.

Il s'écoula encore dix minutes. Tant que le flic était là, Wang ne pouvait courir le risque de retourner au comptoir s'acheter une demi-heure d'accès Internet supplémentaire. Pourquoi avait-il dépensé si peu ? Pourquoi n'avait-il pas acheté deux ou trois heures, s'épargnant ainsi toutes ces angoisses ? Il commençait à avoir la migraine et mourait d'envie de rentrer chez lui. Il envisagea brièvement, s'il voulait peser sur le cours des événements à Shanghai, de revenir plus tard dans la journée, mais il savait que le temps jouait contre lui. Enfin, avec seulement cinq minutes de crédit restant, il vit le policier ressortir dans la rue.

Ce fut comme si toute la salle poussait un soupir de soulagement. Il retourna immédiatement au compte dormant de Lenan. L'adresse e-mail lui avait été fournie par M. John Richards, un homme qui lui inspirait confiance et admiration. Il avait regardé Joe Lennox au fond des yeux et compris que lui seul détenait le pouvoir d'arrêter ces bombes. Un vieil homme qui avait vu trop de sang répandu croyait encore que son salut résidait dans l'Angleterre.

Il commença à taper :

Une attaque est fixée pour samedi, M. Richards. Le code qu'ils ont utilisé, c'est ZIKAWEI.

49.

Bavardage

Sur la rue Nanjing, non loin des triples tours de l'hôtel Ritz-Carlton, Memet Almas descendit du bus tremblant et bondé, endossa son sac et marcha vers le nord, en suivant la rue Tongren. Celil lui avait suggéré d'arriver au Larry's à 19 heures, mais il avait un quart d'heure d'avance.

Les mouvements d'Almas entre 18 h 45 et 19 heures demeurent un mystère : les caméras de surveillance de la circulation le perdaient dans un trou noir à l'angle des rues Tongren et Nangya. Sans imagination, mais minutieux de nature, il avait sans doute attendu dans une cage d'escalier non loin du bar pour effectuer un dernier réglage sur son EEI. Convaincu de ne pas pouvoir faire grand-chose de plus que prier pour l'issue heureuse de l'opération, le Kazakh entra chez Larry's juste après 19 heures. Le personnel du bar s'est souvenu d'un homme qu'ils avaient pris pour un touriste d'Asie centrale : il avait commandé une bière bouteille, une Michelob et pris une assiette de nachos pour repartir avant 19 h 30. La jeune fille du vestiaire à qui Almas avait tendu son sac à dos se rappelait uniquement que le client lui avait paru calme et poli. Confrontée à sa photo quarante-huit heures plus tard, elle se rappelait aussi avoir plaisanté sur le poids inhabituel de ce sac. Non, elle ne l'avait pas vu partir. C'était la sortie des bureaux, le bar était animé. Elle regrettait de ne pas avoir été plus attentive.

Shahpour Moazed héla un taxi dans la rue Fuxing juste au moment où Almas sortait du bar. Il avait nettoyé son appartement. Il s'était rasé la barbe. La perspective de ce rendez-vous le remplissait d'une excitation aussi nouvelle qu'inattendue. C'était l'effet qu'avait eu Joe Lennox sur son existence. Son travail bénéficiait désormais d'une vigueur renouvelée, d'une nouvelle signification. Si Joe réussissait à recruter Almas, les années que Shahpour avait passées en Chine n'auraient pas été vaines. Ensemble, ils allaient faire barrage à ces attentats. Ensemble, ils allaient mettre Miles Coolidge à genoux. Shahpour admirait la démarche tenace et méticuleuse du Britannique. Il lui faisait implicitement confiance et croyait que la soirée serait un succès sans égal.

Pour sa part, Joe avait consacré l'essentiel de la journée à passer des coups de téléphone en rapport avec Quayler depuis son appartement de la Concession française. En milieu d'après-midi, oubliant sans doute que l'on était samedi, un correspondant d'un laboratoire pharmaceutique allemand lui avait téléphoné pour lui demander des renseignements détaillés sur la loi chinoise régissant les brevets. À 16 h 50, il avait pris un appel de son père. Vers 17 h 15, il avait éteint son portable et fait un petit somme, pour découvrir une heure plus tard, à son réveil, un texto de Megan – « Dîner ? » – et une relance de Tom qui le convainquit que ces deux-là travaillaient en tandem. Il avait rompu avec Megan dix jours plus tôt. Elle avait pris la chose avec calme, mais paraissait se raccrocher à la possibilité d'une réconciliation. En fait, étant donné la tournure des événements, ils ne se reverraient pas avant plusieurs mois.

Isabelle lui téléphona juste après 19 heures. Son numéro était enregistré dans le portable de Joe et seule l'idée qu'elle puisse l'appeler avec de mauvaises nouvelles put tempérer son excitation quand il vit ce qui s'affichait à l'écran :

« Joe ? C'est moi. Isa. »

Sa voix était empreinte de défiance, peut-être même de dureté. Elle était dans la chambre de Jesse, à l'étage de leur villa de Jinqiao, et regardait Miles boire un verre de vin blanc dans le jardin. Depuis des jours maintenant, elle observait son mari comme si c'était un spectre. Malgré tout ce qu'elle savait de Miles Coolidge, il lui était impossible d'imaginer l'homme qu'elle avait jadis aimé organisant une opération de l'ampleur de Typhoon, accordant sa bénédiction à une cellule terroriste qui projetait de tuer des milliers de Chinois innocents.

« Il se peut que ce soit pour ce soir », lui glissa-t-elle. Elle trahissait le père de son enfant, et pourtant ses paroles lui faisaient l'effet d'un acte libérateur. « Il m'emmène au cinéma. »

Eu égard à ce qu'il avait prévu au Larry's, le timing était désastreux. Pourtant, entendre ainsi la voix d'Isabelle le galvanisait. Elle avait tenu parole.

« Où ?

— Au Silver Reel, 8 h 25 dans la salle 4. C'est l'endroit habituel.

— C'est dans moins de deux heures. Quand cela a-t-il été décidé ?

— Cet après-midi. Miles a reçu un texto. Il allait partir pour l'aéroport. Il a tout annulé. »

Un coup d'œil dehors. Horrifiée, elle s'aperçut que son mari n'était plus dans le jardin. Elle se pencha pour voir juste au-dessous de la fenêtre, mais ne vit aucun signe de lui non plus dans le patio. Depuis combien de temps avait-il disparu ? Était-il déjà dans la maison, à écouter tout ce qu'elle venait de raconter ? Sur le moment, elle se figea, incapable de savoir quoi dire ou quoi faire.

« Isabelle ?

— Je dois y aller.

— Quoi ?

— Je disais "je dois y aller". Il arrive. »

Il ne tint aucun compte de ses inquiétudes. Il était contrarié qu'elle ait mis tant de temps à l'appeler. Pourquoi avait-elle attendu ? Quelle était la raison de ce retard ?

« Salle 4 », répéta-t-il.

Elle tendit l'oreille à la porte de la chambre, déchirée entre sa loyauté envers Joe Lennox et la peur absolue de tout perdre. Elle traversa la pièce et regarda encore par la fenêtre. Le verre de vin vide de Miles était couché dans l'herbe. Tout en redoutant de commettre une erreur, elle chuchota.

« Oui, salle 4 ».

Des pas dans l'escalier. En haut ou en bas ? À l'oreille, Miles devait déjà être en haut. Jesse pataugeait et criait dans son bain comme un bienheureux. Son père avait dû croire qu'Isabelle était avec lui. Et quand elle sortit de la chambre du petit, téléphone à la main, il eut l'air surpris, en effet.

« Avec qui parlais-tu, chérie ? »

Elle mourait d'envie de lui répondre ce seul et unique mot : « Joe », rien que pour voir sa tête, rien que pour lui faire savoir que la partie était finie. Au lieu de quoi elle mentit à son mari, prétextant l'appel d'une amie d'Angleterre.

« Alors tu es prête ? » lui fit-il. Mary, l'*ayi*, surgit de la salle de bains, tenant Jesse emmailloté dans une serviette. « Le chauffeur patiente en bas.

— Je suis prête. Je suis prête depuis une éternité. »

Le temps qu'ils débouchent sur la rue Yan'an et progressent dans la circulation du samedi soir en direction de Xujiahui, Abdul Bary avait annoncé à sa femme qu'il l'emmenait au restaurant Teppenyaki Shinju, au sixième étage de Paradise City, un dîner surprise pour son vingt-septième anniversaire. Il lui raconta qu'il avait économisé depuis des semaines, alors que l'argent de ce repas provenait d'Ablimit Celil. Il savait à quel point elle appréciait les restaurants japonais, ajouta-t-il : celui-ci avait un aquarium que leur fille allait adorer.

Ansary Tursun avait payé son billet, en liquide, pour la salle 8 du Silver Reel. Il constata avec satisfaction que le cinéma allait être bondé. Chose peu habituelle en Chine, deux gros succès américains de l'été étaient sortis en l'espace de deux semaines : le premier passait en salle 3, voisine de la 4, et le deuxième en salle 8. Sous le regard indifférent d'un garde âgé, Tursun s'éloigna du hall d'entrée, dépassa les silhouettes grandeur nature d'Elmo et de Bugs Bunny et se dirigea vers le cinquième étage. Il contempla mollement quelques chemises dans la vitrine de French Connection et s'attarda une demi-heure dans les rayons d'une librairie de la chaîne Xinhua. D'après les enregistrements des caméras, il avait lu quelques pages d'une étude historique sur l'Égypte ancienne avant de reposer le livre.

En remontant au septième pour regagner le cinéma, il se peut qu'Ansary Tursun ait croisé Ablimit Celil. Se sont-ils regardés ? Ont-ils su mesurer l'énormité de ce qu'ils allaient mettre en branle ? Le hall était rempli d'adolescents de sortie, d'étudiants faisant la queue pour des pop-corns, de *laowai* tâchant de comprendre quels films étaient doublés et lesquels sous-titrés en anglais. Sous un panneau d'écrans de télévision diffusant les bandes-annonces de films à venir, Celil paya son billet au moyen d'une carte de crédit. La carte avait été enregistrée sous un faux nom, à une adresse postale de Dubaï, par Mohammed Hasib Qadir. Ablimit s'en était servi à maintes reprises sans jamais avoir le moindre problème.

Il était 20 h 15.

Joe Lennox avait une décision à prendre. L'après-midi suivant son entrevue avec Isabelle, il s'était directement rendu au Silver Reel. Il savait que la salle 4 possédait trois sorties distinctes, et qu'il serait incapable de les couvrir à lui seul. Sans l'assistance de Zhao Jian, il était coincé. Avec un homme couvrant l'issue de secours ouest, un autre dans le hall et un troisième dans l'escalier qui reliait le multiplexe aux restaurants du sixième étage, il serait possible de suivre la trace de Celil. Mais il avait compté sur l'aide de Shahpour le jour venu. À ses yeux, qu'Almas et Celil aient l'un et l'autre exigé un rendez-vous de dernière minute au même moment était le plus sévère des coups du sort. Peut-être y avait-il un problème avec la cellule, un conflit idéologique, une incompatibilité de caractères. Ce qu'Almas avait raconté à Shahpour lors de leur rencontre au bar l'aurait fasciné.

Il tapa le numéro de Zhao Jian et n'obtint pas de réponse. Il attendit deux minutes et réessaya. Un répondeur se déclencha et il laissa un message, en réclamant que Jian contacte les bureaux des laboratoires pharmaceutiques Quayler dès que possible.

Il avait un second numéro, celui du frère de Jian, Yun, qu'il n'avait jamais eu de raison d'utiliser. Il le composa. Cette fois, quelqu'un répondit, d'une voix impatiente et fatiguée.

« Oui ?

— C'est Joe Lennox.

— Qui ? »

Cela augurait mal de la suite.

« Je suis un ami de votre frère. »

Le jour se fit dans son esprit.

« Oh, monsieur Joe ! »

Ils se parlaient en mandarin. Si l'idée de s'entretenir avec un officier de renseignement britannique sur une ligne non sécurisée alarmait Yun, il ne trahit aucun signe d'anxiété. Il s'enquit de sa santé et l'informa que Jian était parti à Yancheng pour un enterrement.

« Et vous alors ? Qu'avez-vous de prévu ce soir ?

— J'ai des crampes d'estomac, monsieur Joe.

— Vous vous sentirez mieux après une balade en taxi. Dans combien de temps pouvez-vous être à Xujiahui ? »

Un long silence. Il crut entendre l'autre s'asseoir, s'étirer, consulter sa montre.

« Un peu après 20 heures ?

— C'est très bien, ça, de votre part. J'ai une affaire urgente. Votre autre frère est-il là ?

— Il est aussi allé à l'enterrement. »

Tout en lui parlant, Joe allait et venait dans son appartement, mettant dans une besace un téléphone portable de secours, son portefeuille et un plan des rues de Shanghai.

« Retrouvez-moi à l'entrée de Paradise City, fit-il tout en cherchant ses clefs. Soyez là-bas dès que possible.

Shahpour était en route pour le Larry's quand Joe l'appela avec la mauvaise nouvelle. Il lui expliqua que Celil avait lui aussi convoqué Miles à un rendez-vous au Silver Reel. L'occasion était trop belle pour qu'on l'ignore : il allait retrouver Yun à Paradise City et tenter de suivre Celil jusqu'à son domicile. Une fois qu'il aurait établi où il habitait, il préviendrait le MSS, anonymement, que Celil était un séparatiste ouïghour projetant un acte terroriste atroce à Shanghai. Après quoi, ce serait le problème de la Chine.

« Et moi, là-dedans ? » demanda Shahpour, le ventre noué de contrariété. Ce n'était pas ce qu'il avait souhaité. Ce n'était pas ce qu'ils avaient planifié. « Et moi, là-dedans, et mon rendez-vous avec Almas ?

— Absolument rien n'est changé. Il y a de fortes chances pour que je n'approche même pas d'Ablimit. Il est trop sur ses gardes. Ni Yun ni moi ne savons à quoi il ressemble. Je prends le pari qu'il sortira soit par l'issue de secours du côté gauche de la salle soit par l'escalier des restaurants. Tu devras tâcher de garder Memet au bar aussi longtemps que possible. Multiplie les va-et-vient aux toilettes. Va t'acheter du chewing-gum s'il le faut. Soûle-le. Procure-lui une fille. Si je n'ai abouti à rien avec Ablimit d'ici à 21 h 15, je saute dans un taxi et je viens te rejoindre. Ça te va ? »

Shahpour jeta un coup d'œil à la pendule numérique du taxi. Au mieux, il allait devoir tuer quatre-vingt-dix minutes en compagnie de Memet. Ce n'était pas trop terrible. Ce ne serait pas la première fois.

« Ça me va, acquiesça-t-il. Je m'en charge. »

Peu après, il se retrouvait englué dans la circulation aux abords de la Concession française. Le chauffeur écoutait une retransmission d'un tournoi de ping-pong à la radio. À seulement cinq minutes du rendez-vous, il régla la course, termina les derniers quatre cents mètres au petit trot et arriva en nage, essoufflé. D'ordinaire, Almas l'attendait à l'étage, dans un des coins tranquilles du bar, loin des téléviseurs et du claquement des billes de billard. Il monta donc au premier et balaya la clientèle du regard. Ils étaient une bonne trentaine, presque exclusivement des mâles expatriés d'Europe et d'Amérique du Nord. La sono diffusait du rock. La bière pression et les hamburgers circulaient à la chaîne. Il boucla un tour complet de la salle, sans voir aucun signe d'Almas. Le rez-de-chaussée était encore plus animé : des Chinoises en jupes courtes flirtant avec des clients ; des Britanniques et des Américains se racontant des histoires en éclusant des margaritas. Toujours aucun signe d'Almas. Shahpour alla vérifier aux toilettes, dans la rue. Il se persuada de se détendre et d'aller se payer un verre. Le Kazakh était probablement pris dans le même embouteillage qui l'avait retardé sur le trajet depuis la rue Fuxing. Shanghai le samedi soir, c'était toujours le chaos. Shanghai le samedi soir, c'était l'enfer.

Lennox considéra les voitures et les mobylettes qui engorgeaient la Concession française et décida de marcher jusqu'à Xujiahui. C'était une nuit étouffante, les klaxons et les moteurs venant renforcer les notes sourdes de la chaleur et de la pollution qui rythmaient l'été chinois. Il se dirigea vers le sud par la rue Hengshan, arriva devant le Zapata, dépassa un chapelet de bars où des filles le sifflèrent au passage pour tenter de l'attirer à l'intérieur. Il réussit à atteindre l'entrée de Paradise City à 20 h 15, au moment où Abdul Bary, qui mangeait des sushis avec sa femme et sa fille au Teppenyaki Shinju, commençait de se plaindre de douleurs à l'estomac. Parée d'un collier que son mari lui avait offert au début du repas, son épouse replaça ses baguettes sur leur support et lui posa une main protectrice dans le dos.

« Ça va ? »

Le restaurant était presque complet. Levant les yeux, Abdul Bary grimaça. Sa fille admirait un aquarium à l'autre bout de la salle.

« Ça va aller. C'est ton anniversaire, dit-il en affichant un sourire vaillant. J'ai un médicament dans mon sac à dos. Ça va aller. »

Quelques instants plus tard, il avait verrouillé la porte des toilettes pour handicapés. Il entendait autour de lui la rumeur constante des rires et des conversations, les vies de ces hommes, de ces femmes et de ces enfants que ses camarades avaient prévu de tuer.

Il souleva le couvercle de la poubelle et en retira par poignées des serviettes en papier mouillées, une page de journal froissée et un paquet de cigarettes vide. Il fit coulisser la fermeture du sac à dos, en sortit la bombe et la déposa dans le fond de la poubelle. L'écran du téléphone activé indiquait 20 h 32. Il recouvrit l'engin explosif avec le papier journal, camoufla le dispositif sous les serviettes et rabattit le couvercle. Quelqu'un frappa à la porte. Il actionna la chasse d'eau et se lava les mains. Il lesta son sac de six rouleaux de papier toilette pour lui donner de la forme et du poids, et ouvrit la porte en souriant.

Au septième étage, à trente ou quarante mètres de là à peine, Ansary Tursun se leva dans la salle 8 du Silver Reel. Les rangées autour de lui étaient presque pleines. Il avait été parmi les premiers arrivés dans la salle, glissant son sac à dos sous son siège dès qu'il s'était assis. Les publicités débutèrent. Il sentait le poids de la bombe contre les talons de ses chaussures. Elle était calée contre le mur. Personne ne saurait qu'elle était là. Personne ne soupçonnerait rien.

À 20 h 30, Ablimit Celil vit Miles Coolidge pénétrer dans la salle. Sa femme l'accompagnait. La salle était à moitié vide, ce qui le contraria – une faille dans ce plan, qu'il imputa au goût des Hans pour la culture inepte de l'Amérique. Ablimit occupait son siège habituel, seul au bout de la rangée Q. Tout comme l'avait fait Ansary, il avait calé son sac à dos contre le mur du fond. Quand Miles le rejoindrait, d'ici vingt minutes, il n'aurait aucune idée de sa présence à cet endroit.

Un message apparut à l'écran, invitant les spectateurs à s'abstenir d'utiliser leur téléphone portable pendant le film. Ablimit sourit en croyant voir Isabelle éteindre le sien.

Les lumières baissèrent, comme pour un examen chez l'ophtalmologue.

L'e-mail du professeur Wang Kaixuan avait dormi dans un serveur du SIS pendant trois longues journées. Par un coup de chance, un analyste avisé de la Direction Extrême-Orient, l'un des rares à être au courant de l'opération RUN à Shanghai, s'était aperçu que Lennox avait omis de le charger. Tard dans la matinée du samedi 11 juin, il téléphona à David Waterfield pour le lui signaler.

Dans les deux minutes, ce dernier appela son agent à Shanghai sur une ligne brouillée. Le temps n'était plus à la contemplation ou aux atermoiements. Il enrageait.

« Joe ? »

Ce dernier venait de repérer le frère de Zhao Jian à l'entrée de Paradise City. Les vêtements et le corps trempés de sueur, il montait les marches vers lui.

« David ? » Il se demandait pourquoi Londres appelait sur le portable de Quayler et il supposa que la conversation était cryptée.

« Ce n'est pas le moment idéal.

— Alors je serai bref. Avez-vous consulté vos mails dernièrement ?

— David, au dernier décompte, j'avais dix-sept adresses e-mail différentes. La réponse est non. Probablement pas. Pas pensé.

— Bien ce que je pensais. » Waterfield fixait des yeux le tirage papier posé devant lui.

Une attaque est fixée pour samedi, M. Richards. Le code qu'ils ont utilisé, c'est ZIKAWEI.

« Un objet assez curieux vient d'arriver sur mon bureau. Un objet assez perturbant. »

Avec le vacarme du carrefour, Joe avait le plus grand mal à entendre. La photo géante de David Beckham en façade de Metro City le toisait du haut de ses dix-sept mètres comme une image issue d'un monde parallèle. D'une main levée, il fit signe à Yun d'entrer. La fraîcheur bienfaisante de la climatisation les accueillit tous les deux comme un baume réparateur.

« Continuez.

— Voulez-vous m'expliquer ce que vous mijotez ? »

Il n'avait pas besoin de cela. Pas à cet instant. Pas avec tout ce qui se tramait. Dans les faits, Londres l'avait abandonné, donc il avait abandonné Londres. Ce n'était pas plus compliqué. Le moment était mal choisi pour une leçon sur l'éthique du travail d'équipe et des remontrances sur le « hors-piste ». Il préférerait que l'autre le laisse en paix et l'autorise à continuer sa besogne.

« David, il faudrait peut-être que je vous rappelle.

— Et moi il faudrait peut-être que je commence à m'inquiéter de votre position.

— Ce qui est censé vouloir dire ?

— Guy Coates m'a signalé que vous aviez un rendez-vous à Pékin, l'autre jour. » Waterfield avait fait le lien. « Escapade qui ne figurait pas dans notre plan de marche. Voulez-vous m'expliquer pourquoi ? »

Joe écarta le combiné de son oreille, maugréa sans desserrer les dents. Pourquoi Waterfield abordait-il cela maintenant ? Yun le dévisageait, attendant ses instructions.

« On ne peut pas parler de ça plus tard ?

— Vous n'avez pas relancé votre petite bluette avec le professeur, par hasard ? Dites-moi que ce n'est pas le cas, parce que je vous ai averti à ce sujet. »

Il pensa raccrocher, mais ce n'était pas son style. Il n'aimait pas **ad**mettre la défaite. En outre, s'y résoudre signifierait qu'il était coupable.

« Qu'est-ce qui vous fait dire cela ? »

Waterfield tenta une approche différente.

« Quand je vous ai appelé, l'autre jour, où étiez-vous ?

— Avec Isabelle. Je vous l'ai dit. Pourquoi ?

— Ne me mentez pas, Joe. Pas de bobards, nom de Dieu.

— David, qu'est-ce qui se passe, bon sang ?

— Je vous l'ai déjà dit et je vais vous le répéter. Vous êtes à Shanghai pour vous rapprocher de Miles Coolidge. Vous êtes à Shanghai pour découvrir ce qui a bien pu arriver à Kenneth Lenan. Maintenant je veux savoir si vous avez progressé. »

C'était comme de se faire réprimander par un maître d'école, une injonction humiliante, exaspérante, de la part de quelqu'un qui avait perdu toute foi en ses aptitudes. Une vendeuse s'approcha de lui et tenta de lui vaporiser de l'après-rasage sur le poignet. Il la chassa d'un geste.

« David, il me semble que nous devrions avoir cette conversation à un moment plus adapté pour vous et moi. Je m'expliquerai sur ce point. Maintenant je dois vraiment...

— Est-ce que le terme "Zikawei" vous évoque quelque chose ? »

De nouveau, il retira le téléphone de son oreille, en indiquant d'un geste à Yun qu'il était désolé pour ce retard dans la délivrance de ses instructions.

« Comment l'épelez-vous ?

— Z-I-K-A-W-E-I. »

Lennox était incapable de se concentrer. Il était encore furibond. Il allait lui falloir à peu près une minute pour démêler le sens de ces quelques lettres. Dans l'intervalle, il se dirigea vers une batterie d'escalators, en se demandant pourquoi Waterfield perdait son temps de la sorte.

« Je vais vous lire le contenu d'un e-mail que quelqu'un a envoyé à l'une de vos adresses, sur le serveur du Foreign Office.

— Allez-y. » Il se moquait de passer pour insubordonné. Yun marchait à sa hauteur. Au mieux, ils avaient vingt minutes pour être en position.

Son supérieur continua.

« Voici les termes du message : *"Une attaque est fixée pour samedi, M. Richards. Le code qu'ils ont utilisé, c'est ZIKAWEI."* »

Joe s'immobilisa au pied des escalators comme s'il venait d'encaisser un direct dans le ventre. *Monsieur Richards.* Le professeur essayait de le contacter. Pourquoi n'avait-il pas consulté ses e-mails, nom de Dieu ?

« Vous pouvez répéter ça ?

— Bien sûr. » Waterfield lui lut le message une seconde fois, sur un ton de dédain mesuré. « Richards, n'était-ce pas le nom sous lequel vous connaissait notre ami ?

— Oui, en effet, admit Joe.

— Donc vous êtes allé le voir ? »

Calculant s'il avait le temps ou non de mentir, il se demandait comme jouer le coup.

« Une attaque ? répliqua-t-il en éludant la question. Il a parlé d'une attaque fixée pour samedi ?

— C'est exact. Et le code associé est ce mot : ZIKAWEI. »

Le sens de cet e-mail commençait à lui apparaître.

« Vous pourriez me le chercher dans Google ? »

Waterfield fut obligé d'admirer l'aplomb de ce RUN. S'asseyant devant un ordinateur de Vauxhall Cross, il ouvrit Internet Explorer, cliqua sur la page Google et tapa « Zikawei » dans la barre de recherche.

« Désolé, s'entendit-il marmonner. J'aurais dû faire ça plus tôt.

— Alors, qu'est-ce que ça raconte ? » demanda Joe.

Waterfield lui lut le contenu de la première ligne de résultat :

La Bibliothèque Xujiahui de Shanghai. Qui se prononce « Zikawei » dans le dialecte local.

« Ce doit être du shanghaïen, fit Waterfield. Vous voulez que je continue ? »

50.

Le 11 juin

Dans la blancheur aveuglante de l'atrium de Paradise City, Joe Lennox se figea.

Zikawei. Xujiahui.

Le 11-Septembre. Le 11 mars. Le 11 juin.

L'attaque était pour tout de suite.

Il aurait dû se précipiter vers les alarmes d'incendie, alerter un garde. Au lieu de quoi sa première pulsion instinctive, irrépressible, fut de protéger Isabelle. Il planta là Waterfield et composa son numéro.

Son téléphone était éteint.

Le frère de Zhao Jian le regardait fixement, comme s'il avait perdu l'esprit. Lennox retapa le numéro. Il tomba une seconde fois sur la messagerie, lâcha un juron retentissant et pria en silence pour qu'elle ait décidé de rester chez elle, à Jinqiao.

« Isa, c'est Joe. Si tu reçois ce message, appelle-moi immédiatement. Tu n'es pas en sécurité. Nom de Dieu, éloigne-toi de Xujiahui. Dis à Miles de sortir de là. Il y a des bombes. C'est un piège. Bon sang, éloignez-vous. »

Il se tourna vers Yun.

« Il va y avoir un attentat. » Il prit le frère de Zhao Jian par les bras, ses mains l'agrippèrent aux épaules. « Trouvez-moi une borne d'alerte incendie. Alertez les gardes. Dites-leur d'évacuer la galerie marchande de Xujiahui le plus tôt possible. Allez-y, aussi vite que vous pourrez. »

Sans attendre de réponse, il remonta par les escalators ; les marches cognaient sous ses pas, il voulait à tout prix atteindre le cinéma. Entre les quatrième et cinquième étages, en bousculant des hordes de Chinois venus faire leurs emplettes qui le dévisagèrent au passage, il comprit que Shahpour était en danger lui aussi. Après tout, c'était Almas qui avait organisé cette réunion. Comment avaient-ils pu être aussi stupides, aussi aveugles, au point de ne pas saisir la coïncidence ?

Shahpour était au rez-de-chaussée du Larry's quand l'écran de son téléphone portable, posé sur le bar, s'alluma. Alice Cooper hurlait dans la sono comme un forcené. Il emporta son gin tonic à l'écart et lut ce qui s'affichait.

« Joe. Salut mon pote. Qu'est-ce qui se passe ? »

Joe dut hurler, à cause du martèlement du rock.

« Shahpour ?

— Je suis là.

— Memet ne s'est pas encore montré, hein ? »

Shahpour plissa le front. Il entendait à peine ce qui se disait. Il prit son verre et se dirigea vers l'entrée. Il serait plus commode de se parler dans la rue.

« Comment sais-tu ça ? » hurla-t-il.

Joe pria pour que Moazed ait le courage de faire ce qu'il allait exiger de lui.

« À mon avis, il est déjà venu et il est reparti...

— Comment ça ?

— Écoute-moi. Ne m'interromps pas et ne discute pas ce que je vais te dire. Il va y avoir un attentat au Larry's. D'un instant à l'autre. On t'a attiré dans un piège. Et un deuxième est programmé à Xujiahui. C'est une frappe simultanée. Sors-moi tout le monde de là dès que possible. Et j'insiste, tout le monde. Vas-y, tout de suite, vite.

— Joe, mon pote ! » Moazed avait laissé échapper un rire, mais il sentit monter en lui une peur aussi froide que la condensation sur le pourtour de son verre. « Tu es sûr de ça ? Tu es sûr ?

— Vas-y, Shahpour. Déclenche l'alarme incendie. Fonce, tout de suite. »

À cet instant, cinquante mètres avant le hall d'entrée du Silver Reel, épuisé par sa course jusqu'au septième étage, Lennox entendit retentir l'alarme à Paradise City. Yun avait accompli son boulot. Le vaste atrium blanc ne fut plus qu'un cri.

Un garde chinois en chemise bleu ciel se tenait devant lui. Quand il entendit cette sirène perçante, il haussa les sourcils de contrariété. Encore une fausse alerte. Encore un souci.

« Écoutez-moi, fit Joe. » À son grand désespoir, il ne lut dans le regard terne et épuisé du garde que l'apathie caractéristique des Chinois. Il le prit par les coudes, comme s'il voulait le sortir d'un profond sommeil. « Il faut faire évacuer le quartier, cria-t-il en mandarin. Vous devez m'aider. Ils vont entendre sonner l'alarme, dans les salles du multiplexe ? »

C'était inutile. Comme de s'adresser à un enfant. Il le lâcha et piqua un sprint vers le cinéma.

Dans le hall tapissé d'affiches de Harrison Ford, Humphrey Bogart et Bruce Willis, le personnel avait les yeux cloués au plafond, convaincu que l'alarme n'était qu'un problème passager qui ne tarderait pas à disparaître. Des spectateurs continuèrent de faire la queue devant la guérite aux pop-corns, en se bouchant les oreilles. Des adolescents continuèrent de s'embrasser.

« Sortez d'ici ! » hurla Lennox. Un cinglé. Un *laowai*.

D'abord, personne n'eut l'air de savoir comment réagir. Une femme éclata même de rire. Joe cria à un membre du personnel de l'aider, mais le garde revenait déjà dans son dos, en haussant le ton cette fois-ci, et en tentant de se saisir de lui pour le plaquer au sol.

Il se dégagea d'un geste sec. L'alarme insistait, implacable. Un peu plus loin devant, il fut soulagé de voir une cohorte de gens abasourdis qui apparemment sortaient de la salle et empruntaient le couloir mal éclairé avec lenteur et lassitude. L'ouvreuse avait l'air perdue. Tout le monde avait l'air perdu. Il passa devant eux, en leur hurlant de se dépêcher, en les pressant de descendre l'escalier et de sortir dans la rue. Il courut au bout du corridor du multiplexe, dépassa les numéros des salles éclairés comme des balises sur une piste d'envol. Il s'engouffra dans la salle 4, les yeux aveuglés par l'obscurité, ajustant ses sens au vacarme assourdissant du film.

« Sortez de là ! cria-t-il en mandarin. Tous, tout le monde dehors ! »

Il s'aperçut que le volume sonore était tel qu'il rendait l'alarme inaudible. Le public protesta, le pria de s'asseoir.

« Isabelle ! hurla-t-il alors en anglais. Isabelle ! Il y a une bombe dans le cinéma. C'est un piège. Sors de là ! Debout ! Cours ! »

51.

Rouge Pékin

Deux des quatre bombes explosèrent.

La première réaction de Shahpour Moazed à l'avertissement de Joe avait été de refermer son téléphone et de rester pétrifié à l'entrée du bar, dans ce qu'il décrirait plus tard comme un état d'hibernation artificielle. Il était à quelques mètres du vestiaire. Il avait croisé le regard d'un jeune Anglais qui montait les marches de l'entrée. Il avait eu envie de lui tendre la main, de l'agripper, le prévenir de rester à l'écart, mais le courage lui avait manqué. Il était 20 h 47.

« Bon Dieu », chuchota-t-il et, avec la volonté résignée d'un homme qui n'a plus d'autre choix que de se couvrir de ridicule, il posa son gin tonic sur une marche tout près et rentra dans le bar. Alice Cooper gémissait toujours dans les haut-parleurs. Accoudé entre deux serveuses, il s'adressa au plus âgé des barmans, un Néo-Zélandais en T-shirt des All Blacks.

« Éteignez la musique », hurla-t-il. Il en était encore à essayer de se donner du courage. Sa voix manquait de poids.

« Comment ça, mec ?

— Il faut éteindre cette musique. Faites sortir tout le monde d'ici. Il y a une bombe dans le bar. »

Le Kiwi secoua la tête. Soit il n'entendait pas ce qu'il venait de lui dire, soit il avait décidé qu'il était soûl. Aucune des deux serveuses chinoises ne réagit à ses propos. Il avisa la chaine stéréo sur une étagère derrière le bar, masquée par une pile de serviettes.

« Je suis sérieux, mon pote. Coupe-moi cette putain de musique. Il faut qu'on fasse sortir tout le monde d'ici. »

Une Américaine qui réglait une tournée de consommations se tourna vers lui.

« Vous disiez qu'il y avait une bombe ici ?

— Oui, en effet. » Il eut enfin l'impression qu'on l'écoutait. Il savait ce qui lui restait à faire. Prenant appui sur le comptoir, il sauta par-dessus, atterrit dans l'espace réservé au service et baissa complètement le volume de l'ampli. Un des employés l'empoigna en hurlant.

« Hé ! »

Shahpour le repoussa et hurla aussi fort qu'il put.

« Écoutez-moi. Tout le monde. La situation est très grave. Je ne raconte pas d'histoires. Tout le monde doit dégager de cette zone aussi vite que possible. » Le Kiwi essaya de rétablir le son et Moazed l'insulta. Plus tard, l'Américaine m'a raconté qu'à cet instant elle avait compris la gravité de la situation. Ensuite, Shahpour se rua vers l'espace central du bar et se mit à bousculer des clients, dans ce qui ressemblait à un acte de démence. Mais la musique resta éteinte. Les gens commencèrent à réagir. Il entendit le raclement de tabourets et de chaises, des conversations murmurées, confuses. Plusieurs consommateurs le fixaient du regard depuis la balustrade au niveau supérieur, tâchant de saisir ce qui se passait. Il alla de visage en visage, de groupe en groupe, en leur répétant la même chose à chacun, inlassablement.

« Je travaille pour le gouvernement américain. Sortez d'ici. Il y a peut-être une bombe dans ce bar. Larry's a été pris pour cible parce que c'est un endroit fréquenté par des Occidentaux. Allez-vous-en vite. Tout de suite ! »

Plusieurs clients – ceux qui étaient d'une nature plus crédule ou plus docile – se dirigèrent lentement vers la sortie. D'autres – ceux par exemple qui venaient de claquer de l'argent pour une tournée de boissons ou qui attendaient patiemment leur tour dans une partie de billard – l'injurièrent et lui conseillèrent de les laisser tranquilles. L'un d'eux lui jeta « Assieds-toi espèce de pauvre crétin, c'est pas drôle », mais il rencontra un regard d'une telle intensité qu'il encouragea aussitôt ses amis à partir. Au même instant, quelqu'un eut la présence d'esprit d'actionner l'alarme incendie. Montant en courant au premier étage, Moazed entendit le barman kiwi dire d'une voix égale et posée : « OK, allons-y. Tout le monde sort. » Pour Shahpour, obtenir l'évacuation du bâtiment était maintenant au moins autant une question de fierté qu'une volonté de sauver des vies.

« Vous avez entendu ça, bordel ? » hurla-t-il au groupe de *laowai* éberlués massés en haut des marches. Leur bouteille de bière et leur queue de billard à la main, ils le dévisageaient comme s'ils étaient prêts à en découdre. « Sortez d'ici. Il y a une bombe, putain ! »

D'autres étaient encore en train de dîner. Ils avaient des affaires à réunir. En tout, il fallut à peu près trois minutes pour dégager le niveau supérieur et quatre autres pour inspecter chaque recoin de l'endroit – y compris la cuisine, les toilettes, le bureau dans le fond – et s'assurer que le Larry's soit bien désert. De la part de Shahpour Moazed, c'était là un acte de courage extraordinaire, car il avait conscience que la bombe pouvait éclater à tout moment. Enfin, quand ce fut terminé, il sortit dans la rue Nanyang et là, il n'en crut pas ses yeux : la plupart des clients du bar restaient plantés à moins de trois mètres de l'entrée. Toujours électrisé par l'adrénaline, il leur hurla de reculer « plus loin dans la rue, à cent mètres au moins ». Quand il vit le personnel d'un bar chinois voisin considérer la scène d'un regard vide depuis le pas de porte, ceux-là reçurent la même consigne en mandarin.

« Retournez à l'intérieur ! beugla-t-il, or élever la voix, en Chine, était une chose rare, car potentiellement humiliante. Retournez dans le fond ! Ce n'est pas un incendie ! »

Trois d'entre eux rejoignirent la cohue de riverains et d'Occidentaux perplexes au milieu de la chaussée, et deux autres restèrent plantés là, peu disposés à perdre la face devant un Arabe au regard fou qui poussait des cris.

Ces deux-là furent parmi les dix-huit personnes qui souffrirent de blessures mineures consécutives à l'explosion. Sentant de plus en plus peser l'infâmante, l'épouvantable possibilité de s'être trompé, Shahpour se souvient aujourd'hui d'avoir senti peut-être deux cents paires d'yeux le transpercer. Interdit devant cette rue entière de visages muets, il maudit Joe Lennox. Quelques secondes plus tard, il était enveloppé d'une autre forme de silence, les oreilles mugissantes, le corps couvert de débris. Un héros, qui avait sauvé au moins cent cinquante personnes de la catastrophe d'un attentat à Shanghai.

Memet Almas regagna sa ville d'Astana, où il fut appréhendé par la police kazakh.

Cinq heures après que les auxiliaires médicaux et les équipes de sauvetage eurent pris en charge les survivants de la salle 4, la police découvrit une bombe qui n'avait pas explosé calée sous un siège au dernier rang de la salle 8 du Silver Reel. Un défaut technique de l'EEI l'avait empêché d'exploser. En conséquence de quoi Ansary Tursun fut arrêté à Guiyang, le 17 juin, son rôle dans ces attentats ayant fait l'objet de fuites émanant d'une source du MI6 vers les autorités chinoises.

L'engin placé par Abdul Bary dans la poubelle métallique au sixième étage de Paradise City n'a jamais été retrouvé, car Bary l'en avait retiré à la dernière minute. Il avait changé d'avis. Les images des caméras le montraient retournant aux toilettes pour handicapés avec son sac à dos, puis quittant la galerie marchande quelques minutes plus tard en compagnie de son épouse et de sa fille.

Il court toujours.

52.

Bob

Joe Lennox fut d'abord admis à l'hôpital Rui Jin de Luwan, puis dans une chambre particulière au Worldlink de la rue Nanjing. Pendant les premières trente-six heures, il n'a pas repris connaissance.

Waterfield m'avait appelé à Pékin tard dans la soirée du 11 juin pour me signaler qu'il avait été incapable de le joindre au téléphone, et il redoutait qu'il n'ait été pris dans l'attentat de Xujiahui. À ce stade précoce, on n'avait pas encore établi de rapport entre l'explosion du Larry's et ce qui s'était produit à Paradise City. D'après ce qu'en savaient les uns et les autres, les deux incidents n'étaient pas liés.

Je me suis envolé pour Shanghai le dimanche à l'aube et, dès 11 heures, j'étais au chevet de mon ami. Un fonctionnaire de l'ambassade, officier non déclaré du SIS – appelons-le Bob – a failli me devancer et, avant que je n'aie eu l'occasion de me renseigner sur l'état de Joe, on m'a conduit à la cantine du rez-de-chaussée, où Bob m'a offert « une tasse de café tranquille » et s'est fait un devoir de m'exposer ce qu'il décrivait comme « les positions respectives des gouvernements britannique et chinois ».

« Voici le topo. Pour l'officier de liaison local, il est évident que Joe faisait partie de la maison. » Bob avait pas mal de kilos en trop, une quarantaine d'années et possédait une attitude dense et persuasive. J'ai cru reconnaître ce visage, sans parvenir à le situer. « Des images de surveillance montrent RUN qui pique sa crise dans la galerie dix minutes avant l'explosion de la bombe. Il y a des dizaines de témoins oculaires. Simultanément, vous avez un agent de la CIA qui se livre au même numéro dans la rue Nanyang. Les Chinois sont évidemment très désireux de savoir comment il se fait que nous ayons été informés de ce qui se tramait. »

J'étais sur le point de parler quand Bob, d'un regard, m'a prié de me taire. Un jeune médecin chinois est passé près de notre table. Il flottait dans ce réfectoire une odeur de gâteaux écœurante et sucrée et je commençais à avoir la nausée.

« Qu'est-il arrivé dans la rue Nangyang ? » ai-je demandé.

Il m'a parlé du Larry's. Jusqu'à nouvel ordre, m'a-t-il précisé, les Chinois appelaient cela une explosion due au gaz. Ensuite, le sourcil en accent circonflexe et avec un demi-sourire, il m'a dressé ce que les bureaucrates aiment appeler « le tableau d'ensemble ».

« Écoutez. Vers 21 heures, on a découvert une deuxième bombe dans la salle 8 de ce cinéma. Qui n'avait donc pas explosé. Sac à dos. Ce qui présente les événements d'hier soir comme une attaque terroriste coordonnée en Chine continentale. Et qui a tenté d'empêcher ça ? Nous. Les Britanniques. Un milliard trois cents millions de Chinois, et pas un seul ne savait ce qui se trafiquait dans leur arrière-cour. Bon, pas besoin d'être docteur en psychologie pour comprendre ce qu'ils ressentent. De la gêne. De la honte. Vous me suivez ? » Bob a dû penser qu'il avait du mal à se faire comprendre, car il insista. « Ce qui s'appelle perdre la face, Will. »

J'ai opiné. Il allait me demander d'accepter quelque chose. J'avais l'impression de devoir sortir mon chéquier pour payer un terrain que je n'avais aucune envie d'acheter.

« Joe est un sacré héros, reprit-il, avec ce qui s'apparentait à de l'authentique admiration professionnelle. Il est aussi persona non grata. Dès qu'il sera rétabli, les Chinois le veulent hors de chez eux. De leur point de vue, ce qui est arrivé au Silver Reel est un incident isolé, un règlement de comptes. Vous avez vu les journaux d'aujourd'hui. Ils imputent la chose à un seul et unique Ouïghour fanatisé. Ablimit Celil. Apparemment, il a des antécédents. Joe Lennox, le deuxième EEI, la bombe au Larry's, tout cela sera expurgé de l'historique. »

Dans le réfectoire, quelqu'un a lâché un plateau de tasses. Il y a eu un trou, un silence, nous nous sommes tous retournés.

J'ai eu soudain l'image mentale de bandes effacées, de témoins menacés, d'enregistrements de surveillance sous séquestre dans un coffre à Pékin. Tout devrait se conformer au mythe de la Chine moderne. Tout serait déformé, manipulé et biaisé.

Bob s'est penché en avant.

« Ces dernières semaines, Joe a fourni à Londres un certain nombre de noms qu'il croyait liés au séparatisme ouïghour. » Bob sortit de la poche de son pantalon une feuille de papier froissée et s'employa à déchiffrer ce qui devait être sa propre écriture, illisible. « Ansary Tursun. Memet Almas. Abdul Bary. Depuis, nous avons transmis ces noms aux autorités chinoises. Le professeur Wang Kaixuan aussi. Je parierais ma chemise que ce sont eux les responsables de ce qui est arrivé au Larry's et à Xujiahui.

— Et Joe, que reçoit-il en retour ? » J'étais atterré que le SIS s'apprête à lâcher Wang avant même de savoir le fin mot de l'affaire, mais je ne pouvais rien dire de la rencontre de mon ami avec lui en mai, car il m'avait fait jurer de garder le secret.

« Ce que Joe reçoit en retour, c'est un billet de première classe pour Heathrow et la chance de pouvoir récupérer à Londres. Ce qu'il reçoit, c'est aucune question gênante au sujet d'un soi-disant employé de Quayler produits pharmaceutiques fouinant à Shanghai sous couverture non officielle. Il est Rouge Pékin, c'est entendu, mais aucun de nous ne peut y faire grand-chose, n'est-ce pas ? »

C'était une reculade britannique typique devant la puissance chinoise. Ne pas vexer Pékin. Penser aux contrats. Penser à l'argent. Cela me mettait fortement en colère. Cinq étages au-dessus de nous, un homme avait risqué sa vie pour sauver des centaines d'innocents, un homme gisant dans le coma, incapable de prendre part à des négociations qui, dans les faits, décideraient des vingt prochaines années de sa vie. Au regard de tout ce qui s'était déroulé, il paraissait absurde que le SIS s'efforce de garantir l'intégrité de ses activités en Chine aux dépens de Joe. Bob — et Joe également, c'est probable — aurait argué que le Foreign Office n'avait pas le choix, mais cela ressemblait une fois de plus à l'un de ces compromis bancals ficelés à la hâte.

« N'ayez pas l'air si fâché, a-t-il eu le cran d'ajouter. Les Yankees se plient exactement à la même routine pour Moazed.

— Mais encore ?

— Se rendant compte de ce qu'il avait fait hier soir, il s'est pointé en vitesse au consulat. Désormais, quand une bombe éclate et que vous avez la tête qu'il a, les autorités pointent forcément le doigt dans une direction et une seule.

— C'est-à-dire ?

— C'est-à-dire que Shahpour est très certainement déjà sur la route du retour vers Langley. Ses actes d'hier soir, et aussi peut-être ceux de Joe, alimenteront les pages des blogs du monde occidental et les papiers des médias occidentaux, mais les Chinois maintiendront l'histoire sous le boisseau. Vous n'avez pas besoin de moi pour vous expliquer que le gouvernement, ici, n'en a absolument rien à battre de ce que l'Ouest pense de la Chine. Tant que son peuple est confiné dans l'obscurité, Pékin est content.

— Et Miles Coolidge ?

— Comment ça, Miles Coolidge ? » Bob avait réagi à la question comme si je me montrais désagréable.

« Eh bien, n'était-il pas impliqué dans tout ceci ? Il n'est pas obligé de quitter la Chine, lui aussi ?

— Vous ne saviez pas ? m'a-t-il fait, son visage mou et bouffi virant à l'écarlate de désarroi. Personne ne vous a rien dit ? »

53.

Le témoignage de Joe Lennox

Ils sont venus chercher Wang Kaixuan de nuit, alors qu'il dormait dans son lit. Six pions en armes de l'APL et un quatuor d'agents du MSS au pas de course dans les ruelles humides et étroites de ce *hutong* pékinois, abattant sa porte d'un seul coup de crosse de fusil bien ajusté. Ensuite, les lampes torches en plein visage, les menottes aux poignets et un vieil homme interloqué emmené dans la nuit chinoise, sous la menace d'une exécution imminente.

Joe a repris connaissance à 10 h 25 le 13 juin au matin.

Son premier souvenir, c'était une conversation entre deux infirmières chinoises debout dans le couloir devant sa chambre. Il a entendu l'une d'elles dire quelque chose à propos de son retard à un séminaire, à quoi l'autre avait répliqué : « Je te couvre. » Ensuite, il a ressenti une sécheresse intense, une crispation dans le fond de la gorge, et il a demandé de l'eau.

Par chance, j'étais en train de manger un sandwich en bas au réfectoire quand la plus jeune des deux infirmières m'a téléphoné pour m'annoncer qu'il venait de se réveiller. Les médecins allaient procéder à quelques examens, mais d'ici deux ou trois heures je serais en mesure de lui parler. Le Worldlink grouillait de sbires du MSS, donc toute conversation avec Joe se devrait d'être brève.

À mon entrée dans sa chambre, j'ai de nouveau senti cette odeur écœurante et sucrée. Un vieux Chinois passait et repassait inlassablement une cireuse sur la même portion du couloir du cinquième étage. J'ai jeté un œil par la petite lucarne de la porte de Joe, et je l'ai aperçu assis dans le lit, regardant par la fenêtre. Il avait une vue dégagée sur trois gratte-ciel inachevés, des échafaudages tendus de filets verts coiffant leur sommet comme de la moisissure. J'ai frappé doucement au carreau avec mon alliance et ses yeux ont été lents à se tourner vers moi. Maintenant qu'il était réveillé, il avait un peu repris des couleurs. Une infirmière qui se trouvait à l'intérieur m'a fait « Oui ? », puis elle est immédiatement sortie.

« Tu es réveillé », ai-je dit. Je me demandais par où commencer, quelle allure donner aux choses. Un soupçon de sourire flottait sur les lèvres desséchées de mon ami. Il était content de me voir. « Comment te sens-tu ? »

J'ai observé sa jambe gauche, surélevée et enfermée dans un plâtre. Une goutte de sang avait suinté des bandages qui lui emmaillotaient le cuir chevelu. Du jour au lendemain, les médecins lui avaient supprimé le respirateur qui tournait en permanence depuis samedi. Ce qui était tombé sur lui, dans la salle de cinéma, et qui l'avait partiellement écrasé, lui avait aussi sauvé la vie.

« J'ai mal au crâne. À part ça, je me sens bien. » Nous savions tous les deux que la conversation n'allait pas porter sur son état de santé. Cherchant m'occuper les mains, je me suis mis à tripoter le cordon des rideaux.

« Que s'est-il passé ? » a-t-il repris à voix basse. C'était une étrange question, une question ouverte. Je sentais qu'il me tendait la perche, pour que je lui dise ce que je devais lui dire quand je le jugerais bon.

« Shahpour a sauvé tout le monde au Larry's », ai-je commencé. Son visage s'est éclairé, une lueur de soulagement. « Il est en route pour les États-Unis. Il est Rouge Pékin. » Un minuscule signe de tête, d'acquiescement. « Tu as fait la même chose à Xujiahui. On estime qu'il y avait à peu près quatre cents personnes dans le multiplexe. Grâce à toi, tout le monde s'en est sorti, sauf une vingtaine de gens.

— Isabelle », a-t-il aussitôt soufflé. Le mot le plus posé, le plus désespéré que j'aie jamais entendu. C'était la porte du futur de Joe et j'étais celui qui allait la lui ouvrir.

« Elle s'en est sortie. Ça va aller. » À cette seconde, je me souviens d'avoir consciemment fait l'effort de détourner le regard, car je me suis dit qu'il voudrait s'imprégner de cette nouvelle sans se sentir observé. Très rapidement, pourtant, il m'a questionné.

« Et Miles ? »

J'ai senti ses yeux se lever vers les miens et nos regards se sont croisés. À son expression, il a été immédiatement clair qu'il espérait la survie de l'Américain. Je ne savais pas comment il allait réagir à ce que j'étais sur le point de lui révéler. La manière d'agir de Miles Coolidge dans ce cinéma était à bien des égards aussi courageuse que celle de Joe. Son instinct et son courage lui avaient apporté une forme de rédemption.

« Nous pensons que Miles a pu sauver la vie d'Isabelle. On a informé le consulat américain qu'il avait tenté de la protéger. »

Il m'a prié de m'expliquer. Je lui ai répondu que Celil, en entendant l'alarme et en voyant la foule des spectateurs se déverser du cinéma, avait paniqué et déclenché son EEI plusieurs minutes avant 21 heures. Ce faisant, il avait mis fin à ses jours. Alerté par les avertissements de Joe, Miles avait arraché Isabelle à son siège et l'avait attirée à lui. Un témoin oculaire a précisé qu'il avait poussé sa femme dans les bras de Joe avec ces mots : « Tiens, veille sur elle », puis il s'était retourné et s'était rué dans la salle gagnée par la panique et d'obscurité, pour directement affronter Celil, l'empêcher de faire exploser la bombe, ou pour aider à l'évacuation. Peu après, la bombe a éclaté.

« Miles est mort, lui ai-je annoncé. Isabelle et toi, on vous a trouvés tout près l'un de l'autre. Tu la protégeais, juste à la sortie. Tu as fait ce que t'a demandé Miles. »

C'était curieux. En montant à la chambre de Joe, j'avais cru que la perte de Miles aurait pu d'une certaine manière lui faire plaisir, mais il n'y avait dans ses yeux que de la tristesse, naturellement. Isabelle avait perdu un mari. Jesse avait perdu un père. Le reste n'était que de la politique.

« Qui veille sur elle ? » Le moniteur cardiaque à son chevet a émis une tonalité. J'entendais toujours la cireuse aller et venir dans le couloir. Je lui ai répondu que les blessures d'Isabelle n'étaient pas graves et que, dès que sa mère avait su pour l'explosion, elle avait pris un avion d'Angleterre.

« C'est bien. » Il parlait à voix très basse et paraissait égaré. Son énergie l'abandonnait. « Veux-tu lui dire que j'ai pris de ses nouvelles ? » Il avait soudain les yeux noirs d'épuisement. « Veux-tu lui dire que je suis désolé de tout ce qui s'est passé ? »

Quelques jours plus tard, nous avons découvert le degré d'ignorance où Miles avait tenu ses maîtres de Langley. Le meurtre de Lenan, l'implication de Celil dans la cellule, le plan d'attentat à la bombe aux Jeux olympiques – tout cela avait été préparé par un noyau de faucons au Pentagone, pour l'essentiel la même bande de fanatiques qui avaient créé une telle pagaille en Irak. C'est à ce stade que Joe et Waterfield m'ont demandé d'écrire ce livre, et j'ai donc contacté mon patron à Pékin pour lui demander un congé sabbatique de six mois. À la fin de juin, Joe s'était suffisamment rétabli pour sortir de l'hôpital, et Waterfield m'a prié de l'accompagner pour son retour à Londres. Isabelle avait déjà emmené Jesse aux États-Unis, auprès de la famille de Miles. À ce moment, personne ne savait si elle envisageait de retourner en Europe.

Le 30 juin, huit ans jour pour jour après la rétrocession de Hong Kong, un détachement de la police et de l'armée assez puissant pour amorcer une petite révolution nous a escortés, Joe et moi, à l'aéroport Pudong International. On l'a invité à franchir le contrôle des passeports pour embarquer à bord de notre vol British Airways quarante minutes avant les autres passagers. Un agent en civil du MSS m'a accompagné au comptoir d'enregistrement, m'a fait passer le portique de sécurité et s'est assis à côté de moi en salle d'embarquement pendant deux bonnes heures avant de s'assurer que j'allais bien occuper mon siège à côté de mon ami. Alors que nous demandions un verre après le décollage, Joe s'est tourné vers moi et m'a dit qu'à ce jour, il n'avait reçu aucun mot de remerciement des autorités chinoises.

À Heathrow, nous sommes partis chacun de notre côté : Joe pour se rendre dans un lieu sûr de Hampstead et moi dans le cottage que je louais près de Salisbury, où j'avais l'intention de commencer à travailler à mon livre. Une semaine plus tard, quatre jeunes Britanniques musulmans endoctrinés se faisaient sauter en plein Londres à l'heure de pointe, tuant cinquante-deux personnes, et c'était comme si toute l'histoire recommençait.

Ce qui s'est passé ce jour-là m'a donné à réfléchir sur certaines questions qui ne m'ont jamais vraiment quitté. Que serait-il arrivé si le SIS ne s'était pas impliqué avec Miles à Hong Kong ? Dans quelle mesure les choses auraient-elles été différentes, par exemple, si Joe Lennox, Kenneth Lenan et David Waterfield s'étaient simplement écartés de son chemin ? Sans ingérence américaine, Wang Kaixuan, Ablimit Celil, Josh Pinnegar et les centaines d'autres victimes de TYPHOON seraient-elles encore en vie aujourd'hui ? Presque certainement. Et sans intervention extérieure, un petit groupe d'Ouïghours radicalisés aurait-il conçu et a fortiori exécuté une attaque de l'échelle du 11 juin ? J'en doute fort.

De temps à autre, durant le processus long et complexe de recherches et d'écriture de ce livre, j'ai soumis ces questions aux principaux protagonistes. La sécurité et le bien-être des citoyens britanniques et américains s'étaient-ils trouvés améliorés d'un iota par les activités de leurs gouvernements respectifs en Chine ? Qui avait réellement bénéficié de cette nouvelle version du Grand Jeu, excepté quelques actionnaires de Macklinson Corporation ?

Personne, pas même Joe Lennox, n'a jamais été capable de m'apporter une réponse satisfaisante.

Remerciements

Un jour, un homme nommé Wang a bel et bien émergé des eaux paisibles de la mer de Chine méridionale, mais ce n'était pas un universitaire chinois, et il n'a pas rencontré le caporal Angus Anderson sur la plage de la baie de Dapeng. C'était au milieu des années soixante-dix. Un jeune Gurkha patrouillant sur la grève de Starling Inlet l'a conduit auprès de son commandant, Sir Peter Duffel, général de son état, qui l'a renvoyé séance tenante en Chine. Il n'est pas exagéré d'admettre que le récit par Peter de sa brève rencontre avec Wang a inspiré *Traîtrises*.

Nombre d'autres interlocuteurs ont joué un rôle dans la genèse de ce livre. Une conversation avec Oliver August au bord d'un lac à Pékin m'a conduit au Xinjiang. Je vous conseille vivement de lire l'excellent ouvrage d'Oliver, *Inside the Red Mansion : On the Trail of China's Most Wanted Man*. Les connaissances de Sebastian Lewis sur tout ce qui touche à la Chine ont été pour moi à la fois impressionnantes et précieuses. Jeremy Goldkorn, Mark Kitto et Lisa Cooper m'ont consacré beaucoup de temps pour faire découvrir Pékin à l'étranger que j'étais. À Shanghai, je ne serais arrivé à rien sans les efforts infatigables de Toby Collins. Christian Giannini, Richard Turner, Amina Belouizdad, Lina Ly, Zhuang Hao, Michelle et Bruno au M on the Bund et Josephine au Glamour Bar se sont aussi montrés d'une extrême obligeance. Alex Bonsor, Ben et Katy Chandler, Dominic Grant et Ken Leung ont été des guides de premier ordre à Hong Kong. Le capitaine John Newington m'a montré les deux facettes du miracle économique chinois à Shenzhen. Mes remerciements vont aussi au mystérieux M. Ignatius, qui m'a offert à dîner dans le train de nuit de Pékin.

Au Royaume-Uni, j'ai eu la chance de trouver un Ouïghour vivant à Londres. En 1998, après avoir participé à un documentaire tourné clandestinement par Channel Four sur l'impact des essais nucléaires de Lop Nur, Enver Bugda avait été contraint d'abandonner femme et enfants. Il m'a été d'une grande aide, et cette rencontre fut pour moi un privilège. Je suis aussi très reconnaissant envers Sacha Bonsor, William Goodlad, Belle Newbigging, Rupert Mitchell et James Minter, Simon Davis, Marcus Cooper et Davy Dewar chez BP, Jemima Lewis, Jonathan et Anna Hanbury, Simon et Caroline Pilkington, Carolyn Hanbury, Ian Cumming, Milly Jones, Ed King, Trevor Horwood et Keith Taylor, Otto Bathurst, Mark et Gaynor Pilkington, James Loughran et Siobhan Loughran-Mareuse, Iona Hamilton, Bruce Palling, Simon Heppner, Xiaoqing Zhang, Katy Nicholson, Angus et Ali McGougan, Ian Frankish, David Jenkins et Kate Knowles, Richard Spencer, Mary Target, Rowland White, Tom Weldon, Carly Cook, Sophie Mitchell, Tif Loehnis et toute l'équipe de Janklow & Nesbitt à Londres, Theo Tait, Luke Janklow, Claire Dippel, Boris Starling, et l'impitoyable – mais indispensable – Samuel Loewenberg. Mon épouse, Melissa, sait tout ce que je lui dois. Mes enfants, Iris et Stanley, n'ont pas oublié combien de temps leur papa a passé au bureau.

Le témoignage du professeur Wang Kaixuan dans la planque se fonde sur des documents réunis par Amnesty International. Pour plus d'informations, voir : *Chine : Graves violations des droits humains dans la Région autonome ouïghoure du Xinjiang* sur http://www.amnesty.org/fr/library/info/ASA17/018/1999

Les livres, les articles et les sites suivants m'ont été précieux :

The Last Governor, Jonathan Dimbleby, Warner Books, 1997.

Black Watch, Red Dawn, Neil et Jo Craig, Brassey's, 1998.

The Dragon Syndicates : The Global Phenomenon of the Triads, Martin Booth, Carroll and Graf, 1999.

The China Dream, Joe Studwell, Profile Books, 2003.

The New Great Game: Blood and Oil in Central Asia, Lutz Kleveman, Atlantic Books, 2003.

Wild West China: The Taming of Xinjiang, Christian Tyler, John Murray, 2003.

The Cox Report, http://www.house.gov/coxreport

« Beijing vs Islam », Michael Winchester, revue *AsiaWeek*, vol. 23, n° 42, 24 octobre 1997.

Wild Grass, Ian Johnson, Penguin, 2004.

Murder in Samarkand, Craig Murray, Mainstream Publishing, 2006.

Islamic Unrest in the Xinjiang Uighur Autonomous Region, Dr. Paul George, Canadian Security Intelligence, Déclassifié, *www.fas.org*

Hong Kong Diary, Simon Winchester, *www.salon.com*

Kowloon Tong, Paul Theroux, Penguin, 1997.

La Mortola: In the Footsteps of Thomas Hanbury, Alasdair Moore, Cadogan, 2004.

En français :

Shanghai Baby de Wei Hui, Philippe Picquier Éditeur, traduit de l'anglais par Cora Whist, 2001.

Charles Cumming
Londres, 2008

Pour l'éditeur, le principe est d'utiliser des papiers composés de fibres naturelles, renouvelables, recyclables et fabriquées de bois issus de forêts qui adoptent un système d'aménagement durable.

En outre, l'éditeur attend de ses fournisseurs de papier qu'ils s'inscrivent dans une démarche de certification environnementale reconnue.

Composition réalisée par Asiatype

Impression réalisée par
CPI BRODARD ET TAUPIN
La Flèche
en janvier 2010

Imprimé en France
Dépôt légal : 01/10
N° d'édition : 01 – N° d'impression : 56251